Assassino na chuva

RAYMOND CHANDLER

Assassino na chuva

Tradução de Beatriz Viégas-Faria

L&PM EDITORES

Título original: *Killer in the Rain*

Capa: Ivan Pinheiro Machado
Foto da capa: Magnum Photos © Trent Parke
Tradução: Beatriz Viégas-Faria
Revisão: Bianca Pasqualini e Jó Saldanha

CIP-BRASIL. CATALOGAÇÃO-NA-FONTE
SINDICATO NACIONAL DOS EDITORES DE LIVROS, RJ.

C43a Chandler, Raymond, 1888-1959
Assassino na chuva / Raymond Chandler; tradução de Beatriz Viégas-Faria. – Porto Alegre, RS : L&PM, 2006
376 p. : 23 cm

Tradução de: *Killer in the Rain*

ISBN 85-254-1552-9

1. Romance americano. I. Viégas-Faria, Beatriz. II. Título.

CDD 813
CDU 821.111(73)-3

PORTO ALEGRE: Rua Comendador Coruja 314, loja 9 - 90220-180
Floresta - RS / Fone: 51.3225.5777
PEDIDOS & DEPTO. COMERCIAL: vendas@lpm.com.br
FALE CONOSCO: info@lpm.com.br
www.lpm.com.br

Impresso no Brasil
Primavera de 2006

SUMÁRIO

ASSASSINO NA CHUVA

1

Estávamos os dois num quarto do Berglund. Eu, sentado na beira da cama, e Dravec, na poltrona. O quarto era meu.

A chuva batia com força contra as vidraças. Com as janelas completamente fechadas, o quarto estava muito abafado, e eu tinha ligado um ventilador pequeno que ficava na mesa. O sopro do ventilador pegava Dravec bem na testa, levantava o seu cabelo escuro, farto e pesado e mexia com os fios mais compridos daquela trilha grossa de sobrancelha que atravessava o seu rosto de lado a lado numa linha reta e compacta. Ele parecia um leão-de-chácara que, um belo dia, recebeu uma grana preta.

Ele me exibiu alguns de seus dentes de ouro e disse:

– O que é que você tem sobre mim?

Disse aquilo de um jeito cheio de importância, como se todo mundo que sabe alguma coisa neste mundo tivesse de saber bastante sobre ele.

– Nada – disse eu. – Você está limpo, tanto quanto eu saiba.

Ele ergueu a mão grande e peluda e ficou olhando fixo para ela por um minuto inteirinho.

– Você não tá me entendendo. Um sujeito chamado M'Gee me mandou. Violetas M'Gee.

– Certo. Como tem andado, o Violetas?

Violetas M'Gee era um detetive que investigava homicídios. Trabalhava diretamente para o delegado.

Ele olhou sua enorme mão e franziu a testa.

– Não, você ainda não entendeu. Eu tenho um servicinho para você.

– Quase não saio mais para fazer serviços na rua – disse eu. – Estou ficando meio fraco aos pouquinhos.

Ele examinou o quarto com atenção, blefando um pouco, como um homem que não fosse observador por natureza.

– Talvez seja dinheiro – disse ele.

– Pode ser – disse eu.

Ele estava usando uma capa de chuva de suede, fechada por um cinto. Desamarrou o cinto de qualquer jeito, com violência, e pegou a carteira, um pouco menos volumosa que um fardo de feno. As notas de dinheiro apareciam aqui e ali, nos mais variados ângulos. Quando ele bateu com a carteira no joelho, ela fez um barulho encorpado, muito agradável ao ouvido. Ele sacudiu o dinheiro para fora da carteira, escolheu umas poucas notas do maço, enfiou o resto de volta, deixou cair a carteira no chão, e ela ficou ali mesmo, ajeitou cinco notas de cem dólares como se fossem cartas bem arrumadinhas numa mão de pôquer e colocou-as sob o pé do ventilador na mesa.

Aquilo foi esforço demasiado. Ele deu um grunhido.

– Eu tenho muita verdinha – disse ele.

– Estou vendo. O que tenho que fazer em troca, se eu ficar com elas?

– Agora você me conhece, hã?

– Um pouco melhor, sim.

Tirei um envelope de um bolso interno do meu casaco e li para ele em voz alta o que estava rabiscado nas costas do envelope.

– "Dravec, Anton ou Tony. Ex-metalúrgico em Pittsburgh, vigia de caminhões, truculência para qualquer serviço. Vacilou e foi parar no xadrez. Saiu de Pittsburgh e veio para a costa oeste. Trabalhou numa fazenda em El Seguro: abacate. Terminou comprando um pedaço de terra. Estava sentado no lugar certo na hora certa quando estourou o *boom* do petróleo em El Seguro. Enriqueceu da noite para o dia. Perdeu muito, arrematando em leilão poços improdutivos de outras pessoas. Ainda tem bastante. Sérvio de nascimento, altura: um metro e oitenta e três, peso: 108 quilos, uma filha, que se saiba nunca foi casado. Ficha na polícia: não consta nada de grave. Nada desde Pittsburgh."

Acendi um cachimbo.

– Puxa – disse ele. – De onde você tirou isso tudo?

– Contatos. Qual é o trambique?

Ele juntou a carteira do chão e por um tempo furungou para cá e para lá dentro dela com seus dedos quadrados, a língua aparecendo entre os lábios grossos. Finalmente, tirou da carteira um cartão marrom, bem fininho, e mais uns pedaços amarfanhados de papel. Socou tudo na minha mão.

O cartão estava impresso em letras douradas, coisa feita com requinte. Dizia "Sr. Harold Hardwicke Steiner" e, em letras bem menores, num canto, "Livros Raros e Edições de Luxo". Nenhum endereço ou número de telefone.

As tiras de papel branco, três ao todo, eram vales simples de mil dólares cada, assinados "Carmen Dravec" em uma caligrafia esparramada e parva.

Entreguei aquilo de volta para ele e disse:

– Chantagem?

Ele sacudiu a cabeça devagar, e algo de gentil, que não estava ali antes, agora aparecia em seu rosto.

– É a minha menina, a Carmen. Esse Steiner, ele fica importunando ela. Ela vai na casa dele o tempo todo, cai na farra. Leva ela pra cama, eu acho. E eu não gosto disso.

Aquiesci com um gesto de cabeça.

– E quanto a estes vales?

– Não faz mal, a grana; não me importo. Ela faz ele de bobo. Que vá tudo pro inferno. Ela é o que você podia chamar de tarada por homem. Você vai pegar e dizer pra esse Steiner pra largar a Carmen de mão. Quebro o pescoço dele eu mesmo. Tá vendo?

Tudo isso de uma tirada só, depois de respirar fundo. Os olhos dele ficaram pequenos e redondos e furiosos. Seus dentes quase trincaram.

Eu disse:

– Por que me contratar para dizer isso a ele? Por que não diz você mesmo?

– Pode ser que eu perca a cabeça e acabe matando esse...! – gritou ele.

Tirei um fósforo do meu bolso e com ele cutuquei a cinza solta no fornilho do meu cachimbo. Olhei atentamente para ele por um momento, uma idéia formando-se em minha cabeça.

– Que nada! Você não tem coragem – falei.

Dois punhos fechados enormes ergueram-se. Ele os levou até a altura dos ombros e movimentou-os, grandes nós de ossos e músculos. Abaixou-os muito lentamente, arrancou do peito um fundo e honesto suspiro e disse:

– É, não tenho coragem. Eu não faço idéia de como lidar com ela. É sempre um novo cara, e é sempre um marginal. Faz pouco tempo dei cinco mil dólares pra um sujeito chamado Joe Marty, pra ele largar dela, e até hoje ela tá furiosa comigo.

Olhei para a janela, observei a chuva que batia na vidraça, esparramava-se para os lados e escorria vidro abaixo numa onda grossa, como gelatina quando derrete. O outono ainda estava muito no comecinho para aquele tipo de chuva.

– Molhar a mão deles não vai levar você a lugar nenhum – disse eu. – Vai acabar fazendo isso para o resto da vida. Então você imaginou que gostaria que eu botasse esse cara contra a parede, o Steiner.

– Diga pra ele que eu quebro o pescoço dele!

– Eu não perderia meu tempo com isso – disse eu. – Conheço o Steiner. Eu mesmo quebrava o pescoço dele por você, se isso fosse adiantar alguma coisa.

Ele se inclinou para a frente e agarrou minha mão. Seu olhar tornou-se infantil. Uma lágrima acinzentada ficou boiando em cada olho.

– Escute, M'Gee diz que você é um cara decente. Eu te conto uma coisa que não contei pra ninguém, nunca. A Carmen... ela não é minha filha. Peguei ela lá em Smoky, um bebê largado na rua. Ela não tinha ninguém. Acho que no fim das contas eu roubei ela, né?

– Parece que sim – disse eu, e tive de fazer força para livrar a minha mão. Com a outra, esfreguei a mão dormente até começar a senti-la de novo. O homem tinha na mão uma força capaz de quebrar um poste.

– Então eu pego e faço uma vida direita – disse ele, carrancudo e, no entanto, com brandura. – Venho pra cá, faço tudo certinho e me dou bem. E ela cresce. E eu amo ela.

Eu disse:

– Arrã. É natural.

– Você não tá entendendo. Eu quero casar com ela.

Olhei espantado para ele.

– Ela fica mais velha, põe a cabeça no lugar. Talvez case comigo, hã?

A voz dele implorava uma resposta positiva, como se eu tivesse o poder de decidir aquilo.

– Já pediu ela em casamento?

– Não tenho coragem – disse ele, muito humildemente.

– E ela está apaixonada pelo Steiner, você acha?

Ele aquiesceu com a cabeça.

– Mas isso não quer dizer nada.

Isso era algo em que eu podia acreditar. Levantei da cama, abri uma janela e deixei a chuva bater na minha cara por um minuto.

– Vamos esclarecer as coisas – disse eu, fechando a janela e voltando para a cama. – Posso tirar Steiner do seu caminho. Isso é fácil. Só que eu não vejo no que isso melhora as coisas para você.

Ele tentou agarrar minha mão de novo, mas desta vez fui rápido demais para ele.

– Você entrou aqui dando uma de durão, acenando com um rolo de dinheiro – disse eu. – Vai sair daqui um frouxo. Não por qualquer coisa que eu falei. Você já sabia disso de antemão. Eu não sou Dorothy Dix* e não sou completamente antipático. Mas dou um jeito no Steiner para você, se é isso mesmo que você quer.

Ele se levantou, todo desajeitado, pegou de um golpe seu chapéu e olhou fixo para os meus pés.

– Tirando ele do meu caminho, como disse, você me tira um peso das costas. Ele não é gente pra ela, de qualquer maneira.

– Tirar um peso das costas pode aliviar o do seu bolso também.

– Tudo bem. É pra isso que serve – disse ele.

Abotoou o casaco, enterrou o chapéu na cabeça grande de cabeleira desgrenhada e tratou de ir embora. Fechou a porta com cuidado, como se estivesse deixando o quarto de um doente em um hospital.

Achei que ele era tão doido como um casal de camundongos dançando valsa, mas gostei dele.

Botei as verdinhas dele num lugar seguro, preparei um drinque em um copo alto e sentei na poltrona, que ainda conservava o calor do corpo dele.

---

* Dorothy Dix (1850-1951) foi uma jornalista famosa nos Estados Unidos, escrevendo colunas de conselhos para seus leitores sobre como lidar com problemas e frustrações e ter "uma vida mais feliz". Seus textos eram publicados em vários jornais do país. (N.T.)

Enquanto eu fazia o drinque tilintar, fiquei pensando se ele tinha idéia de qual era o negócio do Steiner.

Steiner tinha um acervo de livros raros e semi-raros de pornografia, que ele alugava por até dez dólares por dia... para as pessoas certas.

2

Choveu o tempo todo no dia seguinte. No fim da tarde, estava eu sentado numa baratinha Chrysler azul estacionada diametralmente oposta à fachada estreita de uma loja do outro lado do bulevar. Acima da porta da loja, num letreiro verde de neon lia-se, em escrita cursiva, "H.H. Steiner".

A chuva salpicava nas calçadas, quase na altura dos joelhos das pessoas, enchendo os bueiros, e uns tiras grandalhões, em impermeáveis que brilhavam como canos de revólveres, divertiam-se carregando moças miúdas, de meias de seda e botinhas de borracha elegantes, por cima dos piores lugares, e isso eles faziam com muitas apalpadelas.

A chuva fazia da capota do meu Chrysler um tambor, batia e despedaçava-se na lona esticada, construía goteiras nos pontos abotoados e formava poças nas tábuas do chão do carro, onde se encharcavam os meus pés.

Eu tinha comigo o uísque escocês que carrego numa garrafa de bolso de bom tamanho. Fiz uso dele tantas vezes quantas foram necessárias para me manter aceso.

A loja de Steiner estava aberta, mesmo com aquele tempo; talvez especialmente naquele tempo. Carros muito chiques paravam em frente à loja, e pessoas muito chiques entravam nela com pressa e depois saíam com pressa e com pacotes debaixo do braço. Claro, podiam estar comprando livros raros e edições de luxo.

Às cinco e meia, um garoto com a cara cheia de espinhas, um blusão desses de couro com malha nos punhos e na cintura, saiu da loja e tratou de subir a rua transversal em trote rápido. Voltou num carro de duas portas e de duas cores: creme e cinza, muito elegante. Steiner saiu da loja, entrou no carro. Capa de chuva de couro verde-escura, cigarro em piteira de âmbar, sem chapéu. De onde eu estava, não dava para ver o olho de vidro, mas eu sabia que ele tinha um. O garoto do blusão esporte segurou um guarda-chuva sobre ele para que atravessasse a calçada, depois fechou e entregou o guarda-chuva dentro do carro.

Steiner foi no sentido oeste no bulevar. Eu fui no sentido oeste no bulevar. Depois do bairro comercial, em Pepper Canyon, ele virou para o norte, e eu o segui com facilidade, sempre um quarteirão atrás dele. A mim, parecia certo que ele estava indo para casa, o que seria natural.

Ele saiu de Pepper Canyon e pegou uma faixa de cimento molhado, chamada La Verne Terrace, subindo sempre em curva, ladeira acima até quase o topo.

Aquela era uma via estreita, com uma encosta alta de um lado e, do outro lado, no declive, algumas casas tipo cabana, bem espaçadas umas das outras. Os telhados não ficavam muito acima do nível da rua. As fachadas escondiam-se atrás de arbustos. Caía água das árvores ensopadas em cima de toda aquela paisagem.

O refúgio de Steiner tinha uma cerca viva na frente, mais alta que as janelas da casa. A entrada era uma espécie de labirinto, e, da rua, não se avistava a porta da frente. Steiner estacionou o carro creme e cinza na garagem, uma construção pequena à parte, chaveou-a e andou pelo labirinto com o seu guarda-chuva aberto, e acendeu-se uma luz dentro da casa.

Enquanto ele fazia isso, eu tinha passado por ele de carro e fui até o topo do morro. Lá eu fiz o retorno e estacionei na frente da casa ao lado da dele, morro acima. Parecia estar fechada ou vazia, mas não havia nenhuma placa. Dei início a uma conferência com a minha garrafa de uísque e fiquei ali, sentado simplesmente.

Às seis e quinze, de repente, o morro se iluminou. Já era noite fechada. Um carro estacionou em frente à cerca viva de Steiner. Desceu uma garota alta e magra, vestindo um impermeável. Passava alguma luz pela cerca viva, de modo que pude ver que ela era morena e provavelmente bonita.

Vozes flutuaram na chuva, e uma porta fechou-se. Saí do meu Chrysler e desci o morro devagar, iluminei o interior do carro com minha lanterna de bolso. Era um Packard conversível marrom, ou então era um tom escuro de castanho-avermelhado. Na licença, lia-se Carmen Dravec, Lucerne Avenue, 3.596. Voltei para a minha lata-velha.

Uma hora inteirinha arrastou-se, lenta, lentíssima. Nenhum outro carro passou por ali, nem subindo nem descendo o morro. Parecia ser uma vizinhança muito quieta, muito acomodada.

Então um único raio de luz branca vazou da casa de Steiner, como um relâmpago numa tempestade de verão. Quando a escuridão se fez de novo, um grito tênue, tilintante, gotejou na escuridão e ecoou de leve entre as árvores molhadas. Eu estava fora do Chrysler e a caminho antes que morresse o último eco.

Não havia medo no grito. O tom era o de alguém em choque e quase deliciado, um quê de embriaguez e um toque de pura imbecilidade.

A mansão de Steiner estava no mais perfeito silêncio quando encontrei um furo na cerca viva, dei a volta ao ângulo que escondia a porta da frente e ergui a mão para bater à porta.

Naquele exato momento, como se alguém estivesse esperando que eu erguesse a mão, ouvi os estampidos de três tiros, um depois do outro, quase sem intervalo, atrás da porta. Depois disso, um suspiro longo, cruel, um som abafado e suave, passos rápidos afastando-se em direção aos fundos da casa.

Perdi tempo esmurrando a porta com o ombro, sem tomar impulso suficiente. Caí para trás como se tivesse levado o coice de uma mula.

A porta levava a uma passarela estreita, como uma miniatura de viaduto que dava para a rua na encosta do morro. Não havia nenhum avarandado, nenhum modo de alcançar as janelas com rapidez. Não havia jeito de ir até os fundos, a não ser por dentro da casa, ou então subindo um bom lance de escada, degraus de madeira que levavam até a porta dos fundos, vindo da rua de baixo, que mais parecia uma viela. Estou subindo aqueles degraus quando ouço os pés de alguém correndo com estardalhaço.

Aquilo me deu o impulso que faltava, desde os pés até os ombros, e me joguei de novo contra a porta. A fechadura cedeu, e eu me vi arremessado dois degraus para baixo, para dentro de uma sala ampla, escura e atulhada. Não vi quase nada do que havia na sala naquele momento. Com passos errantes, atravessei-a em direção aos fundos.

Eu tinha certeza de que havia morte ali.

O motor de um carro pulsou na rua lá embaixo quando alcancei o avarandado dos fundos. Distanciou-se muito rápido, com as luzes apagadas. Isso foi tudo. Eu voltei para a sala.

3

Aquela sala ia até a frente da casa e tinha o teto baixo, de vigas aparentes e paredes pintadas de marrom. Peças de tapeçaria estavam expostas, penduradas em todas as paredes. Livros enchiam prateleiras baixas. Havia um tapete grosso, rosado, sobre o qual incidia a luz de duas luminárias de pé, com pantalhas verde-claras. No meio do tapete havia uma escrivaninha grande fazendo conjunto com uma cadeira preta, onde havia uma almofada de cetim amarelo. O tampo da escrivaninha estava coberto de livros.

Numa espécie de estrado perto da parede em uma extremidade da sala havia uma cadeira de teca com braços e espaldar alto. Uma moça de cabelos escuros estava sentada na cadeira, sobre um xale vermelho franjado.

Ela estava sentada muito ereta, as mãos nos braços da cadeira, os joelhos juntos, o corpo muito duro e teso, o queixo elevado. Seus olhos estavam esbugalhados e insanos e não se viam as pupilas.

Ela parecia não ter consciência do que estava acontecendo, mas sua postura não era a de uma pessoa inconsciente. Tinha a postura de quem está fazendo algo muito importante e faz questão de salientar o fato.

De sua boca saía um barulho mínimo que lembrava risinhos de satisfação, coisa que não lhe mudava a expressão nem lhe movia os lábios. Ela parecia não me enxergar.

Estava usando brincos longos de jade e, fora isso, estava nua em pêlo.

Desviei o olhar e me detive em examinar a outra extremidade da sala.

Steiner estava no chão, deitado de costas, logo depois da beirada do tapete rosa, na frente do que parecia ser um pequeno totem. Essa coisa tinha uma boca aberta e redonda, em que se via a lente de uma máquina fotográfica. A lente parecia estar focada na moça que estava na cadeira de teca.

Havia um equipamento para *flash* com lâmpada de magnésio no chão ao lado da mão de Steiner, que saía de uma manga larga de camisa de seda. O fio do *flash* terminava atrás da coisa tipo totem.

Steiner estava usando pantufas chinesas, com solas grossas de feltro branco. Suas pernas estavam dentro de um pijama preto de cetim, e seu torso estava num casaco chinês ricamente bordado. A parte da frente do casaco era quase toda sangue. O seu olho de vidro brilhava, e era a coisa mais cheia de vida nele. Visto assim, de relance, parecia que nenhum dos três tiros tinha errado o alvo.

O *flash* era o relâmpago difuso que eu tinha visto vazar da casa, e o grito que era metade risada foi a reação da moça drogada e nua ao *flash*. Os três tiros foram a idéia de uma terceira pessoa sobre como aqueles trâmites deviam ser interrompidos. Podia-se presumir que foi idéia do sujeito que desceu correndo os degraus dos fundos da casa.

Eu podia entender o ponto de vista dele. Naquele momento, pensei ser uma boa idéia fechar a porta da frente e trancá-la com sua pequena corrente. A fechadura havia quebrado com minha entrada violenta.

Havia dois copos roxos, muito finos, em uma bandeja de laca vermelha numa das pontas da escrivaninha. E também uma jarra esférica, com um líquido marrom. Os copos cheiravam a éter e láudano, uma mistura que eu nunca tinha experimentado, mas que parecia encaixar-se muito bem naquela cena.

Encontrei as roupas da moça num divã em um canto da sala, peguei um vestido marrom de mangas compridas para começar e fui até ela. Ela também cheirava a éter, a uma distância de mais de metro.

Os risos fininhos de satisfação ainda se faziam ouvir, e um pouco de espuma escorria-lhe devagar pelo queixo. Dei-lhe um tapa no rosto, sem muita força. Eu não queria tirá-la de um transe, fosse qual fosse, direto para um acesso de gritos.

– Vamos lá – eu disse com entusiasmo. – Seja boazinha. Vamos pôr a roupa.

Ela disse:

– S... s... se... dan... ne – sem qualquer emoção que eu pudesse constatar.

Dei-lhe mais uns tapas. Ela nem se importou, então tratei de vesti-la.

Ela também não se importou com o vestido. Deixou que eu segurasse seus braços para cima, mas afastou os dedos das mãos, como se aquilo fosse muito engraçadinho. Ajeitar as mangas do vestido nela me deu bastante trabalho. Finalmente, ela estava com o vestido sobre o corpo. Coloquei-lhe as meias de seda e os sapatos e a fiz levantar da cadeira.

– Vamos dar uma voltinha – disse eu. – Vamos lá, um bom passeio.

Caminhamos. Metade do tempo os brincos dela batiam no meu peito, e na outra metade do tempo parecíamos um casal de bailarinos ao som de um adágio, ensaiando um *spagati*. Andávamos até o corpo de Steiner e de volta, até o corpo e de volta. Ela não dava a menor atenção a Steiner e a seu faiscante olho de vidro.

Achou engraçado o fato de que não conseguia caminhar e tentou me contar isso, mas só conseguiu murmurar. Coloquei-a no divã enquanto juntava sua roupa íntima num chumaço e socava tudo bem fundo num dos bolsos grandes da minha capa de chuva; no outro bolso grande, enfiei a bolsa. Vasculhei a escrivaninha de Steiner e encontrei um caderninho azul escrito em código que me pareceu interessante. Botei no bolso também.

Então tentei chegar com a mão na parte de trás da máquina fotográfica no totem, para pegar a chapa, mas não consegui achar a lingüeta logo de primeira. Eu estava ficando nervoso e pensei então que podia inventar uma desculpa melhor para a polícia quando eu voltasse mais tarde para pegar a chapa do que qualquer razão que eu pudesse inventar para estar ali agora se fosse pego.

Voltei para a moça no divã, vesti-a com o seu impermeável, dei uma busca geral para ver se não tinha ficado nada dela para trás, apaguei uma porção de impressões digitais que provavelmente não eram minhas e pelo menos algumas das impressões digitais da srta. Dravec. Abri a porta e apaguei as duas luminárias de pé.

Passei o braço esquerdo ao redor da moça de novo, e foi uma luta sair na chuva e entrar no Packard dela. Não me agradava nem um pouco deixar a minha baratinha para trás, mas não tinha outro jeito. As chaves estavam na ignição. Saímos na banguela, ladeira abaixo.

Nada aconteceu no caminho até a Lucerne Avenue, exceto que Carmen parou de murmurar e dar risinhos e começou a roncar. Não achei jeito de tirar a cabeça dela do meu ombro. Mas foi o que consegui fazer para que a cabeça dela não ficasse no meu colo. Precisei dirigir bem devagar, e o percurso era longo de qualquer maneira, pois atravessamos a cidade até seus limites em direção oeste.

A casa dos Dravec era de tijolos, grande, antiga, num terreno enorme, cercado de muros em toda a volta. Uma entrada para carros de material asfáltico cinza passava por portões de ferro e subia um aclive, passando por canteiros de flores e gramados até uma enorme porta com estreitos painéis chumbados de cada lado. Uma iluminação fraca podia ser notada por trás dos painéis, como se ninguém estivesse em casa.

Empurrei a cabeça de Carmen para um canto, desfiz-me de seus pertences, colocando-os no banco do carro, e desci.

Uma empregada abriu a porta. Ela disse que o sr. Dravec não estava e que não sabia onde ele estava. Na cidade, em algum lugar. A empregada tinha um rosto comprido, amarelado e bondoso, um nariz grande, não tinha queixo, e seus olhos eram grandes e úmidos. Parecia um cavalo velho e querido que, depois de muitos anos de serventia, agora ficava solto no pasto; provavelmente ela faria a coisa certa com Carmen.

Apontei para o Packard e rosnei:

– É melhor pôr ela na cama. Ela tem sorte que a gente não levou ela presa, dirigindo por aí com uma máquina dessas na mão.

A empregada sorriu de modo tristonho, e eu fui embora.

Tive de caminhar cinco quarteirões na chuva antes de achar um edifício onde me deixassem entrar no saguão para usar um telefone. Depois tive de esperar mais 25 minutos por um táxi. Enquanto esperava, comecei a me preocupar com o que eu havia deixado incompleto.

Eu ainda precisava tirar a chapa usada da máquina de Steiner.

4

Paguei o táxi na Pepper Drive, em frente a uma casa onde estavam recebendo visitas, e voltei a pé pelo morro em curva de La Verne Terrace até a casa de Steiner, escondida atrás dos seus arbustos.

Aparentemente, tudo parecia igual. Entrei pelo buraco na cerca viva, empurrei a porta com cuidado e senti cheiro de cigarro.

Aquele cheiro não estava ali antes. O que tinha antes era um conjunto complexo de cheiros, inclusive a lembrança pronunciada do cheiro de pólvora. Mas cheiro de cigarro não se destacara naquela mistura.

Fechei a porta, dobrei um joelho até o chão e fiquei escutando, respiração suspensa. Não ouvi nada além da chuva caindo no telhado. Tentei varrer o chão com o facho da minha lanterna de bolso. Ninguém atirou em mim.

Levantei, achei a borla pendente de uma das luminárias e iluminei a sala.

A primeira coisa que notei foi a ausência de duas peças de tapeçaria; tinham desaparecido da parede. Eu não havia contado as peças, mas os espaços onde elas estavam antes chamaram minha atenção.

Então vi que o corpo de Steiner tinha sumido da frente da coisa tipo totem com o olho de máquina fotográfica dentro da boca. No chão à frente do totem, fora do tapete rosa, alguém colocara um tapete sobre o lugar onde antes estivera o corpo de Steiner. Eu não precisava erguer o tapete para saber por que ele tinha sido posto ali.

Acendi um cigarro e fiquei parado, no meio da sala fracamente iluminada, pensando sobre aquilo. Depois de um tempo, fui até a máquina fotográfica no totem. Encontrei a lingüeta desta vez. A máquina não tinha nenhum porta-chapa.

Minha mão moveu-se em direção ao telefone cor de amora na escrivaninha de Steiner, mas não pegou o aparelho.

Atravessei a sala, cheguei num corredor pequeno e comecei a bisbilhotar um quarto de dormir cheio de detalhes elaborados, um quarto que mais parecia de mulher do que de homem. A cama tinha uma farta colcha com babados em toda a volta. Levantei uma beirada da colcha e disparei minha lanterna embaixo da cama.

Steiner não estava embaixo da cama. Ele não estava em lugar nenhum da casa. Alguém o tinha levado embora. Ele não estava em condições de ir embora sozinho.

Não foi a polícia, pois algum policial ainda estaria por ali àquela hora. Passara apenas uma hora e meia desde que Carmen e eu havíamos saído daquele lugar. E ali não tinha nada da bagunça que os fotógrafos da polícia e os homens das impressões digitais costumam fazer.

Voltei para a sala, com o pé empurrei o equipamento de *flash* com a lâmpada de magnésio para trás do totem, apaguei a luz, saí da casa, entrei no meu carro, que estava ensopado de chuva, e fiz o motor pegar, depois de várias engasgadas.

Tudo bem comigo, se alguém queria esconder o assassinato do Steiner por um tempo. Isso me dava a chance de descobrir se eu tinha como contar a história deixando Carmen Dravec e a foto dela de fora.

Já passava das dez quando cheguei de volta no Berglund e larguei minha lata-velha e subi para o meu quarto. Tomei uma chuveirada, depois pus o pijama e preparei uma jarra cheia de grogue quente. Olhei o telefone algumas vezes, pensei em ligar para ver se Dravec já estava em casa, depois achei melhor deixá-lo em paz até o outro dia.

Enchi um cachimbo e me sentei com o meu grogue quente e o caderninho azul de Steiner. Estava tudo em código, mas o arranjo dos itens e as páginas marcadas formavam uma lista de nomes e endereços. Mais de 450. Se aquela era a lista dos otários de Steiner, ele tinha uma mina de ouro – isso sem falar no negócio de chantagens.

Qualquer nome na lista podia ser um assassino em potencial. Eu é que não queria ser um tira quando o caderninho chegasse às mãos da polícia.

Bebi uísque além da conta tentando desvendar a chave do código. Perto da meia-noite fui para a cama, e sonhei com um homem num casaco chinês, com sangue empapando a frente do casaco, que perseguia uma moça nua com longos brincos de jade enquanto eu tentava fotografar a cena com uma câmera sem nenhuma chapa.

5

Violetas M'Gee me ligou de manhã, antes de eu ter me vestido, mas depois de ter visto o jornal e não ter encontrado nada escrito sobre Steiner. A voz dele tinha o som entusiasmado de um homem que havia dormido bem e não estava atolado em dívidas.

– Bom, como é que tá esse menino? – começou ele.

Eu disse que estava bem, apesar de estar achando difícil o meu livro de leituras obrigatórias no colégio. Ele riu um pouco distraído, e então sua voz ficou casual demais para o meu gosto.

– Esse cara, Dravec, que eu mandei te procurar... você já fez alguma coisa para ele?

– É muita chuva – respondi, como se aquilo fosse uma resposta.

– Arrã. Pelo jeito ele é um cara a quem as coisas acontecem. Um carro dele está boiando, logo ali na frente da doca de peixes do Lido.

Eu não disse nada. Segurei o telefone com força.

– Sim – M'Gee continuou, a voz contente. – Um Cadillac novinho em folha todo sujo de areia e água do mar... Ah, já ia me esquecendo: tem um cara dentro.

Soltei a respiração devagar, bem devagar.

– Dravec? – sussurrei.

– Não. Um guri novo. Ainda não falei pro Dravec. Ainda não tirei o coelho da cartola. Quer dar um pulo até lá e olhar comigo?

Eu disse que sim.

– Então corta a conversa. Vou estar no meu barraco – M'Gee disse e desligou.

Barbeado, vestido e depois de ter me alimentado com um café-da-manhã leve, estava no prédio da prefeitura em pouco mais de meia hora. Encontrei M'Gee olhando para uma parede amarela, sentado a uma escrivaninha pequena e amarela onde não havia nada além do chapéu do M'Gee e dos pés do M'Gee. Ele os tirou da mesa, e nós descemos até o estacionamento reservado para os funcionários e entramos no seu pequeno sedã preto.

Tinha parado de chover durante a noite, e o céu agora era puro azul e dourado. O ar da manhã tinha vigor bastante para tornar a vida doce e simples, se você não tivesse muito com o que se preocupar. Eu tinha.

Precisávamos rodar uns cinqüenta quilômetros até o Lido, os primeiros quinze pegando o trânsito da cidade. M'Gee fez o percurso em três quartos de hora. Ao fim desse tempo, derrapamos ao frear em frente a um arco de estuque que servia de entrada a um píer comprido e escuro. Saí do carro.

Havia alguns carros ali e gente em frente ao arco. Um policial de motocicleta mantinha as pessoas longe do píer. M'Gee mostrou-lhe uma estrela de bronze e nós saímos andando pelo píer, em direção a um cheiro tão forte que nem mesmo dois dias de chuva tinham conseguido atenuar.

– Está ali, ó... no rebocador – disse M'Gee.

Um rebocador preto e de baixa estatura acocorava-se para fora do píer. Alguma coisa grande, verde e niquelada estava no convés, na frente da casa do leme. Uns homens estavam ali, ao redor da coisa.

Descemos uns degraus cheios de limo até o convés do rebocador.

M'Gee disse olá a um subdelegado de farda militar verde e a um outro homem em roupas civis. Os três homens que compunham a tripulação do rebocador foram para a casa do leme e se encostaram ali, nos observando.

Nós olhamos o carro. O pára-choque da frente estava amassado, e também um dos faróis e a caixa do radiador. A tinta e o niquelado estavam arranhados de areia, e o estofado estava escuro e cheio de areia e algas. Fora isso, o carro até que estava bem, não estava gasto pelo uso. Era um troço grande em dois tons de verde, com uma listra e detalhes cor-de-vinho.

M'Gee e eu olhamos dentro do carro, o banco da frente. Um garoto magro, de cabelos escuros, que um dia fora muito bonito, estava largado ao redor da coluna da direção, a cabeça fazendo um ângulo esquisito com o resto do corpo. O rosto, branco azulado. Os olhos tinham um brilho opaco, desmaiado, debaixo das pálpebras quase fechadas. A boca, aberta, estava cheia de areia. No lado da cabeça, havia resquícios de sangue que a água do mar não tinha lavado.

M'Gee foi recuando aos poucos, fez um barulho que vinha da garganta e começou a chupar umas pastilhas para refrescar o hálito, de essência de violeta, com o que ele conquistara seu apelido.

– Qual é a história? – ele perguntou com a voz sumida.

O subdelegado de uniforme apontou para o fim do píer. Parapeitos brancos e sujos, feitos de tábuas de cinco por dez centímetros, tinham sido quebrados ao meio, o que criou um vão bem largo, e a madeira quebrada exibia-se amarela e brilhosa.

– Atravessou aquilo ali. Deve ter batido com toda a força, pelo jeito. Parou de chover cedo aqui, lá pelas nove horas, e a madeira quebrada está seca por dentro. Isso põe a coisa para antes de parar a chuva. Isso é tudo que sabemos, exceto que o carro caiu no meio de muita água, se não, estaria bem mais amassado, meia-maré, no mínimo, acho eu. E isso dá exatamente depois que a chuva parou. O carro apareceu debaixo d'água quando os rapazes chegaram para pescar hoje de manhã. Pegamos o rebocador para puxar o carro para fora. Foi então que a gente descobriu o cara morto.

O outro subdelegado arranhava o convés com a ponta do sapato. M'Gee me olhou de lado, os olhos pequenos de uma raposa. Olhei para ele sem expressão alguma no rosto e também não disse nada.

– Num baita pileque esse aí devia estar – disse M'Gee suavemente. – Se exibindo, sozinho na chuva. Pelo jeito, gostava de dirigir. É... Estava de pileque.

– De pileque uma ova – disse o subdelegado vestido à paisana. – O acelerador de mão está metade para baixo, e o cara foi golpeado no lado da cabeça. Se alguém quer saber, eu digo que é assassinato.

M'Gee olhou para ele com polidez, depois olhou para o homem de uniforme.

– O que você acha?

– Também pode ser suicídio. Pescoço quebrado, e ele pode ter batido com a cabeça durante a queda. A mão dele pode ter empurrado para baixo o acelerador de mão. Mas eu, particularmente, prefiro pensar que foi assassinato.

M'Gee concordou com um gesto de cabeça e disse:

– Revistaram o cara? Já sabem quem é?

Os dois subdelegados olharam para mim, depois para a tripulação do rebocador.

– Ok. Pode deixar para lá – disse M'Gee. – Eu *sei* quem é o cara.

Um homem baixinho de óculos, rosto cansado e uma sacola preta veio vindo, devagar, caminhando pelo píer, até descer os degraus cheios de limo. Escolheu um ponto razoavelmente limpo do convés e descansou a sacola. Tirou o chapéu, esfregou a nuca e sorriu, abatido.

– Olhe aí, doutor: o seu paciente – foi o que M'Gee lhe disse. – Se atirou do píer para dar um mergulho ontem de noite. É tudo que sabemos por enquanto.

O médico legista, taciturno, olhou para o morto dentro do carro. Apalpou a cabeça do rapaz, virou-a um pouquinho, apalpou as costelas. Ergueu a mão frouxa do cadáver e observou suas unhas. Largou a mão, deu um passo atrás e pegou sua sacola de novo.

– Mais ou menos doze horas – disse ele. – Pescoço quebrado, sem dúvida. Duvido que tenha alguma água dentro dele. Melhor tirá-lo daí antes que fique rígido demais. Eu conto o resto depois que examinar ele em cima de uma mesa.

Fez um gesto afirmativo com a cabeça para todos à volta, subiu os degraus e voltou como veio, pelo píer. Uma ambulância estava dando a ré para estacionar ao lado do arco de estuque, na entrada do píer.

Os dois subdelegados rosnaram e forcejaram para tirar o morto do carro e deitá-lo no convés, ao lado do carro, longe da praia.

– Vamos embora – disse M'Gee. – Aqui termina a primeira parte do espetáculo.

Nós nos despedimos, e M'Gee disse aos subdelegados para fecharem a matraca até segundo aviso. Voltamos ao longo do píer, entramos no pequeno sedã preto e voltamos para a cidade por uma auto-estrada branquicenta, lavada pela chuva, passando por dunas de areia amarelada cobertas de musgo, de contornos suaves. Umas poucas gaivotas voavam em círculos e precipitavam-se sobre alguma coisa que boiava nas ondas. Bem ao longe, mar adentro, dois iates brancos no horizonte pareciam estar suspensos no céu.

Deixamos uns bons quilômetros para trás e ainda estávamos sem dizer palavra um ao outro. Então M'Gee apontou o queixo em minha direção e disse:

– Alguma idéia?

– Relaxa – falei. – Nunca vi o cara antes. Quem é ele?

– Droga, pensei que você ia me contar alguma coisa.

– Relaxa, Violetas.

Ele grunhiu, deu de ombros, e nós quase saímos da pista e fomos parar na areia solta.

– O motorista do Dravec. Um garoto chamado Carl Owen. Como é que eu sei? Botamos ele no xadrez faz um ano, enquadrado num item qualquer aí da legislação. Pois ele levou a gostosona da filha do Dravec embora, para Yuma. Dravec foi atrás deles, trouxe os dois de volta e deu um jeito de jogar o cara pra dentro da jaula dos orangotangos. Então a moça fala com ele, e no dia seguinte bem cedinho o velho corre pra delegacia e pede pra soltarem o guri. Diz que ele queria casar com ela, ela é que não quis. Então, olha só, o garoto volta a trabalhar pra ele, era empregado dele até agora. O que você me diz de uma coisa dessas?

– Parece bem coisa do Dravec – disse eu.

– É... mas o guri pode ter tido uma recaída.

M'Gee tinha cabelo grisalho e um queixo protuberante e uma boca pequena e beiçuda como se ele estivesse sempre a ponto de beijar um bebê. Olhei para ele, assim de lado, e de repente entendi o que estava dizendo. Tive de rir.

– Você acha que Dravec matou o rapaz? – perguntei.

– E por que não? O guri se fresqueia de novo com a moça, e Dravec dá uma dura nele, mas dessa vez pega pesado. Ele é um cara grande e poderia fácil, fácil quebrar um pescoço. Daí ele se assusta. Pega o carro, vai até o Lido na chuva, leva o carro até a ponta do píer, e depois é só deixar cair n'água. Pensa que não vai aparecer. Ou então não pensa nada mesmo e faz tudo a toque de caixa, aturdido.

– É, como se ele tivesse levado um pontapé no saco – disse eu. – Mas, tudo bem, porque depois ele só tem que caminhar uns cinqüenta quilômetros na chuva.

– Fique à vontade. Vá gozando da minha cara.

– Dravec matou o guri, certo – disse eu. – Mas eles estavam brincando de pular carniça. Dravec caiu em cima do garoto e pronto: esmagou o guri.

– Tudo bem, meu amigo. Algum dia você vai querer brincar com o *meu* ratinho de borracha.

– Olha aqui, Violetas – eu disse, agora sério. – Se o garoto foi assassinado (e você não tem nenhuma certeza por enquanto de que foi assassinato), não é o tipo de crime do Dravec. Ele poderia matar um homem num impulso... mas ia deixar o morto caído onde caísse. Ele não ia passar por essa trabalheira toda.

Nós ficamos num vaivém pela estrada enquanto M'Gee meditava sobre aquilo.

– Que amigão, você, hein? – queixou-se ele. – Eu tenho aqui comigo uma ótima teoria, e vê só o que você faz com ela. Eu queria era nunca ter trazido você comigo, te juro. Ora, vá pro inferno. Eu vou atrás de Dravec, de qualquer jeito.

– Claro – concordei. – Você tem que fazer isso. Mas Dravec é que não matou esse menino. Ele é mole demais por dentro para encobrir qualquer coisa.

Era meio-dia quando chegamos de volta à cidade. Eu não tinha jantado nada a não ser uísque na noite anterior e comera muito pouco no café-da-manhã. Desci no bulevar e deixei M'Gee ir adiante sozinho, em busca de Dravec.

Eu estava interessado em saber o que acontecera com Carl Owen; mas não tinha interesse nenhum em pensar que Dravec pudesse ter matado o rapaz.

Almocei numa lanchonete, no balcão mesmo, e por acaso dei uma olhada num jornal vespertino. Não esperava ver notícia alguma sobre Steiner ali – e realmente não vi.

Depois do almoço, andei pelo bulevar uns seis querteirões e fui dar uma olhada na loja de Steiner.

6

A frente do prédio era dividida em duas lojas, e a outra loja era ocupada por um joalheiro de boa reputação. O joalheiro estava parado à porta de seu estabelecimento: um judeu grande, de cabelos brancos, olhos escuros e uns nove quilates de diamantes nos dedos. Um sorriso de quem sabe das coisas curvou de leve os lábios do homem quando eu passei por ele e entrei na loja de Steiner.

Um tapete alto e azul acarpetava a loja de Steiner de parede a parede. Havia poltronas azuis de couro e cinzeiros de pé ao lado de cada uma. Umas poucas coleções de livros encadernados em couro, com títulos gravados nas capas, estavam à mostra em mesinhas estreitas. O resto do estoque estava acondicionado em estantes com portas envidraçadas. Uma divisória com painéis de lambri tinha uma única porta e separava aquela sala dos fundos da loja, e, num canto ao lado da porta, uma mulher estava sentada à sua mesa de trabalho, e sobre a mesa havia um abajur.

Ela se levantou e veio em minha direção, movendo com graça as esbeltas coxas que se desenhavam num vestido muito justo de algum tecido preto que não refletia a luz. Tinha o cabelo loiro muito claro, os olhos esverdeados, os cílios com muito, mas muito rímel. Nos lóbulos das orelhas, enormes brincos achatados e redondos, como duas fichas de cassino; o cabelo caía em ondas suaves para trás dos brincos. As unhas eram prateadas.

Ela moveu os lábios naquilo que, no seu entender, era um sorriso de boas-vindas e que, no meu entender, era um esgar de boca carregado de tensão.

– Deseja alguma coisa?

Ajeitei o meu chapéu para que a aba fizesse sombra sobre os olhos e fingi nervosismo. Perguntei:

– Steiner?

– Hoje ele não vem. Quem sabe eu posso lhe mostrar...

– Eu estou vendendo – disse eu. – Uma coisa que faz tempo que ele vem querendo.

As unhas prateadas tocaram o cabelo sobre uma orelha.

– Ah, um vendedor... Bom, o senhor pode voltar amanhã.

– Doente, ele? Posso dar um pulinho até a casa dele – sugeri, esperançoso. – Ele ia querer ver o que eu trouxe.

Ela ficou abalada. Precisou de um minuto para recuperar o fôlego. Mas, quando a voz saiu, estava firme o suficiente.

– Isso... isso não ia adiantar. Ele está viajando.

Fiz um gesto afirmativo com a cabeça, com cara de desapontado, toquei o chapéu com os dedos em gesto de despedida e estava me virando para ir embora quando o garoto de espinhas na cara que eu vira na noite anterior botou a cabeça pela porta do painel de lambri. Voltou para dentro tão logo me viu, mas não antes de eu ter enxergado algumas caixas desarrumadas de livros atrás dele, no chão dos fundos da loja.

As caixas eram pequenas e estavam abertas e empilhadas de qualquer jeito. Um homem de macacão bem novinho estava ocupado mexendo nelas. Parte do estoque de Steiner estava de mudança.

Saí da loja e andei até a esquina e, dali, até a ruela que dava para os fundos do prédio. Atrás da loja de Steiner estava estacionada uma caminhonete preta, com as laterais em tela de arame trançado. Não tinha nenhum letreiro. Pela tela de arame, dava para ver caixas e, enquanto eu olhava, um homem de macacão apareceu com mais uma caixa e a atirou para dentro da caminhonete.

Voltei para o bulevar. Meio quarteirão adiante, um rapaz novo, cara imberbe, expressão inocente, estava lendo uma revista dentro de um táxi estacionado. Mostrei-lhe algum dinheiro e disse:

– Quer fazer um bico?

Ele me olhou de cima a baixo, abriu a porta do carro para mim e socou a revista atrás do espelho retrovisor.

– É o que eu mais gosto de fazer, chefe – disse ele, cheio de vivacidade.

Voltamos os dois até a esquina da ruela atrás da loja e ficamos ali, esperando, ao lado de um hidrante.

Havia mais ou menos uma dúzia de caixas na caminhonete quando o homem de macacão novinho sentou-se ao volante e ligou o motor. Acelerou ruela abaixo e entrou à esquerda na rua. O meu motorista fez o mesmo. A caminhonete foi em direção norte até Garfield, depois leste. Andava a uma velocidade alta, e tinha muito trânsito na Garfield. O meu motorista não conseguia seguir a caminhonete de perto.

Eu estava justamente falando sobre isso quando a caminhonete virou para norte, saindo da Garfield de novo. A rua onde entrou era a Brittany. Quando chegamos à Brittany, nem sinal de caminhonete.

O rapaz de cara imberbe que estava me levando emitiu alguns sons para me consolar pelo painel de vidro do táxi, e continuamos pela Brittany a menos de dez quilômetros por hora, tentando achar a caminhonete escondida atrás de algum arbusto. Eu me recusei a deixar-me consolar.

A Brittany Street dava uma leve guinada para leste por dois quarteirões, quando então encontrava a próxima rua, Randall Place, num terreno afunilado onde havia um edifício residencial branco, que dava frente para a Randall Place e tinha a entrada de uma garagem no subsolo pela Brittany, um andar abaixo. Estávamos passando por ali, e o meu motorista estava me dizendo que a caminhonete não podia estar longe, quando a avistei dentro da garagem.

Demos a volta, até a frente do edifício. Desci do táxi e fui até o saguão.

Não havia uma mesa telefônica. Uma escrivaninha estava colocada contra a parede, como se não fosse usada. Acima, liam-se nomes num painel de caixas de correspondência douradas.

Ao lado de "apartamento 405", o nome era "Joseph Marty". Joe Marty era o nome do homem que brincou com Carmen Dravec até que o papaizinho dela lhe deu cinco mil dólares para sumir do mapa e ir brincar com outra moça. Podia ser o mesmo Joe Marty.

Desci uns degraus e empurrei uma porta com um painel de vidro armado e entrei na penumbra da garagem. O homem de macacão novinho estava empilhando caixas no elevador.

Parei perto dele, acendi um cigarro e fiquei olhando o homem. Ele não gostou muito, mas também não disse nada. Depois de um tempo, eu disse:

– Cuidado com o peso, amigo. Esse elevador só passou por testes para meia tonelada. Indo pra onde?

– Marty, 405 – disse ele, e então me olhou como se tivesse se arrependido de ter dito aquilo.

– Tudo bem – disse eu. – Parece um belo lote de leitura.

Subi de volta pela escada, saí do edifício e peguei o meu táxi de novo.

Voltamos para o centro da cidade, onde eu tenho um escritório. Dei ao motorista dinheiro demais, e ele me deu um cartão sujo que eu joguei fora na escarradeira à entrada dos elevadores.

Dravec estava segurando a parede do lado de fora da porta do meu escritório.

7

Depois da chuva, estava quente e ensolarado, mas ele ainda usava a mesma capa de chuva de suede. Estava aberta na frente, como o seu casaco e o colete por baixo. A gravata estava jogada para um lado, debaixo da orelha. Seu rosto parecia uma máscara cinzenta feita com massa de vidraceiro, escura na parte inferior, onde se destacava uma barba por fazer.

A aparência do homem era um horror.

Abri a porta, dei-lhe uns tapinhas no ombro, empurrei-o para dentro e fiz com que sentasse. Ele resfolegava, mas não falou nada. Tirei de uma gaveta da minha mesa uma garrafa de uísque de centeio e servi as doses em dois copos pequenos. Ele bebeu as duas, sem dizer palavra. Então arriou na cadeira, piscou os olhos e gemeu e tirou um envelope branco quadrado de um bolso interno do casaco. Depositou-o em minha mesa e abriu a mãozona cabeluda sobre ele.

– Dureza, o que aconteceu com Carl – disse eu. – Eu estava com M'Gee hoje de manhã.

Ele olhou para mim com um olhar vago. Depois de um tempo, disse:

– É. O Carl era um bom garoto. Eu não contei muito sobre ele pra você.

Esperei, olhando para o envelope embaixo da mãozona. Ele mesmo olhou para o envelope.

– Tenho que deixar você ver isto aqui – murmurou. Empurrou o envelope devagar sobre a mesa e tirou a mão de cima dele como se com aquele gesto estivesse entregando praticamente tudo que faz uma vida valer a pena ser vivida. Duas lágrimas juntaram-se em seus olhos e rolaram rosto abaixo, naquelas bochechas com a barba por fazer.

Peguei o envelope quadrado e olhei. Estava endereçado a ele, em seu endereço residencial, numa letra de fôrma escrita a capricho com caneta-tinteiro, e trazia um carimbo de "entrega rápida". Abri o envelope e olhei a fotografia brilhante que tinha vindo dentro.

Carmen Dravec estava sentada na cadeira de teca de Steiner, usando seus brincos de jade. Seu olhar estava ainda mais doidão, se é que isso era possível, do que eu tinha visto. Olhei no verso da foto, vi que estava em branco, e então botei a fotografia virada para baixo em minha mesa.

– Me fale sobre isso – disse eu, com muito cuidado.

Dravec enxugou as lágrimas do rosto com a manga da capa de chuva, posicionou as duas mãos abertas sobre a mesa, palmas para baixo, e ficou olhando para as unhas sujas. Seus dedos tremiam sobre a mesa.

– Um sujeito me telefonou – disse ele, a voz morta. – Dez mil pela chapa mais as fotografias reveladas. O acordo tem que ser fechado hoje de noite, ou eles entregam tudo o que têm pra algum tablóide de escândalos.

– Isso é um monte de besteira – disse eu. – Um tablóide não pode usar isso, a não ser que seja para comprovar alguma história. Qual é a história?

Ele ergueu os olhos devagar, como se estivessem muito, muito pesados.

– Isso não é tudo. O sujeito diz que tem mais um rolo. Que é melhor eu aparecer com o dinheiro rapidinho; se não, eu vou encontrar a minha menina na geladeira.

– Qual é a história? – perguntei de novo, enchendo o meu cachimbo. – O que foi que a Carmen disse?

Ele sacudiu a cabeça grande e desgrenhada de um lado para outro.

– Eu não perguntei. Não tenho coragem. Pobrezinha. Sem roupa... Não, eu não tenho coragem... Você ainda não fez nada com Steiner, pelo jeito.

– Não precisei fazer nada – contei a ele. – Alguém chegou antes de mim.

Ele me olhou e ficou me encarando, a boca aberta, sem entender. Era óbvio que ele não sabia de coisa nenhuma sobre a noite passada.

– A Carmen por um acaso saiu ontem de noite? – perguntei, como quem não quer nada.

Ele ainda estava me olhando fixo, a boca aberta, buscando em vão por alguma coisa em seu pensamento que fizesse sentido.

– Não. Ela está doente. Está doente, de cama, quando eu chego em casa. Ela não sai em nenhuma hora... O que você quer dizer... sobre Steiner?

Peguei a garrafa de uísque e servi um drinque para cada um de nós. Então acendi o meu cachimbo.

– Steiner está morto – disse eu. – Alguém se cansou das brincadeiras dele e mandou bala: o cara está cheio de buracos. Ontem de noite, com aquela chuva toda.

– Meu Deus... – disse ele, tentando pensar. – E você estava lá?

Fiz que não com a cabeça.

– Eu não. Carmen estava lá. É desse rolo que o homem no telefone estava falando. Não foi ela quem atirou em Steiner, claro.

O rosto de Dravec ficou vermelho e furioso. Ele fechou as mãos com os punhos bem apertados. Sua respiração ressoou num barulho rasgado, e uma veia pulsava, bem visível de um lado do pescoço.

– Não é verdade! Ela está doente. Não sai pra nada. Está doente em casa, na cama, quando eu chego em casa!

– Isso você já me disse – falei. – Acontece que não é verdade. Eu mesmo levei Carmen para a sua casa. A empregada sabe, só que ela está sendo discreta. Carmen estava na casa de Steiner, e eu estava de tocaia do lado de fora. Houve um disparo, e um cara saiu correndo. Eu não vi quem era. Carmen estava bêbada demais para ver quem era. É por isso que ela está doente.

Os olhos de Dravec tentaram focar o meu rosto, mas estavam vagos, vazios, como se a luz por trás deles tivesse morrido. Ele se agarrou aos braços da cadeira onde estava sentado. As grandes juntas retesaram-se e foram ficando brancas.

– Ela não me conta – sussurrou ele. – Ela não me conta. Pra mim, que faço qualquer coisa por ela. – Não havia emoção na voz, só um cansaço mortal de desespero.

Ele arrastou a cadeira em que estava sentado um pouco para trás.

– Eu tenho a grana – disse ele. – Os dez mil. Pode ser que o cara não abra a boca.

Foi então que ele desmoronou. Sua grande cabeça caiu sobre a mesa, e os soluços sacudiram-lhe o corpo inteiro. Eu me levantei, dei a volta ao redor da mesa e lhe dei uns tapinhas no ombro – e fiquei assim, dando tapinhas no seu ombro, sem dizer nada. Depois de um tempo, ele ergueu o rosto molhado de lágrimas e pegou na minha mão.

– Minha nossa, você é um bom sujeito – soluçou.

– Você não tem idéia do quanto.

Livrei a minha mão e tratei de botar um drinque em sua pata; ajudei-o a erguer o copo e depois o ajudei a soltar o copo. Então tomei o copo vazio de sua mão e coloquei-o de volta na mesa. Sentei-me novamente.

– Você tem de se preparar – disse a ele, de um modo sombrio. – A polícia ainda não sabe de Steiner. Levei Carmen para casa e mantive a minha boca fechada. Eu quis que você e Carmen pudessem respirar um pouco, antes. Mas isso me coloca numa enrascada. E você vai ter de fazer a sua parte.

Ele aquiesceu com um gesto de cabeça, um movimento lento e pesado.

– Certo, faço o que você mandar... qualquer coisa que você mandar.

– Pegue o dinheiro – disse eu. – Fique com o dinheiro pronto para quando eles telefonarem. Eu tenho umas idéias, e você talvez não precise usá-lo. Mas agora não é o momento de dar uma de esperto... Pegue o dinheiro e fique sentadinho, esperando, e mantenha a boca fechada. Deixe o resto comigo. Será que você consegue fazer isso?

– Sim – disse ele. – Minha nossa, você é um bom sujeito.

– Não fale com Carmen – disse eu. – Quanto menos ela lembrar do que aconteceu durante a sua bebedeira, melhor. Esta foto – toquei o verso da fotografia sobre a mesa – mostra que alguém estava trabalhando junto com Steiner. Temos que achar o cara, e rapidinho... mesmo que isso custe dez mil.

Ele se levantou devagar.

– Isso não interessa. É só dinheiro. Eu vou buscar a grana agora. Depois vou pra casa. Você faz a coisa do jeito que quiser. Eu faço o que você mandar.

Ele agarrou minha mão mais uma vez, apertou-a e, depois, bem devagar, foi saindo do escritório. Ouvi seus passos arrastados no corredor.

Entornei mais uns dois drinques e enxuguei o rosto com a mão.

8

Dirigindo o meu Chrysler, subi lentamente a La Verne Terrace até a casa de Steiner.

À luz do dia, pude ver o aclive íngreme do morro e o lance de degraus de madeira que o assassino teve de descer em fuga. A rua abaixo era quase tão estreita quanto uma viela de beco. Duas casas pequenas tinham frente para ela, não muito perto da casa do Steiner. Com o barulho que a chuva estava fazendo, era improvável que alguém daquelas duas casas tivesse prestado alguma atenção aos tiros.

A casa do Steiner parecia tranqüila sob o sol da tarde. O revestimento do telhado, em madeira aparente, ainda estava úmido da chuva. As árvores do outro lado da rua tinham folhas novas. Não havia nenhum outro carro na rua.

Alguma coisa se mexeu por trás da estrutura quadrada da cerca viva que escondia a porta da frente de Steiner.

Carmen Dravec, usando um casaco xadrez verde e branco e sem chapéu, apareceu pela abertura, parou de repente e olhou para mim com um olhar atônito, como se não tivesse ouvido o carro. Voltou ligeiro para trás da cerca viva. Eu continuei dirigindo e estacionei em frente à casa vazia.

Desci do carro e caminhei de volta. À luz do dia, parecia uma coisa muito exposta e perigosa de se fazer.

Entrei pela cerca viva, e a moça estava ali, muito ereta e quieta no vão semiaberto da porta da casa. Devagar levou a mão até a boca, e seus dentes morderam um polegar estranho, que mais parecia um dedo extra. Viam-se borrões escuros, em negro e roxo, logo abaixo dos seus olhos assustados.

Empurrei-a de volta para a casa sem dizer nada e fechei a porta. Ficamos os dois ali dentro, olhando um para o outro. Devagar ela baixou a mão e tentou sorrir. Então toda e qualquer expressão sumiu de seu rosto pálido, e ela pareceu ser tão inteligente quanto o fundo de uma caixa de sapatos.

Coloquei suavidade em minha voz e disse:

– Tudo bem. Vá com calma. Sou gente amiga. Sente ali, na cadeira da escrivaninha. Sou um amigo do seu pai. Não precisa entrar em pânico.

Ela foi até a cadeira e sentou-se na almofada amarela da cadeira preta da escrivaninha do Steiner.

O lugar parecia decadente e desbotado sob a luz do dia e ainda cheirava a éter.

Carmen umedeceu os cantos da boca com a ponta de uma língua branquicenta. Seus olhos escuros estavam embotados e perplexos agora, mais do que amedrontados. Brinquei com um cigarro, rolando-o entre os dedos, e empurrei alguns livros para poder sentar num canto da escrivaninha. Acendi o cigarro, soltei a fumaça bem devagar, depois perguntei:

– O que você está fazendo aqui?

Ela ficou brincando com o tecido do seu casaco e não me respondeu. Tentei de novo:

– O que é que você lembra de ontem à noite?

A isso ela respondeu:

– Lembrar do quê? Eu estava doente ontem de noite... em casa – sua voz era um som gutural, cauteloso, que mal e mal me chegou aos ouvidos.

– Antes disso – falei. – Antes de eu levar você pra casa. Aqui.

Um rubor lento tomou conta de seu pescoço, e os olhos se arregalaram.

– Você... então foi você? – ela conseguiu respirar e começou a mordiscar aquele polegar engraçado mais uma vez.

– Sim, fui eu. Do que é que você se lembra?

Ela perguntou:

– Você é da polícia?

– Não. Eu já disse: sou um amigo de seu pai.

– E não é da polícia?

– Não.

Finalmente ela entendeu. Deixou escapar um longo suspiro.

– O que... o que você quer?

– Quem matou ele?

Os ombros dela deram um pulo dentro do casaco xadrez, mas nada mudou na expressão do rosto. Seus olhos aos poucos tornaram-se furtivos.

– Quem... quem mais está sabendo?

– Sobre Steiner? Não sei. Não a polícia, ou então teria alguém aqui. Talvez Marty.

Era só uma punhalada no escuro, mas aquilo arrancou dela um grito agudo, repentino.

– Marty!

Ficamos os dois em silêncio por um instante. Eu fumava o meu cigarro, ela mordiscava o polegar.

– Não tente bancar a esperta – disse eu. – Marty matou ele?

O queixo de Carmen caiu uns bons centímetros.

– Matou.

– Por quê?

– Eu... eu não sei – disse ela, de modo muito obtuso.

– Tem se encontrado muito com ele ultimamente?

As mãos dela crisparam-se.

– Só uma ou duas vezes.

– Sabe onde ele mora?

– Sim! – ela cuspiu.

– Qual é o problema? Pensei que você gostasse de Marty.

– Eu odeio ele! – disse ela, quase gritando.

– Então você gostaria de ver ele nessa posição – disse eu.

Ela ficou sem saber o que dizer a isso. Tive de explicar.

– Quero dizer, você estaria disposta a contar à polícia que foi Marty?

Um súbito pânico inflamou-lhe os olhos.

– Se eu fizer sumir a foto com o nu artístico – disse eu, de modo apaziguador.

Ela deu uma risadinha.

Aquilo me deu uma sensação ruim. Se ela tivesse gritado, ou empalidecido, ou mesmo desmaiado, teria sido uma reação natural. Mas ela só deu uma risadinha, e depois outra.

Comecei a detestar aquela sujeita na minha frente. Só de olhar para ela eu me sentia entorpecido.

As risadinhas continuaram, corriam ao redor da sala como ratazanas. Aos poucos, as risadinhas foram ficando histéricas. Levantei da mesa, dei um passo em direção a ela e dei-lhe um tapa na cara.

– Igualzinho a ontem de noite – disse eu.

As risadinhas pararam de supetão, e o polegar voltou a ser mordiscado. Pelo jeito, ela não se importava com os meus tabefes. Voltei a sentar no canto da mesa.

– Você está aqui agora porque veio buscar a chapa da máquina... para a foto com a roupa de aniversário – disse eu.

O queixo dela subiu, depois voltou a cair.

– Tarde demais. Eu mesmo procurei a chapa noite passada. Já tinham levado. É provável que esteja com Marty. Você não está mentindo para mim, sobre odiar Marty?

Ela fez um gesto incisivo de negação com a cabeça. Levantou-se da cadeira, devagar. Seus olhos estavam apertados, estreitinhos e cor de piche de tão escuros e insípidos, como uma concha de ostra.

– Preciso ir, agora – disse ela, como se até ali estivéssemos os dois tomando o chá da tarde.

Foi até a porta e estava levando a mão à maçaneta quando um carro entrou no terreno e estacionou bem em frente à casa. Alguém desceu.

Ela se virou e olhou para mim, horrorizada.

A porta abriu-se e um homem olhou para dentro, para nós.

9

Era um homem de rosto fino e comprido, num terno marrom e de chapéu preto de feltro. O punho da manga esquerda estava dobrado e prendia-se ao lado do casaco por um grande alfinete de segurança.

Ele tirou o chapéu, fechou a porta empurrando-a com o ombro, olhou para Carmen com um bonito sorriso. Tinha o cabelo preto e cortado rente e uma cabeça de ossos bem pronunciados. Sua roupa era bem-talhada para o corpo. Ele não parecia do tipo rude.

– Sou Guy Slade – disse ele. – Desculpem-me entrar assim, sem me anunciar. A campainha não funcionou. Steiner está?

Ele não tinha tentado a campainha. Carmen olhou para ele com um olhar vazio, depois para mim, depois de volta para Slade. Ela umedeceu os lábios, mas não disse nada.

Eu disse:

– Steiner não está, sr. Slade. Não sabemos onde se encontra.

Com a cabeça, ele fez um gesto afirmativo e tocou o queixo comprido com a aba do chapéu.

– Vocês são amigos?

– Nós só viemos até aqui por causa de um livro – disse eu e devolvi-lhe o sorriso. – A porta estava entreaberta. Batemos e depois fomos entrando. Assim como o senhor fez.

– Entendo – disse Slade pensativamente. – Tudo muito simples.

Eu não disse nada. Carmen não disse nada. Ela estava olhando fixamente para a manga vazia.

– Um livro, hein? – continuou Slade. O jeito que ele usou para dizer aquilo me disse coisas. Talvez ele soubesse da história de Steiner.

Eu me mexi em direção à porta.

– Só que o senhor não bateu antes de entrar – disse eu.

Ele sorriu, um pouco atrapalhado.

– De fato. Eu devia ter batido. Desculpe.

– Nós vamos indo agora – disse, assim como quem não quer nada. E tomei o braço de Carmen.

– Algum recado... se Steiner voltar? – Slade perguntou com delicadeza.

– Não queremos incomodar o senhor.

– Que pena – disse ele, e aquilo tinha mais de um sentido.

Larguei do braço de Carmen e dei um passo, devagar, afastando-me dela. Slade ainda tinha o chapéu na mão. Ele não se mexeu. Seus olhos fundos piscavam com prazer.

Abri a porta de novo.

Slade falou:

– A moça pode ir. Mas eu quero falar uma coisinha com o senhor.

Olhei para ele, tentando fazer cara de sonso.

– Gozador, hã? – disse Slade, muito simpático.

Carmen de repente emitiu um som ao meu lado e correu porta afora. Dali a um instante, ouvi seus passos descendo o morro. Eu não tinha visto o carro dela, mas imaginei que estivesse logo ali em algum lugar ao redor.

Comecei a dizer:

– Mas que diabos...

– Vamos nos poupar essa parte – interrompeu-me Slade, a voz gelada. – Tem alguma coisa errada aqui. E eu vou descobrir o que é.

Ele começou a andar pela sala como quem não quer nada; aliás, exageradamente como quem não quer nada. Testa franzida, ele não estava prestando atenção em mim. Isso me fez pensar. Dei uma espiada pela janela, mas não enxerguei nada além do teto do carro acima da cerca viva.

Slade encontrou a jarra redonda e os dois copos, fininhos e roxos, sobre a escrivaninha. Ele cheirou um deles. Um sorriso enojado enrugou os seus lábios finos.

– Cafetão asqueroso – falou, sem qualquer entonação na voz.

Examinou os livros, tocou em um ou dois, deu a volta na escrivaninha, foi para o lado oposto ao da cadeira e ficou de frente para a coisa que parecia um totem. Ficou olhando aquilo. Então desceu o olhar até o chão, até o tapete fininho que agora estava em cima do lugar onde estivera o corpo de Steiner. Slade mexeu no tapete com o pé e de repente ficou tenso, olhando fixo para o chão.

Das duas, uma: ou foi uma ótima encenação, ou então Slade tinha um faro que eu podia usar no meu negócio. Eu ainda não sabia qual, mas refleti profundamente sobre aquilo.

Ele foi se abaixando, devagar, até o chão, apoiando-se em um joelho. A escrivaninha escondia-o parcialmente.

Peguei a arma que eu levava junto às costelas, pus as duas mãos atrás das costas e encostei-me à parede.

Houve uma exclamação aguda, rápida, e então Slade pôs-se de pé num pulo. Seu braço precipitou-se. Apareceu em sua mão, como num passe de mágica, uma Luger preta. Eu não me mexi. Slade segurava a Luger com dedos muito compridos e brancos, sem apontar para mim, sem apontar especialmente para coisa alguma.

– Sangue – disse ele, numa voz baixa, sombria; seus olhos negros e fundos agora também eram implacáveis. – Tem sangue ali no chão, debaixo de um tapete. Muito sangue.

Eu sorri para ele.

– É, eu notei – respondi. – É sangue velho, sangue que já secou.

Ele se sentou de lado na cadeira preta da escrivaninha de Steiner e puxou o telefone para si com a ajuda da Luger. Franziu o cenho para o telefone, depois franziu o cenho para mim.

– Acho que vamos ter a polícia por aqui – disse ele.

– Por mim, está ótimo.

Os olhos de Slade estreitaram-se, duros como azeviche. Ele não gostou de descobrir que eu concordava com ele. O verniz dele tinha se desfeito em caquinhos, e o que sobrava era um garoto durão e bem-vestido, armado com uma Luger. Com jeito de quem poderia vir a usá-la.

– Afinal, quem diabos é você? – rosnou ele.

– Um detetive particular. O nome não interessa. A moça é minha cliente. Steiner estava atormentando ela com uma sujeira tipo chantagem. Viemos conversar com ele. E ele não estava em casa.

– E daí foram entrando assim sem mais nem menos, hã?

– Exato. Qual é o problema? O senhor pensa que atiramos em Steiner, sr. Slade?

Ele sorriu levemente, fracamente, mas não disse nada.

– Ou pensa que Steiner atirou em alguém e fugiu? – sugeri.

– Steiner não atirou em ninguém – disse Slade. – Steiner não tinha a coragem de um gato doente.

Eu disse:

– Não está vendo ninguém aqui, está? Talvez Steiner tenha comido frango no jantar e goste de matar os seus frangos na sala de estar.

– Não estou entendendo. Não consigo ver qual é o seu jogo.

Sorri mais uma vez.

– Vá em frente, chame os seus amigos da delegacia. Só que não vai gostar da reação deles.

Ele refletiu sobre isso sem mover um músculo. Seus lábios comprimiram-se contra os dentes.

– Por que não? – perguntou afinal, em um tom de voz cauteloso.

Respondi:

– Eu o conheço, sr. Slade. O senhor dirige o Clube Aladim, no bairro de Paliçadas. Uma casa de jogo com dados viciados. Luzes na penumbra, roupas muito elegantes e um bufê sempre aberto, com um bom sortimento de comidas. O senhor conhece Steiner o bastante para chegar na casa dele e ir entrando sem bater. As negociatas do Steiner precisavam de proteção de vez em quando. O senhor podia providenciar isso.

O dedo de Slade retesou-se na Luger, depois relaxou. Ele pousou a Luger na escrivaninha e manteve os dedos sobre ela. Sua boca agora era um esgar duro e pálido.

– Alguém pegou Steiner – disse ele suavemente, como se voz e expressão facial pertencessem a pessoas diferentes. – Ele não apareceu na loja hoje. Não atendeu ao telefone. Eu vim até aqui para saber o que está acontecendo.

– Folgo em saber que o senhor não atirou em Steiner – disse eu.

A Luger apareceu de novo, como um relâmpago, mirando no meu peito. Eu disse:

– Largue a arma, Slade. Você ainda não sabe tudo, então ainda não está pronto para puxar o gatilho. Eu tive de me acostumar com a idéia de que não sou à prova de balas. Largue a arma. Vou contar uma coisa... se é que você não sabe. Alguém andou tirando os livros de Steiner lá da loja dele, hoje. Os livros que ele *realmente* comercializava.

Slade pousou a arma na escrivaninha pela segunda vez. Recostou-se na cadeira e lutou contra uma expressão amigável no rosto.

– Estou escutando – disse ele.

– Também acho que alguém pegou Steiner – disse eu. – Acho que esse sangue é sangue dele. Tirar os livros da loja de Steiner nos dá um motivo para terem tirado o corpo dele daqui. Alguém está tomando conta do negócio dele e não quer que o Steiner seja encontrado antes de se estabelecer com tudo ajeitadinho. Quem quer que seja, devia ter limpado o sangue, o que não foi feito.

Slade ouviu em silêncio. Os pontos mais altos de suas sobrancelhas formavam ângulos retos contra a pele branca no meio de sua testa. Continuei:

– Matar Steiner para ficar com o seu negócio foi uma trapaça muito burra, e também não tenho certeza de que foi assim que aconteceu. Mas do que eu *tenho* certeza é de que quem quer que seja que levou os livros sabe do assassinato, e a loira que trabalha na loja está apavorada com alguma coisa.

– Algo mais? – perguntou Slade com voz firme.

– Agora, não. Mas existe uma informaçãozinha por aí que pode render um escândalo e que eu quero rastrear. Se eu ficar sabendo de alguma coisa, posso dizer a você onde. Daí você pode abrir caminho à força.

– Agora, isso seria melhor – disse Slade. Então retesou os lábios de novo com força contra os dentes e assoviou forte, duas vezes.

Dei um pulo. Uma porta de carro abriu-se lá fora. Ouviram-se passos.

Eu trouxe para a frente a arma que tinha nas costas. O rosto de Slade convulsionou-se, sua mão procurou agarrar a Luger que estava à sua frente, e ele se atrapalhou ao pegar a coronha.

Eu disse:

– Nem pensar!

Ele se pôs de pé, rígido, dobrado para a frente, a mão sobre a arma, mas sem a arma na mão. Passei por ele, esquivando-me para dentro do corredor, e me virei bem quando dois homens entravam na sala.

Um deles tinha cabelo ruivo e curto, um rosto branco marcado por rugas, olhos instáveis. O outro era obviamente um pugilista; um rapaz bem bonito, à exceção de um nariz achatado e uma orelha grossa como um bife alto de filé.

Nenhum dos dois parecia estar armado. Pararam e olharam.

Eu estava atrás de Slade, na abertura da porta. Slade estava inclinado sobre a escrivaninha à minha frente, sem se mexer um centímetro sequer.

A boca do pugilista abriu-se num largo rosnado que mostrava dentes brancos e afiados. O ruivo parecia estar vacilante e com medo.

Slade tinha colhões. Numa voz suave, baixa, mas muito clara, ele disse:

– Esse cretino matou o Steiner a tiros. Peguem ele!

O ruivo prendeu o lábio inferior nos dentes e tentou pegar alguma coisa sob o braço esquerdo. Não conseguiu. Eu estava pronto e preparado e meti-lhe uma bala no ombro direito, detestando ter de fazer aquilo. A arma fez um bocado de barulho na sala fechada. A impressão que eu tive foi de que o tiro seria ouvido na cidade inteira. O ruivo caiu no chão e se contorceu e se debateu como se eu o tivesse baleado na barriga.

O pugilista não se moveu. Ele provavelmente sabia que não tinha velocidade suficiente no braço. Slade agarrou a sua Luger e começou a girar o corpo. Eu dei um passo à frente e o golpeei atrás do ouvido. Ele se estatelou à frente, sobre a escrivaninha, e a Luger atirou contra uma fileira de livros.

Slade não me ouviu dizer:

– Detesto bater num maneta por trás, Slade. E também não gosto muito de me exibir. Mas você não me deixou alternativa.

O pugilista arreganhou os dentes e disse:

– Ok, camaradinha. E agora o quê?

– Quero dar o fora daqui, se puder sair sem mais tiros. Ou então posso ficar por aqui e esperar a polícia. Por mim, dá tudo na mesma.

Ele pensou sobre aquilo com calma. O ruivo estava gemendo no chão. Slade nem se mexia.

O pugilista botou as mãos para cima devagar e cruzou-as na nuca. Disse friamente:

– Eu não sei nada sobre o que está acontecendo, mas não dou a mínima nem pra onde você vai nem o que vai fazer quando chegar lá. E esta não é a minha idéia de local para uma festinha de mandar chumbo. Cai fora!

– Esperto, você. Tem mais bom senso que o seu chefe.

Fui andando de lado, bem devagar, primeiro ao redor da escrivaninha, depois em direção à porta aberta. O pugilista foi girando aos poucos, sempre de frente para mim, as mãos na nuca. Havia um sorriso em seu rosto, torto e retorcido, mas quase simpático.

Esgueirei-me pela porta e então disparei pelo buraco na cerca viva, morro acima, meio que esperando uma chuva de balas atrás de mim. Não houve nada.

Atirei-me no banco do Chrysler e tratei de expulsá-lo daquele morro e daquele bairro.

10

Passava das cinco quando parei do outro lado da rua, em frente ao edifício de apartamentos na Randall Place. Umas poucas janelas já estavam acesas, e havia rádios berrando em discórdia, sintonizados em diferentes programas. Peguei o elevador até o quarto andar. O apartamento 405 ficava no fundo de um corredor bem comprido, acarpetado em verde e com painéis marfim nas paredes. Uma brisa fria soprava pelo corredor, vinda das portas abertas das saídas de emergência.

Havia uma pequena campainha marfim ao lado da porta marcada "405". Toquei.

Depois de muito tempo um homem abriu a porta uns trinta centímetros. Era magro, de pernas compridas, olhos castanhos num rosto mulato. Uma carapinha crescia-lhe bem atrás na cabeça, emprestando-lhe um bocado de testa escura. Seus olhos castanhos sondavam-me com impessoalidade.

Eu disse:

– Steiner?

Nada mudou no rosto do homem. Ele trouxe um cigarro de trás da porta e colocou-o lentamente entre lábios escuros e tensos. Uma nuvem de fumaça veio em minha direção e, atrás dela, palavras numa voz fria, sem pressa, sem inflexão:

– O que foi que você disse?

– Steiner. Harold Hardwicke Steiner. O cara que tem os livros.

O homem aquiesceu com a cabeça. Considerou minha observação sem pressa. Olhou para a ponta de seu cigarro e disse:

– Acho que sei quem é. Mas ele nunca esteve aqui. Quem mandou você?

Eu sorri. Ele não gostou daquilo. Falei:

– Você é o Marty?

O rosto mulato endureceu.

– E daí? É alguma vigarice... ou está só se divertindo?

Movimentei o meu pé esquerdo como quem não quer nada, mas o suficiente para que ele não pudesse me bater a porta na cara.

– Você está com os livros – disse eu. – Eu estou com a lista dos otários. Que tal a gente ter uma conversa?

Marty não tirou os olhos do meu rosto. Sua mão direita foi para trás do painel da porta mais uma vez, e o seu ombro dava a impressão de que ele estava movimentando a mão. Um barulho muito leve fez-se ouvir na sala atrás dele; muito leve. Uma argola de cortina fez um clique bem de leve em uma haste.

Então ele abriu a porta completamente.

– Por que não? Se você acha que tem alguma coisa – disse, friamente.

Passei por ele, entrei na sala. Era uma sala alegre, com bons móveis, sem estar mobiliada em excesso. Portas de vidro na parede em frente davam para um avarandado revestido em pedra com vista para os morros, que já estavam ficando arroxeados à luz do fim da tarde. Perto das portas de vidro, uma porta fechada. Uma outra porta na mesma parede, quase no fim da sala, tinha cortinas fechadas, que pendiam de uma haste de latão abaixo do lintel.

Sentei-me em um sofá encostado à única parede sem portas. Marty fechou a porta e andou de lado até uma escrivaninha de parede, alta, de carvalho, guarnecida de tachões quadrados. Uma caixa de charutos em cedro, com dobradiças douradas, repousava sobre o tampo inferior da escrivaninha. Marty pegou a caixa de charutos sem tirar os olhos de mim, levou-a para uma mesinha de apoio, ao lado de uma poltrona. Sentou-se nela.

Coloquei meu chapéu ao meu lado, abri o botão superior do meu casaco e sorri para Marty.

– Bom... estou ouvindo – disse ele.

Apagou seu cigarro num cinzeiro, ergueu a tampa da caixa de cedro e tirou dali dois grandes e gordos charutos.

– Fuma? – sugeriu ele com um tom casual na voz e atirou um charuto para mim.

Peguei o charuto no ar, o que fez de mim um otário. Marty largou o outro cigarro de volta na caixa e levantou-se mais que rápido, armado com um revólver.

Olhei para a arma com polidez. Era um Colt 38, preto, da polícia, contra o qual naquele exato momento eu não tinha argumento algum.

– Levante-se por um minuto – disse Marty. – Venha para a frente uns dois metros. Você pode pegar um pouco de ar fresco enquanto está fazendo isso. – A voz dele era trabalhada para soar casual.

Eu estava furioso por dentro, mas sorri para ele. Falei:

– Você é o segundo cara que encontro hoje que acha que uma arma na mão significa o mundo no bolso. Largue isso, vamos conversar.

As sobrancelhas de Marty juntaram-se, e ele fez seu queixo avançar um pouco. Seus olhos castanhos estavam levemente perturbados.

Encaramos um ao outro. Não olhei para o sapato preto de bico fino que apareceu sob as cortinas naquela porta à minha esquerda.

Marty estava usando um terno azul-escuro, camisa azul e gravata preta. Seu rosto mulato parecia sombrio acima das cores escuras. Ele disse suavemente, em uma voz muito pausada:

– Não me entenda mal. Não sou um cara durão... só cuidadoso. Eu não sei bulhufas sobre você. Você pode muito bem ser um assassino.

– Você não é cuidadoso o suficiente – disse eu. – A brincadeira com os livros foi bem ruim.

Ele respirou fundo e soltou o ar em silêncio. Então se recostou, cruzou as pernas compridas e pousou o Colt sobre o joelho.

– Não se iluda nem por um minuto: eu vou usar isto aqui se for preciso. Qual é a sua história?

– Convide a sua amiga de sapatos de bico fino para vir até aqui – disse eu. – Ela vai cansar de tanto segurar a respiração.

Sem virar a cabeça, Marty chamou:

– Venha para cá, Agnes.

As cortinas sobre a porta abriram-se para um lado, e a loira de olhos verdes da loja de Steiner veio juntar-se a nós na sala. Eu não fiquei muito surpreso de encontrá-la ali. Ela me olhou com raiva.

– Bem que eu sabia que você era encrenca – disse ela, furiosa, para mim. – Eu avisei o Joe para tomar cuidado.

– Pode parar – interrompeu Marty com rispidez. – Joe está se cuidando direito. Acenda a luz, para eu enxergar quando tiver que estourar os miolos deste cara aqui, se a coisa terminar desse jeito.

A loira acendeu uma enorme luminária de pé, com pantalha quadrada e vermelha. Ela se sentou sob o abajur, numa grande poltrona de veludo, e manteve no rosto um sorriso triste e fixo. Estava assustada à exaustão.

Lembrei do charuto que eu estava segurando e levei-o à boca. O Colt de Marty ficou firme mirando em mim enquanto eu pegava os fósforos do meu bolso e acendia o charuto.

Dei umas baforadas e disse, através da fumaça:

– A lista de otários que eu mencionei está em código. Assim, acontece que eu não posso ler os nomes por enquanto, mas tem uns quinhentos nomes na lista. Você pegou uma dúzia de caixas de livros, digamos, trezentos. Deve ter mais um outro tanto de livros que estão fora, alugados. Digamos, quinhentos ao todo, calculando por baixo. Se a lista é de fregueses ativos, e se você puder alugar para cada um todos os livros, isso significa duzentos e cinqüenta mil aluguéis de livros. Vamos pôr a média do aluguel bem baixinha, digamos, um dólar. É muito pouco, mas vamos dizer, sim, um dólar. Isso é muito dinheiro nos dias de hoje. Dinheiro suficiente para que alguém fique como suspeito na polícia.

A loira ganiu um grito muito agudo:

– Você está louco, se você…

– Cala a boca! – gritou Marty para ela.

A loira acalmou-se e recostou a cabeça de volta no encosto da poltrona. Seu rosto estava torturado de angústia.

– Isso não é negócio para um vagabundo qualquer – continuei, dirigindo-me aos dois. – Você tem que conquistar confiança e manter a confiança. Eu, pessoalmente, acho que o negócio com as chantagens é um grande erro. Eu sou a favor de esquecer essa parte.

O olhar castanho-escuro de Marty manteve-se friamente no meu rosto.

– Você é um cara engraçado – falou ele devagar, arrastando as palavras. – Quem é que tem esse negócio fantástico?

– Você tem – disse eu. – Quase.

Marty não falou nada.

– Você matou Steiner para ficar com ele – disse eu. – Noite passada, na chuva. O tempo estava bom para se disparar um revólver. O problema é que ele não estava sozinho quando isso aconteceu. Ou você não viu, ou se assustou. Você fugiu na corrida. Mas teve coragem bastante para voltar e esconder o corpo em algum lugar... para poder ajeitar os livros antes que o assassinato fosse descoberto.

A loira emitiu um som estrangulado e então virou a cabeça e ficou olhando para a parede. Suas unhas prateadas cravaram-se nas palmas de suas mãos. Seus dentes morderam o lábio inferior com força.

Marty não piscou nem uma única vez. Ele não se moveu, e o Colt não se moveu em sua mão. Seu rosto mulato estava duro como um pedaço de madeira para entalhe.

– Puxa vida, como você se arrisca – disse ele por fim, suavemente. – É muita sorte sua que eu não matei Steiner.

Sorri para ele, sem muito entusiasmo.

– Igual, você pode ter que marchar nessa – disse eu.

A voz de Marty agora era um farfalhar seco:

– Acha que vão me enquadrar por isso?

– Positivo.

– Baseado no quê?

– Tem uma pessoa que vai contar a história desse jeito.

Marty praguejou.

– Aquela... desgraçada de uma...! Ela tinha que... só isso... que se dane, também!

Eu não falei nada. Deixei ele mastigar a coisa. Seu rosto foi clareando aos poucos, e ele pôs o Colt sobre a mesinha, mantendo a mão por perto.

– Você não me parece um vigarista, e conheço vigaristas – disse ele muito lentamente, os olhos com um brilho apertado entre as pálpebras escuras e estreitadas. – E também não estou sentindo cheiro de polícia. Qual é o seu negócio?

Fumei o meu charuto e observei a mão com o revólver.

– A chapa que estava na câmera de Steiner. Todas as fotografias que foram reveladas. Aqui e agora. Você tem esse material... porque se não, você não poderia saber quem estava lá ontem à noite.

Marty virou a cabeça um pouquinho, para olhar para Agnes. O rosto dela ainda estava encarando a parede, e as unhas ainda machucavam as palmas das suas mãos. Marty olhou de novo para mim.

– Você está frio nessa, cara. Frio como os pés de um guarda-noturno.

Sacudi a cabeça em gesto negativo.

– Não. Você é que é um otário por se enganar, Marty. Você pode ser morto por ter matado Steiner. É a conseqüência natural das coisas. Se a moça tiver que contar a história dela, as fotos perdem o interesse. Mas ela não quer contar.

– Você é um detetive particular? – perguntou.

– Sou.

– Como foi que chegou até mim?

– Eu estava trabalhando em cima de Steiner. Ele estava trabalhando em cima de Dravec. Dravec tem dinheiro saindo pelo ladrão. Você embolsou uma fatia desse dinheiro. Eu segui os livros até aqui, desde a loja de Steiner. O resto ficou fácil de encaixar quando eu tinha a história da moça.

– Ela disse que eu matei Steiner?

Fiz que sim com a cabeça.

– Mas ela pode ter se enganado.

Marty suspirou.

– Ela tem ódio de mim – disse ele. – Eu dei o fora nela. Me pagaram pra fazer isso, mas eu teria feito de qualquer modo. Ela é doida demais pra mim.

Eu disse:

– Pegue as fotos, Marty.

Ele se levantou devagar, olhou para o Colt, guardou-o no bolso lateral do casaco. Sua mão moveu-se lentamente casaco acima, até o bolso interno, na altura do peito.

Alguém bateu na campainha e grudou o dedo, e a campainha ficou ressoando sem parar.

11

Marty não gostou daquilo. Seu lábio inferior escondeu-se atrás dos dentes, e suas sobrancelhas abaixaram-se nos cantos. O seu rosto como um todo ficou cruel.

A campainha não parava de soar.

A loira levantou-se, rápida. A tensão nervosa envelhecia e enfeiava o seu rosto.

Olhando para mim, Marty abriu num repente uma pequena gaveta da escrivaninha de parede e dali tirou uma automática pequena, de coronha branca. Estendeu a arma para a loira. Ela foi até ele e pegou a arma com escrúpulos, não gostando nem um pouco daquilo.

– Você senta do lado do bisbilhoteiro particular – disse ele com voz áspera. – Fica com a arma grudada nele. Se ele se fizer de engraçadinho, mete bala.

A loira sentou-se no sofá, a um metro de mim, do lado oposto ao da porta. Ela apontou a arma para a minha perna. Eu não estava gostando nada do olhar sobressaltado naqueles olhos verdes.

A campainha da porta parou, e alguém começou a dar pancadinhas secas, rápidas e impacientes no painel marfim da parede do corredor. Marty foi até lá e abriu a porta. Enfiou a mão direita no bolso do casaco e abriu a porta com a mão esquerda, de um puxão só.

Carmen Dravec empurrou-o para dentro da sala com a ponta de um pequeno revólver contra a sua cara de mulato.

Marty recuou, afastando-se dela suavemente, com leveza. Ele estava de boca aberta, e uma expressão de pânico dominava seu rosto. Ele conhecia Carmen muito bem.

Carmen fechou a porta e então continuou indo em frente com sua arma diminuta. Ela não olhava para ninguém a não ser Marty, parecia não enxergar nada além de Marty. Tinha a aparência de quem está dopado.

A loira estremeceu de alto a baixo e, num gesto único e rápido, ergueu sua automática de coronha branca, mirando em Carmen. Eu joguei minha mão para a frente e agarrei a dela, fechei meus dedos com rapidez, com meu polegar acionei o dispositivo de segurança e o mantive acionado. Houve uma luta rápida, à qual nem Marty nem Carmen deram qualquer atenção, e depois disso eu fiquei com a arma.

A loira resfolegava e olhava fixamente para Carmen Dravec. Carmen olhava para Marty com olhos dopados. Disse:

– Quero as minhas fotos.

Marty engoliu em seco e tentou sorrir. Disse:

– Claro, garota, claro – com uma voz miúda, sem expressão, em nada parecida com a voz que ele usou para falar comigo.

Carmen parecia estar quase tão doidona como quando a vi na cadeira do Steiner. Mas agora ela tinha o controle da voz e de sua musculatura. Ela disse:

– Você matou Hal Steiner.

– Espere aí um minuto, Carmen! – eu fui gritando.

Carmen não virou a cabeça. A loira voltou à ação com uma investida, com ímpeto: baixou a cabeça como se fosse me dar uma cabeçada e cravou os dentes na minha mão direita, a mão que estava segurando sua arma.

Gritei mais ainda. Ninguém deu bola, de novo.

Marty disse:

– Escute, garota, eu não...

A loira tirou os dentes da minha mão e cuspiu em mim o meu próprio sangue. Então se atirou em minha perna, tentando mordê-la. Eu bati de leve na cabeça dela com a coronha da arma e tentei levantar. Ela deslizou pela minha perna abaixo e abraçou meus tornozelos. Caí de volta no sofá. A loira tinha força, pois estava ensandecida de medo.

Marty tentou agarrar a arma de Carmen com a mão esquerda e falhou. O pequeno revólver produziu um som oco, pesado, mas não era um barulho alto.

Uma bala não atingiu Marty e quebrou o vidro de uma das portas, que estava aberta para dentro da sala.

Marty ficou imóvel de novo. Dava a impressão de que todos os músculos de seu corpo estavam traindo sua confiança neles.

– Pega os pés dela! Te atira no chão e derruba ela, seu desgraçado! – gritei para ele.

Então bati na loira, no lado da cabeça de novo, com mais força desta vez, e ela largou os meus pés e rolou para o chão. Eu me desprendi e me afastei dela.

Marty e Carmen ainda encaravam um ao outro, como imagens espelhadas.

Alguma coisa muito grande e muito pesada golpeou o lado de fora da porta, e o painel da parede rachou em diagonal, do teto ao chão.

Aquilo teve o efeito de acordar Marty. Ele puxou o Colt de seu bolso e pulou para trás. Eu atirei contra o ombro direito dele, mas errei o alvo. Não queria machucá-lo muito. A coisa pesada golpeou a porta de novo, com um impacto que parecia ter sacudido o edifício todo.

Larguei a pequena automática e peguei minha própria arma, quando Dravec entrou junto com a porta despedaçada.

Ele tinha o olhar enlouquecido, furiosamente bêbado, frenético. Seus braços enormes chicoteavam o ar. Seus olhos estavam brilhantes, injetados, e sua boca espumava.

Ele me golpeou com força no lado do cabeça, sem nem mesmo olhar para mim. Caí contra a parede, entre uma ponta do sofá e a porta espatifada.

Eu estava sacudindo a cabeça e tentando levantar de novo quando Marty começou a atirar.

Alguma coisa ergueu o casaco do Dravec, afastando-o de seu corpo nas costas, como se uma bala tivesse passado através dele. Ele deu um passo em falso, endireitou-se imediatamente e arremeteu com o corpo como só um touro sabe fazer.

Fiz pontaria e atirei em Marty, uma bala que lhe atravessou o corpo. Aquilo o sacudiu, mas o Colt na mão dele continuou a pular e trovejar. Então Dravec pôs-se entre nós, e Carmen foi tirada do caminho como se fosse uma folha morta, e de repente não havia mais nada que se pudesse fazer.

As balas de Marty não detiveram Dravec. Nada poderia detê-lo. Se estivesse morto, ainda assim Dravec teria pegado Marty.

Ele o pegou pela garganta, enquanto Marty arremessava sua arma vazia no rosto daquele enorme homem. A arma bateu e voltou como uma bola de borracha. Marty deu um grito esganiçado, e Dravec o pegou pela garganta e simplesmente levantou-o do chão.

Por um instante as mãos mulatas de Marty esforçaram-se para agarrrar os enormes punhos do homem. Alguma coisa estalou com um som alto e agudo, e as mãos de Marty caíram-lhe ao longo do corpo, moles. Houve um outro estalido, mais abafado. Logo antes de Dravec soltar o pescoço de Marty, notei que o rosto de Marty estava arroxeado. Lembrei, assim por acaso, que homens que sofrem fratura de pescoço às vezes engolem a língua antes de morrer.

Então Marty caiu a um canto, e Dravec começou a se afastar dele. Afastou-se como um homem que vai perdendo o equilíbrio, incapaz de ficar de pé, de conservar o seu centro de gravidade. Deu quatro desajeitados passos para trás dessa maneira. Então seu enorme corpo inclinou-se, e ele caiu de costas no chão, os braços abertos.

Saía sangue de sua boca. Seu olhar tenso concentrava-se no teto, como se ele estivesse querendo enxergar através de uma densa neblina.

Carmen Dravec atirou-se ao lado dele e começou a choramingar como um animal assustado.

Ouviram-se alguns barulhos vindo de fora, do corredor, mas ninguém deu as caras ali na porta aberta. Muita bala perdida estivera voando naquela sala.

Ligeiro, fui em direção a Marty, debrucei-me sobre ele e enfiei minha mão no bolso interno de seu casaco. Tirei dali um envelope grosso, quadrado, que tinha alguma coisa rígida e dura dentro. Com aquilo, endireitei o corpo e me virei.

Ao longe, o lamento de uma sirene se fazia ouvir muito de leve no ar da noite, mas dali a instantes se fez ouvir mais alto. Um homem muito pálido espreitou, cauteloso, pela porta aberta. Ajoelhei-me ao lado de Dravec.

Ele tentou dizer algo, mas não consegui ouvir as palavras. Então o olhar tenso desapareceu de seus olhos, e eles ficaram distantes e indiferentes, como os olhos de um homem que olha para algo muito ao longe, além de uma vasta planície.

Carmen disse com uma voz de pedra:

– Ele estava bêbado. Ele me obrigou a dizer para onde eu estava vindo. Eu não sabia que ele ia me seguir.

– Você não tinha como saber – disse eu numa entonação vazia.

Levantei e abri o envelope. Continha umas poucas fotos reveladas e um negativo em vidro. Joguei a chapa no chão e moí o vidro em caquinhos com o calcanhar. Comecei a rasgar as fotos e depois soltei os pedacinhos, que flutuaram até o chão.

– Vão revelar muita foto sua agora, mocinha – disse eu. – Mas não vão poder publicar esta aqui.

– Eu não sabia que ele estava me seguindo – ela disse mais uma vez e começou a mordiscar o polegar.

A sirene agora estava bem forte, do lado de fora do edifício. O som foi desmaiando até restar um zumbido penetrante e depois parou de todo, ao mesmo tempo em que eu terminava de rasgar as fotos.

Fiquei parado, de pé, imóvel no meio da sala e me perguntei por que tinha me dado àquela trabalheira toda. Mas agora não importava mais.

12

Cotovelo apoiado na beirada da grande mesa de nogueira na sala do inspetor Isham e segurando displicentemente um cigarro aceso entre os dedos, Guy Slade disse, sem me olhar:

– Obrigado por me jogar na frigideira, sr. bisbilhoteiro particular. Gosto de visitar esses caras da delegacia de vez em quando. – Ele enrugou os cantos dos olhos num sorriso desagradável.

Eu estava sentado à mesa, de frente para Isham. Isham era magro, grisalho e usava um pincenê. Ele não parecia, não agia e não falava como um policial. Violetas M'Gee e um detetive de descendência irlandesa e de olhos alegres, de nome Grinnell, ocupavam cadeiras de encosto arredondado, colocadas contra uma parede divisória com parte superior de vidro que fazia a sala do inspetor ter uma salinha de espera.

Eu disse para Slade:

– Calculei que o senhor tivesse encontrado aquele sangue um pouco cedo demais. Acho então que eu estava errado. Minhas desculpas, sr. Slade.

– Claro. Isso faz com que fique parecendo que nada nunca aconteceu. – Ele se levantou, pegou a sua bengala de ratã e a sua luva da mesa. – Isso é tudo, inspetor?

– Isso é tudo por esta noite, Slade – a voz de Isham era seca, fria, sarcástica.

Slade ajeitou o punho curvo da bengala sobre o seu pulso para abrir a porta. Deu um sorriso a todos na sala antes de sair. A última coisa em que seus olhos pousaram foi provavelmente a minha nuca, mas eu não estava olhando para ele.

Isham disse:

– Eu não preciso lhe dizer como é que um departamento de polícia encara esse tipo de acobertamento de assassinato.

Suspirei.

– Arma de fogo – disse eu. – Um morto no chão. Uma moça nua, dopada, sentada em uma cadeira, sem saber o que tinha acontecido. Um assassino que eu não podia pegar e que vocês não conseguiriam pegar... naquela hora. Por trás de tudo, um pobre velho casca-grossa tentando fazer a coisa certa num cenário miserável. Vá em frente... pode me crucificar. Eu não me arrependo.

Isham dispensou tudo o que falei com um aceno de mão.

– Quem matou Steiner?

– A loira pode te contar essa parte.

– Eu quero que você me conte.

Eu dei de ombros.

– Se você quer que eu adivinhe... O motorista de Dravec, Carl Owen.

Isham não se mostrou surpreso. Violetas M'Gee reagiu àquilo com um grunhido, quase um rugido.

– E por que você acha isso? – perguntou Isham.

– Pensei que podia ter sido o Marty, em parte porque a moça disse. Mas isso não quer dizer nada. Ela não sabia e agarrou como pôde a oportunidade de apunhalar Marty pelas costas. E ela é do tipo que não se desgruda fácil de uma idéia. Mas Marty não reagiu como um assassino. Além do mais, um homem frio como Marty não teria saído correndo daquele jeito. Eu nem tinha batido na porta e o cara que matou Steiner já estava dando no pé. Claro que pensei em Slade também. Mas Slade não é bem o tipo. Ele carrega dois gorilas armados aonde vai, e eles teriam protagonizado uma briga nessa história toda. E Slade me pareceu sinceramente surpreso quando encontrou sangue no chão hoje de tarde. Slade estava junto na coisa com Steiner, estava vigiando o homem, mas não o matou. Não tinha nenhum motivo para matar Steiner e, se tivesse, não teria feito aquilo daquele jeito, na frente de uma testemunha. Mas Carl Owen sim, ele teria agido daquele jeito. Um dia ele foi apaixonado pela moça, talvez ainda estivesse apaixonado. Ele tinha oportunidades para funcionar como um espião da vida dela, saber onde ela ia e o que fazia. Ele estava vigiando Steiner; foi até a porta dos fundos, viu acontecer aquela coisa toda da foto da moça nua e perdeu a cabeça. Fez peneira do Steiner. Daí entrou em pânico e simplesmente saiu correndo.

– Correu sem parar até o píer do Lido e continuou indo em frente, para além do fim do píer – disse Isham com secura na voz. – Você não está esquecendo que esse garoto Owen tinha uma rachadura no lado da cabeça?

Eu disse:

– Não. E também não estou esquecendo que, de um jeito ou de outro, Marty sabia o que estava na chapa da máquina fotográfica... ou pelo menos sabia alguma coisa sobre as fotos, o suficiente para entrar e pegar a chapa e depois esconder um cadáver na garagem de Steiner para ganhar tempo.

Isham disse:

– Traga essa Agnes Laurel aqui, Grinnell.

Grinnell içou-se com esforço da cadeira, arrastou-se ao longo da sala de Isham e sumiu por uma porta.

Violetas M'Gee disse:

– Meu querido, você é um amigão.

Eu não olhei para ele. Isham puxou a pele frouxa de seu pescoço bem na altura do pomo-de-Adão e olhou para as unhas de sua outra mão.

Grinnell voltou com a loira. O cabelo dela estava desarrumado acima da gola do casaco. Ela estava sem os brincos grandes e redondos. Parecia cansada, mas não dava mais sinais de estar com medo. Sentou-se devagar na cadeira colocada na extremidade da mesa, onde Slade havia sentado, e cruzou as mãos de unhas prateadas no colo.

Isham disse em voz baixa:

– Muito bem, srta. Laurel. Agora nós queremos ouvir a sua versão dos fatos.

A moça olhou para as mãos cruzadas e falou sem hesitações, numa voz baixa e uniforme.

– Conheço Joe Marty há uns três meses. Ficou meu amigo porque eu estava trabalhando para Steiner; acho que foi por isso. Eu pensava que era porque ele gostava de mim. Contei a ele tudo o que eu sabia sobre Steiner. Alguma coisa ele já sabia. Ele vinha gastando um dinheiro que tinha recebido do pai de Carmen Dravec, mas aquele dinheiro tinha acabado, e ele já estava vivendo à base de moedas, pronto para coisa maior. Resolveu que Steiner precisava de um sócio e estava então observando para ver se por um acaso Steiner não tinha uns capangas para garantir que os negócios corressem sempre bem. Noite passada ele estava dentro do seu carro na rua dos fundos da casa de Steiner. Ele ouviu os tiros, viu o garoto descer a escada em desabalada, entrar num enorme sedã e sair em disparada. Joe foi atrás dele. A meio caminho da praia, alcançou o menino e botou ele pra fora da estrada. O garoto então apareceu armado, mas estava nervoso demais, e o Joe acabou batendo nele e nocauteando o guri. Enquanto o menino estava desacordado, Joe revistou ele e descobriu quem era. Quando ele acordou, Joe se fez de policial e o garoto não agüentou a pressão e contou toda a história. Enquanto Joe estava pensando o que fazer com aquilo tudo, o garoto fica esperto, joga o Joe pra fora do carro e dá no pé de novo. Daí ele sai dirigindo que nem doido, e o Joe deixa ele ir embora. Então Joe volta até a casa de Steiner. E agora eu acho que vocês sabem o resto. Quando Joe mandou revelar a chapa e viu o que tinha nas mãos, foi atrás de um golpe rápido, para a gente se mandar da cidade antes que a polícia encontrasse Steiner. A gente ia levar um pouco dos livros de Steiner e montar uma loja em outra cidade.

Agnes Laurel parou de falar. Isham tamborilou os dedos e disse:

– Marty contou tudo para você, não foi?

– Arrã.

– Tem certeza que ele não matou esse Carl Owen?

– Eu não estava lá. Mas acho que Joe não agiu como alguém que matou uma pessoa.

Isham fez um gesto afirmativo de cabeça.

– Isso é tudo por ora, srta. Laurel. Nós vamos querer tudo por escrito. E vamos ter que detê-la, claro.

A moça levantou-se. Grinnell acompanhou-a. Ela saiu sem olhar para ninguém.

Isham disse:

– Marty não tinha como saber que Carl Owen estava morto. Mas ele tinha certeza de que o garoto ia tentar se esconder da polícia. Até nós pegarmos o rapaz, Marty teria conseguido tirar dinheiro de Dravec e mudar de cidade. Acho que a história dessa moça é bem razoável.

Ninguém disse nada. Um pouco depois, Isham me disse:

– Você cometeu um erro grave. Não devia ter mencionado Marty para a moça até ter certeza de que ele era o homem que você procurava. Isso matou duas pessoas desnecessariamente.

Eu disse:

– Arrã. Talvez eu deva então voltar e fazer tudo de novo.

– Não se faça de durão agora.

– Eu não sou durão. Eu estava trabalhando para Dravec e tentando poupá-lo de uma desilusão. Eu não sabia que a moça era tão maluca assim, nem que Dravec fosse capaz de tamanho surto de violência. Eu só queria as fotos. Eu não estava me importando com lixo como Steiner ou esse Joe Marty e sua namorada. E continuo não me importando.

– Ok, está certo – disse Isham, impaciente. – Não preciso mais de você esta noite. Você provavelmente vai ser bombardeado de todos os lados durante o inquérito.

Ele se levantou, e eu me levantei. Ele estendeu a mão.

– Mas isso vai lhe servir mais bem do que mal – acrescentou, com secura na voz.

Trocamos um aperto de mão, e eu fui embora. M'Gee veio atrás de mim. Descemos juntos no elevador sem nos falarmos. Quando estávamos fora do prédio, M'Gee deu a volta no meu Chrysler e entrou, acomodando-se no banco do passageiro.

– Tem bebida naquela sua pocilga?

– Bastante – respondi.

– Vamos beber, então.

Dei partida no carro e rumamos para oeste ao longo da First Street, passando por um longo túnel, onde qualquer som produzia eco. Já fora do túnel, M'Gee disse:

– Na próxima vez que eu te mandar um cliente, espero que você não saia por aí delatando o cara.

Continuamos rodando na noite tranqüila, até o Berglund. Eu me sentia cansado, velho e de pouca serventia para quem quer que fosse.

O HOMEM QUE GOSTAVA DE CACHORROS

1

Havia um sedã DeSoto novinho em folha, cinza metálico, estacionado bem em frente à porta. Dei a volta ao carro, subi três degraus brancos, passei por uma porta de vidro e subi mais três degraus acarpetados. Toquei a campainha, embutida na parede.

Imediatamente as vozes de uma dúzia de cachorros começaram a sacudir o telhado. Enquanto eles latiam, ganiam e uivavam, aproveitei para dar uma olhada no pequeno nicho que fazia vezes de escritório, com uma escrivaninha de tampo corrediço e uma salinha de espera em estilo colonial *à la* missões espanholas, com cadeiras de couro e uma mesa onde estavam espalhados exemplares da *Gazeta dos Amigos dos Cães*. Na parede, três diplomas.

Alguém aquietou os cachorros nos fundos da casa, e então uma porta interna abriu-se, e um homem baixinho de rosto bonito e de guarda-pó bege apareceu, sapatos de sola de borracha, com um sorriso solícito sob um bigode que mais parecia um lápis preto atravessado em seu rosto. Ele olhou à minha volta, olhou para baixo e não viu cachorro nenhum. Seu sorriso ficou menos solícito e mais casual.

Ele disse:

– Bem que eu queria tirar esse hábito deles, mas não consigo. Cada vez que ouvem a campainha, começa a gritaria. Eles ficam entediados e sabem que a campainha quer dizer visita.

Eu disse:

– Claro – e entreguei ao homem o meu cartão. Ele leu, virou o cartão do outro lado, olhou, virou de novo e leu a frente do cartão mais uma vez.

– Detetive particular – disse ele bem suavemente, umedecendo com a língua os lábios já úmidos. – Bom, eu sou o doutor Sharp. Em que lhe posso ser útil?

– Estou procurando por um cão roubado.

As pálpebras dele agitaram-se, adejaram, mas ele não piscou. Sua boca miúda retesou-se. Muito devagar, o rosto todo foi ficando vermelho. Eu disse:

– Não estou sugerindo que *o senhor* roubou o cachorro, doutor. Praticamente qualquer um pode trazer um cachorro para um lugar assim como o seu, e o senhor não pensaria sobre quais são as chances de a pessoa não ser a dona do bicho, certo?

– A gente nem gosta de pensar numa coisa dessas – disse ele, ainda rígido. – Que tipo de cachorro?

– Um policial.

Ele ficou roçando a ponta do pé no carpete fininho, olhou para um canto do teto. O rubor desapareceu de seu rosto, deixando-o com uma espécie de palidez lustrosa. Depois de bastante tempo, ele disse:

– Eu tenho só um policial aqui e conheço os donos. Então, sinto muito, acho que…

– Então o senhor não vai se importar se eu der uma olhada nele – interrompi a fala do homem e fui me dirigindo para a porta interna.

O doutor Sharp não se mexeu. Ainda roçou a ponta do pé no carpete mais um pouco.

– Acho que não seria conveniente – disse ele com suavidade. – Talvez mais tarde.

– Agora seria melhor para mim – disse eu, estendendo a mão para a maçaneta.

Ele atravessou a salinha de espera e correu até a pequena escrivaninha. Sua mãozinha agarrou o telefone que havia ali.

– Eu vou… vou chamar a polícia se o senhor está querendo entrar à força – disse ele, mais que ligeiro.

– Tá ótimo – disse eu. – Pode pedir para falar com o chefe Fulwider. Diga a ele que quem está aqui é Carmady. Estou vindo do gabinete dele.

O doutor Sharp largou o telefone. Sorri para ele e fiquei brincando de fazer girar um cigarro entre os meus dedos.

– Vamos lá, doutor – disse eu. – Deixe de formalidades, vamos lá. Seja simpático, e talvez eu lhe conte uma história.

Ele mordeu os lábios em resposta, olhou para o mata-borrão marrom na escrivaninha, brincou com um canto do objeto, levantou-se e atravessou a sala com sua calça de couro branco, abriu a porta à minha frente, e passamos para um corredor estreito e cinza. Por uma porta aberta, via-se uma mesa cirúrgica. Fomos até outra porta mais adiante e entramos numa peça com piso de concreto, um aquecedor a gás no canto, ao lado deste um recipiente com água e, ao longo de toda uma parede, duas fileiras de baias com portas feitas de tela de arame reforçado.

Cães e gatos olhavam para nós em silêncio, em expectativa, por trás das telas. Um diminuto chiuaua fungava debaixo de um enorme gato persa ruivo com uma larga gola de pele de ovelha no pescoço. Tinha um *terrier* escocês de cara amargurada, um vira-latas com o pêlo raspado em uma perna toda, um angorá de pêlo cinza-prateado, um *terrier* galês, dois outros vira-latas, um *fox terrier* muito esperto com um focinho cilíndrico e, nos últimos cinco centímetros, com a exata curva para baixo.

Seus focinhos estavam molhados, seus olhos eram brilhantes e eles queriam saber que tipo de visita eu era.

Olhei todos.

– Esses aí são cachorrinhos de brinquedo, doutor – rosnei. – Estou falando de um policial. Cinza e preto, não castanho. Um macho. Nove anos. Um bicho perfeito em todos os sentidos, a não ser pelo rabo, que é um pouco curto demais. Estou lhe incomodando?

Ele me encarou, fez um gesto descontente.

– Sim, mas... – murmurou ele. – Bom, por aqui.

Saímos daquela peça. Os bichinhos pareciam decepcionados, especialmente o chiuaua, que tentou subir pela tela de arame e quase conseguiu. Saímos, por uma porta de fundos, para um quintal acimentado, com duas garagens que davam frente para os fundos da casa. Uma das garagens estava vazia. A outra, com sua porta aberta uns trinta centímetros, era uma caixa de tristeza e desânimo no fundo da qual um enorme cachorro fazia tinir uma corrente e pousava o maxilar por completo no acolchoado velho que era a sua cama.

– Cuidado – disse Sharp. – Ele é bem bravo às vezes. Eu deixava ele lá dentro, mas ele assustava os outros.

Fui até a garagem. O cachorro rosnou. Fui indo em sua direção, e ele veio até a ponta de sua corrente, onde chegou com um estrondo. Eu disse:

– Oi, Voss. Toca aqui.

Ele deitou a cabeça de volta no acolchoado. Suas orelhas vieram meio caminho para a frente. Ele ficou muito quieto, imóvel. Tinha os olhos de um lobo, pretos em toda a volta. Então o rabo curvo e curto demais começou a bater no chão aos pouquinhos. Falei:

– Toca aqui, rapaz – e estendi a mão. No vão da porta atrás de mim o veterinário baixinho me avisava para ter cuidado. O cachorro veio devagar em suas patas grandes e peludas, moveu as orelhas de volta para o normal e ergueu a pata esquerda. Eu o cumprimentei com um aperto de mão.

O veterinário baixinho queixou-se:

– Isso é uma grande surpresa para mim, sr...sr...

– Carmady – disse eu. – Sim, deve ser mesmo, uma surpresa.

Dei uns tapinhas na cabeça do cachorro e saí da garagem.

Voltamos para dentro da casa, para a salinha de espera. Afastei as revistas e sentei-me em um canto da mesa em estilo colonial espanhol e examinei de alto a baixo o nanico garboso.

– Muito bem – disse eu. – Pode ir falando. Qual é o nome dos donos dele e onde eles moram?

Ele pensou sobre aquilo, e sua expressão era sombria.

– O sobrenome deles é Voss; mudaram-se para a Costa Leste e vão mandar buscar o cachorro quando estiverem instalados.

– Que bonitinha, a história – disse eu. – O nome dele é Voss em homenagem a um aviador alemão da Segunda Guerra. Então eles têm o sobrenome deles em homenagem ao cachorro.

– Você pensa que estou mentindo – o nanico disse, afogueado.

– Não. Você se assusta fácil demais para um vigarista. O que eu acho é que alguém quis se ver livre do cachorro. A minha versão é a seguinte: uma moça chamada Isobel Snare desapareceu de casa em San Angelo, faz duas semanas. Ela mora com a tia-avó, uma velhinha simpática que usa vestidos escuros de seda e não é muito prudente. A moça andava saindo em companhias nada salutares, gente de reputação no mínimo duvidosa, nos lugares mais freqüentados da noite e nas casas de jogo. Então a velhinha acha que nada daquilo cheira bem, mas não quer chamar a polícia. Ela não quer chamar ninguém, até que uma amiga dessa moça por um acaso vê o cachorro aqui nesta sua espelunca. Ela contou para a velhinha. A velhinha me contratou... porque quando a sobrinha-neta foi embora no seu conversível e não voltou, ela estava com o cachorro.

Apaguei o meu cigarro com a sola do sapato e acendi outro. O rosto pequeno do doutor Sharp estava branco como farinha. Seu bigodinho tão bem aparado apresentava gotas de suor.

Acrescentei com toda a gentileza:

– Ainda não é um caso de polícia. Eu estava brincando quando falei do chefe Fulwider. Mas que tal você e eu deixarmos tudo debaixo dos panos?

– O que... o que você quer que eu faça? – o homenzinho gaguejou.

– Acha que vai ter notícias dos tais donos do cachorro?

– Sim – disse ele, mais que rápido. – O homem parecia muito agarrado ao cachorro. Um verdadeiro amante dos cães. E o cachorro era dócil com ele.

– Então ele vai dar notícias. Quando fizer isso, eu quero que você me avise. Como é que ele é?

– Alto e magro, olhos pretos muito atentos a tudo. A esposa é alta e magra como ele. Um casal discreto e bem-vestido.

– Essa moça Snare é baixinha – disse eu. – Por que tanto sigilo?

Ele olhou para os sapatos e não respondeu.

– Está certo – disse eu. – Negócios são negócios. Se você jogar do meu lado, não vai ter publicidade negativa. Podemos fechar um acordo? – estendi a mão.

– Eu jogo do seu lado – disse ele em voz baixa e apertou minha mão com a dele, uma pata pequena, úmida e mole. Apertei a mão dele com cuidado para não quebrá-la ao meio.

Eu lhe disse onde estava hospedado, voltei para a rua ensolarada e caminhei um quarteirão, até onde estava estacionado o meu Chrysler. Entrei no carro e fiz o carro descer na banguela até dobrar a esquina e depois mais um pouco, apenas o suficiente para enxergar DeSoto e a frente da clínica do doutor Sharp.

Fiquei sentado ali, no meu carro, coisa de meia hora. Então o doutor Sharp saiu de casa vestindo roupas normais e entrou no DeSoto. Virou a esquina e entrou na ruela que passava nos fundos do seu quintal.

Liguei o meu Chrysler e disparei em volta do quarteirão pelo outro lado e me posicionei na outra ponta da ruela.

Um terço do quarteirão mais adiante, dava para ouvir rosnados e latidos. Aquilo durou algum tempo. Então o DeSoto saiu de ré do quintal com pavimento de concreto e veio na minha direção. Fugi dele e parei na próxima esquina.

O DeSoto foi em direção sul, até o Arguello Boulevard, depois em direção leste pelo bulevar. Um enorme cão policial de focinheira estava acorrentado na parte de trás do sedã. Eu só conseguia ver a sua cabeça forçando a corrente.

Segui o DeSoto.

2

A Carolina Street ficava longe, praticamente nos limites da pequena cidade litorânea. Ela desembocava em um acesso desativado para uma estrada de ferro intermunicipal, além do qual estendia-se em uma enorme área de pequenas fazendas de imigrantes japoneses que praticavam agricultura de subsistência e vendiam diretamente ao consumidor, de cima da traseira de seus caminhões, o excedente de suas colheitas. Havia só duas casas no último quarteirão, então me escondi atrás da primeira, que era de esquina, com um gramado cheio de inço e uma lantana alta, poeirenta, vermelha e amarela, que lutava contra uma trepadeira de madressilva que crescia grudada à fachada da casa.

Além daquilo, dois ou três terrenos detonados, com uns poucos tufos de inço destacando-se no meio da grama queimada pelo sol, e depois deles um bangalô caindo aos pedaços, cor de barro, com uma cerca de arame. O DeSoto parou na frente do bangalô.

A porta do carro se abriu, e o doutor Sharp arrastou o cachorro amordaçado para fora da traseira do carro e brigou com ele para atravessar o portão e chegar até a casa. Uma palmeira grande, no formato de um barril, impedia-me de ver a porta da frente da casa. Dei ré no meu Chrysler, fiz um retorno na casa da esquina, andei três quarteirões e voltei por uma rua paralela à Carolina. Essa rua também terminava no acesso para a estrada intermunicipal. Os trilhos estavam enferrujados dentro de uma floresta de ervas daninhas e, do outro lado, davam para uma estrada de terra e daí de volta para a Carolina Street.

A estrada de terra descia em declive a perder de vista, ou melhor, até que meus olhos a perdessem de vista por causa da terraplenagem dos trilhos. Após andar no meu Chrysler o que me pareceu ser três quarteirões, estacionei e desci do carro, fui até um lado do aterro e espiei dali.

A casa com o portão de arame estava a meio quarteirão de mim. O DeSoto ainda estava estacionado na frente. Retumbante no ar da tarde, surgiu o latido rosnado em som grave do cão policial. Deitei de barriga nas ervas daninhas e fiquei de olho no bangalô, aguardando os acontecimentos.

Nada aconteceu por uns quinze minutos, a não ser pelo cachorro, que continuou latindo sem parar. Então os latidos ficaram de repente mais duros, mais severos, mais prementes. Então alguém gritou. Então um homem gritou.

Levantei do inço e corri a toda: atravessei o acesso para a estrada, desci do outro lado e fui até o fim da rua. À medida que ia chegando perto da casa, pude ouvir o rosnado em tom baixo e furioso do cachorro acossando alguém e, atrás dele, a gritaria em *staccato* de uma mulher com raiva, muito mais do que com medo.

Do outro lado do portão de arame havia um gramado pequeno, em sua maioria dentes-de-leão e capim-de-burro. Havia uma tira de caixa de papelão pendurada na palmeira baixinha e gordinha, os resquícios de uma placa. As raízes da árvore tinham estragado o passeio, quebrando o pavimento, de modo que os cantos levantados pelas raízes agora eram degraus.

Passei pelo portão e subi uma escada, meus passos ressoando na madeira, até um avarandado de tábuas abauladas. Bati na porta com força.

Os rosnados continuavam dentro da casa, mas a voz com os xingamentos tinha parado. Ninguém apareceu.

Experimentei a maçaneta, abri a porta e entrei. Senti um cheiro forte de clorofórmio.

No chão, em um tapete todo retorcido, o doutor Sharp estava estendido, de costas, pernas e braços abertos, sangue jorrando do lado de seu pescoço. O sangue tinha feito uma poça grossa e brilhosa em volta da sua cabeça. O cachorro foi se inclinando para longe do corpo, agachou-se nas patas da frente, como um bicho pronto para dar o bote, orelhas grudadas na cabeça, os fragmentos de uma focinheira arrebentada pendurados em seu pescoço. O pêlo do pescoço estava eriçado, o pêlo do torso ao longo da espinha também, e vinha do fundo de sua garganta um rosnado pulsante, mal e mal audível.

Atrás do cachorro, a porta de um armário tipo *closet* estava destroçada contra a parede e, no chão do *closet*, um enorme chumaço de algodão emitia em ondas o cheiro de clorofórmio no ar da sala.

Uma mulher morena e bonita, num vestido caseiro estampado, apontava uma enorme automática para o cachorro, mas não atirava.

Ela deu uma rápida olhada para mim por sobre o ombro e então começou a se virar em minha direção. O cachorro observando-a, com seus olhos estreitados, pretos em toda a volta. Peguei minha Luger do bolso e segurei-a para baixo, ao lado do corpo.

Alguma coisa estalou, e um homem alto e de olho roxo, macacão azul desbotado e camiseta azul entrou pela porta de vaivém dos fundos com uma espingarda de caça de cano duplo serrado nas mãos. Apontou aquela coisa para mim.

– Ei, você aí! Largue o berrante! – disse ele, furioso.

Eu mexi a mandíbula, na intenção de falar alguma coisa. O dedo do homem retesou-se no gatilho. Minha arma disparou... sem que eu tivesse sequer pensado em atirar. A bala acertou a coronha da espingarda, arrancou-a de um só golpe das mãos do homem. Ela bateu no chão com estrondo, e o cachorro pulou para o lado uns dois metros e agachou-se de novo.

Com um olhar totalmente incrédulo no rosto, o homem pôs as mãos para o ar, acima da cabeça.

Agora eu não podia perder. Eu disse:

– A sua pro chão também, madame.

Ela passou a língua pelos lábios, baixou a automática ao lado do corpo e afastou-se do morto estendido no chão.

O homem disse:

– Mas, com os diabos, não vá atirar nele. Eu posso dar conta dele.

Pisquei, mas então entendi o que estava acontecendo. Ele estava com medo que eu fosse atirar no cachorro. Ele não estava preocupado consigo mesmo.

Abaixei um pouco a minha Luger.

– O que aconteceu?

– Esse... tentou apagar com clorofórmio... *ele*, um cachorro treinado para atacar, danado de bom de briga!

Eu disse:

– Certo. Se vocês têm telefone, é melhor chamar uma ambulância. Sharp não vai durar muito com esse rasgão no pescoço.

A mulher disse, sem qualquer entonação na voz:

– Eu pensei que *você* fosse a polícia.

Eu não disse nada. Ela foi andando, encostada à parede, até um banco construído na parte interna de uma janela, cheio de jornais amarrotados, e levou a mão até o telefone que havia em uma das pontas do banco.

Olhei para o chão, para o veterinário nanico. O sangue tinha parado de esguichar de seu pescoço. Aquele era o rosto mais pálido que eu já vira em toda a minha vida.

– Deixe pra lá a ambulância – disse eu para a mulher. – Chame a Central de Polícia.

O homem de macacão soltou as mãos ao longo do corpo, abaixou-se, apoiando-se em um joelho, e começou a dar tapinhas no chão, falando de modo a acalmar o cachorro:

– Firme, meu velho. Firme. Somos todos amigos agora...todos amigos. Firme, Voss.

O cachorro rosnou e agitou o rabo de leve. O homem continuou conversando com ele. O cachorro parou de rosnar, e o pêlo eriçado do lombo baixou. O homem de macacão mantinha-se sussurrando para ele.

No banco da janela, a mulher pôs o telefone de lado e disse:

– Estão a caminho. Você acha que pode lidar com a situação, Jerry?

– Claro – disse o homem, sem tirar os olhos do cachorro.

O cachorro agora estava encostando a barriga no chão e abriu a boca e deixou a língua pender para fora. A língua gotejava saliva, saliva rosada pela mistura com sangue. O pêlo do lado da boca do cachorro estava manchado de sangue.

3

O homem chamado Jerry disse:

– Ei, Voss. Ei, Voss, meu velho. Você está bem, agora. Você está bem.

O cachorro resfolegava e não se mexia. O homem endireitou-se, foi para perto do cachorro e puxou-lhe uma das orelhas. O cachorro virou a cabeça para o lado e deixou sua orelha ser puxada. O homem afagou-lhe a cabeça, desafivelou a focinheira mastigada e a retirou.

Ele se levantou com a ponta da corrente quebrada, e o cachorro pôs-se de pé obedientemente e saiu pela porta de vaivém, para os fundos da casa, ao lado do homem.

Eu me afastei um pouco, para não ficar em linha reta com a porta de vaivém. Jerry podia ter mais espingardas. Tinha alguma coisa no rosto de Jerry que me deixava preocupado. Como se eu já o tivesse visto antes, mas não recentemente, ou então em uma foto de jornal.

Olhei para a mulher. Era uma morena bonita, trinta e poucos anos. Seu vestido caseiro de estampa floral não parecia combinar com suas sobrancelhas finamente arqueadas e suas mãos longas e bem lisinhas.

– Como foi que aconteceu? – perguntei, como quem não quer nada, como se não fosse importante.

A voz dela retrucou de modo bruto e áspero, como se ela estivesse só esperando por uma chance de falar.

– Estamos nesta casa não faz nem uma semana. Alugamos mobiliada. Eu estava na cozinha, o Jerry no quintal. O carro parou aqui na frente, e o baixinho pega e vai entrando, como se a casa fosse dele. A porta não estava trancada, pelo jeito. Eu abri a porta de vaivém um tantinho assim e vi ele empurrando o cachorro para dentro do *closet*. Então senti cheiro de clorofórmio. Daí as coisas começaram a acontecer todas de uma vez só, e eu fui pegar uma arma e chamei o Jerry pela janela. Cheguei de volta aqui bem na hora em que você se atirou aqui para dentro. Quem é você?

– Estava tudo terminado então? – disse eu. – Ele tinha abocanhado o Sharp no chão?

– Sim... se é que Sharp é o nome dele.

– Você e Jerry não conheciam ele?

– Nunca vi antes. Nem o cachorro. Mas o Jerry é louco por cachorros.

– É melhor mudar um pouquinho a história – disse eu. – Jerry sabia o nome do cachorro. Voss.

Os olhos dela estreitaram-se, e sua boca tomou um aspecto obstinado.

– Acho que o senhor está enganado – disse ela numa voz abafada. – Eu perguntei quem é o senhor.

– Quem é Jerry? – perguntei. – Eu o conheço de algum lugar. Talvez do jornal. Onde foi que ele arranjou aquele trabuco de cano serrado? Você vai deixar a polícia ver aquilo?

Ela mordeu o lábio, depois se levantou de repente, foi até a espingarda caída no chão. Deixei que ela juntasse a arma, vi que manteve a mão longe do gatilho. Voltou para o banco da janela e acomodou a arma debaixo da pilha de jornais.

Ela me encarou.

– Certo. Qual é a saída? – perguntou ela, em tom sombrio.

Respondi bem devagar:

– O cachorro foi roubado. A dona é uma moça que está desaparecida. Eu fui contratado para encontrar a moça. Sharp me contou que recebeu o cachorro de pessoas como você e Jerry. O sobrenome delas era Voss e se mudaram para a Costa Leste. Já ouviu falar de uma moça chamada Isobel Snare?

A mulher disse "não" sem qualquer ênfase na voz e ficou olhando fixo para a ponta do meu queixo.

O homem de macacão voltou pela porta de vaivém, enxugando a cara com a manga da sua camiseta azul. Não trazia nenhuma outra arma consigo. Ele me olhou de cima a baixo sem maiores preocupações.

Eu disse:

– Eu podia facilitar um bocado as coisas para vocês agora com a polícia, se vocês soubessem alguma coisa sobre essa moça Snare.

A mulher olhou-me nos olhos, crispou os lábios. O homem sorriu, bem de leve, como se tivesse todas as cartas naquele jogo. Dava para ouvir pneus gritando no pavimento, dobrando uma esquina rápido demais.

– Ora, relaxem – eu disse, bem rápido. – Sharp estava assustado. Trouxe o cachorro de volta aonde tinha vindo buscar o bicho. Deve ter pensado que a casa estava vazia. A idéia do clorofórmio não foi tão boa, mas o nanico também era do tipo nervoso. E estava apavorado.

Permaneceram em silêncio, os dois. Nenhuma palavra. Só ficaram me olhando.

– Certo – disse eu, e me afastei para o canto da sala. – Acho que vocês dois são foragidos da lei. Se quem estiver chegando não for a polícia, começo a atirar. Não tenham dúvidas de que vou atirar.

– Sinta-se à vontade, seu metido.

Então se ouviu um carro vindo pelo quarteirão até estacionar de uma só freada na frente da casa. Dei uma espiada para fora, vi a luz vermelha no pára-brisa e o escrito na lateral identificando o carro da polícia. Dois grandalhões vestidos à paisana desceram do carro e irromperam pelo portão e então degraus acima, até a porta da casa.

Um punho sacudiu a porta com uma batida.

– Está aberta – gritei.

A porta abriu-se totalmente para trás, e dois detetives entraram, armas em punho.

Pararam de repente, olhando o que estava estirado no chão. As armas dos dois numa fração de segundo já apontavam para Jerry e para mim. O que estava me cobrindo era um sujeito grandão, de cara avermelhada, num terno cinza folgado.

– Vai chegando, meu… e vai chegando desarmado! – gritou ele numa voz incisiva.

Fui à frente, mas não me desfiz da minha Luger.

– Calma – disse eu. – Foi um cachorro que matou ele, não foi uma arma. Eu sou um detetive particular de San Angelo. Estou aqui a serviço, num caso que estou investigando.

– É mesmo? – ele se chegou para mim e veio agindo pesado: empurrou o cano de seu revólver contra o meu estômago. – Pode ser que sim, camaradinha. Isso a gente vai ficar sabendo depois.

Ele se aproximou e arrancou a arma da minha mão, cheirou-a, encostando a sua arma em mim.

– Andou atirando, hein? Bonito! Vira de costas pra mim.

– Escute…

– De costas pra mim, cara.

Eu me virei devagar. Enquanto virava, ele já tinha largado sua arma num bolso lateral e estava pegando alguma coisa na altura do quadril.

Aquilo devia ter me alertado, mas não foi o que aconteceu. Talvez eu tenha ouvido o zunido do cassetete. Com certeza eu devo ter sentido o cassetete. Vi um poço de escuridão repentina aos meus pés. Mergulhei nele e fui caindo… e caindo… e caindo…

4

Quando voltei a mim, a sala estava enfumaçada. A fumaça estava suspensa no ar, em linhas verticais estreitas e retas, como se fosse uma cortina de contas. Duas janelas pareciam estar abertas em uma das paredes, mas a fumaça não se movia. Eu nunca tinha visto aquele quarto antes.

Fiquei deitado por um momento, enquanto pensava, depois abri minha boca e gritei "Fogo!" com toda a força dos meus pulmões.

Então caí de volta na cama e comecei a rir. Não gostei do som da minha risada. Tinha um tom apatetado, mesmo aos meus ouvidos.

Ouvi passos correndo em algum lugar, uma chave girou na porta, e a porta abriu. Um homem de casaco branco curto olhou para mim, olhos duros. Virei minha cabeça um pouco e disse:

– Essa não conta, Jack. Escapou.

Ele instantaneamente fez uma carranca mal-humorada. Tinha um rosto duro, pequeno, olhos aquosos. Eu nunca tinha visto aquele homem antes.

– Talvez você queira um pouco mais da camisa-de-força – ele sorriu, sarcástico.

– Eu estou ótimo, Jack – disse eu. – Simplesmente ótimo. Agora vou tirar uma sonequinha.

– Melhor fazer isso mesmo – ele rosnou, mostrando os dentes.

A porta fechou-se, a chave girou na porta, os passos afastaram-se.

Fiquei deitado, quieto, e olhei para a fumaça. Agora eu sabia que não havia nenhuma fumaça realmente. Devia ser noite, porque um meio-globo de porcelana suspenso do teto por três correntes tinha luz dentro dele. Tinha também umas protuberâncias pequenas e coloridas ao redor da borda, alternadamente em laranja e azul. Enquanto eu as olhava, elas se abriram como se fossem diminutas escotilhas, e saíram delas umas cabeças, cabeças minúsculas como se fossem de bonecas, mas eram cabeças vivas de gente viva. Tinha um homem com o quepe de comandante de um iate, e tinha uma loira grande e fofa, e tinha um homem bem pequenininho com uma gravata-borboleta torta, que ficava dizendo "O senhor quer o seu filé no ponto ou mal-passado?".

Agarrei uma ponta do lençol de pano grosseiro e enxuguei o suor do meu rosto. Sentei na cama, pus os pés no chão. Estavam descalços e sem meias. Eu estava usando um pijama de flanela grossa de algodão. Quando pus meus pés no chão eu não os estava sentindo. Depois de um tempo, eles começaram a formigar, e então comecei a sentir agulhadas neles.

Depois disso, consegui sentir o chão. Eu me agarrei na lateral da cama, levantei e dei uns passos. Uma voz que provavelmente era a minha dizia: "Você tem *delirium tremens*... você tem *delirium tremens*... você tem *delirium tremens*...".

Vi uma garrafa de uísque sobre uma mesinha branca entre as duas janelas. Fui em direção a ela. Era uma garrafa de Johnny Walker pela metade. Peguei a garrafa, tomei um gole direto do gargalo. Coloquei a garrafa de volta na mesa.

O uísque tinha um gosto estranho. Enquanto eu estava me dando conta de que o uísque tinha aquele gosto, vi uma pia a um canto. Cheguei na pia a tempo, pois então já estava vomitando.

Voltei para a cama e me deitei. Vomitar tinha me deixado muito fraco, mas o quarto agora parecia um pouco mais real, um pouco menos fantástico. Enxerguei grades nas duas janelas, uma poltrona pesada de madeira e nenhuma outra mobília, a não ser a mesa branca com o uísque narcotizado. Também havia no quarto uma porta de *closet* fechada, provavelmente a chave.

A cama era uma cama de hospital, e havia duas tiras de couro atadas uma de cada lado, bem na altura de onde estariam os pulsos de um adulto deitado. Eu sabia que estava na enfermaria de uma prisão.

Meu braço esquerdo de repente começou a doer. Arregacei a manga frouxa do pijama e contemplei uma meia dúzia de picadas de agulha no braço, cada uma delas rodeada de um círculo em preto e azul.

Tinham me injetado tanta droga para me manter quieto que agora, saindo do torpor, eu estava tendo os acessos paroxísticos. Isso explicava a fumaça e as cabecinhas no lustre do teto. O uísque envenenado provavelmente era parte da medicação de outro paciente.

Levantei-me de novo, caminhei e me mantive caminhando. Depois de algum tempo, tomei um pouco d'água direto da torneira; não vomitei; tomei mais água. Meia hora ou um pouco mais desse exercício e eu estava pronto para falar com alguém.

A porta do *closet* estava chaveada, e a poltrona era pesada demais para mim. Tirei os lençóis da cama, empurrei o colchão para um lado. Debaixo do colchão, a cama tinha uma base de molas tramadas, presa em cima e embaixo por molas grandes e pesadas, cada uma um rígido espiral de uns vinte centímetros de comprimento. Meia hora e muito sofrimento depois, consegui soltar uma dessas molas.

Descansei um pouco, bebi um pouco mais de água gelada da torneira, fui até a porta do quarto e fiquei no lado da porta que tem as dobradiças.

Gritei "Fogo!" com toda a força, várias vezes.

Esperei, mas não demorou. Ouvi passos correndo no corredor do lado de fora do quarto. A chave se enfiou na porta, a fechadura fez um clique. O baixinho de olhos aquosos em seu casaco curto e branco entrou furioso, sua atenção voltada para a cama.

Baixei a mola em espiral bem ao lado do seu queixo, depois na parte de trás da cabeça, enquanto ele caía. Agarrei o homem pela garganta. Ele lutou um bocado. Apliquei uma joelhada no rosto dele. Meu joelho doeu.

Ele não me contou se o rosto dele doeu. Tirei um cassetete do bolso direito da sua calça e a chave do lado de fora da porta e chaveei a porta por dentro. Havia outras chaves naquele chaveiro. Uma delas abria o meu *closet*. Encontrei ali as minhas roupas.

Vesti as roupas devagar, os meus dedos se atrapalhavam. Eu bocejava sem parar. O homem estirado no chão não se mexeu.

Tranquei o sujeito no quarto e abandonei-o.

5

De um corredor largo e silencioso, com piso de parquê e um trilho estreito acarpetando a porção central desse corredor em toda a sua extensão, viam-se corrimões retangulares de carvalho claro descendo em longas curvas até o saguão de entrada. Havia portas fechadas, grandes, pesadas, antigas. Nenhum som se ouvia por trás daquelas portas. Andei corredor abaixo, pisando sempre no trilho, sempre na ponta dos pés.

Havia portas internas, com vitrais coloridos, que davam para um vestíbulo, e do vestíbulo tinha-se acesso à porta da rua. Eu tinha chegado ali quando um telefone tocou. Uma voz masculina atendeu ao telefone num aposento que estava com a porta semi-aberta e de onde escapava uma luz que vinha iluminar a penumbra do corredor.

Voltei, espiei pelo vão da porta semi-aberta, vi um homem sentado a uma mesa de trabalho, falando ao telefone. Esperei até ele desligar. Então entrei.

Ele tinha um rosto ossudo, pálido, a testa alta denunciando uma careca que se deixava disfarçar por uma mecha fininha de cabelo castanho ondulado que atravessava o alto da cabeça, grudada ao couro cabeludo. A expressão dele era desanimada no rosto comprido e pálido. Os olhos sobressaltaram-se ao me ver. Sua mão pulou para um botão na mesa.

Eu mostrei os dentes e rosnei para ele:

– Não. Sou um homem desesperado, sr. Diretor – mostrei-lhe o cassetete.

Ele esboçou um sorriso duro como um peixe congelado. Suas mãos brancas e compridas gesticularam como borboletas doentes acima do tampo da mesa.

Ele deu um jeito de soltar a língua:

– O senhor tem estado muito, muito doente. Eu não aconselharia...

Dei um peteleco com o cassetete em sua mão adejante. Ela se encolheu como uma lesma em cima de uma pedra quente. Eu disse:

– Doente não, sr. Diretor. Só dopado a ponto de quase perder a razão. Quero dar o fora daqui e levar comigo um uísque decente. Vamos lá.

Ele fez movimentos vagos com os dedos.

– Sou o doutor Sundstrand – disse ele. – Isto aqui é uma clínica particular, não é uma penitenciária.

– Uísque – disse eu, num grasnido. – Já entendi o resto. Um manicômio particular. Jogada esperta. Um negócio bonitinho, o seu. Uísque.

– No armário de remédios – disse ele, com a respiração entrecortada, exaurindo-se.

– Mãos atrás da cabeça.

– Acho que você vai se arrepender – ele pôs as mãos atrás da cabeça.

Fui até o outro lado da mesa, abri a gaveta que a mão do homem tentara alcançar e tirei dali uma automática. Descartei o cassetete, dei a volta à mesa e fui até o armário de remédios que havia contra a parede. Ali dentro tinha uma garrafa de meio litro de *bourbon* quatro anos e três copos. Peguei dois.

Servi duas doses.

– O senhor primeiro, sr. Diretor.

– Eu... eu não bebo. Sou cem por cento abstêmio – gaguejou ele, as mãos ainda atrás da cabeça.

Empunhei o cassetete de novo. Ele baixou uma mão bem ligeiro, pegou um dos copos e entornou o *bourbon* de um gole só. Observei. Não dava a impressão de lhe ter feito mal. Cheirei a minha dose, depois a entornei goela abaixo. Funcionou bem, e tomei outra dose, depois guardei a garrafa no bolso interno do meu paletó.

– Certo – disse eu. – Quem me botou aqui? Despeja a história. Estou com pressa.

– A... a polícia, claro.

– Que polícia?

Ele deixou os ombros caírem para a frente, as costas se curvaram. Parecia nauseado.

– Um homem chamado Galbraith assinou a baixa como testemunha querelante. Estritamente legal, isso eu posso lhe assegurar. Ele é um oficial de polícia.

Perguntei:

– Desde quando um oficial de polícia pode assinar como testemunha querelante em um caso psiquiátrico?

Ele não respondeu.

– Quem me dopou, para começo de conversa?

– Isso eu não sei. Acho que é coisa que vem acontecendo há bastante tempo.

Apalpei o meu queixo.

– Coisa de dois dias, pelo menos – disse eu. – Eles deviam ter atirado em mim. Era menos complicação a longo prazo. Até logo, sr. Diretor.

– Se você sair por ali – disse ele numa voz sumida –, vai ser preso no mesmo instante.

– Mas não só porque estou saindo por ali – disse eu com gentileza na voz.

Quando saí, ele ainda mantinha as mãos atrás da cabeça.

A porta da rua tinha uma corrente de segurança, além da fechadura. Mas ninguém tentou me deter por abri-la. Saí por um avarandado amplo e antigo, continuei por um passeio largo ladeado de flores. Um tordo cantou do alto de uma árvore grande e escura. Entre a casa e a calçada, uma cerquinha branca de estacas pontiagudas de madeira. Era uma casa de esquina, na 29th Street com a Descanso.

Caminhei quatro quarteirões para leste até um ponto de ônibus e esperei. Nenhum alarme soou, não havia carros vasculhando as ruas e procurando por mim. O ônibus chegou e eu segui para o centro da cidade, fui até uma casa de Banhos Turcos, fiz uma sauna, tomei uma ducha escocesa, fiz uma massagem e a barba e terminei com o resto do uísque.

Estava pronto para comer. Fiz uma refeição, fui para um hotel desconhecido e me registrei com um nome falso. Eram onze e trinta. O jornal local, que eu li acompanhado de mais uísque e água, noticiava que um doutor Richard Sharp, que fora encontrado morto numa casa desocupada na Carolina Street, ainda estava dando dores de cabeça à polícia. Eles não tinham a menor idéia de quem teria sido o assassino.

A data do jornal informava que mais de 48 horas haviam sido roubadas de minha vida sem o meu conhecimento ou consentimento.

Fui para a cama e dormi, tive pesadelos e acordei lavado em suor, gelado. Esse foi o último dos sintomas do processo de abstinência. De manhã eu era de novo um homem saudável.

6

O chefe de polícia Fulwider era um peso-pesado bem-curtido, agora meio gordote, de olhos inquietos e com um tom ruivo no cabelo que era quase um rosado. Era um cabelo cortado bem rente, e o seu couro cabeludo, muito claro, brilhava entre os fios de cabelo ruivo-rosa. Ele estava usando um terno de flanela castanho-claro com bolsos aplicados e acabamento com vieses nas bainhas, um terno com um corte que não era para qualquer alfaiate.

Trocamos um aperto de mão, e ele virou sua cadeira de lado e cruzou as pernas. Aquilo pôs à mostra meias francesas de algodão a três ou quatro dólares o par e finos botins ingleses, em cor havana, de quinze a dezoito dólares o par, isso a preços de mercado em plena Depressão.

Imaginei que provavelmente a mulher dele era endinheirada.

– Hum, Carmady – disse ele, pegando o meu cartão sobre o vidro que protegia o tampo de sua mesa – com dois "a", hein? Está por aqui a trabalho?

– Um probleminha – disse eu. – Que o senhor pode ajeitar, se lhe for possível.

Ele empinou o peito, fez um gesto no ar com sua mão rosada e baixou o volume da voz consideravelmente.

– Problema – disse ele – é coisa que a nossa cidadezinha aqui nem sabe o que é. A nossa cidadezinha é pequena, mas muito, muito limpa. Da janela que dá para o oeste eu vejo o oceano Pacífico. Nada mais limpo que o Pacífico. Para o norte, temos o Arguello Boulevard e os morros. Para o leste, o melhor bairro comercial que você já viu e, mais adiante, um paraíso de casas e jardins bem cuidados. Para o sul... se é que você tem uma janela para o sul, coisa que eu não tenho... daria para ver o melhor ancoradouro para iates de pequeno porte do mundo, se a gente pensar num ancoradouro só de iates pequenos, claro.

– Eu trouxe o meu problema junto comigo – falei. – Quer dizer, parte do problema. O resto já tinha vindo antes, por conta própria. Uma moça chamada Isobel Snare fugiu de casa na cidade grande, e o cachorro dela foi visto aqui por estas bandas. Eu encontrei o cachorro, mas o pessoal que estava com ele se esforçou um bocado para me ver retalhado e costurado.

– Não diga! – o chefe comentou, distraído. Suas sobrancelhas passeavam em todas as direções na sua testa. Eu não estava bem certo se aquilo era porque podia ser que eu estivesse zombando dele ou porque ele estava zombando de mim.

– Me faz um favor e passa a chave na porta, sim? – disse ele. – Você é mais novo que eu.

Eu me levantei, girei a chave, sentei de novo e peguei um cigarro. Então o chefe tinha uma garrafa de boa aparência e dois copinhos de uísque na mesa e um punhado de sementes de cardamomo.

Tomamos um trago, e ele quebrou três ou quatro sementes de cardamomo, e nós mastigamos e olhamos um para o outro.

– Pode me contar a história – disse ele então. – Agora eu já posso encarar a coisa.

– O senhor já ouviu falar de um sujeito que chamam por aí de Fazendeiro Santo?

– Se eu já ouvi falar dele? – ele deu um murro na mesa, e as sementes de cardamomo pularam. – Ora, tem mil dólares de recompensa para quem pegar esse daí. Assaltante a mão armada, não é? De bancos.

Fiz um gesto afirmativo de cabeça, tentando enxergar por trás de seu olhar sem deixar isso transparecer.

– Ele e a irmã trabalham juntos. O nome dela é Diana. Eles se vestem como gente simples do interior e atacam bancos pequenos, de cidades pequenas, bancos estaduais. Por isso que ele é conhecido como Fazendeiro Santo. Também tem mil dólares para quem pegar a irmã.

– Bem que eu queria enfeitar esses dois com as nossas pulseiras – o chefe disse com firmeza na voz.

– Então por que diabos o senhor os deixou escapar? – perguntei.

Ele não chegou a bater com a cabeça no teto, mas abriu tanto a boca que temi que a mandíbula fosse lhe cair no colo. Os olhos se arregalaram como dois ovos cozidos e descascados. Um fiozinho de saliva apareceu nas rugas dos cantos da boca. Ele fechou a boca com a resolução de uma escavadeira mecânica.

Foi uma grande encenação, se é que ele estava representando.

– Como é que é? – sussurrou ele.

Abri um jornal dobrado que trouxera junto comigo e apontei para uma coluna.

– Dê uma olhada neste assassinato do doutor Sharp. O seu jornal local não investigou direito essa história. Diz aqui que alguém telefonou anonimamente para o Departamento de Polícia, e os rapazes correram até lá e acharam um homem morto numa casa vazia. Isso é uma história furada. Eu estava lá. O Fazendeiro Santo e a irmã estavam lá. Os seus policiais estiveram lá enquanto nós todos estávamos lá.

– Traição! – ele gritou de repente. – Traidores dentro do Departamento. – O rosto dele agora estava acinzentado como papel pega-mosca com arsênico. Ele serviu mais dois drinques, e sua mão tremia.

Agora era a minha vez de quebrar as sementes de cardamomo.

Ele tomou a bebida de um gole só e então agarrou uma caixa de mogno, com o telefone dentro, na sua mesa. Pude ouvir o nome Galbraith na conversa. Fui até a porta e destranquei-a.

Não tivemos de esperar muito, mas foi tempo suficiente para o chefe entornar mais dois drinques. Seu rosto ganhou um pouco de cor.

Então a porta abriu, e o detetive grandalhão de cara vermelha que me golpeou com o cassetete e me deixou desacordado foi quem entrou, muito à vontade, cachimbo entre os dentes, mãos nos bolsos. Fechou a porta com o ombro, recostou-se nela.

Eu disse:

– Oi, sargento.

Ele me olhou como se quisesse me dar um chute nas fuças e não ter de se preocupar com o depois.

– Insígnia! – o chefe gordote gritou. – A sua insígnia. Aqui, em cima da minha mesa. Você está exonerado de sua função!

Galbraith fui devagar até a mesa, apoiou um cotovelo ali e pôs o seu rosto a meros trinta centímetros de distância do nariz do chefe.

– Qual foi a piada? – perguntou ele, numa voz grossa.

– Você teve o Fazendeiro Santo nas suas mãos e deixou que ele escapasse – berrou o chefe. – Você e aquele palerma do Duncan. Você deixou o cara encostar uma espingarda na sua barriga e escapar. Para você, acabou. Está despedido. Você está tão na rua quanto um poste de luz. Pode me entregar a sua insígnia.

– Mas quem diabos é esse Fazendeiro Santo? – perguntou Galbraith, sem se deixar impressionar, e soltou uma baforada de cachimbo na cara do chefe.

– Ele não sabe – o chefe choramingou para mim. – Ele não sabe. Esse é o tipo de sujeito com quem eu preciso trabalhar aqui nesta delegacia.

– O que você quer dizer, trabalhar? – Galbraith inquiriu com desleixo.

O chefe gordote pulou como se uma abelha o tivesse ferroado na ponta do nariz. Então ele cerrou a mão num punho poderoso e atingiu Galbraith no queixo, num movimento que pareceu ter muita força. A cabeça de Galbraith moveu-se coisa de um centímetro.

– Não faça isso – disse ele. – Você vai rebentar as entranhas, e daí onde é que vai ficar o Departamento de Polícia? – Ele me olhou, olhou de volta para Fulwider. – Posso contar para ele?

Fulwider olhou para mim, para ver se a encenação estava sendo bem-sucedida. Minha boca estava aberta, e eu mantinha uma expressão no meu rosto que não dizia nada, como um guri da roça numa aula de latim.

– Tudo bem, conta para ele então – rosnou o chefe, sacudindo as juntas da mão para cima e para baixo.

Galbraith acomodou uma perna grossa sobre um canto da mesa e bateu o cachimbo, jogando fora o fumo queimado, pegou o uísque e se serviu de uma dose no copo do chefe. Enxugou os lábios, sorriu. Quando sorria, ele arreganhava bem os dentes, e tinha uma boca onde um dentista podia enfiar as duas mãos até o cotovelo.

Ele disse com toda a calma:

– Quando a gente entrou naquela espelunca, eu e o Dunc, você tava desacordado no chão, e o cara desengonçado tava em cima de você com uma pá. A mina tava num banco de janela, com uma porção de jornais em volta. Até aí tudo bem. Então o cara desengonçado começa a nos contar uma história enrolada, e nisso um cachorro começa a uivar lá fora, nos fundos da casa, e a gente vai dar uma olhada para aqueles lados, e nisso a mina tira dos jornais uma calibre 12 serrada e mostra o trabuco pra gente. Bom, o que mais a gente podia fazer? Tivemos que ser simpáticos. Ela não tinha como errar, e a gente, sim. Daí o cara tira da calça mais armas, e eles nos amarram e nos enfiam num *closet* que tem clorofórmio suficiente pra nos deixar bem mansinhos mesmo sem as cordas. Depois de um tempo, a gente ouve eles fugindo em dois carros. Quando a gente consegue se desamarrar, o presunto tá de dono do lugar. Então a gente faz uma maquiagem na história pros jornais. E ainda agora a gente não tem nada de novo. Como é que isso se encaixa com a história que você tem?

– Até que encaixa direitinho – respondi. – Pelo que eu lembro, a mulher telefonou ela mesmo, chamando a polícia. Mas eu posso estar enganado. O resto se encaixa com uma paulada que me deram na cabeça e que me derrubou no chão e daí eu não tenho como saber a sua história.

Galbraith me fuzilou com um olhar furioso. O chefe contemplou o seu próprio polegar.

– Quando recuperei os sentidos – continuei – eu estava numa clínica particular para tratamento de drogados e alcoólatras na 29th Street, dirigida por um homem chamado Sundstrand. Me entupiram com tanto psicotrópico injetável que eu podia ter me transformado na moedinha da sorte do Rockefeller, tentando me girar a mim mesmo.

– Esse Sundstrand – disse Galbraith, com voz pesada. – Esse cara é uma pulga na cueca da gente faz tempo. Quem sabe a gente vai lá e dá uns murros na cara dele, chefe?

– Isso foi simples, o Fazendeiro Santo ter posto Carmady lá – disse Fulwider solenemente. – Deve haver alguma ligação com coisa bem maior. Eu diria a você que sim, Gal, vá lá. E leve Carmady junto. Quer ir? – ele me perguntou.

– Se eu quero ir? – respondi, todo animado.

Galbraith olhou para a garrafa de uísque. Então disse, com muita cautela:

– Tem mil dólares por cada um, esse Santo e a irmãzinha dele. Se a gente recolhe os dois, como é que vai se dividir a bolada?

– Eu estou fora da divisão – falei. – O que estou ganhando é um salário combinado mais despesas.

Galbraith sorriu de novo. Ele ficou se balançando nos calcanhares para a frente e para trás, sorrindo com vasta amabilidade.

– Combinado, então. Nós estamos com o seu carro aqui embaixo na garagem. Um japa qualquer telefonou para avisar do carro. A gente usa ele pra ir até lá... só você e eu.

– Talvez seja melhor levar ajuda, Gal – disse o chefe, desconfiado.

– Não precisa, não. Só eu e ele é o bastante. Ele é durão, porque senão não ia tá andando por aí ainda.

– Bom, está certo – disse o chefe, a voz animada. – E nós vamos brindar a isso.

Mas ele ainda estava preocupado. Esquecera das sementes de cardamomo.

7

À luz do dia, era um lugar bem simpático. Begônias cor-de-rosa formavam uma massa sólida sob as janelas da frente, e amores-perfeitos teciam um tapete circular ao redor da base de uma acácia. Uma roseira escarlate subia em forma de trepadeira por uma treliça em um dos lados da casa, e um beija-flor bronze-esverdeado estava bicando delicadamente um pé viçoso de ervilhas-de-cheiro que crescia agarrado à parede da garagem.

Parecia o lar de um casal idoso e bem de vida que tinha se mudado para o litoral para tomar tanto sol quanto possível na velhice.

Galbraith cuspiu no estribo do meu automóvel, esvaziou o cachimbo, abriu o portão da cerquinha da casa, subiu em passadas duras o passeio e esmagou o polegar contra uma bela campainha de cobre.

Nós esperamos. Uma grade abriu-se na porta, e um rosto comprido e amarelado olhou para nós sob um chapeuzinho muito engomado de enfermeira.

– Abra. É a polícia – rosnou o grandalhão.

Ouviu-se o barulho de uma corrente, e um ferrolho deslizou para trás. A porta abriu-se. A enfermeira tinha um metro e oitenta, braços compridos, mãos grandes, a assistente ideal para um torturador. Alguma coisa sucedeu-se em seu rosto, e me dei conta de que ela estava sorrindo.

– Ora, mas é o sr. Galbraith – ela cricrilou, numa voz que era aguda e profunda ao mesmo tempo. – Com tem passado, sr. Galbraith? Queria ver o doutor?

– Isso, e logo – rosnou Galbraith, forçando sua entrada e passando por ela.

Entramos corredor adentro. A porta do consultório estava fechada. Galbraith abriu-a com um pontapé, comigo logo atrás dele, e a enfermeira grandona cricrilando atrás de mim.

O doutor Sundstrand, cem por cento abstêmio, estava se preparando para enfrentar mais um dia de trabalho com um litro novinho de uísque. Seu cabelo ralo estava grudado em mechas com a perspiração, e seu rosto mais parecia uma máscara ossuda riscada por uma porção de rugas que não estavam ali na noite anterior.

Ele tirou a mão da garrafa mais que rapidamente e nos dirigiu o seu sorriso de peixe congelado. Ele disse, confuso:

– O que é isso? Mas o que é isso? Pensei ter dado ordens...

– Ora, doutor: costas retas, barriga pra dentro – disse Galbraith, enquanto puxava uma cadeira para junto da mesa do doutor. – Andando, irmã.

A enfermeira cricrilou mais alguma coisa e saiu. E fechou a porta. O doutor Sundstrand não tirava os olhos do meu rosto, seu olhar passeava em minha fisionomia do cabelo ao queixo, do queixo ao cabelo, e de novo, e mais uma vez. Ele parecia infeliz.

Galbraith descansou os cotovelos na mesa e amparou sua impressionante queixada com os punhos. Encarou venenosamente o doutor, que chegava a se contorcer de tanto mal-estar.

Depois do que pareceu ser um longo espaço de tempo, ele perguntou, quase com delicadeza:

– Onde está o Fazendeiro Santo?

Os olhos do doutor se arregalaram. O seu pomo-de-adão balançou acima da gola de seu jaleco. Seus olhos esverdeados agora estavam mais para biliosos.

– Não enrola! – Galbraith rugiu. – Nós sabemos tudo sobre este seu negocinho aqui de clínica particular, este esconderijo de vigaristas que você está dirigindo, as drogas e as mulheres como um negócio paralelo. Só que agora você escorregou feio quando seqüestrou este bisbilhoteiro particular aqui da cidade grande. A cobertura que os grandões lhe dão não vai lhe ajudar em nada nessa sua burrada de agora. Vamos lá, onde está o Santo? E onde está a moça?

Eu me lembrei, completamente por acaso, que não mencionara Isobel Snare na frente de Galbraith... se é que ele estava se referindo a essa moça.

A mão do doutor Sundstrand adejou sobre a mesa. Ele estava claramente atônito, e isso parecia estar acrescentando o toque final de paralisia ao seu mal-estar.

– Onde estão eles? – Galbraith gritou mais uma vez.

A porta abriu-se, e a enfermeira grandona entrou, agitada.

– Por favor, sr. Galbraith, os pacientes. Lembre-se dos pacientes, sr. Galbraith.

– Vá plantar batatas – respondeu Galbraith, olhando-a por cima do ombro.

Ela foi com passos incertos até a porta e ficou ali, parada. Sundstrand por fim encontrou sua voz. Foi um fiapo de voz que disse num tom exaurido:

– Como se você não soubesse.

Então sua mão voou como flecha para dentro do jaleco e voltou dali com uma arma que cintilou na luz daquele gabinete de médico. Galbraith jogou-se para o lado, no chão. O doutor atirou nele duas vezes, errou as duas. Minha mão tocou uma arma, mas eu não a empunhei. Galbraith ria às gargalhadas no chão, e sua enorme mão direita foi para a axila esquerda e voltou dali com uma Luger. Parecia ser a minha Luger. A arma disparou uma única vez.

Nada mudou no rosto comprido do doutor. Eu não vi onde a bala entrou nele. Sua cabeça pendeu e bateu na mesa, e sua arma fez um barulho surdo quando caiu no chão. Ele ficou ali sentado, imóvel, a cara enfiada na mesa.

Galbraith apontou sua arma para ele e levantou-se do chão. Olhei de novo aquela arma. Tive certeza de que era a minha.

– Essa é uma maneira ótima de obter informações – disse eu, sem maiores propósitos na conversa.

– Mãos para baixo, cara. Você não vai querer jogar este jogo.

Abaixei as mãos.

– Bonito – disse eu. – Suponho que esta cena toda foi montada só para dar um susto no doutor aqui.

– Ele atirou primeiro, não atirou?

– Sim – disse eu, numa voz que mal se ouvia. – Ele atirou primeiro.

A enfermeira, sempre encostada à parede, sempre andando de lado, veio vindo em minha direção. Nenhum som escapara dela desde que Sundstrand fizera a sua encenação. Ela estava agora praticamente do meu lado. De repente, mas tarde demais, vi o clarão das juntas da mão direita dela, e as costas da mão eram cabeludas.

Abaixei-me rápido, mas não o suficiente. Um soco esmagador acertou-me como se estivesse abrindo minha cabeça pela metade. Fui jogado contra a parede, meus joelhos liquefazendo-se e o meu cérebro trabalhando no esforço de manter minha mão direita longe da arma que estava comigo.

Endireitei o corpo. Galbraith me olhou de lado.

– Você não foi muito esperto – disse eu. – Ainda está segurando a minha Luger. Isso meio que estraga o plano todo, não é?

– Já vi que você entendeu o que está acontecendo, cara.

A enfermeira com voz cricrilante disse, aproveitando um intervalo na conversa:

– Minha nossa, o cara tem um queixo que é um pé de elefante. Aposto que quebrei um dedo batendo nele.

Os olhos pequenos de Galbraith gritavam um ódio de morte.

– E lá em cima? – perguntou para a enfermeira.

– Todos fora, desde ontem de noite. Quem sabe eu tento mais um soco?

– Pra quê? Ele não pegou a arma, e é durão demais pra você, boneca. Bala de chumbo é pão com manteiga pra ele.

Eu disse:

– Você tem que barbear a boneca duas vezes por dia nesse emprego.

A enfermeira sorriu, tirou o chapeuzinho engomado e a peruca loira, pegajosa e mal arrumada numa cabeça completamente careca. Ela... ou melhor, ele... tirou uma arma de dentro do uniforme branco de enfermeira.

Galbraith disse:

– Foi em defesa própria, viu? Você se altercou com o doutor aí, mas ele atirou primeiro. É só você colaborar que eu e o Dunc aqui, a gente vai tentar lembrar a coisa desse jeito.

Massageei o meu queixo com a mão esquerda.

– Escute aqui, sargento. Eu levo brincadeiras na boa, como todo mundo. Você me nocauteou naquela casa da Carolina Street e não falou nada. Eu também não. Imaginei que você tivesse lá as suas razões e que, na hora certa, você ia me contar qual era o jogo. Talvez eu possa adivinhar quais são os motivos. Acho que você sabe onde está o Santo, ou pelo menos tem como achá-lo. O Santo sabe onde está a moça, porque ele estava com o cachorro dela. Agora vamos jogar mais informação nessa fogueira, algo que sirva para nós dois.

– Pois então a nossa informação é o seguinte: prometi pro doutor trazer você de volta e deixar ele brincar de hospital com você. Botei o Dunc aqui se fazendo de enfermeira para manter você sob controle para ele. Mas na verdade era *ele* que a gente queria ter sob controle.

– Muito bem – disse eu. – Agora, o que é que eu saio ganhando com isso?

– Talvez uma vida mais longa.

Eu disse:

– É, certo. Não pense que estou brincando, não... mas dê uma olhada para a janelinha aí na parede atrás de você.

Galbraith não se mexeu, não tirou os olhos de mim. Um sorriso lento e pesado curvou-lhe os lábios.

Duncan, o travesti, olhou... e deu um grito.

Uma janelinha quadrada com um vitral colorido no canto da parede de trás, bem no alto, tinha se aberto em silêncio. Eu estava olhando diretamente para ela, ao lado da orelha de Galbraith, diretamente para a boca negra do cano de uma metralhadora, e, no peitoril, dois olhos negros e duros por trás da arma.

Uma voz, que eu tinha escutado pela última vez acalmando um cachorro, disse:

– Que tal largar a arma, boneca? E você aí, na mesa... mãos para cima.

8

A boca do policial grandão procurava por ar. Então, todo o seu rosto tensionou-se e ele deu meia-volta de um salto e a Luger tossiu uma vez, com um som seco e afinado.

Eu me joguei no chão, enquanto a metralhadora soltava uma rajada curta. Galbraith dobrou-se do lado da mesa, caiu de costas, com as pernas retorcidas. Sangue escorria-lhe do nariz e da boca.

O policial no uniforme de enfermeira ficou tão branco como o seu chapeuzinho engomado. Sua arma caiu e ricocheteou. Suas mãos tentavam agarrar-se ao teto.

Houve um silêncio estranho, atordoante. A sala fedia a pólvora. O Fazendeiro Santo falou para baixo, de seu poleiro na janelinha, dirigindo-se a alguém do lado de fora da casa.

Uma porta se abriu e fechou distintamente, e os passos de alguém correndo chegaram pelo corredor. A porta da nossa sala foi totalmente aberta, jogada bem para trás. Diana Santo entrou com uma parelha de automáticas nas mãos. Uma mulher alta, bonita, morena e elegante, com um belo chapéu preto e mãos enluvadas empunhando armas.

Eu me levantei do chão, mantendo minhas mãos bem à vista. Ela jogou a voz com toda a calma para a janelinha, sem virar o rosto.

– Ok, Jerry. Estou com eles sob controle.

A cabeça e os ombros do Santo e também a sua metralhadora sumiram da moldura da janela, deixando ali um céu azul e os galhos finos e distantes de uma árvore muito alta.

Ouviu-se um baque, como o som de pés que pulavam de uma escada para o piso de madeira de um avarandado. Ali na sala, éramos cinco estátuas, duas caídas.

Alguém tinha de se mexer. A situação pedia mais dois assassinatos. Olhando do ponto de vista do Santo, eu não tinha como entender aquilo de outro jeito. Era preciso uma queima de arquivos.

A cilada não tinha funcionado quando não era uma cilada. Tentei uma vez mais, desta vez era uma cilada. Olhei para depois do ombro da mulher, tratei de botar um sorriso no rosto e disse, minha voz rouca:

– Oi, Mike. Bem na hora.

Aquilo não enganou a mulher, claro, mas deixou-a furiosa. Ela retesou o corpo e atirou em mim com a arma da mão direita. Era uma arma grande para uma mulher, e houve o coice. A outra arma pulou junto com o coice da primeira. Eu não vi onde o tiro pegou. Simplesmente mergulhei abaixo das armas.

Meu ombro bateu na coxa da mulher, e ela tropeçou para trás e bateu com a cabeça contra o batente da porta. E eu não fui muito delicado arrancando as armas das mãos dela. Fechei a porta com um chute, ergui o braço e dei volta na chave, depois recuei rápido, esquivando-me de um salto alto que estava tentando com toda força amassar o meu nariz.

Duncan disse:

– Seja o que Deus quiser! – e mergulhou para o chão, à cata de sua arma.

– Cuidado com a janelinha se quiser ficar vivo – gritei para ele, rosnando.

Depois eu já estava atrás da mesa, puxando o telefone para longe do corpo do doutor Sundstrand, puxando-o tão longe da linha de fogo da porta quanto me permitia o fio da extensão. Deitei no chão, de barriga, abraçado ao telefone, e comecei a discar.

Os olhos de Diana arregalaram-se ao ver o telefone, e ela começou a guinchar:

– Eles me pegaram, Jerry! Me pegaram!

A metralhadora foi estraçalhando a porta enquanto eu berrava dentro do ouvido de um entediado sargento de escritório.

Nacos de gesso e de madeira voavam como socos num casamento de irlandeses. Rajadas de balas faziam pular o corpo do doutor Sundstrand, como se um calafrio estivesse estremecendo-o de volta à vida. Joguei o telefone para longe de mim, agarrei as armas de Diana e comecei a atirar contra a porta pelo nosso lado. Por uma rachadura mais larga eu podia ver tecido. Mirei no tecido e atirei.

Eu não podia ver o que Duncan estava fazendo. Então eu vi. Um tiro que não podia ter vindo do lado de lá da porta atingiu Diana Santo direto na ponta do queixo. Ela caiu de novo, e ali ficou.

Um outro tiro que não veio da porta levantou o meu chapéu. Eu rolei no chão e gritei com Duncan. A arma dele moveu-se em arco, me seguindo. Sua boca mostrava os dentes arreganhados de um bicho. Gritei com ele de novo.

Quatro manchas vermelhas redondas apareceram numa linha em diagonal no uniforme de enfermeira, na altura do peito. As manchas se alargaram mesmo no pouco tempo que levou para Duncan cair no chão.

Agora dava para ouvir uma sirene em algum lugar ao longe. Era a minha sirene, vindo em minha direção, gritando cada vez mais alto.

A metralhadora parou, e um pé chutou a porta. A porta tremeu, mas continuou de pé, presa pela maçaneta. Mandei mais quatro balas nela, num ponto longe da maçaneta.

A sirene gritou ainda mais alto. O Santo tinha de ir embora. Ouvi os seus passos saindo a toda pelo corredor afora. Uma porta bateu com força. Alguém deu a partida em um carro nos fundos, em uma viela. O som do carro saindo em debandada sumia enquanto o som da sirene ficava cada vez mais próximo, gritando num crescendo.

Rastejei até a mulher e olhei para o sangue em seu rosto, em seu cabelo e em pontos macios e encharcados na frente de seu casaco. Toquei em sua face. Ela abriu os olhos devagar, como se as pálpebras estivessem muito pesadas.

– Jerry... – sussurrou ela.

– Morreu – menti, numa voz muito sombria. – Onde está Isobel Snare, Diana?

Os olhos fecharam-se. Lágrimas brilharam, as lágrimas de quem está morrendo.

– Onde está Isobel, Diana? – supliquei. – Tenha um gesto de decência, me diga onde ela está. Não sou da polícia. Sou um amigo dela. Pode falar, Diana.

Coloquei ternura e tristeza na voz, tudo o que eu tinha.

Os olhos meio que se abriram. O sussurro voltou:

– Jerry... – então o sussurro sumiu, e os olhos fecharam. Mas os lábios moveram-se uma vez ainda e sopraram uma palavra que parecia ser "Monty".

Aquilo foi tudo. E ela morreu.

Eu me levantei devagar e fiquei escutando as sirenes.

9

Estava ficando tarde, e as luzes iam se acendendo aqui e ali num edifício alto de escritórios do outro lado da rua. Eu estivera no gabinete de Fulwider a tarde inteira. Contara a minha história vinte vezes. Era tudo verdade... o que contei.

Policiais entravam e saíam, agentes da perícia, escrivãos, repórteres, meia dúzia de funcionários da prefeitura, até mesmo um correspondente da Associated Press. O correspondente não gostou do *release* que lhe foi entregue e tratou de deixar isso bem claro.

O chefe gordote estava suado e desconfiado. Sem casaco, ele exibia a camisa escura nas axilas, e seu cabelo ruivo e curto encrespara como se tivesse sido chamuscado. Sem saber se eu sabia muito ou pouco sobre o caso, ele não se atrevia a gerenciar a nossa conversa. Tudo o que podia fazer era gritar e lamuriar-se comigo alternadamente e, entre um e outro, tentava me embebedar.

Eu estava ficando bêbado, e gostando.

– Ninguém disse absolutamente coisa nenhuma!? – lamentou-se para mim pela centésima vez.

Tomei mais um gole, abanei a mão no ar, fiz cara de bobo.

– Nem uma palavra, chefe – foi o que eu disse, piando como uma coruja. – Eu contaria tudo... se tivesse o que contar. Eles morreram assim, muito... de repente.

Ele levou a mão ao queixo e ficou movendo a ponta do queixo em movimentos circulares.

– Mas que engraçado, não? – disse ele com sarcasmo. – Quatro no chão, mortinhos da silva, e você... nem um talho.

– Fui o único – disse eu – que me joguei no chão ainda com saúde.

Ele levou a mão à orelha direita e ficou beliscando a ponta dela em movimentos repetitivos.

– Você está aqui há três dias – berrou ele. – Nesses três dias a gente tem mais crimes do que nos três anos antes de você chegar aqui. Não é humano. Eu devo estar dentro de um pesadelo.

– O senhor não pode pôr a culpa em mim, chefe – resmunguei. – Vim pra cá para achar uma moça. E ainda estou procurando por ela. Não fui eu quem mandou o Santo e a irmã se esconderem na sua cidadezinha. Quando encontrei ele, avisei o senhor, e isso que os seus próprios policiais não tinham lhe avisado. Não fui eu quem atirou no doutor Sundstrand antes de tirar qualquer informação dele. E até agora eu não faço a menor idéia do que estava fazendo aqui essa enfermeira falsa.

– Nem eu – gritou Fulwider. – Mas tenho que saber por que ela virou peneira. Tenho tanta chance de me sair bem nessa tarefa que o melhor que tenho a fazer agora é ir pescar.

Tomei mais um drinque e solucei animado.

– Não diga isso, chefe – implorei. – O senhor já limpou a cidade uma vez; pode fazer isso de novo. Toda esta história aqui foi só uma bala rasteira que pegou de mau jeito e ricocheteou de volta.

Ele deu um giro pelo gabinete e esmurrou a parede do fundo, tentando abrir um buraco nela, e então se atirou sentado de novo em sua poltrona. Lançou-me um olhar feroz, estendeu a mão para agarrar a garrafa de uísque, mas não a tocou... como se tivesse a esperança de que o uísque pudesse lhe ser mais útil no meu estômago.

– Vou fazer um acordo com você – rosnou ele. – Suma daqui, volte correndo para San Angelo, e eu esqueço que foi a sua arma que apagou o Sundstrand.

– Isso não é coisa que se diga pra um sujeito que só está tentando ganhar o seu sustento, chefe. O senhor sabe como é que as coisas foram armadas para ser a minha arma.

A cara dele ficou cinza de novo, por um momento. Ele me olhou, já tomando as minhas medidas para um caixão. Então aquela raiva arrefeceu, e ele esmurrou a mesa e disse, cheio de animação:

– Você tem razão, Carmady. Eu não posso fazer isso, não é verdade? Você ainda precisa encontrar aquela moça, não é? Ok, então volte para o seu hotel e descanse. Vou trabalhar neste caso agora de noite, vejo você amanhã de manhã.

Tomei mais uma dose de uísque, na verdade o restinho que tinha sobrado na garrafa. Eu me senti ótimo. Troquei um aperto de mão com o chefe uma vez, e outra mais, e saí de seu gabinete em passos cambaleantes. *Flashes* espoucaram em toda a extensão do corredor.

Desci a escadaria da prefeitura, dei a volta até a lateral do prédio e fui para a garagem reservada à polícia. Meu Chrysler azul estava de novo em casa. Deixei de lado a encenação de bêbado, fui pelas ruas menos movimentadas até a avenida à beira-mar e dei uma boa caminhada no largo passeio de cimento em direção aos dois píeres de lazer e ao Grand Hotel.

Estava escurecendo. Acenderam-se as luzes nos píeres. As luzes de topo de mastro acenderam-se nos pequenos iates que estavam fundeados além dos molhes da marina. Em uma barraquinha branca de churrasquinho, um homem virava as salsichas sobre o fogo com um garfo de cabo longo e gritava monotonamente:

– Olha a fome, gente. Aqui tem sempre o melhor cachorro-quente. Olha a fome, gente.

Acendi um cigarro e me deixei ficar ali, contemplando o mar. De repente, bem ao longe, brilharam as luzes de um navio. Fiquei olhando, mas não me mexi. Fui até o homem do cachorro-quente.

– Ancorado? – perguntei a ele, apontando.

Ele deu uma espiada, esticando o pescoço por uma ponta da barraquinha, e franziu o nariz com desprezo.

– Ora, aquele é o navio-cassino. O Cruzeiro para Destino Algum, como chamam, porque não vai para nenhum lugar. Se o bingo não é fraudulento que chegue para você, tente aquele ali. Sim senhor, aquele é o famoso *Montecito*. Que tal um cachorrinho bem gostosinho?

Deixei uma moeda de 25 centavos no balcão.

– Coma um você mesmo – disse eu, com gentileza na voz. – De onde saem os táxis?

Eu não estava armado. Voltei para o hotel para pegar minha arma sobressalente.

Diana Santo, antes de morrer, dissera “Monty”.

Podia ser que não lhe tivesse sobrado fôlego bastante para dizer “Montecito”.

No hotel, me deitei e dormi como se tivessem me anestesiado. Eram oito horas quando acordei, e eu estava com fome.

10

Foi uma boa corrida por quarenta centavos. O táxi aquático, uma lancha velha sem nenhuma estabilidade, deslizou entre os iates ancorados e fez a volta nos molhes. As ondas então bateram em cheio contra nós. Meus companheiros de viagem, além do cidadão de cara amarrada que estava ao leme, eram dois casais de namorados que começaram a se beijar e afagar e amassar assim que a escuridão caiu sobre nós.

Olhei para trás, para as luzes da cidade, e tentei não me apegar demais ao meu jantar. Parecendo diamantes esparramados, as luzes foram se juntando e transformaram-se num bracelete cravejado de pedras preciosas, em exposição na vitrine da noite. Depois, eram um borrão suavemente alaranjado acima das ondas. O táxi castigava as ondas invisíveis e pulava como um bote de ressaca. O ar estava impregnado de uma neblina gelada.

As escotilhas do *Montecito* foram ficando cada vez maiores, e o táxi girou numa curva bem aberta, embicou num ângulo de 45 graus e adernou com perfeição ao lado de uma plataforma fortemente iluminada. O motor do táxi passou para a marcha lenta e deu vários estouros na neblina.

Um rapaz de olhos muito escuros, usando um casaco de *smoking* azul ajustado no corpo e um sorriso de gângster no rosto, estendeu a mão e ajudou as moças a saírem do táxi, examinou os acompanhantes das moças com um olhar experiente e mandou-os subir a bordo. O olhar que ele me deu dizia algo sobre ele. O modo como ele deu um encontrão sem querer no meu coldre disse ainda mais sobre ele.

– Nem pensar – disse ele, gentil. – Nem pensar.

Fez um gesto brusco com o queixo para o homem do táxi. Este largou um nó corredio sobre uma abita, girou um pouco o leme e subiu para a plataforma. Postou-se atrás de mim.

– Nem pensar – ronronou o cara no casaco de *smoking*. – Nada de revólver neste barco, cavalheiro. Desculpe.

– É parte da minha roupa – falei para ele. – Sou detetive particular. Eu deixo na entrada.

– Desculpe, meu chapa. Não tem lugar pra guardar revólveres na entrada. Podem ir voltando.

O homem do táxi enganchou o punho no ângulo do meu braço direito. Eu dei de ombros.

– De volta pro barco – o homem do táxi resmungou atrás de mim. – Eu fico te devendo quarenta centavos. Vamos.

Voltei para o barco.

– Certo – falei, borrifando saliva no casaco de *smoking*. – Se você não quer o meu dinheiro, não posso fazer nada. Mas esse é um jeito horroroso de se tratar uma visita. Esse é...

Seu sorriso suave e silencioso foi a última coisa que vi enquanto o táxi zarpava de encontro às ondas no caminho de volta. Odiei despedir-me daquele sorriso.

O caminho de volta pareceu mais demorado. Não conversei com o homem do táxi, e ele não conversou comigo. Quando desembarquei no trecho flutuante do píer, ele riu às minhas costas:

– Alguma outra noite quando não tiver tanto movimento, seu detetive.

Meia dúzia de fregueses que esperavam para zarpar olharam para mim. Passei por eles, passei pela porta da salinha de espera no trecho flutuante, fui em direção aos degraus que levavam à terra firme.

De tênis imundos, calça suja de piche e uma camiseta azul rasgada, um ruivo grandalhão e casca-grossa endireitou o corpo depois de estar debruçado no parapeito e me deu um encontrão por acaso.

Eu parei e fiquei na defensiva. Ele falou em voz baixa:

– Que que há, homem? Não levou uma bolada no navio da farra?

– E eu tenho que te contar?

– Sou um cara que sabe ouvir.

– Quem é você?

– Pode me chamar de Ruivo.

– Cai fora, Ruivo. Sou um homem ocupado.

Ele sorriu um sorriso triste, tocou o meu lado esquerdo.

– Esse revólver fica meio volumoso num terno de verão – disse ele. – Quer subir a bordo? Pode ser feito, se você tiver um bom motivo.

– Quanto custa um bom motivo? – perguntei.

– Cinqüenta paus. Mais dez se você voltar sangrando no meu barco.

Fui embora.

– Vinte e cinco de desconto – disse ele, bem rápido. – Talvez você volte trazendo amigos, hã?

Ainde dei quatro passos me distanciando dele antes de dar meia-volta e dizer:

– Fechado – e fui adiante.

Na extremidade do bem-iluminado píer de lazer havia uma casa de bingo de fachada cintilante, totalmente lotada, mesmo àquela hora, ainda cedo da noite. Entrei, encostei-me a uma parede e observei dois números aparecerem no indicador luminoso e vi um apostador da casa, com uma seqüência por fechar, dar o sinal em código sob o balcão, com o joelho.

Uma enorme mancha azul tomou forma ao meu lado, e ela cheirava a piche. Uma voz tristonha, profunda e macia disse:

– Precisando de ajuda?

– Estou procurando uma moça, mas vou procurar por ela sozinho. Qual é o seu negócio? – não olhei para ele.

– Um dólar aqui, um dólar ali. Gosto de comer. Eu era da polícia, mas fui expulso.

Gostei que ele tivesse me dito aquilo.

– Com certeza você estava criticando alguém – disse eu, e, enquanto observava o apostador da casa fazendo o seu cartão deslizar pela mesa com o polegar em cima do número errado, observei o homem do outro lado pegar o cartão com o seu polegar sobre o mesmo ponto e segurá-lo na mão.

Eu podia sentir que o Ruivo estava sorrindo.

– Sei que você tem andado aqui pela nossa cidadezinha. A coisa comigo funciona assim: eu tenho um barco que navega por baixo das docas. Conheço uma doca exclusiva para carga e descarga e tenho acesso a ela. De vez em quando eu levo uma carga para alguém, fora daqui. Não tem muita gente por aí trabalhando embaixo das docas. Isso te serve?

Peguei minha carteira e tirei dali uma nota de vinte e outra de cinco e passei as duas para o Ruivo num rolinho. As notas foram para dentro de um bolso sujo de piche.

O Ruivo agradeceu com a voz macia e foi embora. Esperei um pouco e então fui atrás dele. Ele era pessoa fácil de seguir por causa do tamanho, mesmo em uma multidão.

Passamos pela marina e pelo segundo píer de lazer, e depois disso as luzes foram escasseando e a multidão ficando rarefeita até que não se via mais ninguém à volta. Um píer pequeno e preto entrava água adentro, com barcos amarrados a ele em toda a sua extensão. O meu guia foi por ali.

Parou quase no fim do píer, no começo de uma escada de madeira.

– Vou trazer o barco para cá – disse ele. – Vai fazer barulho esquentando o motor.

– Olha – disse eu, com urgência na voz –, eu tenho que dar um telefonema. Tinha me esquecido.

– Tudo bem. Vamos lá.

Ele foi à frente, caminhando ainda mais para a ponta do píer. Fez tilintar um chaveiro cheio de chaves, depois abriu um cadeado. Ergueu um pequeno alçapão e dali tirou um telefone; escutou.

– Ainda funciona – disse ele, com um tom divertido na voz. – Deve ser de algum vigarista. Não se esqueça de fechar o cadeado depois.

Ele sumiu silenciosamente na escuridão. Por dez minutos, fiquei ouvindo a água batendo nos pilares do píer, o remoinho ocasional de uma gaivota no escuro. Então, bem ao longe, um motor roncou e continuou roncando por vários minutos. Depois o barulho parou abruptamente. Mais alguns minutos se passaram. Alguma coisa bateu com um ruído surdo contra o pé da escada, e uma voz me chamou bem baixinho:

– Tudo pronto.

Voltei rápido até o telefone, disquei um número, pedi para falar com o chefe Fulwider. Ele tinha ido para casa. Disquei um outro número, atendeu uma mulher, pedi para falar com o chefe, disse que eu estava chamando da Central de Polícia.

Esperei de novo. Então ouvi a voz do chefe. Parecia estar com a boca cheia de purê de batata.

– O que é? Não se pode nem mesmo comer em paz? Quem é que está falando?

– Carmady, chefe. Santo está no *Montecito*. O ruim é que está fora da sua jurisdição.

Ele começou a gritar como um doido. Desliguei o telefone na cara dele, devolvi o aparelho para sua caixinha forrada de zinco e fechei o cadeado. Desci a escada e fui encontrar com o Ruivo.

Sua grande lancha preta saiu deslizando pela água manchada de óleo diesel. Não se ouvia nenhum barulho de motor, mas sim um borbulhar uniforme, paralelo ao lado do casco.

As luzes da cidade uma vez mais se tornaram uma mancha amarelada rente à água escura, e as escotilhas do simpático navio *Montecito* de novo foram ficando cada vez maiores e mais brilhantes e mais redondas quanto mais continuávamos mar adentro.

11

Não havia holofotes no lado do navio que dava para alto-mar. O Ruivo diminuiu o motor de um nada para a metade de nada e fez uma curva sob o ressalto da popa, e então foi levando a lancha de lado até o casco engraxado do navio, tão timidamente quanto um freqüentador assíduo dos prazeres da noite num saguão de hotel.

Portas duplas de ferro apareceram gigantescas sobre nossas cabeças, um pouco projetadas para a frente em relação aos elos lodosos de um cabo em forma de corrente. A lancha roçou o casco antiqüíssimo do *Montecito*, e a água do mar batia ociosamente no fundo da lancha, sob os nossos pés. A sombra do ex-policial grandão ergueu-se sobre mim. Uma corda enrolada voou contra a escuridão, prendeu em alguma coisa e a ponta caiu de volta dentro da lancha. O Ruivo puxou-a até que ficasse bem esticada, depois enrolou o resto em alguma coisa sobre a capa do motor.

Ele me disse com voz macia:

– A lancha corre como um cavalo de corrida, mas não pula obstáculos. A gente vai ter que subir pelo casco.

Eu peguei no leme e mantive a ponta da lancha encostada no casco escorregadio, e o Ruivo agarrou uma escada de ferro que havia na lateral do navio e içou-se navio acima no escuro da noite, resmungando e praguejando, o corpo escorando-se nos ângulos retos da escada, os tênis escorregando a cada degrau de ferro molhado.

Um pouco depois, alguma coisa rangeu lá em cima, e uma luz amarela e fraca apresentou-se na neblina marítima. Surgiu o contorno de uma porta pesada, e a cabeça do Ruivo inclinada contra a luz.

Subi a escada de ferro atrás dele. Era trabalho duro. Cheguei lá em cima resfolegando, num porão azedo, entulhado de caixas e tonéis. Ratazanas corriam nos cantos escuros, fugindo de nossos olhares. O grandão chegou os lábios ao meu ouvido:

– Daqui a gente tem um caminho mais fácil até a passarela da casa de caldeiras. Eles vão estar produzindo vapor em uma das caldeiras auxiliares, para a água quente e os geradores. Quer dizer, um cara. Eu me encarrego dele. A tripulação duplica em número, força e colhões lá em cima. Depois da casa de caldeiras eu te mostro um exaustor sem grade. Ele vai até o convés. Depois disso, tudo com você.

– Você deve ter parentes a bordo – disse eu.

– Não interessa. Um cara fica sabendo das coisas quando ele está na praia. Talvez eu seja ligado a um bando que está preparado para virar esta banheira. Você vai voltar logo?

– Do convés, tenho que providenciar um bom mergulho – falei. – Tome aqui.

Pesquei mais umas notas da minha carteira e estendi-as para ele.

Ele fez um gesto negativo com a cabeça.

– Não, isso fica pra viagem de volta.

– Estou pagando agora pela viagem de volta – disse eu. – Mesmo que eu não volte. Pegue a grana antes que eu comece a chorar.

– Bom...obrigado, cara. Você é um sujeito decente.

Fomos andando pelas caixas e tonéis. A luz amarela vinha de uma passagem mais adiante, e pegamos aquela passagem até uma porta estreita de ferro. Ela dava para a passarela. Nós nos esgueiramos por ali, depois descemos uma escada de aço toda engraxada, ouvimos o assobio lento da queima de óleo e atravessamos montanhas de ferro até o lugar de onde vinha o assobio.

Dobramos uma esquina e vimos um italiano baixinho e sujo numa camisa de seda lilás, sentado numa cadeira de escritório fixada no lugar, debaixo de uma lâmpada pendurada no fio elétrico pelo seu soquete, lendo o jornal com a ajuda de óculos de aro de aço e de um dedo indicador preto de tinta.

O Ruivo disse, muito gentil:

– Oi, Baixinho. Como é que vão os bambinos?

O italiano abriu a boca e estendeu a mão com rapidez. O Ruivo golpeou o homem. Nós o deitamos no chão e rasgamos sua camisa lilás em tiras, para amarrá-lo e amordaçá-lo.

– Não se deve bater num cara de óculos – disse o Ruivo. – Mas o negócio é que a gente faz um tremendo barulhão andando no exaustor... para quem está aqui embaixo. Lá em cima eles não vão escutar nada.

Falei que era assim que eu preferia, e largamos o italiano amarrado no chão e achamos o exaustor sem grade. Troquei um aperto de mão com o Ruivo, disse que esperava vê-lo de novo e comecei a subir a escada para dentro do exaustor.

Estava frio e escuro, a neblina da noite enchia o exaustor e descia por ele, e a sensação foi de que era um exaustor muito comprido. Depois de três minutos que pareceram uma hora, cheguei ao topo e estiquei o pescoço para olhar para fora com cautela. Barcos cobertos com lona apareceram diante de meus olhos, ali perto, dependurados nos turcos do convés do navio. Eu conseguia ouvir murmúrios suaves no escuro, que passavam entre dois desses botes. Um latejar pesado de música pulsava logo abaixo. Para cima, uma luz de topo de mastro, e, através das finas e altas camadas da bruma da noite, umas poucas estrelas amarguradas espiavam de lá do alto.

Prestei atenção, mas não escutei nenhuma sirene de um eventual barco da polícia costeira. Pulei para fora do exaustor, desci até o convés.

Os sussurros vinham de um casal de namorados abraçadinhos sob um dos botes salva-vidas. Eles nem me viram. Andei pelo convés, passei pelas portas fechadas de três ou quatro cabines. Dava para ver que havia luz acesa atrás das venezianas de duas daquelas cabines. Parei, fiquei escutando, não ouvi nada além da alegria dos freqüentadores lá embaixo, no convés principal.

Eu me abaixei em uma sombra de escuridão total, enchi os pulmões de ar e expirei uivando: o uivo queixoso e raivoso do lobo cinzento americano, solitário, faminto e longe de casa, mau o suficiente para causar todo tipo de problema.

O uivo em tom grave, entrecortado, de um cão policial foi o que obtive em resposta. Uma moça veio dando gritinhos pelo convés escuro, e uma voz masculina disse:

– Pensei que tudo quanto era bêbado infeliz estivesse morto agora.

Endireitei o corpo, empunhei minha arma e corri na direção do latido. O barulho vinha de uma cabine do outro lado do convés.

Encostei meu ouvido à porta, ouvi uma voz masculina acalmando o cachorro, que parou de latir. Depois de rosnar ainda duas ou três vezes, ficou quieto. Uma chave girou na porta à qual eu estava encostado.

Afastei-me de um pulo e me abaixei, apoiado em um joelho. A porta abriu uns trinta centímetros, e uma cabeça elegante apareceu na fresta. Uma luminária do convés fez brilhar o cabelo preto.

Eu me levantei e golpeei aquela cabeça com o meu revólver. O homem caiu de mansinho para o lado de fora da porta, direto nos meus braços. Eu o arrastei de volta para a cabine, deitei-o sobre uma cama que estava arrumada.

Fechei a porta e passei a chave. Uma moça pequena, de olhos grandes, empoleirou-se na outra cama. Eu disse:

– Boa noite, srta. Snare. Não imagina o trabalho que foi encontrar você. Quer ir para casa?

O Fazendeiro Santo rolou para um lado e sentou-se, com as mãos na cabeça. Então ele ficou absolutamente imóvel, olhando para mim com seus olhos negros e perspicazes. A boca tinha um sorriso tenso, quase mal-humorado.

Passei a cabine em revista com o olhar, não vi o cachorro em lugar nenhum, mas vi uma porta interna atrás da qual ele podia estar. Olhei de novo para a moça.

Ela não era lá grandes coisas, como a maioria das pessoas que se metem nas piores encrencas. Estava sentada em cima da cama, com os joelhos dobrados para um lado, o cabelo caindo sobre um olho. Usava um vestido de malha, meias soquete e sapatos esportivos com lingüetas tão largas que caíam dos lados. Os joelhos estavam à mostra e eram ossudos sob a bainha do vestido. Parecia uma colegial.

Revistei o Santo à procura de uma arma, mas não encontrei nada. Ele me deu um sorriso debochado.

A moça ergueu a mão e atirou o cabelo para trás. Olhou para mim como se eu estivesse a dois quarteirões de distância. Então recuperou o fôlego e começou a chorar.

– Nós estamos casados – disse o Santo em voz baixa. – Ela acha que mandaram você para me crivar de balas. Foi um truque bem esperto, uivar como um lobo.

Eu não disse nada. Fiquei escutando. Nenhum barulho do lado de fora.

– Como é que você sabia para onde vir?

– Diana me contou... antes de morrer – disse eu, de modo abrupto.

Os olhos dele pareciam magoados.

– Não acredito em você, arapongo.

– Você fugiu e deixou ela no meio do fogo cruzado. Esperava o quê?

– Imaginei que a polícia não ia machucar uma mulher e que eu podia tentar algum tipo de acordo do lado de fora. Quem pegou ela?

– Um dos caras do Fulwider. Você tinha acertado nele.

Ele atirou a cabeça para trás, e um olhar selvagem tomou conta de sua expressão, mas em seguida sumiu. Sorriu enviesado para a moça chorosa.

– Ei, amorzinho. Vou tirar você dessa. – Ele me olhou de novo. – Vamos dizer que eu me entregue, sem nenhuma briga. Existe um jeito de ela ficar livre?

– O que você quer dizer, "sem nenhuma briga"? – eu ri com sarcasmo.

– Eu tenho muitos amigos aqui neste navio, cara. Você não sabe da missa nem a metade.

– Foi você quem botou ela nisso – disse eu. – E agora você não pode tirá-la. É assim que a história termina.

12

Ele aquiesceu com a cabeça, num gesto vagaroso, e olhou para o chão entre os seus pés. A moça parou de chorar tempo suficiente para enxugar as bochechas e começou de novo.

– O Fulwider sabe que estou aqui? – Santo me perguntou, devagar.

– Sabe.

– Você que entregou o serviço pra ele?

– Foi.

Ele deu de ombros.

– Está certo, do seu ponto de vista. Claro. Só que eu nunca vou ter uma chance de falar se o Fulwider me pega. Se eu tivesse a chance de falar com um Procurador do Estado, então eu podia pelo menos tentar convencer o homem de que *ela* não está a par do que eu faço.

– Você devia ter pensado nisso antes – disse eu, com a voz pesada. – Você não tinha nada que voltar até a clínica do Sundstrand e botar a sua metralhadora a cuspir fogo.

Ele jogou a cabeça para trás e riu.

– Não? Se você pagasse a alguém dez mil dólares em troca de proteção e esse cara te passasse para trás seqüestrando a tua mulher e botando ela num falso hospital de drogados e dizendo a você para sumir do mapa e ser bonzinho, se não a maré ia entregar ela na praia? O que você faz? Você sorri ou se arma de chumbo grosso e vai tratar diretamente com o sujeito?

– Ela não estava no hospital – disse eu. – Você simplesmente endoidou e foi mandando bala pra tudo quanto era lado. E, se você não tivesse ficado com o cachorro até ele matar um homem, a proteção não tinha entrado em pânico, e não teriam traído você.

– Eu gosto de cachorros – disse Santo em voz baixa. – Sou um cara de bom coração quando não estou trabalhando, mas deixo me fazerem de bobo só até um ponto.

Eu continuava escutando. Ainda nenhum barulho no convés lá fora.

– Escute aqui – disse eu, rápido. – Se você quer jogar no meu time, eu estou com um barco na porta dos fundos e vou tentar levar a moça para casa antes que eles dêem falta dela. O que acontecer com você não me interessa. Eu não mexo um dedo por você, mesmo você sendo um sujeito que gosta de cachorros.

A moça de repente falou, com uma vozinha esganiçada de menina:

– Eu não quero ir para casa! Eu não vou para casa!

– Daqui a um ano você vai me agradecer – disse eu, em tom áspero, brusco.

– Ele tem razão, amorzinho – disse Santo. – É melhor dar o fora daqui com ele.

– Não vou – esganiçou-se a moça, furiosa. – Eu não vou e fim. Não tem discussão.

Quebrando o silêncio da noite no convés, algum objeto duro golpeou o lado de fora da porta. Uma voz sombria gritou:

– Abram! Polícia!

Eu recuei mais que rápido até a porta, sem deixar de olhar para Santo. Falei para fora sobre o meu ombro.

– Fulwider: está aí?

– Estou – rosnou a voz gorda do chefe. – Carmady, é você?

– Ouça bem, chefe. O Santo está aqui, e ele está pronto para se entregar. Tem uma moça aqui com ele, aquela de quem eu lhe falei. Portanto, entrem com calma, está bem?

– Certo – disse o chefe. – Abram a porta.

Girei a chave, atravessei a cabine de um pulo e apoiei-me de costas na divisória interna, ao lado da porta onde, do outro lado, o cachorro agora estava se movimentando inquieto, rosnando baixinho.

A outra porta abriu-se de supetão. Dois homens que eu nunca tinha visto antes irromperam na cabine empunhando armas. O chefe gordote vinha atrás deles. Por um rápido instante, antes que ele fechasse a porta, consegui ver de relance os uniformes do navio.

Os dois policiais saltaram em cima de Santo, bateram nele, algemaram o homem. Depois disso, recuaram e foram se postar ao lado do chefe. Santo sorriu para eles, sangue escorrendo de seu lábio inferior.

Fulwider olhou para mim de modo reprovador e mudou o charuto de posição na boca. Ninguém parecia interessar-se pela moça.

– Você é o diabo, Carmady. Não me deu nenhuma pista sobre o lugar, para onde ir! – rosnou ele.

– Eu não sabia – disse eu. – Além disso, pensei que era fora da sua jurisdição.

– Isso é o que menos importa. Nós avisamos os federais. Eles já devem estar chegando.

Um dos policiais riu.

– Mas não tão cedo – disse ele, a grosseria em pessoa. – Pode esfriar os ânimos, seu bisbilhoteiro.

– Vem cá, que eu te dou "esfriar os ânimos" – disse eu.

Ele começou a vir em minha direção, mas o chefe o fez recuar com um gesto de mão. O outro policial estava de olho em Santo e não prestava atenção a mais nada.

– Como foi que você achou esse daí? – era o que Fulwider queria saber.

– Não foi aceitando o dinheiro dele em troca de proteção – disse eu.

Nada mudou na expressão de Fulwider. A conversa dele tornou-se quase preguiçosa:

– Ah, você andou investigando – disse ele, muito gentilmente.

Respondi enojado:

– Que tipo de idiota você e o seu bando acham que eu sou? A sua cidadezinha é muito limpa, mesmo; tanto, que fede. É a famosa sepultura com alvejante. Santuário dos vigaristas, onde um revólver que ainda está fumegando pode arranjar esconderijo… se a pessoa pagar o preço e não fizer nenhum servicinho por aqui… e onde qualquer um pode fugir para o México de lancha, no caso de alguém dedurar alguém.

O chefe disse, muito cautelosamente:

– Algo mais?

– Sim – gritei. – Eu já poupei você por tempo demais. Foi *você* quem me manteve abaixo de drogas até eu ficar apalermado e daí me jogou naquela cadeia particular. Quando isso não me segurou, foi *você* quem elaborou um plano com o Galbraith e o Duncan para que a minha arma matasse o Sundstrand (seu ajudante, por sinal), e depois eu seria morto resistindo à voz de prisão. O Santo estragou a festa para você e salvou a minha vida. Sem querer, talvez, mas salvou. *Você* sabia o tempo todo onde estava esta menina. Ela é casada com Santo, e foi você mesmo quem a seqüestrou, para obrigá-lo a ficar na linha. E agora, com os diabos, por que você acha que eu lhe dei a pista de que ele estava aqui? Isso é uma coisa que você ainda *não* sabe!

O policial que havia tentado me desarmar disse:

– Agora, chefe. É melhor fazer isso rápido. Os federais...

O queixo de Fulwider tremeu. Seu rosto estava cinzento, e suas orelhas pareciam estar mais para trás na cabeça. O charuto pulava em espasmos na sua boca gorda.

– Espere aí um minutinho – disse ele, com a voz pastosa, para o homem ao seu lado. Depois se dirigiu a mim: – Bem, então... por que foi que você me passou a dica?

– Para ter você num lugar onde você é autoridade tanto quanto o Zorro – disse eu. – E ver se você tem coragem para cometer assassinato em alto-mar.

Santo riu. E deu um assobio em tom grave e ríspido por entre os dentes. Um bicho respondeu a isso com um violento, dilacerante rosnado de raiva. A porta ao meu lado foi arrebentada, como se uma mula tivesse derrubado a porta a coice. O enorme cão policial passou pela abertura num pulo que o impulsionava a voar e que o levou até o outro lado da cabine. O corpo cinzento contorceu-se em pleno vôo. Um revólver detonou sem causar danos.

– Pega eles, Voss! – Santo gritou. – Pega eles e mata, rapaz!

O ar da cabine foi preenchido por um tiroteio. O rosnado do cachorro misturou-se a um grito estrangulado de uma voz grossa. Fulwider e um dos policiais estavam no chão e o cachorro estava grudado no pescoço de Fulwider.

A moça gritou e escondeu o rosto em um travesseiro. Santo escorregou devagar da cama e ficou deitado no chão, sangue escorrendo lentamente de seu pescoço, em uma onda espessa.

O policial que não tinha sido derrubado pulou para um lado, quase caiu de cabeça na cama da moça, então recuperou o equilíbrio e meteu bala no corpo cinzento e comprido do cachorro... de qualquer jeito, sem nem mesmo fazer mira, em um ato de pura selvageria.

O policial no chão empurrou o cachorro, que por sua vez quase lhe arrancou a mão fora. O homem berrou. Ouviram-se passos correndo no convés. Gritaria lá fora. Alguma coisa estava escorrendo pelo meu rosto, e que comichava. Eu tinha uma sensação estranha na cabeça, mas não sabia o que me atingira.

A arma na minha mão dava a sensação de ser grande e quente. Atirei no cachorro, detestando fazer aquilo. O cão rolou, saindo de cima de Fulwider, e eu vi que uma bala perdida tinha cavado um buraco no chefe: bem entre os olhos, com a delicada precisão que só se consegue por puro acaso.

O revólver do policial que ainda estava de pé fez um clique: haviam se acabado as balas. Ele praguejou e começou a recarregar a arma freneticamente.

Toquei o sangue em meu rosto e olhei. Parecia muito, muito escuro. E a iluminação da cabine foi ficando fraca.

A ponta brilhante da lâmina de um machado de repente fendeu a porta da cabina, bloqueada pelo corpo do chefe e também pelo corpo do homem que gemia ao seu lado. Olhei para o metal brilhante, vi ele desaparecer e então reaparecer em outro lugar.

Mas então todas as luzes apagaram-se lentamente, como acontece no teatro, quando se abre o pano. Assim que ficou tudo escuro, senti dor de cabeça, mas naquela hora eu não sabia que uma bala havia me fraturado o crânio.

Acordei dois dias depois no hospital. Fiquei hospitalizado três semanas. Santo não viveu o suficiente para ir a julgamento, mas viveu o suficiente para contar sua história. Ele deve tê-la contado muito direitinho, porque deixaram a sra. Isobel Santo voltar para a casa de sua tia.

Por essa mesma época, o poder judiciário do condado já havia indiciado metade da força policial daquela cidadezinha costeira. Havia então muitas caras novas circulando pelo prédio da Prefeitura, foi o que ouvi dizer. Uma delas pertencia a um sargento de investigações, um ruivo grandalhão, chamado Norgard, que contava que me devia 25 dólares, mas teve que usar o dinheiro para comprar um terno novo quando recuperou seu antigo emprego. Contava ele também que saldaria sua dívida comigo assim que recebesse o seu primeiro contra-cheque. Eu disse que ia tentar esperar.

SAIU DE CENA

1

A primeira vez que vi Larry Batzel, ele estava bêbado em frente ao Sardi, num Rolls-Royce de segunda mão. Uma loira alta estava com ele, e ela tinha uns olhos que você não consegue esquecer. Ajudei-a a convencê-lo a sair de trás da direção, para que ela pudesse dirigir.

Da segunda vez que o vi, ele já não tinha nenhum Rolls-Royce, nenhuma loira com ele e nenhum emprego na indústria do cinema. Tudo o que lhe sobrava eram uns tremores e um terno que precisava urgentemente ser passado a ferro. Ele se lembrava de mim. Era esse tipo de bêbado.

Paguei-lhe um número de drinques suficiente para fazê-lo sentir-se melhor e dei-lhe metade dos meus cigarros. Eu costumava encontrá-lo de vez em quando, "entre um filme e outro". Peguei o hábito de emprestar-lhe dinheiro. Não sei exatamente por quê. Era um homem grande, um brutamontes bonito, de olhos bovinos, e em seu olhar havia algo de inocente, de honesto. Algo que em geral não encontro no meu ramo de negócios.

O engraçado era que, antes de revogação da Lei Seca, ele ganhava a vida como contrabandista de bebida alcoólica para um mundo de gente bem barra pesada. Já no mundo do cinema ele nunca conseguiu chegar a lugar nenhum, e, depois de um tempo, eu não o via mais, ele já não circulava mais.

De repente, um dia, sem mais nem menos, recebi dele um cheque relativo a tudo o que ele me devia e um bilhete, explicando que estava trabalhando "nas mesas" (de jogo, não do restaurante) do Dardanella Club e que eu devia aparecer e procurar por ele. Assim fiquei sabendo que ele estava de volta à ativa, no mundo da ilegalidade.

Não fui procurá-lo, mas descobri que Joe Mesarvey era o dono do lugar, e que Joe Mesarvey era casado com a loira daqueles olhos, a tal que o Larry Batzel tinha no seu Rolls daquela vez. Ainda assim, não fui procurá-lo.

Então, um dia de manhã bem cedinho, havia uma figura na penumbra, de pé, do lado da minha cama, entre mim e as janelas. As cortinas tinham sido fechadas. Deve ter sido aquilo o que me acordou. A figura era grande e estava armada.

Virei de lado na cama e esfreguei os olhos.

– Certo – disse eu, contrariado. – Tem doze dólares na minha calça, e o meu relógio de pulso custou 27. Você não vai lucrar nada com isso.

A figura foi até a janela, puxou uma das cortinas para um lado uns dois centímetros e olhou a rua lá embaixo. Quando se virou de novo, vi que era Larry Batzel.

Seu rosto estava tenso e cansado, e ele precisava fazer a barba. Ainda estava de *smoking* e usava um sobretudo com abotoamento duplo e uma mini-rosa murcha na lapela.

Ele se sentou e segurou a arma sobre o joelho por um momento antes de deixá-la de lado, com a testa franzida numa expressão intrigada, como se não fizesse a menor idéia de como aquela arma fora parar em sua mão.

– Você vai me levar até Berdoo no seu carro – disse ele. – Tenho que sair da cidade. Sou um homem marcado.

– Ok – disse eu. – Me conta o que foi que aconteceu.

Eu me sentei, senti o carpete com os dedos dos pés e acendi um cigarro. Era um pouco depois das cinco e meia da manhã.

– Forcei a sua porta com uma tira de filme fotográfico – disse ele. – Você precisa usar a corrente de segurança de vez em quando. Eu não tinha certeza de qual era o seu quarto, e também não quis acordar a casa toda.

– Da próxima vez você tenta olhar as caixas de correspondência – disse eu. – Mas vá em frente. Você não está bêbado, está?

– Bem que eu queria estar, mas tenho que fugir daqui primeiro. Só estou apavorado. Não sou mais tão durão como nos velhos tempos. Você leu sobre o desaparecimento de O'Mara nos jornais, é claro.

– Li.

– De qualquer modo, me escute. Se eu puder ficar conversando, pelo menos não vou explodir de nervoso. Acho que ninguém me seguiu até aqui.

– Um drinque não vai fazer mal a nenhum de nós dois – disse eu. – O uísque escocês está em cima da mesa.

Ele serviu dois drinques e me alcançou um. Vesti um roupão e calcei os meus chinelos. O vidro batia contra os dentes dele enquanto ele bebia.

Descansou o copo vazio na mesa e cruzou as mãos bem apertadas.

– Eu conhecia Dud O'Mara bastante bem. A gente fazia contrabando juntos, e o nosso quartel-general era em Hueneme Point. Nós dois até mesmo nos apaixonamos pela mesma garota. Ela agora está casada com Joe Mesarvey. Dud se casou com cinco milhões de dólares. Casou com a filha divorciada do general Dade Winslow, aquela doida que é louca por uma farra.

– Estou sabendo – disse eu.

– Certo. Apenas me escute. Ela pegou ele num botequim clandestino, assim sem mais nem menos, como eu teria pegado uma bandeja para me servir no balcão de comidas de um restaurante. Mas ele não gostou daquela vida. Acho que ele costumava visitar Mona. Ele quis dar uma de vivo com a história de Joe Mesarvey e de Lash Yeager terem um servicinho de carros roubados para terem uns ganhos extras. Apagaram o cara.

– Claro que sim – disse eu. – Tome mais um drinque.

– Não. Apenas me escute. Só tem dois pontos nesta história. Na noite que O'Mara saiu de cena... não, na noite que os jornais anunciaram isso... Mona Mesarvey desapareceu também. Só que ela não desapareceu. Esconderam ela numa cabana uns quilômetros para lá de Realito, na zona dos laranjais do cinturão citrícola. Do lado de uma oficina dirigida por um vigarista chamado Art Huck, um desmanche de carros roubados. Eu descobri. Segui Joe até lá.

– O que você tinha a ver com isso? – perguntei.

– Eu ainda tenho uma paixão antiga por ela. Estou contando isso porque você foi muito decente comigo uma vez. Você pode fazer alguma coisa em relação a isso depois que me apagarem. Esconderam Mona naquele lugar só para ficar parecendo que Dud deu cabo dela. Como era de se esperar, a polícia não é burra, e eles foram procurar Joe depois do desaparecimento. Mas não encontraram Mona. Eles têm um sistema para desaparecimentos. E eles seguem o sistema.

Ele levantou e foi até a janela de novo, espiou por um vão de um lado da cortina.

– Tem um sedã azul lá embaixo que eu acho que já vi antes – disse ele. – Mas talvez não. Tem muito carro igualzinho a esse daí.

Sentou-se de novo. Eu não disse nada.

– Esse lugar para lá de Realito fica na primeira estrada secundária que vai para o norte saindo do Foothill Boulevard. Não tem como errar. É um lugar ermo e não tem nada por perto, só a oficina e a casa do lado. Tem uma velha fábrica de cianureto logo ali. Estou contando isso porque...

– Esse é o primeiro ponto da história – disse eu. – E o segundo ponto, qual é?

– O cretino que era motorista do Lash Yeager deu no pé umas duas semanas atrás e foi para a Costa Oeste. Eu emprestei para ele cinqüenta dólares. Ele estava duro. Me disse que Yeager estava fora, tinha ido para a mansão dos Winslow na noite que Dud O'Mara desapareceu.

Olhei para ele.

– Interessante, Larry. Mas não é interessante que chegue para a gente sair por aí quebrando pratos. Afinal, a delegacia de polícia está aí para isso.

– Certo. Então agora escute mais esta: bebi além da conta ontem de noite e contei para Yeager o que eu sabia. Depois me demiti do Dardanella. E daí que, quando eu voltei para casa, alguém atirou contra mim quando eu ia entrando, ainda na calçada. Desde então, estou me escondendo. E agora? Você me leva até Berdoo?

Eu me levantei. Era maio, primavera, mas eu estava com frio. Larry Batzel parecia estar com frio também, mesmo de sobretudo.

– Claro – disse eu. – Mas acalme-se, vá devagar. Depois você vai estar bem mais seguro do que agora. Tome mais um drinque. Você não *sabe* realmente se eles apagaram O'Mara.

– Se ele descobriu sobre o negócio de carros roubados, sendo a Mona casada com Joe Mesarvey, eles tinham que apagar o cara. Ele era esse tipo de pessoa.

Eu me levantei e fui até o banheiro. Larry foi para a janela de novo.

– Ainda está lá – disse ele, por cima do ombro. – Pode sobrar bala para você, se me der uma carona.

– Eu não ia gostar nada disso – falei.

– Você é um tipo decente de vigarista, Carmady. O tempo está fechando. Eu ia detestar ter o meu enterro na chuva. Você não?

– Você fala demais, cara – disse eu, entrando no banheiro.

E foi a última vez que falei com ele.

2

Eu podia ouvi-lo andando pelo quarto enquanto eu fazia a barba, mas não depois que eu entrei no chuveiro, obviamente. Quando saí do chuveiro, ele não estava mais lá. Fui andando pé ante pé e dei uma olhada na quitinete. Ele não estava lá. Peguei um roupão e espiei o corredor do prédio. Estava vazio, exceto pelo leiteiro, que estava descendo a escada dos fundos com as garrafas de leite num engradado de arame, e havia os jornais recém-dobrados, encostados na portas fechadas.

– Ei – chamei o leiteiro –, não passou por você um cara que saiu daqui agora mesmo?

Ele voltou um pouco para me olhar da esquina do corredor com a escada e abriu a boca para responder. Era um rapaz bonito, com dentes grandes, brancos, bem-feitos. Eu me lembro bem dos dentes do rapaz, porque estava olhando para ele quando escutei os tiros.

Nem muito perto, nem muito longe. Nos fundos do prédio residencial, ali perto das garagens, ou então na viela que atravessava o quarteirão e dava para os fundos das casas, pensei eu. Foram dois tiros rápidos e secos e, depois, uma metralhadora. Uma rajada de cinco ou seis, tudo de que um bom carniceiro precisava.

O leiteiro fechou a boca como se ela fosse controlada por uma manivela. Seus olhos estavam esbugalhados e sem expressão, olhando para mim. Então, com extremo cuidado, ele largou as garrafas no primeiro degrau da escada e encostou-se na parede.

– Parece que foi tiro – disse ele.

Tudo isso levou dois ou três segundos, e parecia que se passara meia hora. Voltei para o meu quarto e me vesti de qualquer jeito, peguei uma coisa que outra de cima da minha escrivaninha, me atirei corredor afora. O corredor continuava vazio, nem o leiteiro estava mais lá. Uma sirene ia morrendo em algum lugar próximo. Uma cabeça careca, um rosto com jeito de ressaca foi o que apareceu na fresta de uma porta e fez um barulho de quem está fungando.

Desci pela escada dos fundos.

Havia duas ou três pessoas no saguão do térreo. Fui para os fundos. As garagens eram dispostas em duas fileiras com um pavimento cimentado no meio, e havia mais duas garagens no fim dessa pavimentação, deixando uma saída para a viela no meio do quarteirão. Dois meninos vinham vindo, pulando uma cerca três casas mais adiante.

Larry Batzel estava ali, deitado de cara no chão, seu chapéu a um metro de distância da cabeça e uma das mãos aberta a uns trinta centímetros de uma automática grande, preta. Tinha os tornozelos cruzados, como se tivesse girado o corpo ao cair. O sangue era espesso no lado do rosto, no cabelo loiro e especialmente no pescoço. Também era espesso no chão de cimento.

Dois policiais de radiopatrulha, o motorista do caminhão da entrega do leite e um homem de suéter marrom e macacão sem peitilho estavam debruçados sobre ele. O homem de macacão era o nosso zelador.

Fui até eles, quase na mesma hora em que os dois meninos que eu tinha visto pularam a nossa cerca e chegaram no pátio. O motorista do leite olhou para mim com uma expressão estranha e tensa. Um dos policiais endireitou o corpo e disse:

– Um de vocês conhece esse sujeito? Ele ainda tem metade do rosto.

Ele não estava falando comigo. O motorista do leite acenou negativamente com a cabeça e continuou me observando com o canto dos olhos. O zelador disse:

– Não é um morador daqui. Pode até ser que seja uma visita de alguém. Só que é meio cedo pra fazer visita, né?

– Ele está com roupa de festa. Você conhece o seu cortiço melhor que eu – disse o policial com uma voz pesada. Tirou do bolso um bloquinho de anotações.

O outro policial endireitou o corpo também, moveu a cabeça de um lado para o outro e andou em direção ao prédio, com o zelador do lado.

O policial com o bloquinho apontou para mim com o polegar e disse em voz áspera:

– Você chegou aqui logo depois desses outros dois. Algo a dizer?

Olhei para o leiteiro. Larry Batzel não ia se importar, e um homem tem de ganhar o seu sustento. De qualquer jeito, não era uma história para policiais de ronda.

– Só ouvi os disparos e vim correndo – disse eu.

O policial tomou aquilo como uma resposta. O motorista do leite olhou para cima, para o céu baixo e cinza-chumbo, e não disse nada.

Depois de um tempo, voltei para o meu apartamento e terminei de me vestir. Quando peguei o meu chapéu em cima da mesa da janela, ao lado da garrafa de uísque escocês, encontrei uma minúscula rosa em botão sobre um pedaço de papel rabiscado.

No bilhete, lia-se: "Você é um cara decente, mas acho que vou sozinho. Entregue a rosa para Mona, se algum dia tiver a oportunidade. Larry".

Coloquei aquelas coisas na minha carteira e, com um drinque, me preparei para sair.

3

Eram três horas da tarde e eu estava no saguão principal da mansão dos Winslow, esperando o mordomo voltar. Havia passado a maior parte do dia evitando ir ao meu escritório e também ao meu apartamento, evitando encontrar um homicida. Era só uma questão de tempo até eu fazer o que tinha de ser feito, mas antes queria ver o general Dade Winslow. Era difícil conseguir falar com ele.

Eu estava cercado de pinturas a óleo espalhadas pelas paredes, a maioria retratos. Havia um par de estátuas e várias armaduras medievais, escurecidas pelo tempo, em pedestais de madeira escura. Bem acima da enorme lareira de mármore, havia dois estandartes de cavalaria rasgados em tiroteio (ou comidos por traças), esteticamente cruzados em uma vitrine feita especialmente para eles, e abaixo da vitrine havia a figura pintada de um homem magro, que o retratava como muito ágil e ativo, cavanhaque negro, bigodões e farda completa do tempo da guerra com o México. Aquele devia ter sido o pai do general Dade Winslow. O general, embora fosse bem idoso, não podia ser tão velhinho quanto o homem do retrato.

Então o mordomo voltou e disse que o general Winslow estava no orquidário e que eu poderia acompanhá-lo, por favor.

Saímos pelas portas envidraçadas da parte de trás do saguão. Atravessamos o imenso gramado até um pavilhão de vidro que ficava bem depois das garagens. O mordomo abriu a porta que dava para uma espécie de vestíbulo e fechou-a depois que eu tinha entrado, e já estava quente ali. Só depois foi que ele abriu a porta interna, e ali então estava quente de verdade.

O ar ali dentro estava carregado de vapor, e as paredes e o teto da estufa gotejavam. Na luz fraca, enormes plantas tropicais espalhavam-se em suas flores e ramos por todo o lugar, e o perfume delas era quase tão esmagador quanto o cheiro de álcool fervendo.

O mordomo, velho, magro, muito empertigado e com o cabelo muito branco, afastava os ramos das plantas para me dar passagem, até que chegamos a um lugar aberto no centro da estufa. Um grande tapete persa de origem turca em tons avermelhados estendia-se sobre o pavimento de lajotas hexagonais. No meio do tapete, em uma cadeira de rodas, um velhinho bem velhinho, enrolado em uma manta, observava a nossa chegada.

A não ser pelos olhos, o seu rosto era imóvel, sem vida. Olhos negros, profundos, brilhantes, intocáveis. O restante do rosto era uma máscara mortuária: têmporas afundadas, nariz afilado, lóbulos das orelhas apontando para os lados, uma boca que era mal e mal um finíssimo talho, muito branco. Ele estava enrolado em parte num roupão avermelhado e muito gasto e em parte na manta. Ele ainda tinha uns fios esparsos de cabelo branco no crânio.

O mordomo disse:

– Este é o sr. Carmady, general.

O velhinho me olhou. Depois de um tempo, uma voz aguda e rabugenta disse:

– Puxe uma cadeira para o sr. Carmady.

O mordomo arrastou até ali uma cadeira de vime, e eu sentei. Coloquei o meu chapéu no chão. O mordomo recolheu-o.

– Conhaque – disse o general. – Como é que o senhor prefere o seu?

– De qualquer jeito está bem – disse eu.

Ele bufou. O mordomo afastou-se. O general encarou-me, sem piscar os olhos. Bufou de novo.

– Eu sempre tomo champanhe com o meu conhaque – disse ele. – Um terço de um cálice de conhaque como base para o champanhe, e o champanhe tão gelado como o Valley Forge*. Mais gelado até, se você conseguir gelá-lo ao máximo.

Um barulho saiu dele, que podia ter sido uma gargalhada.

– Não que eu tenha estado em Valley Forge – disse ele. – Não estou tão mal assim. O senhor pode fumar, se quiser.

Agradeci e disse que andava cansado de fumar. Tirei um lenço do bolso e enxuguei o rosto.

– Tire o casaco. Dud sempre tirava o casaco. As orquídeas precisam de calor, sr. Carmady. As orquídeas e os velhinhos doentes.

Tirei o meu casaco, na verdade uma capa de chuva. O tempo estava para chuva. Larry Batzel havia dito que estava para chuva.

---

* Valley Forge é o nome de um episódio histórico: em um acampamento de tropas do exército do recém-formado país dos Estados Unidos da América, sob o comando do general George Washington, de dezembro de 1777 a junho de 1778, os soldados, sem travar qualquer batalha, passaram fome e frio e suas roupas ficaram em farrapos. Ao fim de seis meses, formavam um exército disciplinado e autoconfiante. (N.T.)

– Dud é o meu genro. Dudley O'Mara. Pelo que entendi, o senhor tem algo a me dizer sobre ele.

– Só boatos – disse eu. – Eu não gostaria de entrar nesse assunto, a menos que o senhor me permitisse, general Winslow.

Os olhos de basilisco me olharam fixamente.

– O senhor é detetive particular. Quer ser pago, presumo.

– Estou nesse ramo de negócio – disse eu. – Mas isso não quer dizer que precisem me pagar por cada suspiro que dou. É só uma coisa que me contaram. O senhor pode querer passar a informação para a Divisão de Pessoas Desaparecidas da Polícia.

– Entendo – disse ele em voz baixa. – Um escândalo de algum tipo.

O mordomo voltou antes que eu pudesse responder. Chegou empurrando um carrinho de chá em meio à selva tropical, posicionou-o perto do meu cotovelo e me preparou um conhaque com água mineral. Retirou-se.

Beberiquei o meu drinque.

– Parece que havia uma moça – falei. – Ele a conheceu antes de conhecer a sua filha. Ela agora está casada com um vigarista. Parece que...

– Já sei disso tudo – disse ele. – Não me interessa. O que eu quero saber é onde ele está e se ele está bem. Se está feliz.

Olhei para ele com olhos arregalados. Após um momento, eu disse com voz fraca:

– Talvez eu pudesse encontrar a tal moça, ou o pessoal lá da delegacia talvez pudesse, com o que eu tenho para contar.

Ele deu um puxão na beirada da manta e mexeu a cabeça uns dois centímetros. Acho que estava me acenando com um gesto afirmativo. Então disse, muito devagar:

– Provavelmente estou falando demais para a minha pouca saúde, mas quero deixar algo bem claro. Sou um aleijado. Tenho duas pernas arruinadas, junto com metade do meu abdômen inferior. Não como o suficiente, também não durmo o suficiente. Sou entediante para mim mesmo e um fardo inconveniente para todos à minha volta. Por isso eu tenho saudades de Dud. Ele passava bastante tempo comigo. O motivo... só Deus sabe.

– Bem... – comecei.

– Cale a boca. Você é um menino aos meus olhos, então posso me permitir ser grosseiro e mandar você calar a boca. Dud partiu sem se despedir de mim. Não era do feitio dele. Saiu de carro uma noite dessas e depois disso nunca mais deu notícias, para ninguém. Se ele se cansou da minha filha bobona e do filho dela, aquele pestinha, ou se ele queria outra mulher, tudo bem. Ele teve um ataque de nervos e saiu sem se despedir de mim e agora está arrependido. Por isso é que estou sem notícias dele. Encontre-o e diga a ele que eu entendo. Nada mais...

a menos que ele esteja precisando de dinheiro. Se está precisando, ele pode ter a quantia que quiser.

As bochechas paralisadas agora exibiam um tom rosado. Os olhos pretos estavam ainda mais brilhantes, como se isso fosse possível. Ele foi se recostando na cadeira bem devagar e fechou os olhos.

Quanto a mim, tomei a maior parte do meu drinque de um gole só. Engoli e disse:

– Acho que ele está numa grande encrenca. Digamos, por conta do marido da tal moça. Esse Joe Mesarvey.

O general abriu os olhos e piscou.

– Não um O'Mara – disse ele. – O outro sujeito é que estaria em apuros.

– Certo. Então o que eu faço? Passo para a polícia o que ouvi sobre onde pode estar essa tal moça?

– Claro que não. Eles não fizeram nada. Eles que continuem não fazendo nada. Você está encarregado de encontrá-lo. Pago mil dólares... mesmo que você só precise atravessar a rua para achá-lo. Diga a ele que nós aqui estamos todos bem. O velhinho está passando bem e manda lembranças. Isso é tudo.

Eu não podia contar para ele. De repente, vi que não podia contar a ele nada do que Larry Batzel havia me contado e o que tinha acontecido com Larry, e afinal não podia contar coisa nenhuma. Terminei o meu drinque, me levantei e vesti o casaco de novo. Disse:

– É dinheiro demais para esse trabalho, general Winslow. Podemos conversar sobre isso mais adiante. Tenho a sua autorização para representá-lo e agir em seu nome do meu próprio jeito?

Ele apertou uma campainha em sua cadeira de rodas.

– Dê o meu recado para ele – disse. – Quero saber se ele está bem e quero que ele saiba que eu estou bem. Isso é tudo... a menos que ele precise de dinheiro. Agora você vai ter de me desculpar. Estou cansado.

Ele fechou os olhos. Eu voltei pela selva tropical, e o mordomo me aguardava à porta, segurando o meu chapéu.

Inspirei o ar frio da rua e disse:

– O general quer que eu fale com a sra. O'Mara.

4

A sala era acarpetada em branco de parede a parede. Cortinas cor de marfim tremendamente altas tinham um belo excesso de pano casualmente jogado sobre o carpete branco do lado de dentro das várias janelas, as quais tinham vista para os escuros pés dos morros, e o ar do outro lado das vidraças era escuro também.

Ainda não tinha começado a chover, mas havia uma sensação de alta pressão na atmosfera.

A sra. O'Mara encontrava-se recostada em uma *chaise longue* branca, as chinelinhas descalçadas, os pés em meias arrastão fora de moda. Era alta e morena, e a boca, mal-humorada. Bonita, mas de uma beleza vulgar.

Ela disse:

– O que é que *eu* poderia fazer pelo senhor? Está tudo entendido. Desgraçadamente entendido. Só que eu não lhe conheço, não é mesmo?

– Quase certo que não – disse eu. – Sou um investigador particular em um modesto ramo de negócios.

Ela estendeu a mão para um drinque que eu não havia notado antes, mas que teria procurado com o olhar dali a pouco, dado o modo de ela falar e o fato de estar descalça. Ela bebeu languidamente, um anel cintilando no dedo.

– Eu o conheci num bar clandestino – disse ela, com uma risada aguda. – Um contrabandista de bebida muito bonitão, cabelo crespo e farto, um sorriso de irlandês. Então me casei com ele. Por puro tédio. Quanto a ele, o negócio do contrabando era incerto, mesmo naquela época... se é que não trazia em si outras atrações.

Ela esperou que eu confirmasse que trazia, mas não como alguém que se importasse muito com qualquer comentário que eu fizesse. Eu disse simplesmente:

– A senhora não o viu sair no dia em que ele desapareceu?

– Não. Eu raramente via ele sair ou chegar de volta. Era assim. – Ela bebeu mais do seu drinque.

– Hum – resmunguei. – Mas, é claro, vocês não brigavam. – Eles nunca brigam.

– Existem tantos modos de brigar, sr. Carmady.

– Certo. Gostei que a senhora tenha dito isso. É claro que a senhora estava a par de uma certa moça.

– Fico feliz de estar sendo adequadamente franca com um velho detetive de família. Sim, eu sabia da moça. – Ela prendeu um cacho de cabelo preto atrás da orelha.

– Você sabia dela antes de ele desaparecer? – perguntei com polidez.

– Certamente.

– Como descobriu?

– O senhor é bem direto, não é mesmo? Contatos, como se diz. Sou uma conversadeira de longa data e adoro uma fofoca. Ou o senhor não sabia disso?

– A senhora conhecia a turma do Dardanella?

– Já estive lá. – Ela não parecia chocada, nem mesmo surpresa. – Na verdade, praticamente morei lá uma semana inteira. Foi onde conheci Dudley O'Mara.

– Certo. O seu pai casou bem tarde, não foi?

Observei a cor fugir-lhe do rosto. Eu estava tentando provocar raiva nela, mas não estava conseguindo nada. Ela sorriu e a cor voltou-lhe ao rosto e ela apertou uma campainha na ponta de um fio que havia no meio das almofadas de penas de cisne sobre a *chaise longue*.

– Bem tarde mesmo – disse ela –, mas não vejo o que isso tem a ver com a sua investigação.

– Não tem nada a ver.

Uma empregada que parecia tímida entrou e preparou dois drinques em uma mesa auxiliar. Ela entregou um à sra. O'Mara, colocou o outro ao meu lado. Depois se retirou, exibindo um belo par de pernas sob uma saia curta.

A sra. O'Mara esperou a porta fechar e então disse:

– Essa coisa toda deixou o meu pai de mau humor. Eu queria que Dud mandasse um telegrama ou escrevesse ou alguma coisa.

Eu disse, bem lentamente:

– Ele é muito, muito velhinho, aleijado, pode-se dizer que já com um pé na cova. Um único pequeno interesse mantinha-o vivo. Esse interesse não existe mais, e ninguém dá a mínima. Ele tenta agir como se ele próprio não desse a mínima. Eu não diria que isso é mau humor. Eu chamo isso de uma tremenda, uma exemplar mostra de coragem.

– Cativantes, as suas palavras – disse ela, e seus olhos eram dois punhais. – Mas o senhor nem tocou na sua bebida.

– Preciso ir – disse eu. – Mesmo assim, muito obrigado.

Ela estendeu a mão magra de unhas pintadas, eu me aproximei e toquei-lhe a mão. A trovoada explodiu de repente, detrás dos morros, e ela deu um pulo. Uma rajada de vento fez estremecer as vidraças.

Desci uma escada em ladrilhos até o saguão, e o mordomo apareceu, saído de uma sombra, e abriu a porta para mim.

Olhei para baixo, para uma sucessão de terraços decorados com canteiros de flores e árvores importadas. Lá embaixo, uma cerca alta, de metal, com pontas de lança douradas e uma cerca viva de quase dois metros pelo lado de dentro. Um caminho para carros descia até os portões principais, e havia uma guarita do lado de dentro.

Além da propriedade, o morro continuava descendo até a cidade e os velhos poços petrolíferos de La Brea, parcialmente transformados em um parque e parcialmente uma faixa de terras deserta, intocada e fechada por cerca em toda a volta. Algumas das velhas torres de perfuração, de madeira, ainda estavam de pé. Tinham feito a fortuna da família Winslow, e então a família fugiu delas subindo o morro, longe o suficiente para evitar o cheiro dos poços coletores, perto o suficiente para olhar pelas janelas da frente e ver o que os tornara ricos.

Desci degraus de tijolos entre os gramados distribuídos em terraços. Em um dos degraus, um menino de dez ou onze anos, cabelos pretos, rosto pálido, jogava dardos em um alvo pendurado em uma árvore. Aproximei-me dele.

– Você é o jovem O'Mara? – perguntei.

Ele se encostou em um banco de pedra com quatro dardos na mão e me olhou com olhos cinza-azulados, olhos frios, os olhos de um velho.

– Meu nome é Dade Winslow Trevillyan – disse ele de modo sombrio.

– Ah, então Dudley O'Mara não é o seu pai.

– É claro que não – sua voz vinha carregada de desprezo. – Quem é você?

– Sou um detetive. Vou encontrar o seu... quer dizer, o sr. O'Mara.

Aquilo não nos tornou mais próximos. Detetives não significavam nada para ele. Uma trovoada estava rolando pelos morros como um bando de elefantes brincando de pegar. Tive outra idéia.

– Aposto que você não consegue pôr quatro de cinco no círculo dourado a uma distância de dez metros.

Ele prontamente se animou.

– Com estes aqui?

– Arrã.

– Quanto é que você aposta? – perguntou ele abruptamente.

– Ah, um dólar.

Ele correu até o alvo e retirou os dardos dali, voltou e posicionou-se ao lado do banco.

– Isso não são dez metros – disse eu.

Ele me olhou contrariado e andou um ou dois metros para trás do banco. Eu sorri, então parei de sorrir.

Sua mão pequena jogou os dardos tão rápido que eu mal podia segui-los com o olhar. Cinco dardos prenderam-se ao centro dourado do alvo em menos de cinco segundos. Ele me olhava em triunfo.

– Nossa, você é bom mesmo, mestre Trevillyan – resmunguei e peguei a minha nota de um dólar.

A mão pequena dele abocanhou o dinheiro como uma truta quando avança para a mosca que serve de isca. Pegou e guardou a nota como um raio.

– Isso não é nada – ele estava se rindo. – Você devia me ver com a coleção de alvos que tem nos fundos das garagens. Quer ir até lá e apostar mais?

Olhei morro acima e vi parte de uma construção térrea e branca, grudada na encosta.

– Está bem, mas não hoje – disse eu. – Da próxima vez que eu vier para uma visita, talvez. Então, Dud O'Mara não é o seu pai. Se eu encontrar ele, tudo bem com você?

Ele deu de ombros, e seus ombros eram magros e ossudos por baixo de um suéter marrom-avermelhado.

– Claro. Mas o que é que você pode fazer que a polícia não pode?

– Está aí uma boa idéia – disse eu e fui saindo.

Continuei descendo pelos degraus de tijolos até o fim dos gramados e caminhei ao longo da cerca viva em direção à guarita junto aos portões. Eu podia enxergar partes da rua através da cerca viva. Quando estava a meio caminho da guarita, vi o sedã azul lá fora. Era um carro pequeno e elegante, carroceria rebaixada, *design* muito limpo, mais leve que um carro da polícia, mas aproximadamente do mesmo tamanho. Do outro lado da rua, mais adiante que o sedã, eu podia ver a minha baratinha esperando por mim debaixo de uma pimenteira.

Fiquei parado, olhando o sedã pela cerca viva. Podia ver a fumaça do cigarro de alguém subindo contra o pára-brisa, dentro do carro. Dei as costas para a guarita e olhei morro acima novamente. O menino Trevillyan tinha sumido de vista, provavelmente para guardar o seu dólar bem guardado, muito embora fosse bastante possível que um dólar não significasse lá grandes coisas para ele.

Inclinei-me para a frente e tirei do coldre a Luger 7.65 que eu estava usando aquele dia e enfiei-a com a ponta do cano para baixo dentro da minha meia, no sapato esquerdo. Eu podia caminhar daquele jeito, mesmo que não pudesse correr. Andei em direção aos portões.

Eles eram mantidos trancados e ninguém entrava sem autorização da casa. O homem da guarita, um grandalhão troncudo, com uma arma debaixo do braço, apareceu e me deu passagem por um pequeno postigo ao lado dos portões. Fiquei ali, conversando com ele pelas grades por um minuto, observando o sedã.

Parecia estar tudo bem. Pelo jeito, tinha dois homens dentro do carro, que estava a uns trinta metros mais adiante, ao longo da cerca alta de grades, do outro lado. Era uma rua muito estreita, sem calçadas. Seria rápido para mim chegar na minha baratinha.

Tenso, atravessei o pavimento escuro e entrei no meu carro, então estendi a mão para baixo, para dentro de um compartimento na parte da frente do banco do motorista, onde eu guardava uma arma sobressalente. Era um Colt da polícia. Enfiei-a no coldre que uso debaixo do braço e dei partida ao motor.

Soltei o freio de mão e peguei a rua. De repente, a chuva soltou-se em gotas enormes e ruidosas, e o céu ficou preto, preto como piche. Contudo, não tão escuro que eu não enxergasse o sedã pegar a rua também, atrás de mim.

Liguei o limpador de pára-brisa e acelerei até 65 quilômetros por hora, com pressa. Eu tinha andado uns oito quarteirões quando eles me deram sinal de sirene. Aquilo me enganou. Era uma rua silenciosa, mortalmente silenciosa. Diminuí a velocidade e encostei no meio-fio. O sedã veio de mansinho até o meu lado, e eu pude ver a boca preta de uma metralhadora portátil por cima do quadro da porta de trás.

Atrás da arma, um rosto estreito com olhos avermelhados, uma boca sem expressão. Uma voz mais alta que o barulho da chuva, que o limpador de pára-brisa e que o barulho dos dois motores falou:

– Entre aqui com a gente. Comporte-se, se você entende o que estou dizendo.

Não eram policiais. Agora, pouco importava. Desliguei o motor, larguei as chaves no chão do carro e saí, pisando no estribo. O motorista do sedã não me olhou. O que estava atrás abriu a porta com um chute e escorregou no banco de trás para me fazer lugar, empunhando a submetralhadora Thompson com perícia.

Entrei no sedã.

– Ok, Louie. Revista.

O motorista saiu da direção e colocou-se atrás de mim. Tirou o Colt de debaixo do meu braço, apalpou o meu quadril, meus bolsos, minha cintura e o cinto.

– Está limpo – disse ele e voltou para a frente do carro.

O homem com a Thompson estendeu a mão esquerda para a frente e tirou o meu Colt do motorista, depois descansou a submetralhadora no chão do carro e arrumou um tapete marrom por cima dela. Acomodou-se bem no canto do carro, recostado, calmo, tranqüilo, segurando o Colt sobre o joelho.

– Ok, Louie. Em frente.

5

Seguimos em frente: devagar, suavemente, a chuva batendo no teto e escorrendo pelas janelas de um lado do carro. Serpenteamos pela cidade, em ruas íngremes e curvas, entre propriedades que se estendiam por acres e acres, com casas que eram longínquos aglomerados de cumeeiras molhadas por trás de uma profusão de árvores.

O cheiro de fumaça de cigarro chegou ao meu nariz, e o homem de olhos avermelhados disse:

– O que foi que ele falou?

– Muito pouco – disse eu. – Que Mona desapareceu da cidade na noite que os jornais deram a notícia. O velho Winslow já sabia.

– Ele não precisava cavar muito fundo pra isso – me disse o Olhos Vermelhos. – Tudo que era mensageiro de hotel sabia. E o que mais?

– Ele me disse que tinham atirado contra ele. Queria que eu lhe desse uma carona para sair da cidade. No último minuto ele se mandou sozinho. Não sei por quê.

– Relaxa, abelhudo – me disse o Olhos Vermelhos, curto e grosso. – Você não tem outra saída.

– É tudo o que sei – disse eu, e olhei pela janela, para a chuva que caía.

– Você está no caso para o velhinho?

– Não. Ele é muito mão-de-vaca.

Olhos Vermelhos riu. A arma no meu sapato estava pesando, estava desequilibrada e estava muito longe da minha mão. Eu disse:

– Isso pode ser tudo o que existe para se saber de O'Mara.

O homem no banco da frente virou a cabeça um pouco e rosnou:

– Onde diabos você disse que fica essa rua?

– No topo da Ravina Beverly, seu burro. Mulholland Drive.

– Ah, essa aí, que droga, tem um calçamento que não vale um centavo.

– A gente melhora o calçamento com o abelhudo aqui – disse o Olhos Vermelhos.

As propriedades foram escasseando, e começaram os pés de carvalho-anão a tomar conta da paisagem nas encostas dos morros.

– Você não é um cara de todo ruim – disse o Olhos Vermelhos. – Só que você é mão-de-vaca, como o velho. Dá pra perceber? Nós queremos saber *tudo* o que ele disse, então a gente vai ficar sabendo, mesmo se a gente tiver que dar uma prensa em você.

– Vão pro inferno – disse eu. – Vocês não iam acreditar em mim de qualquer jeito.

– Experimente. Isto aqui é só um trabalho a mais pra nós. A gente faz e segue adiante.

– Deve ser um bom trabalho – disse eu. – Enquanto dura.

– Você tem umas tiradas muito espertas, cara. O problema é que exagera na dose.

– Exagerava... muito tempo atrás, quando você ainda estava no reformatório para delinqüentes. Mas eu continuo dando um jeito para não gostarem das minhas tiradas.

Olhos Vermelhos riu de novo. Parecia ser um homem que dificilmente ficaria violento.

– Pelo tanto que sabemos, você está limpo na polícia. E ainda não fez nenhuma loucura hoje. Não é verdade?

– Se eu disser que sim, você pode me riscar do mapa aqui e agora. Ok.

– Que tal levar um dinheiro a mais e esquecer a coisa toda?

– Você também não ia acreditar.

– Acredito, sim. A idéia é a seguinte: nós fazemos o serviço e seguimos em frente. Somos uma organização. Mas você mora aqui, você é um homem de boa vontade, um cristão, e tem um negócio do qual se ocupa. Você vai entrar no jogo.

– Certo – disse eu. – Eu entraria no jogo.

– Nós não – disse o Olhos Vermelhos de modo muito gentil –, nós nunca apagamos um legítimo representante da lei. É ruim para os negócios.

Ele se recostou no canto, a arma no joelho direito, e enfiou a mão no bolso interno do casaco. Abriu uma grande carteira de couro marrom-claro sobre o joelho e pescou duas notas dali, escorregou-as dobradas pelo assento do banco do carro. A carteira voltou para o bolso.

– É seu – foi o que ele disse, muito sério. – Se você se soltar das suas amarras, não dura nem 24 horas.

Peguei o dinheiro. Duas notas de quinhentos. Enfiei-as dentro do meu colete.

– Muito bem – disse eu. – Só que eu deixaria de ser um legítimo representante da lei, não é?

– Repense sobre o assunto, detetive.

Sorrimos um para o outro, um par de sujeitos bacanas se dando bem num mundo implacável e hostil. Então Olhos Vermelhos virou o rosto rápida e subitamente.

– Ok, Louie. Esquece a coisa na Mulholland. Pode parar aqui.

O carro estava a meio caminho de uma longa, inóspita curva morro acima. A chuva caía em amplas cortinas cinzentas morro abaixo. Estávamos sem teto e sem horizonte. Eu mal conseguia enxergar meio quilômetro à frente e não enxergava nada fora do nosso carro que fosse vivo.

O motorista estacionou o carro do lado da encosta e desligou o motor. Acendeu um cigarro e pendurou um braço para o banco de trás.

Sorriu para mim. Ele tinha um sorriso encantador... como o de um jacaré.

– Vamos brindar a isso – disse Olhos Vermelhos. – Quisera eu ganhar mil dólares assim fácil. Nem costurando o meu nariz no queixo.

– Tu nem tem queixo – disse Louie, que continuou sorrindo.

Olhos Vermelhos largou o Colt no banco e tirou um frasco achatado de um quarto de litro do bolso lateral de seu casaco. Parecia ser coisa fina, selo verde, engarrafado diretamente na retenção alfandegária. Ele abriu a tampa de rosca com os dentes, cheirou a bebida e estalou os lábios.

– Nenhum imposto nesta belezura – disse ele. – Preço de fábrica. Pode entornar.

Estendeu o braço, me alcançou a garrafa. Eu podia agarrar o pulso dele, mas havia o Louie, e eu estava longe demais do meu tornozelo.

Respirei superficialmente com toda a força dos meus pulmões, segurei a garrafa próxima à boca e cheirei com toda a atenção. Além do cheiro queimado do *bourbon* havia algo mais, muito de leve, um odor de fruta que não teria significado nada para mim estivesse eu em outro lugar. Súbito, sem nenhuma razão aparente, lembrei de algo que Larry Batzel tinha dito, algo como: "A leste de Realito, em direção às montanhas, perto da velha fábrica de cianureto". Cianureto. Aquela era a palavra.

Senti um súbito aperto em minhas têmporas quando levei a garrafa à boca. Eu podia sentir minha pele formigando, e o ar em contato com minha pele de repente ficou gelado. Segurei a garrafa bem para cima, por volta do nível da bebida, e tomei um gole comprido, aos borbotões. Muito encorajador e relaxante. Talvez meia colher de chá do líquido tenha entrado na minha boca, e não engoli nada.

Tossi bruscamente e me dobrei para a frente, babando. Olhos Vermelhos riu.

– Não me diga que você já sai vomitando com um drinque só, cara.

Deixei cair a garrafa, fiquei frouxo, afundei no banco do carro e tossi violentamente. Minhas pernas escorregaram para a esquerda, a perna esquerda embaixo da direita. Eu me estatelei para a frente, o corpo dobrado sobre as pernas, os braços moles, caídos. A arma estava na minha mão.

Atirei nele sob o meu braço esquerdo, praticamente sem olhar. Ele sequer tocou o Colt, a não ser para derrubá-lo do banco do carro. Um tiro foi o que bastou. Ouvi ele caindo para o lado. Detonei minha arma de novo, em seguida, um tiro para cima na direção de onde Louie devia estar.

Louie não estava lá. Ele estava abaixado, protegido pelo banco da frente. Mantinha-se quieto. O carro todo, a paisagem toda estavam quietos. Mesmo a chuva pareceu por um momento que caía em total silêncio.

Eu ainda não tivera tempo de checar o Olhos Vermelhos, mas ele não estava fazendo nada. Larguei a Luger e arranquei a submetralhadora Thompson de debaixo do tapete, pus minha mão esquerda na empunhadura da frente, ajeitei a arma de encontro ao meu ombro, bem baixa. Louie não tinha feito o menor ruído.

– Escute, Louie – disse eu, em voz baixa e calma –, eu estou com a Thompson. E agora?

Um tiro atravessou o banco da frente, um tiro que Louie sabia que não teria resultado algum. Ele trincou uma vidraça de vidro inquebrável. Mais silêncio. Louie disse, com a voz pesada:

– Tenho uma granada aqui comigo. E agora?

– Puxa o pino e fica segurando – disse eu. – Isso vai dar conta de nós dois.

– Que inferno! – disse Louie, com violência na voz. – Ele já era, é? Eu não tenho granada nenhuma.

Olhei para o Olhos Vermelhos, então. Ele me pareceu bem confortável no canto do carro, bem recostado. Parecia ter três olhos, um deles ainda mais vermelho que os outros dois. Para um tiro disparado sob o braço, aquilo era um feito quase que para trazer a modéstia à tona. Era bom demais.

– É, Louie, ele já era – disse eu. – Como é que a gente vai se entender agora?

Agora eu podia ouvir a sua respiração pesada, e a chuva fazia barulho de novo. Ele rosnou:

– Você sai da lata-velha, que eu vou sumir do mapa.

– Você sai, Louie. Quem vai sumir do mapa sou eu.

– Que merda, eu não consigo caminhar daqui até em casa, cara.

– Não vai ter que caminhar, Louie. Eu mando um táxi para você.

– Que merda, eu não fiz nada. Tava só dirigindo.

– Então o veredicto vai ser direção irresponsável, Louie. Mas você pode dar um jeitinho nisso... você e a sua organização. Sai, agora, antes que eu destrave esta danada aqui e ela comece a cuspir fogo.

Um trinco de porta destrancou-se e pés soaram no estribo do carro e depois na estrada. Eu de repente endireitei o corpo com a Thompson. Louie estava na estrada, na chuva, as mãos vazias, e o sorriso de jacaré permanecia em seu rosto.

Saí do carro, passando por cima dos pés bem-calçados do morto, juntei do chão o meu Colt e a minha Luger, coloquei a submetralhadora de mais de cinco quilos de volta no chão do carro. Tirei algemas do meu bolso, mostrei-as para Louie. Ele se virou de costas, mal-humorado, e pôs as mãos para trás.

– Você não pode me acusar de nada – queixou-se ele. – Eu tenho a minha proteção.

Fechei as algemas com um clique e revistei-o à procura de armas, bem mais minuciosamente do que ele me revistara. Ele tinha mais uma arma, além daquela que deixara no carro.

Puxei o Olhos Vermelhos para fora do carro e deixei que ele se acomodasse sobre o pavimento molhado da estrada. Ele começou a sangrar de novo, mas estava bem morto. Louie olhou para ele com amargura.

– Era um cara esperto – disse ele. – Diferente, também. Gostava de truques de mágica. Oi, amigão.

Peguei minha chave das algemas, abri uma delas e puxei para baixo e fechei-a ao redor do pulso erguido do morto.

Os olhos de Louie esbugalharam-se, e ele, horrorizado, enfim apagou o sorriso do rosto.

– Que merda – gemeu ele. – Filho-da-puta! Que merda. Você não vai me largar aqui assim, né, cara?

– Tchau, Louie – disse eu. – Foi um amigo meu que você destroçou hoje de manhã.

– Filho-da-puta! – gemeu Louie.

Entrei no sedã e liguei o motor, dirigi até um lugar onde eu pudesse fazer um retorno e voltar pela mesma estrada, morro abaixo, passando por Louie uma vez mais. Lá estava ele, duro como uma árvore queimada, a cara branca como neve, com o morto aos seus pés, este com a mão algemada erguendo-se até a mão do homem que estava de pé. O olhar de Louie falava do horror de mil pesadelos.

Deixei Louie ali na chuva.

Estava ficando escuro mais cedo. Larguei o sedã a uns dois quarteirões do meu próprio carro, tranquei-o e coloquei as chaves no filtro do óleo. Caminhei de volta até a minha baratinha e fui para a Central de Polícia.

De um telefone público, liguei para o setor de informações sobre homicídios, pedi para falar com a pessoa de nome Grinnell, contei a ele rapidamente o que acontecera e onde encontrar Louie e o sedã. Contei que, a meu ver, os dois eram os brutamontes que tinham metralhado Larry Batzel. Não contei nada sobre Dud O'Mara.

– Bom trabalho – disse Grinnell com uma voz estranha. – Mas é melhor você aparecer aqui, e rápido. Tem um mandado de busca e apreensão contra você, isso porque um entregador de leite telefonou para cá coisa de uma hora atrás.

– Eu estou caindo de cansaço – falei. – Preciso comer alguma coisa. Me deixa fora do ar por enquanto, depois eu apareço aí.

– É melhor você dar as caras por aqui, rapaz. Me desculpe, mas é o melhor que você tem a fazer.

– Bom, ok, então – disse eu.

Desliguei o telefone e tratei de sair da vizinhança. Eu precisava desvendar o caso, agora. Ou desvendava o caso, ou acabavam comigo.

Fiz uma refeição perto do Plaza e então fui para Realito.

6

Lá pelas oito horas, duas lâmpadas amarelas brilharam bem no alto, na chuva, e, numa placa pendurada sobre a estrada, viam-se letras fracas em estêncil formando a frase "Bem-vindos a Realito".

Casas com vigamento de madeira na principal avenida, um repentino aglomerado de lojas, as luzes da lanchonete da esquina atrás de vidraças embaçadas, um pequeno enxame de carros na frente de um cinema menor ainda e um banco escuro na outra esquina, com um punhado de homens ali parados, de pé, na chuva. Essa era Realito. Continuei dirigindo. Campos vazios tomaram conta da paisagem mais uma vez.

Aquilo se descortinava para além das terras de laranjais: nada além de campos vazios e os morros agachados na chuva.

Passou-se bem um quilômetro e meio, que mais parecia cinco, até que finalmente avistei uma estrada secundária e uma luz fraca sinalizando-a, como se estivesse por trás das cortinas fechadas de uma casa. Bem naquela hora o meu pneu da frente, do lado esquerdo, furou com um assobio irado. Maravilha! E então o pneu de trás, do lado direito, também se foi.

Parei quase exatamente no cruzamento das duas estradas. Maravilha, mesmo. Desci, puxei a gola da minha capa de chuva mais para cima, tirei da baratinha uma lanterna e dei uma olhada na montoeira de pesadas tachas galvanizadas, com cabeças do tamanho de moedas de dez centavos. O círculo achatado e brilhoso de uma delas piscava para mim, enterrada no meu pneu.

Dois pneus furados e um estepe. Baixei o queixo na direção do peito e comecei a caminhar na direção da luz fraca na estrada secundária.

Era com certeza o lugar que eu procurava. A luz vinha da clarabóia inclinada no telhado da oficina. As enormes portas duplas na fachada estavam fechadas e trancadas, mas podia-se ver luz pelas frestas, luz branca e forte.

Apontei minha lanterna para cima e li: "Art Huck – Consertos de Automóveis e Chapeamento".

Do outro lado da oficina, uma casa escondia-se da estrada lamacenta atrás de uma magra fileira de árvores. Tinha luz na casa também. Vi um carro esporte, duas portas, pequeno, capota removível, estacionado em frente ao avarandado de madeira da casa.

A primeira coisa era tratar dos pneus, se é que eles podiam ser recuperados, e ninguém ali me conhecia. Era uma noite molhada demais para uma caminhada.

Apaguei a lanterna e bati com ela nas portas. A luz no interior apagou-se. Eu fiquei ali, lambendo a chuva do meu lábio superior, a lanterna na mão esquerda, a mão direita dentro do casaco. Minha Luger estava de volta ao seu lugar, debaixo do meu braço.

Uma voz falou atrás da porta e, pelo som, estava contrariada.

– O que você quer? Quem é você?

– Abram – disse eu. – Estou com dois pneus furados na estrada principal e só tenho um estepe. Preciso de ajuda.

– Estamos fechados. Realito fica um quilômetro e meio daqui, quem vai para oeste.

Comecei a chutar a porta. Alguém praguejou lá dentro, depois outro alguém falou, numa vez bem mais suave.

– Um espertinho, hein? Pode abrir, Art.

Um ferrolho rangeu, e metade da porta vergou para dentro. Ergui a lanterna mais uma vez, muito rápido, e a luz atingiu um rosto macilento.

Então um braço varreu o ar e arrancou a lanterna da minha mão. Uma arma estava me espiando.

Caí no chão, tateei à minha volta, procurando a lanterna, e fiquei parado. Eu simplesmente não saquei uma arma.

– Melhor o senhor apagar a lanterna. Muita gente se machuca desse jeito.

A lanterna estava acesa, jogada na lama. Peguei ela rápido, me levantei rápido. Uma luz acendeu-se na oficina, desenhando a silhueta de um homem alto de macacão. Ele recuou para dentro da oficina com sua arma grudada em mim.

– Entre e feche a porta.

Obedeci.

– Tachas pra todo lado no fim da sua rua – disse eu. – Imaginei que você quisesse um freguês.

– Você não tem juízo? Um banco foi assaltado em Realito hoje de tarde.

– Eu não sou daqui – disse eu, lembrando do punhado de homens na frente do banco, na chuva.

– Ok, ok. Bom, assaltaram o banco, e essa bandidagem está se escondendo em algum lugar aqui pelos morros, é o que estão dizendo. Mas então você pegou as tachas que eles deixaram para a polícia, hã?

– Acho que sim. – Olhei para o outro homem na oficina.

Ele era baixinho, troncudo, tinha um rosto moreno tranqüilo e olhos castanhos tranqüilos. Estava usando uma capa de chuva de couro marrom, fechada com um cinto. O chapéu marrom estava posto na cabeça com a usual inclinação, elegante, e estava seco. Mantinha as mãos nos bolsos, e a expressão do homem era de tédio.

Havia um cheiro no ar, quente, adocicado, de tinta à base de celoidina. Um sedã grande estava num canto da oficina e tinha uma pistola de tinta sobre o pára-lama. Era um Buick, praticamente novo. Não precisava da tinta que estava recebendo.

O homem de macacão guardou sua arma, escondendo-a num bolso com aba que havia na lateral do macacão. Olhou para o homem moreno. O moreno olhou para mim e disse, polidamente:

– De onde, forasteiro?

– Seattle – disse eu.

– Viajando para a Costa Oeste... para a cidade grande? – ele tinha uma voz suave, suave e seca, como o farfalhar de couro gasto.

– Exatamente. A que distância estou?

– Uns 65 quilômetros, mais ou menos. Parece mais longe, com um tempo destes. Pegou o caminho mais comprido, não foi? Passando por Tahoe e Lone Pine?

– Tahoe não – disse eu. – Reno e Carson City.

– Ainda assim, o caminho mais comprido. – Um sorriso fugidio tocou-lhe os lábios escuros.

– Pegue um macaco e vá buscar os pneus furados do moço, Art.

– Ora, Lash, escute aqui... – o homem de macacão rosnou, e parou como se sua garganta tivesse sido cortada, de uma orelha a outra.

Eu podia jurar que o homem tremeu e estremeceu. O silêncio foi fúnebre. O homem moreno não moveu um músculo. Algo se pronunciou em seu olhar, e depois ele baixou os olhos, quase tímido. Sua voz tinha o mesmo som suave, seco e farfalhante.

– Leve dois macacos, Art. Ele está com dois pneus furados.

O homem de rosto macilento engoliu em seco. Então foi até um canto, vestiu um casaco e botou um boné. Agarrou uma chave de encaixe e um macaco pequeno, manual, e empurrou um outro macaco, mais potente, até a porta.

– Lá para trás, na estrada principal, certo? – ele me perguntou, quase que com ternura.

– Isso. Você pode usar o estepe, se está com muito serviço – disse eu.

– Ele não está com muito serviço – o moreno disse e examinou suas unhas.

Art foi embora com suas ferramentas. A porta fechou-se de novo. Olhei para o Buick. Não olhei para Lash Yeager. Eu sabia que aquele era Lash Yeager. Não podia haver dois homens chamados Lash freqüentando a mesma oficina. Não olhei para ele, pois seria o mesmo que olhar através do corpo de Larry Batzel esparramado no cimento, e isso apareceria na minha expressão. Por um momento, de qualquer modo.

Ele próprio lançou um olhar para o Buick.

– Só um chapeamento, para começar – disse ele, a fala arrastada. – Mas o dono tem muita grana, e o motorista dele estava precisando de uns trocados. Você sabe, um negocinho à parte.

– Claro – disse eu.

Os minutos se arrastavam. Minutos compridos, lerdos, apáticos. Então uns pés esmagaram o chão de terra lá fora e a porta se abriu. A luz atingiu riscos e mais riscos de chuva, transformando-os em fios prateados. Art chegou amuado, rolando os dois pneus murchos e barrentos, fechou a porta com um pontapé, deixou um dos pneus cair de lado. A chuva e o ar frio tinham lhe devolvido a coragem. Ele me olhou com fúria.

– Seattle – vociferou ele. – Seattle uma pinóia!

O homem moreno acendeu um cigarro como se não tivesse ouvido. Art tirou o casaco e atirou o meu pneu para cima num equipamento de borracheiro, separou o pneu da roda com raiva, tirou de dentro do pneu a câmara de ar e remendou a frio um ponto qualquer. Com uma carranca mal-humorada, foi até a parede perto de mim e pegou uma mangueira de ar comprimido, encheu a câmara com ar suficiente para inflá-la novamente e ergueu-a com as duas mãos e mergulhou-a num tanque cheio d'água.

Eu trabalhava com afinco, mas o trabalho em equipe deles era bom demais. Nenhum olhou para o outro, isso desde que Art voltara com os meus pneus.

Art jogou a câmara de ar inflada para cima, de modo casual, pegou-a no ar com as duas mãos, braços abertos, examinou-a todinha ao lado do tanque de água. Tudo isso ele fez com um ar contrariado, depois deu um passo e, com força, enfiou a câmara de ar pela minha cabeça até os ombros.

Deu um pulo, colocou-se atrás de mim numa fração de segundo, apoiou o peso de seu corpo sobre a borracha, arrastou-a para baixo, ajustando a câmara ao redor de meu peito e braços. Eu podia mexer as mãos, mas não podia chegar nem perto da minha arma.

O homem moreno tirou a mão direita do bolso e ficou brincando de jogar para o ar e apanhar na palma da mão um pacote cilíndrico de moedas enquanto caminhava agilmente para lá e para cá.

Eu me atirei com força para trás e, de repente, joguei todo o meu peso para a frente. Tão rápido quanto eu, Art largou a câmara de ar e me aplicou um joelhaço por trás.

Eu me estatelei, mas não fiquei sabendo quando caí no chão. O punho fechado com o pesado tubo de moedas encontrou-me no meio da queda livre. Perfeitamente sincronizado, perfeitamente pesado em cada grama, e com o meu próprio peso para ajudar.

Apaguei como um punhado de pó numa rajada de vento.

7

Pareceu-me que havia uma mulher, e ela estava sentada ao lado de uma lâmpada. Havia uma luz forte sobre o meu rosto, então fechei os olhos de novo e tentei olhar a mulher através dos cílios. O cabelo era tão platinado que sua cabeça brilhava como uma fruteira de prata.

Ela estava usando um vestido verde de corte masculino, uma enorme gola branca caindo sobre as lapelas. Aos seus pés, havia uma bolsa brilhosa, de formato anguloso. Ela estava fumando, e um drinque claro em copo alto estava perto de seu cotovelo.

Abri mais os meus olhos e disse um "Oi".

Os olhos da mulher eram bem como eu os lembrava, do lado de fora do Sardi num Rolls-Royce de segunda mão. Muito azuis, muito suaves, totalmente adoráveis. Não eram os olhos de uma prostituta que vive à volta dos rapazes de dinheiro fácil.

– Como é que você está se sentindo? – A voz também era suave, adorável.

– Ótimo – disse eu. – Só que alguém construiu um posto de gasolina no meu queixo.

– E o que é que o senhor estava esperando, sr. Carmady? Orquídeas?

– Então você sabe o meu nome.

– Você dormiu muito bem. Eles tiveram tempo de revistar todos os seus bolsos. Fizeram tudo, menos embalsamá-lo.

– Certo – disse eu.

Eu não podia me mexer muito, mas um pouco. Meus pulsos estavam atrás das costas, algemados. Havia uma certa justiça poética nisso. Das algemas, saía uma corda que ia até os meus calcanhares e os amarrava, e então a corda caía fora do alcance da minha visão, passava pela ponta do sofá e estava amarrada em alguma outra coisa. Eu estava quase tão imobilizado como se tivesse sido aparafusado dentro de um caixão.

– Que horas são?

Ela olhou para o lado e para baixo, para o seu relógio de pulso, por trás da fumaça espiralada de seu cigarro.

– Dez e quinze. Tem um encontro com a namorada?

– Esta aqui é a casa do lado da oficina? Onde estão os rapazes? Cavando a minha cova?

– Você não ia se interessar, Carmady. Eles daqui a pouco já voltam.

– A menos que você tenha a chave da minha pulseira, podia me dar um pouco do seu drinque.

Ela se levantou, toda ela um movimento só, e veio até onde eu estava, com o copo alto na mão. Inclinou-se sobre mim. A respiração dela era delicada. Com o pescoço espichado, tomei uns goles do copo.

– Espero que eles não machuquem você – disse ela de um modo distante, dando um passo para trás. – Detesto assassinatos.

– Mas e essa história de que você é casada com Joe Mesarvey. Que vergonha! Me alcance um pouco mais do grogue.

Ela me deu um pouco mais de beber. O sangue começou a circular no meu corpo enrijecido.

– Até que eu simpatizo com você – disse ela. – Mesmo assim, com a sua cara parecendo um remendo de partes avariadas.

– Aproveite enquanto pode – disse eu. – Não vai durar muito, mesmo assim como está.

Ela olhou ao redor rapidamente e pareceu estar escutando alguma coisa. Uma das duas portas estava aberta. Ela olhou nessa direção. Seu rosto empalideceu. Mas os barulhos eram tão-somente da chuva.

Ela se sentou ao lado da lâmpada de novo.

– Por que veio para cá e meteu o nariz onde não foi chamado? – perguntou ela bem devagar, olhando para o chão.

O tapete era feito de quadrados vermelhos e marrons-claros. Havia pinheiros verdes e viçosos no papel de parede, e as cortinas eram azuis. A mobília, aquilo que eu conseguia enxergar, parecia ter vindo de uma dessas lojas que põem anúncios nos bancos das paradas de ônibus.

– Eu tinha uma rosa para você – disse eu. – Quem mandou foi Larry Batzel.

Ela levantou algo que estava no tampo da mesa e girou-a lentamente, a mini-rosa que ele havia deixado para ela.

– Eu recebi – ela disse em voz baixa. – Tinha um bilhete junto, mas eles não me mostraram. Era para mim?

– Não, para mim. Ele deixou o bilhete na minha mesa antes de sair e ser morto.

O rosto dela desmoronou, como algo que se vê em pesadelos. A boca e os olhos tornaram-se espaços vazios e escuros. Ela não fez o menor ruído, não emitiu um mínimo som. E depois de um momento aquele rosto voltou a se mostrar calmo, com os mesmos belos traços de antes.

– Isso eles também não me contaram – disse ela em voz baixa.

– Atiraram contra ele – disse eu com cautela – porque ele descobriu o que Joe e Lash Yeager fizeram com Dud O'Mara. Liquidaram com ele.

Essa notícia não teve nenhum impacto sobre ela.

– Joe não fez nada com o Dud O'Mara – disse ela em voz baixa. – Não vejo Dud há dois anos. Aquilo foi só intriga dos jornais, sobre eu estar me encontrando com ele.

– Isso não saiu nos jornais – disse eu.

– Bom, foi intriga, onde quer que tenha circulado. Joe estava em Chicago. Ele foi ontem de avião para vender a firma. Se ele fechar negócio, Lash e eu vamos para lá também. Joe não é de matar gente.

Olhei fixamente para ela.

Os olhos dela ficaram mais uma vez daquele jeito, apavorados.

– O Larry... ele está...?

– Morto – disse eu. – Foi serviço de profissional, tiros de metralhadora. Não estou querendo dizer que eles fizeram isso pessoalmente.

Ela prendeu o lábio com força entre os dentes e por um instante ficou assim. Eu podia ouvir sua respiração lenta, difícil. Ela esmagou o cigarro no cinzeiro e levantou-se.

– Joe não fez nada disso! – gritou, furiosa. – Eu sei muito bem que ele não fez. Ele... – Ela parou de súbito, lançou-me um olhar penetrante, levou a mão ao cabelo, então de repente arrancou a cabeleira de um puxão. Era uma peruca. Debaixo do cabelo falso, o seu próprio cabelo era curto como o de um menino e tinha mechas em loiro e em castanho-claro, com tons mais escuros nas raízes. Nem aquilo a enfeiava.

Consegui dar uma espécie de risada.

– Você só veio aqui para este fim de mundo para mudar de penas, não foi, Peruca de Prata? E eu pensando que eles tinham seqüestrado você, para fazer parecer que você tinha fugido com Dud O'Mara.

Ela continuou olhando fixo para mim. Como se não tivesse ouvido uma palavra do que eu disse. Então foi até um espelho de parede e ajeitou a peruca na cabeça, endireitou-a, virou-se e me encarou.

– Joe não matou ninguém – disse ela de novo, numa voz baixa e tensa. – Ele é um cretino... mas não esse tipo de cretino. Ele não sabe nada sobre onde pode estar Dud O'Mara, assim como eu também não sei.

– Ele simplesmente se cansou da madame rica e deu no pé – falei, sem qualquer entonação na voz.

Ela estava de pé, perto de mim, braços largados, seus dedos muito brancos soltos ao longo do corpo, brilhando à luz da lâmpada. Sua cabeça acima da minha estava praticamente na sombra. A chuva tamborilava na casa, e o meu queixo parecia grande e quente, e a enervação da mandíbula doía e doía.

– Lash está com o único carro que estava aqui – ela falou em voz baixa. – Você consegue caminhar até Realito se eu cortar as cordas?

– Claro. E depois, o quê?

– Eu nunca estive metida em assassinato. E não vou me meter em um agora. Nem agora nem nunca.

Ela saiu do quarto mais que ligeiro, voltou com uma enorme faca de cozinha, serrou a corda que mantinha amarrados os meus tornozelos e puxou-a fora, depois cortou o lugar onde ela estava amarrada às algemas. Ela parou por um instante para escutar, mas, como antes, era apenas a chuva.

Rolei para uma posição sentada, depois me levantei. Meus pés estavam dormentes, mas aquilo ia passar. Consegui caminhar. E conseguiria correr, se fosse preciso.

– Lash está com a chave das algemas – disse ela, sem expressão na voz.

– Vamos – disse eu. – Você tem uma arma?

– Não, eu não vou. Você é que tem que se mandar. Ele pode voltar a qualquer minuto. Eles só estavam tirando umas coisas da oficina.

Eu fui até perto dela.

– Você vai ficar aqui depois de me soltar? E esperar por aquele assassino? Você está maluca. Vamos lá, Peruca de Prata, você vai comigo, sim.

– Não.

– Suponha – disse eu – que ele matou O'Mara. Então ele também matou Larry. Só pode ter sido assim.

– Joe nunca matou ninguém – ela quase rosnou contra mim.

– Bom, então suponha que Yeager matou.

– Você está mentindo, Carmady. Só para me assustar. Vá embora. Eu não tenho medo de Lash Yeager. Sou casada com o chefe dele.

– Joe Mesarvey não passa de um monte de sentimentalismo barato, um punhado de frases de efeito – rosnei de volta. – Uma moça como você só se amarra em um sujeito tão errado se ele é um conjunto de chavões românticos. Vamos indo.

– Vá embora! – disse ela com rispidez.

– Ok.

Dei as costas a ela e passei pela porta.

Ela quase corria quando passou por mim no corredor, abriu a porta da frente e olhou para fora, para a escuridão molhada. Acenou-me dando permissão para ir em frente.

– Tchau – sussurrou ela. – Espero que você encontre Dud. Espero que você encontre quem matou Larry. Mas não foi Joe.

Dei um passo e fiquei perto dela, quase empurrando-a contra a parede com o meu corpo.

– Ainda assim, você é maluca, Peruca de Prata. Tchau.

Ela ergueu as mãos rapidamente, pousando-as no meu rosto. Mãos frias; aliás, geladas. Beijou-me de leve na boca com lábios frios.

– Te manda, cara. Ainda vou te encontrar mais vezes. Talvez no céu.

Passei pela porta, desci os degraus de madeira escura e escorregadia do avarandado e fui andando, por um caminho de cascalho, até o gramado redondo e a fileira de árvores raquíticas. Passei por elas, peguei a estrada, voltei em direção ao Foothill Boulevard. A chuva tocava o meu rosto com dedos de gelo que, no entanto, não eram mais gelados que os dedos dela.

A baratinha coberta com lona estava bem onde eu a havia deixado, inclinada para um lado, o eixo da roda esquerda da frente no acostamento com piche da estrada principal, asfaltada. O meu estepe e um pneu sem câmara de ar estavam atirados na vala.

Eles muito provavelmente haviam revistado tudo, mas eu ainda tinha esperanças. Entrei no carro me arrastando, rastejando de barriga para baixo, e bati com a cabeça no eixo da direção. Rolei de lado para levar minhas mãos algemadas até uma pequena reentrância, um compartimento mínimo e secreto, esculpido no carro. Meus dedos tocaram no tambor do revólver. Ainda estava lá.

Peguei a arma, saí do carro, fui virando a arma nas mãos até que consegui segurá-la do modo correto e examinei-a como podia.

Eu a mantive bem junto ao corpo, nas costas, para protegê-la ao máximo da chuva e comecei a andar de volta até a casa ao lado da oficina.

8

Eu já estava na metade do caminho quando ele voltou. As luzes do carro, dando uma guinada rápida ao sair da estrada principal e entrar na secundária, quase me pegaram. Eu me atirei na vala da estrada e grudei o nariz na lama e rezei.

O carro passou por mim zunindo. Ouvi o barulho áspero dos pneus manobrando no cascalho molhado em frente à casa. O motor se apagou, e as luzes também. A porta bateu. Não ouvi a porta da casa se fechando, mas enxerguei uma frágil réstia de luz através das árvores quando a porta se abriu.

Eu me pus de pé e retomei a caminhada. Cheguei até o lado do carro, um cupê pequeno, bem velhinho. O revólver estava do meu lado, apontado para baixo. Forçando as mãos ao redor do quadril, eu havia puxado a arma para a frente, o máximo para a frente que me permitiam as algemas.

O carro estava vazio. A água do radiador ainda estava gargarejando. Eu me concentrei em escutar, e não ouvi nenhum barulho vindo da casa. Nem discussão em voz alta, nem briga de tapas e socos, nada. Apenas o batucar pesado das gotas de chuva caindo pelas calhas.

Yeager estava dentro da casa. Ela havia me soltado, e Yeager estava lá dentro com ela. Era provável que ela não contasse nada a ele. Iria apenas ficar parada e quieta e olhar para ele. Afinal, era casada com o chefe dele. Ora, isso ia deixar Yeager apavorado.

Ele não se demoraria, mas também não iria deixá-la para trás, viva ou morta. Seguiria caminho, mas com ela junto. O que acontecesse com ela depois, isso já era outra história.

Tudo o que eu tinha a fazer era esperar ele sair. Mas não esperei.

Passei o revólver para a mão esquerda e me abaixei para juntar um pouco de cascalho. Atirei o cascalho contra a janela da frente. Foi um esforço débil. Quase nenhuma pedrinha sequer chegou até a vidraça.

Corri até o outro lado do carro de Yeager, consegui abrir a porta e vi as chaves na ignição. Subi no estribo e então me agachei segurando-me à moldura da porta, de costas.

A casa já estava com todas as luzes apagadas, mas isso era tudo. Não havia um único som vindo da casa. Yeager era muito esperto, muito astuto.

Estendi a perna, alcancei o painel com o meu pé, achei o motor de arranque, depois fui entrando no carro de costas, forcejei com uma mão e girei a chave na ignição. O motor, que ainda estava morno, pegou de primeira e ficou vibrando suavemente sob a chuva que caía ruidosa.

Desci do carro, voltei para o chão, enfiei-me de volta no carro, dessa vez no banco de trás, e fiquei bem agachado.

O barulho do motor chamou a atenção dele. Ele não podia ficar naquele fim de mundo sem um carro.

Uma vidraça no escuro deslizou para cima uns poucos centímetros, apenas um reflexo de luz no vidro mostrando que alguém estava mexendo na janela. Cuspiram fogo da janela, e ouviu-se o estouro de três tiros em rápida sucessão. O carro teve vidros estilhaçados.

Gritei e deixei o grito morrer num gemido que saía em gorgolejos. Estava ficando bom nesse tipo de coisa. Deixei o gemido morrer num último arranco, arfante, sufocado. Eu estava liquidado, acabado. Ele tinha conseguido me apagar. Belos tiros, Yeager.

Dentro da casa, um homem riu. Então, silêncio de novo, exceto pela chuva e pelo som baixinho do motor do carro vibrando.

Abriu-se uma fresta na porta da casa. Uma figura apareceu ali. Ela veio para o avarandado, muito tensa, o branco da gola aparecendo, e a peruca aparecendo também, mas não tanto. Desceu os degraus como se fosse uma boneca de pau. Vi Yeager agachado, atrás dela.

Ela começou a caminhar no cascalho. Sua voz disse devagar, sem qualquer entonação:

– Não estou enxergando nada, Lash. Os vidros estão todos embaçados.

Ela deu um pulo de leve, como se um revólver a tivesse cutucado, mas seguiu em frente, e Yeager não dizia nada. Eu conseguia vê-lo agora, além do ombro dela: seu chapéu, parte de seu rosto. Não era o tipo de alvo para um homem com algemas nos pulsos.

Ela parou de novo, e sua voz de repente ficou apavorada:

– Ele está na direção! – gritou ela. – Caído em cima da direção!

Ele caiu na armadilha. Empurrou-a para o lado e começou a atirar de novo. Mais estilhaços de vidro. Uma bala pegou uma árvore do meu lado do carro. Um grilo cantou em algum lugar por ali. O motor continuava ligado, com o seu barulho baixinho.

Ele estava agachado contra a escuridão, seu rosto uma massa cinzenta disforme, que parecia voltar a si muito lentamente depois do clarão dos tiros. A detonação de sua própria arma o cegara... por um segundo. Foi o suficiente.

Atirei nele quatro vezes, forçando o Colt, que pulava a cada vez contra as minhas costelas.

Ele tentou se virar, e a arma caiu de sua mão. Ele meio que conseguiu pegá-la ainda no ar, antes que suas mãos subitamente fossem parar na barriga e ali ficassem, abraçando o abdômen. Sentou no cascalho molhado, e sua respiração ofegante e difícil tornou-se o barulho mais evidente em toda aquela noite molhada.

Observei-o deitar de lado, bem devagar, sem tirar as mãos do abdômen. A respiração em arfadas cessou.

Pareceu se passar uma vida antes de eu notar que Peruca de Prata estava me chamando. No instante seguinte ela estava ao meu lado, agarrando o meu braço.

– Desligue o motor! – gritei. – E procure a chave destes ferros desgraçados nos bolsos dele.

– Você é doido varrido – ela balbuciou. – Por que foi que você voltou?

9

O capitão Al Roof, da Divisão de Pessoas Desaparecidas, fez girar a cadeira em que estava sentado e olhou pela janela ensolarada. Era um outro dia, e a chuva tinha parado havia muito tempo.

Ele disse, mal-humorado e grosseiro:

– Você está cometendo uma porção de erros, meu irmão. Dud O'Mara saiu de cena, e só. Nenhum desses aí apagou o cara. Terem liquidado o Batzel não teve nada a ver com isso. Estão de olho no Mesarvey em Chicago e parece que ele está limpo. O cara nervosinho que você pegou junto com o cara morto nem mesmo sabe para quem eles estavam fazendo aquele serviço. Os nossos rapazes perguntaram com insistência, o bastante para ter certeza que ele não sabe de nada.

– Aposto que sim – disse eu. – Eu estive a noite inteira na mesma cumbuca e também não pude dizer muita coisa para eles.

Ele olhou para mim devagar, com olhos grandes, frios, cansados.

– Matar Yeager, tudo bem, eu acho. E o cara da metralhadora. Dadas as circunstâncias. Além disso, eu não sou Homicídios. Eu não consigo ligar nada disso com O'Mara... a não ser que você consiga.

Eu poderia conseguir, mas não tinha amarrado as pontas do caso na minha cabeça. Ainda não, pelo menos.

– Não – disse eu. – Acho que não. – Enchi de fumo e acendi o meu cachimbo. Depois de uma noite insone o gosto era amargo.

– Então isso é tudo que te preocupa?

– Fiquei pensando por que você não encontrou a moça em Realito. Não poderia ter sido tão difícil... para você.

– Nós simplesmente não encontramos. Devíamos ter encontrado. Admito. Mas não encontramos. Algo mais?

Soprei fumaça em cima da mesa dele.

– Estou procurando O'Mara porque o general me pediu. Não adiantava nada dizer para ele que você faria tudo o que estivesse ao seu alcance. Ele podia pagar um homem para fazer isso exclusivamente, 24 horas por dia. Posso concluir que você fica ressentido com isso.

Ele não achou aquilo engraçado.

– Nem um pouco. Se o que ele quer é jogar dinheiro fora... O pessoal que ficou ressentido com você está atrás de uma porta que diz "Divisão de Homicídios".

Ele plantou os pés no chão com estardalhaço e fincou os cotovelos no tampo da mesa.

– O'Mara estava carregando quinze mil na roupa do corpo. Isso é muita grana, mas O'Mara era um sujeito que podia ter tanto dinheiro assim. Então ele podia sair por aí com esse carregamento e deixar que seus velhos amigos vissem. Só que eles não acreditariam que fosse quinze mil em dinheiro vivo. A mulher dele diz que sim. Agora... com qualquer outro cara que não fosse um ex-contrabandista nadando no dinheiro, isso podia estar indicando a intenção de desaparecer. Mas não O'Mara. Ela andava forrado assim o tempo todo.

Ele mordeu a ponta de um charuto, riscou um fósforo, começou a fumar. Mostrou-me um dedo de sua mão.

– Está vendo?

Eu disse que sim, estava vendo.

– Ok. O'Mara estava com quinze mil, e um sujeito como ele, que saiu de cena, só pode ficar fora de cena enquanto durar a grana. Quinze mil é uma grana e tanto. Eu mesmo ia querer desaparecer se tivesse tanto dinheiro na mão. Mas, depois que a bufunfa se for, a gente põe as mãos nele. Ele desconta um cheque, deixa algum rastro, chega num hotel ou numa loja querendo abrir uma linha de crédito, deixa uma referência, escreve uma carta, ou então recebe uma carta. Ele está numa cidade diferente e está usando um nome diferente, mas tem os mesmos apetites de antes. Precisa entrar de novo no sistema fiscal, de um jeito ou de outro. Um cara não pode ter amigos em tudo quanto é lugar e, mesmo que ele tivesse, nem todos iam ficar de bico calado pro resto da vida. Ou iam?

– Não, não iam – disse eu.

– Ele foi longe – disse Roof. – Mas os quinze mil foi tudo o que ele levou. Nenhuma bagagem, nenhuma reserva em navio, trem ou avião, nenhum táxi, nem carro alugado para algum ponto fora da cidade. Isso está tudo verificado. O carro dele foi encontrado a uma dúzia de quarteirões de onde ele mora. Mas isso não quer dizer nada. Ele conhecia gente que lhe daria carona por centenas e centenas de quilômetros e aquilo ficaria em segredo, mesmo que houvesse uma recompensa pelo paradeiro dele. Aqui, sim, mas não em tudo quanto é lugar. Não amigos novos.

– Mas você vai encontrá-lo – disse eu.

– Quando ele ficar com fome.

– Isso pode levar um ano ou dois. O general Winslow pode morrer antes de um ano. Este caso é uma questão sentimental, e não um problema de você ter ou não ter um caso que ficou sem solução quando você se aposentar.

– Você se encarrega do lado sentimental, meu irmão. – Seus olhos se agitaram, e as sobrancelhas ruivas e cabeludas agitaram-se junto. Ele não gostava de mim. Ninguém da Central de Polícia gostava de mim naquele dia.

– É o que eu gostaria de fazer – disse eu e me levantei. – Talvez eu vá fundo neste caso, para dar conta do lado sentimental.

– Claro – disse Roof de repente, pensativo. – Bem, Winslow é um grande homem. Qualquer coisa que eu puder fazer, é só me avisar.

– Você podia descobrir quem mandou matar Larry Batzel – falei. – Mesmo não tendo nenhuma ligação com O'Mara.

– Vamos providenciar. Com prazer – ele deu uma gargalhada e espalhou cinza por toda a mesa. – Você manda desta para a melhor os sujeitos que podem dizer alguma coisa e nós fazemos o resto. A gente gosta de trabalhar assim.

– Foi em defesa própria – rosnei. – Não tinha outro jeito.

– Claro. Vai ver se eu estou lá na esquina, meu irmão. Sou um homem ocupado.

Mas os seus olhos grandes e frios cintilaram enquanto eu me retirava.

10

A manhã era de céu azul e dourado, e os passarinhos nas árvores ornamentais da propriedade dos Winslow estavam fazendo a farra de tanto cantar, depois de toda a chuva.

O homem da guarita me deixou passar pelo postigo, e eu subi pelo caminho dos carros, depois peguei o terraço superior até a imensa porta da frente: uma porta entalhada, uma porta italiana. Antes de tocar a campainha, olhei encosta abaixo e vi o menino Trevillyan sentado em seu banco de pedra, a cabeça apoiada nas mãos, olhando para o vazio.

Desci a trilha de tijolos até onde ele estava.

– Nada de dardos hoje, filho?

Ele levantou a cabeça, me olhou com seus olhos fundos, vazios, duros.

– Não. Encontrou ele?

– O seu pai? Não, filho, ainda não.

Ele jogou a cabeça para trás. As narinas inflaram de raiva.

– Ele não é o meu pai, eu já disse. E não vem falar comigo como se eu fosse uma criança de quatro anos. O meu pai... ele... ele está na Flórida, ou algum outro lugar.

– Bom, eu ainda não achei ele, não importa de quem ele seja pai – disse eu.

– Quem foi que te acertou o queixo? – perguntou, me olhando fixamente.

– Ah, um sujeito aí, com um rolo de moedas na mão.

– Moedas?

– Isso mesmo. Funciona tão bem como uma soqueira de metal. Tente uma hora dessas, mas não em mim – eu disse, com um sorriso.

– Você não vai encontrar – disse ele com a voz amarga, ainda olhando para o meu queixo. – Ele, quer dizer. O marido da minha mãe.

– Aposto que eu encontro.

– Aposta quanto?

– Mais dinheiro do que você tem na sua calça.

Ele deu um pontapé violento na quina de um dos tijolos vermelhos da trilha. Sua voz rabugenta estava agora mais suave. O seu olhar especulava.

– Quer apostar em outra coisa? Vem comigo até a coleção de alvos. Aposto um dólar que consigo derrubar oito de dez cachimbos com dez tiros.

Olhei para trás, na direção da casa. Ninguém parecia estar impaciente para me receber.

– Bom – disse eu –, vamos ter que ser rápidos. Então, vamos lá.

Caminhamos ao longo do lado da casa, sob as janelas. A estufa de orquídeas aparecia bem lá nos fundos, por cima dos topos de alguns arbustos bem-criados. Um homem num elegante traje de tecido grosso estriado estava lustrando o cromado de um carro grande na frente das garagens. Passamos por ali e fomos até o prédio branco e baixo contra a encosta.

O menino pegou uma chave e destrancou a porta, e entramos num lugar abafado que ainda tinha um restinho de cheiro de pólvora. O menino fechou a porta, que fez um clique quando a lingüeta se acomodou no seu encaixe.

– Primeiro eu – ele falou com rapidez.

O lugar lembrava uma casa de tiro ao alvo de beira de praia, para diversão de férias. Havia um balcão com uma espingarda de repetição calibre 22 e uma pistola de cano longo e fino. As duas armas estavam bem azeitadas, mas empoeiradas. Uns dez metros mais adiante havia uma mureta que cortava o prédio de lado a lado. Era uma mureta de construção sólida, da altura da cintura de um homem adulto. Atrás da mureta, um estande simples, de cachimbos e patos, e dois alvos redondos e brancos, marcados com círculos pretos e manchados por tiros de chumbinho de espingarda de pressão.

Os cachimbos de barro estavam uniformemente enfileirados de lado a lado bem no meio daquele estande, e havia uma enorme clarabóia e uma fileira de lâmpadas penduradas do teto, cada uma com seu quebra-luz.

O menino puxou um cordão na parede e uma lona grossa deslizou de um lado a outro da clarabóia. Ele acendeu as lâmpadas e então, sim, o lugar parecia realmente uma casa de tiro ao alvo de beira de praia.

Ele escolheu a espingarda e carregou a arma com rapidez, tirando os cartuchos de uma caixa de papelão, munição calibre 22, tiro curto.

– Um dólar como eu acerto oito de dez cachimbos?

– Manda bala – disse eu, botando o meu dinheiro em cima do balcão.

Ele mirou de um jeito quase displicente e atirou rápido demais, só para se exibir. Não pegou três cachimbos. Mas não deixou de ser um tiroteio e tanto. Ele jogou a espingarda em cima do balcão.

– Puxa, quem sabe você vai lá e arruma mais uma fileira. Não vamos contar esta rodada. Eu não estava preparado.

– Ninguém faz mira para perder dinheiro, não é, filho? Vá você, arrumar mais uma fileira. O estande é seu.

O seu rosto estreito mostrou-se irado, e sua voz tornou-se esganiçada.

– Você faz isso! Eu preciso relaxar, dá para entender? Eu preciso relaxar.

Dei de ombros, ergui uma ponta móvel do tampo do balcão, presa por dobradiças, andei ao longo da parede lateral, caiada, e me espremi para passar entre a parede e a ponta da mureta do estande. Um clique, e o menino tinha fechado a espingarda atrás de mim, já recarregada.

– Abaixa essa arma – rosnei de raiva, virando-me para ele. – Nunca toque em uma arma quando tem alguém na sua frente.

Ele baixou a arma, a expressão magoada.

Eu me agachei e peguei um punhado de cachimbos de barro do meio da serragem numa caixa grande de madeira que estava no chão. Sacudi os cachimbos para fazer cair no chão os grãos amarelos de madeira e comecei a endireitar o corpo.

Parei no meio, com o meu chapéu acima da mureta, só a copa do meu chapéu. Nunca entendi por que parei de subir. Puro instinto.

A espingarda cuspiu chumbo, e o projétil bateu com enorme barulho no alvo de metal bem na frente da minha cabeça. O meu chapéu moveu-se de leve na minha cabeça, como se um passarinho tivesse investido contra ele na época da construção de ninhos.

Guri simpático. Ele era cheio de truques, igual ao Olhos Vermelhos. Larguei os cachimbos e segurei o meu chapéu pela aba, ergui-o verticalmente acima da cabeça alguns centímetros. A arma cuspiu chumbo de novo. Uma outra explosão metálica no alvo.

Eu me atirei no chão, deitei-me pesadamente no piso de madeira, no meio dos cachimbos.

Uma porta abriu e fechou. E aquilo foi tudo. Nada mais. O brilho ofuscante das lâmpadas do teto caía sobre mim. O sol espiava pelas bordas da lona que fechava a clarabóia. Havia duas marcas brilhantes, novinhas em folha, no alvo mais próximo, e havia quatro furos, pequenos e redondos, no meu chapéu, dois de cada lado.

Engatinhei até a ponta da mureta e espiei por ali. O menino fora embora. Eu podia ver as pequenas bocas das duas armas em cima do balcão.

Eu me levantei e voltei ao longo da parede, apaguei as luzes, girei a maçaneta da porta e saí. O motorista dos Winslow assobiava enquanto cumpria sua tarefa de polimento em toda a volta do carro, na frente das garagens.

Amassei o meu chapéu na mão e voltei pelo lado da casa, procurando o garoto. Não o vi em lugar nenhum. Bati a campainha da porta da frente.

Pedi para falar com a sra. O'Mara. Não deixei o mordomo pegar o meu chapéu.

11

Ela estava usando algo branco perolado, com pele branca nos punhos e na gola e em toda a volta da bainha. Um carrinho de chá mostrava as sobras de um café-da-manhã e fora empurrado para um lado da cadeira onde ela estava sentada, e ela batia a cinza do cigarro em cima da prataria.

A empregada tímida das pernas bonitas veio, levou embora o carrinho e fechou a porta branca e alta. Eu me sentei.

A sra. O'Mara recostou a cabeça em uma almofada e parecia cansada. A curva de seu pescoço era uma coisa distante e fria. Ela me encarou com um olhar duro, gelado, cheio de antipatia.

– O senhor até me pareceu humano ontem – disse ela. – Mas estou vendo que é um bruto, como todos os outros. Só mais um tira insensível.

– Estou aqui para lhe fazer perguntas sobre Lash Yeager – disse eu.

Ela nem mesmo fingiu estar se divertindo.

– E de onde você tirou essa idéia, de perguntar sobre ele logo para mim?

– Bom... se a senhora morou uma semana no Dardanella Club... – eu fiz um gesto de mão com o meu chapéu esmigalhado.

Ela olhou fixamente para o cigarro em sua mão.

– Certo, devo ter conhecido ele, acho que sim. Eu me lembro do nome, tão estranho.

– Eles todos têm nomes assim, esses animais – disse eu. – Parece que Larry Batzel... imagino que você leu nos jornais sobre ele também... foi amigo de Dud O'Mara numa época da vida. Eu não lhe contei sobre ele ontem. Talvez isso tenha sido um erro.

Uma veia no pescoço dela começou a latejar. Ela disse em voz baixa:

– Desconfio que o senhor esteja pronto para se mostrar insolente e inconveniente, e eu talvez tenha que mandar botá-lo daqui pra fora.

– Mas não antes de eu falar o que tenho para falar – disse eu. – Parece que o motorista do sr. Yeager... eles também têm motoristas, além de nomes estranhos, esses animais... o motorista contou para Larry Batzel que o sr. Yeager tinha saído, e veio aqui para estes lados, na noite em que O'Mara desapareceu.

Ter uma herança de soldado do exército no sangue tinha de ser bom para ela de algum modo. Ela não moveu um único músculo. Simplesmente congelou, por inteiro.

Eu me levantei, tirei o cigarro dos dedos paralisados dela e apaguei-o em um cinzeiro de jade branco. Coloquei o meu chapéu com cautela sobre o seu joelho de cetim branco. Sentei-me novamente.

Seus olhos moveram-se dali a pouco. Ela baixou o olhar e viu o chapéu. Seu rosto ruborizou aos pouquinhos, duas rodas muito vívidas nas bochechas magras. Ela estava com dificuldades para movimentar a língua e os lábios.

– Eu sei – disse eu. – Não é um chapéu muito elegante. Não estou lhe dando o chapéu de presente. Mas preste atenção nos furos de bala que ele tem.

Sua mão ressuscitou e pegou o chapéu num gesto veloz. Seus olhos agora eram duas chamas vivas.

Ela desamassou a copa, examinou os furos e estremeceu.

– Yeager? – perguntou, a voz muito fraca. Era um fiapo de voz, uma voz envelhecida.

– Yeager não ia usar uma espingarda de pressão, calibre 22, sra. O'Mara.

As chamas apagaram-se em seus olhos. Agora eram dois poços de escuridão e ainda mais vazios que a escuridão.

– A senhora é a mãe dele – disse eu. – O que pretende fazer com relação a isso?

– Deus misericordioso! Dade! Ele... atirou em você!

– Duas vezes – disse eu.

– Mas, por quê? ... Por quê?

– A senhora está pensando que sou esperto, um homem que tem malandragem, sra. O'Mara. Que não passo de mais um desses caras embrutecidos, de olhar duro, que vive do outro lado dos trilhos. Nesse caso, seria até mais fácil. Mas eu não sou assim, nem um pouquinho. Preciso mesmo lhe contar por que ele atirou em mim?

Ela não disse nada. Fez um gesto positivo com a cabeça. Seu rosto agora era uma máscara.

– Eu diria que provavelmente ele não sabe se controlar – disse eu. – De um lado, ele não queria que eu encontrasse o padrasto. Por outro lado, ele é um menino que gosta de dinheiro. Parece pouco, mas faz parte do quadro. Ele quase perdeu um dólar para mim no tiro ao alvo. Parece coisa pequena, mas ele vive num mundo pequeno. Mais do que tudo, claro, ele um é garoto sádico e doido com um dedo que sente comichão no gatilho.

– Como é que você se atreve! – ela reagiu num ímpeto. Não significou nada. Ela própria esqueceu no mesmo instante aquele arremedo de indignação.

– Como é que eu me atrevo? Eu me atrevo, sim. Não vamos perder tempo tentando imaginar por que ele atirou em *mim*. Não fui o primeiro, não é? Porque se não tivesse acontecido antes, você não saberia do que eu estava falando, você não teria aceitado a idéia de que ele fez isso de propósito.

Ela não se mexeu, não disse nada. Respirei fundo.

– Então vamos falar sobre por que ele atirou em Dud O'Mara – disse eu.

Se eu pensava que ela ia gritar agora, estava enganado. O velho na estufa de orquídeas tinha colocado estofo nela, e não apenas sua altura e seu cabelo escuro e seus olhos afoitos.

Ela levou os lábios para trás e tentou umedecê-los com a língua, e aquilo a fez parecer uma menininha assustada por um segundo. Os traços de seu rosto ficaram ainda mais angulosos, e a mão ergueu-se como se fosse artificial, articulada por fios, e segurou a gola de pele branca junto ao pescoço, bem presa, bem apertada, até que as juntas dos dedos ficaram brancas como um osso. Então ela me encarou.

O meu chapéu deslizou, caindo do seu joelho para o chão, sem que ela se movesse. O som que ele fez ao cair foi uma das coisas mais barulhentas que já ouvi na vida.

– Dinheiro – disse ela, num grasnido. – É claro que você quer dinheiro.

– E quanto dinheiro eu quero?

– Quinze mil dólares.

Fiz que sim com a cabeça, meu pescoço duro como o de um supervisor de loja, tentando enxergar o que acontece às suas costas.

– Pode-se dizer que sim. Seria o valor combinado para os honorários. Seria o que ele tinha nos bolsos e foi o que Yeager embolsou para se livrar do corpo.

– Você é muito... muito esperto – disse ela, de um modo horrível. – Eu podia matar você e me sentiria feliz.

Tentei esboçar um sorriso.

– Exatamente. Esperto e desprovido de sentimentos. E aconteceu mais ou menos assim: o menino leva O'Mara até onde ele me levou hoje, usando do mesmo estratagema. Eu não acho que fosse um plano de fato. Ele odiava o padrasto, mas não teria exatamente planejado matá-lo.

– Ele odiava o padrasto, sim – disse ela.

– Então eles estão naquela casinha de tiro ao alvo e O'Mara está morto no chão, atrás da mureta, onde ninguém o enxerga. Os tiros, é claro, não significam nada de mais naquele lugar. E tem muito pouco sangue, com um tiro de pequeno calibre na cabeça. Então o menino sai, tranca a porta e se esconde. Você é a mãe. Você é quem precisa falar com ele.

– Sim – ela soltou a respiração. – Ele fez exatamente isso. – Os olhos dela tinham deixado de me odiar.

– Você pensa que é melhor dizer que tudo não passou de um acidente, o que está bem, exceto por um detalhe. O menino não é uma criança normal, e você sabe. O general sabe, os empregados sabem. E deve haver outras pessoas que sabem. E a polícia... por mais burros que você pense que eles são, são bem inteligentes quando se trata de tipos subnormais. Têm farta experiência com eles. E eu acho que ele deve ter falado. Acho até que, depois de um tempo, ele teria se gabado.

– Continue – disse ela.

– Você não ia querer arriscar – prosseguiu. – Nada de correr riscos, não com o seu filho, e também não com o velhinho na estufa das orquídeas. Você faria qualquer coisa horrível, criminosa, desumana mesmo, para não correr riscos com eles. E foi o que você fez. Conhecia Yeager e contratou-o para se livrar do corpo. Isso foi tudo... só que esconder a moça, Mona Mesarvey, ajudava a criar um cenário de desaparecimento deliberado.

– Ele levou Dud daqui depois que escureceu, no carro de Dud mesmo – disse ela, a voz vazia de expressão.

Eu me inclinei para o chão e juntei o meu chapéu.

– E os empregados?

– Norris sabe. O mordomo. Ele morre numa câmara de tortura mas não abre a boca.

– Certo. Agora você sabe por que Larry Batzel foi eliminado e por que me levaram para um passeio, não é?

– Chantagem – disse ela. – Não tinha acontecido ainda, mas eu já meio que esperava que fosse acontecer. Eu teria pagado qualquer preço, e ele devia saber disso.

– De pouco em pouco, de ano em ano, ele podia juntar 250 mil dólares nesse negócio, fácil. Não acredito que Joe Mesarvey estivesse metido nisso. Eu sei que a moça não estava.

Ela não falou nada. Apenas mantinha o olhar fixo no meu rosto.

– Por que diabos – rosnei eu – você não tirou as armas dele?

– Ele é pior do que você pensa. Longe das armas, ele teria começado a fazer coisas piores. Eu... eu quase sinto medo dele.

– Leve-o embora – disse eu. – Para longe daqui. Longe do velho. Ele é novo o suficiente para receber tratamento apropriado, com chances de cura. Leve o menino para a Europa. Bem longe. E leve agora. Isso pode matar o general, saber que é gente do seu próprio sangue que está envolvida.

Ela se levantou de um jeito arrastado e arrastou-se até as janelas. Ficou ali, parada, imóvel, quase se confundindo com as pesadas cortinas brancas. Tinha os braços largados ao longo do corpo, completamente imóveis. Depois de algum tempo, ela se virou e começou a andar, passou por mim e, às minhas costas, parou e deixou escapar um soluço, um único soluço. Então voltou a respirar.

– Foi muito cruel. A coisa mais cruel de que já ouvi falar. E, no entanto, eu faria tudo de novo. Meu pai não teria feito isso. Teria falado, e sem meias palavras. Isso tudo o teria matado, como você diz.

– Leve o garoto embora daqui – bati na mesma tecla. – Ele agora está se escondendo aí fora. Pensa que me acertou. Está se escondendo em algum lugar, como um bicho. Pegue-o. Ele não sabe se controlar.

– Eu lhe ofereci dinheiro – disse ela, ainda atrás de mim. – Isso é horrível. Eu não era apaixonada por Dudley O'Mara. Isso é horrível também. Eu não consigo nem mesmo lhe agradecer. Simplesmente não sei o que dizer.

– Esqueça – disse eu. – Eu não passo de um cavalo velho de carga. Ponha todos os seus esforços no menino.

– Prometo que sim. Adeus, sr. Carmady.

Não trocamos um aperto de mão. Desci a escadaria, e o mordomo estava em seu posto, como de costume, ali na porta da frente. Nada em seu rosto, a não ser cordialidade.

– O senhor não pretende falar com o general hoje, sr. Carmady?

– Hoje não, Norris.

Não enxerguei o menino do lado de fora. Passei pelo postigo, embarquei no meu Ford alugado, desci morro abaixo e passei por onde estavam os velhos poços de petróleo.

Ao redor de alguns deles, coisa que não dava para ver da estrada, ainda existiam poços coletores, onde juntava continuamente a água residual... que apodrecia com uma escuma de petróleo em cima.

Esses poços coletores tinham de três a cinco metros de profundidade, talvez mais. Devia haver coisas escuras dentro deles. Talvez em um deles...

Eu me sentia bem por ter matado Yeager.

No meu caminho de volta para a delegacia parei em um bar e tomei uns drinques. Não me ajudaram em nada. O único efeito dos drinques foi que me fizeram pensar em Peruca de Prata, e eu nunca mais a vi.

TENTE COM A GAROTA

O grandão não era problema meu. Nunca foi, nem naquela época nem depois, mas principalmente não naquela época.

Eu estava na Central Avenue, que é o Harlem de Los Angeles, num daqueles quarteirões "mistos", onde ainda se encontravam lojas e serviços tanto de gente branca quanto de gente negra. Estava procurando por um barbeiro grego, de nome Tom Aleidis. A mulher dele queria que ele voltasse para casa e estava disposta a gastar um pouco de dinheiro para encontrá-lo. Era um serviço tranqüilo. Tom Aleidis não era nenhum marginal.

Vi o grandão na frente do Shamey's, um bar com mesa de dados no segundo piso, um lugarzinho nem um pouco salutar. Ele estava observando as letras em estêncil que estavam quebradas no anúncio luminoso, com uma espécie de expressão embevecida, como um imigrante alto e troncudo olhando para a Estátua da Liberdade, como um homem que tivesse esperado muito tempo e vindo de muito longe.

Ele não era apenas grandão. Era um gigante. Parecia ter mais de dois metros de altura e usava as roupas mais espalhafatosas que eu já tinha visto em um homem realmente grande.

Calça cor de telha com pregas, um casaco peludo, meio cinza, com botões em forma de bolas brancas de bilhar, sapatos marrons de camurça com explosões de pelica branca, camisa marrom, gravata amarela, um enorme cravo vermelho e um lenço gigantesco da cor da bandeira da Irlanda. O lenço estava decorativamente dobrado em três pontas abaixo do cravo vermelho. Na Central Avenue, que não era uma rua por onde trafegassem pessoas vestidas com discrição, aquele homem, daquele tamanho e com aquela estampa, parecia tão natural como uma tarântula numa fatia de pão-de-ló.

Ao entrar, ele empurrou para dentro as portas de vaivém do Shamey's. Elas continuaram se movimentando no vaivém até que explodiram para fora. O que voou para o lado de fora e aterrissou na sarjeta e fez um barulho penetrante, como de um rato que se machucou, era um jovem negro de cabelo esticado e lustroso, de terno bem-ajustado no corpo. Um mulato, na verdade, da cor de café com bem pouco leite. O rosto, quer dizer.

Ainda não era problema meu. Observei o garoto mulato ir embora, esgueirando-se pelas paredes. Não aconteceu mais nada. Foi então que cometi o meu erro.

Fui indo pela calçada até poder eu mesmo empurrar a porta de vaivém. Apenas o suficiente para olhar para dentro. Apenas o suficiente demais.

A mão de alguém, de um tamanho que eu podia ter sentado nela, me pegou pelo ombro e machucou com força e me ergueu no ar e me pôs para dentro pela porta de vaivém e me levou três degraus para cima.

Uma voz grave, profunda, disse bem baixinho no meu ouvido:

– Cigarro e bebida, camaradinha. Pode me arranjar?

Tentei fazer espaço para mim, tentei fazer o meu sangue circular de novo. Eu não estava armado. O barbeiro grego não me parecia ser esse tipo de serviço.

Ele me pegou de jeito no ombro, de novo.

– Se é esse tipo de lugar... – falei, rápido.

– Não diz isso, camaradinha. Beulah trabalhava aqui. A Beulahzinha.

– Então suba e veja por você mesmo.

Ele me içou mais três degraus para cima.

– Tô me sentindo bem – disse ele. – Não ia querer ninguém me incomodando. Vamos subir nós dois e quem sabe tomar umas e outras.

– Eles não vão te servir – disse eu.

– Há oito anos que eu não vejo a Beulah, camaradinha – disse ele em voz baixa, estraçalhando o meu ombro em pedaços sem nem mesmo perceber o que estava fazendo. – Ela não me escreve há seis anos. Mas deve ter um motivo. Ela trabalhava aqui. Vamos subir nós dois.

– Tudo bem – disse eu. – Vou subir com você. Mas pode me deixar caminhar. Não precisa me carregar. Eu estou bem. Meu nome é Carmady. Já sou bem grandinho. Vou no banheiro sozinho e tudo o mais. Só não precisa me carregar.

– A Beulahzinha trabalhava aqui – disse ele em voz baixa. Ele não estava me escutando.

Nós subimos. Ele me deixou caminhar.

Tinha uma mesa de dados no canto mais afastado, depois do bar, e mesas espalhadas pelo lugar, e uns poucos clientes aqui e ali.

A voz queixosa que cantava instruções e resultados em volta da mesa de dados cessou instantaneamente. Vários pares de olhos voltaram-se para nós naquele silêncio morto e alienígena, o silêncio de uma outra raça.

Um negro de bom tamanho estava encostado no balcão do bar em mangas de camisa e mostrava ligas cor-de-rosa nos braços. Um ex-pugilista que tinha sido atingido por tudo neste mundo, menos um viaduto de concreto. Ele conseguiu se desgrudar da beirada do balcão e veio em nossa direção num gingado frouxo de lutador.

Botou uma enorme mão mulata contra o peito espalhafatoso do grandão. Parecia um rebite ali no peito do outro.

– Branco não entra, me'irmão. Aqui é só pra gente de cor. Desculpe.

– Onde é que tá a Beulah? – o grandão perguntou baixinho naquela voz profunda que combinava com a sua enorme cara branca e seus olhos pretos sem nenhuma profundidade.

O negrão segurou a risada.

– Não tem Beulah nenhuma, me'irmão. Nem bebida, nem mulher, só o pessoal daqui, me'irmão. Só esse pessoal aqui.

– Pode ir tirando a pata de cima de mim – disse o grandão.

O leão-de-chácara também cometeu um erro. Bateu no grandão. Vi o seu ombro baixar, seu corpo dançar atrás do soco. Foi um soco bem aplicado, um golpe limpo. O grandão nem se deu ao trabalho de bloqueá-lo.

Ele sacudiu a cabeça e agarrou o leão-de-chácara pela goela. Era um homem rápido e ágil para aquele seu tamanho todo. O leão-de-chácara tentou aplicar-lhe um joelhaço. O grandão girou o outro, dobrou o outro, suspendeu o outro pela parte de trás do cinto da calça. O cinto rebentou. Então o grandão só pôs a enorme mão espalmada nas costas do leão-de-chácara e o atirou no lado oposto da sala estreita. O leão-de-chácara bateu na parede do outro lado com um barulho que devem ter escutado em Denver. Então ele escorregou suavemente pela parede até o chão e ficou ali mesmo, imóvel.

– Isso – disse o grandão. – Agora vamos nós dois tomar umas e outras.

Fomos até o bar. O *barman* limpou o balcão apressadamente. Os fregueses, sozinhos, em duplas ou em trios, foram saindo de mansinho, passadas silenciosas no piso sem tapete, passos silenciosos descendo a escada de madeira. Os pés mal emitiam um sussurro em despedida.

– *Whisky sour* – disse o grandão.

Nós dois tomamos *whisky sour*.

– Você sabe por onde anda a Beulah? – o grandão perguntou ao *barman*, impassível, lambendo *whisky sour* do lado de fora do copo de vidro grosso.

– Beulah, tu disse? – o *barman* falou, e parecia estar ganindo. – Tenho visto ela por aí não. Nesses últimos tempos não. Não, senhor.

– Há quanto tempo você tá trabalhando aqui?

– Coisa de um ano, eu acho. Coisa de um ano. Sim, senhor. Coisa...

– E faz quanto tempo esta espelunca aqui virou casa de crioulo?

– Quem foi que disse?

O grandão cerrou o punho ao lado do corpo, um punho quase que do tamanho de um balde.

– Pelo menos cinco anos – dei minha contribuição à conversa. – Esse aí não tem como saber nada sobre uma garota branca chamada Beulah.

O grandão olhou para mim como se eu tivesse recém saído da casca. O *whisky sour* pelo jeito não melhorava em nada o humor dele.

– E quem diabos te pediu pra vir meter o nariz aqui na conversa?

Eu sorri. Dei um largo sorriso, um sorriso super-simpático.

– Fui eu que entrei aqui com você, lembra?

Ele sorriu de volta, um arreganhar de dentes forçado, pálido, choco.

– *Whisky sour* – ordenou ele ao *barman*. – Vamos tirar o mofo das tuas calças. Atendimento aqui.

O *barman* tratou de se apressar, odiando-nos com o branco de seus olhos.

O lugar agora estava vazio, à exceção de nós dois e do *barman* e do leão-de-chácara lá do outro lado, encostado à parede.

O leão-de-chácara gemeu e movimentou-se. Virou-se no chão e começou a engatinhar bem de mansinho, rente ao rodapé, parecendo uma mosca com uma asa só. O grandão não lhe deu a menor atenção.

– Não sobrou nada do lugar que era antes – queixou-se. – Tinha um palco e uma banda tocava e tinha os quartinhos bonitos onde a gente podia ir pra se divertir de verdade. Beulah sabia fazer uns trinados com a voz. Uma ruiva. Muito lindinha. A gente tava pra casar, quando me armaram uma cilada.

Nós tínhamos agora mais dois copos de *whisky sour* à nossa frente.

– Que cilada? – perguntei.

– Onde é que você acha que eu tava, esses oito anos que eu te falei?

– Em alguma Solidão de Pedra* – disse eu.

– Exato. – Ele cutucou o próprio peito com um polegar que parecia um taco de beisebol. – Steve Skalla. Great Bend**, um serviço que eu fiz no Kansas. Eu sozinho. Quarenta mil dólares. Só conseguiram me pegar foi aqui mesmo. Eu era o que eles... Ei!

O leão-de-chácara tinha inventado uma porta nos fundos e caiu para dentro dela. Ouviu-se o clique de uma fechadura.

– Pra onde vai aquela porta? – exigiu saber o grandão.

– Aque... é o escritório do seu Mon'gom'ry, sim, senhor. É o chefe. Tem o escritório nos fundos...

– Ele pode saber de alguma coisa – disse o grandão. Secou a boca no lenço que lembrava a bandeira da Irlanda e arrumou-o cuidadosamente de volta no bolso. – É melhor ele também não querer dar uma de vivo. Mais dois *whisky sour*.

---

* Stony Lonesome (Stony: de pedra; impiedoso. Lonesome: solitário; triste; deprimido) era o apelido da cadeia do condado de Vernon, no estado de Nevada, nos Estados Unidos. Assim como outras prisões do mesmo tipo, foi construída logo após a Guerra da Secessão (1861-1865), pois a prisão anterior, de madeira, fora destruída pelo fogo durante a guerra. As paredes dessas prisões eram feitas de blocos de grés de 61cm de espessura. Os presos eram mantidos isolados num ambiente escuro, malcheiroso e úmido, convivendo com baratas, piolhos, percevejos e ratos. A cadeia do condado de Vernon foi fechada em 1960, por ser um desumano depósito de gente. (N.T.)

** Cidade do estado de Kansas, nos Estados Unidos. (N.T.)

Atravessou a sala até a porta atrás da mesa de dados. A fechadura não cedeu de pronto, e ele teve de brigar com ela por alguns instantes. Então, um pedaço do espelho caiu e ele entrou e fechou a porta atrás de si.

O silêncio no Shamey's agora era total. Olhei para o *barman*.

– Esse cara é durão – disse eu rapidamente. – E ele tem jeito de quem pode ficar cruel. A gente pode até prever a história. Ele está procurando por uma velha namorada que trabalhava aqui quando isto aqui era um lugar para gente branca. Vocês têm artilharia lá nos fundos?

– Eu pensei que tu tava com ele – disse o *barman*, desconfiado.

– Não tive escolha. Ele me arrastou até aqui em cima. Eu não estava com vontade de ser jogado por cima de algum muro, aterrissar em cima de algum telhado.

– É claro, pô. Eu tenho cá comigo um revólver – disse o *barman*, ainda desconfiado.

Ele começou a dobrar o corpo atrás do balcão, mas então imobilizou-se naquela posição, os olhos girando dentro das órbitas.

Ouviu-se um ruído surdo e breve nos fundos do boteco, atrás da porta fechada. Podia ter sido uma porta batendo. Podia ter sido uma arma disparando. Só um ruído. Nenhum outro ruído seguiu-se àquele.

O *barman* e eu esperamos tempo demais, pensando que barulho teria sido aquele, sem querer nem imaginar.

A porta nos fundos se abriu, e o grandão saiu por ela rapidamente, com uma Colt 45, uma automática que mais parecia um brinquedo na mão dele.

Ele examinou o salão com uma olhadela rápida. Seu sorriso era tenso. Ele parecia ser um homem capaz de roubar sozinho quarenta mil dólares num assalto ao banco de Great Bend.

Veio em nossa direção em passos ágeis, quase inaudíveis, para um homem com aquele tamanho todo.

– Mãos pra cima, crioulo!

O *barman* endireitou o corpo devagar, ele estava cinza, as mãos vazias, bem alto no ar.

O grandão me revistou, depois se afastou de nós.

– O sr. Montgomery também não sabe por onde anda a Beulah – disse ele em voz baixa. – Ele tentou me dizer... com isso. – Ele sacudiu a arma. – Até logo, gente boa. Não se esqueçam de usar camisinha.

E já tinha ido embora, escada abaixo, muito ligeiro, muito silencioso.

De um pulo eu estava do outro lado do balcão e peguei o revólver de cano serrado que estava ali, na prateleira. Não para usá-lo em Steve Skalla, que aquilo não era serviço meu. Mas para evitar que o *barman* o usasse em mim. Atravessei o salão, fui até aquela porta dos fundos e entrei.

O leão-de-chácara estava deitado no chão de um corredor com uma faca na mão. Inconsciente. Tirei a faca dele, passei por cima do sujeito e entrei por uma porta onde se lia "Escritório".

O sr. Montgomery estava ali, atrás de uma pequena escrivaninha cheia de riscos, de tão usada e gasta, perto de uma janela parcialmente fechada com tábuas onde deveria haver vidro. A janela estava aberta, dobrada como se fosse um lenço ou um gonzo.

Uma gaveta estava aberta à direita do sr. Montgomery. A arma só podia ter saído dali. Havia uma mancha de óleo no papel que a envolvia.

Não fora uma idéia muito esperta, mas ele jamais teria uma idéia melhor – não agora, pelo menos.

Não aconteceu nada enquanto eu esperava pela polícia.

Quando a polícia chegou, o *barman* e o leão-de-chácara tinham sumido. Eu tinha me trancado no "escritório" com o sr. Montgomery e o revólver. Por via das dúvidas.

Hiney pegou a coisa. Um tenente-detetive de maxilares estreitos, lamurioso, vagarosíssimo, de mãos longas e amareladas, mãos que ele cruzava sobre os joelhos enquanto conversava comigo em seu cubículo na Central de Polícia. Sua camisa estava cerzida logo abaixo das pontas de seu colarinho engomado e antiquado. Sua aparência era pobre, ressentida e honesta.

Isso foi uma hora depois, ou pouco mais. A polícia sabia tudo sobre Steve Skalla então, tudo o que estava nos registros. Tinham até mesmo uma foto dele com dez anos de idade, tão sem sobrancelhas quanto um pãozinho doce. Só o que eles não sabiam era o paradeiro do cara.

– Um metro e noventa e nove – disse Hiney. – Cento e vinte quilos. Um sujeito desse tamanho não pode ir longe, não com aquela roupa espalhafatosa. E ele não ia conseguir comprar outra coisa assim, na pressa. Por que você não pegou ele?

Devolvi a foto e caí na risada.

Hiney apontou para a minha cara um dos seus dedos compridos e amarelados, num gesto amargo.

– Carmady, um bisbilhoteiro profissional e durão, hã? Um metro e oitenta e três, muito macho, e uma queixada que dá pra quebrar pedra com ela. Por que você não pegou o sujeito?

– Eu estou ficando um pouco grisalho aqui dos lados, sabe? – disse eu. – E eu não estava armado. Ele estava. Eu não tinha chegado ali como um representante do ramo de transporte de armas. O cara simplesmente me escolheu. Eu até que sou bonito às vezes.

Hiney ficou só me olhando.

– Está certo – disse eu. – Por que eu ia querer argumentar contra? Eu vi o cara. Ele podia usar um elefante no bolsinho do lenço. E eu não estava sabendo que ele tinha matado alguém. Vocês vão pegar ele, com certeza.

– É – disse Hiney. – Fácil. Só que eu não gosto de perder o meu tempo com assassinato desse tipo, em plena luz do dia. Não dá enredo de filme. Não ganha espaço no jornal. Nem três linhas na seção de "Procura-se". Ora, bolas, uma vez teve cinco tiros. Cinco, vê bem. As balas se cravaram no pôr-do-sol do Harlem pra tudo quanto foi lado, na 84th East Street. Todos mortos. Viraram presunto ali, na hora. E jornalista, que é bom? Nem deram as caras.

– Vá lá e pegue o cara – disse eu. – Se não, ele vai liquidar com um par de radiopatrulha pra você. Daí sim, você vai ganhar espaço no jornal.

– E daí o caso também não ia ser meu – Hiney comentou, em tom de zombaria. – Ora, que se dane, o sujeito. Já enviei mensagens por rádio com a descrição dele. Agora é só sentar e esperar.

– Tente a garota – disse eu. – Beulah. Skalla vai tentar falar com ela. É atrás dela que ele está. Foi por isso que começou essa coisa toda. Tente encontrar a moça.

– Tente você encontrar ela – disse Hiney. – Faz vinte anos que eu não entro num bordel.

– Pelo jeito, vou me sentir em casa. Quanto é que você me paga?

– Pô, meu camarada, tira não contrata detetive particular. Pagar você com o quê? – Ele pegou uma latinha de fumo em corda já picado e enrolou um cigarro. O cigarro acendeu e se consumiu como se aquilo fosse um incêndio na floresta. Um sujeito gritou, irado, ao telefone, na cabine ao lado. Hiney enrolou outro cigarro, dessa vez com mais cuidado, molhou-o com a língua e acendeu-o. Cruzou as mãos ossudas sobre os joelhos ossudos mais uma vez.

– Pense na publicidade que você vai ganhar – disse eu. – Aposto 25 dólares com você como encontro essa Beulah antes de você pôr as mãos em Skalla.

Ele considerou. Parecia estar quase que somando os valores creditados em sua conta bancária ao ritmo das baforadas que tirava de seu cigarro.

– Dez, no máximo – disse ele. – E ela é toda minha... em particular.

Olhei para ele.

– Eu não trabalho por tão pouco dinheiro – falei. – Mas se eu conseguir fazer tudo em um dia... e você me deixar em paz... faço de graça. Só para lhe mostrar por que é que faz vinte anos que você é tenente.

Ele não gostou da piada, assim como eu não tinha gostado da piada dele sobre o bordel. Mas, assim mesmo, trocamos um aperto de mão.

Peguei o meu velho Chrysler conversível de dois lugares, que estava no estacionamento privativo da polícia, e voltei para a vizinhança da Central Avenue.

O Shamey's estava fechado, claro. Um homem óbvio, em roupas civis, estava dentro de um carro estacionado em frente, lendo um jornal com um só olho. Eu não pude entender por quê. Ninguém ali sabia coisa alguma sobre Skalla.

Estacionei logo ao dobrar a esquina e entrei no saguão em diagonal de um hotel de negros, chamado Hotel Sans Souci. Duas filas de cadeiras vazias e duras encaravam-se, ao longo de um trilho de carpete de fibra. Atrás de um balcão, um homem careca estava de olhos fechados e de mãos cruzadas sobre o tampo do balcão. Estava cochilando. Usava um plastrão, uma daquelas gravatas largas com pontas que se cruzam, que recebera o seu nó mais ou menos em 1880, e a pedra verde do alfinete de gravata só não era tão grande quanto um barril de dinheiro. A grande e flácida papada caía-lhe suavemente sobre a gravata, e suas mãos morenas eram macias, tranqüilas e muito limpas.

Uma placa metálica trazia gravados em relevo os seguintes dizeres: *Este hotel está sob a proteção da International Consolidated Agencies S.A.*

Quando ele abriu um olho, apontei para a placa e perguntei:

– Sou do D.P.H. e estou fazendo uma verificação de rotina. Algum problema a relatar?

D.P.H. quer dizer Departamento de Proteção de Hotéis, que é parte de um órgão oficial que fica no encalço de quem passa cheque frio e de pessoas que deixam os hotéis pela porta dos fundos, deixando para trás malas de segunda mão que só têm tijolos dentro.

– Problema, meu irmão – disse ele, em voz bem alta e bem sonora –, é coisa que nós aqui não têm nem um pouco. – Ele baixou a voz uns quatro ou cinco tons e acrescentou: – A gente não aceitamos cheques.

Eu me encostei no balcão, em frente às mãos cruzadas do homem, e comecei a brincar de girar uma moeda sobre a madeira nua e judiada.

– Ouviu falar do que aconteceu lá no Shamey's hoje de manhã?

– Irmão, me esqueci. – Os olhos dele, os dois, estavam agora bem abertos, e ele estava observando o borrão de luz que a moeda criava ao girar.

– O chefe deles foi abatido – disse eu. – Montgomery. Quebraram o pescoço dele.

– Que o Senhor tenha a sua alma, irmão. – A voz mais uma vez ficou baixinha: – Tira?

– Detetive particular... em missão confidencial. E conheço de longe quando um cara sabe fazer girar sem deixar cair.

Ele me olhou de cima a baixo e fechou os olhos novamente. Continuei girando a moeda. Ele não pôde resistir: precisava olhar a moeda girando.

– Quem foi que fez o serviço? – perguntou ele com delicadeza. – Quem foi que acabou com Sam?

– Um cara durão, que tinha recém saído da cadeia, ficou magoado porque o lugar não era mais um botequim para gente branca. Você se lembra do Shamey's naqueles tempos?

Ele não falou nada. A moeda foi caindo, rodopiando com um leve zunido, e finalmente deitou, paradinha.

– Me diga aí, qual é a sua – disse eu. – Eu posso te ler um trecho da Bíblia ou te pagar uma bebida. O que for.

– Irmão – disse ele com toda a sonoridade –, prefiro ler a minha Bíblia com a família, na intimidade do meu lar. – Então ele acrescentou rapidamente, com a sua voz mais profissional: – Passe pro lado de cá do balcão.

Eu dei a volta ao balcão e tirei do meu bolso da calça uma garrafa de *bourbon*, dessas que ficam retidas na alfândega, e alcancei-lhe a garrafa ao abrigo seguro do balcão. Ele serviu dois copos pequenos, bem rápido, cheirou o seu suavemente, com jeito de quem sabe o que está fazendo, e entornou.

– O que é que você quer saber? – perguntou. – Eu sei de tudo, conheço cada lasca das pedras da calçada. Mas pode ser que eu não conte. Essa bebida aqui tem andado em boa companhia.

– Quem era o dono do Shamey's antes de aquilo virar um bar de negros?

Ele me encarou, surpreso.

– O nome daquela alma pecadora e infeliz era Shamey, meu irmão.

Eu gemi.

– O que é que eu ando usando em vez da massa cinzenta?

– Ele tá morto, irmão, foi pra junto do Senhor nosso Deus. Morreu em 1929. Foi um caso de álcool metílico, irmão. E ele no negócio. – Ele fez a voz subir mais uma vez para um nível sonoro: – Mesmo ano que os ricaço perderam tudo, e perderam os escravo também, meu irmão. – A voz baixou de novo: – Eu não perdi nem um níquel.

– Certeza que não. Serve mais. E ele deixou família... alguém que ainda esteja vivo?

Ele serviu uma outra dose pequena, arrolhou a garrafa bem firme.

– Só dois... antes do almoço – disse ele. – Obrigado, irmão. O seu método de abordagem é reconfortante para a dignidade de um homem. – Ele pigarreou para limpar a garganta. – Tinha mulher – disse ele. – Pode tentar o guia telefônico.

Ele não aceitou ficar com a garrafa. Guardei-a de volta no bolso da calça. Trocamos um aperto de mão, depois do que ele cruzou as mãos sobre o balcão mais uma vez e fechou os olhos.

Para ele, aquele incidente estava acabado.

Havia apenas um Shamey no guia telefônico. Violet Lu Shamey, logradouro 54 Oeste, número 1.644. Gastei cinco centavos numa cabine telefônica.

Depois de bastante tempo, uma voz entorpecida disse:

– Arrã. O... o que é?

– A senhora é a sra. Shamey, que o marido tinha um estabelecimento na Central Avenue... um estabelecimento de diversão?

– O... o quê? Pelo amor de Deus, nosso Jesus Cristinho! Meu marido já morreu faz sete anos. Qual é mesmo o seu nome?

– Detetive Carmady. Vou dar um pulinho aí e falar com a senhora. É muito importante.

– Qual é... qual é mesmo o seu...

Era uma voz grossa, arrastada, atrapalhada.

Era uma casa marrom, suja, com um gramado marrom sujo na frente. Havia uma área grande de chão batido e árido em toda a volta de uma palmeira que parecia bem forte. No avarandado, uma cadeira de balanço e nada mais.

Os galhos não-podados de uma poinsétia batiam contra a parede da frente, agitados pela brisa da tarde. Peças de roupa duras de tanta goma, amarelentas e mal-lavadas faziam estremecer o varal, que não passava de um arame enferrujado no pátio ao lado da casa.

Continuei de carro mais um pouco, estacionei a minha baratinha do outro lado da rua e caminhei de volta até a casa.

A campainha não funcionava, então bati na porta. Uma mulher abriu, assoando o nariz. Um rosto comprido e amarelado, um cabelo desgrenhado que crescia como erva daninha para os lados e para baixo. Um corpo sem contornos aparentes, coberto por um roupão de flanela que um dia teve uma estampa colorida. Era só um pedaço de pano em volta da mulher. Os dedos dos pés eram grandes e protuberantes dentro dos chinelos de homem que ela usava, muito, muito gastos.

Perguntei:

– É a sra. Shamey?

– O senhor é o...?

– Isso. Recém falei com a senhora no telefone.

Com um gesto cansado, ela me convidou a entrar.

– Ainda não tive tempo de tomar um banho – lamentou-se ela.

Sentamos em um par de cadeiras de balanço encardidas e nos olhamos, cada um de um lado de uma sala de estar onde tudo era trastes, com exceção de um rádio pequeno, novo, chiando atrás de seu painel discretamente iluminado.

– É só o que me faz companhia – disse ela. Então deu um risinho abafado. – Bert não fez nada, não é? Os tiras nestes últimos tempos quase não têm telefonado.

– Bert?

– Bert Shamey, o meu marido.

Ela deu um risinho abafado de novo e balançou os pés para cima e para baixo, embalando-se. No seu risinho abafado havia um quê de pessoa alcoolizada. Pelo jeito, naquele dia eu não tinha como fugir desse tipo de situação.

– É piada – disse ela. – Ele está morto. Espero que, seja lá onde ele está, tenha um monte de loiras vulgares. Ele nunca se cansou das que tinha por aqui.

– Eu estava pensando mais numa ruiva – disse eu.

– É, acho que ele também ia se aproveitar de uma dessas. – Os olhos dela, pelo que pude ver, agora não estavam mais tão desatentos. – Mas eu não me lembro. Alguma em especial?

– Sim, uma moça chamada Beulah. Não sei o sobrenome. Ela trabalhava no Clube, na Central Avenue. Estou tentando ver se encontro ela, a pedido dos pais.

O Clube agora é um estabelecimento de negros e então, é claro, as pessoas lá nunca ouviram falar dela.

– Eu nunca estive lá – gritou a mulher, com inesperada violência. – Eu não tenho como saber.

– Uma corista – disse eu. – Uma cantora. Então a senhora acha que não sabe mesmo quem é?

Ela assoou o nariz de novo, no lenço mais sujo que eu já tinha visto na minha vida.

– Peguei uma gripe.

– A senhora sabe o que é bom para gripe – disse eu.

Ela me lançou um olhar rápido, perscrutador.

– Acabou o que eu tinha.

– Pois eu tenho aqui comigo.

– Meu Deus – disse ela. – Você não é um tira. Nunca nenhum tira me pagou uma bebida.

Tirei do bolso a minha garrafa de *bourbon* e equilibrei-a no joelho. Ainda estava quase cheia. O funcionário do Hotel Sans Souci não era nenhuma esponja. Os olhos da mulher, da cor de alga-marinha, animaram-se instantaneamente ao ver a garrafa. Sua língua moveu-se em círculos ao redor dos lábios.

– Cara, isso é que é bebida – suspirou ela. – Não me importa quem é você. Segura isso aí com cuidado, meu.

Ela se levantou, pesada, desajeitada, e saiu bamboleando da sala e voltou com dois copos de vidro grosso e engordurados.

– Sem perfumaria – disse ela. – Só isso aí que você trouxe. – Ela estendeu os copos na minha direção.

Servi-lhe uma dose que me teria feito voar por cima de um muro alto. Uma dose menor para mim. Ela engoliu o drinque como se engole uma aspirina e olhou para a garrafa. Servi-lhe outra dose. Essa ela levou para a sua cadeira. Os olhos tinham ficado dois tons mais escuros.

– Esse troço morre sem nenhuma dor dentro de mim – disse ela. – Nem mesmo fica sabendo como foi abatido. Do que é mesmo que a gente tava falando?

– De uma moça ruiva chamada Beulah. Trabalhava no botequim. Está lembrando melhor agora?

– Sim. – Ela consumiu o segundo drinque. Fui até ela e larguei a garrafa na mesa ao lado. Ela se serviu de mais *bourbon*.

– Te segura aí na tua cadeira e vê se não pisa em nenhuma cobra – disse ela. – Eu tô tendo uma idéia.

Ela se levantou da cadeira, espirrou e quase que ficou sem o chambre. Fechou rápido o chambre na barriga e me lançou um olhar gelado.

– Sem espiar – disse ela, advertiu-me com um dedo e saiu da sala mais uma vez, batendo-se contra a portalada no caminho.

Em seguida podia-se ouvir todo tipo de barulho vindo dos fundos da casa. Pareceu-me que uma cadeira havia levado um pontapé. Uma gaveta de escrivaninha foi puxada com muita força e esborrachou-se no chão. Houve barulho de coisas sendo remexidas, de coisas sendo jogadas ao chão, de palavrões sendo gritados. Então, depois de algum tempo, ouviu-se o clique lento de uma fechadura e o que parecia ser o rangido da tampa de um baú sendo aberto. Mais barulho de coisas sendo remexidas, mais barulho de coisas sendo jogadas para os lados. Uma bandeja aterrissou no piso do quarto, foi o que pensei. Depois, uma risadinha desdenhosa, de satisfação.

Ela voltou para a sala trazendo um pacote amarrado com fita cor-de-rosa desbotada. Atirou-o no meu colo.

– Pode olhar, Zé. Fotos. Recortes de jornais. Não que aquelas zinhas saíssem no jornal, a não ser nos retratos delas desenhados pela polícia. Isso aí tudo é gente do boteco. Por Deus, isso é tudo que o desgraçado filho-da-puta deixou pra mim. Isso e a roupa velha que ele tinha.

Ela se sentou e pegou o copo de novo.

Desamarrei a fita e examinei uma porção de fotos brilhosas de pessoas em poses profissionais. Nem todas eram de mulheres. Os homens tinham olhares maliciosos e roupas apropriadas para as pistas de corridas, ou então usavam maquilagem. Dançarinos de sapateado e comediantes que faziam o circuito das lanchonetes dos postos de gasolina. Poucos deles foram além da Central Avenue. As mulheres tinham pernas bonitas e exibiam-nas mais do que Will Hays* teria gostado. Mas seus rostos eram envelhecidos, cansados, gastos como o casacão de um guarda-livros. Assim eram todas, menos uma.

Essa usava uma fantasia de Pierrô, pelo menos da cintura para cima. Sob o chapéu cônico, comprido e branco, o cabelo fofo podia muito bem ser ruivo. Os olhos sorriam. Não vou dizer que seu rosto fosse imaculado. Não sou bom em avaliar rostos. Mas esse era diferente dos outros. Não havia sido maltratado. Alguém fora bondoso com aquele rosto. Talvez tenha sido alguém tão simplório e abrutalhado como Steve Skalla. Mas ele havia sido bondoso. Nos olhos risonhos ainda havia esperança.

Deixei as outras fotos de lado e levei aquela até a mulher esparramada na cadeira, de olhos vidrados. Mostrei-lhe a foto, colocando-a bem debaixo do seu nariz.

---

* Will H. Hays (1879-1954), político do Partido Republicano dos Estados Unidos e alto executivo da indústria cinematográfica, foi presidente (1922-1945) da associação dos produtores e distribuidores de filmes, quando então criou o código de conduta moral do cinema (que ficou conhecido como Código Hays), promulgado em 1934, após acordo entre os donos dos principais estúdios cinematográficos. (N.T.)

– Esta aqui – disse eu. – Quem é ela? O que aconteceu com ela?

Ela ficou olhando para a foto com o olhar embaçado, depois deu uma gargalhada.

– Esta aqui é a namorada de Steve Skalla, Zé. Droga, esqueci o nome dela.

– Beulah – disse eu. – Beulah é o nome dela.

Ela me observou, olhos atentos debaixo das sobrancelhas claras e mutiladas por uma pinça. Não estava tão bêbada.

– É mesmo? – disse ela. – É mesmo?

– Quem é Steve Skalla? – repliquei, rápido.

– O leão-de-chácara do boteco, Zé. – Ela se riu de novo. – Tá na cadeia.

– Ah, mas não está mesmo – disse eu. – Ele está na cidade. Já saiu. Conheci o cara. Ele recém foi solto.

O rosto da sra. Shamey desmoronou, como uma pomba de argila. No mesmo instante fiquei sabendo quem havia denunciado Skalla à polícia. Dei uma risada. Não podia perder a oportunidade. Porque ela sabia. Se não soubesse, não teria se dado o trabalho de se fazer de sonsa no assunto Beulah. Ela não tinha como ter esquecido Beulah. Ninguém tinha como.

O olhar da sra. Shamey refugiou-se em algum lugar recôndito de sua mente. Nós ficamos nos encarando. Então a mão dela deu um bote em cima da foto.

Dei um passo para trás e enfiei a foto no bolso interno do meu casaco.

– Tome mais um drinque – disse eu. Alcancei-lhe a garrafa.

Ela pegou, esperou um pouco, depois bebeu no gargalo, devagar e sempre, olhos fixos no tapete desbotado.

– É – disse ela num sussurro –, fui eu que entreguei o cara pra polícia, mas ele nunca ficou sabendo. Dinheiro no banco. Ele significava dinheiro no banco.

– Me diz onde está a moça – disse eu. – E Skalla nunca vai ficar sabendo disso por mim.

– Ela tá aqui na cidade – disse a mulher. – Trabalha no rádio. Um dia ouvi ela na KLBL. Mas ela mudou de nome. Não sei qual é.

Minha intuição me falou alguma coisa, mais uma vez.

– Sabe, sim – falei. – Ainda está chantageando a moça. Shamey deixou você com uma mão na frente, outra atrás. Você vive do quê? Está chantageando a moça porque ela se aprumou na vida, não é mais gente como você e Skalla. É isso, não é?

– É dinheiro no banco – grasnou ela. – Cem dólares por mês. Regular como um aluguel. É isso, sim.

A garrafa estava de novo no chão. De repente, sem ter sido tocada, caiu. O uísque jorrou. Ela não se mexeu para levantar a garrafa.

– Onde é que ela está? – insisti. – Qual é o nome dela?

– Eu não sei, Zé. É parte do trato. Recebo o dinheiro por um cheque de banco. Eu não sei. De verdade.

– Tremenda mentira! – rosnei. – Skalla...

Ela se levantou num acesso de raiva e berrou comigo:

– Fora daqui, cara! Fora daqui antes que eu chame a polícia! Fora daqui, seu filho-da-puta!

– Certo, certo. – Estendi a mão, apaziguador. – Calma. Eu não vou contar nada a Skalla. Vá com calma.

Ela se sentou novamente, devagar, e salvou a garrafa quase vazia. Afinal, eu não precisava de uma cena agora. Eu poderia descobrir por outros meios.

Ela nem mesmo me olhou quando fui embora. Saí para a luz de um dia lindo de outono e entrei no meu carro. Eu era um bom rapaz, simplesmente tentando sobreviver. Sim, eu era um cara legal. Eu achava bom que eu me conhecia. Eu era o tipo de sujeito que sabia arrancar os segredos de uma mulher que estava um caco, envelhecida e embrutecida pelo álcool, para ganhar uma aposta de dez dólares.

Fui até a farmácia do bairro e me tranquei na cabine telefônica para ligar para Hiney.

– Escute aqui – disse eu a ele –, a viúva do sujeito que era dono do Shamey's quando Skalla trabalhou lá ainda está viva. Pode ser que Skalla faça uma visitinha de pêsames.

Passei a ele o endereço. Ele me disse, voz azeda:

– Nós quase pegamos o cara. Uma radiopatrulha estava conversando com um condutor de ônibus na Seventh Street, no fim da linha. O condutor mencionou um homem daquele tamanho e vestido daquele jeito. Ele desceu na esquina da Third Street com a Alexandria, foi o que o condutor disse. O que ele vai fazer é assaltar alguma mansão quando a família estiver fora. Daí a gente pega ele em flagrante.

Respondi que assim estava ótimo.

A KLBL ficava para oeste, naquela parte da cidade onde começa Beverly Hills. A estação de rádio ficava num prédio térreo, de estuque, bem despretensioso; na esquina do terreno havia um posto de gasolina em forma de moinho de vento. O prefixo da estação girava em luminosos de neon, nas pás do moinho.

Entrei no edifício, diretamente na recepção, com uma parede de vidro que dava para um estúdio vazio de transmissão de programas, com um palco e cadeiras enfileiradas para uma platéia. Umas poucas pessoas estavam sentadas ali na sala da recepção, tentando parecer cativantes, e a recepcionista loira tirava um por um os chocolates de uma grande caixa de bombons, com unhas muito compridas e muito pintadas, praticamente roxas.

Esperei meia hora e então fui recebido por um sr. Dave Marineau, gerente de gravação. O gerente da estação e o gerente de programação estavam ocupados demais para me receber. Marineau tinha uma sala pequena e à prova de som, atrás do órgão. As paredes estavam cobertas de fotografias autografadas.

Marineau era um homem alto e bonitão, feições que lembravam um pouco as de árabes, lábios vermelhos, quase carnudos demais, um bigode sedoso, bem fininho, límpidos olhos castanhos, cabelo preto lustroso, que tanto podia ter sido ondulado artificialmente ou não, e dedos longos, pálidos, manchados de nicotina.

Ele estava lendo o meu cartão de visitas enquanto eu tentava achar a minha moça vestida de pierrô ali na parede, sem sucesso.

– Detetive particular, hã? O que é que podemos fazer pelo senhor?

Tirei do bolso a minha pierrô e coloquei-a sobre o seu fino papel mata-borrão marrom. Foi engraçado observá-lo olhando para a foto. Todo tipo de minúsculas reações apareceram em seu rosto, nenhuma das quais era do desejo dele que transparecessem. As reações no seu total denunciavam que ele conhecia o rosto, e aquele rosto tinha para ele um certo significado. Ele ergueu o olhar para mim com uma expressão de quem vai barganhar.

– Bem antiguinha – disse ele. – Mas, bonita foto. Não sei se vamos poder usar ou não. Pernas, certo?

– A foto tem no mínimo oito anos – disse eu. – Como é que você poderia usá-la?

– Publicidade, é claro. Nós colocamos uma foto em jornal, na seção de programação das rádios, mês sim, mês não. Ainda somos uma estação de rádio pequena.

– Por quê?

– Você quer dizer que não sabe quem é ela?

– Eu sei quem foi ela – disse eu.

– Vivian Baring, é claro. A estrela máxima do nosso programa Barras de Chocolate Jumbo. Não conhece? Uma série que vai ao ar três vezes por semana, um programa de meia hora cada vez.

– Nunca ouvi falar – disse eu. – Uma série no rádio, pra mim, é o mesmo que um zero à esquerda.

Ele se inclinou para trás e acendeu um cigarro, embora já houvesse um cigarro aceso descansando no cinzeiro vitrificado.

– Muito bem – disse ele com sarcasmo. – Deixe de ser ofensivo e vá diretamente aos negócios. O que o traz aqui?

– Eu queria saber qual o endereço dela.

– Claro que não posso lhe dar o endereço dela. E você também não vai encontrá-lo em nenhum guia telefônico. Sinto muito. – Ele começou a recolher alguns papéis ao seu redor e então viu o segundo cigarro e aquilo o fez sentir-se como um idiota. Então ele se recostou de novo.

– Eu estou numa situação delicada – disse eu. – Preciso encontrar a moça. E rápido. E não quero me fazer passar por chantagista.

Ele umedeceu seus lábios muito cheios e muito vermelhos. Aquilo me deu a sensação de que ele estava bem satisfeito com alguma coisa.

Ele disse muito mansamente:

– Você quer dizer que está sabendo de alguma coisa que pode prejudicar a srta. Baring... e por conseguinte o programa?

– Vocês sempre podem substituir a estrela do rádio, não é?

Ele umedeceu os lábios mais uma vez. Então aquela boca tentou dar uma de durona:

– Está me parecendo que temos aqui um cheiro de podre – disse ele.

– É o seu bigodinho pegando fogo – disse eu.

Não foi a melhor piada do mundo, mas serviu para quebrar o gelo. Ele riu. E então gesticulou, as mãos desenhando no ar as acrobacias de um avião. Inclinou-se para a frente e tornou-se tão confidencioso quanto o cara que vive de fornecer palpites para as corridas de cavalos.

– Nós estamos tratando deste assunto de um ângulo errado – disse ele. – É óbvio. Você está sendo honesto comigo… pelo menos é o que parece… então agora é a minha vez. – Ele pegou um bloco com capa de couro e rascunhou alguma coisa, arrancou a folha e alcançou-a para mim.

Eu li "Flores Avenue North, 1.737".

– É o endereço da senhorita – disse ele. – Não vou dar o número do telefone sem a autorização dela. Agora, trate-me como um cavalheiro. Quer dizer, se o que você sabe é de interesse da rádio.

Enfiei o papel no bolso e repensei a questão. Ele me pegou direitinho, apelando para os fiapos de decência que ainda restavam em mim. Então cometi o meu erro.

– Como é que está indo o programa?

– Já nos prometeram um espaço em uma rede nacional de transmissão de programas de rádio. É um programa simples, coisa do dia-a-dia, e o nome é "Uma rua da nossa cidade", mas é muito bem-feito. Um dia ainda vai conquistar o país inteirinho. Estamos chegando lá. – Enxugou a testa branca e delicada com a mão. – Por sinal, é a própria srta. Baring que escreve o roteiro.

– Ah – disse eu. – Bom, a sujeira embaixo do tapete é o seguinte: ela teve um namorado que estava na prisão. Não tem mais. Eles se conheceram quando ela trabalhava num boteco da Central Avenue. Ele agora saiu da prisão e está procurando por ela, e ele matou um cara. Ei, espere aí…

Ele não tinha ficado branco como papel porque não tinha a pele na cor certa para isso. Mas ele parecia mal.

– Ei, espere aí – disse eu. – Não tem nada contra a moça, e você sabe. Ela é gente boa. Dá pra ver que é, só de olhar para ela. Pode dar é um pouco de publicidade ruim, se a coisa vier à tona. Mas isso não é nada de mais. Veja só como conseguem dar um banho de ouro em algumas daquelas vadias de Hollywood.

– Isso custa muito dinheiro – disse ele. – E nós somos um estúdio pequeno, modesto. E a transmissão em rede nacional ficaria automaticamente descartada. – Havia alguma coisa vagamente desonesta na maneira dele, algo que me intrigava.

– Besteira – disse eu, inclinando-me para a frente e batendo com a mão na mesa. – O que interessa é proteger a moça. Esse brutamontes… o nome dele é

Steve Skalla... é louco de paixão por ela. Ele mata gente com as mãos. Não vai machucar a moça, mas se ela tem um namorado ou marido...

– Ela não é casada – Marineau informou mais que rápido, observando os movimentos de erguer e cair da minha mão batendo na mesa.

– Ele é capaz de torcer o pescoço do cara. Isso é assunto que chega perto demais da srta. Baring. Skalla não sabe onde ela mora. Como está foragido, fica mais difícil para ele descobrir o endereço. Os tiras são a sua melhor saída, se você tem grana bastante para evitar que eles forneçam informações aos jornais.

– Nem pensar – disse ele. – Nem pensar em tiras. Você quer esse serviço, não é?

– Quando é que você precisa que ela esteja aqui de novo para trabalhar?

– Amanhã de noite. Hoje de noite ela não entra no ar.

– Eu me encarrego de esconder a srta. Baring para você até amanhã de noite, então – disse eu. – Se você quiser que eu faça isso. Mas isso é o máximo que eu posso fazer.

Ele pegou o meu cartão de novo, leu, atirou-o dentro de uma gaveta.

– Vá, então, e ache a srta. Baring – disse ele, de modo abrupto. – Se ela não estiver em casa, fique lá até ela aparecer. Eu tenho uma reunião agora no andar de cima, e depois a gente vê. Apure-se.

Eu me levantei.

– Quer um sinal pelos serviços? – perguntou ele, novamente de modo abrupto.

– Não tem pressa, fica para depois.

Ele concordou com um gesto de cabeça, gesticulou outra vez juntando as mãos e imitando um avião voando para cá e para lá, depois pegou o telefone.

Aquele número da Flores devia ser perto das Sunset Towers, exatamente do outro lado da cidade. O trânsito estava pesado, mas eu não tinha avançado nem doze quarteirões quando me dei conta de que um carrinho esporte azul, duas portas, que saíra do estacionamento da rádio atrás de mim continuava atrás de mim.

Manobrei para cá e para lá, de modo que parecesse um itinerário absolutamente normal, o suficiente para me sentir seguro de que o carro estava mesmo me seguindo. Havia só um homem dentro do carro. Não era Skalla. A cabeça daquele motorista era bem uns trinta centímetros mais baixa do que se fosse Skalla dirigindo.

Manobrei mais e mais rápido e me desvencilhei do sujeito. Eu não fazia idéia de quem podia ser e, naquele momento, não tinha tempo para pensar sobre aquilo.

Cheguei à Flores Avenue e joguei a minha baratinha contra o meio-fio.

Um portão de bronze abria para um condomínio fechado: duas fileiras de bangalôs com um belo pátio no meio. Os telhados eram íngremes, com telhas de madeira emboloradas, o que fazia lembrar, um pouquinho só, os chalés com telhados de colmo que se vê em velhas gravuras inglesas com cenas de caçadas.

O gramado era tão bem cuidado que era quase caprichado demais. Havia um passeio largo e uma piscina oblonga rodeada de lajotas coloridas, com bancos de pedra dos dois lados. Um lugar bonito. O sol de fim de tarde desenhava sombras interessantes sobre o gramado e, com exceção do som das buzinas, o trânsito do Sunset Boulevard chegava até ali como um zumbido distante, parecido com o zumbido de abelhas.

O número que eu estava procurando era o último bangalô à esquerda. Toquei a campainha, que ficava bem no meio da porta, de modo que fiquei pensando como é que a corrente elétrica chegava até onde devia. Ninguém atendeu à porta. Aquilo também era engraçadinho. Toquei, toquei e toquei a campainha e então comecei a andar em direção aos bancos de pedra na beira da piscina, para me sentar e esperar.

Uma mulher passou por mim, passos rápidos, mas não estava apressada; era só uma dessas pessoas que sempre caminham ligeiro. Cabelo castanho-escuro, magra, decidida, *tailleur* de *tweed* vermelho-alaranjado e um chapéu preto que parecia um chapéu de pajem. Aquilo parecia o demônio, com o traje daquela cor. Portava um nariz que provavelmente se metia onde não era chamado, lábios bem cerrados e balançava junto a si um molho de chaves.

Ela foi até a minha porta, destrancou-a, entrou. Não se parecia em nada com Beulah.

Voltei e apertei a campainha uma vez mais. A porta abriu-se imediatamente. A mulher morena de traços bem-definidos olhou-me de cima a baixo e inquiriu:

– Sim?

– Srta. Baring? Srta. Vivian Baring?

– Quem? – aquilo foi como uma punhalada.

– Srta. Vivian Baring... da rádio KLBL – falei. – Me disseram...

Ela ficou vermelha, e os dentes quase lhe morderam os lábios.

– Se isso é uma piada, acho de mau gosto – disse ela. Tratou de ir fechando a porta no meu nariz.

Eu disse apressadamente:

– O sr. Marineau me mandou aqui.

Aquilo fez a porta parar a meio caminho. Abriu-se a porta novamente, desta vez bem aberta. A boca da mulher estava tão fina quanto papel para enrolar cigarro. Na verdade, mais fina.

– Acontece – disse ela muito distintamente – que eu sou a esposa do sr. Marineau. Acontece que esta é a residência do sr. Marineau. Eu não tinha idéia de que essa... essa...

– Srta. Vivian Baring – disse eu. Mas não havia sido a incerteza quanto ao nome que a detivera ao fechar a porta. Aquela mulher estava simples e completamente furiosa.

– ... essa srta. Baring – continuou ela, como se eu não tivesse proferido uma palavra sequer – tinha se mudado para cá. O sr. Marineau deve estar se achando muito engraçadinho hoje.

– Minha senhora, preste atenção. Isso não é...

A porta, ao bater, quase levantou uma onda na piscina ali mais adiante no passeio. Olhei para a piscina por um momento, depois olhei para os outros bangalôs. Se tínhamos platéia, era uma platéia muito discreta. Toquei a campainha novamente.

Desta vez, a porta abriu de supetão. A morena estava lívida.

– Saia da frente da minha casa! – gritou. – Saia, antes que eu mande expulsá-lo a pontapés!

– Só um momentinho – rosnei. – Isso pode ser uma piada para ele, mas não é nenhuma piada para a polícia.

Aquilo surtiu efeito. A fisionomia inteirinha da mulher suavizou-se, e ela se mostrou interessada.

– A polícia? – arrulhou a moça.

– Exato. É sério. Envolve um assassinato. Preciso encontrar essa srta. Baring. Não que ela... você me entende...

A morena arrastou-me para dentro de casa, fechou a porta e encostou-se nela, ofegante.

– Me conte – disse ela, com falta de ar. – Me conte. Aquela coisa ruiva está encrencada por causa de um assassinato? – De repente, sua boca abriu, enorme, e seus olhos saltaram das órbitas.

Tapei-lhe a boca com a minha mão.

– Calma! – supliquei. – Não é o seu Dave. Não é o Dave, madame.

– Ah. – Ela se livrou da minha mão e deixou escapar um suspiro e então ficou com uma expressão bobalhona no rosto. – Não, claro que não. Só que, por um momento... Bom, mas então foi *quem*?

– Ninguém que você conheça. De qualquer modo, não posso sair divulgando por aí esse tipo de informação. Eu preciso é do endereço da srta. Baring. Você tem?

Eu não tinha por que pensar que ela pudesse ter o endereço. Mas, pensando melhor, eu seria capaz de pensar em um motivo, se agitasse bastante a massa cinzenta.

– Tenho, sim – disse ela. – Tenho. Tenho, sim, senhor. Ora, se tenho! O sr. Espertinho não sabe disso. O sr. Espertinho não sabe tanto quanto ele imagina que sabe. Não é mesmo? Ele...

– O endereço por enquanto é tudo que preciso saber – rosnei. – E estou com um pouco de pressa, sra. Marineau. Uma outra hora... – lancei-lhe um olhar significativo. – Com certeza vou querer falar com a senhora.

– Fica na Heather Street – disse ela. – Não sei o número. Mas já estive lá. Já *passei* por lá. É uma rua pequena, com quatro ou cinco casas, mas tem só uma que fica do lado da rua que desce o morro. – Ela parou de falar, depois acrescentou: – Acho que a casa não tem número. A Heather Street fica bem no topo de Beachwood Drive.

– Ela tem telefone?

– Claro, mas o número não está listado no guia. Tem que ter telefone. Todas elas têm, essas putinhas. Se eu soubesse qual é...

– Entendi – disse eu. – Você ia telefonar e gritar poucas e boas no ouvido dela. Bom, muito obrigado, sra. Marineau. Nossa conversa é confidencial, claro. E, por confidencial, eu quero dizer confidencial.

– Ora, sem dúvida.

Ela queria conversar mais, mas eu a empurrei para fora da casa, tirando-a da minha frente, e voltei pelo passeio lajeado. Podia sentir o olhar dela em minhas costas o tempo todo, de modo que segurei a risada.

O sujeito de mãos inquietas e lábios carnudos e vermelhos havia tido o que ele pensava ser um idéia muito boa. Ele me deu o primeiro endereço que lhe veio à cabeça, o seu próprio. Provavelmente esperava que a esposa estivesse fora. Eu não tinha como saber. A coisa toda era muito tola, de qualquer ângulo que eu pensasse sobre ela – a menos que ele estivesse aflito por falta de tempo.

Na tentativa de descobrir por que ele estaria com falta de tempo, me descuidei. Não vi o cupê azul estacionado em fila dupla praticamente no portão, até que enxerguei o homem que saiu de trás do carro.

Estava armado.

Era um homem grandalhão, mas não chegava nem perto do tamanho de Steve Skalla. Fez um ruído com os lábios, ergueu a mão esquerda e algo dentro da palma daquela mão brilhou. Tanto podia ser um pedaço de lata como um distintivo da polícia.

Havia carros estacionados dos dois lados da Flores. Meia dúzia de gente devia estar à vista. Não havia ninguém... exceto o grandão com a arma e eu.

Ele se chegou mais perto, fazendo ruídos tranqüilizadores com a boca.

– Preso – disse ele. – Entre no meu carro e dirija, como um bom menino. – Ele tinha uma voz suave e rouca, como um galo exausto que estivesse tentando cantar.

– Você está sozinho?

– Sim, mas estou com a arma na mão – suspirou ele. – Comporte-se direitinho e você estará tão seguro como a mulher barbada numa convenção da Legião Estrangeira. Até mais seguro.

Ele estava dando a volta devagar, com cuidado. Agora eu conseguia ver a coisa metálica.

– Isso aí é um distintivo honorário – disse eu. – Você não tem mais direito de me prender do que eu de prender você.

– Pro carro, cara. Se comporte, senão o teu bucho vai se esparramar aqui mesmo, na rua. Estou cumprindo ordens. – Ele começou a me apalpar com delicadeza. – Nossa, tu não tá nem armado.

– Pode deixar pra lá! – rosnei. – Você acha que ia poder me levar assim no mais, se eu estivesse armado?

Andei até o cupê azul e deslizei para o banco do motorista. O motor estava ligado. Ele entrou no lado do passageiro, encostou a arma nas minhas costelas e nós começamos a descer o morro.

– Vire para oeste na Santa Monica – disse a voz rouca. – Depois vamos subir; pode ser pela Canyon Drive até o Sunset. Onde tem a trilha pros cavalos.

Virei para oeste na Santa Monica, passei pelo baixio de Holloway, depois por uma série de pátios de ferro-velho e algumas lojas. A rua alargava-se para tornar-se um bulevar depois da Doheney. Então deixei pesar o pé no acelerador, que era para sentir o carro. Ele me mandou parar com aquilo. Virei norte para Sunset e depois oeste de novo. As luzes estavam se acendendo nos casarões da encosta do morro. No lusco-fusco ouvia-se música, e era som de rádios.

Desacelerei e olhei para ele antes que ficasse escuro demais. Mesmo sob o chapéu puxado sobre os olhos na Flores, eu havia visto as sobrancelhas, mas queria ter certeza. Então olhei de novo. Eram as sobrancelhas, sem dúvida.

Elas eram quase tão uniformes, quase tão totalmente negras e tão largas quanto uma tira de dois centímetros de pelúcia colada de lado a lado na cara, acima dos olhos e nariz. Não havia a mínima separação entre as sobrancelhas. O nariz era grande, a pele do nariz era grosseira, e aquele era um nariz que conhecera muita cerveja e muita ressaca.

– Bub McCord – disse eu. – Ex-policial. Então agora você está no ramo de seqüestros. Desta vez é Folsom* pra você, garotão.

– Ah, cala a boca. – Ele pareceu estar magoado e recostou-se no canto. Bub McCord, pego em um lance de receber suborno, cumprira pena na prisão estadual de San Quentin por três anos. Numa próxima vez, ele iria para a penitenciária dos reincidentes, que, na Califórnia, é a penitenciária de Folsom.

Ele descansou a arma na coxa esquerda e aninhou-se na porta com suas costas gordas. Deixei o carro ir descendo na banguela, e ele pareceu não se importar. Aquele era um horário de trânsito tranqüilo, depois do pique dos funcionários de escritórios voltando para casa e antes de os notívagos saírem para se divertir.

– Isto não é nenhum seqüestro – queixou-se ele. – Só não queremos nenhuma confusão. Você não pode querer ir contra uma organização como a KLBL com uma extorsão podre e achar que não vai levar o troco. Não fica uma coisa razoável. – Ele cuspiu para fora da janela sem virar a cabeça. – Mantém o carro rodando, cara.

– Que extorsão?

– Você não sabe, não é, gracinha? É só um bisbilhoteiro profissional com a cabeça entalada num buraco de fechadura, hã? Esse é você. Inocente, como diz o cara.

– Então você trabalha para Marineau. Isso é o que eu queria saber. Claro que eu já sabia, depois que te flagrei numa viela de fundos, e agora você me aparece de novo.

* Prisão Estadual de Folsom, em funcionamento desde 1880. Até 1937, era uma prisão de segurança máxima, onde os sentenciados à morte eram executados por enforcamento. Os presos eram mantidos no escuro, encarcerados em celas de paredes de pedra. (N.T.)

– Belo trabalho, cara... mas vai, mantém o carro rodando. É, e eu tenho que ligar pra ele e avisar que já peguei o cara.

– Aonde vamos, depois daqui?

– Eu tomo conta de você até nove e meia. Depois, a gente vai até um lugar.

– Que lugar?

– Ainda não são nove e meia. Ei, não vá dormir aí nesse canto.

– Então dirija você, se não está gostando do meu serviço.

Ele empurrou a arma contra mim com força. Doeu. Dei uma guinada no cupê que era para tirar o assento de debaixo dele e jogá-lo contra o canto, mas ele conservou a arma bem empunhada. Alguém gritou no jardim da frente de uma casa.

Então eu vi o sinal vermelho piscando à frente e um sedã passando por ele, e, pela janela de trás do sedã, dois bonés, lado a lado.

– Você vai ficar cansado de segurar essa arma – disse eu a McCord. – De qualquer jeito, você não tem coragem de usar. Como tira, você é um frouxo. Não tem gente mais mole que um tira que ficou sem o seu distintivo. Vira delator, traidor. Um tira frouxo.

Não estávamos nem perto do sedã, mas eu queria que McCord prestasse atenção em mim. Consegui. Ele me bateu na cabeça, agarrou a direção e puxou o freio. Paramos. Sacudi a cabeça, meio tonto. Quando me recuperei, ele já havia se afastado de mim, novamente no seu canto.

– Da próxima vez – disse ele, a voz baixa, apesar de toda a rouquidão – ponho você pra dormir entre os Montéquio e os Capuleto. Faz isso de novo, que é pra ver, faz. Agora, rodando com o carro... e guarde as piadinhas pra você mesmo.

Fiz o carro ir em frente, entre a cerca viva que margeava a trilha para cavalos e o largo espaço para carros além do meio-fio. Os tiras no sedã dirigiam devagar, de modo macio, modorrento, meio que ouvindo os avisos por rádio, conversando sobre isso e aquilo e aquele outro. Eu quase podia ouvir na minha mente o tipo de coisas que estariam dizendo um ao outro.

– Além disso – rosnou o McCord –, eu não preciso de arma alguma para lidar com você. Ainda está pra nascer o sujeito desarmado com quem eu não vou poder lidar.

– Pois eu vi um assim hoje de manhã – provoquei. E comecei a lhe contar sobre Steve Skalla.

Encontramos outro sinal vermelho. O sedã à nossa frente estava relutante em sair dali. McCord acendeu um cigarro com a mão esquerda, inclinando um pouco a cabeça.

Continuei lhe contando sobre Skalla e o leão-de-chácara no Shamey's.

E foi então que afundei o pé na tábua.

O carrinho voou, sem nem mesmo estremecer. McCord começou a acenar a arma para mim. Virei a direção todinha para a direita, com toda a força, e gritei:

– Segure-se! Vamos bater!

Acertamos a radiopatrulha bem pertinho do pára-lama traseiro esquerdo. O carro deles aparentemente rodopiou em cima de uma roda só, e ouviu-se uma linguagem chula vinda de lá. A radiopatrulha valsou, a borracha gemeu, a lataria gritou, raspando no pavimento, a luz traseira do lado esquerdo espatifou-se, e provavelmente o tanque de gasolina ficou abaulado.

O pequeno cupê finalmente aterrissou nas quatro rodas e tremeu como um coelho assustado.

McCord queria me abrir ao meio. A boca de seu revólver estava a alguns centímetros das minhas costelas. Mas ele realmente não era um cara durão. Era só um tira abatido que, depois de cumprir pena, arranjou um serviço nojento e agora estava cumprindo uma tarefa que não entendia.

Ele abriu completamente a porta direita, de supetão, e pulou para fora do carro.

A essas alturas, um dos policiais já estava fora do carro deles e vinha vindo, do meu lado. Eu me abaixei, rápido. O feixe luminoso de uma lanterna atravessou a copa do meu chapéu.

Não adiantou nada eu ter me abaixado. As passadas foram chegando perto, e a luz da lanterna saltou bem na minha cara.

– Pra fora do carro, vamos – rosnou uma voz. – Que diabos você pensa que é isto aqui... uma pista de corrida?

Saí do carro, muito acanhado. McCord estava agachado em algum ponto atrás do cupê, fora de vista.

– Deixe eu ver que cheiro é que tem o seu hálito.

Deixei que ele cheirasse o meu hálito.

– Uísque – disse ele. – Foi o que eu pensei. Andando, coração. Andando. – E ele ia me cutucando com a lanterna.

Andei.

O outro policial estava tentando soltar o seu sedã do nosso cupê. Praguejava, mas, também... estava ocupado com seus próprios problemas.

– Você não tá caminhando do jeito que bêbado caminha – disse o policial. – Qual é o problema? Tá sem freio? – O outro policial conseguiu livrar o pára-choque e agora estava voltando a sentar-se à direção de seu carro.

Tirei o chapéu e baixei a cabeça.

– Foi uma briga – disse eu. – Levei uma pancada. Isso me deixou meio tonto por um minuto.

McCord cometeu um erro: começou a correr quando ouviu aquilo. Atravessou a avenida arborizada aos saltos, pulou o muro e agachou-se. Suas passadas soavam na grama.

Aquela era a minha deixa.

– Assalto! – falei, subitamente, para o policial que estava me interrogando. – Eu estava com medo de lhe contar!

– Jesus Cristo...! – gritou ele e arrancou uma arma do coldre. – Por que não falou logo? – E foi de um salto até o muro. – Desvia dessa lata amassada e vem! Vamo pegá aquele cara! – gritou para o homem no sedã.

Ele pulou o muro. Grunhidos. Mais passadas soando na grama. Um carro parou a meio quarteirão, e um homem começou a descer, mas ficou com o pé no estribo. Eu mal podia vê-lo detrás da luz dos faróis baixos.

O policial da radiopatrulha acelerou na direção da cerca viva que margeava a trilha para cavalos, voltou de ré, furioso, deu a volta à cerca viva e sumiu de vista com a sirene a todo volume.

Pulei para dentro do cupê de McCord e acionei o motor de arranque.

À distância, houve um tiro, depois dois tiros, depois um grito. A sirene ficou distante em alguma esquina, para em seguida soar de novo a todo volume.

Pus em uso toda a capacidade de aceleração do cupê e abandonei a vizinhança. Ao longe, em direção norte, um som solitário ecoava nos morros: uma sirene de polícia, ainda gritando.

Abandonei o cupê a meio quarteirão de Wilshire e peguei um táxi na frente do Beverly-Wilshire. Eu sabia que poderia ser seguido. Mas isso não era importante. Importante era saber dali a quanto tempo estariam na minha cola.

Parei num bar em Hollywood e telefonei para Hiney. Ele ainda estava no trabalho e continuava rabugento.

– Alguma novidade sobre Skalla?

– Escute aqui – disse ele, de um modo grosseiro –, você esteve conversando com aquela mulher, Shamey? Onde é que você está?

– Mas é claro que fui falar com ela – disse eu. – Estou em Chicago.

– É melhor voltar pra casa. Por que é que foi falar com ela?

– Pensei que ela podia conhecer Beulah, é óbvio. E conhece. Quer aumentar a aposta?

– Pode cortar a gracinha. Ela está morta.

– Skalla... – comecei a dizer.

– Esse é o lado engraçado da coisa – grunhiu ele. – Skalla estava lá. Uma velha enxerida que é vizinha de porta viu ele. Só que não tem nenhuma marca nela. Ela morreu de causas naturais. Eu fiquei meio que preso aqui no serviço, então não fui até lá pra ver.

– Eu sei como você é ocupado – falei, no que soou aos meus ouvidos como uma voz totalmente sem vida.

– Pois é. Bom, azar. O médico não sabe nem do que é que ela morreu. Por enquanto.

– Morreu de medo – disse eu. – Foi ela que delatou Skalla oito anos atrás. Pode ser que o uísque tenha ajudado.

– Não diga! – disse Hiney. – Ora, ora. De qualquer modo, a gente agora já pegou ele. Sabemos que está na Girard, indo em direção norte, numa lata-velha alugada. Estamos com a polícia do condado e a polícia do estado trabalhando nisso. Se ele pega o rumo de quem vai subir a serra, a gente pega ele na Castaic. Então foi ela que entregou o cara, hein? Acho bom você vir até a delegacia, Carmady.

– Eu não – respondi. – Beverly Hills está me procurando por causar acidente de trânsito e abandonar o local do acidente. Agora sou um criminoso.

Fiz um lanche rápido e tomei uma xícara de café antes de pegar um táxi para Las Flores e Santa Monica, então fui a pé o resto do caminho até onde eu havia estacionado a minha baratinha.

Não estava acontecendo nada por lá, com exceção de um garoto tocando uquelele no banco de trás de um carro.

Embiquei a minha baratinha para a Heather Street.

A Heather Street era um talho aberto na encosta de um morro íngreme e plano, depois de Beachwood Drive. Descrevia uma curva em volta do ângulo do morro; uma curva suficiente para que, mesmo durante o dia, não se enxergasse mais que meio quarteirão de cada vez.

A casa que eu queria era do lado da rua que descia o morro e, à maneira de outras casas da região, tinha um efeito de trepadeira: a porta da frente abaixo do nível da rua, um terraço em vez de telhado, possivelmente um ou dois quartos no subsolo, e uma garagem que, para entrar e sair de carro, lembrava uma garrafa de azeite de oliva.

A garagem estava vazia, mas um sedã grande e bem polido estava estacionado com as rodas direitas fora da rua, na beira da encosta em declive. Havia luzes acesas na casa.

Dirigi seguindo a curva do meio-fio, estacionei, voltei a pé pelo cimento liso e pouco usado e varri com a luz de uma lanterna de bolso o interior do sedã. Estava registrado em nome de David Marineau, Flores Avenue North, 1.737, Hollywood, Califórnia. Aquilo me fez voltar para a minha lata-velha e tirar um revólver de um compartimento chaveado.

Passei de novo pelo sedã, desci três degraus rústicos de pedra e olhei para a campainha ao lado de uma porta estreita encimada por um arco ogival.

Não apertei a campainha, só olhei para ela. A porta não estava totalmente fechada. Uma fresta de bom tamanho de luz fraca iluminava a moldura da campainha. Empurrei a porta uns três centímetros. Depois, empurrei-a o suficiente para olhar para dentro.

Então fiquei de ouvidos atentos. O silêncio daquela casa foi o que me levou a entrar. Era um daqueles silêncios mortais, do tipo que sucede uma explosão. Mas também podia ser que eu não tivesse me alimentado o suficiente no jantar. De qualquer modo, entrei.

A comprida sala de estar levava diretamente aos fundos da casa, o que não era muito longe, pois a casa era pequena. Nos fundos, havia uma porta envidraçada, e o corrimão metálico de uma sacada aparecia do outro lado do vidro. A sacada estaria necessariamente bem acima do declive do morro, dado o estilo de construção.

Havia ali luminárias muito bonitas, poltronas muito bonitas com braços muito altos, mesinhas muito bonitas, um tapete fofo cor de damasco, dois sofás pequenos e aconchegantes, sendo que um estava de frente e o outro de lado para uma lareira com um console de marfim e uma miniatura da Vênus de Samotrácia em cima. Havia lenha prontinha para ser acesa atrás da tela de cobre.

A sala emanava um perfume morno e calmante. Parecia uma sala onde as pessoas obrigatoriamente ficariam à vontade. Havia uma garrafa de Vat 69 em cima de uma mesinha com copos, um balde de cobre e uma pinça de gelo.

Ajeitei a porta para ficar como eu a encontrara e fiquei ali, parado. Silêncio. O tempo passando. Passando no zumbido monótono do relógio elétrico de um rádio no console de um carro, passando no berro longínquo de uma buzina descendo a Beachwood a um quilômetro dali, passando no zunir de marimbondo distante de um avião em vôo noturno, passando no chiado metálico de um grilo embaixo da casa.

E então eu não estava mais sozinho.

A sra. Marineau esgueirou-se para dentro da sala por uma porta pequena, ao lado da porta envidraçada. Foi tão silenciosa quanto uma borboleta. Ainda estava usando o chapéu preto, formato de caixinha, e o *tailleur* de *tweed* vermelho alaranjado, e aquela combinação era horrível mesmo, e a mim lembrava o inferno. Ela trazia uma pequena luva na mão, enrolada ao redor da coronha de uma pistola. Não sei por quê. Nunca descobri o motivo.

Ela não me viu logo que entrou e, quando me viu, fez pouco caso: só ergueu um pouco mais o revólver e deslizou pelo carpete em minha direção, o lábio tão preso para trás que eu nem enxergava os dentes que o prendiam.

Mas agora eu também estava empunhando uma arma. Encaramo-nos, um de cada lado, os dois armados. Talvez ela tivesse me reconhecido, mas, pela expressão de seu rosto, não havia como saber.

Eu disse:

– Você os pegou, não foi?

Ela fez um leve gesto afirmativo de cabeça.

– Só ele – disse ela.

– Baixe a arma. O seu serviço já está terminado.

Ela baixou um pouco a arma. Parecia não ter notado o Colt que eu estava empurrando pelo ar em sua direção. Também baixei a minha arma.

Ela disse:

– Ela não estava aqui.

A voz soou impessoal, indiferente, sem entonação, sem timbre.

– A srta. Baring não estava aqui?

– Não.

– Lembra de mim?

Ela me olhou melhor, mas o seu rosto não se acendeu com prazer.

– Sou o sujeito que estava procurando pela srta. Baring – disse eu. – Você me disse aonde vir. Lembra? Só que Dave mandou um coitado encostar um trabuco em mim e ficar passeando de carro comigo enquanto ele próprio vinha até aqui e aprontava alguma coisa. Agora, que coisa é essa, eu não sei.

A morena disse:

– Você não é tira. Dave me disse que você está fingindo.

Fiz um gesto amplo, cordial, e andei para mais perto dela, discretamente.

– Não sou um tira do município – admiti. – Mas sou um tira, sim. E faz tempo que ele falou com você. Aconteceu muito coisa depois disso, não foi?

– Foi – disse ela. – Especialmente com Dave. Rê, rê.

Aquilo não foi bem uma risada. Não era intenção dela, rir. Foi só um pouco de pressão escapando pela válvula de segurança.

– Rê, rê – disse eu. Olhamo-nos um ao outro, como um par de doidos bancando Napoleão e Josefina.

A idéia era chegar perto o suficiente para pegar a arma dela. Eu ainda estava muito longe.

– Tem mais alguém aqui, fora você? – perguntei.

– Só Dave.

– Bem que eu pensei que Dave estaria aqui – não foi inteligente dizer isso, mas consegui avançar mais uns trinta centímetros.

– É, Dave está aqui – concordou ela. – Está, sim. Você quer ver Dave?

– Bom… se não for incômodo.

– Rê, rê – disse ela. – Incômodo nenhum. É só fazer isso.

Ela ergueu a arma de supetão, puxou o gatilho e eu era o alvo. E isso ela fez sem mover um único músculo da face.

O fato de a arma não ter disparado intrigou-a, de um modo vago, como se aquilo fosse novidade de duas semanas atrás. Nada de imediato, nada de importante. Eu já não estava mais lá. Ela ergueu a arma, sempre sendo bastante cuidadosa com a luva preta de pelica enrolada na coronha, e espiou para dentro da boca do cano. Aquilo não a levou a nenhuma conclusão. Ela sacudiu a arma. Então se deu conta novamente da minha presença. Eu não tinha me mexido do lugar. E agora, nem precisava.

– Acho que não está carregada – disse ela.

– Pode ser que tenham usado todas as balas – disse eu. – Que pena. Nessas armas pequenas só cabem sete de cada vez. As minhas também não vão servir. Vamos ver se eu consigo dar um jeito?

Ela depositou a arma na minha mão. Então bateu as mãos uma na outra, para se livrar de poeira. Seus olhos pareciam não ter pupilas, ou então pareciam ser só pupilas.

A arma não estava carregada. O pente estava completamente vazio. Cheirei a boca. A pistola não fora usada desde a última vez que recebeu uma limpeza.

Aquilo me alertou para algo. Até aquele momento, tudo parecia bastante simples, se eu pudesse seguir adiante sem mais um assassinato. Mas aquilo foi para mim uma rasteira. Eu não tinha a menor idéia do que estávamos os dois falando agora.

Guardei a pistola dela no bolso lateral do meu casaco, guardei a minha de volta no bolso da calça e mordisquei o lábio por uns dois minutos, para ver se conseguia pensar em algo. Nada.

A sra. Marineau, mulher de traços bem-definidos, estava ali, quieta, parada, o olhar vago fixo em um ponto entre os meus olhos, como um turista meio obtuso olhando para um pôr-do-sol deslumbrante no Monte Whitney*.

– Bom – disse eu, finalmente –, vamos dar uma olhada pela casa e ver o que tem por aí.

– Você quer dizer Dave?

– Sim, ele também.

– Ele está no quarto de dormir. – Ela soltou um riso abafado. – Ele se sente muito à vontade, muito em casa, em quartos de dormir.

Toquei-lhe o braço e fiz com que ela se virasse. Ela se virou, obediente como uma criança pequena.

– Mas esse vai ser o último onde ele vai se sentir à vontade – disse ela. – Rê, rê.

– Certo. Claro – disse eu.

Minha voz soou aos meus ouvidos como a voz de um anão.

Dave Marineau estava mortinho da silva... se é que houvera alguma dúvida sobre isso.

Um abajur esférico, com figuras em baixo-relevo, brilhava ao lado de uma enorme cama em um quarto de dormir decorado em tons de verde e prata. Era a única luz acesa no quarto, e o abajur filtrava uma espécie de luminosidade reprimida, abafada sobre aquele rosto. Ele não estava morto tempo suficiente para ter uma aparência cadavérica.

Estava deitado em uma posição casual, esparramado na cama, um pouco de lado, como se tivesse estado de pé diante da cama quando foi baleado. Um dos braços estava aberto, estirado para o lado, frouxo como um feixe de algas, e o outro estava embaixo dele. Os olhos abertos estavam imóveis, o olhar fixo e brilhante, formando uma expressão que era quase de satisfação. A boca, um pouco aberta, oferecia um reflexo da luz do abajur nas bordas dos dentes superiores.

---

* Montanha de granito com mais de 4.400 metros de altitude, fica no Parque Nacional das Sequóias, na Califórnia. (N.T.)

A princípio, não vi lesão alguma. Estava bem em cima, no lado direito da cabeça, na têmpora, mas bastante para trás, quase para trás o bastante para fazer o rochedo* atravessar o cérebro. Era uma lesão chamuscada de pólvora, orlada de vermelho-escuro, e um fiozinho escorreu dali e foi ficando marrom conforme afinava em seu percurso até a bochecha.

– Que droga, isto aqui é uma lesão de contato – falei subitamente para a mulher. – Típica de suicídio.

Ela estava aos pés da cama e olhava fixamente para a parede acima da cabeça do morto. Se ela estava interessada em algo além da parede, não aparentava.

Ergui a mão direita do morto, imóvel, frouxa, e cheirei o lugar onde a base do polegar encontra a palma. Achei cheiro de pólvora, depois não encontrei mais o cheiro de pólvora, depois eu não sabia mais se tinha cheirado pólvora ou não. De qualquer modo, não interessava. Um teste com parafina provaria sua presença ou ausência.

Larguei a mão de volta, com cuidado, como se fosse um objeto frágil e de grande valor. Então examinei a cama, fui para o chão, me enfiei até a metade do corpo embaixo da cama, praguejei, levantei de novo e virei o morto para o lado, apenas o suficiente para olhar embaixo dele. Encontrei uma cápsula brilhosa, de latão, mas nenhuma arma.

Agora parecia ser assassinato de novo. Gostei mais dessa explicação. Ele não era do tipo suicida.

– Vê alguma arma? – perguntei a ela.

– Não. – Seu rosto estava vazio de expressão.

– Onde está essa moça Baring? Por que razão você está aqui?

Ela mordiscou a pontinha do dedo mínimo esquerdo.

– É melhor eu confessar – disse ela. – Vim aqui para matar os dois.

– Continue – disse eu.

– Não tinha ninguém aqui. Claro, depois que eu telefonei para ele e ele me disse que você não era um tira de verdade e que não tinha assassinato nenhum e que você era um chantagista e só estava tentando me assustar para que eu lhe desse o endereço... – Ela parou e soluçou uma vez, pouco mais que uma fungada, e então fixou o olhar para um canto do teto em vez da parede.

Suas palavras seguiam um arranjo aos tropeços, mas ela as pronunciava como se aquilo fosse uma gravação.

– Vim aqui para matar os dois – disse ela. – Não nego.

– Com uma pistola vazia?

– Não estava vazia anteontem. Eu verifiquei. Dave deve ter tirado as balas. Devia estar com medo.

---

* Parte do osso temporal onde se aloja o ouvido interno. (N.T.)

– Faz sentido – disse eu. – Continue.

– Então eu vim para cá. Esse foi o último insulto… ele mandar você até a minha casa para pegar o endereço *dela*. Isso foi mais do que eu podia…

– A história – disse eu. – Eu sei como você se sentiu. Já li isso nos romances.

– Pois é. Bom, ele disse que tinha alguma coisa sobre a srta. Baring e que ele tinha que conversar com ela coisas da rádio e que não era nada pessoal, que nunca foi pessoal e nunca ia ser.

– Meu Deus – exclamei –, eu também sei esse tipo de coisa. Sei o que ele falaria para você. E temos aqui nesta cama um homem morto. Temos que fazer alguma coisa, mesmo que ele tenha sido apenas o seu marido.

– Você… – disse ela.

– Sim – disse eu. – Isso é bem melhor que a nossa conversa de doido. Continue.

– A porta não estava fechada. Então eu entrei. E isso é tudo. Agora eu vou embora. E você não vai me deter. Você sabe onde eu moro, seu filho-da-puta – ela me ofendeu mais uma vez.

– Primeiro a gente vai conversar com a polícia – disse eu. Fui até a sala, fechei a porta, girei a chave na fechadura e fiquei com a chave. Depois, fui até a porta envidraçada. A mulher me olhava com ira, mas agora eu não ouvia de que coisas os lábios dela estavam me chamando.

Uma porta envidraçada no quarto dava acesso para a mesma sacada que a sala de estar. O telefone ficava num nicho na parede, perto da cama, onde você podia espreguiçar-se e alcançá-lo já de manhã e encomendar uma bandeja de colares de diamantes para experimentar.

Sentei-me no lado da cama e peguei o telefone, e uma voz abafada chegou a mim pela porta envidraçada e disse:

– Parado, amigo! Parado!

Mesmo abafada pelo vidro, era uma voz mansa e grave. Era uma voz que eu conhecia. Era a voz de Steve Skalla.

Eu estava alinhado com o abajur. O abajur estava bem atrás de mim. Mergulhei para longe da cama, para o chão, minha mão agarrando o bolso da calça.

Um tiro rugiu, e estilhaços de vidro salpicaram-me a nuca. Eu não conseguia entender. Skalla não estava na sacada. Eu tinha olhado.

Rolei no chão e comecei a rastejar para longe da porta envidraçada, a minha única chance com o abajur na posição onde estava.

A sra. Marineau fez a coisa certa… para o lado inimigo. Arrancou um sapato e começou a bater em mim com o salto. Agarrei-a pelos tornozelos e nós nos atracamos e ela retalhou o meu couro cabeludo.

Derrubei-a no chão. Não durou muito tempo. Quando comecei a me levantar, Skalla estava dentro do quarto, rindo de mim. O 45 ainda estava aninhado na mão dele. A porta envidraçada e a tela do lado de fora estavam em tal estado que parecia que um elefante desgarrado da manada tinha passado por ali.

– Ok – disse eu. – Eu me entrego.

– Quem é a piranha? Ela bem que é parecida com você, amigo.

Eu me pus de pé. A mulher estava num canto qualquer. Eu nem mesmo olhei para ela.

– Vira pro outro lado, cara, enquanto te faço uma revista.

Eu não tinha conseguido pegar a minha arma. Ele pegou. Eu não disse nada sobre a chave da porta da frente, mas ele pegou também. Então ele devia estar nos observando de algum lugar. Deixou as minhas chaves do carro. Examinou a pistola pequena e vazia e guardou-a de volta no meu bolso.

– De onde é que você chegou? – perguntei.

– Fácil. Subi pela sacada e me segurei ali, olhando pela grade vocês dois. É sopa, pr'um veterano de circo. Como é que você vai, amigo?

Sangue gotejava do meu couro cabeludo no meu rosto. Peguei um lenço e enxuguei o sangue. Não respondi a pergunta dele.

– Pel'amor de Deus, você tava pra lá de engraçado na cama pegando o telefone com o presunto do lado.

– É, eu estava hilariante – rosnei. – Vá com calma. É o marido dela.

Ele olhou para ela.

– É a mulher dele?

Fiz um gesto afirmativo de cabeça e depois desejei não ter feito aquilo.

– Essa é dureza. Se eu soubesse… mas eu não consegui me controlar. O sujeito estava pedindo.

– Você... – comecei a dizer, olhando fixo para ele. Ouvi atrás de mim um gemido estranho, um som produzido com extremo esforço, um gemido de mulher.

– Quem mais, cara? Quem mais? Vamos todo mundo sentar na sala. Parece que lá tem uma garrafa de uma boa duma bebida. E você precisa dar um jeito de botar alguma coisa nessa cabeça.

– Você tá louco pra ficar por aqui – rosnei. – Tem uma ordem de prisão contra você, e toda a polícia está no seu encalço. A única saída deste cânion é pegar a estrada de volta para Beachwood... ou pegar as montanhas... a pé.

Skalla me olhou e disse, muito baixinho:

– Daqui, ninguém telefonou pra polícia, cara.

Skalla ficou me vigiando enquanto eu estava no banheiro lavando a cabeça e colocando esparadrapo. Então voltamos para a sala. A sra. Marineau, encolhida em um dos sofás, olhava com expressão vazia para a lareira apagada. Ela não falou absolutamente nada.

Ela não havia fugido porque Skalla a mantivera sob sua mira o tempo todo. Ela agia como uma pessoa resignada, indiferente, como se não lhe importasse nada do que fosse acontecer agora.

Servi três drinques da garrafa de Vat 69 e ofereci um para a morena. Ela estendeu a mão para o copo, meio que sorriu para mim e escorregou do sofá para o chão com o meio-sorriso ainda no rosto.

Larguei o copo, ergui a mulher e coloquei-a de volta no sofá, a cabeça dela mais baixa que as pernas. Skalla estava observando a mulher. Ela estava gelada e branca como uma folha de papel.

Skalla pegou o seu drinque, sentou-se no outro sofá e largou o 45 ao lado. Bebeu o drinque observando a mulher, com uma expressão estranha no seu rosto grande e pálido.

– É dureza – disse ele. – Dureza mesmo. Mas o calhorda tava passando ela pra trás, de qualquer jeito. Que vá pro inferno, que é o lugar dele. – Ele se serviu de mais um drinque, tomou de um gole só, sentou-se perto da mulher no outro sofá, que formava um ângulo reto com o sofá onde ela estava deitada.

– Então você é detetive particular.

– Como foi que adivinhou?

– Lu Shamey me falou de um cara que foi lá. Parecido com você. Estive dando uma olhada por aí e vasculhei a sua lata-velha lá fora. Eu sei caminhar sem fazer barulho.

– Bom, mas e agora? – perguntei.

Ele parecia ainda maior do que nunca, de roupa esporte, naquela sala. Era a roupa de um jovem que seguia a última moda. Fiquei tentando imaginar quanto tempo teria levado para conseguir aquele conjunto de peças. Não tinha como aquilo ser roupa pronta. Ele era grande demais para comprar roupa pronta.

Os pés de Skalla estavam espalhados num ângulo bem aberto sobre o tapete cor de damasco, e ele olhava tristonho para baixo, para as explosões de pelica sobre o suede. Eram os sapatos mais horrorosos que eu já tinha visto na minha vida.

– O que é que você veio fazer aqui? – perguntou ele, com mau humor na voz.

– Vim procurar Beulah. Pensei que ela podia estar precisando de ajuda. Fiz uma aposta com um tira do município que eu conseguia encontrar a moça antes de você. Mas ainda não encontrei.

– Ainda não viu ela, hã?

Sacudi a cabeça num gesto negativo, devagar, com toda a cautela.

Ele disse, bem de mansinho:

– Eu também não, cara. E isso que eu tô rondando por aí há horas. Ela não veio pra casa. Só o cara ali no quarto que veio. O que houve com o crioulo gerente do Shamey's?

– É por isso que tem a ordem de prisão contra você.

– É. Um cara como aquele. Iam botar ordem de prisão mesmo. Bom, eu tenho que me mandar. Eu queria era levar o presunto, por causa da Beulah. Não posso deixar ele aí pra ela levar um susto. Mas acho que agora não adianta mais. A coisa de ter matado o preto aquele estraga tudo.

Ele olhou para a mulher perto de seu cotovelo no outro sofazinho. O rosto dela ainda estava branco esverdeado, os olhos, fechados. O peito evidenciava a respiração.

– Sem ela – disse ele –, eu acho que conseguia deixar tudo limpo direitinho e abotoava você legal. – Ele tocou no 45 ao seu lado. – Não é porque eu não gosto de você, claro que não. Mas pela Beulah, só por ela. Mas, do jeito que a coisa tá... que merda, eu não posso matar a mulher.

– Que pena – ladrei, sentindo a minha cabeça.

Ele sorriu.

– Acho que vou levar a sua lata-velha. Até um pedaço. Me joga as chave.

Joguei as chaves. Ele as pegou e colocou do lado do enorme Colt. Inclinou-se um pouquinho para a frente. Então levou a mão para um bolso traseiro da calça e de lá tirou uma arma pequena, coronha de madrepérola, provavelmente calibre 25. Segurou-a na palma da mão.

– Foi esta aqui que fez o serviço – disse ele. – Deixei um carro de aluguel que eu tinha na rua de baixo, subi o morro e rodeei a casa. Ouvi a campainha tocando. E daí tá esse cara na porta da frente. Subi ali, mas ele não me viu. Ninguém atende a porta. E daí, imagina o que que acontece. O cara tem uma chave. Uma chave da casa da Beulah!

O rosto imenso de Steve Skalla transformou-se em uma tremenda carranca. A respiração da mulher no sofá estava menos superficial, e eu pensei ter visto uma das pálpebras dela tremer.

– Ora, que é isso? – disse eu. – Ele pode ter conseguido a chave por uma dúzia de razões. Ele é um dos diretores da KLBL, onde ela trabalha. Podia ter tirado da bolsa dela e ter feito uma cópia. Ora, bolas, ela não precisa ter dado uma chave pra ele, pra ele ter uma cópia.

– Tá certo, cara – o rosto dele iluminou-se. – Claro que ela não precisava ter dado uma chave pr'aquele filho-da-puta. Ok. Então ele entrou, e eu me apressei atrás dele, mas ele tinha fechado a porta. Abri a porta do meu jeito. Depois, eu não fechei tão bem, você deve ter visto. Ele estava bem no meio desta sala aqui, bem ali, na escrivaninha. Quer dizer, ele veio aqui antes. E claro que veio – a carranca apareceu de novo, embora não tão pesada –, porque ele abre uma gaveta da escrivaninha e tira isto aqui. – Ele faz aquela coisinha de coronha de madrepérola dançar na palma da mão.

O rosto da sra. Marineau agora tinha linhas bem distintas de tensão.

– Então eu me jogo em cima dele. Ele dispara. E erra. Ele tá assustado e corre pro quarto. Eu atrás. Dispara de novo. E erra de novo. Você pode procurar as balas aí nas paredes, em algum lugar.

– Não vou me esquecer – disse eu.

– Pois é, e depois eu acertei ele. Que droga, também, o sujeito é só um mau-caráter de pele branca e bem-vestido. Se ela não quer mais saber de mim, então tá certo. Mas quero ouvir isso dela, dá pra entender? Não de um cara-de-queijo fedido e nojento como ele. Então eu tô magoado. Mas tenho que admitir que o cara tem colhão.

Ele coçou o queixo. Eu duvidei da última parte da história:

– Eu disse pra ele: "Minha mina mora aqui, cara. O que que há?". Ele me diz: "Volta amanhã. A noite hoje é minha".

Skalla espalmou a mão esquerda, que está livre, num gesto amplo.

– Depois disso, a natureza tem mais é que seguir seu rumo, né? Eu pego ele pelos braço e pelas perna. Só que quando tô fazendo isso esta coisinha bonitinha aqui dispara, e ele fica frouxo como... como... – ele deu uma olhada na mulher e não terminou o que ia dizer. – Pois é, tava morto.

Um dos olhos da mulher tremeu de novo. Eu disse:

– E depois?

– Eu me mandei. É o que um homem tem que fazer nesse caso. Mas daí eu pego e volto. Fiquei pensando: é duro pra Beulah, um cadáver na cama. Então eu vou voltar e levar o cara daqui pro deserto, daí me escondo encolhido numa toca por uns tempos. Mas daí que chega essa mulher aqui e me estraga essa parte.

A mulher devia estar se fazendo de desmaiada havia um bom tempo. Devia estar movendo as pernas e os pés e virando o corpo uma fração de centímetro por minuto, para ficar na posição certa, para usar o encosto do sofá como alavanca. A arma de cabo de madrepérola ainda estava na palma aberta da mão de Skalla quando ela se mexeu. Ela decolou do sofá num mergulho raso, ajeitando a postura do corpo já no ar, como uma acrobata. Passou raspando pelos joelhos dele e arrancou a arma da mão do homem com a precisão de um esquilo descascando uma noz.

Ele se ergueu e praguejou ao mesmo tempo em que ela rolava pelas pernas dele até o chão. O imenso Colt estava do lado dele, mas ele não o tocou, nem mesmo estendeu a mão para tentar pegá-lo. Ele se inclinou para a frente e para baixo, para segurar a mulher com as próprias mãos.

Ela riu logo antes de atirar nele.

Atirou nele quatro vezes no baixo abdômen, e então o cão fez um clique. Ela atirou a arma no rosto dele e rolou no chão, afastando-se.

Ele deu um passo por cima dela, sem tocá-la. Seu rosto grande e pálido ficou sem expressão por um momento, mas depois se acomodou em linhas duras de dor excruciante, linhas que pareciam ter estado ali desde sempre.

Ele caminhou, o corpo ereto, pelo tapete até a porta da frente. Eu me atirei de um salto para o enorme Colt e peguei-o. Para que a mulher não o pegasse. Quando ele deu o quarto passo, apareceu sangue na lanugem dourada do tapete. Depois disso, aparecia mais sangue a cada passo que ele dava.

Ele alcançou a porta, encostou a manzorra na madeira e apoiou-se ali por um instante. Então sacudiu a cabeça e virou-se para trás. A mão deixou uma mancha ensangüentada na porta, do sangue da mão com a qual ele estivera segurando a barriga.

Ele se sentou na cadeira mais próxima, dobrou-se para a frente e segurou forte o abdômen, as mãos tentando conter o sangue, que então lhe escorreu entre os dedos lentamente, como água transbordando de uma pia com a torneira aberta.

– Essas balas de merda, de tão pequeninha que são – disse ele –, doem tanto como as grandes, pelo menos aqui na barriga.

A morena foi até onde ele estava, caminhando como uma marionete. Ele a observou chegando perto, as pálpebras dele semicerradas, pesadas, sem piscar.

Quando ela chegou perto o suficiente, inclinou-se e cuspiu no rosto de Steve Skalla.

Ele não se mexeu. Seus olhos continuaram do mesmo jeito. Dei um pulo na direção dela e a joguei numa poltrona. Não fui um cavalheiro.

– Deixa ela em paz – grunhiu ele para mim. – Pode ser que ela fosse apaixonada pelo cara.

Ninguém tentou me deter desta vez, quando fui para o telefone.

Horas depois eu estava sentado num banquinho alto e vermelho do bar do Lucca, na Fifth Avenue esquina com Western, e bebia um martíni e me perguntava como será que era preparar drinques o dia inteiro sem beber nenhum. Era tarde, passava da uma, Skalla estava na ala dos prisioneiros do Hospital Geral. A srta. Baring ainda não tinha aparecido por lá, mas eles sabiam que ela ia aparecer, assim que ficasse sabendo que o Skalla estava detido, ou seja, que ele havia deixado de representar um perigo.

A KLBL, que a princípio não sabia coisa nenhuma da história toda, comprometeu-se em abafar os fatos. Eles teriam 24 horas para decidir como iriam apresentar a história à imprensa.

O bar do Lucca estava tão cheio que lembrava o movimento de meio-dia. Um pouco depois, uma morena de descendência italiana, com um nariz imponente e olhos que avisavam que com ela não se brinca, aproximou-se e disse:

– Agora temos uma mesa para o senhor.

Levei para a mesa o meu segundo martíni e pedi um jantar. Acho que comi.

A minha imaginação colocou Steve Skalla à minha frente, do outro lado da mesa. Seus olhos negros e prostrados tinham alguma coisa que era mais que simplesmente dor, alguma coisa que ele estava me pedindo que fizesse. Parte do tempo ele estava tentando me dizer o que era, e parte do tempo ele estava segurando o abdômen para não abrir e falando de novo:

– Deixa ela em paz. Pode ser que ela fosse apaixonada pelo cara.

Saí de lá e fui de carro em direção norte até a Franklin e peguei a Franklin até Beachwood e subi até a Heather Street. Não estava cercada, não estava sob vigilância. Para ver o grau de confiança que eles tinham nela.

Dirigi bem devagar pela rua de baixo e dali olhei para a ladeira coberta de matagal, salpicada de um luar que também estava iluminando a casa dela por trás, fazendo com que parecesse uma casa de três andares. Eu conseguia ver os suportes angulares, metálicos, presos à parede, que sustentavam a sacada. Pareciam estar a uma tal altura acima do chão que um homem precisaria estar num balão de ar quente para alcançá-los. Mas fora ali que ele tinha subido. Com ele, tudo era sempre do jeito mais difícil.

Ele podia ter fugido e entrado numa briga pelo dinheiro, ou mesmo comprado para si uma casa onde morar. Havia muita gente no mesmo ramo de negócios, e ninguém ia ficar de brincadeira com Steve Skalla. Mas, em vez disso, ele tinha voltado para escalar a sacada dela, como Romeu, e receber uma saravaida de tiros na barriga. Como de costume, da mulher errada.

Dirigi em volta de uma curva branca que parecia o próprio luar e estacionei e subi o morro a pé o resto do caminho. Carregava comigo uma lanterna, mas não precisei dela para ver que não havia ninguém na porta da frente esperando pelo leiteiro. Não entrei pela porta da frente. Podia ser que houvesse algum xereta com óculos de visão noturna ali pelos morros.

Eu me esgueirei pela encosta, nos fundos, entre a casa e a garagem vazia. Achei uma janela que eu podia alcançar e não fiz muito barulho quebrando a vidraça com uma arma dentro do meu chapéu. Nada aconteceu, fora o fato de que os grilos e os sapos se calaram por um momento.

Encontrei o caminho para o quarto e usei minha lanterna para revistar o lugar com discrição, após ter baixado as persianas e fechado as cortinas. A luz da lanterna caiu sobre uma cama desarrumada, montes de pó para exame de impressões digitais, baganas de cigarro nos peitoris das janelas e marcas de sapatos na lanugem do carpete. Havia uma frasqueira em tons de verde e prata sobre a penteadeira e três malas no *closet*. Havia um pequeno armário embutido no *closet* com um cadeado que não era pouca coisa. Eu tinha comigo uma chave de fenda de aço inoxidável, além da lanterna. Forcei o cadeado.

As jóias não chegavam a somar mil dólares. Talvez não valessem nem quinhentos dólares ao todo. Mas aquilo representava muito para uma garota que trabalhava no *show business*. Coloquei tudo de volta no lugar.

A sala de estar tinha as janelas fechadas e um cheiro estranho, desagradável, sádico. A polícia tinha se encarregado da garrafa de Vat 69, para facilitar o trabalho dos técnicos em impressões digitais. Precisei usar o meu próprio uísque. Levei uma cadeira que não tinha recebido sangue para um canto, molhei a garganta e esperei no escuro.

Uma sombra oscilou no porão ou em algum lugar assim. Aquilo me fez molhar a garganta de novo. Alguém saiu de uma casa a meia dúzia de quarteirões dali e gritou, chamando alguém. Uma porta bateu. Silêncio. Os sapos recomeçaram sua cantoria e, depois, os grilos. E então o relógio elétrico do rádio ficou com o volume mais alto que todos os outros sons juntos.

Depois disso, peguei no sono.

Quando me acordei, a lua tinha sumido das janelas da frente da casa e um carro tinha estacionado em algum lugar ali perto. Passos leves, delicados, cuidadosos distinguiram-se da noite. Chegaram até a porta da frente, do lado de fora. Uma chave tentava girar na fechadura.

Na porta que se foi abrindo, um céu escuro delineou uma cabeça sem chapéu. A silhueta do morro era escura demais para definir o que quer que fosse. A porta fechou com um clique.

Passos sussurraram, deslizantes, no tapete. Eu já estava segurando a correntinha do abajur entre os dedos. Dei-lhe um puxão, e fez-se a luz.

A garota não deu um pio, nem mesmo um suspiro. Apenas apontou a arma para mim. Eu disse:

– Oi, Beulah.

Valia a pena esperar por ela.

Nem alta nem baixa, a garota. Tinha as pernas bem compridas, o tipo de pernas que sabem caminhar e dançar. O cabelo, mesmo à luz de uma única lâmpada, parecia um incêndio num matagal à noite. O rosto tinha aquelas ruguinhas de quem dá muita risada, nos cantos dos olhos. A boca era do tipo que gosta de rir.

Os traços de seu rosto estavam nas sombras e tinham aquela aparência recatada que torna alguns rostos ainda mais bonitos, porque os torna mais delicados. Eu não tinha como ver os seus olhos. Era possível que fossem azuis o suficiente para fazer o sujeito tremer nas bases, mas eu não tinha como vê-los.

A arma parecia ser calibre 32, mas a empunhadura fazia aquele ângulo precisamente reto de uma Mauser.

Depois de um momento, ela disse, muito suavemente:

– Polícia, pelo jeito.

Também tinha a voz bonita. Ainda hoje me lembro da voz dela, às vezes. Eu disse:

– Vamos nos sentar e conversar. Estamos só nós dois aqui. Você bebe direto da garrafa?

Ela não respondeu. Olhou para a arma que empunhava, meio que sorriu e sacudiu a cabeça em negativa.

– Você não cometeria dois erros – disse eu. – Não uma garota esperta como você.

Ela guardou a arma no bolso lateral de um casacão comprido, acinturado, com gola militar.

– Quem é você?

– Só alguém que vive de bisbilhotar a vida dos outros. Detetive particular. O nome é Carmady. Está precisando se reavivar?

Estendi a minha garrafa, que, por enquanto, ainda não era um apêndice do meu braço. Eu precisava segurá-la na mão.

– Eu não bebo. Quem foi que contratou você?

– A KLBL. Para proteger você de Steve Skalla.

– Então eles já estão sabendo – disse ela. – Sabendo sobre ele.

Eu digeri aquilo e não disse nada.

– Quem foi que esteve aqui? – continuou ela, a voz bem nítida. Ela ainda estava de pé, parada no meio da sala, as mãos nos bolsos do casacão agora e sem chapéu.

– Todo mundo, menos o encanador – disse eu. – Como sempre, ele se atrasa.

– Você é um daqueles – o nariz parece que franziu um pouco. – Comediantes de lanchonete.

– Não – disse eu. – Não de verdade. É só um jeito que eu tenho de falar com as pessoas com quem tenho que falar. Skalla voltou aqui para a sua casa, se meteu numa enrascada, foi baleado e está preso. Está no hospital. E ele tá bem ruinzinho.

Ela não se mexeu.

– Muito mal?

– Pode ser que sobreviva, se passar por uma cirurgia. Mesmo assim, não é certo. Sem a cirurgia, não tem esperança. Três balas no intestino e uma no fígado.

Por fim ela se mexeu e então foi sentar.

– Nessa poltrona não – disse eu, rápido. – Aqui.

Ela se aproximou e sentou perto de mim, em um dos sofás. Pontos de luz brilhavam em seus olhos. Agora eu conseguia vê-los. Pequenos pontos de luz faiscantes, como as estrelinhas de fogos de artifício, girando, coruscantes. Ela perguntou:

– Por que ele voltou aqui para a minha casa?

– Ele achou que tinha que deixar tudo arrumado. Remover o corpo, esse tipo de coisa. Boa gente, o Skalla.

– Você acha, é?

– Mesmo se nenhuma outra pessoa no mundo acha que ele é boa gente, eu acho.

– Acho que vou aceitar aquela bebida – disse ela.

Passei para ela a garrafa. Peguei-a de volta, com pressa.

– Minha nossa! – disse eu. – Você tem que botar um basta nessa história.

Ela olhou para a porta lateral que levava ao quarto, atrás de mim.

– Até o necrotério – disse eu. – Você pode ir até lá.

Ela se levantou imediatamente e saiu da sala. Voltou quase que no mesmo instante.

– Steve vai ser acusado de quê? – perguntou ela. – Se ele se recuperar.

– Ele matou um crioulo na Central Avenue hoje de manhã. Foi mais ou menos em legítima defesa, dos dois lados. Eu não sei. Se não fosse pelo Marineau, ele até podia se sair bem dessa.

– Marineau? – disse ela.

– É. Você sabia que ele matou o Marineau.

– Não seja bobo – disse ela. – Quem matou Dave Marineau fui eu.

– Ok – disse eu. – Mas não é assim que Steve quer que essa história seja contada.

Ela ficou olhando para mim.

– Você está me dizendo que Steve voltou aqui deliberadamente para assumir a culpa?

– Se fosse preciso, eu acho. Imagino que o que ele queria mesmo era levar Marineau até o deserto e abandonar o cara por lá. Só que apareceu uma mulher na história... a sra. Marineau.

– Pois é – disse a garota, sem qualquer entonação na voz. – Ela acha que eu era a amante do marido. Aquele nojento babão e seboso.

– E você era? – perguntei.

– Não me venha com essa de novo – ela disse. – Mesmo que eu tenha trabalhado na Central Avenue no passado. – Ela deixou a sala mais uma vez.

O barulho de uma mala sendo arrastada chegou até a sala. Fui até o quarto, atrás dela. Ela estava acondicionando roupas finíssimas, leves ao toque, e acondicionava tudo como quem gosta de ter coisas bonitas em caixas bonitas.

– Você não vai poder usar esse tipo de coisa no xadrez – falei a ela, encostando-me na porta.

Ela me ignorou de novo.

– Eu estava indo para o México – disse ela – Depois, América do Sul. Não era minha intenção atirar nele. Ele é que entrou de sola e me estapeou e ainda por cima tentou me chantagear a ceder a ele, e eu fui e peguei a pistola. Então nos atracamos de novo, e a arma disparou. Daí eu fugi.

– Exatamente o que o Skalla diz que ele fez – disse eu. – Mas, que inferno, você não podia simplesmente chegar e atirar no filho-da-puta, de propósito?

– Não. Não faço isso pra ficar melhor pra você – disse ela. – Ou pra qualquer policial. Não quando eu já cumpri oito meses em Dalhart, no Texas, por ter roubado dinheiro de um bêbado desacordado. Não com a mulher do Marineau berrando pra quem quiser ouvir que eu seduzi o marido dela e depois me enjoei e dei o fora nele.

– Ela vai ficar bem quietinha – grunhi eu. – Depois que eu contar como ela cuspiu na cara do Skalla quando ele já estava com quatro balas na barriga.

Ela estremeceu. Seu rosto ficou pálido. Ela ficou tirando as coisas da mala e colocando-as de volta na mala.

– Verdade que você roubou um bêbado desacordado?

Ela ergueu os olhos para mim, depois baixou o olhar.

– É, verdade – sussurrou.

Aproximei-me dela.

– Você tem algum roxo no corpo, ou alguma roupa rasgada para mostrar? – perguntei.

– Não.

– Que pena – disse eu e agarrei-a.

Os seus olhos primeiro pegaram fogo e depois endureceram, como duas pedras escuras. Arranquei-lhe o casacão, rasguei-lhe as roupas um bocado, apertei os braços e o pescoço dela com toda a força das minhas mãos e usei as juntas dos meus dedos em sua boca. Larguei-a, e ela estava ofegante. Afastou-se de mim cambaleante, tonta, mas não chegou a cair no chão.

– Vamos ter que esperar que os roxos apareçam – disse eu. – Então a gente vai até a Central de Polícia.

Ela começou a rir. Então foi até o espelho e se olhou. Começou a chorar.

– Saia daqui enquanto eu me troco de roupa! – gritou. – Vou dar uma pensada nisso tudo. Mas, se isso significa muito para Steve... eu vou contar tudo direitinho.

– Ah, cale-se e troque de roupa – disse eu.

Saí batendo a porta.

Eu não tinha nem mesmo beijado a garota. Podia ter feito isso, pelo menos. Ser beijada não a teria incomodado, não mais que a surra que levou de mim.

Dirigimos pelo resto da noite, primeiro em carros separados, para esconder o dela na minha garagem, e então prosseguimos, os dois no meu carro. Subimos pela costa e paramos para café e sanduíches em Malibu, e continuamos em nosso trajeto. Tomamos o café-da-manhã no começo da Via Ridge, logo ao norte de San Fernando.

O rosto dela parecia a luva de um apanhador de beisebol depois de uma temporada difícil. Seu lábio inferior estava do tamanho de uma banana, e dava para fritar um bife nos roxos de seus braços e pescoço, de tão quentes que estavam.

Com a primeira luz do dia, fomos até o prédio da Prefeitura.

Ninguém nem mesmo atinou em detê-la ou revistá-la. Eles praticamente escreveram eles mesmos a declaração dela. Ela assinou com o olhar perdido, o pensamento longe. Então um homem da KLBL chegou, junto com a esposa, para buscá-la.

E foi assim que eu não tive a chance de levá-la para um hotel. Ela também não chegou a ver Steve Skalla, pelo menos não naquele dia. Ele estava sob sedação, medicado com morfina.

Ele morreu às duas e trinta daquela mesma tarde. Ela estava segurando um de seus dedos enormes, lassos, mas ele não tinha nem como distingui-la da Rainha de Sabá.

JADE DE MANDARIM

1– Trezentos quilates de Fei Tsui

Estava fumando o meu cachimbo e fazendo caretas para a parte de trás do meu nome no painel de vidro da porta do escritório quando Violetas M'Gee me telefonou. Fazia uma semana que eu estava sem serviço.

– Como é que vão os negócios nesse seu ramo de detetive particular? – perguntou Violetas. Ele trabalha na delegacia, na investigação de homicídios. – Que tal dar uma voltinha na praia? Quer dizer, como guarda-costas ou coisa parecida.

– Tudo o que combine com fazer um dólar – disse eu. – A não ser assassinato. Esse eu cobro 350.

– Aposto que você consegue fazer trabalho limpo nisso também. O negócio é o seguinte, John.

Ele me passou nome, endereço e telefone de um homem chamado Lindley Paul, que morava em Castellamare, era da alta sociedade e viajava o mundo inteiro, nunca a trabalho, morava sozinho, tinha um empregado de descendência japonesa e dirigia um carro para lá de grande. A delegacia não tinha nada contra ele, exceto o fato de que ele se divertia demais.

Castellamare ficava na periferia da cidade, embora não parecesse, pois não passava de umas duas dúzias de casas, desde casas pequenas até mansões, dependuradas na encosta de uma montanha pelos narizes, dando a impressão de que um bom espirro poderia derrubá-las na praia, bem no meio das casas que pareciam lancheiras. Havia um restaurante simples na beira da auto-estrada e, ao lado dele, um arco de cimento que era na verdade uma passarela de pedestres. Começando na parte interna do arco, uma escada branca de concreto subia, reta como uma régua, a encosta da montanha.

A Quinonal Avenue, dissera-me ao telefone o sr. Lindley Paul, era a terceira rua escada acima, se é que eu gostava de caminhar. Como ele me explicou, era a maneira mais fácil de encontrar a sua casa para quem ia lá pela primeira vez, porque as ruas haviam sido planejadas conforme um padrão de curvas interessante mas complicado. Sabia-se de gente que ficava perdida pelas ruas por várias horas sem avançar na sua rota, vagando por ali como uma minhoca dentro de uma lata de iscas vivas.

Assim foi que estacionei o meu velho Chrysler azul ao pé da escada e subi. Era um fim de tarde ensolarado, e ainda havia reflexos de luz na água quando peguei a escadaria. Tinha desaparecido por completo quando cheguei ao topo. Sentei-me no último degrau, massageei os músculos das pernas e esperei os batimentos cardíacos baixarem para cento e poucos. Depois disso, desgrudei a camisa das costas e fui até a casa, a única em primeiro plano na rua.

Era uma casa boa o suficiente, mas não parecia indicar uma fortuna significativa. Havia degraus de ferro enferrujados pela maresia que levavam à porta da frente, e a garagem ficava no subsolo da casa. Um carro comprido, preto, na verdade um banheirão, estava na garagem: imenso, aerodinâmico, uma capota grande o suficiente para cobrir três carros e uma traseira e tanto que encontrava acabamento na tampa do radiador. Parecia mais caro que a casa.

O homem que me abriu a porta no alto dos degraus de ferro usava um terno de flanela branca com uma echarpe violeta de cetim ajeitada num nó frouxo por dentro da gola do casaco. Seu pescoço moreno era liso como o pescoço de uma mulher musculosa. Ele tinha olhos claros, azul-esverdeados, da cor aproximada de uma água-marinha; seus traços eram grosseiros, mas ele era um homem bonito, com três camadas bem precisas de um cabelo loiro e grosso erguendo-se desde a testa morena e lisa, uns bons três centímetros de cabelo a mais que eu (o que significa que ele tinha um metro e 83 de altura). No todo, tinha a aparência de um sujeito que seria capaz de usar um terno branco de flanela com um lenço violeta de cetim por dentro da gola do casaco.

Ele pigarreou, limpando a garganta, olhou por cima do meu ombro esquerdo e disse:

– Sim?

– Eu sou o homem que você pediu para chamar. Que Violetas M'Gee recomendou.

– Violetas? Meu Deus, que apelido incomum. Deixe-me ver, o seu nome é...

Ele vacilou, e deixei ele se esforçar até pigarrear de novo, mover os olhos e concentrar o seu olhar azul-esverdeado em um ponto a quilômetros de distância atrás do meu outro ombro.

– Dalmas – disse eu. – O mesmo nome que eu tinha hoje de tarde.

– Ah, por favor, entre, sr. Dalmas. O senhor vai me desculpar, o meu empregado está de folga agora à noite. Então eu... – Ele sorriu de modo desaprovador para a porta que fechava, como se abrir e fechar a porta ele mesmo fosse algo que de certa forma o poluísse.

A porta deixou-nos em um avarandado interno que corria ao longo de três lados de uma enorme sala de estar, num desnível de apenas três degraus abaixo do avarandado. Descemos os três degraus, e Lindley Paul apontou com um gesto de sobrancelhas para uma poltrona cor-de-rosa, e eu me sentei ali, esperançoso de não estar deixando marcas de suor na poltrona.

Era o tipo de sala onde as pessoas sentam no chão, em grandes almofadas, de pernas cruzadas, e sorvem o absinto que lhes é servido em cubos de açúcar e conversam em vozes guturais, e algumas pessoas só produzem pequenos guinchos em vez de falar. Prateleiras de livros forravam as paredes do avarandado em toda a sua extensão, e havia algumas esculturas angulares, feitas em cerâmica vitrificada, dispostas em pedestais. Havia divãs pequenos e convidativos e panos de seda bordada jogados aqui e ali por exemplo, sobre os pés de luminárias. O piano de cauda era de jacarandá, e em cima dele havia um vaso muito alto, com uma única rosa amarela de cabo longo. Sob o pé do piano havia um tapete chinês, cor de pêssego, onde um rato podia fazer a festa por uma semana sem que o seu focinho sequer aparecesse acima da lanugem.

Lindley Paul recostou-se na curva do piano e acendeu um cigarro sem ter me oferecido um. Jogou a cabeça para trás para soprar a fumaça para o teto alto, e aquilo fez o seu pescoço ficar ainda mais parecido com o de uma mulher.

– É uma questão quase insignificante – disse ele, num tom negligente. – Na verdade, você nem deveria estar perdendo o seu tempo com isso. Mas achei que era melhor ter um acompanhante. Você tem que prometer não mostrar nenhum revólver e esse tipo de coisa. Presumo que você anda armado, certo?

– Ah, sim – disse eu. – Sim, claro. – Olhei para a covinha no seu queixo. Dava para perder uma bola de gude ali dentro.

– Pois bem, eu não vou querer que você use a arma, sabe, ou qualquer coisa desse tipo. Só vou me encontrar com um pessoal e comprar uma mercadoria deles. Vou levar pouca coisa em dinheiro vivo.

– Quanto dinheiro, e para quê? – perguntei, levando um dos meus próprios fósforos a um dos meus próprios cigarros.

– Ora, vamos, realmente não tem por que... – Era um sorriso bonito, mas eu podia ter socado aqueles dentes com o meu punho fechado, e não ia sentir remorsos depois. Eu simplesmente não gostei do homem.

– É uma missão de cunho estritamente confidencial. Vou estar substituindo um amigo. Prefiro não entrar em detalhes – disse ele.

– Você só quer que eu vá junto para segurar o seu chapéu, é isso? – sugeri.

A mão do sujeito fez um gesto abrupto e caiu um pouco de cinzas do cigarro no punho do seu terno branco. Aquilo o deixou incomodado. Ele franziu o cenho olhando aquele estrago, depois disse em voz baixa, como se fosse um sultão sugerindo um nó corredio de seda para uma mulher do seu harém cujos encantos já se mostravam desinteressantes:

– Você não está sendo impertinente, eu espero.

– A esperança é o que nos mantém vivos – disse eu.

Ele me olhou fixo nos olhos por um instante.

– Minha vontade é lhe dar um murro no nariz – disse ele.

– Assim é melhor – disse eu. – Você ia ter que endurecer o corpo para me dar um murro, mas gostei do espírito da coisa. Agora então vamos falar de negócios.

Ele ainda estava magoado.

– Eu pedi um guarda-costas – disse ele, um tom gelado na voz. – Se eu contratasse um secretário particular, não precisaria contar a ele quais são todos os meus negócios pessoais.

– Ele ficaria sabendo, se trabalhasse para você de forma regular. Ficaria sabendo, de alto a baixo, do direito e do avesso. Mas eu estou sendo empregado para uma única empreitada. Você tem que me contar. O que é? Chantagem?

Depois de uma longa pausa, ele disse:

– Não. É um colar de jade Fei Tsui que vale, por baixo, 75 mil dólares. Já ouviu falar em jade Fei Tsui?

– Não.

– Vamos beber um conhaque, e eu vou lhe contar. Sim, vamos beber um conhaque.

Ele se desencostou do piano e saiu como um dançarino, sem mover o corpo acima da cintura. Apaguei o meu cigarro e cheirei o ar e pensei ter sentido o odor de sândalo, e então Lindley Paul voltou com uma garrafa muito elegante e dois belos cálices de conhaque. Serviu uma colher de sopa de bebida em cada um e me alcançou um dos cálices.

Entornei a minha bebida de um gole só e esperei enquanto ele fazia girar aquele pouco líquido sob o nariz e conversava. Depois de um tempo, chegou finalmente ao ponto e disse, num tom de voz até simpático:

– O Fei Tsui é o único tipo de jade que realmente tem valor. Os outros são valiosos pelo trabalho do artífice que o esculpiu, basicamente. O Fei Tsui é valioso por si mesmo. Que se saiba, não existem depósitos por explorar, e são pouquíssimos os depósitos que ainda existem, todos os depósitos conhecidos tendo sido explorados faz séculos. Um amigo meu tinha um colar desse jade. Cinqüenta e uma contas amareladas, entalhadas, cada uma com seis quilates, mais ou menos, formando um colar perfeito. Que foi roubado num assalto faz pouco tempo. Foi a única coisa que levaram, e nós fomos ameaçados... acontece que eu estava com a dona do colar, e essa é uma das razões por que estou correndo o risco de pagar o resgate... nada de contar para a polícia, nada de alertar a companhia de seguros, mas sim esperar por um telefonema. Dois dias depois, telefonaram, e o combinado foi dez mil dólares, hoje de noite às onze. Ainda não sei onde. Mas é para ser em algum lugar bem perto daqui, algum lugar por aqui, nos Penhascos.

Olhei para o meu copo vazio e dei uma sacudida nele. Ele me serviu um pouco mais de conhaque. Entornei de um trago, como da primeira vez, e acendi outro cigarro, dessa vez um dos dele, um bom Virginia Straight Cut, com o monograma dele no papel.

– Resgate de jóia – disse eu. – Um golpe bem-organizado, do contrário eles não iam saber onde e quando fazer o assalto. As pessoas em geral não saem por aí com suas jóias caras e, na metade das vezes, quando fazem isso, estão usando réplicas. Jade é coisa difícil de falsificar?

– O material, não – disse Lindley Paul. – Mas os entalhes da lapidação... isso seria coisa para uma vida inteira.

– Então a coisa não pode ser cortada – disse eu. – O que significa que não pode mudar de mãos a não ser por uma fração do seu valor real. Então o dinheiro do resgate é o único pagamento da quadrilha. Eu digo que eles vão jogar duro. O senhor deixou para resolver muito em cima da hora o seu probleminha de arranjar um guarda-costas, sr. Paul. Como é que sabe que eles vão permitir um guarda-costas?

– Eu não sei – ele disse, bastante aborrecido. – Mas eu não sou nenhum herói. Gosto de ter companhia no escuro. Se no fim der tudo errado... deu errado. Pensei em ir sozinho, mas depois pensei: por que não ter um homem escondido no banco de trás do carro, no caso de alguma coisa dar errado?

– No caso de eles levarem o seu dinheiro e lhe deixarem um pacote com nada dentro? Como é que eu posso evitar isso? Se começo a atirar e saio vivo e é um pacote com nada dentro, você nunca mais vê o seu jade. Os homens que fazem o contato não sabem quem está por trás da quadrilha. E se eu não abro fogo, eles vão embora antes de você poder ver o que lhe deixaram nas mãos. Eles podem até não lhe dar coisa nenhuma. Podem dizer que o seu pacote vai ser entregue pelo correio depois que o dinheiro for examinado e verificarem que não são notas marcadas. São notas marcadas?

– Meu Deus, não!

– Deveriam ser – rosnei eu. – Elas podem ser marcadas hoje em dia, de um jeito que só com microscópio e luz negra é que se podem ver as marcas. Mas isso requer equipamento, o que requer a polícia. Ok. Vou dar uma voltinha com você. A minha parte vai lhe custar cinqüenta dólares. Melhor me dar o dinheiro agora, no caso de a gente não voltar. Gosto de apalpar dinheiro.

A cara larga e aprazível dele pareceu ter ficado um pouco pálida e lustrosa. Ele disse, ligeiro:

– Vamos beber mais um conhaque.

Ele serviu um drinque de verdade dessa vez.

Ficamos sentados por ali mesmo, esperando o telefone tocar. Recebi os meus cinqüenta dólares para me entreter.

O telefone tocou quatro vezes, e parecia, pelo tom de voz dele, que das quatro vezes estava falando com uma mulher. O telefonema que estávamos esperando só aconteceu às 22h40.

2 – Eu perco o cliente

Fui eu quem dirigiu. Ou melhor, segurei a direção do enorme carro preto e deixei ele se dirigir sozinho. Eu estava usando um sobretudo esporte, de cor clara, e um chapéu de Lindley Paul. Eu tinha dez mil dólares em notas de cem em um dos bolsos. Paul estava no banco de trás. Ele tinha uma pistola Luger em prata que era uma maravilha de se olhar, e eu só esperava que ele soubesse como usá-la. Eu não estava gostando de coisa nenhuma naquele serviço.

O local do encontro era um descampado perto da cabeceira do desfiladeiro Puríssima, a uns quinze minutos da casa. Paul disse que conhecia bem o local e não teria problemas em me indicar o caminho.

Ficamos dando voltas de carro, ou melhor, andando em ziguezague, fazendo um oito e depois mais oitos, isso tudo descendo a estrada grudada que vai serpenteando a encosta da montanha, até eu ficar tonto e, então, de repente, estávamos na auto-estrada estadual, e os faróis dos carros trafegando em sucessão formavam um só feixe de luz branca e sólida que parecia não ter fim, não importava em que direção você olhasse. Os enormes e compridos caminhões de carga pesada movimentavam a estrada.

Deixamos a auto-estrada depois que passamos por um posto de gasolina na esquina com o Sunset Boulevard. Aquela era uma área deserta, tudo era isolamento, e por um instante senti o cheiro de algas marinhas, bem de leve, e depois o cheiro de artemísia descendo pelas encostas escuras, bem mais forte. Uma janela amarelada, penumbrosa e distante estava nos espionando desde a crista do sonho de um corretor de imóveis. Um carro passou rosnando por nós, e sua luz branca e ofuscante escondeu os morros por um momento. Havia uma meia-lua no céu, e riscos de uma neblina fria teimavam em persegui-la.

– Aqui nesta altura tem o Clube Balneário Bel-Air – disse Paul. – O próximo desfiladeiro é Las Pulgas, e então o seguinte é Puríssima. A gente entra bem no topo da próxima ladeira. – A voz dele saía sussurrada, tensa. Não restava nada do tom arrogante *à la* Park Avenue que eu escutara em nossa conversa anterior, quando nos apresentamos.

– Mantenha a cabeça baixa – rosnei em resposta. – Pode ser que estejam nos observando durante todo o percurso. Este carro aqui chama a atenção que nem ostras num piquenique em Iowa.

O carro continuou ronronando à minha frente, até que Paul soltou um sussurro gritado quando chegamos ao topo da próxima colina:

– Entra aqui.

Fiz o carro preto girar para dentro de um bulevar largo e tomado de ervas daninhas, um projeto de avenida que nunca tivera trânsito algum. Os tocos pretos dos postes de iluminação que jamais foram colocados estavam ali, saliências na calçada incrustada de sujeira antiga. As macegas curvavam-se sobre o concreto, avançando desde os terrenos baldios para aquele projeto de via urbana. Eu podia escutar os grilos cricrilando e os galhos das árvores zunindo atrás deles, de tão silencioso que era o carro.

Agora se via uma casa em um quarteirão, e ela estava às escuras. Os moradores dormiam com as galinhas, pelo jeito. No fim da rua, o concreto terminava abruptamente, e nós continuamos, e o carro deslizou, suave, e descemos por uma ladeira de terra até um terreno plano de chão batido, depois outra ladeira, e então um obstáculo que parecia ser uma cerca com moirões de madeira pintados de branco ergueu-se no horizonte, do outro lado da estrada de terra.

Ouvi um farfalhar atrás de mim, e Paul debruçou-se sobre o banco da frente, com um suspiro na sua voz sussurrada.

– É aqui. Você tem que descer, afastar a cerca e continuar dirigindo neste fim de mundo. Deve ter sido planejado assim para que a gente não possa ter uma saída rápida, tipo engatar a ré e sair daqui. Eles querem tempo para ir embora.

– Cale a boca e fique abaixado, a menos que você me escute gritar – disse eu.

Apaguei o motor que quase não fazia barulho e fiquei ali, escutando. Os grilos e os galhos de árvores ficaram um pouco mais barulhentos. Não escutei mais nada. Ninguém estava se movimentando por ali, ou os grilos teriam silenciado. Levei a mão até a coronha gelada do revólver sob o meu braço, abri a porta do carro e deslizei para fora, parando de pé no barro duro da estrada. Macega por toda volta. Eu podia sentir o cheiro de artemísia. Era tanto mato que dava para esconder um exército ali. Caminhei em direção à cerca.

Talvez tenha sido apenas um ensaio, para verificar se Paul obedeceria às ordens deles.

Estendi as mãos (aquilo era trabalho para as duas mãos de um homem) e comecei a erguer e tirar para o lado uma seção da cerca de moirões brancos. Aquilo não era um ensaio: a maior lanterna do mundo acendeu direto na minha, e a luz descomunal vinha de um arbusto a menos de cinco metros de distância.

Uma voz fina e aguda num palavreado de gente negra esganiçou-se na escuridão logo atrás da lanterna:

– Tamo em dois aqui, e os dois armado. Vai lá, as mão alto no ar, as mão aberta e vazia. A gente não vai correr risco.

Eu não disse nada. Por um momento, fiquei só segurando a seção de cerca uns centímetros acima do solo. Do sr. Paul, nem notícia. Do carro, também não. Então o peso dos moirões distendeu meus músculos, e meu cérebro ordenou que eu largasse aquilo, e coloquei a cerca de volta no chão. Ergui as mãos devagar para o alto. A lanterna me deixava pregado ali como uma mosca esmagada contra a parede. Eu não estava pensando em nada em particular, com exceção de eu ter uma vaga curiosidade em saber se não haveria uma maneira melhor de resolvermos as coisas entre nós.

– Assim tá bom – disse a voz fina, aguda, lamuriosa. – Agora segura aí, assim mesmo, até que eu consigo chegar aí.

Aquela voz despertou vagas lembranças no meu cérebro. Contudo, elas não queriam dizer nada. A minha memória é que tinha lembranças demais desse tipo. Fiquei imaginando o que Paul estaria fazendo. Uma figura magra e nítida destacou-se do raio de ação do feixe de luz, para imediatamente deixar de ser nítida ou de qualquer forma. Tornou-se um farfalhar vago que foi para um lado. E então o farfalhar estava atrás de mim. Mantive as mãos para o alto e pisquei contra o brilho ofuscante da lanterna.

Um dedo tocou de leve as minhas costas, e depois foi o cano pesado de uma arma. A voz que meio que me fazia lembrar algo disse:

– Isso agora vai doer um pouquinho.

Uma risadinha, e um zunido. Um brilho branco e quente rasgou de lado a lado o topo da minha cabeça. Desmoronei em cima da cerca, me agarrei num moirão e gritei. Minha mão direita ainda tentou chegar rápida embaixo do meu braço esquerdo.

Eu não ouvi o zunido da segunda vez. Apenas vi o clarão branco crescer mais e mais, até que tudo à minha volta sumiu, exceto uma luz branca, dura e dolorosa. Depois veio a escuridão, e nela alguma coisa vermelha contorceu-se como um germe sob a lente de um microscópio. Depois, não tinha mais nada vermelho e nada se contorcendo, só escuridão e vazio e uma sensação de queda livre.

Acordei olhando vagamente para uma estrela e escutando dois gnomos que conversavam dentro de um chapéu preto.

– Lou Lid.

– O quê?

– Lou Lid.

– Quem é Lou Lid?

– Um assassino profissional, durão, um crioulo que você viu sendo interrogado pela polícia uma vez no prédio da prefeitura.

– Ah... Lou Lid.

Eu me virei de lado, deitado como estava, me agarrei no chão e engatinhei num joelho só. Gemi. Não havia ninguém por perto. Eu estava falando comigo mesmo, saindo aos poucos do meu torpor. Consegui me equilibrar, mantendo as mãos espalmadas no chão, e fiquei ali, escutando e não ouvindo coisa nenhuma. Quando movi as mãos, carrapichos grudaram-se à minha pele, e também o visgo da artemísia lilás de onde as abelhas soltas na natureza pegam quase todo o seu mel.

O mel era doce. Muito, muito doce, demais, e muito pesado no estômago. Abaixei a cabeça e vomitei.

O tempo foi passando, e minhas entranhas foram se acomodando aos poucos. Eu continuava não ouvindo coisa nenhuma, a não ser o zumbido nos meus próprios ouvidos. Levantei-me com toda a cautela, como um velho saindo da banheira. Meus pés estavam dormentes, e as minhas pernas pareciam feitas de borracha. Cambaleei, enxuguei o suor gelado da minha testa e senti a nuca. Estava mole como um pêssego machucado. Quando toquei a nuca, a dor se fez sentir, desde ali até os tornozelos. Senti a um só tempo todas as dores anteriormente sentidas na minha vida, desde a primeira vez que me chutaram no traseiro, quando comecei a freqüentar a escola.

Meus olhos então clarearam o suficiente e eu pude ver os contornos do vale, um vale de pouca profundidade, uma paisagem natural, mato crescendo nas encostas em toda a volta, como um muro baixo, e uma estrada de terra, pouco nítida sob a luz de uma lua que já estava se pondo. Então eu vi o carro.

Ele estava bem próximo de mim, a pouco mais de cinco metros de distância. Só que eu não havia olhado naquela direção. Era o carro de Lindley Paul, com as luzes apagadas. Fui até lá, cambaleando e tropeçando, e instintivamente levei a mão para debaixo do outro braço, para pegar a arma. Claro que agora não havia arma nenhuma. O garoto de voz queixosa, uma voz que me fazia lembrar de alguém, encarregara-se de fazer desaparecer o meu revólver. Mas eu ainda estava com minha lanterna de bolso. Peguei a lanterna, abri a porta de trás do carro e meti luz ali para dentro.

Não se via nada: não havia sangue, o estofamento estava intacto, os vidros também, nenhum corpo. O carro, pelo jeito, não fora cenário de uma batalha. Estava simplesmente vazio. As chaves estavam na ignição, no painel ornamentado. Tinham levado o carro até ali para depois abandoná-lo. Apontei minha lanterna para o chão e comecei a busca, revistando tudo à procura dele. Se o carro estava ali, com certeza ele também estaria.

Então, no silêncio gelado, ligaram o motor de um carro acima do vale. A luz na minha mão apagou-se. Outras luzes, dos faróis do carro, surgiram acima e através das macegas. Eu me atirei no chão e rastejei rápido para trás do capô do carro de Lindley Paul.

As luzes abaixaram, ficaram mais brilhantes. Estavam descendo a ladeira da estrada de terra em direção ao vale. Agora eu podia ouvir o som monótono de um motor pequeno em marcha lenta.

No meio da ladeira, o carro parou. Um holofote ao lado do pára-brisa acendeu-se e moveu para um lado. O feixe de luz abaixou e manteve-se parado em algum ponto que eu não conseguia enxergar de onde estava. O holofote apagou-se, e o carro continuou devagar, em frente, ladeira abaixo.

No fim da ladeira, começou a fazer uma curva, de modo que os faróis esquadrinharam o carro preto. Prendi o lábio superior entre os dentes e não notei que o estava mordendo até sentir gosto de sangue.

O carro girou um pouco mais na curva. Os faróis se apagaram abruptamente. O motor foi desligado, e uma vez mais a noite tornou-se vasta e vazia, escura e quieta. Nada, nenhum movimento, fora os grilos e os galhos das árvores ao longe, que estiveram zunindo sempre sem parar, só que eu não os estava escutando. Então houve o barulho de um trinco de porta sendo manuseado, e uma luz, e um passo rápido no chão, e um feixe de luz varreu a escuridão logo acima da minha cabeça, como uma espada.

Depois, uma risada. Uma risada feminina. Tensa como a corda de um bandolim. E o feixe branco de luz pulou para baixo do enorme carro preto e atingiu os meus pés.

A voz de mulher disse com rispidez:

– Muito bem, você aí. Pode ir saindo com as mãos para cima... e abertas, bem abertas. Estou com você na minha mira!

Eu não me mexi.

A voz me atacou de novo.

– Escute aqui, eu tenho três balas para gastar nos seus pés, cara, e mais sete para a sua barriga, e tenho munição extra, e sei recarregar a arma com rapidez. Vai sair daí?

– Larga o brinquedinho! – resmunguei. – Ou eu atiro e arranco ele da sua mão. – Minha voz parecia ser a voz de outra pessoa. Era rouca e áspera.

– Ah, um cavalheiro calejado. – A voz agora havia tremido um pouco. Então endureceu de novo. – Vai sair daí? Vou contar até três. Calcule bem os riscos. Eu estou lhe dando a oportunidade de se esconder atrás de doze balas bem gordinhas... ou será que são dezesseis? Os pés vão doer muito. E os ossinhos do tornozelo levam anos para remendar depois que se estouraram, e às vezes...

Eu me levantei e olhei diretamente para a lanterna dela.

– Eu também falo demais quando estou assustado – disse eu.

– Não... não se mexa nem mais um centímetro! Quem é você?

– Um investigador particular sofrível... um detetive, para você. Quem quer saber?

Comecei a andar ao redor do carro, em direção a ela. Ela não atirou. Quando eu estava a uns dois metros dela, parei.

– Fique aí onde está! – ela gritou, irada... depois que eu tinha parado.

– Claro. O que você estava olhando lá de cima, com o seu holofote, da janela do carro?

– Um homem.

– Ferido?

– Acho que ele está morto – disse ela, com simplicidade. – E você parece mais morto do que vivo.

– Me armaram uma cilada – disse eu. – Isso sempre me dá olheiras.

– O senso de humor é bom – disse ela. – Como de um funcionário de funerária.

– Vamos dar uma olhada nele – disse eu, de cara fechada. – Você pode ficar atrás de mim com a sua arma de brinquedo, se isso faz você se sentir mais segura.

– Nunca me senti tão segura na minha vida – disse ela, furiosa, e afastou-se de mim.

Dei a volta no carrinho dela. Um carro pequeno, comum, limpinho e lustroso sob o restinho de luar. Ouvi os passos dela atrás de mim, mas não lhe dei atenção. Estávamos na metade da ladeira quando, a menos de um metro de mim, para o lado, enxerguei o pé.

Joguei a luz da minha própria lanterna sobre ele, e então a moça acrescentou a luz da lanterna dela. Eu o vi inteiro. Espalhado no chão, de costas, embaixo de uma moita. Mais parecia um amontoado de roupas sujas do que gente, e isso significava sempre a mesma coisa.

A moça não disse nada. Manteve-se afastada de mim, respirando forte, e segurou sua lanterna tão firme como o teria feito qualquer policial mais antigo, veterano da divisão de homicídios.

Uma das mãos do homem no chão estava jogada para o lado num gesto congelado. Os dedos, crispados. A outra mão estava sob o corpo, e o sobretudo estava retorcido, como se tivessem arremessado o corpo ao chão e depois rolado até ali. Seu cabelo loiro e espesso estava emplastrado de sangue; sob aquele luar mínimo, parecia escuro como graxa de sapato. No rosto, mais sangue; e havia algo viscoso e cinza misturado ao sangue. O chapéu dele não estava ali.

Então foi naquele momento que eu devia ter levado uma bala. Até aquele instante eu nem havia pensado no pacote de dinheiro no meu bolso. O pensamento agora me ocorria tão rápido, me atingiu de modo tão avassalador, que meti a mão no bolso com violência. Para quem estava olhando, era exatamente uma mão à procura de uma arma.

O bolso estava completamente vazio. Tirei a mão e olhei para trás, para ela.

– Cara – ela meio que suspirou –, se eu ainda não tivesse me resolvido se o seu jeito é confiável ou não...

– Eu tinha dez mil dólares – disse eu. – O dinheiro era dele. Eu estava carregando essa grana para ele. Era o pagamento de um resgate. Só agora me lembrei do dinheiro. E você tem nervos de aço, os nervos de aço mais enternecidos que já vi numa mulher. Eu não matei esse aí.

– Eu não achei que você tivesse matado ele – disse ela. – Alguém tinha verdadeiro ódio dele, para chegar ao ponto de rachar a cabeça dele desse jeito.

– Eu não o conhecia há tempo suficiente para odiar o cara – disse eu. – Segure a lanterna para baixo de novo.

Ajoelhei-me e revistei os bolsos do morto, tentando não movê-lo. Ele tinha uns trocados em notas e moedas, chaves num estojo de couro com gravação, a carteira normal de todo mundo, com o espaço normal, com visor para a carta de motorista e, atrás da carta, os cartões normais de seguro. Nenhum dinheiro na carteira. Perguntei-me por que não tinham revistado os bolsos da calça dele. Era possível que tivessem entrado em pânico por causa da luz. Do contrário, teriam levado tudo dele, revirando até mesmo o forro do casaco. Segurei outros itens à luz da lanterna da moça: dois lenços finos, branquíssimos e limpos como neve recém-caída; uma meia dúzia de cartelas de fósforos de pretensiosas casas noturnas; um estojo de cigarros em prata, pesado como um peso de papel e cheio daqueles cigarros importados e gravados com as suas iniciais; um outro estojo de cigarros, com estrutura de tartaruga, fundo e tampa em seda bordada, um dragão retorcendo-se em cada estampa. Empurrei a lingüeta do fecho, abri a cigarreira, e havia três cigarros longos sob o elástico: cigarros russos, com piteiras. Peguei um. Estava velho e seco.

– Talvez fossem cigarros para mulheres – disse eu. – Ele fumava outro tipo.

– Ou então é coisa de magia negra – disse a moça às minhas costas, respirando na minha nuca. – Conheci uma senhora que fumava essas coisas. Posso dar uma olhada?

Passei para ela a cigarreira, e ela meteu a lanterna ali e ficou sondando a coisa até que rosnei para que ela me devolvesse o estojo. Não havia mais nada ali a ser examinado. Ela fechou o estojo com um clique, me devolveu, e eu o coloquei de volta no bolso interno do casaco do morto.

– Isso é tudo. Seja lá quem foi que fez isso estava com medo. Não esperou para limpar o serviço. Obrigado.

Eu me levantei assim como quem não quer nada, me virei e arranquei a arma da mão dela.

– Droga! Não precisa violência! – gritou ela.

– Vá falando – disse eu. – Quem é você e, afinal, por que está passeando por aqui à meia-noite?

Ela fez de conta que eu havia machucado a sua mão, iluminou-a com a lanterna e examinou-a cuidadosamente.

– Eu fui simpática com você, não fui? – queixou-se ela. – Estou morta de curiosidade e morta de medo e ainda não fiz uma única pergunta a você, não foi?

– Você foi mais que simpática – disse eu. – Mas eu estou numa situação tal que não posso perder tempo. Quem é você? E agora apague a lanterna. Não precisamos mais de luz.

Ela apagou a lanterna, e a escuridão foi clareando aos poucos para nós, até o ponto em que podíamos ver as silhuetas dos arbustos, o corpo esparramado do morto e o clarão no céu a sudeste, que era a cidade de Santa Monica.

– Meu nome é Carol Pride – disse ela. – Moro em Santa Monica. Estou tentando conseguir matéria jornalística para uma agência que distribui material aos jornais. Às vezes fico sem sono de noite e saio para dar uma volta de carro... para qualquer lado. Conheço este interior aqui como a palma da minha mão. Eu vi a sua lanterna piscando para cá e para lá aqui no vale e achei que estava frio demais para ser um casal de namorados... se é que eles usam lanternas.

– Isso eu não sei – disse eu. – Eu, pelo menos, nunca usei. Então você tem balas extras para recarregar esta arma. E por um acaso tem licença para andar armada?

Avaliei o peso daquela arma, tão pequena. Assim no escuro, parecia ser uma Colt 25. Tinha boas proporções e boa estabilidade para uma arma pequena. Mas as Colt 25 já mandaram muita gente boa desta para a melhor.

– É claro que eu tenho licença para porte de arma. Mas eu estava blefando quando falei do pente de balas extra.

– Não tem medo de nada, não é, senhorita? Ou por acaso é "senhora"?

– Não. É senhorita, mesmo. Este bairro não é perigoso. As pessoas nem mesmo trancam as portas das casas por aqui. Acho que a bandidagem acabou descobrindo como isto aqui é isolado.

Girei a pequena arma em sentido contrário na minha mão e estendi o braço.

– Pegue aqui. Hoje não é meu dia. Agora, se você quer me fazer uma gentileza e me dar uma carona até Castellamare, posso pegar o meu carro lá e procurar a polícia.

– Não precisa ficar alguém com ele?

Consultei os ponteiros luminosos do meu relógio de pulso.

– Faltam quinze minutos para a uma da madrugada – disse eu. – Acho que ele pode ficar com os grilos e as estrelas. Vamos embora.

Ela enfiou a arma na bolsa e nós voltamos ladeira acima e entramos no carro dela. Ela manobrou o carro sem ligar os faróis e subimos a ladeira até sair do vale. O carro preto e comprido parecia um monumento e ficou para trás.

No topo da ladeira, desci e arrastei a seção da cerca de moirões brancos de volta para sua posição de obstáculo no meio da estrada. Ele estava seguro por esta noite, e muito provavelmente por várias noites.

A moça não disse nada, até que chegamos perto da primeira casa. Então ela acendeu os faróis do carro e disse em voz baixa:

– Tem sangue no seu rosto, sr. Seja-lá-qual-for-o-seu-nome. E eu nunca vi um homem que precisasse tanto de uma bebida como você. Por que a gente não vai para a minha casa e você telefona para a delegacia do setor oeste de Los Angeles de lá? Não tem nada aqui por perto, a não ser o corpo de bombeiros.

– John Dalmas... É o meu nome – disse eu. – Eu gosto de sangue na minha cara. Você não vai querer estar envolvida numa encrenca destas. Eu nem vou mencionar o seu nome.

Ela disse:

– Eu não tenho pai nem mãe e moro sozinha. Não faz a menor diferença.

– Continue dirigindo até a praia – disse eu. – E, depois, eu vou agir sozinho.

Mas tivemos de parar uma vez antes de chegar a Castellamare. O movimento do carro me obrigou a descer, ir até umas macegas e vomitar de novo.

Quando chegamos no lugar onde o meu carro estava estacionado e onde começavam os degraus para subir o morro, eu lhe dei boa-noite e fiquei sentado no Chrysler até não enxergar mais as luzes traseiras do carro dela.

O restaurante de beira de estrada ainda estava aberto. Eu podia ir até ali, tomar um drinque e telefonar. Mas me parecia mais inteligente fazer o que fiz meia hora depois: entrar na delegacia do setor oeste de Los Angeles sóbrio e verde de tão nauseado e com sangue ainda no rosto.

Os tiras não passam de gente comum. E o uísque deles é bom porque foi a única bebida que consegui quando eles me passaram uma dose pelas grades.

3 – Lou Lid

Eu não contei direito essa parte. O uísque tinha um gosto pior a cada dose. Reavis, o homem que me atendeu na delegacia, da divisão de homicídios, escutou-me com os olhos no chão, e dois homens à paisana estavam atrás dele, como se fossem guarda-costas. Policiais de plantão haviam saído em um carro da polícia muito tempo antes, para ficar de guarda junto ao corpo.

Reavis era um homem de uns cinqüenta anos, calado, magro, rosto comprido, pele lisa de uma cor meio acinzentada e roupas impecáveis. Sua calça tinha um vinco afiado como uma faca, e ele dava um puxão em cada perna da calça, sempre com cuidado, a cada vez que sentava. Tinha-se a impressão de que ele vestira a camisa e a gravata há apenas dez minutos e comprara o chapéu a caminho do trabalho.

Estávamos no gabinete do capitão do turno do dia, na delegacia do setor oeste de Los Angeles, numa transversal do Santa Monica Boulevard, pertinho de Sawtelle. Só nós quatro na sala. Algum bêbado preso em uma cela da delegacia, esperando para ser levado até o depósito de bêbados da cidade para encarar um julgamento ao amanhecer, ficou cantando ritualisticamente, como um aborígine australiano, o tempo todo que estivemos conversando.

– Então eu fui o guarda-costas dele por aquela noite – disse eu no fim. – E que maravilha de trabalho eu fiz.

– Eu não me preocuparia com isso – disse Reavis, sem cautela. – Pode acontecer com qualquer um. O que me parece é que eles acharam que você é que era esse Lindley Paul, abriram fogo contra você para evitar discussões e para ter tempo de sobra. Talvez não tivessem a mercadoria com eles e também não quisessem entregá-la por tão pouco. Quando descobriram que você não era Paul, se sentiram insultados e descontaram nele.

– Ele estava armado – disse eu. – Uma Luger de primeira, mas claro que dois revólveres apontados para a sua cara não fazem de você um guerreiro.

– E quanto a esse irmão do bairro negro... – disse Reavis, estendendo a mão para o telefone em sua mesa.

– Só uma voz no escuro. Eu não tenho certeza.

– Certo, mas nós vamos descobrir o que ele andava fazendo por aquela hora. Lou Lid. Um nome que não se esquece.

Pegou o fone do aparelho e disse para o telefonista:

– Recepção da central, Joe... Aqui é Reavis, setor oeste, Los Angeles, sobre aquele latrocínio. Estou atrás de um assassino profissional, negro ou mulato, nome Lou Lid. Idade, 22 ou 24, mulato claro, bem-apessoado, baixinho, vamos dizer uns sessenta quilos, vesgo de um olho, não me lembro qual. Temos uma suspeita sobre ele, mas nada certo ainda, e ele já foi preso e solto montes de vezes. Os rapazes da 77th Street com certeza sabem quem é. Quero ser informado de todos os movimentos dele hoje à noite. Dêem uma hora para a patrulha de policiais negros, depois ponham o cara no ar.

Colocou o fone no gancho e piscou para mim.

– Nós temos os melhores investigadores negros a oeste de Chicago. Se o homem está na cidade, vão pegar o cara sem nem olhar duas vezes. Vamos andando, então?

Descemos as escadas, entramos num carro da polícia e voltamos por Santa Monica até Palisades.

Horas mais tarde, no amanhecer frio e cinzento, cheguei em casa. Eu estava entornando aspirina com uísque e lavando a parte de trás da cabeça com água escaldante quando o meu telefone tocou, num estrépito desafinado. Era Reavis.

– Bom, pegamos Lou Lid – disse ele. – Em Pasadena, pegaram ele e um mexicano chamado Fuente. Juntaram os dois no Arroyo Seco Boulevard... não exatamente com pás, mas, enfim, com muito cuidado.

– É mesmo? – disse eu, segurando o fone com tanta força, tão apertado, que podia quebrá-lo. – Vá lá, explique.

– Você estava certo em imaginar o que houve. Encontraram os dois debaixo do viaduto da Colorado Street. Amordaçados, totalmente amarrados com muito arame velho. E amassados como laranjas chupadas. Gostou?

Respirei com dificuldade.

– É tudo que eu precisava saber para pegar no sono como uma criança – disse eu.

O pavimento em concreto do Arroyo Seco Boulevard fica uns 25 metros abaixo do viaduto da Colorado Street... às vezes também conhecido como Viaduto Suicídio.

– Bom – disse Reavis depois de uma pausa –, parece que você andou cravando os dentes em coisa podre. O que você tem para me dizer agora?

– Meu palpite, assim de cara, é que houve uma tentativa de seqüestro do dinheiro do resgate por esses dois metidos a sabichões que de algum modo sabiam dessa dica, planejaram o seu próprio golpe em separado e acabaram com o dinheiro bem esfregado na própria cara.

– Isso precisa de ajuda interna – disse Reavis. – Você quer dizer que os sujeitos sabiam que o colar tinha sido roubado, mas o colar não estava com eles. Prefiro pensar que eles tentaram sair da cidade com tudo, em vez de passar os ganhos para o chefe. Ou então que o chefe concluiu que tinha bocas demais para alimentar.

Ele me deu boa-noite e me desejou bons sonhos. Bebi uísque suficiente para terminar com a dor na minha cabeça. O que foi mais do que seria bom para mim.

Cheguei no meu escritório com um atraso suficiente para ser elegante, mas não estava me sentindo nem um pouco elegante. Os dois pontos na parte de trás da minha cabeça tinham começado a inchar, e o curativo sobre o local raspado parecia tão sensível quanto um joanete de *barman*.

Meu escritório era composto por duas salas, próximo ao cheiro do restaurante do Hotel Mansion House. A sala menor era uma a recepção, que eu sempre deixava sem chavear para o cliente entrar e esperar, no caso de eu ter um cliente e de ele estar disposto a esperar.

Carol Pride estava ali, de nariz torcido perante o meu sofá vermelho desbotado, as duas poltronas que não formavam um par, o pequeno retângulo de tapete e a mesinha que mais parecia para criança, com revistas em exemplares de distribuição gratuita.

Ela estava usando um *tailleur* de *tweed* marrom-claro, com gola branca, uma camisa de corte masculino e gravata, sapatos bonitos, um chapéu preto que devia ter custado uns vinte dólares e parecia feito com uma mão só, a partir de um velho mata-borrão.

– Então, afinal, você se levanta de manhã – disse ela. – É bom saber. Eu estava começando a pensar que talvez você fizesse todo o seu trabalho na cama.

– Ora, vamos! – disse eu. – Vamos passar para o meu *boudoir*.

Usei a chave para destrancar a porta interna, o que sempre parecia melhor que dar um safanão de leve na fechadura (o que também destrancava a porta), e entramos no resto do meu escritório: um tapete cor de ferrugem com várias manchas de tinta; cinco caixas verdes de pastas para os meus arquivos, três delas cheias do ar de clima ameno da Califórnia; um calendário de anúncio de loja mostrando as gêmeas idênticas Dionne* – cinco lindos bebês rolando em um chão azul-ce-

---

* As quíntuplas da família Dionne nasceram em 1934 no Canadá e foram uma atração turística de Ontário durante toda a sua infância, vivendo num hospital construído especialmente para elas pelo governo canadense, onde foram objeto de estudo da medicina daquela época. Pessoas viajavam de longe e pagavam ingresso para ver as gêmeas idênticas. (N.T.)

leste; umas poucas cadeiras de madeira que imitava nogueira; e a escrivaninha normal, com as usuais marcas de sola do salto do sapato; e a cadeira giratória normal, com o usual rangido de peças não-azeitadas. Sentei-me ali e descansei o meu chapéu sobre o telefone.

Na verdade, eu não tinha realmente visto a moça antes, mesmo nas luzes de Castellamare. Ela parecia ter uns 26 anos e pelo jeito não tinha dormido nada bem. Seu rosto pequeno era bonito e cansado dentro de uma moldura de cabelo castanho farto e fofo, sua testa era estreita, uma testa alta demais para ser elegante, o nariz mostrava-se pequeno e curioso, a sombra acima do lábio superior era um tantinho comprida demais, e a boca era exageradamente larga. Os olhos podiam ser muito azuis, se ela deixasse. Era uma mulher discreta, mas sem se esconder do mundo. Parecia inteligente, mas não de uma inteligência hollywoodiana, aquela feita de espertezas, ganância, veneno.

– Li no jornal da tarde que já saiu agora de manhã – disse ela. – O pedaço da história que o jornal contou.

– E isso quer dizer que a polícia não vai alardear a coisa como uma grande notícia. Se não, eles teriam segurado as informações para os jornais matutinos, de maior circulação.

– Bom, de qualquer modo andei pesquisando o assunto para você – disse ela.

Eu a encarei, sustentei um olhar duro em cima dela, empurrei em sua direção uma carteira de cigarros que ficava na minha mesa e enchi o meu cachimbo.

– Você está enganada – disse eu. – Eu não estou nesse caso. Comi terra ontem de noite e entornei uma garrafa para conseguir dormir. Isso é trabalho para a polícia.

– Eu acho que não – disse ela. – Não tudo, pelo menos. E, de qualquer modo, você tem que ganhar os seus honorários. Ou você não cobra honorários?

– Cinqüenta dólares – disse eu. – Que eu vou devolver, assim que eu souber para quem. Nem minha mãe diria que eu fiz por merecer esses cinqüenta dólares.

– Eu gosto de você – disse ela. – Você me dá a impressão de ser alguém que quase virou marginal, e então alguma coisa aconteceu que o impediu de ser bandido... no último minuto. Você sabe de quem era o colar de jade?

Endireitei-me na cadeira de um pulo, o que doeu muito.

– Que colar de jade? – quase gritei. Eu não tinha contado nada a ela sobre um colar de jade. Os jornais não haviam mencionado nada sobre um colar de jade.

– Você não precisa se fazer de desentendido. Eu estive conversando com o homem que está no caso... tenente Reavis. Contei a ele sobre a noite passada. Eu me dou bem com policiais. Ele pensou que eu sabia mais do que de fato eu sabia. Então me contou coisas.

– Bom... e o colar é de quem? – perguntei, depois de um silêncio pesado.

– Uma tal sra. Prendergast, esposa do sr. Philip Courtney Prendergast; um nome da sociedade que mora em Beverly Hills... parte do ano, pelo menos. O marido tem um milhão ou pouco mais e um fígado doente. A sra. Prendergast é uma loira de olhos pretos que freqüenta todo tipo de lugar enquanto o sr. Prendergast fica em casa e toma calomelano.

– Loiras não gostam de homens loiros – disse eu. – Lindley Paul era loiro como um montanhês suíço que sabe cantar em falsete.

– Não seja bobo. Você está lendo muita revista de fofocas sobre gente de cinema. Essa loira gostava daquele loiro. Eu *sei*. O editor da coluna social do *Chronicle* me disse. Ele pesa mais de noventa quilos e usa bigode, e chamam ele de Frida Frufru.

– E foi ele que te disse do colar?

– Não. O gerente da Companhia Blocks de Jóias foi quem me disse. Contei a ele que estava escrevendo um artigo sobre jades raros... para a gazeta da Polícia. Agora é você quem me obriga a fazer piada.

Acendi meu cachimbo pela terceira vez e fiz a minha cadeira ranger ao recostar-me com tanta força que quase caí para trás.

– Reavis sabe de tudo isso? – perguntei, tentando olhar fixo para ela sem que ela o notasse.

– Ele não me disse que sabia. Ele pode descobrir tudo isso sem maiores dificuldades. Tenho certeza que vai. Ele não é bobo nem nada.

– A não ser na sua frente – disse eu. – Ele lhe contou sobre Lou Lid e Fuente, o mexicano?

– Não. Quem são esses?

Contei a ela sobre os dois.

– Mas isso é horrível – disse ela e sorriu.

– O seu pai por um acaso não era um tira, era? – perguntei, desconfiado.

– Chefe de polícia de Pomona por quase quinze anos.

Não fiz nenhum comentário. Eu me lembrava que o chefe de polícia John Pride, de Pomona, fora morto a tiros por dois delinqüentes uns quatro anos antes.

Depois de uma pausa, falei:

– Eu devia ter imaginado. Muito bem, o que mais?

– Aposto quanto você quiser que a sra. Prendergast não conseguiu o seu colar de volta, que o marido doente tem grana bastante para manter essa parte da história e o nome deles fora dos jornais e que ela precisa de um bom detetive para ajudá-la a botar a casa em ordem... sem nenhum escândalo.

– Por que escândalo?

– Ah, não sei. Ela é do tipo que deve ter uma caixa deles dentro do armário.

– E imagino que você tomou o café-da-manhã com ela – disse eu. – A que horas você acordou?

– Não. Ela só vai me receber depois das duas. E eu me levantei às seis.

– Meu Deus – disse eu e tirei uma garrafa da gaveta funda da minha escrivaninha. – Minha cabeça está doendo demais.

– Só um gole – Carol Pride disse, com voz autoritária. – E só porque você levou uma surra. Mas imagino que isso acontece com freqüência.

Joguei o drinque goela abaixo, recoloquei a rolha na garrafa, mas não apertei-a com força, e dei um longo suspiro.

A moça enfiou a mão em sua bolsa marrom e, enquanto tateava aqui e ali, disse:

– Tem mais uma coisa. Mas talvez seja melhor você lidar com isso, e não eu.

– É bom saber que ainda estou trabalhando aqui – disse eu.

Ela fez rolar três cigarros russos longos na mesa. Não estava sorrindo.

– Dê uma olhada dentro das piteiras – disse ela – e tire suas próprias conclusões. Roubei eles da cigarreira chinesa ontem de noite. Todos eles têm um algo mais que intriga.

– E você é filha de policial – disse eu.

Ela se levantou, tirou uma cinza de cachimbo da beirada da minha mesa com a bolsa e saiu em direção à porta.

– Também sou uma mulher. Agora preciso ir. Estou indo me encontrar com outro editor de coluna social e descobrir sobre a esposa do sr. Philip Courtney Prendergast e sua vida amorosa. Divertido, não é?

A porta do escritório e minha boca fecharam-se ao mesmo tempo.

Peguei um dos cigarros russos. Apertei-o entre os dedos e olhei pelo buraco da piteira. Parecia ter algo enrolado ali dentro, como um pedaço de papel ou cartão, algo que com certeza não estava ali para melhorar o sabor do cigarro. Finalmente consegui tirar aquilo para fora, usando a lixa de unhas do meu canivete de bolso.

Era mesmo um cartão, um cartão de visitas muito fino, cor marfim, masculino no tamanho. Duas palavras estavam gravadas no cartão, nada mais.

Soukesian (Vidente)

Espiei as outras piteiras, encontrando cartões idênticos em cada uma. Aquilo não significava nada para mim. Eu nunca tinha ouvido falar de um vidente chamado Soukesian. Dali a pouco fui procurar o nome dele no guia telefônico. Havia um homem chamado Soukesian na Seventh Street West. Pelo som, era nome armênio, então procurei o nome dele de novo, na seção de classificados, em "Tapetes Orientais". Ele estava lá, mas aquilo não provava nada. Ninguém precisa ser vidente para vender tapetes orientais. Só precisa ser vidente para comprar tapetes orientais. E algo me dizia que esse Soukesian do cartão não tinha nada a ver com tapetes orientais.

Eu tinha uma vaga idéia de qual devia ser o negócio dele e que tipo de gente compunha sua clientela. E, quanto maior o negócio, menos ele iria anunciar. Se você desse a ele bastante tempo e bastante dinheiro, ele podia curar tudo, desde um marido cansado até uma praga de gafanhotos. Devia ser um perito em mulheres frustradas, em casos amorosos complicados e espinhosos, em rapazes que saíam de casa e não mandavam notícias, em saber se era hora de vender um imóvel ou de segurá-lo por mais um ano, em saber se uma perspectiva ou outra vai prejudicar a minha imagem junto ao meu público ou melhorar. Até homens provavelmente se consultavam com ele: sujeitos que gritavam ordens como búfalos furiosos no escritório e assim mesmo não passavam de mingau morno e insosso por dentro. Mas a maioria seria de mulheres: mulheres com dinheiro, mulheres com jóias, mulheres que poderiam ficar macias como seda ao toque de uma elegante mão asiática, mulheres que ficariam cegamente obedientes a um Soukesian, o vidente.

Tornei a encher o meu cachimbo e dei uma boa sacudida nas idéias, sem mexer muito com a cabeça, e fiquei pescando um motivo que levasse um homem a carregar consigo uma cigarreira extra com três cigarros que não deveriam ser consumidos e, em cada um dos três, escondido, o nome de um outro homem. Quem iria encontrar aquele nome?

Empurrei a garrafa para um lado e sorri. Aqueles cartões seriam encontrados por qualquer um que vasculhasse os bolsos de Lindley Paul com pente fino... com a máxima atenção, sem a mínima pressa. Quem iria agir assim? A polícia. E quando? Quando o sr. Lindley Paul morresse, ou ficasse muito machucado, sob circunstâncias misteriosas.

Tirei o meu chapéu de cima do telefone e liguei para um homem chamado Willy Peters que trabalhava com seguros, segundo o que ele dizia, e tinha um negocinho paralelo vendendo números de telefone não-listados, o que ele conseguia subornando motoristas e empregadas domésticas dos ricos e famosos. Ele cobrava cinco dólares por consulta. Imaginei que Lindley Paul podia pagar esse tanto, já que ele tinha cinqüenta dólares de crédito comigo.

Willy Peters tinha exatamente o que eu estava procurando. Era um número do bairro Brentwood Heights.

Telefonei para Reavis na delegacia. Ele disse que tudo estava bem, exceto suas horas de sono, e eu que ficasse de bico fechado e parasse de me preocupar, mas que eu devia ter contado a ele sobre a moça. Eu disse que ele tinha razão, mas que, talvez, se ele mesmo tivesse uma filha, não fosse querer um monte de fotógrafos rondando a moça, assustando-a. Ele disse que tinha uma filha e que aquele caso não ajudava em nada a minha reputação, mas que isso podia acontecer com qualquer um e até logo.

Telefonei então para Violetas M'Gee, para convidá-lo a almoçar comigo algum dia em que tivesse feito uma limpeza nos dentes e estivesse com a boca dolorida.

Mas ele estava em Ventura, entregando um prisioneiro que havia escapado e fora recapturado. Então liguei para o número de Brentwood Heights, residência de Soukesian, o vidente.

Um pouco depois, uma voz de mulher, com um leve sotaque estrangeiro, respondeu com um "Alô?".

– Eu poderia falar com o sr. Soukesian?

– Deschculpe, masch o srr. Soukesian nunca atendje ao telefone. Sou a secrretárria. Deseja deixar um recado?

– Sim. Tem papel e lápis?

– Masch é clarro que tenho papel e lápisch. Qual o recado, porr favorr?

Primeiro, eu lhe dei meu nome, endereço, ocupação e número de telefone. Certifiquei-me de que ela estivesse usando a grafia certa. Então eu disse:

– É sobre o assassinato de um homem chamado Lindley Paul. Aconteceu ontem de noite nas Paliçadas, perto de Santa Monica. Eu gostaria de ter a opinião do sr. Soukesian.

– Ele vai ficarr muito satischfeito. – A voz dela estava calma como uma ostra. – Masch é clarro que não posso lhe marcarr uma horra hoje. Soukesian é semprre muito ocupado. Talvezch amanhã...

– Semana que vem está ótimo – disse eu, com entusiasmo na voz. – Nunca se tem pressa numa investigação de assassinato. Apenas diga a ele que estou lhe dando duas horas antes de ir à polícia com o que eu sei.

Houve um silêncio. Talvez a respiração presa de repente, talvez apenas o chiado da ligação. Então a voz estrangeira e lenta disse:

– Eu dirrei a ele. Não entendo...

– Rapidinho, meu anjo. Vou estar esperando, aqui no meu escritório.

Desliguei, levei a mão à parte de trás da minha cabeça, apalpei, depois guardei os três cartões de visita na minha carteira e senti que estava pronto para uma refeição quentinha. Saí para almoçar.

4 – Segunda Safra

O índio fedia. Deu para sentir o fedor dele desde que entrara na minha salinha de espera, quando ouvi a porta externa abrir e levantei para ver quem era. Ele estava parado, dois passos dentro do escritório, e parecia uma estátua de bronze. Era um homem grande da cintura para cima, o peito grande e largo.

Fora isso, parecia um vagabundo. Estava usando um terno marrom, pequeno demais para ele. O chapéu era pelo menos dois números menor do que ele precisava e estava fartamente manchado de suor – alguém em quem o chapéu cabia perspirava muito. Ele usava o chapéu como uma casa usa um galo da rosa dos ventos. Seu colarinho estava justo como uma cangalha e era aproximadamente do mesmo tom de marrom sujo. Uma gravata pendia dali e balançava para fora do casaco abotoado e pelo jeito fora amarrada ao colarinho com alicate, num nó do tamanho de uma ervilha. Acima do colarinho, o pescoço nu parecia estar atado com uma fita preta.

O homem tinha um rosto grande, achatado, um nariz grande, carnudo, cavalete pronunciado e parecia tão duro quanto a proa de um transatlântico. Tinha olhos sem pálpebras, as bochechas caídas, os ombros de um ferreiro. Se tivesse se lavado um pouco e estivesse vestindo uma túnica branca, teria a aparência de um cruel, depravado e repulsivo senador da Roma Antiga.

O seu fedor vinha do cheiro natural de um homem primitivo: sujo, mas não da sujeira das cidades.

– Hã – disse ele. – Vem rápido. Vem agora.

Apontei meu polegar para a minha sala e voltei para dentro dela. Ele me seguiu com dificuldade e fez tanto barulho caminhando quanto uma mosca. Sentei-me à minha mesa, apontei para a cadeira do outro lado, à minha frente, mas ele não se sentou. Seus olhos pequenos e negros eram hostis.

– Vamos aonde? – eu quis saber.

– Hã. Eu Segunda Safra. Eu índio de Hollywood.

– Sente-se, sr. Safra.

Ele bufou, e suas narinas mostraram-se muito largas. Antes disso, elas já eram largas o suficiente para lembrar tocas de camundongos.

– Nome Segunda Safra. Não sr. Safra. Quemerda.

– O que você deseja?

– Ele diz vem rápido. Grande pai branco diz vem agora. Ele diz...

– Chega desse latim de bosta – disse eu. – Não sou professorinha de colégio em baile de cobra.

– Quemerda – disse ele.

Tirou o chapéu com nojo, lentamente, e emborcou-o. Passou um dedo por baixo da tira interior de couro, em toda a volta. Aquilo deixou à mostra a tira de couro. Ele tirou um clipe de papel da beirada do couro e aproximou-se o suficiente para jogar sobre minha mesa um lenço de papel dobrado e sujo. Apontou para aquilo com raiva. Seu cabelo preto, liso e sebento tinha uma saliência circular e achatada, bem no alto – a marca do chapéu apertado demais.

Desdobrei o pedacinho de lenço de papel e encontrei um cartão onde se lia: *Soukesian (Vidente)*. Estava escrito em caligrafia fina, belamente impresso. Eu tinha outros três, iguaizinhos, na minha carteira.

Brinquei com o meu cachimbo vazio, encarei o índio, tentei dominá-lo com o meu olhar.

– Certo. O que é que ele quer?

– Ele quer você vem agora. Rápido.

– Quemerda – disse eu. O índio gostou daquilo. Era um aperto de mãos entre semelhantes. Ele quase sorriu. – Isso vai custar a ele cenzinho, só de sinal – acrescentei.

– Hã?

– Cem dólares. Uma centena de verdinhas. Um dólar mais um dólar mais um dólar, até cem. Eu sem dinheiro, eu não vem agora, rápido. Dá pra entender? – fiquei fazendo a contagem por meio de abrir e fechar as mãos no ar.

O índio jogou outro lenço de papel dobradinho sobre a mesa. Desdobrei. Tinha uma nota novinha em folha de cem dólares.

– O vidente é bom – disse eu. – Um cara assim sabido até dá medo, mas eu vou, mesmo assim.

O índio pôs o chapéu de volta na cabeça, sem se incomodar em dobrar a tira de couro para dentro. Sua aparência só ficou um pouco mais cômica.

Peguei uma arma de debaixo do braço, não a mesma que eu tinha comigo na noite anterior, infelizmente (porque eu detesto perder uma arma), soltei o pente no côncavo da minha mão, soquei-o de volta no lugar, manuseei o dispositivo de segurança e botei a arma no coldre de novo.

Aquilo para o índio era o mesmo que se eu tivesse coçado o pescoço.

– Tô com carro – disse ele. – Carro grandão. Quemerda.

– Que pena – disse eu. – Deixei de gostar de carros grandes. De qualquer modo, vamos lá.

Tranquei minha sala e saímos. No elevador, o índio fedia mais ainda. Até o ascensorista notou.

O carro era um Lincoln Touring na cor caramelo. Não era novo, mas estava bem conservado, com umas cortininhas de contas coloridas de vidro na traseira. Descemos uma ladeira, passando por um campo de pólo, a grama verdinha e lustrosa, voamos ladeira acima, e o motorista de pele escura, de aparência estrangeira, fez uma curva e entramos numa faixa pavimentada em concreto que era quase tão íngreme quanto a escada que levava à casa de Lindley Paul, mas não seguia em linha reta. Esse lugar era bem afastado da cidade, além de Westwood, em Brentwood Heights.

Continuamos subindo, passando por dois laranjais que deviam ser a menina dos olhos de algum ricaço, pois não estávamos em terras de cultivo de laranja, e por casas moldadas de encontro às encostas dos morros como se fossem baixos-relevos.

Depois disso, não se viam mais casas, apenas encostas de morro queimadas e a faixa de cimento e um precipício à esquerda que dava para o ar fresco de um desfiladeiro sem nome, e à direita o calor bafejava sobre nós desde o barranco de terra argilosa e ressequida, em cujas beiradas agarravam-se umas poucas e invencíveis flores silvestres, como crianças teimosas que se recusam a ir dormir.

À minha frente, dois homens de costas: um de casaco de lã com textura em diagonal, magro, pescoço moreno, cabelo preto, quepe de motorista sobre o cabelo preto, e um de casaco largo, amassado, de um terno marrom surrado, com o pescoço grosso do índio e sua cabeça pesada logo acima e, sobre a cabeça, o antiqüíssimo chapéu seboso ainda com a tira de couro para fora.

Então a faixa de estrada fez uma curva em U, e os enormes pneus derraparam sobre algumas pedras soltas, e o Lincoln caramelo entrou a toda por um portão aberto e subiu um aclive íngreme forrado de gerânios cor-de-rosa que cresciam ali como mato. No alto do caminho para o carro, havia um ninho de águia, uma casa em cima da colina, rebocada de branco e com muito vidro e cromo, tão modernista quanto um fluoroscópio e tão distante quanto um farol.

O carro chegou no topo, fez uma curva e parou diante de uma parede cega, branca, onde havia uma porta preta. O índio desceu, olhou para mim. Eu desci, apertando a arma contra as costelas com o meu braço esquerdo.

A porta preta na parede branca abriu-se lentamente, sem que ninguém a tocasse, e exibiu uma passagem estreita que se estendia por um bom pedaço de chão. Uma lâmpada estava acesa, no teto.

O índio disse:

– Hã. Entra, chefe.

– Você primeiro, sr. Safra.

Ele entrou fazendo uma carranca contrariada, e eu o segui, e a porta preta fechou-se sozinha, depois de nós, sem o menor ruído.Um pouco de ritual exuberante para os clientes. Ao fim da passagem estreita, havia um elevador. Eu tive de entrar nele com o índio. Subimos lentamente, com um som suave, ronronado, o leve murmurar de um motor pequeno. O elevador parou, a porta abriu-se sem um suspiro, e então estávamos na luz do dia.

Saí do elevador. Ele desceu de volta, com o índio dentro. Eu estava no espaço de um torreão que era praticamente só janelas, algumas com as cortinas fechadas contra o clarão da tarde. Os tapetes no chão tinham as cores suaves de velhos tapetes persas, e havia ali uma escrivaninha feita de painéis entalhados que provavelmente saíra de uma igreja. Atrás da escrivaninha, uma mulher me sorria um sorriso seco, tenso, murcho, que se desmancharia em pó se fosse tocado.

Seu cabelo era negro e caía em cachos lustrosos, emoldurando um rosto moreno, asiático. Ela exibia pérolas nas orelhas e anéis nos dedos: anéis grandes e baratos, inclusive uma selenita e uma esmeralda com lapidação retangular que parecia tão falsa quanto um bracelete de escrava numa loja de bugigangas. As mãos da mulher eram de pele escura, miúdas e envelhecidas e não combinavam com anéis.

– Ah, senhorr Dalmasch, que bom que o senhorr veio. Muito gentil de sua parrte. Soukesian vai ficarr muito encantado.

– Obrigado – disse eu. Peguei a nota novinha de cem dólares da minha carteira e coloquei-a sobre a sua escrivaninha, na frente de suas mãos escuras e cintilantes.

Ela não tocou nem olhou para o dinheiro. – A conta é minha – disse eu. – Mesmo assim, obrigado pela consideração.

Ela se levantou devagar, sem mexer no sorriso, roçou o ar em volta da escrivaninha com um vestido tão justo que grudava nela como a pele de uma sereia e mostrou que tinha uma boa figura, se você gosta do tipo que da cintura para baixo é quatro vezes maior que da cintura para cima.

– Eu vou levarr o senhorr – disse ela.

Ela se movimentou à minha frente até uma parede estreita de lambris, que era tudo o que havia na estrutura da sala além das janelas e do pequeno poço do elevador. Ela abriu uma porta estreita que dava para um brilho sedoso que não podia ser a luz do dia. O sorriso da mulher agora era mais antigo que o Egito. Apertei o meu coldre de novo e entrei.

A porta fechou-se em silêncio atrás de mim. O aposento era octogonal, todo acortinado em veludo preto, sem janelas, com um teto preto, pé-direito muito alto. No meio do tapete preto, havia uma mesa branca octogonal e dois banquinhos, um de cada lado da mesa, cada banquinho uma cópia em menor escala da própria mesa. Mais ao fundo da sala, contra as cortinas pretas, havia um terceiro banquinho igual. E uma bola grande, leitosa, sobre um pedestal preto sobre a mesa branca. A luz vinha dali. Não havia mais nada naquela sala.

Fiquei ali talvez uns quinze segundos, com a estranha sensação de estar sendo observado. Então as cortinas pretas se abriram e um homem entrou na sala, foi direto para a mesa e sentou-se. Só então ele me olhou. Disse:

– Sente-se à minha frente, por favor. Não fume nem se mexa muito. E também nada de gestos nervosos, se puder evitar. Agora, em que posso ajudá-lo?

5 – Soukesian (Vidente)

Era um homem alto, coluna reta como aço, olhos tão pretos como eu nunca tinha visto e o cabelo loiro tão claro e tão bonito como eu nunca tinha visto. Ele tanto podia ter trinta anos como sessenta. E parecia tão armênio quanto eu. O cabelo estava escovado inteiro para trás, e o homem tinha o mesmo perfil do John Barrymore* com 28 anos. Um ídolo das matinês, e eu esperando algo furtivo, escuro e seboso que esfregasse as mãos continuamente.

Ele estava usando um terno de homem de negócios, botões trespassados, corte impecável, camisa branca, gravata preta. Era tão arrumadinho como o caderno que certas pessoas usam para listar metódica e detalhadamente todos os presentes que dão e que recebem.

Engoli em seco e disse:

---

* Famoso ator shakespeariano no começo do século XX. (N.T.)

– Não quero uma previsão do futuro. Eu sei tudo sobre esse negócio.

– É mesmo? – disse ele, com gentileza na voz. – E o que é que você sabe?

– Deixe pra lá – disse eu. – Eu consigo entender a secretária porque ela é uma adorável preparação para o choque que as pessoas vão ter quando vêem você. O índio me deixa um pouco aturdido, mas eu não tenho nada a ver com isso, de qualquer modo. Não sou um tira da divisão de fraudes. Estou aqui para obter informações sobre um assassinato.

– Acontece que o índio é um médium nato – Soukesian disse, a voz suave. – Eles são mais raros que diamantes e, como os diamantes, são às vezes encontrados em locais muito sujos. Isso também não lhe interessa, provavelmente. Quanto ao assassinato, você pode me contar sobre ele. Eu nunca leio os jornais.

– Ora, vamos – disse eu. – Nem mesmo para ver quem são as pessoas que assinam os cheques mais gordos ali na recepção? Ok, o negócio é o seguinte.

E contei para ele toda a maldita história e contei sobre os seus cartões de visita e onde eles tinham sido encontrados.

Ele não moveu um músculo. Com isso não estou só dizendo que ele não gritou, que não ergueu os braços em protesto, que não bateu com os pés no chão, que não roeu as unhas. Estou dizendo que ele realmente não se moveu; ele nem piscou. Apenas ficou ali sentado, olhando para mim, como um dos leões de pedra à entrada da Biblioteca Pública.

Quando terminei de falar, ele botou o dedo na ferida:

– E você não entregou esses cartões para a polícia? Por que não?

– Isso quem vai me explicar é você. Eu simplesmente não entreguei.

– É óbvio que os cem dólares que eu lhe mandei não são nem de perto suficientes.

– É uma idéia – disse eu. – Mas na verdade eu ainda não tive tempo de pensar sobre isso.

Ele se moveu apenas o suficiente para cruzar os braços. Seus olhos pretos estavam rasos como uma bandeja, ou fundos como um poço cavado até o centro da Terra... o que você preferisse. De qualquer maneira, não revelavam coisa nenhuma.

Ele disse:

– Você provavelmente não iria acreditar se eu dissesse que só conhecia esse homem do modo mais casual que há... profissionalmente.

– Eu levaria em consideração – disse eu.

– Compreendo que você não leve muita fé em mim. Talvez o sr. Paul acreditasse em mim. Tinha mais alguma coisa nos cartões além do meu nome?

– Sim – disse eu. – E você não ia gostar de saber. – Aquilo era um jogo de jardim-de-infância, do tipo que os tiras jogam em programas de rádio que fazem dramatizações de crimes. Ele não deu importância, nem se dignou a entrar na questão.

– A minha é uma profissão de muita sensibilidade – disse ele. – Mesmo neste paraíso de impostores. Deixe-me ver um desses cartões.

– Eu estava blefando – disse eu. – Não tem nada nos cartões além do seu nome. – Peguei minha carteira, tirei um cartão e coloquei-o na frente dele. Guardei a carteira. Ele virou o cartão do outro lado com a unha.

– Sabe o que eu imagino? – disse eu, com entusiasmo. – Imagino que Lindley Paul pensou que você seria capaz de descobrir quem o assassinou, mesmo que a polícia não consiga. O que quer dizer que ele andava com medo de alguém.

Soukesian descruzou os braços e cruzou-os novamente, por cima o braço que antes estava por baixo. Para ele, aquilo devia ser o equivalente a subir no lustre e arrancar uma lâmpada com a boca.

– Não é nada disso que você está pensando – disse ele. – Quanto... diga rápido... pelos três cartões e uma declaração por escrito de que você revistou o corpo antes de notificar a polícia?

– Nada mal – disse eu – para um sujeito que tem um irmão que faz contrabando de tapetes.

Ele sorriu, muito polidamente. Havia um quê no sorriso dele que beirava o simpático.

– Existem comerciantes de tapetes que são honestos – disse ele. – Mas Arizmian Soukesian não é meu irmão. Esse é um sobrenome comum na Armênia.

Concordei com um gesto de cabeça.

– Você pensa que sou apenas mais um impostor, é claro – acrescentou ele.

– Pois então me prove que não é.

– Talvez não seja dinheiro o que você veio buscar, afinal – disse ele, com cautela.

– Talvez não seja.

Não percebi nenhum movimento, mas ele deve ter tocado uma campainha no chão, com o pé. As cortinas de veludo preto se abriram, e o índio entrou na sala. Ele não parecia sujo nem engraçado agora.

Estava vestindo uma calça branca de corte largo e uma túnica branca com bordados em preto. Levava uma faixa preta na cintura e uma tira preta em volta da testa. Seus olhos pretos estavam sonolentos. Ele foi arrastando os pés pesadamente até o banco próximo às cortinas, sentou-se, cruzou os braços e apoiou o queixo no peito. Sua aparência era ainda mais atarracada agora, como se aqueles trajes estivessem sendo usados por cima da roupa que ele tinha antes.

Soukesian estendeu as mãos acima do globo leitoso que estava entre nós dois, na mesa branca. No teto alto e preto, o lustre estava quebrado e começou a desenhar formas estranhas, padrões e figuras estranhos, imagens muito sutis, porque o teto era preto. O índio manteve a cabeça abaixada e o queixo no peito, mas seu olhar ergueu-se lentamente, e ele ficou olhando fixamente para as mãos que desenhavam sombras.

As mãos moviam-se num padrão ágil, gracioso, intricado, que significava qualquer coisa ou nada, que era como as seleções infantis de beisebol dançando como gregos, ou espirais e espirais de fitas de enfeites natalinos jogados no chão... o que você quisesse imaginar, na verdade.

O queixo grande e forte do índio repousava em seu peito grande e forte, e, lentamente, como os olhos de um sapo, os olhos do índio se fecharam.

– Eu poderia tê-lo hipnotizado sem nada disso – disse Soukesian em voz baixa. – Só que isso é parte do espetáculo.

– Certo – eu observava o seu pescoço magro e firme.

– Agora, alguma coisa que Lindley Paul tenha tocado – disse ele. – Este cartão serve.

Ele se levantou sem ruído, foi até o índio, enfiou o cartão na tira preta, contra a testa do índio, e deixou-o ali. Sentou-se novamente.

Ele começou a entoar uma ladainha, muito suavemente, numa língua gutural desconhecida para mim. Eu observava o seu pescoço.

O índio começou a falar. Falou devagar, com a voz pesada, entre lábios imóveis, como se as palavras fossem enormes pedras que ele tinha de arrastar morro acima sob um sol escaldante.

– Lindley Paul homem ruim. Faz amor com patroa do chefe. Chefe muito furioso. Chefe tem colar roubado. Lindley Paul precisa devolver. Homem ruim morre. Grrrr.

A cabeça do índio deu um pulo quando Soukesian bateu uma palma. Os olhos pequenos e sem pálpebras se abriram novamente. Soukesian olhou para mim sem qualquer expressão no rosto bonito.

– Muito bem apresentado – disse eu. – E nem um pouco espalhafatoso, ou de mau gosto. – Apontei o polegar para o índio. – Ele é um pouco pesado para sentar no seu joelho, não acha? Eu não tinha visto um bom ventríloquo desde que as coristas pararam de usar malhas e começaram a mostrar as pernas.

Soukesian deu um sorriso de leve.

– Eu estava observando os músculos do seu pescoço – disse eu. – Não faz mal. Acho que entendi o drama. Paul estava fazendo uma poupança às custas da mulher de alguém. Esse alguém ficou enciumado o bastante para mandar empacotar o moço. Como teoria, tem seus méritos. Porque esse colar de jade que ela estava usando não era usado com freqüência, e alguém estava sabendo que ela usaria o colar naquela exata noite quando o assalto foi encenado. Um marido em geral sabe dessas coisas.

– É bem possível – disse Soukesian. – E, uma vez que não mataram você, talvez também não houvesse a intenção de matar Lindley Paul. Só de dar uma boa surra nele.

– Certo – disse eu. – E aqui tem uma outra idéia, que eu devia ter tido antes:

se Lindley Paul estava de fato com medo de alguém e queria deixar uma mensagem, então pode ser que ainda haja alguma coisa escrita nos cartões... com tinta invisível.

Isso, sim, pegou o sujeito. O sorriso dele continuava firme, mas agora tinha mais umas ruguinhas nos cantos do que antes. Tive pouco tempo para avaliar aquilo.

A luz dentro do globo leitoso de repente apagou. No mesmo instante, a sala estava escura como breu. Eu não enxergava minha própria mão. Chutei o meu banco para trás, arranquei minha arma do coldre e comecei a recuar.

Uma corrente de ar trouxe consigo um forte cheiro de sujeira silvestre. Era inconfundível. Sem o menor erro de sincronia ou direção, mesmo na mais completa escuridão, o índio golpeou-me por trás e segurou os meus braços. Começou a me erguer do chão. Eu podia ter levantado a mão e esburacado a sala à minha frente dando tiros no escuro. Não tentei. Não havia motivo.

O índio ergueu-me com as duas mãos, apertando os meus braços contra o meu corpo, como se um guindaste a vapor estivesse me levantando. Ele me pôs de volta no chão, com força, e então me agarrou pelos pulsos. Levou os meus pulsos para trás e torceu-os. Um joelho igual a uma pedra angular entrou nas minhas costas. Tentei gritar. O ar ficou preso na minha garganta e não saía.

O índio me jogou de lado, enlaçou minhas pernas com as dele quando caímos, e fiquei imobilizado como se estivesse socado dentro de um barril. Bati com força no chão, parte do peso dele em cima de mim.

Eu ainda estava armado. O índio não sabia que eu estava armado. Pelo menos não agia como se soubesse. A coisa entre nós estava emperrada. Comecei a me virar.

A luz acendeu de novo.

Soukesian estava parado, de pé, do outro lado da mesa branca, apoiando-se nela. Parecia mais velho. Algo em seu rosto não me agradou nem um pouco. Ele parecia um homem que tinha uma tarefa a cumprir, algo que não era do seu agrado, mas que faria mesmo assim.

– Então é isso – disse ele em voz baixa. – Tinta invisível.

As cortinas abriram-se, e a mulher escura e magra entrou rapidamente na sala com um pano branco fedido nas mãos e me deu um tabefe no rosto com aquilo, inclinando-se para observar-me com seus olhos pretos e irados.

O índio grunhiu às minhas costas, estirando e torcendo os meus braços.

Tive de respirar clorofórmio. Era peso demais apertando minha garganta. O cheiro espesso e adocicado devorou-me. Apaguei.

Uma fração de segundo antes de apagar, uma arma disparou duas vezes. O barulho parecia não ter nada a ver comigo.

Eu estava deitado ao ar livre de novo, exatamente como na noite anterior. Dessa vez, era dia, e o sol estava torrando minha perna direita. Eu conseguia enxergar um céu azul de verão, as linhas de um cômoro, chaparro, iúcas floridas penduradas na encosta de um monte, mais céu azul.

Sentei-me. Nesse instante, minha perna esquerda começou a formigar, e a sensação era de agulhadas muito fininhas. Massageei a perna. Esfreguei com cuidado o meu abdômen, onde me doía a boca do estômago. Um cheiro de clorofórmio ainda fedia no meu nariz. Eu estava tão vazio e tão fedido quanto um barril de petróleo abandonado.

Eu me pus de pé, mas não fiquei de pé. Vomitei mais e pior do que na noite anterior. Mais tremores, mais calafrios, mais dor de estômago. Eu me pus de pé novamente.

A brisa do mar levantava a areia dos cômoros e colocava um pouco de vida em mim. Dei alguns passos cambaleantes, como um drogado, e vi umas marcas de pneu no barro vermelho, depois vi uma grande cruz de ferro galvanizado que um dia havia sido branca mas que agora estava com a tinta quase toda descascada. A cruz era pontilhada de soquetes vazios para lâmpadas, sua base era de concreto trincado e tinha uma porta aberta, e lá dentro via-se um disjuntor de cobre azinhavrado.

Atrás da base de concreto, vi os pés.

Eles apareciam sem querer, para fora da sombra de um arbusto. Os sapatos tinham os bicos reforçados, do tipo que os estudantes costumavam usar no ano antes de estourar a Guerra. Eu não via sapatos desse tipo havia anos, exceto uma vez.

Fui até lá, afastei os galhos do arbusto e olhei para baixo, para o índio.

Suas mãos grandes e grosseiras estavam uma de cada lado do corpo, enormes, vazias, sem vida. Havia traços de barro, folhas mortas e sementes de cercefi em seu cabelo preto e seboso. A luz do sol fazia um desenho filtrado pelas folhas do arbusto em sua face morena. Na barriga, as moscas tinham encontrado uma área empapada de sangue. Os olhos do índio eram como outros olhos (muitos, demais) que eu já vira: semi-abertos, límpidos, mas sem nenhum viço.

Ele estava vestido de novo com aquela sua roupa cômica de andar na rua, e o chapéu seboso estava próximo do corpo, com a tira de couro ainda virada para fora. Ele não era mais engraçado, nem durão, nem malvado. Não passava de um pobre morto, comum, um coitado que morreu sem nem mesmo saber por quê.

Estava óbvio que eu o tinha matado. Aqueles disparos que eu ouvira eram da minha arma.

Não encontrei a arma. Vasculhei a minha roupa. Os outros dois cartões "Soukesian" tinham desaparecido. Nada mais. Acompanhei as marcas de pneu até uma estrada ruim, cheia de sulcos profundos, e segui andando por ali, morro abaixo. Bem mais abaixo, automóveis cintilavam ao sol, rodando no trânsito, enviando reflexos de pára-brisa ou das linhas curvas de seus faróis. Havia um posto de gasolina e umas poucas casas lá embaixo. Mais adiante, o azul do mar, docas, a longa curva da linha costeira em direção a um promontório, Cabo Firmin. Havia uma névoa no ar, e não dava para ver a Ilha de Catalina.

Essa gente com quem eu estava tratando pelo jeito gostava de operar naquela parte do país.

Levei meia hora para chegar ao posto de gasolina. Chamei um táxi por telefone, e ele precisou vir de Santa Monica. Fui até em casa, no Berglund, a três quarteirões do meu escritório, troquei de roupa, pus no coldre minha última arma e sentei-me para telefonar.

Soukesian não estava em casa. Ninguém atendeu naquele número. Carol Pride não atendeu no número dela. Nem eu esperava que ela atendesse. Ela provavelmente estava tomando chá com a esposa do sr. Philip Courtney Prendergast. Mas a central de polícia atendeu à minha ligação, e Reavis ainda estava no trabalho. Pela voz dele, não ficou contente de me ouvir ao telefone.

– Alguma novidade sobre os assassinatos Lindley Paul? – perguntei.

– Eu me lembro de ter dito para você esquecer essa história. Eu não estava brincando – a voz dele parecia irritada.

– Você me disse, sim, mas a coisa toda não pára de me incomodar. Eu gosto de trabalho limpo. Acho que o marido foi o mandante.

Ele ficou em silêncio por um momento. Depois disse:

– Marido de quem, sabichão?

– O marido da fulana que perdeu o colar de jade, é óbvio.

– E naturalmente você teve que meter o nariz no que não deve e andou averiguando quem é a fulana.

– Essa informação meio que caiu no meu colo – disse eu.

Ele ficou em silêncio de novo. Dessa vez por tanto tempo que eu podia ouvir o alto-falante de parede anunciando um boletim policial sobre um carro roubado.

Então ele disse, muito suave e distintamente:

– Me dá vontade de pôr uma idéia na tua cabeça, seu metido. Talvez eu consiga. É uma idéia que traz muita paz de espírito. O conselho de representantes da força policial do nosso Estado lhe deu licença para trabalhar, e o delegado lhe deu um distintivo especial. Acontece que qualquer capitão da ativa que se irrite com você pode cassar a sua licença e o seu distintivo assim, ó: da noite para o dia. Talvez até mesmo um tenente... como eu. Agora, só uma coisa: o que você tinha quando ganhou aquela licença e aquele distintivo? Não precisa responder, eu lhe digo. Você tinha o *status* social de uma barata. Você era um bisbilhoteiro que qualquer um podia alugar. Tudo que você podia fazer neste mundo naquela época era gastar os seus últimos cem dólares no sinal do aluguel de uma sala e na entrada de uns móveis de escritório e daí sentar no seu traseiro até que alguém lhe trouxesse um leão... para que você pudesse pôr a cabeça na boca do leão pra ver se ele morde. Se ele arranca a sua orelha fora, você vai ser processado por lesões corporais. Será que você está começando a entender?

– É uma boa história – disse eu. – Eu mesmo já usei essa história, faz tempo. Então você não quer desvendar o caso?

– Se eu pudesse confiar em você, eu lhe diria que nós queremos desmantelar uma gangue muito esperta que lida com jóias. Mas eu não consigo confiar em você. Onde é que você está? Em algum salão de sinuca?

– Estou na cama – disse eu. – Tomei uma bebedeira agora no telefone.

– Bom, então você vai pegar uma bolsa de água quente, vai pôr ela na testa e vai dormir direitinho como um bom menino, me faz o favor.

– Acho que não. Prefiro sair para praticar tiro ao alvo e matar um índio.

– Bom, então só um índio, júnior.

– Não se esqueça dessa informação – gritei e desliguei o telefone na cara dele.

6 – Dama de porre

Tomei um drinque a caminho do bulevar: café preto com conhaque, num lugar onde sou conhecido. Aquilo renovou o meu estômago, mas eu ainda estava com a cabeça enxovalhada. E ainda podia cheirar clorofórmio nos pêlos da cara.

Fui até o escritório e entrei na salinha da recepção. Havia duas delas dessa vez. Carol Pride e uma loira. Uma loira de olhos pretos. Uma loira que faria um bispo quebrar um vitral de igreja.

Carol Pride levantou-se, testa franzida, olhando-me mal-humorada, e disse:

– Esta é a sra. Prendergast, esposa do sr. Philip Courtney Prendergast. Ela está esperando há bastante tempo. E não costumam deixá-la esperando. Ela quer contratá-lo para um serviço.

A loira sorriu para mim e estendeu uma mão enluvada. Toquei-lhe a mão. Ela talvez tivesse uns 35 anos e tinha aquela expressão de olhos abertos, sonhadora, na medida em que olhos pretos podem ter uma expressão assim. O que você estivesse precisando, fosse você quem fosse... ela podia oferecer. Não prestei muita atenção à sua roupa, mas ela estava usando preto e branco. A roupa era sempre o que o sujeito teria comprado para ela, ou ela não iria até ele.

Destranquei a porta do meu salão particular de pensar, refletir e meditar e abri a porta para que elas passassem.

Havia uma garrafa de bebida pela metade no canto da minha mesa.

– Peço desculpas pela demora, sra. Prendergast – disse eu. – Precisei sair para cuidar de um negócio.

– Não vejo por que você precisava sair – disse Carol Pride, a voz gelada. – Parece que tudo de que você precisa está bem à sua frente.

Ofereci cadeiras para as duas e me sentei e estendi a mão para pegar a garrafa, e o telefone tocou perto do meu cotovelo esquerdo.

Uma voz estranha, sem pressa alguma, disse:

– Dalmas? Nós estamos com seu revólver. Imagino que vai querer ele de volta, não é?

– Os dois. Sou um homem pobre.

– Nós só temos um – disse a voz, calmamente. – O que os vigaristas queriam pegar para eles. Eu telefono mais tarde. Enquanto isso, você repensa tudo o que aconteceu.

– Obrigado – desliguei, pus a garrafa no chão e sorri para a sra. Prendergast.

– Eu conto o que está havendo – disse Carol Pride. – A sra. Prendergast está um pouco gripada. Precisa poupar a voz.

Ela lançou à loira um daqueles olhares enviesados que as mulheres acham que os homens não entendem, do tipo que penetra em você como uma broca de dentista.

– Certo – disse a sra. Prendergast, que se moveu um pouco, para poder enxergar o lado da escrivaninha, onde eu tinha colocado a garrafa de uísque no chão, no tapete.

– A sra. Prendergast me confidenciou algumas coisas – disse Carol Pride. – Não sei exatamente o motivo, a menos que seja porque mostrei a ela como é que se pode evitar muita notoriedade indesejada.

Franzi a testa, olhando para Carol Pride. Disse:

– Não vai haver nada disso. Falei com Reavis faz pouco. Ele tem uma política de sigilo que faria uma explosão por dinamite fazer o mesmo barulho que um penhorista olhando para um relógio de um dólar.

– Muito engraçado – disse Carol Pride – para gente que gosta desse tipo de humor. Mas acontece que a sra. Prendergast gostaria muito de reaver o seu colar de jade... sem que o sr. Prendergast saiba que foi roubado. Parece que ele ainda não sabe.

– Bom, aí então é uma outra história – disse eu. (Não sabe, uma ova!)

A sra. Prendergast me deu um sorriso que me atingiu no bolso da calça.

– Eu adoro uísque puro – arrulhou ela. – Será que a gente podia... só uma dose?

Peguei dois copinhos de uísque e pus a garrafa de volta na mesa. Carol Pride recostou-se na cadeira, acendeu um cigarro com desprezo e olhou para o teto. Não era nenhum sacrifício olhar para ela. Podia-se olhar para ela por muito tempo, sem ficar tonto. Já a sra. Prendergast era estonteante desde a primeira olhadela.

Servi dois drinques, para as damas. Carol Pride nem tocou no dela.

– Caso você não saiba – disse ela com uma voz distante –, Beverly Hills, onde mora a sra. Prendergast, tem suas particularidades. Lá eles têm comunicação por rádio nos carros, e não passa de um bairro pequeno para dar cobertura, e eles cobrem a área como se fossem um cobertor, porque tem muito dinheiro para pagar a proteção da polícia em Beverly Hills. Nas casas melhores, eles até têm comunicação direta com a central de polícia, por meio de cabos e fios que não se consegue cortar.

A sra. Prendergast entornou o seu uísque de um gole só e ficou olhando para a garrafa. Reabasteci o seu copo.

– Isso não é nada – ela brilhou ao entrar na conversa. – Nós temos até conexões com células fotoelétricas em nossos cofres e nos armários para as peles. A gente pode programar a casa de modo que nem mesmo os empregados consigam chegar perto de certos lugares sem que a polícia esteja batendo à porta depois de trinta segundos. Maravilha, não é?

– Sim, maravilha – disse Carol Pride. – Mas isso só acontece em Beverly Hills. Uma vez fora do bairro... e você não pode passar a vida inteira em Beverly Hills... a menos que você seja uma formiga... as suas jóias não estão a salvo. Então a sra. Prendergast tem uma réplica do seu colar de jade... em pedra-sabão.

Eu me endireitei na cadeira. Lindley Paul havia mencionado algo sobre levar uma vida inteira para fazer uma cópia do trabalho de lapidação artesanal das contas de jade Fei Tsui... mesmo se tivéssemos o jade disponível.

A sra. Prendergast brincou com o seu segundo drinque, mas não por muito tempo. Seu sorriso ia se aquecendo aos poucos.

– Então, quando ela ia a alguma festa fora de Beverly Hills, era de praxe que usasse a réplica. Isto é, quando ela quisesse usar jade. O sr. Prendergast fazia questão disso.

– E ele tem um gênio terrível – disse a sra. Prendergast.

Coloquei mais uísque na mão dela. Carol Pride observou-me fazendo isso e praticamente rosnou para mim:

– Mas na noite do assalto ela se enganou e estava usando o colar verdadeiro.

Lancei-lhe um olhar enviesado.

– Sei o que você está pensando – reagiu ela com rapidez. – Quem sabia que ela havia se enganado? Acontece que o sr. Paul soube, logo depois que eles deixaram a casa. Ele era seu acompanhante naquela noite.

– Ele... hã... tocou o colar de leve – a sra. Prendergast suspirou. – Ele sabia distinguir jade verdadeiro só pelo toque. Ouvi dizer que algumas pessoas têm esse dom. Ele era um grande conhecedor de jóias.

Eu me recostei em minha cadeira que rangia.

– Diabos – disse eu, enojado –, eu devia ter suspeitado dele há muito tempo. A quadrilha tinha que ter um pé na sociedade. De que outro modo eles iam saber o dia e a hora em que o material de verdade estava saindo para um passeio? Ele deve ter traído a bandidagem, e eles aproveitaram a oportunidade para despachar o infeliz.

– Enorme desperdício de um grande talento, não acha? – disse Carol Pride com doçura. Ela empurrou seu copinho de uísque pelo tampo da escrivaninha com um só dedo. – Na verdade eu não gosto de uísque, sra. Prendergast... se quiser mais um...

– Traças no seu casaco de pele – disse a sra. Prendergast, e empinou o copo.

– Onde foi o assalto, e como aconteceu? – perguntei, num golpe rápido e seco.

– Bom, isso também parece que foi uma coisa meio engraçada – disse Carol Pride, ganhando da sra. Prendergast por meia palavra. – Depois da festa, que aconteceu em Brentwood Heights, o sr. Paul quis dar uma paradinha no Trocadero. Os dois estavam no carro dele. Naquela época estavam alargando o Sunset Boulevard ao longo de toda a pista do condado, a County Strip, se você está lembrado. Depois de ficar um tempinho no Troc...

– E de beber mais uns copos – a sra. Prendergast deu umas risadinhas, estendendo a mão para a garrafa. Ela reabasteceu um dos seus copos. Ou melhor, acertou algum uísque dentro do copo.

– O sr. Paul levou-a para casa e foi pelo Santa Monica Boulevard.

– O que era o caminho normal – disse eu. – Praticamente o único caminho a fazer, a menos que você quisesse comer poeira.

– Sim, mas esse caminho também os levou até um certo hotelzinho desqualificado, o Tremaine, com um bar do outro lado da rua. A sra. Prendergast notou que um carro saiu da frente do bar e os seguiu. Ela tem certeza de que era o mesmo carro que os tirou da pista e forçou-os contra o meio-fio um pouco depois... e os assaltantes sabiam exatamente o que queriam. A sra. Prendergast lembra de tudo com clareza.

– Ora, naturalmente que sim – disse a sra. Prendergast. – Espero que você não esteja insinuando que eu estava bêbada. Esta garota aqui sabe beber. Não se perde um colar como aquele toda noite.

Ela entornou o quinto drinque goela abaixo.

– Eu não sei dizer nada sobre co... como eram aqueles homens – ela me disse agora com a voz um pouco pastosa. – Lin... o sr. Paul... eu chamava ele de Lin, tá sabendo, ficou arrasado com a coisa toda. Por isso que ele se arriscou desse jeito.

– O dinheiro era seu... os dez mil do resgate? – perguntei.

– Do mordomo é que não era, meu bem. E eu quero aquele colar de volta antes que Court se dê conta. Que tal ir dar uma olhada naquele bar em frente ao hotel?

Ela se atracou em sua bolsa preta e branca, fuçou lá dentro e depois empurrou algumas notas num monte amarrotado pelo tampo da minha escrivaninha. Eu as desamassei e contei. Somavam 467 dólares. Um belo dinheiro. Deixei as notas ali.

– O sr. Prendergast – Carol Pride continuou, avançando devagar e sempre, com doçura –, que a sra. Prendergast chama de "Court", acha que a réplica é que foi roubada. Parece que ele não sabe distinguir um e outro. Ele não sabe de nada sobre a noite passada, a não ser que Lindley Paul foi morto por criminosos.

– Não sabe uma ova – disse eu, dessa vez gritando, e num tom amargo. Empurrei o dinheiro de volta pelo tampo da mesa. – Acho que acredita que está sendo chantageada, sra. Prendergast. Pois se engana. Creio que a razão de esta história não ter aparecido nos jornais como ela aconteceu é porque a polícia está sendo pressionada. Porque o que eles querem é a quadrilha que age com jóias. Os delinqüentes que mataram Paul estão mortos.

A sra. Prendergast ficou olhando para mim, e seu olhar duro, brilhante, alcoolizado estava fixo no meu rosto.

– Eu nunca imaginei que tava sendo chantageada – disse ela. Agora ela estava tendo problemas com os sons "x" e "j". – Eu quero o meu colar e é pra já. Não é problema, o dinheiro. Não mesmo. Me dá uma bebida.

– Está na sua frente – disse eu. Por mim, ela podia se embebedar até embaixo da mesa.

Carol Pride disse:

– Você não acha que podia dar um pulinho até o tal bar e ver o que consegue por lá?

– No máximo um salgadinho que alguém cuspiu num canto – disse eu. – Que merda de idéia.

A loira estava movimentando a garrafa por cima dos seus dois copos. Finalmente conseguiu servir-se de um drinque, bebeu e espalhou o punhado de dinheiro ao redor da mesa, com um gesto livre e solto, como criança brincando com areia.

Tirei o dinheiro de perto dela, juntei as notas de novo e dei a volta à mesa para guardá-lo em sua bolsa.

– Se eu fizer alguma coisa, eu lhe aviso – foi o que disse a ela. – Não preciso que *a senhora* me deixe um sinal, sra. Prendergast.

Ela gostou do que eu disse. Quase se serviu de outro drinque, mas pensou melhor com o que sobrava do cérebro para pensar, levantou-se e foi em direção à porta.

Cheguei do lado dela a tempo de evitar que abrisse a porta com o nariz. Amparei-a pelo braço e abri a porta para ela, e um motorista de uniforme estava esperando ali, encostado à parede.

– Ok – disse ele, indiferente e atirando longe o cigarro que estava fumando. Tomou conta dela. – Vamos lá, querida. Eu devia era lhe dar umas palmadas no traseiro, isso sim.

Ela deu uma risadinha e agarrou-se nele, e os dois saíram pelo corredor, mais adiante pegaram o corredor na transversal e sumiram de vista. Entrei de volta no escritório, me sentei à minha mesa e olhei para Carol Pride. Ela estava secando a mesa com um pano de pó que encontrara em algum lugar.

– Você e sua garrafa no trabalho – disse ela, com azedume. Seus olhos me odiavam.

– Para o inferno, aquela dona – disse eu, furioso. – Eu não confiaria nela nem para guardar as minhas meias velhas. Espero que seja estuprada no caminho para casa. Para o inferno, também, aquela história do tal bar defronte ao hotel.

– Os valores morais dela não estão nem aqui nem lá, sr. John Dalmas. Ela tem caixas e mais caixas de dinheiro e não é mão-fechada. Eu conheci o marido dela, e ele não passa de um pé de leguminosa com um talão de cheque que nunca seca. Se algum reparo foi feito, ela mesma o fez. Ela me disse que desconfiava, já há algum tempo, que Paul era um ladrão de jóias amador. Ela não se importava, contanto que ele a deixasse em paz.

– Essa Prendergast é uma mulher intragável, hã? Mas é claro que ele era um Raffles*.

– Alto, magro, amarelo. Dá a impressão de que o primeiro leite que bebeu azedou no estômago e ele ainda sente o gosto.

– Paul não roubou o colar dela.

– Não?

– Não. E ela não tinha nenhuma réplica.

Os olhos de Carol Pride ficaram mais estreitos e mais escuros.

– Presumo que Soukesian, o vidente, contou tudo isso a você.

– Quem é ele?

Ela se inclinou para a frente por um momento, mas depois recostou-se e puxou a bolsa para perto do corpo.

– Entendi – disse ela devagar. – Você não gosta do meu trabalho. Peço desculpas por me intrometer. Pensei que estivesse ajudando um pouco.

– Eu lhe disse que eu não tinha nada a ver com essa história. Vá para casa e trate de escrever uma reportagem. Eu não preciso de ajuda.

– Pensei que fôssemos amigos – disse ela. – Pensei que você gostasse de mim. – Ela me encarou por um minuto com olhos tristes, cansados.

– Eu preciso ganhar a vida. E não faço isso indo contra o departamento de polícia.

Ela se levantou e me encarou por mais alguns instantes, sem dizer nada. Então foi até a porta e saiu. Ouvi seus passos afastando-se, ao longo do piso de mosaico do corredor.

Fiquei ali sentado por uns dez ou quinze minutos, praticamente sem me mexer. Tentava adivinhar por que Soukesian não tinha me matado. Nada daquilo fazia sentido. Fui até o estacionamento e entrei no meu carro.

---

* Raffles é o nome do personagem principal da peça teatral *Raffles, the amateur cracksman* (1905), depois adaptada para o cinema no filme *Raffles* (1930); ele é um distinto cavalheiro que leva uma vida secreta como ladrão de jóias. (N.T.)

7 – Precisei pular o balcão

O Hotel Tremaine ficava bem longe de Santa Monica, perto dos aterros de lixo. Uma estrada de ferro intermunicipal cortava a rua ao meio, e bem quando cheguei ao quarteirão que teria o número que eu estava procurando, um trem de dois vagões anunciou-se a mais de setenta por hora, fazendo um alarde quase tão grande quanto um avião de carga em decolagem. Pisei no acelerador, passei por aquele quarteirão, estacionei no espaço cimentado em frente a um mercado que não estava mais funcionando. Desci do carro e olhei para trás.

Eu podia ver a placa do Hotel Tremaine sobre uma porta estreita entre duas fachadas de lojas, ambas vazias. Era um prédio velho, de dois andares, sem elevador. Toda a carpintaria do prédio devia cheirar a querosene, os lustres provavelmente tinham rachaduras, as cortinas deviam ser rendadas, as colchas, de algodão berrante, e as molas do colchão, com certeza você as sentiria nas costas. Eu sabia tudo sobre lugares como o Hotel Tremaine. Já dormi neles, já fiquei de tocaia neles, briguei com senhorias magricelas e contrariadas, já fui baleado em lugares assim e ainda posso vir a ser carregado de um deles direto para o necrotério. Servem de pouso para a ralé, para drogados e assassinos, os nanicos da espécie humana que atiram em você antes que você possa dizer "oi".

O bar estava do meu lado da rua. Voltei para o Chrysler e entrei no carro enquanto mudava a minha arma para a cintura, depois segui caminhando pela calçada.

Havia um luminoso vermelho em neon – CHOPE – no telhado. Um toldo largo de lona branca estava aberto e escondia a janela da frente, infringindo a lei. O lugar era só uma loja reformada e ocupava metade da fachada do prédio. Abri a porta e entrei.

O *barman* estava jogando uma variante de gamão com o dinheiro da casa, e um homem sentado em um dos bancos altos do balcão, com um chapéu marrom atirado bem para trás na cabeça, lia uma carta. Os preços estavam rabiscados em branco na parede espelhada que tinha o balcão do bar na frente.

Esse balcão era simples, de madeira pesada, e de cada ponta pendia uma velha garrucha calibre 44 num coldre barato e frágil, coisa que nenhum pistoleiro que se prezasse teria usado. Havia cartazes impressos nas paredes, sobre não pedir fiado e o que tomar no caso de uma ressaca e no caso de ficar com bafo de cerveja, e havia umas pernas bonitas em fotografias.

O lugar tinha jeito de ser um negócio que não dava lucro, talvez nem cobrisse os gastos.

O cara do bar largou o jogo e foi para trás do balcão. Era um cinqüentão ranzinza. Os fundilhos de sua calça estavam rotos, e ele se movimentava como se tivesse calos. O homem no banco continuou lendo, folheando e revirando as páginas de sua carta, escrita com tinta verde em papel rosa.

O cara do bar largou as mãos cheias de bolhas sobre o balcão e me olhou com a expressão de um comediante, uma fisionomia que não revelava nada, e eu disse:

– Um chope.

Ele me tirou um chope, muito lentamente, e eliminou o excedente de espuma do colarinho passando uma faca velha pelas bordas do copo.

Sorvi o meu chope segurando o copo na mão esquerda. Depois de um tempo, eu disse:

– Tem visto Lou Lid? – aquela parecia ser a pergunta certa. Não havia notícia alguma em jornal algum dos que eu tinha visto sobre Lou Lid e Fuente, o mexicano.

O caro do bar me lançou um olhar vago. A pele acima de seus olhos era granulada como a pele de um lagarto. Finalmente ele falou, num sussurro rouco:

– Não conheço.

Havia uma cicatriz branca e grossa em seu pescoço. Uma faca entrara ali, e isso explicava o sussurro rouco.

O homem que estava lendo a carta de repente deu uma risada e um tapa na coxa.

– Ah, vou ter que contar isto aqui pro Moose – rugiu ele. – Essa é de levantar defunto.

Ele desceu do banco e foi em passos esquipados até uma porta na parede dos fundos e saiu por ela. Era um homem de pele escura, robusto, que não se parecia com ninguém. A porta fechou-se atrás dele.

O cara do bar disse em seu sussurro rouco:

– Lou Lid, hã? Nome engraçado, esse. Muita gente vem aqui, e eu não fico sabendo dos nomes deles. Polícia?

– Detetive particular – disse eu. – Não se preocupe com isso. Só estou tomando o meu chope. Esse Lou Lid era uma peça, festeiro. Mulato claro. Moço.

– Bom, pode ser que eu já vi ele alguma vez. Não me lembro.

– Quem é Moose?

– Ele? É o chefe. Moose Magoon.

Ele mergulhou uma toalha grossa num balde, dobrou-a, torceu-a e a fez deslizar em cima do balcão segurando-a pelas pontas. Aquilo dava um bastão de uns cinco centímetros de grossura por uns cinqüenta de comprimento. Você pode mandar um homem voando porta afora com um bastão desses se souber como usá-lo.

O homem com a carta cor-de-rosa voltou pela porta dos fundos, ainda se sacudindo de tanto rir, enfiou a carta no bolso e foi até a máquina de fliperama. Aquilo punha o homem logo atrás de mim. Comecei a ficar um pouco preocupado.

Terminei o meu chope rapidinho e desci do meu banco. O cara do bar ainda não tinha registrado a minha despesa no caixa. Ele segurava a toalha torcida e balançava-a devagar para frente e para trás.

– Bom chope – disse eu. – Obrigado, assim mesmo.

– Volte sempre – sussurrou ele e derrubou o meu copo do balcão.

Aquilo atraiu a atenção dos meus olhos por um segundo. Quando olhei para cima de novo, a porta dos fundos estava aberta e um homem grande estava parado ali, com um revólver grande na mão.

Ele não disse nada. Só ficou ali, parado. A arma olhava para mim. Parecia um túnel escuro. O homem era troncudo, pele muito escura. Tinha um corpo de lutador de luta livre. Parecia bem durão. Não tinha jeito de quem se chama Magoon.

Ninguém disse nada. O cara do bar e o homem com o revólver grande só me encaravam, sem piscar. Então escutei um trem se aproximando nos trilhos da intermunicipal, se aproximando rápido e se aproximando com muito barulho. Aquela era a hora. A sombra pegou toda a janela de frente, e ninguém podia enxergar para dentro do lugar. O trem ia fazer *muito* barulho ao passar. Uns dois tiros iriam se perder na barulheira.

O barulho do trem que vinha vindo ficou mais alto. Eu tinha de me apressar, antes que ficasse alto o suficiente.

Eu me atirei de cabeça por cima do balcão, num mergulho tipo salto mortal.

Alguma coisa disparou num som baixo contra o rugido do trem, e alguma coisa rompeu-se num estrondo acima da minha cabeça, aparentemente na parede. Não fiquei sabendo o que foi. O trem continuava chegando, num crescendo, e passou.

Atingi as pernas do cara do bar e o chão sujo praticamente ao mesmo tempo. Ele se sentou no meu pescoço.

Aquilo pôs o meu nariz numa poça de chope choco, e um dos meus ouvidos foi parar num chão de concreto muito duro. Minha cabeça começou a uivar de dor. Eu estava deitado sobre uma tábua que fazia as vezes de ponte sobre as poças de chope atrás do balcão, meio que virado de lado, sobre o meu lado esquerdo. Arranquei minha arma da cintura. Por um milagre ela não tinha escorregado para dentro da minha roupa, onde podia ter ficado trancada numa perna da calça.

O cara do bar emitiu um som de quem está irritado, e alguma coisa quente ardeu em mim numa ferroada, e eu não ouvi mais nenhum tiro naquele momento. Eu não atirei no cara do bar. Em vez disso, esmaguei com o cano da arma uma parte dele onde algumas pessoas são sensíveis. Ele era uma delas.

Ele saiu de cima de mim como uma mosca nojenta. Se não gritou, não foi por não ter tentado. Rolei para o lado e pus a arma nos fundilhos de sua calça.

– Quieto aí! – foi o que rosnei para ele. – Não quero ser vulgar com você.

Trovejaram mais dois tiros. O trem já estava longe, mas tinha gente que não estava dando a mínima. Aqueles dois tiros arrombaram a madeira. O balcão do bar era velho e sólido, mas não sólido o bastante para deter balas de calibre 45. O cara do bar suspirou em cima de mim. Alguma coisa quente e molhada pingou no meu rosto.

– Vocês me pegaram, rapazes – suspirou ele e começou a cair em cima de mim.

Consegui me safar a tempo, fui para a ponta do balcão mais perto da porta da frente do bar e espiei com cautela. Um rosto com um chapéu marrom em cima estava a menos de trinta centímetros da minha própria cara, no mesmo nível.

Olhamos um para o outro por uma fração de segundo que pareceu tempo suficiente para uma árvore crescer até sua altura máxima, mas que na verdade era um tempo tão curto que o cara do bar ainda estava afundando no ar atrás de mim.

Aquela era a minha última arma. Ninguém ia tirá-la de mim. Ergui meu revólver antes que o homem à minha frente tivesse sequer reagido àquela situação. Ele não fez nada. Só escorregou para um lado e, enquanto escorregava, uma golfada vermelha e espessa jorrou de sua boca.

Aquele tiro eu ouvi. Foi tão alto que parecia o fim do mundo, tão alto que quase não ouvi a porta batendo lá nos fundos. Engatinhei adiante, dando a volta à extremidade do balcão, joguei para longe a arma de alguém que estava no chão, irritado como eu estava, e segurei o meu chapéu para fora da esquina do balcão de madeira. Ninguém atirou. Botei um olho e parte do meu rosto para fora da esquina do balcão.

A porta dos fundos estava fechada, e o espaço na frente dela estava vazio. Fiquei de joelhos e escutei. Uma outra porta bateu, e o motor de um carro rugiu.

Fiquei doido. Atravessei o salão, me atirei contra a porta e mergulhei para os fundos do bar. Era uma cilada. Eles tinham batido a porta e ligado o carro só para forjar o engodo. Eu vi que o braço que estava por desferir o golpe segurava uma garrafa.

Pela terceira vez em 24 horas fiquei na lona e fui declarado vencido por contagem.

Saí dessa gritando, com a adstringência da amônia mordendo o meu nariz. Dei um soco em um rosto à minha frente. Mas eu não tinha com o que dar um soco. Meus braços eram duas âncoras de quatro toneladas cada. Eu me debatia, eu gemia.

O rosto à minha frente materializou-se na expressão entediada mas atenciosa de um homem de jaleco branco, um estudante de medicina.

– Gostou? – ele sorriu. – Tinha gente que costumava beber isso... com um acompanhamento feito de vinho e água tônica.

Ele me puxou, alguma coisa me beliscou no ombro e uma agulha me picou.

– Uma injeçãozinha de leve – disse ele. – A sua cabeça está bem feia. Mas você não vai a nenhuma festa.

O rosto dele desapareceu. Levei a mão aos olhos, examinei minha visão. Ao longe, tudo era vago. Então vi um rosto de mulher, calado, inteligente, atento. Carol Pride.

– Certo – disse eu. – Você me seguiu. Claro que ia me seguir.

Ela sorriu e se mexeu. Então os seus dedos estavam acariciando o meu rosto, e eu não podia vê-la.

– Os policiais de plantão, na ronda, mal conseguiram chegar a tempo – disse ela. – Os vigaristas já tinham enrolado você num tapete... para despachar num caminhão, pelos fundos.

Eu não conseguia enxergar muito bem. Um homem grande de cara vermelha e traje azul-escuro à minha frente tinha uma arma na mão, e ela estava destravada. Alguém gemeu em algum lugar ali por perto.

Ela disse:

– Eles tinham outros dois enrolados também. Só que mortos. Argh!

– Vá para casa – resmunguei num sussurro aturdido. – Vá escrever uma matéria jornalística.

– Você já usou essa antes, seu bobalhão. – Ela continuava acariciando o meu rosto. – Pensei que você inventava as suas frases na base do improviso. Tonto?

– Já está tudo providenciado – falou uma nova voz abruptamente. – Leve esse cara baleado pra onde você pode tomar conta dele. Preciso dele vivo.

Reavis chegou perto de mim como se estivesse saindo de uma névoa. O seu rosto formou-se lentamente, cinza, atencioso, muito sério. E então foi para baixo, como se ele tivesse se sentado à minha frente, próximo de mim.

– Então você tinha que dar uma de espertalhão – disse ele numa voz firme, cortante. – Muito bem, agora desembuche. E não venha me falar de como lhe dói a cabeça. Você pediu e levou.

– Me dê uma bebida.

Um movimento vago, um reflexo de luz prateada e brilhante, e os lábios de uma garrafa de bolso tocaram na minha boca. Um calor forte me desceu pela garganta. Um pouco daquilo escorreu gelado pelo meu queixo, e eu virei a cabeça, me afastei da garrafa.

– Obrigado. Pegou Magoon... o maior de todos?

– Ele levou muito chumbo, mas ainda está respirando. Agora mesmo está a caminho da delegacia.

– E o índio? Pegou?

– O quê? – ele engoliu em seco.

– Nuns arbustos debaixo do cruzamento Peace, lá nas Paliçadas. Eu atirei nele. Sem querer.

– Mas que merda!

Reavis saiu de novo, e os dedos movimentavam-se devagar e sempre no mesmo ritmo pelo meu rosto.

Reavis voltou e sentou-se novamente.

– Quem é o índio? – perguntou ele, abruptamente.

– O braço forte de Soukesian, o vidente. Ele...

– Nós já estamos sabendo sobre ele – interrompeu Reavis com rancor. – Você esteve fora uma hora, seu metido. A moça nos contou sobre os cartões. Ela diz que é culpa dela, mas eu não acredito. De qualquer modo, um trabalho relapso. Mas dois dos meus rapazes já foram para lá.

– Estive lá – disse eu. – Na casa dele. Ele sabe alguma coisa. Só não sei o quê. Ele estava com medo de mim... e no entanto não me apagou. Engraçado.

– Amador – disse Reavis, num tom seco. – Ele deixou isso para Moose Magoon. Moose Magoon era durão... até recentemente. Feitos impressionantes, desde aqui até Pittsburgh. Agora... isso. Mas vá com calma. Isso é bebida para a confissão *ante mortem*. Bom demais pra você.

A garrafa tocou os meus lábios de novo.

– Escute – disse eu, a voz pastosa. – Esse era o bando do assalto. Soukesian era o cérebro. Lindley Paul era o contato. E deve ter traído os outros em algum momento...

Reavis disse:

– Que merda – naquele instante um telefone tocou ao longe, e uma voz disse "É para o senhor, Tenente".

Reavis foi embora. Quando chegou de volta, dessa vez não se sentou.

– Talvez você esteja certo – disse ele, com suavidade. – Talvez esteja, nesse ponto. Em uma casa no alto de um morro em Brentwood Heights agora tem um homem de cabelo dourado morto numa poltrona com uma mulher chorando a perda. Suicídio. Tem um colar de jade numa mesa do lado dele.

– Mortes demais – disse eu e desmaiei.

Acordei numa ambulância. Primeiro achei que estivesse sozinho. Então senti a mão dela e soube que não estava sozinho. Agora eu estava completamente cego. Não conseguia enxergar nem mesmo uma luminosidade. Eram as bandagens.

– O médico está lá na frente com o motorista – disse ela. – Você pode segurar a minha mão. Quer um beijo?

– Se não me coloca em nenhuma obrigação...

Ela riu de mansinho.

– Acho que você sobrevive – disse ela e me beijou. – O seu cabelo está cheirando a uísque. Você toma banho de uísque? O médico disse que você está proibido de falar.

– Eles me acertaram com uma garrafa cheia. Eu falei para o Reavis do índio?

– Falou.

– Falei para ele que a sra. Prendergast pensava que Paul estava metido...?

– Você nem mesmo mencionou a sra. Prendergast – ela disse bem ligeiro.

Eu não respondi. Depois de um tempo, ela disse:

– Esse Soukesian, ele tinha jeito de mulherengo?

– O médico me proibiu de falar – disse eu.

8 – Loira venenosa

Só duas semanas depois é que eu fui de carro até Santa Monica. Dez dias foi o tempo que fiquei no hospital, pagando eu mesmo todas as contas, para ficar bom de uma concussão. Mais ou menos na mesma época, Moose Magoon estava na ala do Hospital do Condado que é reservada aos prisioneiros, enquanto retiravam sete ou oito balas da polícia de dentro dele – sendo enterrado logo após.

O caso também estava para lá de enterrado depois disso. Os jornais haviam se banqueteado com a história, e outras coisas estavam acontecendo, e afinal era só um golpe com jóias que se arruinou de tanta traição interna entre os participantes. Pelo menos foi o que a polícia disse, e eles deviam saber. Não encontraram outras jóias, mas também não estavam esperando encontrar. Concluíram que a quadrilha executava um trabalho de cada vez, com mão-de-obra chinesa ou índia na maioria das vezes, e depois os mandavam embora, cada um com a sua parte. Desse modo, apenas três pessoas sabiam realmente qual era o golpe: Moose Magoon, que no fim era armênio; Soukesian, que usava as suas conexões para descobrir quem tinha o tipo certo de jóia; e Lindley Paul, que concebia cada golpe e avisava quando o bando devia atacar. Ou pelo menos foi o que a polícia disse, e eles deviam saber.

Era uma tarde bonita, de temperatura agradável. Carol Pride morava na 25th Street, numa casa pequena de tijolo à vista, os detalhes arquitetônicos pintados de branco, uma casa bem cuidada, cerca viva na frente.

A sala de estar tinha um tapete estampado em tons caramelo, poltronas em branco e rosa, uma lareira de mármore escuro com um trasfogueiro alto de latão, estantes de livros muito altas, embutidas nas paredes, cortinas rústicas creme na frente de persianas da mesma cor.

Não havia nada de feminino na sala, exceto um espelho de corpo inteiro com o espaço à frente vazio, desimpedido.

Sentei-me em uma poltrona muito macia, repousei o que sobrava de minha cabeça e bebi *scotch* com água mineral enquanto olhava o cabelo castanho e fofo acima de um vestido de gola alta que fazia o seu rosto parecer pequeno, quase infantil.

– Posso apostar que você não comprou tudo isso aqui escrevendo – disse eu.

– E o meu pai também não comprou tudo isso aqui aceitando suborno na polícia – retrucou ela rapidamente. – Nós tínhamos uns terrenos em Playa Del Rey, se você quer saber.

– Petróleo – falei. – Muito bom. E eu não precisava saber. E você não precisa ficar na defensiva comigo.

– Você ainda tem a sua licença?

– Ah, sim – disse eu. – Hum, é muito bom, este *scotch*. Você não estaria interessada em dar um passeio num carro velho, por acaso?

– Quem sou eu para desprezar um carro velho? – perguntou. – A lavanderia andou engomando demais o seu pescoço.

Sorri diante de uma ruga bem fininha entre as sobrancelhas dela.

– Beijei você naquela ambulância – disse ela. – Se você se lembra disso, por favor, não interprete um beijo como grande coisa. Eu só estava com pena de ver como tinham arrebentado a sua cabeça.

– Sou um profissional de carreira. Eu não teria construído uma carreira se prestasse atenção a esse tipo de comentário. Vamos dar uma volta. Eu preciso visitar uma loira em Beverly Hills. Estou devendo a ela um relatório.

Ela se levantou, e seu olhar para mim era feroz.

– Ah, a tal da Prendergast – disse ela de um jeito maldoso. – A mulher dos gambitos sem graça.

– Pode ser que as pernas dela sejam gambitos mesmo.

Ela ficou vermelha, saiu da sala em alta velocidade e voltou no que parecia ter sido três segundos, com um chapéu octogonal pequeno e engraçado que tinha um botão vermelho e um sobretudo xadrez com gola e punhos de camurça.

– Vamos – disse ela, sem fôlego.

Os Prendergast moravam em uma daquelas ruas largas, projetadas em curvas, onde as casas parecem estar próximas demais umas das outras, pois são tão grandes e monumentais, considerando o volume de dinheiro que representam.

Um japonês era o jardineiro e estava aparando uns poucos acres de um gramado macio e verdinho com a costumeira expressão de indiferença que os jardineiros japoneses têm. A casa tinha um telhado feito em lâminas de pedra, estilo inglês, e um alpendre sob o qual param os carros para as pessoas desembarcarem, algumas belas árvores importadas, uma treliça com buganvílias. Era um lugar bonito mesmo, sem ser chamativo. Mas Beverly Hills é Beverly Hills, então o mordomo usava um colarinho de ponta virada e tinha um sotaque como o de Alan Mowbray*.

Ele nos levou por zonas de silêncio até uma sala que naquele momento estava vazia. Havia ali sofás de espaldar alto e poltronas reclináveis de couro castanho-claro, tudo arranjado em frente a uma lareira. Em frente a ela, no piso encerado sem ser escorregadio, um tapete fino como seda e antigo como a tia de Esopo. Um arranjo de flores no canto, outro arranjo sobre uma mesinha de centro, paredes com pergaminho pintado em cor neutra, silêncio, conforto, espaço, aconchego, alguns toques do muito moderno e alguns toques do muito antigo. Uma sala finamente decorada.

Carol Pride torceu o nariz diante dela.

O mordomo abriu apenas a metade de uma porta dupla forrada em couro, e a sra. Prendergast entrou. Em azul pastel, chapéu e bolsa combinando, pronta para sair. As luvas, em azul pastel, batendo de leve em uma coxa azul pastel. Um sorriso, promessas de profundezas nos olhos pretos, um tremendo disfarce e, antes mesmo de ela falar, um gesto forte.

Estendeu as mãos à frente, para nós dois. Carol Pride deu um jeito de ignorar a sua parte. Eu apertei a minha.

– Que maravilha, vocês terem vindo – gritou ela. – Que prazer, encontrá-los

* Ator de teatro e cinema, nascido em Londres em 1896, morreu em Hollywood em 1969. (N.T.)

de novo. Ainda posso sentir o gosto do uísque que você tinha no seu escritório. Horrível, não foi?

Sentamos, os três. Eu disse:

– Na verdade, eu nem precisava tomar o seu tempo vindo pessoalmente, sra. Prendergast. Tudo terminou bem, e a senhora está com o seu colar de volta.

– Sim. Aquele homem estranho. E que estranho, ele ser o que era. Eu também conhecia ele. Você sabia?

– Soukesian? Sim, pensei que talvez o conhecesse – disse eu.

– Ah, conhecia, sim. Bastante bem. Eu devia estar devendo bastante dinheiro a você. E a sua cabeça, sua pobre cabeça! Como está?

Carol Pride estava sentada ao meu lado. Ela disse em voz baixa, num sussurro quase que para si mesma, mas não exatamente:

– Pó de serragem e creosoto, e assim mesmo os cupins estão pegando ela.

Sorri para a sra. Prendergast, e ela devolveu o meu sorriso com um anjo a reboque.

– Você não me deve nem um centavo – disse eu. – Teve só uma coisa...

– Impossível. Eu preciso lhe pagar. Mas vamos beber um *scotch*, está bem? – ela segurou a bolsa sobre os joelhos, apertou alguma coisa debaixo da poltrona e disse: – Um pouco de *scotch* com água, Vernon. – Ela se mostrou radiante. – Bonitinho, não é? A gente nem enxerga o microfone. Esta casa está lotada de detalhes como este. O sr. Prendergast adora essas coisas. Este aqui tem ligação com a copa, para falar com o mordomo.

Carol Pride disse:

– Imagino que o que tem ligação com a cama do motorista é bonitinho também.

A sra. Prendergast não a ouviu. O mordomo entrou com uma bandeja e drinques já preparados. Serviu os drinques a cada um e saiu.

Por cima da borda do copo, a sra. Prendergast disse:

– Foi simpático de sua parte, não contar à polícia que eu suspeitava que Lin Paul era... bem, você sabe. Ou que eu tivesse alguma coisa a ver com você ter ido até aquele bar horroroso de beira de estrada. Por falar nisso, como foi que você explicou essa parte?

– Fácil. Eu disse que tinha sido Paul mesmo quem me contou. Ele estava com você, lembra?

– Mas ele não contou, não é? – imaginei que seus olhos agora estavam um pouco dissimulados.

– Ele não me contou nada, praticamente. Essa que é a verdade. E é lógico que ele não me contou que estava chantageando você.

Eu me dei conta de que Carol Pride agora estava com a respiração suspensa. A sra. Prendergast continuou me olhando por cima da borda do copo. O seu rosto, por um breve instante, mostrou uma expressão meio boba, uma coisa do tipo "ninfa pega de surpresa enquanto se banhava nas águas do rio". Então ela largou o copo, devagar, e abriu a bolsa sobre o colo, dali tirou um lenço e o mordeu. Silêncio.

– Isso – disse ela em voz baixa – é muito fantasioso, não é?

Sorri para ela um sorriso gelado.

– A polícia é muito parecida com os jornais, sra. Prendergast. Por uma razão ou outra, eles não podem fazer uso de todas as informações a que têm acesso. Mas isso não quer dizer que sejam burros. Reavis não é burro. Ele não acha, assim como eu também não acho, que esse tal de Soukesian estivesse realmente liderando um bando profissional de seqüestradores de jóias. Ele não saberia lidar com gente como Moose Magoon nem por cinco minutos. Os outros teriam feito gato e sapato dele, só por diversão. E, no entanto, Soukesian estava com o colar. Isso precisa de uma explicação. Eu acho que ele comprou o colar... de Moose Magoon. Pelos dez mil, o dinheiro do resgate que você passou para ele... e mais uns trocados, possivelmente pagos adiantados, para Moose fazer o serviço.

A sra. Prendergast baixou as pálpebras até que seus olhos estivessem quase fechados e então ergueu-as e sorriu. Era um sorriso horripilante. Carol Pride não se mexeu ao meu lado.

– Alguém *queria* Lindley Paul morto – disse eu. – Isso é óbvio. Você pode matar um homem por acidente com um caneco de cerveja porque não sabe com que força precisa bater. Mas isso não vai espalhar o cérebro dele para fora do crânio. E se você dá uma surra em alguém só para lhe dar uma lição, você não bate na cabeça. Porque desse jeito ele não ia ficar sabendo o quanto você o está machucando. E você ia querer que ele soubesse... se você está só querendo que ele fique bem-comportado.

– O que... o que – a loira perguntou com voz rouca – isso tudo tem a ver comigo?

Seu rosto era uma máscara. Seus olhos tinham um azedume quente como mel envenenado. Uma das mãos estava passeando dentro da bolsa. Então a mão aquietou-se, dentro da bolsa.

– Moose Magoon faria um serviço desses – insisti – se fosse um serviço pago. Ele faria qualquer tipo de serviço. E Moose era armênio, então Soukesian provavelmente sabia como entrar em contato com ele. E Soukesian era bem do tipo que fica apatetado por um rabo de saia e pronto a fazer o que ela quiser que ele faça, até mesmo mandar matar alguém, principalmente se esse alguém é um rival pelo amor da mulher, principalmente se era o tipo de homem que rolava em almofadas no chão e muito provavelmente tirasse fotos bem naturais de suas amigas quando elas estavam a ponto de entrar no Jardim do Éden. Isso não é muito difícil de entender, não é, sra. Prendergast?

– Tome o seu drinque – Carol Pride disse num tom gelado. – Você está babando. Você não precisa contar a essa zinha aí que ela é uma vadia. Isso ela já sabe.

Mas como é que alguém ia conseguir chantagear essa mulher? Você precisa ter uma reputação a zelar para ser chantageado.

– Cale a boca! – gritei, de modo brusco. – Quanto menos você tem, mais você paga para conservar o pouco que ainda tem. – Observei a mão da loira mover-se de repente dentro da bolsa. – Não se incomode em puxar a arma – foi o que eu disse a ela. – Sei que não vão enforcar você. Eu só queria que você soubesse que não está enganando ninguém, que aquela ratoeira no bar foi montada para acabar comigo quando Soukesian perdeu o controle e que foi você quem me mandou para lá, para que eu recebesse o que estava me esperando. O resto da história não interessa mais.

Mesmo assim, ela puxou a arma e segurou-a sobre o seu joelho azul pastel e sorriu para mim.

Carol Pride jogou um copo contra ela. Ela se esquivou, e a arma disparou. Uma bala entrou suave e discretamente na parede forrada de pergaminho, bem no alto, sem maiores ruídos, como um dedo entrando numa luva.

A porta abriu-se, e um homem magro e incrivelmente alto entrou na sala.

– Vamos, atire em mim – disse ele. – Afinal, sou apenas o seu marido.

A loira olhou para ele. Por um instante mínimo, pensei que ela fosse obedecer-lhe.

Então ela simplesmente abriu ainda mais o sorriso, guardou a arma de volta na bolsa e pegou o seu copo.

– De novo ouvindo atrás das portas? – disse ela, numa voz sem expressão. – Algum dia vai ouvir o que não quer.

O homem magro e alto tirou de seu bolso um talão de cheques com capa de couro, ergueu uma sobrancelha para mim e perguntou:

– Quanto para você calar o bico... permanentemente?

Caiu-me o queixo.

– Você ouviu o que eu disse aqui nesta sala?

– Acho que sim. A captação de som é muito boa com este clima. Acho que você estava acusando minha esposa de ter algo a ver com a morte de alguém, não foi isso?

Eu continuava de queixo caído.

– Bom... quanto é que você quer? – disse ele, de modo brusco. – Não vou discutir com você. Estou acostumado com chantagistas.

– Um milhão – disse eu. – E ela recém atirou em nós. Isso dá mais cinqüenta centavos.

A loira riu como louca, e a risada transformou-se num som esganiçado e depois num grito. No instante seguinte ela estava rolando no chão, berrando e chutando o ar.

O homem alto foi até ela rapidamente, inclinou-se e deu-lhe um tapa na cara com a mão aberta. Dava para escutar o tabefe a dois quilômetros dali. Quando ele se endireitou, seu rosto estava vermelho e sombrio, e a loira estava ali, atirada no chão, soluçando.

– Eu acompanho vocês até a porta – disse ele. – Você pode ir até o meu escritório amanhã.

– Para quê? – perguntei, ao pegar o meu chapéu. – Você ainda será um bobalhão, mesmo no escritório.

Segurei o braço de Carol Pride e a conduzi para fora da sala. Deixamos a casa em silêncio. O jardineiro japonês tinha recém arrancado inço da grama e agora estava segurando o inço no ar e sorrindo com desprezo para ele.

Fomos de carro para longe dali, em direção aos morros no sopé das montanhas. Um sinal vermelho perto do velho Hotel Beverly Hills foi o que me fez parar, depois de algum tempo rodando. Só fiquei ali, sentado, imóvel, as mãos no volante. A moça do meu lado também não se mexeu. Ela não falou nada. Só olhava para a frente.

– Eu não consegui sentir nada, nenhuma sensação de alívio – disse eu. – Não esmurrei ninguém. Não consegui atrapalhar a vida de ninguém.

– Pode ser que ela não tenha planejado a coisa a sangue-frio – sussurrou Carol Pride. – Simplesmente ficou furiosa e ressentida, e alguém lhe deu uma idéia. Uma mulher dessas pega os homens e depois se cansa deles e os joga fora, e eles enlouquecem tentando reconquistar a dita cuja. Pode ser que a coisa tenha acontecido só entre os dois amantes... Paul e Soukesian. Mas o sr. Magoon jogou duro nessa brincadeira.

– Ela me mandou para aquele bar de beira de estrada – falei. – Isso é o suficiente para mim. E Paul tinha lá suas idéias sobre Soukesian. Eu sabia que ele ia errar. Com a arma, quero dizer.

Agarrei-a num abraço. Ela estava tremendo.

Um carro parou atrás do meu, e o motorista sentou a mão na buzina. Fiquei ouvindo o buzinaço um pouco, então larguei Carol Pride, saí da minha caminhonete e fui até aquele carro. Ele era um homem grande, o que estava ao volante.

– Aquilo ali é um semáforo no meio de uma avenida – disse ele, ríspido. – O Bequinho do Amasso é mais para lá, subindo o morro. Trate de se mudar para lá antes que eu enxote você para longe daqui.

– Toque a sua buzina mais uma vez – pedi a ele. – Só mais uma vez, e então me diga se é o direito ou o esquerdo: que olho você quer roxo?

Ele tirou do bolso do colete um distintivo de capitão da polícia. E então sorriu. Então sorrimos os dois. Não era o meu dia.

Voltei para a minha caminhonete, fiz o retorno e peguei o caminho de volta para Santa Monica.

– Vamos para casa, beber mais *scotch* – disse eu. – O seu *scotch*.

BAY CITY *BLUES*

1 – Suicídio de Cinderela

Deve ter sido sexta-feira, porque o cheiro de peixe do restaurante Mansion House ao lado estava forte o suficiente para se construir uma garagem em cima dele. Fora isso, era um bonito e quente cair da tarde de primavera, e não havia aparecido nenhum serviço a semana inteira. Eu estava com os calcanhares na ranhura da minha escrivaninha e pegando sol nos tornozelos, num raio de sol que entrava pela janela, quando o telefone tocou. Tirei o chapéu e bocejei no bocal. Uma voz me disse:

– Eu ouvi isso. Você devia se envergonhar, Johnny Dalmas. Já ouviu falar do caso Austrian?

Era Violetas M'Gee, um investigador de homicídios da chefatura de Polícia, e um cara legal, exceto por um mau hábito: passava para mim casos em que ficavam me jogando de um lado para outro e eu não ganhava o suficiente nem para comprar um colete de segunda mão.

– Não.

– É uma dessas coisas que acontecem lá embaixo, na praia... Bay City. Ouvi dizer que os moradores se arrependeram de novo da última vez que elegeram um prefeito, mas o delegado mora lá, e nós queremos ser simpáticos. Dizem que os caras do jogo entraram com trinta mil em dinheiro de campanha, então agora você tem o programa das corridas de cavalo junto com o cardápio em tudo quanto é boteco de esquina.

Bocejei de novo.

– Ouvi isso, também – latiu M'Gee. – Se não tá interessado, vou te mandar longe e deixar a coisa toda pra lá. Mas o que o cara diz é que ele tem muita grana pra gastar.

– Que cara?

– Esse Matson, o cara que achou o presunto.

– Que presunto?

– Você não sabe nada de nada do caso Austrian, hein?

– Pois eu não disse que não sei?

– Você não fez nada a não ser bocejar e perguntar "que cara", "que presunto". Ok. A gente então vai deixar que apaguem o pobre coitado, e depois a nossa Divisão de Homicídios se encarrega do caso, já que ele está aqui na cidade.

– O tal Matson? Quem é que vai apagar o cara?

– Bom, se ele soubesse, ele não ia querer contratar um detetive particular para descobrir, não é? E ele tava dando uma de detetive, até que pegaram ele e deram uma surra no infeliz um tempo atrás e agora ele nem pode mais sair na rua, por causa desses caras armados que estão atrás dele.

– Venha até aqui – disse eu. – Meu braço esquerdo está ficando cansado.

– Estou no serviço.

– Eu estava mesmo saindo para ir até o mercado comprar um litro de *scotch*.

– Você vai ouvir baterem na sua porta e vai ser eu – disse M'Gee.

Ele chegou em menos de meia hora: um homem grande, de rosto simpático, cabelo grisalho, uma covinha no queixo e uma boca pequena, feita para beijar bebês. Estava usando um terno azul bem-passado, sapatos de bico quadrado, bem engraxados, e um dente de alce numa corrente de ouro que ia de lado a lado na frente da barriga.

Sentou-se com cautela, do jeito que sentam os homens gordos, abriu a garrafa de uísque e cheirou atentamente, para ter certeza de que eu não havia enchido uma garrafa de uísque bom com bebida de menos de um dólar, como fazem nos bares. Então ele se serviu de um drinque generoso, deixou rolar a bebida na língua e perscrutou a minha sala com o olhar.

– Não admira que você fique aqui sentado esperando serviço – disse ele. – Hoje em dia você tem que ter publicidade.

– Você podia me poupar um pouco – disse eu. – O que tem esse Matson e o tal caso Austrian?

M'Gee terminou o seu drinque e serviu-se de uma segunda dose, dessa vez menor. Observou-me brincar com um cigarro.

– Uma encrenca com monóxido de carbono – disse ele. – Uma loira vadia, chamada Austrian, mulher de um médico lá em Bay City. Um cara que fica a noite inteira correndo de um lado para outro, para evitar que os canastrões das nossas telas de cinema enxerguem elefantes cor-de-rosa no *delirium tremens* do café-da-manhã. Então a dondoca circulava na noite sozinha. E, na noite em que ela se matou, ela tinha passado no clube do Vance Conried, no penhasco ali ao norte. Sabe qual é?

– Sim. Antes era um clube de praia, com uma praia bonita e particular lá embaixo e as pernas mais lindas de Hollywood em frente às tendas de trocar de roupa. E ela foi lá pra apostar na roleta, hã?

– Bom, isso se é que existe alguma espelunca de jogatina no nosso condado – disse M'Gee. – Nesse caso, eu diria que o Clube Conried pode ser uma delas e que deve ter roleta, sim. Digamos que ela jogou, e foi roleta. Me contaram que ela tinha um joguinho mais pessoal com o Conried, mas digamos que ela apostou na roleta como uma coisa paralela. Ela perde, porque a roleta é feita pra isso. Naquela noite, ela perde até a camisa do corpo, fica irritada e tem um ataque de fúria, um acesso em pleno clube. Conried leva ela para o seu gabinete particular e localiza o médico, marido da fulana, pelo Serviço de Plantões Médicos. Então o doutor...

– Espere aí um minuto – disse eu. – Não me diga que isso tudo foi assim, evidente, pra todo mundo ver... Não com a corporação dos donos de cassino que se teria neste condado, se tivéssemos uma corporação dessa modalidade.

M'Gee olhou para mim com pena.

– Minha mulher tem um irmão mais moço que trabalha num jornalzinho de quinta categoria lá em Bay City. Eles não investigaram nada, não teve sindicância. Bom, o doutor se manda voando para a espelunca do Conried e aplica uma injeção no braço da própria mulher que é pra ela se acalmar. Mas ele não tem como levar ela pra casa, porque está atendendo um caso muito sério em Brentwood Heights. Então Vance Conried pega o próprio carro e leva ela para casa e, nesse meio-tempo, o médico telefona para a enfermeira que trabalha com ele no consultório e pede a ela que vá até a sua casa ver se a sua mulher está bem. Isso tudo é feito assim mesmo, e Conried volta para as suas fichas, e a enfermeira põe a mulher na cama e vai embora, e a empregada volta para a cama. Isso é ali pela meia-noite, ou um pouco depois.

"Bom, lá pelas duas da matina aparece esse tal de Harry Matson. Ele dirige um serviço de vigias noturnos em Bay City, e nessa noite ele está na rua, ele mesmo fazendo as rondas. Na rua onde mora essa mulher, Austrian, ele ouve o motor de um carro ligado dentro de uma garagem no escuro e entra para investigar. Encontra a loira no chão, de costas, de camisola rendada transparente e chinelo, com fuligem do cano de descarga no cabelo."

M'Gee fez uma pausa para beber um pouco mais de uísque e examinar a minha sala de novo. Eu olhava um restinho de sol que passava ainda pelo peitoril da minha janela e ia cair no buraco escuro da ruela dos fundos do edifício.

– Mas e daí então o que é que o sujeito faz? – disse M'Gee, passando um lenço de seda nos lábios. – Ele decide que a vadia está morta, o que pode ser verdade mesmo, mas não se pode nunca ter certeza nesses casos com gás, até porque esse novo tratamento com azul de metileno...

– Pelo amor de Deus – disse eu. – O que foi que o sujeito fez?

– Ele não chamou a polícia – disse M'Gee, carrancudo, a voz dura. – Ele desliga o motor do carro, apaga a sua lanterna e trata de ir correndo para casa. Ele mora a poucos quarteirões dali. Da casa dele, telefona e localiza o médico e, um pouco depois, estão os dois de volta na garagem. O médico diz que ela está morta. Manda Matson entrar na casa por uma porta lateral para telefonar para o chefe da polícia local. Um telefonema pessoal, para a casa do chefe de polícia. E é isso que

Matson faz, e depois de um tempinho o chefe de polícia chega de sirene aberta, mais dois ajudantes, e um pouco depois já vem chegando o rabecão do agente funerário, que naquela semana é a vez dele de ser o representante do médico-legista. Eles tratam de levar a defunta, e um cara de laboratório tira uma amostra de sangue e diz que está cheio de monóxido de carbono. O médico-legista libera o corpo, a dama é cremada e o caso é encerrado.

– Bom, e qual é o problema? – pergunto eu.

M'Gee terminou o seu segundo drinque e considerou beber um terceiro. Resolveu fumar um charuto primeiro. Eu não tinha charutos, e isso o chateou um pouco, mas no fim ele acendeu um dos charutos dele.

– Eu não passo de um tira – falou, piscando os olhos calmamente no meio da fumaça. – Eu não saberia dizer qual é o problema. Só sei que cassaram a licença desse Matson e ele saiu da cidade, e sei que anda assustado.

– Com os diabos, mas que inferno! – disse eu. – Da última vez que eu entrei numa história de cidade pequena, a coisa era uma cilada e acabei com uma fratura no crânio. Como é que eu entro em contato com Matson?

– Eu dou o seu número pra ele. Ele entra em contato com você.

– E você o conhece bem?

– Bem o suficiente pra dar o seu nome pra ele – disse M'Gee. – Claro, se você descobrir alguma coisa, eu vou investigar...

– Com certeza – falei. – Eu entrego diretamente na sua mesa. *Bourbon* ou uísque de centeio?

– Vá pro inferno – disse M'Gee. – *Scotch*.

– Como é que é esse cara, o Matson?

– Meio atarracado, uns 75 quilos em um metro e setenta, cabelo grisalho.

M'Gee tomou outro drinque, curto e rápido, e saiu.

Fiquei ali sentado por uma meia hora e fumei cigarros demais. Escureceu, e a minha garganta estava seca. Ninguém me telefonou. Fui até o interruptor, acendi as luzes, lavei as mãos, tomei uns goles e tampei a garrafa. Estava na hora de comer.

Já com o chapéu na cabeça, eu estava passando pela porta quando vi o rapaz do serviço de mensagens Pena Verde vindo pelo corredor, procurando um número. Ele estava atrás do meu escritório. Assinei o recibo de um pacote pequeno, de formas irregulares, embrulhado num tipo de papel fininho e amarelo que as lavanderias usam. Coloquei o pacote na minha mesa e cortei o barbante. Dentro, havia papel de seda e um envelope com uma folha de papel e uma chave. O bilhete começava de modo abrupto:

> *Um amigo no gabinete do delegado me indicou o seu nome como pessoa confiável. Estou numa encrenca porque me puseram no papel de bandido, e*

agora tudo o que eu quero é limpar o meu nome. Por favor, venha depois que escurecer até o Ed. Tennyson Arms, apartamento 524, Harvard Street, perto da Sixth Street, e use a chave para entrar se eu estiver fora. Cuidado com Pat Reel, o administrador, porque não confio nele. Por favor, guarde o sapato em lugar seguro e conserve-o limpo.

P.S.: Chamam ele de Violetas, não sei por quê.

Eu sabia o porquê. Era porque ele mascava pastilhas contra o mau hálito com essência de violetas. O bilhete não estava assinado. A coisa toda me parecia um acesso de nervosismo do sujeito. Retirei o papel de seda. Dentro, um sapato tipo escarpim, em veludo verde, tamanho pequeno, forrado em pelica branca. O nome *Verschoyle* vinha gravado em letras douradas, escrita cursiva, na palmilha de pelica branca. Por dentro do sapato, mas na lateral, um número escrito em caracteres muito pequenos, em tinta indelével: *S465*, onde deveria estar o número do sapato, mas eu sabia que aquilo não era a numeração do calçado, porque Verschoyle & Cia. Ltda., na Cherokee Street em Hollywood, fabricava apenas sapatos sob medida a partir de fôrmas individuais, calçados para produções teatrais e botas para equitação.

Recostei-me, acendi um cigarro e pensei sobre aquilo por um tempo. Finalmente, peguei o guia telefônico e procurei o número da Verschoyle & Cia. Ltda. e disquei. O telefone tocou várias vezes, até que uma voz jovial e animada atendeu: "Alô? Pronto?".

– Verschoyle, por favor. É só com ele – disse eu. – Aqui é Peters, do Gabinete de Identificação. – Eu não disse qual gabinete de identificação.

– Ah, mas o sr. Verschoyle já foi para casa. Estamos fechados, sabe? A loja fecha às cinco e meia. Quem está falando é o sr. Pringle, o guarda-livros. Tem alguma coisa que...

– Sim. Nós recebemos um par de sapatos de sua fabricação junto com alguns itens roubados. Está marcado S, quatro, seis, cinco. Isso quer dizer alguma coisa?

– Ah, sim, é claro. Esse é o número da fôrma. Devo conferir para o senhor?

– Sim, por favor – pedi.

Ele em seguida estava de volta ao telefone.

– Ah, sim, realmente, esse é o número da esposa do sr. Leland Austrian. Altair Street, 736, Bay City. Nós fazíamos todos os sapatos dela. Muito triste. Sim. Uns dois meses atrás fizemos para ela dois pares de escarpins em veludo esmeralda.

– O que o senhor quer dizer, "muito triste"?

– Ah, ela morreu, sabe. Cometeu suicídio.

– Não diga! Dois pares de escarpins, hã?

– Ah, sim, dois pares iguaizinhos, sabe. As pessoas muitas vezes encomendam cores delicadas como essa em pares duplos. Você sabe, uma mancha, uma sujeirinha qualquer... e eles podem ter sido feitos para casar com um vestido em especial...

– Bem, muito obrigado, e até logo – disse eu e desliguei.

Peguei o sapato de novo e examinei-o cuidadosamente. Não fora usado. Não havia sinal algum de uso no couro acamurçado da sola fininha. Fiquei me perguntando o que Harry Matson estava fazendo com aquele sapato. Guardei-o no cofre do meu escritório e saí para jantar.

2 – Assassinato a crédito

O Tennyson Arms era um prédio de quinta categoria, antiquado, uns oito andares de altura, fachada de tijolo à vista escurecido. O edifício tinha um amplo pátio interno, com palmeiras e uma fonte de concreto e alguns canteiros meticulosamente detalhados. Lanternas decorativas pendiam de cada lado da porta gótica, e o carpete do saguão era de um vermelho apeluciado. Era um saguão enorme e estava vazio, exceto por um canário entediado em uma gaiola dourada do tamanho de um barril. Parecia o tipo de edifício onde moravam viúvas que viviam do seguro de vida do seu falecido – viúvas bem velhinhas. O elevador era do tipo que dispensa ascensorista, que abre as duas portas automaticamente quando pára.

Percorri o trilho estreito de tapete marrom do corredor do quinto andar e não vi ninguém, não ouvi ninguém, não senti cheiro de comida sendo preparada. O lugar estava tão silencioso quanto a sala de leitura de um sacerdote. O apartamento 524 devia dar para o poço de luz do jardim interno, pois havia um vitral ao lado da porta. Bati, sem fazer muito barulho, e ninguém veio atender, então usei a chave, entrei e fechei a porta.

Um espelho brilhava em uma cama embutida na parede do outro lado da sala. Duas janelas na mesma parede da porta de entrada estavam fechadas, e cortinas escuras estavam puxadas até a metade das janelas, mas entrava luz suficiente ali, luz que vinha de algum apartamento do outro lado do poço de luz e revelava a mobília escura e pesada, estofados fora de moda havia dez anos, e o brilho de duas maçanetas em latão. Fui até as janelas e fechei por completo as cortinas, depois usei minha lanterna de bolso para encontrar a porta outra vez. O interruptor de luz fez acender um aglomerado de velas de chamas coloridas no lustre do teto. Aquilo fazia a sala parecer um anexo de capela funerária. Acendi a luz de um abajur de pé, vermelho, apaguei a luz do teto e comecei a examinar o apartamento com olho clínico.

No quarto de vestir estreito que havia atrás da cama embutida, uma escrivaninha embutida. Sobre a escrivaninha, pente e escova pretos, e cabelos brancos no pente. Uma lata de talco, uma lanterna, um lenço de homem amarrotado, um bloco de notas, uma caneta-tinteiro e um vidro com tinta de caneta sobre um mata-borrão. Nas gavetas, mais ou menos o que caberia em uma mala. As camisas, todas compradas em uma loja de roupas masculinas de Bay City. Havia um terno cinza-escuro em um cabide e um par de borzeguins pretos no chão. No banheiro, um aparelho com lâmina de barbear, uma bisnaga de creme de barbear que dispensa pincel, algumas lâminas de barbear, três escovas de dente feitas de bambu em um copo e mais umas miudezas. Sobre a caixa de louça do vaso sanitário havia um livro com capa forrada de tecido vermelho: *Por que nos comportamos como seres humanos*, de Dorsey*. Estava marcado na página 116 com uma tira elástica. Abri o livro e estava lendo sobre a Evolução da Terra, Vida e Sexo quando o telefone começou a tocar na sala.

Esgueirei-me para fora da luz do banheiro e fui sem fazer ruído, pelo carpete, até o sofá. O telefone estava em uma mesinha ao lado. Ficou tocando, e uma buzina tocou lá fora na rua, como se estivesse respondendo. Quando havia tocado oito vezes, dei de ombros e atendi.

– Pat? Pat Reel? – disse a voz.

Eu não sabia como falava Pat Reel. Resmunguei qualquer coisa. A voz do outro lado era surda e rouca ao mesmo tempo. Parecia a voz de um sujeito durão.

– Pat?

– Claro – disse eu.

Silêncio. Não havia dado certo. Então a voz disse:

– Aqui é Harry Matson. Me desculpe, eu sinto muito, mas não posso voltar hoje de noite. É um daqueles imprevistos. Você vai ficar muito chateado?

– Claro – disse eu.

– O que foi que você disse?

– Claro.

– E "claro" é a única palavra que você sabe, por um acaso?

– Eu sou grego.

A voz riu. Parecia estar à vontade consigo mesma.

Eu disse:

– Que tipo de escova de dente você usa, Harry?

– Hã?

Aquilo foi uma exclamação que explodiu, espontânea, perplexa e agora não mais à vontade.

– Escovas de dente... aquelas coisas que as pessoas usam para escovar os dentes. Qual o tipo que você usa?

– Ora, vá pro inferno.

– Encontro você na escadaria – disse eu.

A voz agora estava furiosa.

---

* Livro de não-ficção publicado em 1927, foi um *best-seller*. George Dorsey era antropólogo, professor na Universidade de Chicago. (N.T.)

– Ouça aqui, seu macaco metido a espertalhão! Você não vai aprontar nenhuma das suas, viu? Nós temos o seu nome, o seu telefone e temos um lugarzinho onde botar você se você continuar metendo o nariz onde não é chamado, viu? E Harry não mora mais aí! – e riu às gargalhadas.

– Você abateu Harry, hã?

– Eu diria que nós abatemos Harry. O que você acha que a gente ia fazer? Levar ele ao cinema?

– Isso não é bom – disse eu. – O chefe não vai gostar nem um pouco.

Desliguei na cara dele, botei o telefone de volta na mesinha do lado do sofá e massageei minha nuca. Peguei a chave da porta no meu bolso, dei um lustro nela com o meu lenço e coloquei-a delicadamente sobre a mesinha. Levantei, fui até uma das janelas e puxei a cortina para um lado, só o suficiente para espiar o jardim interno. Do outro lado do formato oblongo do jardim, pontilhado de palmeiras, no mesmo andar que eu, um homem careca estava sentado no meio de uma sala, sob uma luz forte, e não mexia um músculo. Não parecia ser um espião.

Larguei a cortina, ajeitei o chapéu na cabeça e fui apagar a luz do abajur. Direcionei minha lanterna para o chão, forrei com o meu lenço a maçaneta e abri a porta sem fazer ruído. Preso à moldura da porta por oito dedos enganchados, sendo que todos menos um estavam brancos como cera, ali estava pendurado o que sobrava de um homem.

Ele tinha os olhos praticamente desprovidos de profundidade, azul-piscina, totalmente abertos. Olhavam para mim mas não me viam. Seu cabelo era do tipo áspero, um cabelo grisalho, e as manchas de sangue puxavam para uma cor arroxeada. Uma de suas têmporas estava amassada, e o sangue que escorrera dali alcançava a ponta do queixo. O dedo enganchado que não estava branco fora esmigalhado até a segunda junta. Pontas agudas de osso apareciam para fora da carne destroçada. Algo que um dia deve ter sido uma unha parecia agora um caco de vidro.

O homem usava um terno marrom com nada menos que três bolsos aplicados. Todos os três tinham sido rasgados e agora pendiam em ângulos estranhos, revelando o seu forro de alpaca escura.

Ele respirava fazendo um som distante, irrelevante, muito ao longe, de passos sobre folhas mortas. A boca estava escancarada como a de um peixe morto, e havia sangue escorrendo dali em borbulhas. Atrás dele, o corredor estava vazio como uma sepultura recém-cavada.

De repente, solas de borracha rangeram no piso de madeira que ladeava o trilho do corredor. Os dedos esticados do homem escorregaram da moldura da porta, e o seu corpo começou a girar sobre as pernas. As pernas não tinham como agüentar o peso do corpo. Os joelhos cederam, o corpo dobrou no ar, como um nadador numa onda, e então saltou em cima de mim.

Cerrei os dentes com força, afastei os pés para ter mais base e o peguei por trás, depois que o seu tronco tinha girado meia-volta. Pesava por dois. Dei um passo para trás e quase caí, dei mais dois passos e então eu já estava arrastando calcanhares para dentro da sala. Deitei-o de lado o mais devagar que pude; agachei-me sobre ele, ofegante. Depois de um segundo, endireitei o corpo, fui até a porta, fechei e tranquei. Então acendi a luz do teto e fui para o telefone.

Ele morreu antes que eu chegasse ao telefone. Ouvi o ronco, o último suspiro, e então o silêncio. Uma mão atirada no chão, a mão boa, teve um espasmo e depois os dedos abriram-se lentamente numa curva frouxa e assim ficaram. Voltei, achei nele a artéria carótida, onde afundei os meus dedos com força. Nem lembrança de uma pulsação. Peguei da minha carteira um espelhinho de aço e segurei-o contra a boca aberta do sujeito por um longo minuto. Nem traço de umidade no espelho quando examinei. Harry Matson tinha voltado para casa depois de seu passeio.

Uma chave entrou na fechadura pelo lado de fora da porta, e eu me mexi rápido. Já estava dentro do banheiro quando a porta abriu, uma arma na mão e os olhos espiando pela fresta da porta do banheiro.

Esse entrou rápido, como um gato experiente passando por uma porta de vaivém. Seus olhos primeiro piscaram para as luzes do teto, então abaixaram-se para o chão. Depois disso, não se mexeram mais. Em todo o seu enorme corpo, nenhum músculo se moveu. Ele ficou parado, olhando.

Era um homem grandão dentro de um sobretudo desabotoado, como se tivesse recém chegado ou estivesse de saída. Usava um chapéu cinza de feltro ajeitado para trás sobre uma cabeça de cabelos fartos e brancos. Tinha as sobrancelhas pretas e grossas e um rosto largo e rosado, como um manda-chuva da política, e a boca parecia ser daquelas que está sempre sorrindo – mas não agora. O rosto era ossudo, e a boca enfim fez movimentar-se nos lábios um charuto pela metade, com um barulho de quem está sorvendo a fumaça.

Ele pôs um molho de chaves de volta no bolso e disse: “Meu Deus!” bem baixinho e ficou repetindo aquilo várias vezes. Então deu um passo à frente e abaixou-se ao lado do morto com um movimento lento e desajeitado. Levou dedos grossos ao pescoço do morto, retirou-os, sacudiu a cabeça, olhou devagar a sala ao seu redor. Olhou a porta do banheiro, mas nada mudou em seu olhar.

– Morte fresquinha – disse ele, um pouco mais alto. – Virou polpa, patê de gente, de tanto que bateram nele.

Endireitou-se devagar e ficou balançando-se sobre os calcanhares. Assim como eu, ele não gostava da luz do teto. Acendeu a luz do abajur e desligou a do lustre, balançou-se nos calcanhares um pouco mais. Sua sombra rastejou na parede, começando no teto, interrompendo-se e descendo parede abaixo. Ele fez o charuto andar de um lado para outro na boca, tirou fósforos do bolso e reacendeu aquele toco de charuto com todo o cuidado, girando-o e girando-o na chama do fósforo. Quando soprou o fósforo, guardou-o de volta no bolso. Tudo isso ele fez sem tirar os olhos do homem morto no chão.

Andou de lado até o sofá e deixou-se cair sentado numa ponta do móvel. As molas rangeram lúgubres. Ele estendeu a mão para o telefone sem olhar, os olhos ainda presos ao homem morto.

Estava com o telefone na mão quando este começou a tocar de novo. Aquilo o sacudiu. Seus olhos moveram-se de um pulo, e os cotovelos apertaram-se bruscamente contra os lados de seu corpo acolchoados com o sobretudo. Então ele sorriu muito cautelosamente, ergueu o fone e disse com uma voz bem empostada, bem animada:

– Alô... Sim, aqui é Pat.

Ouvi um ruído seco e inarticulado de resmungos do outro lado e vi o rosto de Pat Reel aos poucos congestionar-se de sangue, até que estivesse todo da cor de um bife de fígado fresquinho, cru. Sua enorme mão sacudiu o fone com selvageria:

– Então é o senhor, seu Queixada! – ele exclamou. – Bom, escute aqui, seu cretino, quer saber de uma coisa? O seu presunto está bem aqui no meu tapete, é aqui que ele está... Como é que veio parar aqui? Como é que diabos eu vou saber? A única resposta que eu tenho é que você liquidou com o cara aqui mesmo, e vou lhe dizer mais. Isso vai lhe custar caro, viu? Muito caro. Nada de assassinato a crédito na minha casa. Eu encontro um cara para você e você apaga o sujeito no meu colo, seu desgraçado! Quero mil dólares, e nem um centavo a menos, e você pode tratar de vir até aqui e pegar o que está aqui, e eu estou dizendo pegar, viu?

Houve mais resmungos do outro lado da linha. Pat Reed escutou. Seus olhos ficaram quase sonolentos, e o vermelhão no seu rosto diminuiu. Ele disse então, mais equilibrado:

– Ok, ok. Eu estava só brincando... Venha me encontrar daqui a meia hora lá embaixo.

Largou o telefone e levantou-se. Não olhou para a porta do banheiro, não olhou para lugar algum. Começou a assobiar. Então coçou o queixo e deu um passo em direção à porta, parou para coçar o queixo de novo. Ele não sabia que havia alguém no apartamento, ele não tinha como saber que *não* havia ninguém no apartamento... e ele não estava armado. Deu mais um passo em direção à porta. Queixada havia lhe dito algo, e uma idéia estava se formando. Deu um terceiro passo, então mudou de idéia.

– Ah, diabos – disse ele em voz alta. – Aquele desordeiro maluco. – Então o seu olhar varreu o apartamento, rápido. – Tentando brincar comigo, hã?

A sua mão ergueu-se para o interruptor do abajur. De repente, deixou a mão cair ao longo do corpo e ajoelhou-se ao lado do morto novamente. Moveu o corpo um pouco, rolando-o sem maior esforço sobre o carpete, e abaixou-se bem, apertando os olhos, para examinar o ponto onde a cabeça do morto estivera encostada. Pat Reel sacudiu a cabeça, aborrecido, pôs-se de pé e depois enfiou as mãos sob as axilas do morto. Lançou um olhar sobre o ombro, para o banheiro escuro, e começou a andar de costas, na minha direção, arrastando o corpo, grunhindo, o toco do charuto ainda preso à boca. Seu cabelo branco brilhava na luz.

Ele ainda estava inclinado para a frente, as pernas compridas afastadas, quando eu apareci atrás dele, saído do meu esconderijo. Pode ser que ele tenha me ouvido no último instante, mas não importava. Eu tinha passado minha arma para a mão esquerda e na direita segurava um pequeno cassetete, curto e de cabo flexível, um objeto que carrego no bolso. Acertei o cassetete no lado da cabeça de Pat Reel, bem atrás da orelha direita, e acertei como se eu gostasse daquilo.

Pat Reel desabou para a frente, em cima do corpo esparramado que ele vinha arrastando, e sua cabeça foi parar entre as pernas do morto. Seu chapéu rolou delicadamente para o lado. Ele não se mexeu mais. Passei por ele, indo em direção à porta, e saí.

3 – Cavalheiros da imprensa

Na Western Avenue encontrei uma cabine telefônica e telefonei para o gabinete do delegado. Violetas M'Gee ainda estava lá, pronto para ir para casa.

Eu disse:

– Qual era o nome do seu cunhado mais novo, que trabalha com folhetos de propaganda em Bay City?

– Kincaid. Chamam ele de Dolly Kincaid. Um cara pequeno.

– Onde será que ele está agora?

– Ele anda lá pela Prefeitura. Pensa que tem um furo jornalístico, coisa pra crônica policial. Por quê?

– Eu vi Matson – disse eu. – Você sabe onde ele está hospedado?

– Não. Ele só me telefonou. O que você achou dele?

– Vou fazer o que posso por ele. Você vai estar em casa hoje à noite?

– Não sei por que não estaria. Por quê?

Eu não lhe contei o porquê. Entrei no meu carro e rumei para Bay City. Cheguei lá por volta das nove horas. A divisão de polícia era meia dúzia de salas para dentro de uma prefeitura que pertencia ao cinturão da Bíblia e do amarelão. Abri passagem pelo meio de um bando de metidos a besta, indo em direção a uma porta aberta por onde eu conseguia ver luz e um balcão. Entrei ali e encontrei um painel de telefonia a um canto e um homem de uniforme no comando do painel.

Apoiei um braço no balcão, e um homem em roupas civis, sem casaco e tendo sob o braço e contra as costelas um coldre do tamanho de uma perna de pau, tirou o olho do jornal e disse "Sim?" e acertou uma cusparada em uma escarradeira sem mexer a cabeça mais que três centímetros.

Eu disse:

– Estou procurando um sujeito: Dolly Kincaid.

– Saiu para o almoço. Estou aqui segurando o movimento que tiver, do turno dele – disse o sujeito numa voz sólida, sem emoção.

– Obrigado. Vocês têm uma sala de imprensa?

– Temos. E temos um banheiro, também. Quer ver?

– Calma lá – disse eu. – Não estou tentando bancar o engraçadinho com você.

Ele acertou mais uma cusparada na escarradeira.

– A sala de imprensa fica pra lá, indo sempre pelo corredor. Não tem ninguém. O Dolly já deve estar chegando, se não se afogou numa garrafa de refrigerante.

Um cara jovem, miúdo, rosto delicado, pele rosada e olhos inocentes entrou na sala com um hambúrguer pela metade na mão esquerda. Seu chapéu, que parecia um chapéu de repórter de filme de Hollywood, estava amassado, equilibrado de qualquer jeito na parte de trás de sua cabeça pequena e loira. As extremidades do chapéu pendiam sobre o seu casaco. A única diferença entre ele e um repórter tal qual retratado na tela do cinema era que ele não estava bêbado. Ele disse de modo casual:

– Alguma coisa acontecendo, gente?

O homem grande e de cabelo preto em roupas civis acertou mais uma das suas cusparadas na escarradeira e disse:

– Ouvi falar que o prefeito trocou de cueca, mas, enfim, é só um boato.

O jovem miúdo sorriu de modo mecânico. O tira disse:

– Esse cara quer falar com você, Dolly.

Kincaid mastigou o seu hambúrguer e olhou para mim, esperançoso. Eu disse:

– Sou amigo do Violetas. Onde podemos conversar?

– Vamos até a sala da imprensa – disse ele. O tira de cabelo preto examinou-me de alto a baixo enquanto saíamos dali. Tinha um olhar de quem quer comprar briga com alguém e achou que podia ser comigo.

Fomos pelo corredor até que entramos numa sala com uma mesa comprida, vazia, manchada, três ou quatro cadeiras de madeira e um monte de jornais no chão. Havia dois telefones em uma das pontas da mesa e, exatamente no centro de cada parede, um retrato emoldurado e estragado: Washington, Lincoln, Horace Greeley* e o outro de alguém que não reconheci. Kincaid fechou a porta, sentou-se na ponta da mesa, balançou a perna e abocanhou o resto do sanduíche.

* Fundador e editor do jornal *The New York Tribune*, Horace Greeley (1811-1872) era abolicionista e também político, lido e respeitado pelo presidente Abraham Lincoln. (N.T.)

Eu disse:
– Meu nome é John Dalmas, detetive particular de Los Angeles. Que tal dar um passeio até a Altair Street, 726, e me contar o que você sabe sobre o caso Austrian? Talvez fosse bom você ligar para M'Gee e pedir que ele nos apresente. – Empurrei meu cartão de visitas para ele.
O jovem rosado saiu de cima da mesa bem rápido, enfiou o cartão no bolso sem olhar e falou no meu ouvido "Agüenta aí".
Então ele foi em passadas suaves até o retrato de Horace Greeley, tirou-o da parede e pressionou com o dedo um retângulo de tinta de parede ali atrás. A tinta cedeu. Estava pintada sobre tecido. Kincaid olhou para mim e ergueu as sobrancelhas. Eu fiz um gesto afirmativo com a cabeça. Ele pendurou o retrato de volta na parede e voltou para o meu lado.
– Mike – disse ele num sussurro. – Claro, eu não sei quem ouve, nem quando, nem mesmo se essa maldita coisa ainda funciona.
– Horace Greeley teria adorado – disse eu.
– Sim. O movimento aqui está parado esta noite. Acho que posso dar uma saída. Al De Spain me dá cobertura, de qualquer modo. – Ele estava falando alto agora.
– O tira grande de cabelo preto?
– Sim.
– Por que ele está irritado?
– Ele foi rebaixado a atuar como guarda, em patrulha. Nem vai estar trabalhando hoje de noite. Só fica por aí, e ele é tão durão que ia precisar toda a força policial para expulsar o sujeito.
Olhei para o microfone e ergui as sobrancelhas.
– Tudo bem – Kincaid disse. – Tenho que alimentá-los com algo que possam mastigar.
Ele foi até uma pia suja no canto da sala e lavou as mãos com um pedacinho de sabão de motorista e as secou em seu próprio lenço. Estava guardando o lenço no bolso quando a porta abriu. Um homem pequeno, de meia-idade, grisalho, apareceu ali, olhando para nós, sem qualquer expressão no rosto.
Dolly Kincaid disse:
– Boa noite, chefe. Posso ajudar em alguma coisa?
O chefe de polícia olhou para mim em silêncio e sem simpatia. Tinha olhos esverdeados, uma boca tensa e obstinada, um nariz de fuinha, uma pele nada saudável. Não parecia grande o bastante para ser policial. Ele fez um gesto afirmativo com a cabeça, muito de leve, e disse:
– Quem é o seu amigo?
– É amigo do meu cunhado. Ele é detetive particular em Los Angeles. Vejamos... – Kincaid tirou o meu cartão do seu bolso em desespero. Nem se lembrava do meu nome.

O chefe disse, ríspido:

– Mas o que é isso? Um detetive particular? Que negócios o senhor tem aqui?

– Eu não disse que estava aqui a negócios – respondi para ele.

– Fico feliz em saber – disse ele. – Muito feliz em saber. Boa noite.

Ele abriu a porta, saiu ligeiro e fechou a porta também ligeiro.

– Chefe Anders... um cara e tanto – Kincaid disse em voz bem alta. – Não se faz mais gente assim. – Estava olhando para mim como um coelho assustado.

– Acho que nunca se fez gente assim tão cem por cento – disse eu, a voz também alta. – Não em Bay City.

Por um instante pensei que o rapaz ia desmaiar, mas ele não desmaiou. Saímos até a frente do prédio da Prefeitura, entramos no meu carro e fomos embora.

Parei o carro na Altair Street, do outro lado da rua mas em frente à entrada para carros da residência do dr. Leland Austrian. A noite estava parada, sem vento, e havia um pouco de neblina sob o luar. Um cheiro agradável e discreto de água do mar e algas subia desde a praia pela ribanceira. Pequenas luzes de ancoragem pontilhavam a marina e as linhas oscilantes dos três píeres. Bem ao longe, em mar alto, um navio de pesca com grandes mastros tinha fios de luzes pendurados entre os mastros e também desde os topos dos mastros até a proa e a popa. Outras atividades além da pesca provavelmente aconteciam naquela embarcação.

A Altair Street naquele quarteirão era um beco sem saída, que terminava em uma cerca alta de ferro fundido que guardava uma grande propriedade. As casas ficavam só de um lado da rua, do lado oposto ao lado do mar, e os terrenos tinham de 25 a trinta metros de frente, bem espaçados. Do lado do mar, havia uma calçada estreita e uma mureta, além da qual a ribanceira caía numa linha quase vertical, praticamente um penhasco.

Dolly Kincaid espremera-se no canto do banco do passageiro, a ponta acesa de um cigarro iluminando às vezes o seu rosto pequeno, indistinto na noite. A casa dos Austrian estava às escuras, exceto por uma luzinha acima da esquadria da porta da frente. Era uma casa de estuque, com um muro ao longo do jardim da frente, portões de ferro, a garagem separada. Um passeio de cimento levava desde uma porta lateral da garagem até uma porta lateral da casa. Havia uma placa em bronze embutida no muro ao lado dos portões, e eu sabia que ali estaria escrito "Leland M. Austrian – Médico".

– Muito bem – disse eu. – Agora, qual foi o problema com o caso Austrian?

– Não teve nenhum problema com o caso Austrian – disse Kincaid devagar. – Só que você vai me pôr numa enrascada.

– Por quê?

– Alguém deve ter ouvido você dizer o endereço dos Austrian no microfone. Por isso é que o chefe Anders apareceu, para dar uma olhada em você.

– De Spain deve ter me achado com cara de investigador... só pela aparência. Ele pode ter dito isso ao chefe.

– Não. De Spain tem ódio do chefe. Com os diabos, ele era tenente-investigador até a semana passada. Anders não quer ninguém brincando com o caso Austrian por aí. Ele não deixou a gente noticiar o caso.

– Uma imprensa e tanto, vocês têm em Bay City.

– A gente tem é um clima e tanto... e a imprensa é um bando de ajudantes de palhaços.

– Ok – disse eu. – Você tem um cunhado que é investigador de homicídios no gabinete do delegado do condado. Todos os jornais de Los Angeles, menos um, apóiam o delegado. Só que é aqui em Bay City que ele mora e, como um monte de gente faz, ele não deixa limpo o seu próprio quintal. Então você está assustado, hã?

Dolly Kincaid jogou o cigarro pela janela. Vi o cigarro caindo num arco vermelho até acabar como um ponto rosa na calçada estreita. Inclinei-me para a frente e apertei o botão do motor de arranque.

– Me desculpe – disse eu. – Não vou mais te incomodar.

Engatei a marcha e o carro foi em frente, devagar, uns poucos metros, e então Kincaid inclinou-se para a frente e puxou o freio de mão.

– Eu não estou amarelando – disse ele, ríspido. – O que você quer saber?

Desliguei o motor de novo e me recostei no banco com as mãos no volante.

– Primeiro de tudo: por que Matson perdeu a licença? Ele é meu cliente.

– Ah... Matson. Disseram que ele tentou arrancar uma grana do dr. Austrian. E não só cassaram a licença dele, mas também expulsaram o cara da cidade. Dois sujeitos armados. Pegaram ele uma noite, botaram dentro de um carro e deram uma surra nele por aí e mandaram ele cair fora da cidade, se não ele ia ver o que era bom. Ele deu queixa na Central de Polícia, e dava para ouvir as risadas a quarteirões de distância. Mas eu acho que não eram tiras, os dois sujeitos.

– Você conhece alguém chamado Queixada?

Dolly Kincaid pensou.

– Não. O motorista do prefeito, um palerma chamado Moss Lorenz, tem um queixo que dá pra pôr um piano em cima, mas eu nunca vi ninguém chamar ele de Queixada. Ele trabalhava antes pra Vance Conried. Já ouviu falar de Conried?

– Estou justamente trabalhando esse ângulo da história – disse eu. – Então se esse Conried queria dar uma surra em alguém que o estivesse incomodando, especialmente alguém que já estava um pouco encrencado aqui em Bay City, esse tal Lorenz seria o cara certo. Porque o prefeito ia ter que acobertá-lo... até um certo ponto, de qualquer modo.

Dolly Kincaid perguntou:

– Dar uma surra em quem? – e a voz dele de repente estava pastosa e tensa.

– Não só expulsaram Matson da cidade – contei a ele. – Conseguiram encontrar o cara num apartamento em Los Angeles, e alguém chamado Queixada fez o serviço nele. Matson devia estar ainda trabalhando no que quer que seja que ele estava trabalhando antes.

– Meu Deus! – Dolly Kincaid sussurrou. – Eu não fiquei sabendo de nada disso, nem uma palavra.

– Os tiras de Los Angeles também não sabiam... quando eu saí de lá. Você conhecia Matson?

– Um pouco. Não muito bem.

– E você acha que ele era honesto?

– Bom... tão honesto quanto... é, bom, sim, eu acho que ele era ok. Meu Deus, e mataram ele, foi?

– Tão honesto quando um detetive particular pode ser, hã? – perguntei.

Ele deu uma risadinha, de tensão súbita, e nervosismo, e choque. Bem pouco daquilo era diversão. Um carro virou no fim da rua, parou no meio-fio e desligou os faróis. Ninguém desceu.

– E que tal o dr. Austrian? – perguntei. – Onde estava ele quando a esposa foi assassinada?

Dolly Kincaid deu um pulo.

– Puxa vida, quem disse que ela foi assassinada? – disse ele, com a respiração entrecortada.

– Eu acho que Matson estava tentando dizer isso. Mas, muito mais do que contar isso, ele queria que pagassem para ele não contar. De um jeito ou de outro, não iam gostar dele igual, mas, do jeito que ele fez a coisa, o resultado foi que esfriaram o cara com um pedaço de cano de chumbo. Meu palpite é que Conried foi quem encomendou a coisa, porque ele não ia tolerar chantagem. Mas, por outro lado, seria melhor para o clube de Conried ter o dr. Austrian matando a mulher do que ter ela cometendo suicídio por conta de ter perdido todo o dinheiro que tinha nas roletas do Conried. Talvez não muito melhor, mas um pouco melhor. Então eu não consigo imaginar por que Conried mandaria matar Matson por estar falando sobre assassinato. Imagino que ele podia estar também falando sobre alguma coisa mais.

– Imaginar tanta coisa costuma levar você a algum lugar? – perguntou Dolly Kincaid, muito polidamente.

– Não. É só algo em que pensar enquanto passo creme no rosto antes de dormir. Agora, quanto a esse homem do laboratório que tirou a amostra de sangue. Quem era ele?

Kincaid acendeu outro cigarro e olhou para a rua, para o carro que havia estacionado em frente à casa no fim do beco. Os faróis acenderam de novo, e ele vinha andando em frente, devagar.

– Um cara chamado Greb – disse ele. – Ele tem um negócio pequeno no Edifício de Consultórios Médicos e trabalha para os médicos.

– Negócio informal, hã?

– Não, mas eles não recorrem aos laboratoristas daqui. E os agentes funerários se revezam no papel de médicos-legistas, um a cada semana, então... por que não? O chefe de polícia lida com isso do jeito que ele quer.

– E por que ele ia querer lidar com isso? Quer dizer, por que se envolver?

– Eu acho que talvez porque ele pode de repente receber ordens do prefeito, que pode de repente receber umas indiretas dos sujeitos do jogo ilícito para quem Vance Conried está trabalhando, ou então diretamente de Vance Conried. Pode ser que Conried não queira que os seus superiores saibam que ele estava no meio dessa história da madame morta, porque pode ser que isso vire má publicidade para o clube.

– Certo – disse eu. – Esse cara aí na rua não está achando a própria casa.

O carro ainda estava andando bem devagar, ao longo do meio-fio. Os faróis estavam apagados de novo, mas ele continuava andando.

– E, enquanto ainda estou com todos os ossos inteiros – disse Dolly Kincaid –, é melhor você ficar sabendo que a enfermeira que trabalha no consultório do dr. Austrian é a ex-mulher do Matson. É uma ruiva devoradora de homens, que por sinal nem é bonita, mas tem um corpão e tanto, curvas generosas.

– Bom, eu mesmo gosto é de uma meia de seda bem recheada – disse eu. – Saia por esta porta, entre de volta no banco de trás e deite-se, e rápido.

– Meu De...

– Vá, faça o que eu digo! – gritei. – Rápido!

A porta da direita abriu com um clique, e o rapaz miúdo saiu como fumaça. A porta fechou com outro clique. Ouvi a porta de trás abrir, espiei para trás e vi um vulto escuro curvado no chão do carro. Então eu mesmo escorreguei para a direita, abri a porta de novo e saí para a calçada estreita que acompanhava a borda da ribanceira.

O outro carro agora estava perto. Os faróis acenderam de novo e eu me abaixei. Os faróis mudaram de direção, de modo que a luz varreu o meu carro, depois mudaram de direção novamente, e o carro parou do lado oposto da rua, e as luzes foram desligadas mais uma vez, em total silêncio. Era um carro de duas portas, preto, pequeno. Nada aconteceu por um minuto, e então a porta esquerda do carro abriu, e um homem atarracado desceu e começou a andar em minha direção, atravessando a rua. Tirei minha arma de debaixo do braço, enfiei-a no cinto e abotoei o botão de baixo do meu casaco. Então fiz a volta pela traseira do meu carro para encontrar o sujeito.

Ele parou de susto quando me viu. As mãos estavam vazias, e ele as tinha para baixo, ao lado do corpo. Levava um cigarro na boca.

– Polícia – disse ele sem demora. A mão direita moveu-se muito lentamente para trás, na direção de sua coxa direita. – Bonita noite, hã?

– Ótima – disse eu. – Um pouco de neblina, mas eu gosto de neblina. Suaviza o ar da noite e...

Ele me interrompeu com rispidez.

– Onde está o outro cara?

– Hã?

– Não brinque comigo, forasteiro. Eu vi um cigarro no lado direito do seu carro.

– Aquilo era eu – disse eu. – Eu não sabia que era contra a lei fumar do lado direito do carro.

– Ah, um engraçadinho. Quem é você, e o que está fazendo aqui? – Seu rosto sério e suarento refletia a luz filtrada pelo ar úmido e suave da noite.

– Meu nome é O'Brien – falei. – Estou chegando de San Mateo e vim a passeio.

A mão dele agora estava bem perto de sua coxa.

– Eu vou dar uma olhada na sua habilitação de motorista – disse ele. Chegou perto o suficiente para pegar o documento, isto é, se nós dois esticássemos os braços um para o outro.

– E eu vou dar uma olhada no que lhe autoriza a dar uma olhada na minha carteira de motorista – disse eu.

Sua mão direita fez um movimento brusco. A minha arrancou a arma do cinto e apontou-a para o estômago dele. A mão dele parou como se agora estivesse congelada dentro de uma barra de gelo.

– Talvez você seja um assaltante – disse eu. – Ainda tem gente aplicando esse golpe com distintivos de lata.

Ele ficou parado, estático, mal respirava. Disse, com a voz pastosa:

– Tem licença pro berrante?

– Todos os dias da semana – disse eu. – Vamos ver o seu distintivo, e eu guardo ele. Você não carrega o seu na cueca, não é?

Ele ainda ficou parado por mais um longo minuto congelado. Então olhou para a rua, como se esperasse que outro carro pudesse chegar. Atrás de mim, no banco de trás do meu carro, havia uma respiração baixinha, sibilante. Eu não sabia se o cara atarracado estava ouvindo ou não. A própria respiração dele estava pesada o bastante para servir de ferro de passar roupa.

– Ah, deixe de brincadeira – resmungou ele de repente, em tom agressivo. – Você não é ninguém, só um detetivezinho barato e medíocre de Los Angeles.

– Meus honorários aumentaram – disse eu. – Agora eu cobro trinta centavos.

– Vá se catar. Não queremos você xeretando por aqui, entendeu? Desta vez estou só lhe avisando.

Ele girou nos calcanhares e voltou para o seu carrinho de duas portas e subiu no estribo. Seu pescoço grosso virou-se lentamente, e sua pele oleosa revelou-se uma vez mais.

– Vá pro inferno – disse ele – antes que a gente mande você pra lá embrulhado pra presente.

– Até logo, Pele Oleosa – disse eu. – Prazer em conhecer... você com as calças na mão.

Ele entrou no carro, bateu a porta, ligou o motor com um solavanco, deu uma guinada fazendo o retorno e sumiu rua afora numa fração de segundo.

Pulei para dentro do meu carro e estava só um quarteirão atrás dele quando ele sinalizou para entrar no Arguello Boulevard. Virou à direita. Eu virei à esquerda. Dolly Kincaid levantou-se e apoiou o queixo no estofado do encosto do banco, ao meu lado.

– Sabe quem era esse? – grasnou. – Gatilho Weems, o braço-direito do chefe. Podia ter te acertado.

– E Fanny Brice* podia ter nascido com o nariz achatado – disse eu. – Foi por pouco.

Dirigi em volta de alguns quarteirões e parei para deixar o rapaz passar para o banco da frente.

– Onde está o seu carro? – perguntei.

Ele tirou o chapéu amarfanhado de repórter, amassou-o no joelho e colocou-o de volta na cabeça.

– Ora, na Prefeitura. No estacionamento reservado da polícia.

– Que pena – disse eu. – Você vai ter que pegar o ônibus para Los Angeles. Você precisa visitar a sua irmã e passar a noite na casa dela de vez em quando. Especialmente hoje.

4 – Mulher ruiva

A estrada serpenteava, descia em declives íngremes, subia a grandes alturas, acompanhando as encostas dos morros, um esparramado de luzes para o noroeste e um tapete de luzes para o sul. Os três píeres pareciam bastante remotos desde este ponto: finas lapiseiras de luz arrumadas para exibição sobre uma almofada de veludo negro. Havia neblina nos desfiladeiros e um perfume de mato, mas nada de neblina no platô que havia entre os desfiladeiros.

Passei por um posto de gasolina pequeno, mal iluminado, fechado para a noite, desci a estrada até outro largo desfiladeiro, subi mais de um quilômetro ao

* Fanny Brice (1891-1951) foi uma famosa comediante, cantora e artista de teatro de revista; participou também de filmes em Hollywood. Tinha o nariz fino e grande. (Barbra Streisand interpretou-a no filme *Funny Girl*.) (N.T.)

lado de uma cerca de arame cara que demarcava a divisa de alguma propriedade invisível. Então as casas que estavam espalhadas aqui e ali ficaram mais espalhadas ainda nos morros, e o ar trazia o cheiro forte do mar. Virei à esquerda depois de uma casa com um torreão redondo e branco, passei entre os únicos postes de luz elétrica por quilômetros e quilômetros e continuei dirigindo até um edifício grande de estuque construído em um terreno em ponta, acima da auto-estrada do litoral. A luz vazava das janelas de cortinas fechadas e ao longo de uma colunata de estuque em forma de arcos e brilhava numa penumbra sobre um grosso aglomerado de carros estacionados em vagas dispostas em diagonal ao redor de um gramado oval.

Esse era o Clube Conried. Eu não sabia exatamente o que ia fazer ali, mas parecia ser um dos lugares que eu devia visitar. O dr. Austrian continuava perambulando por zonas desconhecidas da cidade, visitando pacientes sem nome. O Serviço de Plantão Médico dizia que em geral ele aparecia lá pelas onze horas. Agora eram 22h15.

Estacionei numa vaga e caminhei ao longo da colunata de arcos. Um negrão de dois metros de altura, com um uniforme de marechal-de-campo tirado de uma opereta sul-americana, abriu, do lado de dentro, metade de uma larga porta dupla, gradeada, e disse:

– O seu cartão, senhor, por gentileza.

Enfiei uma nota de um dólar naquela mão com palma de cor lilás. Enormes juntas cor de ébano fecharam-se sobre o dinheiro como uma corda de arrasto sobre um balde de cascalho. A outra mão tirou um fiapo do meu ombro esquerdo e fez deslizar uma etiqueta metálica atrás do meu lenço decorativo no bolso externo do meu casaco.

– O novo chefe do salão é linha-dura – sussurrou ele. – Obrigado, patrão.

– Você quer dizer otário – disse eu e passei por ele.

O saguão (eles chamavam aquilo de *foyer*) parecia um cenário dos estúdios da MGM para um clube noturno no filme *The Broadway Melody of 1980**. Sob a luz artificial, parecia ter custado um milhão de dólares e tomava o espaço de um campo de pólo. O carpete muito fofo, muito alto, não chegava a me fazer cócegas nos tornozelos. Nos fundos, havia um passadiço cromado, como o passadiço de um navio, que subia dando acesso à entrada do restaurante, e, ao fim do passadiço, o chefe dos garçons, um italiano gordinho, estava postado com um sorriso encenado no rosto e uma faixa de cetim de cinco centímetros em cada perna da calça e uma porção de cardápios dourados debaixo do braço.

Uma escadaria em curva fazia-se acompanhar de uma balaustrada esmaltada em branco que imitava as lâminas de um trenó. Levava às salas de jogo no segun-

* *The Broadway Melody* é um musical de Hollywood, de 1929. (N.T.)

do andar. O teto exibia estrelas, e elas piscavam e cintilavam. Bem ao lado da entrada do bar, em um ambiente escuro que parecia ser roxo, como um pesadelo que a gente lembra pela metade, havia um gigantesco espelho redondo embutido em um túnel branco com um penteado egípcio encimando a coisa toda. Em frente a isso, uma senhora de verde estava ajeitando o seu cabelo loiro platinado. Seu vestido de festa tinha um decote tão cavado nas costas que ela estava usando um desses adesivos corretivos de beleza na musculatura lombar, uns dois centímetros abaixo de onde estaria o cós da calcinha, se ela estivesse usando calcinha.

A moça da chapelaria, num conjunto de pantalona e túnica cor de pêssego, com pequenos dragões negros aplicados, veio em minha direção, para pegar meu chapéu e censurar minha indumentária. Seus olhos eram pretos e brilhantes e tão sem expressão quanto os dedinhos dos pés em escarpins de verniz. Dei a ela 25 centavos e não me desfiz do meu chapéu. Uma vendedora de cigarros, com um tabuleiro do tamanho de uma caixa de chocolates de dois quilos, desceu o passadiço. Ela usava penas no cabelo e roupa suficiente para esconder-se atrás de um selo de três centavos e trazia as pernas compridas, lindas e nuas pintadas: uma em dourado, a outra em prateado. Tinha a expressão fria e desdenhosa de uma dama que ficou antiquada tão antes do tempo que teria de pensar duas vezes antes de aceitar apresentar-se para um marajá com uma cesta de rubis debaixo do braço.

Fui para a calma penumbra roxa do bar. Copos tilintavam suavemente. Ouviam-se vozes falando baixo, acordes de um piano retirado em um canto e um tenor afeminado cantando *My Little Buckeroo** com tanta intimidade quanto um *barman* preparando um Mickey Finn**. Aos poucos, a luz roxa foi se tornando algo no qual eu conseguia enxergar. O bar estava bem cheio, sem estar lotado. Um homem riu desafinado, e o pianista expressou seu aborrecimento com aquilo, correndo a unha do polegar pelo teclado, *à la* Eddie Duchin***.

Detectei uma mesa vazia, fui até lá e me sentei, as costas contra uma parede acolchoada. A luz ali ficou ainda mais clara para mim. Eu até conseguia enxergar o cantor vaqueiro agora. Tinha um cabelo ondulado que puxava para o ruivo; pelo jeito, usava hena. A moça da mesa ao lado também tinha cabelo ruivo. Partido ao meio e puxado para trás, como se ela detestasse o próprio cabelo. Seus olhos eram grandes, escuros, famintos, seus traços eram estranhos, e ela não usava maquilagem, à exceção da boca, que brilhava como um letreiro de neon. Seu *tailleur* tinha ombreiras grandes demais e lapelas grandes demais. Uma malha cor

* Pode-se traduzir o título como "Meu querido vaqueiro". (N.T.)

** Qualquer bebida que fosse batizada com algum tipo de sedativo (geralmente hidrato de cloral). (N.T.)

*** Em 1931, o pianista Eddie Duchin comandava uma orquestra de dez integrantes que tocava sete noites por semana no clube Casino, do Central Park de Nova York, sempre com casa lotada. A marca registrada de Duchin era cruzar as mãos e tocar com um só dedo, para deleite de seus fãs. (N.T.)

de laranja aconchegava-lhe o pescoço, e havia uma grande pluma em preto e laranja no seu chapéu modelo Robin Hood, que ela usava jogado para trás na cabeça. Ela sorriu para mim, e seus dentes eram fracos e tristes como um Natal de indigente. Eu não sorri de volta.

Ela esvaziou o copo e o fez tilintar na mesa. Um garçom muito alinhado apareceu, saído sabe-se lá de onde, e parou à minha frente.

– Uísque com água mineral – a moça disse, bem ligeiro. Tinha uma voz dura, cortante, com uma pronúncia alcoolizada.

O garçom olhou para ela, mal movimentou o queixo e olhou de volta para mim. Eu disse:

– Bacardi com groselha.

Ele foi embora. A moça disse:

– Isso vai te deixar enjoado, garanhão.

Eu nem olhei para ela.

– Então você não quer brincar – disse ela, num tom licencioso. Acendi um cigarro e soprei um anel de fumaça no ar levemente roxo. – Vá catar coquinho – disse a moça. – Eu pegava uma dúzia de gorilas como você a cada quarteirão no Hollywood Boulevard. Hollywood Boulevard, uma ova. Uma porção de caras tipo joão-ninguém, desempregados, e loiras pálidas tentando se curar e tirar o gosto de ressaca da boca.

– Quem foi que falou em Hollywood Boulevard? – perguntei.

– Você falou. Uma mulher ofende um cara, se bem que civilizadamente. Quem é que não responde, que não revida? Ninguém, a não ser que o cara seja do Hollywood Boulevard.

Um homem e uma garota em uma mesa próxima viraram as cabeças para olhar em nossa direção. O homem sorriu para mim um sorriso breve, de pêsames.

– Isso vale para você também – a garota disse a ele.

– Você ainda não me ofendeu – disse ele.

– A vida falou antes de mim, bonitão.

O garçom voltou com as bebidas. Alcançou a minha primeiro. A moça disse em voz alta:

– Pelo jeito você não está acostumado a servir as damas.

O garçom alcançou-lhe o uísque com água mineral.

– A senhora me desculpe, madame – disse ele, num tom de voz gelado.

– Claro. Apareça uma hora dessas, e eu lhe faço as unhas, se eu conseguir emprestada uma enxada de capinar. O amigo aqui do lado está pagando a conta deste aqui.

O garçom olhou para mim. Eu lhe dei dinheiro e um erguer do meu ombro direito. Ele me alcançou o troco, pegou a gorjeta e desapareceu entre as mesas.

A moça pegou sua bebida e veio até a mim. Apoiou os cotovelos na mesa e o queixo nas palmas das mãos.

– Ora, ora, um gastador – disse ela. – Eu não sabia que ainda existiam homens desse tipo. Gostou de mim?

– Estou pensando – disse eu. – Mantenha a voz baixa, ou eles te expulsam daqui.

– Duvido – disse ela. – Só se eu quebrasse uns espelhos. Mas acontece que eu e o chefe dele somos assim, ó. – Ela juntou dois dedos para mostrar. – Quer dizer, a gente podia ser assim, se eu conhecesse ele. – Ela riu baixinho, bebeu um pouco do seu drinque. – Onde foi que eu já vi você antes?

– Em tudo quanto é lugar.

– E onde foi que você já me viu antes?

– Em dúzias de lugares.

– Isso – disse ela. – É bem isso aí mesmo. Uma garota não pode mais ter a sua própria individualidade.

– Ela não pode pegar sua individualidade de volta de dentro de uma garrafa – disse eu.

– Você não sabe o que está dizendo. Eu posso lhe dar uma porção de nomes importantes que pegam no sono com uma garrafa em cada mão. E ainda têm que levar injeção no braço que é pra não acordarem berrando.

– É mesmo? – disse eu. – Os gambás das telas de cinema, hã?

– É. Eu trabalho para um sujeito que dá as injeções todas nos braços deles... dez dólares a dose. Às vezes 25 ou cinqüenta.

– Parece um negocinho dos bons – disse eu.

– Se durar. Você acha que dura?

– Vocês sempre podem ir para Palm Springs quando expulsarem vocês daqui.

– Quem é que vai expulsar quem de onde?

– Não sei – disse eu. – Do que é mesmo que a gente tava falando?

Ela tinha o cabelo ruivo. Não era bonita, mas bem curvilínea. E trabalhava para um homem que aplicava injeções nos braços das pessoas. Passei a língua nos lábios.

Um homem grande e moreno entrou e ficou parado, de pé, bem na entrada, esperando os olhos acostumarem-se à penumbra. Então ele começou a examinar o lugar sem pressa. Seu olhar passeou até a mesa onde eu estava sentado. Ele inclinou o corpanzil para a frente e começou a vir em nossa direção.

– Ah – disse a moça. – O leão-de-chácara. Você pode com ele?

Eu não respondi. Ela acariciou a face descolorida com a mão forte e pálida e me examinou com um olhar de lado. O homem ao piano atacou com alguns acordes e começou a queixar-se com *We can still dream, can't we?*.

O grandão moreno parou com a mão apoiada na cadeira em frente à minha, do outro lado da mesa. Desviou o olhar da moça e sorriu para mim. Ele estivera o tempo todo olhando para a moça. Ela era a causa de ele atravessar o bar e aproximar-se de nossa mesa. Mas era para mim que ele estava olhando de agora em diante. O cabelo dele era liso, escuro e brilhoso, sobre olhos cinza gelados e sobrancelhas que pareciam pintadas, uma boca bonita, de ator de cinema, e um nariz que fora quebrado mas estava bem consertado. Ele falava sem mover os lábios.

– Não tenho visto o senhor ultimamente... ou é a minha memória que está ruim?

– Não sei – disse eu. – O que é que você está tentando lembrar?

– O seu nome, doutor.

Eu disse:

– Então pare de tentar lembrar. Nós não nos conhecemos, nunca nos encontramos antes. – Pesquei a etiqueta de metal do meu bolso superior e joguei-a na mesa. – Aqui está o meu ingresso, que me foi entregue pelo tambor-mor lá na entrada... no postigo. – Tirei um cartão de visita de dentro da minha carteira e joguei também na mesa. – Aqui você tem o meu nome, idade, altura, peso, cicatrizes, se tiver, e quantas vezes preso. E estou aqui para falar com Conried.

Ele ignorou a etiqueta e leu o meu cartão duas vezes, virou do outro lado e examinou o verso, depois olhou a frente de novo, dobrou um braço em cima do encosto da cadeira e me deu um sorriso pálido. Não olhou para a moça nem antes nem depois. Sacudiu o cartão, atirou-o por cima da mesa e produziu um som esganiçado, como um camundongo. A moça olhou para o teto e fingiu que bocejava.

Ele disse, num tom seco:

– Então você é um desses sujeitinhos. Puxa vida, sinto muito. O sr. Conried precisou viajar a negócios para o norte do Estado. Pegou um vôo bem cedo.

A moça disse:

– Então foi o dublê dele que eu vi hoje de tarde na Sunset com a Vine, dentro de um sedã cinza, um Cord.

Ele não olhou para ela. E sorriu de leve.

– O sr. Conried não tem um Cord cinza.

A moça disse:

– Não deixe este cara enrolar você. Aposto que ele está lá em cima agora mesmo, entortando a engrenagem de uma roleta.

O moreno não olhou para ela. O fato de ele não dirigir o olhar para a moça era mais enfático que se ele tivesse lhe dado um tabefe na cara. Eu a vi empalidecer um pouco, muito devagar, e permanecer pálida.

Eu disse:

– Ele não está aqui. Não está aqui. Obrigado por me escutar. Talvez alguma outra hora.

– Ah, claro. Mas nós aqui não contratamos investigadores particulares. Desculpe.

– Diga esse "desculpe" outra vez e eu grito. Então, me ajude – disse a ruiva.

O homem de cabelo preto guardou o meu cartão no bolso externo de seu *smoking*. Empurrou sua cadeira para trás e ficou de pé.

– Você sabe como é – disse ele. – Então...

A moça deu uma gargalhada que mais parecia um cacarejo e jogou sua bebida na cara do moreno.

O homem deu um passo atrás, meio desequilibrado, e puxou de seu bolso um lenço branquinho, engomado. Enxugou rapidamente o rosto, sacudindo a cabeça. Quando baixou o lenço, havia uma grande mancha encharcada em sua camisa, mole por ter perdido a goma. Acima do alfinete de gravata, uma pérola negra. O colarinho estava arruinado.

– Desculpe – disse a moça. – Pensei que o senhor fosse uma escarradeira.

Ele baixou a mão, e seus dentes reluziram, afiados.

– Tire ela daqui – disse ele numa voz surda. – Tire ela daqui, e ligeiro.

Ele nos deu as costas e foi embora, bem rápido, entre as mesas, segurando o lenço contra a boca. Dois garçons em casacos brancos aproximaram-se e ficaram olhando para nós. Todos no lugar estavam olhando para nós.

– Primeiro *round* – disse a moça. – Um pouco lento. Os dois lutadores foram cautelosos.

– Eu detestaria estar com você quando você inventar de fazer alguma coisa muito arriscada – falei.

Ela fez um movimento abrupto com a cabeça. Naquela estranha luz arroxeada, tive a sensação de que a extrema palidez de seu rosto pulou em cima de mim. Até mesmo os seus lábios pintados de vermelho tinham uma aparência exangue. Sua mão, rígida como uma garra, ergueu-se até a boca. Ela tossiu uma tosse seca, como uma tuberculosa, e estendeu a mão para o meu copo. Entornou o bacardi com groselha em goles borbulhantes. Então começou a tremer. Tentou pegar a bolsa e empurrou-a do canto da mesa para o chão. A bolsa caiu aberta, e alguma coisa caiu para fora. Uma cigarreira em metal dourado deslizou para baixo da minha cadeira. Eu precisava levantar e afastar a cadeira para pegar o estojo. Um dos garçons estava atrás de mim.

– Posso ajudar? – ele perguntou, muito delicadamente.

Eu tinha me abaixado, quando o copo da moça rolou até a beirada da mesa e caiu no chão ao lado da minha mão. Juntei a cigarreira, examinei-a casualmente e vi que uma foto colorida à mão de um homem moreno e de ossatura grande decorava a tampa do estojo. Coloquei a cigarreira de volta na bolsa e peguei a moça pelo braço, e o garçom que havia falado comigo passou por mim e pegou a moça pelo outro braço. Ela nos olhou com o olhar vazio, mexendo a cabeça de um lado para o outro, como se estivesse tentando relaxar um pescoço com torcicolo.

– A mamãe aqui vai desmaiar – grasnou, e nós fomos saindo do bar com ela. A moça dava passos descoordenados, jogava o peso do corpo de um lado para outro, como se estivesse tentando nos aborrecer. O garçom praguejava sem parar para si mesmo, num sussurro monótono. Saímos da luz arroxeada para o saguão muito bem iluminado.

– Banheiro das senhoras – grunhiu o garçom, que apontou com o queixo para uma porta que parecia uma entrada lateral para o Taj Mahal. – Tem uma negrona peso médio ali que consegue lidar com qualquer coisa.

– Que se dane o banheiro das senhoras – disse a moça, com raiva na voz. – E larga do meu braço, garçonzinho. Meu amigo aqui é transporte suficiente.

– Ele não é seu amigo, madame. Ele nem a conhece.

– Cai fora, gringo. Você é uma hora gentil demais, outra hora grosso demais. Cai fora antes que eu perca a minha cultura e te dê umas bifa.

– Pode deixar – eu disse para ele. – Vou levar ela pra dar uma esfriada. Ela tava aqui sozinha?

– Não consigo imaginar essa daí acompanhada – disse ele e se afastou. O chefe dos garçons desceu até a metade do passadiço e ficou ali parado, carrancudo, e a visão da chapelaria parecia tão entediante quanto o árbitro de uma luta de boxe de quatro *rounds*, com lutadores desconhecidos, do tipo que é só para abrir a noite.

Empurrei minha nova amiga para fora, para o ar frio e a neblina da noite, caminhei com ela pela colunata e senti o seu corpo ganhar controle e firmeza no meu braço.

– Você é um cara decente – disse ela, sem qualquer entonação. – Eu me comportei de um jeito tão suave quanto um punhado de tachinhas. Você é um cara decente, mesmo. Não pensei que fosse sair viva de lá.

– Por quê?

– Eu tinha uma idéia sobre como ganhar dinheiro, e me enganei. Esquece. Deixa pra lá, junto com todas as outras idéias que a gente tem e que se engana. Elas me acompanham, a vida inteira. Você me dá uma carona? Eu vim de táxi.

– Claro. Você me diz o seu nome?

– Helen Matson – disse ela.

Não fiquei nem um pouco entusiasmado com a notícia. Eu já tinha adivinhado fazia tempo.

Ela ainda se apoiou um pouco em mim enquanto andávamos pelo chão pavimentado, descendo pelo estacionamento até o meu carro. Destranquei a porta, segurei-a aberta, e ela entrou e deixou-se cair no banco do carro, bem no canto, a cabeça no estofado.

Fechei a porta e então a abri de novo e disse:

– Pode me dizer mais uma coisa? De quem é aquele retrato na sua cigarreira? Parece que já vi o sujeito em algum lugar.

Ela abriu os olhos.

– Um antigo namorado – disse ela – que já se foi. Ele... – Os olhos dela arregalaram-se, a boca abriu-se abruptamente, e eu mal ouvi o leve farfalhar atrás de mim, na medida em que alguma coisa dura afundava nas minhas costas e uma voz em surdina dizia:

– Quietinho, meu. Isso é um assalto.

Então um torpedo disparou no meu ouvido, e a minha cabeça de repente virou fogos de artifício cor-de-rosa explodindo na abóbada do céu, esparramando-se e caindo, devagar e pálidos, depois escuros, nas ondas do mar. A escuridão me devorou.

5 – Minha vizinha morta

Eu fedia a gim. Não do jeito normal, como se eu tivesse tomado umas e outras, mas como se o oceano Pacífico fosse puro gim e eu tivesse nadado nele de roupa e tudo. Havia gim no meu cabelo, nas minhas sobrancelhas, no meu rosto e debaixo do queixo na minha camisa. Eu estava sem casaco e estava deitado, espalhado no tapete de alguém, e estava olhando para uma fotografia numa moldura na ponta de um console de lareira feito de gesso. A moldura era de algum tipo de madeira com bonitos veios, e a foto pretendia ser artística, com uma luz colocando em destaque um rosto comprido, magro e infeliz, mas tudo que a luz conseguia era exatamente aquilo: mostrar um rosto comprido, fino e infeliz debaixo de um cabelo tão pálido e tão sem graça que até parecia ser tinta pincelada sobre um crânio ressequido. Havia alguma coisa escrita em diagonal no canto inferior direito da foto por trás do vidro da moldura, mas eu não conseguia ler o que era.

Levei a mão à cabeça, pressionei de um lado e pude sentir uma dor em agulhada desde ali até as solas dos pés. Gemi, e meu gemido transformou-se em um grunhido de orgulho profissional, e então rolei para um lado, bem devagar e com muito cuidado, e olhei para o pé de uma cama de casal que, do tipo embutido em parede, estava aberta. A outra metade da cama ainda estava de pé, no seu nicho na parede, com um padrão floreado pintado na madeira esmaltada. Quando rolei para o lado, uma garrafa de gim rolou do meu peito e bateu no chão. Estava transparente, vazia. Pensei que não podia ter tanto gim assim em uma única garrafa.

Consegui me levantar ficando de joelhos e, por um instante, fiquei de quatro, cheirando o chão como um cachorro que não consegue terminar o jantar e ao mesmo tempo não quer deixar uma sobra de comida para os outros. Virei a cabeça para o lado. Doeu. Movimentei a cabeça um pouco mais e continuou doendo, então me pus de pé e descobri que estava descalço.

Parecia um bom apartamento, nem barato nem caro – a mobília de costume, o abajur com a pantalha de costume, o carpete durável de costume. Sobre a metade da cama que estava aberta, uma moça estava deitada, vestida com um par de meias de seda cor da pele. Ela apresentava arranhões fundos que haviam sangrado e tinha uma toalha de banho felpuda sobre o seu abdômen, dobrada de modo a quase formar um rolo. Seus olhos estavam abertos. O cabelo ruivo que era partido ao meio e puxado para trás como se ela o detestasse ainda estava do mesmo jeito. Mas ela não o detestava mais.

Ela estava morta.

Em cima e dentro do seu seio esquerdo havia uma área chamuscada do tamanho da palma da mão de um homem e, no meio daquilo, havia uma poça, do tamanho de um dedal, cheia de sangue queimado. Escorrera sangue para o lado de seu corpo, mas estava coagulado agora.

Vi roupas sobre um sofá: a maioria era dela, mas a pilha incluía também o meu casaco. Havia sapatos no chão – os meus e os dela. Fui até lá, caminhando nos calcanhares como se o chão fosse gelo fino, peguei o meu casaco e apalpei os bolsos. Tudo o que eu conseguia lembrar de ter posto neles ainda estava lá. O coldre que ainda estava afivelado ao meu tórax estava vazio, claro. Calcei os sapatos, enfiei o casaco, empurrei o coldre vazio para debaixo do braço, fui até a cama e ergui a pesada toalha de banho. Uma arma caiu de dentro da toalha dobrada – a minha arma. Limpei o sangue do tambor, cheirei a boca do cano do revólver sem necessidade e, sem fazer barulho, guardei a arma de volta no meu coldre.

Passos pesados vinham pelo corredor do lado de fora do apartamento e pararam. Houve um murmúrio de vozes, então alguém bateu na porta: pancadas secas e breves, fortes, impacientes. Olhei para a porta e tentei imaginar quanto tempo levariam antes de tentar abri-la e se a mola da lingüeta estaria armada para que eles pudessem entrar e, se não estivesse armada, quanto tempo levariam para chamar o administrador com uma chave mestra, se é que ele já não estava ali, do outro lado da porta. Eu ainda estava entretido em imaginar as opções quando alguém tentou abrir a porta. Estava chaveada.

Aquilo era muito engraçado. Quase soltei uma gargalhada.

Fui até uma outra porta e olhei para dentro de um banheiro. Havia dois pisos atoalhados no chão, um piso de chuveiro cuidadosamente dobrado sobre a borda da banheira, uma janela de vidro martelado acima da banheira. Fechei a porta do banheiro com todo o cuidado para não fazer o mínimo ruído, subi na borda da banheira e levantei a vidraça inferior da janela de guilhotina. Pus a cabeça para fora da janela e olhei para baixo, uns seis andares até a escuridão de uma rua lateral com árvores dos dois lados. Para fazer isso, eu tinha de olhar pelo vão formado por duas paredes cegas, pouco mais que um poço de luz. As janelas apresentavam-se de duas em duas, todas na mesma parede, uma deste lado, outra daquele lado do vão entre as paredes cegas. Inclinei-me mais para fora e decidi que podia chegar na janela vizinha se eu tentasse. Perguntei-me se estaria destrancada e se me adiantaria de alguma coisa e se eu teria tempo antes de eles abrirem a porta.

Atrás de mim, do outro lado da porta fechada do banheiro, as batidas na porta estavam mais altas e mais duras, e uma voz estava rosnando:

– Abra, ou vamos arrombar.

Aquilo não queria dizer nada. Era só conversa de rotina dos tiras. Eles não iriam arrombar, pois podiam conseguir uma chave, e chutar aquele tipo de porta sem uma machadinha de bombeiro é muita trabalheira e machuca o pé.

Fechei a vidraça inferior da janela, desci a vidraça superior e peguei uma toalha da prateleira. Então abri a porta do banheiro de novo, e os meus olhos concentraram-se no rosto do retrato emoldurado no console da lareira. Eu precisava ler a inscrição da foto antes de ir embora. Fui até lá e examinei a foto enquanto as batidas na porta continuavam, irritadas. A inscrição dizia "Com todo o meu amor, Leland".

Só aquilo ali já fazia do dr. Austrian um otário. Peguei a foto, voltei para o banheiro e fechei a porta de novo. Então escondi a foto debaixo de toalhas e lençóis sujos dentro de um armarinho na parte de baixo do *closet* do banheiro. Eles custariam um pouco para achar aquilo ali, se é que eram bons tiras. Se estivéssemos em Bay City, eles provavelmente nunca encontrariam a foto. Eu não sabia de nenhum motivo para estarmos em Bay City, exceto que Helen Matson muito provavelmente morava lá, e o ar do lado de fora da janela do banheiro cheirava a ar de praia.

Eu me espremi para fora, pela parte de cima da janela de guilhotina, com a toalha na mão, e impulsionei o corpo até a janela ao lado, segurando-me na vidraça inferior da janela que eu estava abandonando. Eu chegava até a outra janela o suficiente para levantar a vidraça, se estivesse destrancada. Não estava destrancada. Impulsionei o pé e chutei o vidro logo acima do trinco. Fez um barulho que deve ter sido ouvido a mais de dois quilômetros. Ao longe, as batidas na porta continuavam, monótonas.

Enrolei a toalha na minha mão esquerda, estendi os braços o máximo que dava, enfiei a mão pelo vidro quebrado e girei o trinco da janela. Então tomei impulso, passei para o peitoril da outra janela e estendi a mão direita para erguer a vidraça inferior da janela que eu estava deixando para trás. Eles podiam ficar com as impressões digitais. Eu não tinha nenhuma esperança de ser capaz de provar que não estivera no apartamento de Helen Matson. Tudo que eu queria era uma chance de provar como eu tinha chegado lá.

Olhei para baixo, para a rua. Um homem estava entrando em um carro. Ele não olhou para cima. Nenhuma luz se acendera no apartamento que eu estava arrombando. Desci a vidraça superior e entrei. Tinha bastante vidro quebrado dentro da banheira. Pulei para o chão, acendi a luz, tirei os cacos de vidro da banheira e enrolei-os na minha toalha e escondi-a. Usei a toalha de alguém dali para limpar o peitoril da janela e a borda da banheira, onde eu estivera de pé. Então tirei o meu revólver do coldre e abri a porta do banheiro.

Este era um apartamento maior. O quarto que eu estava examinando tinha duas camas de solteiro com cobertas cor-de-rosa. As camas estavam feitas, impecavelmente arrumadas e estavam vazias. Depois do quarto, uma sala de estar. Todas as janelas estavam fechadas, e o lugar tinha um cheiro de local fechado e empoeirado. Acendi um abajur, depois corri um dedo no braço de uma cadeira e olhei para o pó no meu dedo. Havia um móvel com um rádio embutido, uma prateleira de livros construída no formato de um coche, um enorme armário cheio de livros, todos romances, cada um ainda com o seu invólucro, um gaveteiro de madeira escura e, em cima, um sifão para água gasosa, uma garrafa ornamental para bebidas e quatro copos listrados de boca para baixo. Cheirei a bebida; era uísque, então usei um pouco dele. Aquilo fez a minha cabeça ficar pior, mas fez com que eu me sentisse melhor.

Deixei a luz acesa, voltei para o quarto e vasculhei gavetas e armários. Em um *closet*, havia roupas masculinas, feitas sob medida, e o nome escrito na etiqueta pelo alfaiate era George Talbot. As roupas do George pareciam um tanto quanto pequenas para mim. Tentei a cômoda e achei um pijama. Pensei que aquilo ia servir. O *closet* me deu um roupão e chinelos. Eu me pus nu em pêlo.

Quando saí do chuveiro, cheirava só um pouquinho a gim. Não havia nenhum barulho, ninguém estava esmurrando porta nenhuma agora, então eu soube que eles estavam no apartamento de Helen Matson com seus pedaços de giz e barbante. Vesti o pijama do sr. Talbot, e seu roupão, calcei seus chinelos, usei um pouco do tônico do sr. Talbot no meu cabelo e ainda sua escova e seu pente para ajeitar a melena. Eu torcia para que o sr. Talbot e esposa estivessem se divertindo onde quer que estivessem e que não precisassem voltar logo para casa.

Voltei para a sala, usei mais um pouco do uísque dos Talbot e acendi um dos cigarros deles. Então destranquei a porta da frente. Um homem tossiu ali bem perto, no corredor. Abri a porta, encostei-me na portalada e olhei para fora. Um homem de uniforme estava encostado na parede oposta: um homem baixinho, loiro, de olhos argutos. Sua calça azul tinha um vinco que lembrava o fio de uma faca amolada, e ele tinha uma aparência limpa, arrumada, competente e enxerida.

Bocejei e disse:

– O que está acontecendo, seu guarda?

Ele me encarou com os olhos penetrantes, castanho-avermelhados com pontinhos dourados, uma cor de olhos que raramente se vê em pessoas loiras.

– Um probleminha no apartamento vizinho ao seu. Por um acaso ouviu alguma coisa? – A voz dele era levemente sarcástica.

– A glacê de cenoura? – disse eu. – Não, nada. Só as mesmas brigas de gato e rato de sempre. Bebedeira?

O tira manteve o seu olhar cauteloso. Então ele chamou alguém, gritando no corredor:

– Ei, Al!

Um homem apareceu no corredor, saindo de uma porta aberta. Tinha mais de um metro e oitenta, pesava bem uns noventa quilos e tinha o cabelo preto e grosso e olhos fundos, sem expressão. Era Al De Spain, que eu tinha encontrado aquela noite na central de polícia de Bay City.

Ele veio pelo corredor, sem pressa. O tira de uniforme disse:

– Aqui tem o sujeito que mora ao lado.

De Spain chegou perto de mim e me olhou nos olhos. O olhar dele não tinha outra expressão que não fosse cacos de ardósia negra. Ele falou num tom quase suave.

– Nome?

– George Talbot – disse eu. Minha voz não saiu esganiçada demais.

– Ouviu algum barulho? Quero dizer, antes de nós chegarmos aqui?

– Ah, uma briga, eu acho. Por volta da meia-noite. Não é nenhuma novidade aí do lado – apontei com o polegar para o apartamento da moça morta.

– É mesmo? Conhecia a moça?

– Não. Duvido que eu vá gostar de conhecer essa daí.

– Não precisa – disse De Spain. – Ela já foi desta para a melhor.

Ele pôs a mão grande e forte contra o meu peito e empurrou-me para trás com delicadeza, pela porta, para dentro do apartamento. Manteve a mão no meu peito, e o olhar baixou rápido e faiscante para os bolsos laterais do roupão, depois de volta para o meu rosto. Quando ele me tinha a mais de dois metros da porta, falou sobre o ombro:

– Entre aqui e feche a porta, Baixinho.

Baixinho entrou e fechou a porta, os olhos penetrantes brilhando.

– Uma piada e tanto – disse De Spain, de modo bem casual. – Põe esse aí na tua mira, Baixinho.

Baixinho abriu o coldre do cinto e, no tempo de um relâmpago, já estava com o revólver de polícia na mão. Passou a língua nos lábios.

– Ô, rapaz – disse ele em voz baixa. – Ô, rapaz. – Abriu o seu porta-algemas e puxou um tantinho delas para fora. – Como é que você sabia, Al?

– Sabia o quê? – De Spain mantinha o olhar nos meus olhos. Falou comigo com gentileza. – O que é que você ia fazer? Descer até a esquina e comprar um jornal?

– Tá certo – disse Baixinho. – Ele é o assassino, claro. Chega até aqui pela janela do banheiro e se veste com roupa que é do sujeito que mora aqui. Essa gente daqui está viajando. Olha só a poeira. Nenhuma janela aberta. O ar aqui dentro está abafado.

De Spain disse em voz baixa:

– Baixinho é um tira científico. Não deixe ele derrubar você. Algum dia ele tem que errar.

Eu disse:

– Por que ele está de uniforme, se é tão bom assim?

Baixinho ficou vermelho. De Spain disse:

– Encontre as roupas dele, Baixinho. E o revólver dele. E rápido. Essa prisão é nossa, se a gente fizer a coisa bem rápido.

– Mas você ainda nem sabe os detalhes do caso – disse Baixinho.

– Mas o que é que eu tenho a perder?

– Bom, *eu* posso perder o meu uniforme.

– Corra um risco, rapaz. Aquele imbecil do Reed aí do lado não pega nem traça em caixa de sapato.

Baixinho correu até o quarto. De Spain e eu ficamos parados, mas ele tirou a mão do meu peito e relaxou o braço ao longo do corpo.

– Não me conte – disse ele, numa fala arrastada. – Deixe que eu adivinho.

Escutamos Baixinho mexendo nas coisas, abrindo portas. Então ouvimos um grito, como o ganido de um *fox terrier* quando sente cheiro de ninho de rato. Baixinho voltou para a sala com a minha arma na mão direita e minha carteira na esquerda. Segurava a arma pelo cano, com um lenço.

– Este revólver foi detonado – disse ele. – E esse cara não se chama Talbot.

De Spain não virou a cabeça, nem mudou a expressão. Sorriu para mim de leve, movimentando apenas os cantos de sua boca larga e brutal.

– Não diga – disse ele. – Não diga. – Ele me empurrou com um safanão, sua mão dura e forte como uma ferramenta de aço. – Vá se vestir, amor... e não perca tempo botando a gravata. Tem lugares que estão nos esperando.

6 – Recebo o meu revólver de volta

Saímos do apartamento e pegamos o corredor. Ainda tinha luz vindo da porta aberta do apartamento de Helen Matson. Dois homens com um cesto estavam do lado de fora, fumando. Ouvia-se o som de vozes discutindo dentro do apartamento da mulher morta.

Chegamos a um ponto do corredor onde dobramos, pegamos um lance de escada e descemos, piso por piso, até chegarmos ao saguão do edifício. Uma meia dúzia de gente estava por ali, de olhos arregalados: três mulheres, todas de roupão, um homem careca com uma viseira verde, como um editor de jornal para as notícias locais, dois outros que estavam mais para trás, escondidos por sombras. Um outro tira de uniforme caminhava para cá e para lá do lado de dentro da porta da rua, assobiando baixinho. Nós saímos, passando por ele. Ele pareceu completamente desinteressado. Uma pequena multidão aglomerava-se na calçada, do lado de fora do prédio.

De Spain disse:

– Uma noite e tanto para a nossa cidadezinha.

Fomos pela calçada até o sedã preto que não estava identificado como sendo da polícia, e De Spain sentou-se à direção do carro e por gestos ordenou-me que sentasse ao lado dele. Baixinho sentou atrás. Ele havia colocado sua arma de volta no coldre havia tempo, mas conservou o coldre aberto e manteve a mão perto dele.

De Spain arrancou com o carro já em disparada, o que me jogou para trás, contra o estofado. Dobramos na próxima esquina, o carro equilibrando-se em duas rodas, na direção leste. Um enorme carro preto com faroletes duplos, vermelhos, estava a apenas meio quarteirão e vindo em nossa direção em alta velocidade quando dobramos aquela esquina.

De Spain cuspiu para fora da janela e disse, na sua fala arrastada:

– É o chefe. Vai chegar atrasado no próprio enterro, esse aí. Cara, a gente passou a perna nele nesse caso.

Do banco de trás, Baixinho falou com nojo:

– É... o que vai nos dar uma suspensão de trinta dias.

De Spain disse:

– Guarde esse nhenhenhém pra você mesmo, que você vai poder voltar pra Divisão de Homicídios.

– Prefiro abotoar minha roupa e comer minha comida – disse Baixinho.

De Spain dirigiu o carro a toda por dez quarteirões, depois desacelerou um pouco. Baixinho disse:

– Este aqui não é o caminho para a Central.

De Spain disse:

– Não seja um bundão.

Ele deixou o carro diminuir a marcha até rodar bem lentamente, dobrou uma esquina à esquerda, e entramos numa rua silenciosa, escura, residencial, coníferas de um lado e de outro da rua e jardins pequenos e corretos na frente de casas pequenas e corretas. Ele freou o carro suavemente, aproximou-o do meio-fio e desligou o motor. Então largou um braço sobre o encosto do banco e virou-se para olhar o homem de uniforme, pequeno e "de olhos penetrantes".

– Você acha que este cara aqui matou a mulher a tiros, Baixinho?

– A arma dele foi detonada.

– Pega essa enorme lanterna do teu bolso e dá uma olhada na cabeça dele, atrás.

Baixinho bufou, mexeu em alguma coisa no banco de trás, e então houve um clique metálico, e o feixe de luz branca e ofuscante de uma lanterna grande e potente jorrou sobre a minha cabeça. Ouvi a respiração dele muito próxima de mim. Ele levou a mão até o ponto dolorido na parte de trás da minha cabeça e pressionou. Eu gani de dor. A luz apagou, e a escuridão da rua envolveu-nos mais uma vez.

Baixinho disse:

– Acho que ele levou uma cacetada.

De Spain disse, a voz vazia de emoção:

– E a moça também. Não dava para ver muito bem, mas está lá, a marca. Levou uma cacetada que era pra poderem tirar as roupas e judiar dela antes de lhe darem um tiro, de modo que os arranhões sangrassem e tudo ficasse parecendo você-sabe-o-quê. Então atiraram nela com a toalha de banho enrolada na arma. Ninguém ouviu o tiro. Quem foi que chamou a polícia, Baixinho?

– Como é que diabos eu vou saber? Um cara ligou uns dois ou três minutos antes de você aparecer na Prefeitura, enquanto o Reed ainda estava procurando por um fotógrafo. Um cara com uma voz grossa, foi o que disse a telefonista.

– Ok. Se você tivesse feito o serviço, Baixinho, como é que ia sair de lá?

– Caminhando até a rua – disse Baixinho. – Por que não? Ei – ele latiu para mim –, por que você não saiu do prédio?

Eu disse:

– Eu tenho que ter os meus segredos.

De Spain disse, sem entonação na voz:

– Você não ia atravessar o poço de luz no sexto andar, não é, Baixinho? Você não ia arrombar o apartamento vizinho e fingir que é o cara que mora ali, não é? E você não ia chamar a polícia para que investigassem o caso assim tão logo, para que pegassem o assassino, não é?

– Mas que inferno – disse Baixinho –, foi esse cara que telefonou? Não, eu não ia fazer nada disso.

– E o assassino também não fez nada disso – disse De Spain –, mas a última ele fez. Ele telefonou.

– Bom, esses caras viciados em sexo fazem coisas estranhas – disse Baixinho. – O cara pode ter tido ajuda, e o outro tentou pôr ele numa enrascada depois de nocauteá-lo com uma cacetada.

De Spain deu uma risada estridente.

– Olá, tarado – disse ele e me cutucou nas costelas com um dedo tão duro quanto o cano de um revólver. – Olhe para nós, os otários, bem sentados no traseiro, jogando nossos empregos pela janela... quer dizer, o único de nós que tem um emprego... e discutindo, quando você, o cara que tem todas as respostas, ainda não nos disse merda nenhuma. A gente nem ao menos sabe quem é a moça.

– Uma ruiva que eu peguei no bar do Club Conried – disse eu. – Não, na verdade foi ela quem me pegou.

– Nem nome, nem coisa alguma?

– Não. Ela estava bem alta. Ajudei a moça a sair para pegar um ar fresco, e ela me pediu para tirá-la de lá e, enquanto eu estava botando ela no meu carro, alguém me deu uma cacetada. Quando recobrei os sentidos, estava no chão do apartamento, e a moça estava morta.

De Spain disse:

– O que é que você tava fazendo no bar do Club Conried?

– Cortando o cabelo – disse eu. – O que é que se faz num bar? Aquela ruiva estava alta, parecia estar assustada com alguma coisa, e jogou bebida na cara do gerente do bar. Fiquei com pena dela.

– Eu também, sempre fico com pena de uma ruiva – disse De Spain. – O sujeito que deu uma cacetada em você deve ser um elefante, se te carregou até o apartamento.

Eu disse:

– Você já levou uma cacetada na cabeça?

– Não – disse De Spain. – Você já, Baixinho?

Baixinho disse que também nunca tinha levado uma cacetada. Falou com um tom desagradável na voz.

– Muito bem – disse eu. – É como estar bêbado. Eu provavelmente voltei a mim ainda no carro, e o sujeito devia estar armado, e isso me manteria bem quietinho. Ele deve ter feito eu caminhar até o apartamento com a moça. A moça podia até conhecer ele. E, quando ele me tinha já lá em cima no apartamento, me acertou outra cacetada, e eu não tenho como lembrar nada do que aconteceu entre as duas cacetadas.

– Já ouvi falar disso – disse De Spain. – Mas nunca acreditei.

– Bom, é verdade – disse eu. – Tem que ser verdade. Porque eu não lembro, e o cara não ia conseguir me levar até lá em cima sozinho.

– Eu conseguia – disse De Spain. – Já carreguei caras mais pesados que você.

– Muito bem – disse eu. – Ele me carregou até lá. E agora, o que é que a gente faz?

Baixinho disse:

– Eu não entendo por que ele teria se dado tanto trabalho.

– Dar uma cacetada em alguém não é problema – disse De Spain. – Me passa esse revólver e a carteira.

Baixinho hesitou, mas depois passou revólver e carteira. De Spain cheirou a arma e largou-a displicentemente no seu bolso lateral, o bolso dele que estava ao meu lado. Abriu a carteira e segurou-a sob a luz do painel do carro e depois a guardou. Ligou o motor do carro, fez um retorno na metade do quarteirão e voltou a toda pelo Arguello Boulevard, virou no sentido leste e estacionou em frente a uma loja de bebidas com um luminoso de neon vermelho. O lugar estava aberto, mesmo àquela hora da noite.

De Spain falou sobre o ombro:

– Vá até lá e telefone para a Central, Baixinho. Diga ao sargento que temos uma pista, que é quente e que estamos a caminho para pegar um suspeito do assassinato da Brayton Avenue. Diga a ele para dizer ao chefe que a camisa dele está para fora da calça.

Baixinho saiu do carro, bateu com força a porta de trás, começou a dizer alguma coisa e então deu umas passadas rápidas na calçada e entrou na loja.

De Spain ligou o carro, saiu numa guinada e no primeiro quarteirão já estava a mais de sessenta por hora. Ele deu uma risada que vinha do fundo dos pulmões. Acelerou para noventa no quarteirão seguinte e então começou a entrar e sair de ruas e finalmente parou o carro sob uma pimenteira em frente a um colégio.

Eu peguei o revólver quando ele pegou no freio de mão. Ele riu num tom seco e cuspiu para fora da janela aberta.

– Ok – disse ele. – Por isso que eu pus a arma neste bolso. Falei com Violetas M'Gee. Aquele garoto, o repórter, ele me ligou de Los Angeles. Já encontraram Matson. Agora estão dando uma dura num cara de algum edifício.

Eu me afastei dele, para o meu canto do carro, e segurei o revólver meio frouxo entre os joelhos.

– Estamos fora dos limites de Bay City, seu guarda – foi o que eu disse a ele. – O que foi que o M'Gee disse?

– Ele disse que deu a você uma dica sobre Matson, mas ele não sabia se você tinha conseguido entrar em contato com ele ou não. Esse tal cara do edifício... não ouvi o nome dele... estava tentando desovar um presunto na ruela quando dois policiais de ronda pegaram ele em flagrante. M'Gee disse que, se você tivesse encontrado Matson e escutado a história dele, você estaria aqui, entrando numa enrascada, e muito provavelmente ia acordar de uma cacetada, do lado de um cadáver.

– Eu não consegui falar com Matson.

Eu podia sentir De Spain olhando para mim com sua testa morena enrugada.

– Mas você está aqui numa enrascada – disse ele.

Tirei um cigarro do meu bolso com a mão esquerda e usei o acendedor do carro. Mantive a mão direita no revólver. Falei:

– Tive a impressão de que você estava vindo para cá meio de saída. De que você nem mesmo foi informado dos detalhes desse assassinato. Agora você leva um prisioneiro para fora dos limites da cidade. Isso faz de você o quê?

– Um balde de merda... a menos que eu entregue alguma coisa que valha a pena.

– Essa coisa sou eu. Acho que nós dois temos que nos unir e solucionar esses três assassinatos.

– Três? – perguntou ele.

– Sim. Helen Matson, Harry Matson e a mulher do dr. Austrian. Os três fazem parte de uma coisa só.

– Eu me livrei do Baixinho – disse De Spain em voz baixa – porque ele é um nanico e o chefe gosta de nanicos e o Baixinho pode pôr a culpa em mim. Por onde que a gente começa?

– Podemos começar encontrando um homem chamado Greb, que tem um laboratório no Edifício de Consultórios Médicos. Acho que ele entregou um relatório falso no caso da morte dessa mulher de Austrian. E se a polícia põe um alerta no rádio, procurando por você?

– Eles usam a freqüência de Los Angeles. Não vão usar, não para pegar um de seus próprios tiras.

Ele se inclinou para a frente e ligou o carro de novo.

– Você podia me devolver a minha carteira – disse eu. – Daí eu posso guardar este revólver aqui.

Ele riu a sua risada estridente e me devolveu a carteira.

7 – Queixada

O homem do laboratório morava na Ninth Street, no lado podre da cidade. A casa era um bangalô de estrutura indefinida. Um enorme pé de hortênsias empoeiradas e algumas plantas menores e subnutridas ao longo do passeio davam a impressão de serem o trabalho de um homem que passara a vida tentando fazer algo de coisa nenhuma.

Enquanto íamos deslizando em ponto morto até a frente da casa, De Spain apagou as luzes e disse:

– Assobie se precisar de ajuda. Se aparecerem tiras, se manda para a Tenth Street que eu dou a volta no quarteirão e pego você lá. Mas eu acho que não vai passar nenhuma ronda. Estão ocupados demais, pensando na moça da Brayton Avenue.

Examinei o quarteirão, de um lado e de outro, atravessei a rua sob um luar nevoento e fui até a casa do homem. A porta da frente fazia um ângulo reto com a calçada e parecia estar numa peça da casa que fora construída mais tarde, como um puxado. Apertei a campainha e notei que tocava em algum lugar mais para os fundos da casa. Não houve resposta. Toquei mais duas vezes e experimentei a porta da frente. Estava trancada.

Desci do pequeno avarandado e dei a volta pelo lado norte da casa até uma pequena garagem nos fundos do terreno. As portas da garagem estavam fechadas e chaveadas com um cadeado que se podia abrir com um sopro mais forte. Eu me abaixei e acendi minha lanterna de bolso sob as portas mal ajustadas. Vi os pneus de um carro. Voltei para a frente da casa e desta vez bati na porta... com bastante força.

A janela da sala da frente estalou e a vidraça superior foi baixada devagar, pela metade. Havia uma cortina fechada atrás da vidraça, e atrás da cortina estava escuro. Uma voz grave e rouca disse:

– Sim?
– Sr. Greb?
– Sim.
– Eu gostaria de conversar com o senhor... sobre um negócio, é importante.
– O senhor vai concordar comigo que eu preciso dormir. Volte amanhã.

A voz não parecia ser a voz de um laboratorista. Parecia ser uma voz que eu ouvira ao telefone uma vez, muito tempo atrás, no começo da noite, em um apartamento do Edifício Tennyson Arms.

Eu disse:

– Bem, então vou procurá-lo no seu escritório, sr. Greb. Qual é mesmo o endereço?

A voz não disse nada por um instante. Então falou:

– Ora, vamos, dê o fora daqui antes que eu saia por essa porta e lhe dê um soco.

– Isso não são maneiras de conquistar um cliente, sr. Greb – disse eu. – Tem certeza de que não pode me escutar uns minutinhos, agora que já está acordado?

– Cala a boca. Você vai acordar a minha mulher. Ela está doente. Se eu tiver de sair por essa porta...

– Boa noite, sr. Greb – disse eu.

Voltei para o carro à luz do luar, suave, nevoenta. Quando cheguei do lado do passageiro do carro escuro estacionado, eu disse:

– É serviço para dois homens. Um gorilão está lá dentro. Acho que é o tal que ouvi dizer que chamam de Queixada em Los Angeles.

– Meu Deus. O cara que matou Matson, hã? – De Spain chegou-se para o meu lado do carro, pôs a cabeça para fora da janela e acertou uma cusparada em um hidrante que devia estar a quase uns três metros de distância. Eu não falei nada.

De Spain disse:

– Se esse cara que você chama de Queixada é Moss Lorenz, eu conheço ele. Pode ser que ele abra a porta para nós. Ou pode ser que a gente tenha que encarar o sujeito armado.

– Igual aos tiras no rádio – disse eu.

– Com medo?

– Eu? – perguntei. – Claro que estou com medo. O carro está na garagem, então ele também está com Greb lá dentro e está pensando no que vai fazer com ele...

– Se é o Moss Lorenz, ele não pensa – rosnou De Spain. – Esse cara é pancada da cabeça, a não ser em duas situações: empunhando um revólver e empunhando a direção de um carro.

– E empunhando um pedaço de cano de ferro – disse eu. – O que eu estava dizendo é que Greb pode estar fora, pode ter saído no carro dele, e esse Queixada...

De Spain inclinou-se para dar uma olhada no relógio do painel do carro.

– Eu aposto que ele já deu no pé. Se não, estaria em casa agora. Alguém cantou a deixa pra ele, avisou pra ele pular fora dessa roubada.

– Você vai até lá ou não? – interrompi e perguntei de modo abrupto. – Quem teria passado essa dica pra ele?

– Quem quer que seja que arranjou essa encrenca pra ele, pra começo de conversa. Se é que botaram ele numa fria. – De Spain abriu a porta com um clique, desceu do carro e ficou olhando para a casa por cima do carro, do outro lado da rua. Desabotoou o casaco e afrouxou a arma que carregava numa presilha de ombro.

– Talvez eu possa enganar o cara – disse ele. – Mantenha as mãos à vista e vazias. Vamos apostar que vai dar certo.

Voltamos até lá: atravessamos a rua e o jardim e subimos os degraus do avarandado. De Spain encostou-se na campainha.

A voz chegou rosnando até nós uma vez mais desde a janela aberta pela metade, atrás da cortina verde, escura, puída.

– Sim?

– Oi, Moss – disse De Spain.

– Hã?

– É o De Spain, Moss. Eu também tô nesse jogo.

Silêncio. Um silêncio longo, homicida. Então a voz grave e rouca disse:

– Quem é esse aí com você?

– Um colega de Los Angeles. Gente boa.

Mais silêncio. Então:

– Qual é a jogada?

– Você está aí sozinho?

– Exceto por uma moça. Ela não pode ouvir vocês.

– Onde está Greb?

– Isso mesmo... onde é que ele está? Qual é a jogada, tira? Desembucha!

De Spain falou com calma, como se estivesse em casa, numa poltrona, ouvindo rádio:

– Estamos trabalhando para o mesmo cara, Moss.

– Essa é que não – disse Queixada.

– Encontraram Matson morto em Los Angeles, e os investigadores da cidade já vincularam ele com a mulher aquela, Austrian. A gente vai ter que agir rápido. O figurão está lá para o norte, arranjando um bom álibi, mas como é que isso pode ajudar a gente?

A voz disse:

– Ah, besteira – mas havia um quê de incerteza no tom.

– A coisa toda não me cheira bem – disse De Spain. – Vamos lá, abra a porta. Você pode ver que não temos nada contra você.

– É só o tempo de eu chegar até a porta e vocês já arrumaram alguma coisa – disse Queixada.

– Você não é assim tão medroso – disse De Spain com sarcasmo.

A cortina farfalhou junto à janela, como se alguém a tivesse largado e ela voltasse para o lugar. Minha mão subiu.

De Spain resmungou:

– Não seja idiota. Esse cara é o nosso arquivo. Queremos ele inteiro.

Ouviu-se um barulho baixinho de passos dentro da casa. Uma tranca girou na porta da frente, que se abriu. Estava ali uma figura na sombra e um enorme Colt na sua mão. Queixada era um bom nome para ele. A mandíbula avantajada e larga destacava-se em seu rosto como um limpa-trilhos. Ele era um homem ainda maior que De Spain... bem maior.

– Vão desembuchando – disse ele, que começou a ir para trás.

De Spain, com as mãos ao lado do corpo, relaxadas e vazias, palmas para fora, deu um passo silencioso para a frente com o pé esquerdo e chutou Queixada na virilha... assim, sem mais nem menos... sem a menor hesitação, e contra uma arma.

Queixada ainda estava lutando, dentro de si mesmo, quando sacamos nossas armas. A mão direita dele estava lutando para apertar o gatilho e segurar o seu revólver para cima. A dor estava derrotando tudo o mais, exceto o desejo de dobrar-se e gritar. Aquela luta interna dele desperdiçou uma fração de segundo, e ele não atirou nem gritou quando nós batemos nele. De Spain bateu nele na cabeça, e eu, no pulso direito. Eu queria era ter batido no queixo – que me fascinava –, mas o pulso dele era o que estava mais perto da arma. A arma caiu, e Queixada caiu, quase no mesmo instante, depois mergulhou para a frente, de encontro a nós. Nós o pegamos e seguramos, e a sua respiração era quente e soprava nos nossos rostos. Então os joelhos dele vieram abaixo, e caímos no corredor por cima dele.

De Spain grunhiu e fez força para ficar de pé e fechar a porta. Então ele rolou o homem semiconsciente, gemendo, gigante, de barriga para baixo e puxou-lhe as mãos para as costas e fechou as algemas em seus pulsos.

Andamos adiante no corredor. Havia uma luz fraca no quarto à esquerda, a luz de um pequeno abajur de mesa com um jornal em cima. De Spain tirou o jornal dali e examinou a mulher sobre a cama. Pelo menos ele não tinha matado a mulher. Ela estava deitada, seu pijama era espalhafatoso, seus olhos estavam arregalados, e o olhar estava fixo e quase insano de pavor. A boca, os pulsos, os tornozelos e os joelhos estavam atados com fita isolante, e grandes chumaços de algodão estavam enfiados em seus ouvidos. Um vago som de borbulhas passava pelo pedaço de fita adesiva, com uns cinco centímetros de largura, que mantinha colados os seus lábios. De Spain inclinou o abajur um pouco. O rosto dela estava mosqueado. Ela tinha o cabelo descolorido, escuro nas raízes, e os ossos da face tinham uma aparência magra, encovada.

De Spain disse:

– Sou um oficial de polícia. Você é a esposa do sr. Greb?

A mulher arremessou o corpo e queria avançar sobre ele, em agonia. Tirei o algodão de seus ouvidos e disse:

– Tente de novo.

– Você é a esposa do sr. Greb?

Ela fez um gesto afirmativo com a cabeça.

De Spain pegou uma pontinha da fita isolante. O olhar da mulher estremeceu, e ele arrancou a fita com força e imediatamente colocou a mão em concha sobre a boca da sra. Greb. Ele ficou ali, inclinado, a fita na mão esquerda: um tira corpulento, moreno, sem expressão alguma no rosto, um sujeito que parecia não ter nervos, como se fosse um caminhão misturador de cimento.

– Promete não gritar?

A mulher forçou um gesto positivo com a cabeça, e ele retirou a mão.

– Onde está o Greb? – perguntou ele.

E arrancou os outros pedaços de fita isolante do corpo da mulher.

Ela engoliu em seco, levou a mão de unhas vermelhas à testa e sacudiu a cabeça.

– Eu não sei. Ele não tem vindo para casa.

– Qual foi a conversa quando aquele gorila entrou aqui?

– Não teve conversa nenhuma – disse ela, apática. – A campainha tocou, eu abri a porta e ele entrou e me agarrou. Então o brutamontes me imobilizou com a fita isolante e perguntou onde estava o meu marido, e eu disse que não sabia e ele me estapeou a cara várias vezes, mas depois parece que acreditou em mim. Ele perguntou por que o meu marido não estava de carro, e eu disse que ele sempre ia a pé para o trabalho. Então ele simplesmente sentou no canto e não se mexeu nem falou. Ele nem mesmo fumou um cigarro.

– Ele usou o telefone? – perguntou De Spain.

– Não.

– Você já tinha visto ele antes?

– Não.

– Vá se vestir – disse De Spain. – Você precisa sair daqui, arranjar amigos que acolham você pelo menos até amanhecer.

Ela olhou para ele, sentou-se devagar na cama e amassou o cabelo nas mãos. Então sua boca abriu-se, e De Spain tapou-lhe a boca com a mão em concha mais uma vez.

– Pode parar – disse ele, ríspido. – Que a gente saiba, não aconteceu nada com ele. Mas acho que você não ia ficar muito surpresa se tivesse acontecido.

A mulher empurrou a mão dele, levantou-se da cama, foi até uma cômoda e tirou dali um litro de uísque. Destampou a garrafa e bebeu no gargalo.

– Certo – disse ela numa voz forte, rouca e agressiva. – O que vocês fariam se tivessem que puxar o saco de um monte de médicos por cada centavo que vocês ganhassem com o seu trabalho e ainda por cima tivessem poucos centavos para se ganhar? – Ela tomou mais um gole.

De Spain disse:

– Pode ser que eu trocasse amostras de sangue.

A mulher olhou para ele, a expressão vazia. Olhou para mim e deu de ombros.

– Talvez seja o pó da felicidade – disse ele. – Talvez ele faça aqui e ali um contrabandozinho disso. Deve ser muito pouco pó, se a gente olhar pro lugar onde ele mora. – De Spain olhou em volta com menosprezo. – Trate de se vestir, moça.

Saímos do quarto e fechamos a porta. De Spain debruçou-se sobre Queixada, deitado de costas e meio que de lado, no chão. O grandalhão gemia de modo uniforme, boca aberta, nem completamente desmaiado nem totalmente cônscio do que acontecia a sua volta. De Spain, ainda debruçado na penumbra da luz fraca que ele acendera no corredor, olhou para o pedaço de fita isolante em sua mão e de repente riu. Com um tabefe, colou com força a fita na boca do Queixada.

– Você acha que a gente consegue fazer ele caminhar? – perguntou. – Eu é que não ia gostar nem um pouco de ter que carregar esse aí.

– Não sei – disse eu. – Eu não passo de um assistente neste nosso itinerário. Fazer ele caminhar para onde?

– Para cima do morro, onde a paisagem é bucólica e tem passarinho cantando – disse De Spain, de um modo assustador.

Eu me sentei no estribo do carro com a enorme lanterna acomodada entre os meus joelhos. A luz não era muito boa, mas pareceu ser suficiente para o que De Spain estava fazendo com Queixada. Havia uma caixa d'água sobre as nossas cabeças, e o terreno descia em aclive, desde ali até um desfiladeiro bem fundo. Viam-se duas casas na encosta do morro, coisa de um quilômetro abaixo, ambas escuras, apenas com um reflexo de luar em suas paredes de estuque. Estava frio ali em cima do morro, mas o ar da noite estava limpo, e as estrelas pareciam pedacinhos de cromo polido. Havia uma leve bruma sobre Bay City, que parecia então muito distante, como se num outro condado, no entanto estava a dez minutos de carro no máximo.

De Spain havia tirado o casaco. Com as mangas arregaçadas, seus punhos e seus braços poderosos e sem pêlos pareciam gigantescos na luz branca e fraca da lanterna. O seu casaco estava jogado no chão, entre ele e Queixada. O coldre com a arma estava sobre o casaco, a coronha do revólver virada para Queixada. O casaco estava um pouco para o lado, de modo que entre De Spain e Queixada havia uma pequena faixa escarvada de cascalho iluminado pelo luar. A arma estava à direita de Queixada e à esquerda de De Spain.

Depois de um longo silêncio, pesado pelas nossas respirações, De Spain disse:

– Tente de novo. – Ele falou num tom absolutamente casual, como se fala com um homem que está jogando fliperama.

O rosto de Queixada era uma pasta de sangue. Eu não enxergava a cara dele vermelha, mas eu a tinha focado com a lanterna uma ou duas vezes e sabia que o vermelho estava lá. As mãos dele estavam livres, e o que o chute na virilha tinha feito a ele era passado e estava do lado de lá de novos oceanos de dor. Ele emitiu um grasnido e de repente virou o lado esquerdo do quadril contra De Spain, se ajoelhou com a perna direita e foi com a mão para o revólver.

De Spain acertou-lhe um pontapé na cara.

Queixada rolou de costas no cascalho e levou as mãos em concha para o rosto, e um gemido de dor passou pelos dedos. De Spain deu um passo à frente e chutou o tornozelo do homem. Queixada uivou. De Spain voltou para o seu posto atrás do casaco e da arma no coldre. Queixada rolou para um lado, depois se ajoelhou e sacudiu a cabeça. Gotas escuras e grossas caíram de seu rosto e pingaram no chão de cascalho. Ele se levantou devagar e ficou encurvado por um momento.

De Spain disse:

– Vamos lá, levante-se. Você é um cara durão. Tem Vance Conried por trás de você, e ele tem o sindicato por trás dele. Você talvez tenha até o chefe Anders por trás de você. Eu sou um tira nojento, com uma passagem pra lugar nenhum no bolso da calça. Levante-se. Vamos apresentar um bom espetáculo, nós dois.

Queixada arremessou-se para a arma num mergulho. Sua mão tocou a coronha, mas só fez o revólver girar. De Spain baixou o salto do sapato com toda a força em cima da mão do homem e ainda girou o calcanhar para um lado e outro. Queixada gritou. De Spain saltou para trás e disse, enjoado:

– Tu não tá pedindo água, tá, meu bem?

Eu disse com voz pastosa:

– Pelo amor de Deus, por que você não deixa ele falar?

– Ele não quer falar – disse De Spain. – Ele não é um cara falante. Ele é durão.

– Bom, então vamos dar um tiro de uma vez nesse pobre-diabo.

– Nem pensar. Não sou esse tipo de tira. Ei, Moss, esse aí pensa que eu sou um desses tiras sádicos que de vez em quando precisa quebrar a cabeça de alguém com um pedaço de cano que é pra não ter indigestão nervosa. Você não vai deixar ele pensando isso de mim, vai? Esta nossa luta é uma luta equilibrada. Você, com uns dez quilos a mais, faz sombra em mim, e olha só onde está o revólver.

Queixada murmurou:

– E se eu pego a arma? O teu amigo aí me manda pelos ares.

– Nem pensar. Vamos lá, grandão. Só mais uma vez. Você ainda tem muita energia sobrando.

Queixada pôs-se de pé outra vez. Levantou-se tão devagar que parecia um homem escalando uma parede. Ele meio que oscilou, depois limpou o sangue do rosto com a mão. Minha cabeça doía. Senti ânsias de vômito.

Queixada ergueu o pé direito num chute repentino. Por uma fração de segundo, pareceu que aquilo era alguma coisa, mas então De Spain agarrou o pé do homem no ar e deu um passo para trás, puxando a perna do outro. Segurou a perna esticada, e o brigão balançou no outro pé, tentando manter o equilíbrio.

De Spain falou como se estivesse conversando com um amigo numa mesa de bar:

– Isso funcionou quando eu fiz porque você estava bem armado e eu nem tinha a minha arma na mão e você não imaginava que eu pudesse me arriscar daquele jeito. Mas agora você pode ver como esse golpe não funciona numa situação como esta.

Ele torceu o pé do outro bem rápido, com as duas mãos. O corpo de Queixada saltou para o ar e mergulhou de lado, e o ombro e o rosto chocaram-se contra o chão, mas De Spain continuou segurando aquele pé. Continuou torcendo o pé. Queixada começou a debater-se no chão, emitindo sons animalescos, meio que se asfixiando no cascalho. De Spain aplicou uma súbita e violenta torção ao pé. Queixada gritou como uma dúzia de lâminas metálicas se rasgando.

De Spain arremessou-se à frente e subiu no tornozelo do outro pé do Queixada. Botou o peso do corpo contra o pé que tinha nas mãos e abriu as pernas do homem. Queixada tentou respirar e gritar ao mesmo tempo e produziu um som que parecia um cachorro muito grande e muito velho tentando latir.

De Spain disse:

– Tem gente que ganha dinheiro fazendo isto que eu estou fazendo. E não são uns trocados, não. É uma grana preta. Vou ter que me informar sobre isso.

Queixada gritou:

– Me larga! Me deixa levantar! Eu vou falar! Eu vou falar!

De Spain abriu as pernas do grandalhão um pouco mais. Fez alguma coisa com o pé dele, e o homem afrouxou-se. Era como um leão-marinho desmaiando. Aquilo fez De Spain cambalear, e ele então girou o corpo, e a perna do outro beijou o chão. De Spain pegou um lenço do bolso e lentamente foi limpando o rosto e as mãos.

– Um frouxo – disse ele. – Cerveja demais. E o cara tem uma aparência saudável. Deve ser porque fica tempo demais dirigindo, o traseiro sempre num carro.

– E a mão sempre num revólver – disse eu.

– Bem pensado – disse De Spain. – Nós não queremos que ele perca o amor-próprio.

Afastou-se de mim e chutou Queixada nas costelas. Depois do terceiro chute, ouvimos um grunhido e vimos um brilho onde antes viam-se as pálpebras do homem.

– De pé – disse De Spain. – Não vou mais machucar você.

Queixada levantou-se. Levou um minuto inteiro levantando-se. Sua boca... o que sobrava dela... estava deformada de tão escancaradamente aberta. Isso me fez lembrar da boca de um outro sujeito, e parei de sentir pena dele. Ele tateou o ar com as mãos, procurando alguma coisa onde se encostar.

De Spain disse:

– O meu colega aqui diz que você é um frouxo sem um revólver na mão. Eu não ia querer um cara forte como você virando frouxo. Sirva-se à vontade do meu revólver. – Ele chutou de leve o coldre, de modo que este deslizou de cima do casaco para perto do pé do Queixada, que arqueou os ombros para olhar para baixo. Ele não conseguia dobrar o pescoço.

– Eu vou falar – grunhiu ele.

– Ninguém pediu pra você abrir o bico. Eu te pedi pra pegar o meu revólver. Não me faça derrubar você de novo pra isso. Veja... o revólver. Pegue.

Queixada cambaleou e caiu de joelhos, e sua mão fechou-se lentamente sobre a coronha do revólver. De Spain observou sem mover um músculo.

– Bom menino. Agora você está armado. Agora você é um cara durão de novo. Agora você pode liquidar com mais algumas mulheres. Tire a arma do coldre.

Muito, muito devagar, com o que parecia ser enorme esforço, Queixada tirou a arma do coldre e ajoelhou-se, o revólver balançando, pendente, entre as pernas.

– Mas, como? Você não vai fuzilar ninguém agora? – De Spain debochou.

Queixada soltou a arma e choramingou.

– Ei, você, meu! – latiu De Spain. – Põe essa arma de volta aonde você pegou. Quero o meu revólver limpo, que é como eu sempre levo ele comigo.

A mão de Queixada tateou atrás da arma, pegou-a e devagar empurrou-a para dentro de sua bainha de couro. O esforço levou-lhe as últimas forças. Ele caiu de bruços sobre o coldre.

De Spain pegou o homem por um braço, virou-o de costas para o chão e juntou o coldre. Esfregou a coronha com a mão e afivelou o coldre no tórax. Então juntou o casaco e vestiu-o.

– Agora nós vamos deixar ele botar tudo pra fora – disse ele. – Eu não acredito em fazer um cara falar quando ele não quer falar. Tem um cigarro?

Tirei um maço do meu bolso com a mão esquerda e o sacudi até aparecer um cigarro na abertura e estendi o braço. Acendi a lanterna grande e mantive a luz sobre o cigarro e sobre os enormes dedos de De Spain quando estes se apresentaram para pegá-lo.

– Eu não preciso disso – disse ele. Procurou um fósforo, riscou-o e inalou fumaça lentamente para dentro dos pulmões. Desliguei a lanterna mais uma vez. De Spain olhou morro abaixo para o mar, a praia em curva e as docas iluminadas. – Até que é bonito aqui em cima – acrescentou.

– É frio – disse eu. – Mesmo no verão. Preciso de uma bebida.

– Eu também – disse De Spain. – Só que não sei trabalhar quando bebo.

8 – Fornecedor de injeção na veia

De Spain parou o carro em frente ao Edifício de Consultórios Médicos e olhou para cima, para uma janela iluminada no sexto andar. O prédio fora concebido como um conjunto de alas radiais, de modo que todos os consultórios recebiam iluminação natural.

– Mas que coisa! – disse De Spain. – Ele está lá agora mesmo. O cara não dorme nunca, eu acho. Dá uma olhada naquela lata-velha ali mais adiante.

Eu me levantei e fui até a frente da farmácia, que estava às escuras e ficava ao lado do saguão de entrada do edifício. Tinha um sedã preto e comprido corretamente estacionado em diagonal em uma das vagas assinaladas, como se fosse pleno dia em vez de quase três da madrugada. O sedã trazia uma identificação de médico ao lado da placa do carro, bem na frente: o bastão de Hipócrates com a serpente enroscada nele. Joguei a luz da minha lanterna para dentro do carro, li parte do nome na licença do motorista, no painel, e desliguei a lanterna. Voltei até o De Spain.

– É ele mesmo – disse eu. – Como é que você sabe que aquela é a janela dele? E o que é que ele pode estar fazendo aqui a uma hora destas?

– Enchendo seringas – disse ele. – Já tocaiei o cara umas vezes, por isso é que eu sei.

– E tocaiou por quê?

Ele me olhou e não disse nada. Então olhou por cima do ombro para o banco de trás.

– Como é que tá indo aí, colega?

Um som denso, que parecia estar se esforçando em ser uma voz, saiu de debaixo de um tapete no chão do carro.

– Ele gosta de passear de carro – disse De Spain. – Todos esses caras do tipo durão gostam de passear de carro. Ok. Vou estacionar esta minha lata-velha na ruela de trás, e daí a gente sobe.

Ele fez o carro deslizar, dobrando a esquina do prédio de luzes apagadas, e então o som do motor morreu na escuridão enluarada. Do outro lado da rua, uma fileira de enormes eucaliptos cercava um conjunto de quadras de tênis, um espaço público de lazer. O cheiro de algas subia pela rua, vindo do oceano.

De Spain apareceu, vindo da esquina do prédio, e nós subimos os degraus até a porta chaveada do saguão e batemos na porta pesada de vidro. Bem lá no fundo havia luz, saindo de um elevador com a porta aberta, atrás de uma enorme caixa de correio, de bronze. Um velhinho saiu do elevador, veio pelo hall até a porta e ficou ali, olhando para nós, chaves na mão. De Spain mostrou o seu distintivo de policial. O velhinho apertou os olhos para ver, abriu a porta e chaveou-a depois que entramos, tudo sem dizer uma única palavra. Então voltou pelo hall até o elevador, ajeitou uma almofada feita em casa sobre o banquinho do ascensorista, moveu a dentadura na boca com o auxílio da língua e perguntou:

– O que vocês querem?

Ele tinha um rosto comprido e acinzentado, ranzinza mesmo sem falar nada. Sua calça estava rota nos calcanhares, e um dos seus sapatos pretos, de saltos gastos, acomodava um joanete bastante óbvio. O casaco de seu uniforme azul servia nele assim como uma baia serve num cavalo.

De Spain disse:

– O dr. Austrian está lá em cima, não é?

– Se ele está, não é surpresa para mim.

– Não estou tentando lhe fazer uma surpresa – disse De Spain. – Fosse esse o caso, eu tinha usado a minha malha cor-de-rosa de bailarina.

– Sim, ele está lá em cima – disse o velho, com azedume na voz.

– A que horas você viu Greb pela última vez? O laboratorista do quarto andar.

– Não vi ele.

– A que horas você começa a trabalhar, vovô?

– Às sete.

– Ok. Nós vamos até o sexto andar.

O velho deslizou as portas do elevador nos trilhos até fechá-las e levou-nos lenta e cuidadosamente até o sexto andar, deslizou as portas para abri-las e sentou-se como um pedaço de pau acinzentado que tivesse sido esculpido até parecer-se com um homem.

De Spain estendeu a mão e pegou a chave mestra que estava pendurada acima da cabeça do velho.

– Ei, você não pode fazer isso – disse o velho.

– Quem foi que disse?

O velho sacudiu a cabeça, furioso, mas não disse nada.

– Que idade você tem, papai? – perguntou De Spain.

– Vou fazer sessenta.

– Vai fazer sessenta, uma ova. Você já passou dos setenta fácil. Como é que conseguiu licença para operar um elevador?

O velho não respondeu. Ele mexeu a dentadura e ela fez um clique.

– Agora estamos nos entendendo – disse De Spain. – É só ficar de bico calado e tudo vai correr bem, sem atritos. Pode descer de volta, papai.

Saímos do elevador, ele desceu bem de mansinho no poço e De Spain ficou olhando o corredor, sacudindo a chave mestra na sua argola.

– Agora escute aqui – disse ele. – O consultório dele é no fim do corredor, quatro salas. Tem uma sala de espera que é metade de um consultório pequeno que foi dividido ao meio pra fazer duas salas de espera para os consultórios maiores que então ficaram vizinhos. Depois da sala de espera, tem um corredor estreito que é continuação deste corredor aqui onde a gente está e que dá para duas salas pequenas mais a sala do médico. Entendeu?

– Sim – disse eu. – O que você pensou em fazer? Arrombar?

– Eu fiquei de olho nesse cara por um tempo, depois que a mulher dele morreu.

– Pena que você não ficou de olho na enfermeira ruiva desse consultório – falei. – A que mataram esta noite.

Ele me olhou devagar, da profundeza de seus olhos azuis muito fundos, lá de dentro de seu rosto sem expressão.

– Talvez eu tenha ficado de olho nela e você é que não sabe – disse ele. – Tanto quanto eu pude.

– Ora, bolas, você nem sabia o nome dela – disse eu e encarei De Spain. – Eu tive que te dizer.

Ele pensou sobre aquilo.

– Bom, ver a mulher num uniforme branco e ver ela nua e morta em cima de uma cama é um pouco diferente, eu acho.

– Claro – respondi e continuei encarando-o.

– Ok. Agora... você bate na porta do doutor, que é a terceira porta do fim do corredor, quando ele abrir eu entro de fininho na sala de espera e depois vou até o corredor e ouço o que ele vai dizer.

– Acho que está bem – disse eu. – Mas não estou sentindo que hoje é o meu dia de sorte.

Fomos pelo corredor. As portas eram de madeira maciça e bem encaixadas em suas esquadrias e não vazava luz por baixo delas. Colei o ouvido na porta que De Spain me indicou e pude ouvir que havia algum movimento ali dentro. Fiz um gesto positivo de cabeça para De Spain na outra ponta do corredor. Ele encaixou a chave mestra bem devagar na fechadura e eu dei várias batidas curtas e secas na porta e com o canto do meu olho vi De Spain entrar. A porta fechou-se atrás dele quase que instantaneamente. Bati na minha porta de novo.

Então ela abriu de repente, e um homem alto estava a uns trinta centímetros de mim, com a luz do teto brilhando sobre o seu cabelo loiro claro. Ele estava em mangas de camisa e tinha na mão um estojo de couro de formato achatado. Era magro como um poste, com sobrancelhas claras e olhos tristes. Tinha mãos muito bonitas, compridas e magras, as pontas dos dedos quadradas, sem serem grosseiras. As unhas estavam bem lixadas e polidas, cortadas bem rente.

Eu disse:

– Dr. Austrian?

Ele concordou com um gesto de cabeça. Seu pomo-de-adão moveu-se um pouco no pescoço magro.

– É uma hora esquisita para uma visita – disse eu –, mas o senhor é um homem difícil de se encontrar. Sou detetive particular, de Los Angeles. Tenho um cliente chamado Harry Matson.

Ou ele não ficou surpreso ou estava tão acostumado a esconder as emoções que nada do que eu dissesse faria diferença. Seu pomo-de-adão moveu-se novamente, sua mão movimentou o estojo de couro que ele estava segurando, e ele olhou para o estojo de um jeito intrigado e então deu um passo para trás.

– Não tenho tempo para falar com você agora – disse ele. – Volte amanhã.

– Isso foi o que Greb me disse – retruquei.

Com isso ele levou um choque. Não gritou nem caiu no chão tendo um acesso, mas pude ver que aquilo tinha sacudido o médico.

– Entre – disse ele numa voz pastosa.

Entrei, e ele fechou a porta. Havia uma mesa que parecia feita de vidro preto. As cadeiras eram de tubulação cromada, com estofado rústico de lã. A porta que dava para outra sala estava meio aberta, e aquela sala estava no escuro. Eu podia enxergar o lençol branco esticado sobre a mesa de exames, e as coisas aquelas, tipo estribo, ao pé da mesa. Não ouvi nenhum som vindo daquela direção.

No tampo da mesa de vidro preto, uma toalha limpa estava estendida e, sobre a toalha, cerca de uma dúzia de seringas, e as agulhas hipodérmicas em separado. Havia um esterilizador elétrico na parede e, dentro dele, um outro tanto de seringas e agulhas. Estava ligado na corrente elétrica. Fui até ali e olhei para o aparelho enquanto o homem alto e magérrimo ia para trás de sua mesa e tomava assento em sua cadeira.

– Tem um bocado de agulha aí – disse eu e puxei uma das cadeiras para perto da mesa.

– Qual é o seu negócio comigo? – A voz do homem ainda estava pastosa.

– Talvez eu possa lhe ajudar em relação à morte de sua esposa – respondi.

– Muita gentileza de sua parte – disse ele calmamente. – Que tipo de ajuda?

– Talvez eu possa lhe dizer quem a matou – falei.

Os dentes do médico brilharam num meio-sorriso estranho, forçado. Então ele deu de ombros e, quando falou, sua voz tinha tanta emoção como se ele estivesse comentando a previsão meteorológica.

– Isso *seria mesmo* muita gentileza de sua parte. Eu achava que ela tivesse cometido suicídio. O médico-legista e a polícia parecem ter concordado comigo. Mas é claro que um detetive particular...

– Greb não achava que fosse suicídio – disse eu, sem nenhuma intenção de estar falando a verdade. – Greb, o laboratorista que trocou uma amostra de sangue da sua esposa por uma amostra de um caso real com monóxido de carbono.

Ele me encarou de igual para igual, um olhar lá do fundo, triste, um olhar distante sob as sobrancelhas loiras.

– Você não se encontrou com Greb – disse ele, quase com deleite. – Acontece que eu sei que ele viajou para o leste hoje à tarde. O pai dele morreu. Em Ohio. – Ele se levantou, foi até o esterilizador elétrico, consultou seu relógio de pulso e então desligou o aparelho da tomada. Voltou para a mesa, abriu um maço fininho de cigarros, colocou um na boca e empurrou o maço sobre o tampo da mesa em minha direção. Estendi o braço e peguei um. Dei uma espiadela rápida na sala de exames, mas ali continuava tudo escuro, tudo igual a antes.

– Engraçado – disse eu. – A esposa dele não está sabendo disso. Queixada não está sabendo disso. Ele estava sentado lá, com a mulher toda amarrada em cima da cama esta noite, esperando Greb voltar para casa, para poder dar cabo do homem.

Dr. Austrian agora estava me olhando de modo vago. Tateou o tampo da mesa atrás de fósforos, e então abriu um gaveta lateral, tirou dali uma pequena automática de coronha branca e segurou-a na palma da mão. Depois me jogou uma caixa de fósforos com a outra mão.

– Você não precisa de arma – disse eu. – Esta é uma conversa estritamente de negócios, e vou lhe provar que vale a pena manter uma conversa de negócios.

Ele tirou o cigarro da boca e largou-o sobre a mesa.

– Eu não fumo – disse ele. – Isso foi só o que se pode chamar de um gesto necessário. Fico contente de saber que não preciso da arma. Mas ainda assim eu prefiro ficar com ela na mão sem precisar; melhor do que precisar dela e não tê-la à mão. Agora, quem é esse Queixada, e o que mais de relevante você tem para dizer antes que eu chame a polícia?

– Pois eu vou contar – falei. – É para isso que estou aqui. A sua mulher jogava muito nas mesas de roleta no clube de Vance Conried e perdia todo o dinheiro que você ganhava trabalhando com as suas agulhas, e perdia tão rápido quanto você ganhava. Tem conversas por aí que dizem que ela também andava com o Conried de um modo... mais íntimo, digamos. Talvez você não se importasse com essa parte, já que estava fora toda noite, ocupado demais para se preocupar em ser um marido para ela. Mas você provavelmente se importava muito com o dinheiro, porque você se arrisca muito para ganhar essa grana. Mas esse é um assunto que fica para depois.

"Na noite que a sua mulher morreu, ela teve um ataque histérico no Club Conried, e você foi chamado para atendê-la, foi até lá e aplicou-lhe uma injeção no braço para acalmá-la. Conried a levou para casa. Você telefonou para a sua enfermeira aqui do consultório, Helen, a ex-mulher de Matson, pedindo a ela que fosse até a sua casa para ver se a sua mulher estava bem. Então mais tarde Matson encontra a sua mulher morta embaixo do carro na garagem e chama você e você chama o chefe de polícia, e tem todo um sigilo abafando a história. Mas Matson, o primeiro a aparecer na cena, ele sabia de alguma coisa. Não teve sorte tentando chantagear você, porque você, do seu jeitão calado, tem muito colhão. E talvez o seu amigo, o chefe Anders, tenha lhe dito que aquilo não servia como prova em um tribunal. Então Matson tentou chantagear Conried, imaginando que, se fosse iniciada uma ação judicial, com os juízes que agora estão empossados, a coisa toda ia respingar feio no belo negócio de jogatina de Conried, e o clube dele ia fechar mais fechado que um êmbolo congelado, e os figurões por trás dele iam se sentir magoados e iam tirar dele os seus cavalinhos de pólo.

"Então Conried não gostou da idéia e mandou um leão-de-chácara chamado Moss Lorenz, que hoje é motorista do prefeito, mas que antes era o braço direito de Conried... e é esse sujeito que eu chamo de Queixada... mandou ele dar um jeito em Matson. E Matson teve a sua licença cassada e foi expulso de Bay City. Mas ele também tem lá os seus colhões, então se escondeu num apartamento em Los Angeles e continuou tentando. O administrador do edifício se mete a sabichão com ele (sabe-se lá como, mas imagino que a polícia de Los Angeles vai descobrir) e bota o cara contra a parede, e essa noite Queixada foi até a cidade e deu cabo de Matson."

Parei de falar e fiquei olhando para o homem magro e alto. A expressão dele não mudara em nada. Seus olhos piscaram algumas vezes, e ele virou a arma na mão. O consultório estava em total silêncio. Fiquei tentando escutar se alguém estava respirando na sala ao lado, mas não ouvi nada.

– Matson está morto? – dr. Austrian perguntou, a voz lenta, as palavras arrastadas. – Espero que você não esteja pensando que eu tive alguma coisa a ver com isso. – O rosto dele brilhava um pouco.

– Bom, eu não sei – respondi. – Greb era o elo fraco no seu plano, e alguém fez ele sair da cidade hoje, e bem rápido, antes que Matson fosse eliminado, se é que isso foi ao meio-dia. E provavelmente alguém deu dinheiro para ele, porque eu vi onde ele mora, e não parece a casa de um sujeito que estivesse ganhando rios de dinheiro.

Dr. Austrian disse, bem depressa:

– Conried, aquele desgraçado! Ele me telefonou hoje de manhã cedinho e me disse para mandar Greb para fora da cidade. Eu dei a ele o dinheiro para ir, mas... – ele parou de falar, parecia estar fulo da vida consigo mesmo, depois olhou de novo para a arma.

– Mas você não estava sabendo o que estava acontecendo. Eu acredito, doutor. Acredito mesmo. Agora largue essa arma, certo? Só por um tempinho.

– Continue – disse ele, tenso. – Continue com a sua história.

– Ok – disse eu. – Tem bastante coisa ainda. O principal: a polícia de Los Angeles encontrou o corpo de Matson. Mas eles só vêm pra cá amanhã. Primeiro, porque não tem mais o que fazer, e segundo, porque quando eles juntarem os pedaços dessa história, eles não vão querer esse caso nas mãos deles. O Club Conried está dentro da cidade de Los Angeles, e os juízes de quem eu lhe falei iam gostar demais dessa história. Eles pegam Moss Lorenz, e Moss admite a culpa que é para pegar uma pena menor e cumpre uns poucos anos em Quentin. É assim que essas coisas são tratadas quando a lei quer. Próximo ponto: como é que eu sei o que Queixada fez. Ele nos contou. Um amigo e eu fomos fazer uma visitinha para o Greb, e Queixada estava lá, escondido no escuro, com a mulher de Greb toda amarrada com fita isolante em cima da cama, e nós pegamos ele de jeito. Levamos ele para cima dos morros, lhe demos uns chutes e ele abriu o bico. Até me deu pena do infeliz. Duas execuções e ele nem recebeu o pagamento.

– Duas execuções? – disse dr. Austrian de um modo bizarro.

– Eu chego lá. Mas agora você já pode ver em que situação está. Daqui a pouco você vai me contar quem matou a sua mulher. E o mais engraçado é que eu não vou acreditar.

– Meu Deus! – sussurrou ele. – Meu Deus! – Ele apontou a arma para mim e imediatamente a baixou, antes mesmo que eu tivesse tempo de me atirar no chão.

– Eu sou um homem milagroso – disse eu. – Sou o grande detetive americano... sem pagamento. Nunca falei com Matson, embora ele estivesse tentando me contratar. Agora vou lhe dizer o que ele sabia sobre você, e como foi que liquidaram a sua mulher, e por que não foi você que liquidou ela. Tudo a partir de um grão de poeira, como faz a polícia de Viena.

Ele não estava achando graça. Deixou escapar um suspiro entre os lábios parados, e seu rosto agora era velho, acinzentado e murcho abaixo do cabelo loiro claro que parecia tinta em cima dos ossos do crânio.

– Matson tinha um sapato verde de veludo contra você – disse eu. – Foi feito sob medida para a sua mulher, na Verschoyle de Hollywood, com a última fôrma que fizeram do pé dela. Era novinho em folha, nunca tinha sido usado. Eles fizeram dois pares para ela, exatamente iguais. Ela estava usando um pé do sapato quando Matson a encontrou. E você sabe onde ele a encontrou... no chão de uma garagem aonde ela só podia chegar caminhando sobre um passeio de concreto, saindo da porta lateral da casa. Então é impossível que ela tenha usado aquele sapato, que não tinha a menor marca de uso. Então ela foi assassinada. Quem quer que tenha posto os sapatos nela, pegou um pé usado e um pé novo. Matson notou isso e roubou o sapato. E quando você mandou ele entrar na casa e telefonar para o chefe de polícia você subiu escondido até o quarto e pegou o outro pé do sapato usado e pôs no pé descalço da sua mulher. Você sabia que Matson devia ter roubado aquele sapato. Não sei se você contou isso para alguém ou não. Confere?

Ele moveu a cabeça um centímetro para baixo. Estremeceu de leve, mas a mão segurando a automática com coronha de osso não tremeu.

– Agora, como foi que mataram ela. Greb era perigoso para alguém, o que prova que ela *não* morreu envenenada por monóxido de carbono. Ela já estava morta quando puseram ela debaixo do carro. Ela morreu de uma overdose de morfina. Isso aqui é um palpite meu, admito, mas é um bom palpite, porque seria a única forma de matá-la que obrigaria você a acobertar o assassino. E era uma coisa fácil, para alguém que tivesse morfina e tivesse também a chance de usá-la. Tudo o que precisavam fazer era injetar-lhe uma segunda dose no mesmo ponto onde você mesmo injetara antes, na mesma noite. Então você chega em casa e encontra a sua mulher morta. E você tinha que dar um jeito de disfarçar a coisa toda, porque você sabia como ela tinha morrido e você não podia deixar isso vazar. Você negocia no ramo da morfina.

Agora ele estava sorrindo. O sorriso ficou suspenso nos cantos da boca como teias de aranha nos cantos de um teto velho. Ele nem mesmo sabia que estava sorrindo.

– Você é muito interessante – disse ele. – Vou matá-lo, eu acho, mas acho você muito interessante.

Apontei para o esterilizador elétrico.

– Tem mais de vinte médicos como você em Hollywood: fornecedores de injeção na veia. Correm para cima e para baixo na noite com suas valises de couro entupidas de seringas cheias. Evitam que os drogados e os bêbados enlouqueçam de vez... por algum tempo. De vez em quando um deles fica viciado, e então é problema certo. Pode ser que a maioria das pessoas que você conserta aqui e ali já estivessem no xadrez ou no manicômio, se você não cuidasse deles. É líquido e certo que perderiam seus empregos, se estão trabalhando. E alguns deles têm contratos muito, muito bons. Mas é um jogo perigoso, porque qualquer um pode de repente, numa ressaca, pôr o FBI no seu encalço e, no que eles começarem a visitar os seus pacientes, vão encontrar um que vai abrir o bico. Você tenta se proteger em parte de uma maneira: não comprando todo o seu estoque de drogas através dos canais legítimos. Eu diria que Conried conseguia alguma coisa para você, e era por isso que você deixava ele ficar com a sua mulher e o seu dinheiro.

Dr. Austrian falou quase com gentileza:

– Você diz tudo o que lhe vem à cabeça, não é mesmo?

– E por que não? Isto aqui é só uma conversa de homem para homem. Não posso provar nada disso. O sapato que Matson afanou é bom para uma reconstituição, mas não vale um centavo furado num tribunal. E qualquer advogado de defesa transformaria uma barata como esse Greb em um macaco de circo, mesmo que conseguissem trazer ele de volta para testemunhar. Mas pode lhe custar muito dinheiro conservar a sua licença para clinicar.

– Então seria melhor eu dar parte para você agora. É isso? – perguntou ele, a voz baixa.

– Não. Guarde o seu dinheiro e faça um seguro de vida. Tem mais uma questão: você admite, aqui entre nós, de homem para homem, que matou a sua mulher?

– Sim – disse ele. Falou simples e diretamente, como se eu tivesse perguntado se ele tinha um cigarro.

– Pensei que admitiria – disse eu. – Mas você não precisa. Quer saber por quê? A pessoa que matou a sua mulher, porque ela estava gastando no jogo dinheiro que outros podiam usar para se divertir, essa pessoa também sabia o que Matson sabia e estava tentando ela mesma chantagear Conried. Então ela foi eliminada... noite passada, na Brayton Avenue, e você não precisa mais acobertar o que ela fez. Eu vi a sua foto no console da lareira, no apartamento dela: "Com todo o meu amor, Leland", e escondi a foto. Mas você não precisa mais acobertar o que ela fez. Helen Matson está morta.

Da minha cadeira, eu me joguei para o lado quando a arma detonou. Até aquele momento eu estivera enganando a mim mesmo, acreditando que o médico não tentaria me alvejar, mas deve ter havido uma parte de mim que não comprou o peixe. A cadeira virou, e fiquei de quatro no chão, e então uma outra arma detonou, com um barulho bem maior, da sala escura com a mesa de exames.

De Spain entrou por aquela porta com um revólver fumegante na mão direita.

– Rapaz, que tiro – disse ele e ficou ali parado, sorrindo.

Eu me pus de pé e olhei para o outro lado da mesa. Dr. Austrian estava ali sentado, absolutamente imóvel, segurando a mão direita com a esquerda e sacudindo-a de leve. Não havia nenhuma arma em sua mão. Olhei rente ao chão e vi a automática no cantinho da mesa.

– Puxa vida, e eu nem atingi o cara – disse De Spain. – Só atingi a arma.

– Perfeito. Realmente adorável! – disse eu. – Mas, e supondo que ele só atingisse a minha cabeça?

De Spain me olhou nos olhos, e o sorriso sumiu de seu rosto.

– Você conseguiu arrancar tudo dele, esse tanto você tem a seu favor – rosnou ele. – Mas que idéia foi essa de não me contar a história do sapato verde?

– Me cansei de ser o seu assistente – disse eu. – Eu queria poder dar as cartas também.

– Quanto tem de verdade nessa história?

– Matson tinha o sapato. Devia ter algum significado. Agora que eu imaginei essa história assim, acho que é tudo verdade.

Dr. Austrian levantou-se bem devagar da sua cadeira, e De Spain acenou com seu revólver para ele. O homem magro e abatido sacudiu a cabeça lentamente, andou até a parede e encostou-se nela.

– Eu matei a minha mulher – disse ele, numa voz apagada, falando para ninguém em especial. – Não foi Helen. Eu a matei. Chamem a polícia.

De Spain franziu a testa. Ele se abaixou e juntou a arma de coronha de osso e guardou-a no bolso. Guardou sua própria arma de policial no coldre embaixo do braço, sentou-se à mesa e puxou o telefone para junto de si.

– Agora observe como é que eu tiro dessa o Chefe da Divisão de Homicídios – disse ele, separando bem as palavras.

9 – Um cara com colhões

O chefe de polícia baixinho chegou todo saltitante, chapéu atirado para trás na cabeça, mãos nos bolsos de um sobretudo leve e escuro. Havia algo no bolso direito do sobretudo que ele estava segurando, algo volumoso e pesado. Atrás dele, dois homens à paisana, e um deles era Weems, o homem atarracado de rosto redondo que havia me seguido até a Altair Street. Baixinho, o tira de uniforme de quem tínhamos nos descartado no Arguello Boulevard, fechava o cortejo.

O chefe Anders parou logo na entrada da porta e sorriu para mim de modo antipático.

– Então você se divertiu um bocado na nossa cidade, foi o que me contaram. Algemas nele, Weems.

O homem de rosto redondo passou por mim e puxou as algemas do bolso esquerdo da calça.

– Mas que prazer, encontrá-lo de novo... de calças na mão – ele me disse numa voz bem azeitada.

De Spain encostou-se na parede do lado de lá da porta da sala de exames. Movia um fósforo para cá e para lá nos lábios e observava tudo em silêncio. Dr. Austrian estava de novo em sua cadeira atrás da mesa de vidro preto, o rosto apoiado nas mãos, olhando fixamente para o tampo polido da mesa, a toalha com agulhas hipodérmicas, o pequeno calendário permanente em preto e o porta-lápis e as outras bugigangas em cima da mesa. Seu rosto estava branco como mármore, e ele estava sentado absolutamente imóvel, nem mesmo parecia estar respirando.

De Spain disse:

– Não se apresse muito, chefe. Esse cara tem amigos em Los Angeles que estão trabalhando no caso Matson agora mesmo. E aquele gurizão que é repórter tem um cunhado que é tira. Mas o senhor não sabia disso.

O chefe fez um movimento qualquer com o queixo.

– Espere um instante, Weems. – Ele se virou para De Spain. – Você está querendo me dizer que eles estão sabendo lá em Los Angeles que Helen Matson foi assassinada?

O rosto do dr. Austrian ergueu-se bruscamente, abatido e murcho. Então ele largou o peso da cabeça nas mãos e cobriu o rosto com os dedos compridos e magros.

De Spain disse:

– Estou querendo dizer que eles sabem de Harry Matson, chefe. Foi assassinado em Los Angeles esta noite... ontem de noite... agora há pouco... por Moss Lorenz.

O chefe dobrou os lábios finos para trás, até praticamente desaparecerem, sugados para dentro da boca. Falou com os lábios assim mesmo:

– Como é que você sabe?

– O bisbilhoteiro aqui e eu pegamos o Moss. Ele estava escondido na casa de um homem chamado Greb, o laboratorista que fez um servicinho na morte da mulher do dr. Austrian. Ele estava escondido lá porque parecia que alguém ia reabrir o caso Austrian. Reabrir em grande estilo, como uma avenida nova para o prefeito inaugurar e aparecer com buquê de flores e fazer um discurso. Isto é, se não tivessem dado um jeito em Greb e nos Matson. Parece que os Matson estavam trabalhando de comum acordo, apesar de serem divorciados, chantageando Conried, e então Conried botou os dois na sua lista negra.

O chefe Anders virou a cabeça e rosnou para seus dois assistentes:

– Vão para o corredor e esperem lá.

O homem em roupas civis que eu não conhecia abriu a porta e saiu e, após um leve vacilo, Weems foi atrás dele. Baixinho estava com a mão na porta quando De Spain disse:

– Eu quero que o Baixinho fique. Ele é um tira decente... não é como esses dois trambiqueiros da delegacia de costumes com quem você vai pra cama nos últimos tempos.

Baixinho largou a porta, se encostou na parede e escondeu um sorriso com a mão. O rosto do chefe ficou vermelho.

– Quem lhe passou as informações sobre a morte na Brayton Avenue? – latiu ele.

– Eu mesmo consegui as informações, chefe. Eu estava na sala do investigador logo depois do telefonema, e fui até lá com Reed. Ele pegou o Baixinho também. Nós dois, o Baixinho e eu, a gente tava de folga.

De Spain arreganhou os dentes num sorriso forçado, vagaroso, nem divertido nem triunfante. Era só um sorriso.

O chefe tirou de súbito uma arma do bolso do seu sobretudo. Um trabuco de trinta centímetros, o tradicional revólver de caubói de faroeste, mas pelo jeito ele sabia como manejar a arma. Ele disse, tenso:

– Onde está Lorenz?

– Bem escondido. Nós estamos com ele prontinho pro senhor. Eu tive que deixar ele um pouco roxo, mas ele soltou o verbo. Não é fato, sr. Detetive Particular?

Eu disse:

– Ele fala alguma coisa que tanto pode ser um sim como um não, mas ele põe os sons todos nos lugares certos.

– É assim que eu gosto de ver um cara falar – disse De Spain. – O senhor não precisa gastar a sua energia nessa coisa de homicídio, chefe. E esses detetives de brinquedo com quem o senhor anda, chefe, eles não entendem nada de nada do trabalho da polícia, a não ser vistoriar apartamentos e extorquir dinheiro de tudo quanto é mulher que mora sozinha. Agora, se o senhor me devolve o meu posto e me dá oito homens, eu lhe mostro o que é trabalhar de verdade num homicídio.

O chefe olhou para o seu enorme revólver e então olhou para o cabisbaixo dr. Austrian.

– Então ele matou a esposa – disse o chefe em voz baixa. – Eu sabia que não era impossível, mas não conseguia acreditar que fosse possível.

– E não queria acreditar agora – disse eu. – Helen Matson foi quem a matou. O dr. Austrian sabe disso. Ele a acobertou, e o senhor o acobertou, e ele ainda está querendo acobertar o crime dela. O amor é assim para alguns. E esta aqui é uma cidade e tanto, chefe, onde uma moça pode cometer um assassinato, fazer com que os amigos e a polícia acobertem o crime, e então começar a chantagear as próprias pessoas que a estão livrando da cadeia.

O chefe mordeu os lábios. O seu olhar era venenoso, mas ele estava pensando, com grande concentração.

– Não admira, mesmo, que tenham liquidado com ela – disse ele, com a voz sumida. – Lorenz...

Eu disse:

– Pense por um minuto. Lorenz não matou Helen Matson. Ele disse que sim, mas De Spain deu uma tal surra nele que ele teria confessado que matou McKinley*.

De Spain desencostou-se da parede. Ele estava com as mãos enterradas de modo casual nos bolsos do casaco e não tirou as mãos de lá. Colocou-se de corpo ereto, pernas bem separadas, pés bem plantados no chão, uma mecha de cabelo preto aparecendo sob um lado do chapéu.

– Hã? – disse ele, de modo quase cordato. – O que foi?

Eu disse:

– Lorenz não matou Helen Matson por várias razões. Aquilo foi um trabalho muito complicado para a capacidade mental dele. Se tivesse atirado nela, teria deixado o corpo onde caísse. Segundo, ele não sabia que Greb estava fora da cidade a conselho do dr. Austrian que, por sua vez, tinha pegado informações com Vance Conried, que viajou para o norte e agora já deve estar cercado de todos os álibis necessários. E, se Lorenz não sabia que Greb estava fora, ele não sabia coisa nenhuma sobre Helen Matson. Especialmente porque Helen Matson sequer tinha falado com Conried. Ela tentou, foi só. E isso foi ela mesma quem me contou, e estava tão bêbada que só podia estar falando a verdade. Então, Conried não teria feito a bobagem de mandar matar a mulher no apartamento dela mesma, por um tipo de homem que qualquer um lembraria de ter visto, no caso de ele ser visto em algum lugar perto daquele apartamento. Matar Matson em Los Angeles foi uma coisa totalmente diferente. Era bem longe de casa.

O chefe disse com voz tensa:

– O Club Conried está em Los Angeles.

– Legalmente, sim – admiti. – Mas, pela localização e pela clientela, está na divisa com Bay City. É parte de Bay City... e ajuda a administrar Bay City.

Baixinho disse:

– Isso não é jeito de falar com o chefe.

---

* William McKinley, o 25º presidente dos Estados Unidos, morreu assassinado em 1901. (N.T.)

– Deixe-o em paz – disse o chefe. – Faz tanto tempo que eu não assisto a um homem pensando que nem sabia mais que eles são capazes disso.

Eu disse:

– Pergunte a De Spain quem matou Helen Matson.

De Spain riu, áspero. Ele disse:

– Claro. Eu matei a fulaninha.

Dr. Austrian levantou o rosto das mãos, virou a cabeça devagar e olhou para De Spain. Seu rosto parecia morto, tão sem expressão como a cara de um policial. Então ele estendeu a mão e abriu a gaveta da direita de sua mesa de trabalho. Baixinho empunhou sua arma rápido e disse:

– Quietinho, doutor.

O dr. Austrian deu de ombros e em silêncio tirou da gaveta uma garrafa de boca larga bem vedada com uma tampa de vidro. Ele afrouxou a tampa, tirou-a e segurou a garrafa próxima ao nariz.

– São somente sais – disse ele, a voz apática.

Baixinho relaxou e baixou a arma do lado do corpo. O chefe olhava para mim e mordiscava o lábio. De Spain olhava para coisa nenhuma, para ninguém. Ele sorriu um sorriso frouxo e continuou sorrindo.

Eu disse:

– Ele pensa que estou brincando. Você pensa que estou brincando. Eu não estou brincando. Ele conhecia Helen... bem o suficiente para presenteá-la com uma cigarreira dourada com a foto dele mesmo na tampa. Eu vi. Era uma foto pequena, colorida à mão, nem era muito boa, e eu tinha visto De Spain apenas uma vez. Ela me contou que ele era um velho amor, coisa do passado. Depois de um tempo é que me dei conta de quem era na foto. Mas ele escondeu o fato de que a conhecia, e ele não agiu como um tira esta noite, de várias maneiras. Ele não me tirou de uma enrascada e ficou dando voltas por aí comigo só para ser bonzinho. Ele fez isso para descobrir o que eu sabia antes que me pusessem sob os refletores na Central de Polícia. Ele não deu uma surra em Lorenz até deixar o cara quase morto só para o Lorenz dizer a verdade. Ele fez isso que era para Lorenz dizer qualquer coisa. De Spain queria que ele falasse, inclusive que confessasse o assassinato de Helen Matson, uma moça que Lorenz provavelmente nem conhecia.

"Quem foi que telefonou para a Central e passou a dica para os rapazes sobre o assassinato? De Spain. Quem é que foi até lá imediatamente depois e se intrometeu na investigação? De Spain. Quem foi que arranhou o corpo da moça num acesso de ciúmes porque ela o largou por um cara com mais futuro? De Spain. Dêem uma olhada. Eu olhei bastante."

O chefe virou a cabeça bem devagar, como se ela estivesse encaixada num pivô. Deu um assobio, e a porta abriu-se, e os outros homens voltaram para a sala. De Spain não se mexeu. O sorriso continuava em seu rosto, gravado a cinzel, um sorriso vazio e sem sentido que não significava coisa nenhuma e dava a impressão de que nunca iria se desfazer.

Ele disse em voz baixa:

– Logo você, o cara que eu achava que era meu amigo. Bom, você tem umas idéias bem malucas, sr. Metido Particular. Esse tanto eu digo a seu favor.

O chefe disse, ríspido:

– Não faz sentido. Se De Spain matou a moça, então foi ele quem tentou botar você numa enrascada e também foi quem você tirou da enrascada. Por quê?

Eu disse:

– Escutem bem. Vocês podem descobrir se De Spain conhecia a moça e se a conhecia bem. Vocês podem descobrir, nos dias de trabalho dele, quanto tempo não se sabe onde ele andava, e façam ele contar. Vocês podem descobrir se tem sangue e pele debaixo das unhas dele e, dentro de certos limites, saber se são ou poderiam ser sangue e pele da moça. E se já estavam lá antes de De Spain espancar Moss Lorenz, antes de ele espancar qualquer outra pessoa. E ele não arranhou Lorenz. Isso é tudo de que vocês precisam e tudo o que vocês podem usar... fora uma confissão. Mas acho que isso vocês não vão conseguir.

"Quanto à armação, eu diria que De Spain seguiu a moça até o Club Conried, ou então sabia que ela estava lá e foi até lá ele mesmo. Viu ela saindo comigo e ainda me viu embarcando a moça no meu carro. Isso deixou ele fulo da vida. Me deu uma paulada, e a moça estava assustada demais e não se recusou a ajudar De Spain a me levar até o apartamento dela. Eu não lembro de nada disso. Seria bom se eu lembrasse, mas não lembro. Eles me levaram lá pra cima de algum modo, e discutiram, e De Spain a nocauteou e então deliberadamente a matou. Teve a idéia desastrada de fazer a coisa parecer um estupro seguido de assassinato, fazendo de mim o culpado. Então deu no pé, avisou a polícia, entrou de enxerido na investigação, mas eu saí do apartamento antes que me pegassem lá dentro.

"Àquelas alturas ele já tinha se dado conta de que tinha feito uma besteira. Ele sabia que eu era um detetive particular de Los Angeles, que eu tinha falado com Dolly Kincaid, e a moça deve ter contado a ele que eu fui procurar Conried. E, coisa fácil, ele podia saber que eu estava interessado no caso Austrian. Muito bem. Então ele transformou uma besteira numa grande sacada, juntando-se a mim na investigação que eu estava tentando fazer, me ajudando, pondo-se a par do meu caso, e depois ainda ele mesmo encontrando um outro culpado, aliás melhor ainda do que eu, pela morte de Helen Matson."

De Spain disse, sem qualquer entonação na voz:

– Eu vou dar um pau nesse cara daqui a um minuto, chefe. Ok?

O chefe disse:

– Um momento. O que fez você suspeitar de De Spain?

– O sangue com pele debaixo das unhas dele, e também a maneira brutal como ele lidou com Lorenz, e ainda o fato de que a moça me disse que eles tinham sido namorados e ele fingiu que não sabia quem ela era. O que mais você queria?

De Spain disse:

– Isto.

Ele atirou do bolso do casaco, com a arma de coronha branca que havia tomado do dr. Austrian. Atirar com uma arma que está dentro de um bolso requer uma prática do tipo que os tiras não têm. A bala passou uns trinta centímetros acima da minha cabeça, e eu sentei no chão, e o dr. Austrian levantou-se, rápido, e com a mão direita golpeou o rosto de De Spain, a mesma mão que segurava a garrafa marrom de boca larga. Um líquido transparente derramou nos olhos de De Spain e fumegou-lhe rosto abaixo. Qualquer outro homem teria gritado. De Spain tateou o ar com a mão esquerda e a arma em seu bolso disparou três vezes mais e o dr. Austrian caiu de lado, por cima do canto da mesa, e então desmoronou no chão, fora do alcance das balas. A arma continuou atirando.

Os outros homens na sala jogaram-se de joelhos no chão. O chefe empunhou rápido o seu trabuco e atirou duas vezes no corpo de De Spain. Uma vez teria sido o suficiente com aquele canhão. O corpo de De Spain rodou no ar e atingiu o chão como um cofre-forte. O chefe foi até ele, ajoelhou-se ao seu lado e olhou para ele em silêncio. Levantou-se, voltou para o outro lado da mesa, então retornou e debruçou-se sobre o dr. Austrian.

– Este aqui está vivo – gritou ele. – Para o telefone, Weems.

O homem atarracado de rosto redondo deu a volta até o outro lado da mesa, puxou o telefone para si e começou a discar. Havia um cheiro forte de ácido e carne chamuscada no ar, um cheiro medonho. Agora estávamos de novo de pé, e o chefe de polícia baixinho estava me encarando, o olhar gelado.

– Ele não devia ter atirado em você – disse ele. – Você não podia provar nada. Nós não íamos deixar.

Eu não disse nada. Weems largou o telefone e olhou para o dr. Austrian de novo.

– Acho que esse aí já era – disse ele, do outro lado da mesa.

O chefe continuou me encarando.

– Faz coisas muito arriscadas, sr. Dalmas. Não sei qual é o seu jogo, mas espero que goste das suas fichas.

– Estou satisfeito – disse eu. – Eu queria ter tido uma chance de falar com o meu cliente antes de ele ser eliminado, mas acho que fiz tudo o que podia por ele. O lado ruim da história toda é que eu gostava do De Spain. Ele tinha muito colhão.

O chefe disse:

– Se quer saber quem tem colhão, tente ser o chefe de polícia de uma cidade pequena.

Eu disse:

– Certo. Mande alguém atar um lenço na mão direita de De Spain, chefe. Acho que agora vocês precisam de provas mais do que nunca.

Uma sirene gemeu ao longe, no Arguello Boulevard. O som chegava fraco pelas janelas fechadas, como um coiote uivando na crista de um morro.

A DAMA DO LAGO

1 – Não para a Divisão de Pessoas Desaparecidas

Eu estava amaciando sapatos novos sobre a minha escrivaninha naquela manhã quando Violetas M'Gee me telefonou. Era um dia de agosto quente, úmido, entediante, e você não conseguia manter a nuca seca nem mesmo com uma toalha de banho.

– Como é que está essa força? – começou Violetas, do modo usual. – Uma semana inteira e nenhum movimento, hã? Tem um cara chamado Howard Melton ali no Edifício Avenant que não sabe onde anda a mulher. Ele é gerente da Companhia de Cosméticos Doreme aqui no nosso distrito. E não quer passar o caso para a Divisão de Pessoas Desaparecidas por alguma razão. Ele é conhecido do chefe. É melhor você dar um pulo até lá, mas tire os sapatos antes de entrar. É uma turma de nariz bem empinado.

Violetas M'Gee é um investigador de homicídios do gabinete do chefe de polícia e, se não fosse por todos os serviços beneficentes que me arranja, eu poderia estar me sustentando com o meu trabalho. Isso agora parecia um pouco diferente, então botei os pés no chão, enxuguei o suor da nuca mais uma vez e fui até o local.

O Edifício Avenant fica na Olive Street perto da Sixth Street e tem na frente uma calçada de borracha em preto e branco. As moças dos elevadores usam blusas de seda cinza, estilo russo, e o tipo de boina folgada que os artistas usavam para proteger o cabelo pintado. A Companhia de Cosméticos Doreme ficava no sétimo andar, onde ocupava a maioria das salas. Havia uma grande sala de espera, com divisórias de vidro, flores e tapetes persas e umas peças malucas de escultura em porcelana vitrificada. Uma loira miúda e bonitinha ficava a um canto, fora de perigo, em frente a uma mesa de telefonia. Uma recepcionista usava uma enorme mesa com flores e uma placa inclinada, onde se lia: "srta. Van de Graaf". Ela usava óculos Harold Lloyd, e o cabelo estava arrepanhado em um coque alto.

Ela disse que o sr. Howard Melton estava em uma reunião, mas que ela entregaria a ele o meu cartão quando tivesse oportunidade para tal, e qual era a minha firma, por favor? Eu disse que não tinha cartão, mas o nome era John Dalmas, e eu vinha da parte do sr. West.

– Quem é o sr. West? – me inquiriu a recepcionista em tom gelado. – O sr. Melton conhece o sr. West?

– Isso eu não sei, m'irmã. Se não conheço o sr. Melton, com certeza não conheço os amigos dele.

– E o senhor quer conversar com o sr. Melton sobre que espécie de negócio?

– Pessoal.

– Entendo. – Ela rubricou três papéis sobre a mesa rapidamente, para não atirar em mim o porta-lápis. Eu me afastei e acomodei-me em uma poltrona de couro azul com braços cromados. Ela tinha a aparência, o cheiro e o conforto de uma cadeira de barbeiro.

Depois de uma meia hora, uma porta abriu-se do outro lado de um corrimão de bronze, e dois homens foram saindo de costas, rindo. Um terceiro homem segurava a porta aberta e fazia eco à risada daqueles dois. Trocaram apertos de mão, e os dois foram embora, e o terceiro homem apagou o sorriso do rosto instantaneamente e olhou para a srta. Van de Graaf:

– Algum telefonema? – perguntou ele numa voz autoritária.

Ela folheou alguns papéis e disse:

– Não, senhor. Mas tem um sr... Dalmas aqui para vê-lo... da parte de um sr... West. O assunto é pessoal.

– Não conheço – latiu o homem. – Já tenho mais planos de seguro do que posso pagar. – Ele me deu um olhar rápido e severo, entrou em sua sala e bateu a porta. A srta. Van de Graaf sorriu para mim com uma expressão delicada de quem pede desculpas. Acendi um cigarro, descruzei as pernas e cruzei-as de novo, agora a outra perna por cima. Mais cinco minutos, e a porta do outro lado do corrimão abriu de novo, ele saiu com o chapéu na cabeça e avisou em tom de desprezo para a secretária que estava de saída e voltava dali a meia hora.

Ele saiu por um portãozinho na balaustrada, dirigiu-se à porta de entrada e então deu uma bonita guinada e veio a passos largos em minha direção. Ficou ali parado, olhando para mim, que continuava sentado. Era um homem grande, quase um metro e noventa, corpo proporcional à altura. Tinha um rosto bem tratado que não escondia as rugas de uma vida dissipada. Os olhos eram pretos, duros e astutos.

– Queria falar comigo?

Eu me levantei, peguei minha carteira e entreguei-lhe um cartão. Ele olhou para o cartão antes de pegá-lo. Seu olhar tornou-se pensativo.

– Quem é o sr. West?

– Pode me revistar.

Ele me lançou um olhar implacável, direto, interessado.

– Você pegou bem a idéia – disse ele. – Vamos passar até a minha sala.

A recepcionista estava tão irada que tentou rubricar três papéis ao mesmo tempo quando passamos por ela, atravessando a balaustrada.

O escritório atrás da recepção era comprido, escuro e silencioso, mas não era frio. Havia na parede a fotografia ampliada de alguma raposa velha, cara de durão, que à sua época com certeza fez muita gente suar a camiseta por aquele escritório. O grandão à minha frente passou para trás de mais ou menos oitocentos dólares sob a forma de uma mesa de trabalho e recostou-se em uma cadeira de alto executivo, bem estofada e de encosto alto. Estendeu-me um estojo de charutos, daqueles que mantêm a umidade certa para o tabaco. Acendi um charuto, e ele me observava com um olhar firme e frio.

– Este assunto é confidencial.

– Arrã.

Ele leu o meu cartão novamente e guardou-o em uma carteira folheada a ouro.

– Quem foi que mandou você?

– Um amigo que trabalha no gabinete do delegado.

– Preciso saber mais sobre você; mais do que só isso.

Dei-lhe dois nomes e os respectivos números de telefones. Ele pegou o telefone, pediu linha e discou ele mesmo. Conseguiu falar com as duas pessoas que eu indicara. Depois de quatro minutos, desligou e inclinou sua cadeira para trás. Nós dois tiramos o suor da nuca com a mão.

– Até aqui, tudo bem – disse ele. – Agora você pode me provar que é o homem que você está dizendo que é.

Peguei minha carteira e mostrei-lhe uma fotocópia de minha licença de detetive. Ele pareceu ter ficado satisfeito.

– Quanto é que você cobra?

– Vinte e cinco dólares por dia, mais despesas.

– É demais. Que espécie de despesas?

– Gasolina e óleo, talvez um ou dois subornos, refeições e uísque. Mais uísque do que comida.

– Você não se alimenta quando está trabalhando?

– Sim... mas não muito bem.

Ele sorriu. O sorriso, igual ao olhar, tinha um quê de gelado.

– Acho que pode ser que a gente se dê bem – disse ele.

Ele abriu uma gaveta e tirou dali uma garrafa de *scotch*. Tomamos um drinque. Ele colocou a garrafa no chão, secou os lábios, acendeu um cigarro com monograma e inalou a fumaça numa atitude de relaxamento.

– É melhor deixar por quinze dólares por dia – disse ele. – Nos dias de hoje! E vá devagar com a bebida.

– Eu estava só brincando – disse eu. – Um homem com quem não se pode fazer uma piada é um homem em quem não se pode confiar.

Ele sorriu de novo.

– Negócio fechado. Mas, antes de mais nada, preciso ter a sua promessa de que sob nenhuma circunstância você vai recorrer a qualquer amigo que tenha na polícia.

– Se você não matou ninguém, por mim, estamos combinados.

Ele riu.

– Ainda não matei ninguém. Mas mesmo assim sou um osso duro de roer. Quero que você siga as pistas da minha mulher e descubra onde ela está e o que está fazendo, sem que ela fique sabendo. Ela desapareceu há onze dias... doze de agosto... de um chalé que nós temos no lago da Corça Pequena. É um lago pequeno, propriedade minha com mais dois sócios. Fica a três milhas de Cabo Puma. Este, é claro, você sabe onde fica.

– Nas montanhas San Bernardino, a uns sessenta e cinco quilômetros de San Bernardino.

– Isso. – Ele bateu a cinza do cigarro sobre o tampo da mesa, depois baixou-se para soprá-la. – O lago da Corça Pequena não chega a ter um quilômetro de comprimento. Tem um dique, coisa pequena que nós construímos para depois fazer um loteamento... na hora errada. E tem quatro chalés. O meu, dois que são dos meus amigos, todos os dois desocupados neste verão, e um quarto chalé, na ponta do lago, que fica logo na entrada da propriedade. Esse está ocupado por um homem chamado William Haines e a esposa. Ele é um veterano de guerra que recebe aposentadoria por invalidez. Mora lá sem pagar aluguel e cuida do lugar para nós. A minha mulher estava passando o verão lá e tinha se programado para sair no dia 12 e vir para a cidade para algum evento de fim de semana. Só que ela nunca chegou.

Fiz um gesto afirmativo com a cabeça. Ele abriu uma gaveta chaveada e tirou dali um envelope. Do envelope, tirou uma foto e um telegrama e me alcançou o telegrama por cima da mesa. Enviado de El Paso, Texas, em 15 de agosto, 9h18. Endereçado a Howard Melton, Ed. Avenant, 715, Los Angeles. O texto era:

Cruzando fronteira para divórcio mexicano. Caso com Lance. Boa sorte e adeus. Julia.

Coloquei o papel amarelo sobre a mesa.

– Julia é o nome da minha mulher – disse Melton.

– Quem é Lance?

– Lancelot Goodwin. Era o meu secretário particular até um ano atrás. Então ele ganhou uma herança e pediu demissão. Eu já sabia há bastante tempo que Julia e ele tinham qualquer coisa um pelo outro, se você me entende.

– Entendi – disse eu.

Ele empurrou a foto em minha direção. Era um instantâneo em papel brilhante. Mostrava uma loira pequena e magra e um cara alto, moreno, magro e bonitão, uns 35 anos, um pouco bonito demais. A loira tanto podia ter dezoito anos como quarenta. Era desse tipo. Tinha um corpo bom e não tinha vergonha de exibi-lo. Usava um maiô que não exigia muito da imaginação, e o homem estava de calção de banho. Os dois estavam sentados na areia, debaixo de um guarda-sol listrado. Coloquei a foto em cima do telegrama.

– Essas são todas as provas – Melton disse –, mas não são todos os fatos. Outro drinque? – Ele serviu, e nós bebemos. Ele pôs a garrafa no chão de novo, e o telefone tocou. Ele falou por um momento ao telefone, depois apertou e soltou o gancho do aparelho e disse à telefonista para suspender as ligações por algum tempo.

– Até aqui, nenhuma grande novidade – disse ele. – Mas eu encontrei Lance Goodwin na rua, nesta última sexta-feira. Ele me disse que não vê Julia há meses. Acreditei nele, porque Lance é um sujeito sem grandes inibições e sem grandes medos. Ele não teria receio de me contar a verdade sobre uma coisa dessas. E eu acho que ele vai ficar de boca fechada.

– Tem outros homens com quem ela possa ter ido embora?

– Não. Se tem outros, eu não conheço. O meu palpite é que Julia foi presa, está na cadeia em algum lugar e deu um jeito, por suborno ou outra coisa, de esconder a sua identidade.

– Presa por que motivo?

Ele vacilou um instante, então disse em voz muito baixa:

– Julia é cleptomaníaca. Não é grave, e também não é o tempo todo. Na maioria das vezes, acontece quando ela bebe demais. Ela também tem disso: ocasiões em que bebe muito. A maioria dos golpes dela foi aqui em Los Angeles, nas lojas maiores, onde nós temos conta. Ela foi surpreendida algumas vezes e sempre conseguiu se sair bem, com uma conversa que explica o "engano" e, claro, debitando o gasto na conta. Não houve até hoje nenhum escândalo que eu não pudesse evitar. Mas numa cidade estranha... – Ele parou e franziu a testa. – Eu tenho que me preocupar com o meu emprego aqui na Doreme – disse ele.

– Ela já tocou piano?

– O quê?

– Tiraram as impressões digitais dela? Ela já foi fichada?

– Que eu saiba, não. – Ele ficou preocupado com a idéia.

– Esse Goodwin sabe dessa vida paralela da sua mulher?

– Eu não sei dizer. Espero que não. Pelo menos ele jamais mencionou isso, é claro.

– Eu vou precisar do endereço dele.

– Está no guia telefônico. Ele tem um bangalô no distrito de Chevy Chase, perto de Glendale. Um lugar bem distante de tudo. Meu palpite é que Lance é desses caras que se divertem caçando mulher.

Parecia ser uma ótima diversão, mas eu não disse isso em voz alta. Eu estava sentindo que daquela vez iria pingar um pouco de dinheiro honesto no meu bolso, para variar.

– Você já esteve nesse lago da Corça Pequena desde que a sua esposa desapareceu, é claro.

Ele pareceu surpreso.

– Bem, na verdade não. Não tinha nenhum motivo para ir até lá. Até eu encontrar Lance na frente do Clube Atlético, eu supunha que ele e Julia estavam juntos em algum lugar... talvez até mesmo já casados. Os divórcios mexicanos são rápidos.

– E quanto a dinheiro? Ela está com muito dinheiro?

– Eu não sei. Ela tem bastante dinheiro, herança do pai. Imagino que ela pode conseguir muito dinheiro.

– Entendi. Como é que ela estava vestida... ou você não sabe?

Ele sacudiu a cabeça.

– Eu não vejo minha mulher há duas semanas. O normal dela é usar roupa escura. Haines pode lhe dizer. Eu suponho que ela precisa saber que ele sumiu. Acho que se pode confiar nele para ficar de boca fechada. – Melton esboçou um sorriso torto. – Ela tinha um relógio de pulso, de platina, octogonal, com uma pulseira de elos grossos. Presente de aniversário. Tem o nome dela gravado por dentro. E tinha um anel de brilhantes e esmeraldas, e a aliança de casamento é de platina, também com uma gravação por dentro: *Howard e Julia Melton. 27 de julho, 1926.*

– Mas você não suspeita de alguma armação, não é?

– Não. – As grandes bochechas do homem ficaram um pouco vermelhas. – Eu já lhe falei quais são as minhas suspeitas.

– Se ela está na cadeia em algum lugar, o que eu faço? Mando notícias e espero?

– Claro. Se ela não estiver na cadeia, fique de olho nela até eu chegar, seja lá onde for. Acho que posso lidar com a situação.

– Arrã. Você me parece grande o suficiente. Você disse que ela saiu do lago da Corça Pequena em 12 de agosto. Mas você não foi até lá. Você quer dizer que ela saiu mesmo... ou era para ela ter saído... ou você imagina isso pela data do telegrama?

– Certo. Tem uma coisa que eu esqueci de contar: ela saiu no dia 12. Ela nunca dirigia de noite, então ela desceu a montanha de tarde e ficou no Hotel Olympia até a hora do trem. Eu sei disso porque eles me telefonaram uma semana depois para avisar que o carro dela estava na garagem do hotel. Pediram que eu fosse buscar o carro. Eu disse que iria até lá quando tivesse tempo.

– Ok, sr. Melton. Acho que vou dar umas voltas e verificar esse Lancelot Goodwin primeiro. Pode ser que ele não tenha lhe contado a verdade.

Ele me alcançou o guia telefônico das cidades vizinhas, e eu procurei pelo nome. Lancelot Goodwin morava no número 3.416 da Chester Street. Eu não sabia onde ficava essa rua, mas eu tinha um mapa no carro.

Eu disse:

– Vou até lá, xeretar um pouco. Seria melhor eu ter algum dinheiro na minha conta. Digamos, cem dólares.

– Cinqüenta chega para começar – disse ele. Pegou sua carteira folheada a ouro e me deu duas notas de vinte e uma de dez. – Quero que você me assine um recibo... pura formalidade.

Ele tinha um talão de recibos em sua mesa. Escreveu o que quis, e eu assinei. Guardei as duas provas no meu bolso e me levantei. Trocamos um aperto de mão.

Eu me despedi dele com a sensação de que aquele era um homem que não errava nos detalhes, especialmente no tocante a dinheiro. Enquanto saía, a recepcionista me encarou com um olhar contrariado e mau. Fiquei preocupado com aquilo quase até chegar ao elevador.

2 – A casa silenciosa

Meu carro estava em um estacionamento do outro lado da rua, então dirigi no sentido norte até a Fifth Street, depois no sentido oeste até a Flower, e dali fui até o Glendale Boulevard e por ali entrei em Glendale. Àquelas alturas, já era meio-dia, então parei para comer um sanduíche.

Chevy Chase é uma ravina profunda entre os morros que separam Glendale de Pasadena. A vegetação de bosque é densa, e as ruas que se ramificam a partir da rede de dragagem tendem a ser encimadas por árvores escuras. A Chester Street era uma delas, e era tão escura que bem poderia estar no meio de uma floresta de sequóias. A casa de Goodwin ficava bem no fim da rua, um pequeno bangalô em estilo inglês, com telhado pontiagudo e janelas chumbadas à estrutura da casa, que certamente não deixariam entrar muita luz, mesmo que houvesse luz para entrar. A casa ficava retirada em uma depressão do terreno, e havia um enorme carvalho quase dentro do avarandado da frente. Era um lugar bem ajeitadinho para uma noite de diversão.

A garagem ao lado estava fechada. Um caminho tortuoso subia em degraus de pedra até a porta da frente. Apertei o botão da campainha. Pude ouvir a campainha tocando nos fundos, com aquele som que as campainhas em geral produzem em uma casa vazia. Toquei mais duas vezes. Ninguém veio atender a porta. Um tordo voou até pousar no gramado da frente, pequeno e bem-cuidado, de onde puxou uma minhoca de um torrão de relva, para depois ir embora. Alguém ligou um carro mais adiante na rua, depois da curva, fora de vista. Havia uma casa novinha em folha do outro lado da rua, uma placa na frente com o sinal de *Vende-se* enfiada no solo adubado e plantado com sementes de grama. Não dava para ver nenhuma outra casa de onde eu estava.

Tentei a campainha mais uma vez e dessa vez também bati vigorosamente a aldrava, uma argola presa à boca de um leão. Então saí da porta da frente e fui pôr o olho na fresta entre as portas da garagem. Havia um carro ali dentro, brilhando de tão polido sob uma luz fraca. Examinei tudo à minha volta enquanto ia até o quintal nos fundos da casa, e lá vi mais dois carvalhos e um incinerador de lixo e três cadeiras em volta de uma mesa verde de jardim sob uma das árvores. Estava tudo na sombra, e aquele quintal parecia tão fresco e agradável que teria sido prazeroso ficar ali. Fui até a porta dos fundos, que era metade de vidro e tinha uma lingüeta com tranca de mola. Tentei girar a maçaneta, mas estava frouxa. A porta abriu, e eu respirei fundo e entrei.

Esse tal de Lancelot Goodwin que se preparasse para ouvir um sermão sobre segurança e bom senso, se me pegasse ali dentro. Se não, eu queria dar uma boa olhada nos móveis e objetos e em seus pertences. Havia alguma coisa sobre o homem – talvez fosse só o primeiro nome dele – que me deixava apreensivo.

A porta dos fundos dava para um jardim de inverno com telas estreitas e altas. Dali chegava-se a outra porta destrancada, também com tranca de mola, que dava para uma cozinha com azulejos vistosos e um fogão a gás embutido. Havia uma considerável quantidade de garrafas vazias sobre a pia. Duas portas de vaivém. Empurrei a que dava para a parte da frente da casa. Cheguei a uma sala de jantar construída em um nicho da sala, com um aparador onde havia mais garrafas de bebida alcoólica, mas não vazias.

A sala de estar estava à minha direita, sob uma arcada. Era escura, mesmo em pleno dia. Era um ambiente de bom acabamento, com estantes embutidas e livros avulsos, isto é, que não haviam sido comprados juntos como coleções completas. Havia um rádio embutido em seu próprio móvel, alto e com pernas, e, sobre o móvel, um copo pela metade com um líquido âmbar. E tinha gelo no líquido âmbar. O rádio emitia um som leve, murmurante, e a luz do dial estava acesa. O rádio estava aceso, mas o volume estava baixo, quase nada.

Aquilo era estranho. Eu me virei, olhei para o canto mais distante da sala e enxerguei algo ainda mais estranho.

Um homem estava sentado em uma poltrona funda de brocado, os pés em chinelos sobre uma banqueta que fazia conjunto com a poltrona. Ele estava usando uma camisa pólo sem gola e calça creme com um cinto branco. Sua mão esquerda repousava confortavelmente sobre o braço largo da poltrona, e sua mão direita estava languidamente caída para fora do outro braço da poltrona, apontando para o tapete cor-de-rosa. Era um sujeito magro, moreno, bonitão, de corpo bem-feito. Um desses caras que se movem com rapidez e são mais fortes do que parecem. A boca estava ligeiramente aberta, exibindo as pontas dos dentes. A cabeça estava um pouco de lado, como se ele tivesse pegado no sono sentado ali, tomando uma bebida e ouvindo rádio.

Havia uma arma no chão, ao lado de sua mão direita, e havia um buraco vermelho e chamuscado no meio de sua testa.

Sangue pingava silenciosamente da ponta de seu queixo e caía na camisa pólo branca.

Por um minuto inteiro – que numa situação daquelas pode ser tão longo quanto o polegar de um quiroprático – eu não movi um músculo. Se eu respirei, não me lembro. Simplesmente fiquei ali, parado, esvaziado por dentro, olhando o sangue do sr. Lancelot Goodwin formar pequenos glóbulos em forma de pêra na ponta do queixo que depois, muito devagar, muito por acaso, caíam e somavam-se à grande mancha vermelha que alterava a brancura de sua camisa pólo. A meu ver, parecia que, mesmo naquele momento, o sangue pingava muito devagar. Finalmente consegui erguer um pé, tirá-lo do cimento em que estava atolado, dei um passo e então arrastei o outro pé depois do primeiro, como se estivessem atados em grilhões. Atravessei a sala escura e silenciosa.

Os olhos de Goodwin cintilaram quando cheguei perto. Eu me abaixei para olhar dentro daqueles olhos, tentando fazer contato visual. Não houve jeito. Não é possível, com o olhar de um morto. São olhos que estão sempre apontando para um lado, ou para cima, ou para baixo. Toquei o rosto do homem. Estava morno e levemente úmido. Isso com certeza era resultado da bebida. Ele estava morto no máximo há vinte minutos.

Eu me virei de repente, rápido, como se alguém estivesse tentando chegar-se por trás de mim com um cassetete, mas não havia ninguém ali. O silêncio imperava. A sala estava repleta de silêncio, transbordando de silêncio. Um passarinho cantou lá fora em alguma árvore, mas aquilo só fez o silêncio ficar ainda mais denso. Dava para cortá-lo com faca, fazer fatias daquele silêncio e besuntá-las com manteiga.

Comecei a reparar em outras coisas na sala. Uma fotografia em um porta-retrato de prata estava jogada no chão, em frente à lareira. Fui até ali e peguei o porta-retrato com um lenço. O vidro estava trincado em uma linha reta, de canto a canto. A foto exibia uma moça magra, de cabelo claro, com um sorriso perigoso. Peguei a foto que Howard Melton havia me entregado e segurei-a ao lado do porta-retrato. Tive certeza de que era o mesmo rosto, mas a expressão era diferente, e era um tipo de rosto muito comum.

Levei o porta-retrato com cuidado até um quarto de dormir mobiliado com muito bom gosto e abri uma gaveta de uma cômoda alta de pernas compridas. Tirei a foto da moldura, esfreguei a moldura bem esfregada com o meu lenço e guardei-a sob algumas camisas. Nada muito inteligente, mas a coisa mais inteligente que consegui fazer, dadas as circunstâncias.

Parecia que agora nada tinha pressa. Se alguém tivesse ouvido o tiro, reconhecendo o barulho como sendo de um tiro, os tiras de patrulha já teriam sido avisados por rádio e teriam chegado faz tempo. Levei a foto até o banheiro, tirei os excessos de papel com o meu canivete, joguei-os na privada e puxei a descarga. Juntei aquela foto à outra, no bolso superior do meu paletó, e voltei para a sala.

Havia um copo vazio na mesinha ao lado da mão esquerda do morto. Devia ter as impressões digitais dele. Por outro lado, uma outra pessoa poderia ter tomado um gole daquele copo e deixado as suas digitais. Uma mulher, claro. Ela estaria sentada no braço da poltrona, com um sorriso doce e suave no rosto, e a arma ela estaria segurando nas costas. Tinha de ser uma mulher. Um homem não teria conseguido alvejá-lo naquela posição, tão perfeitamente relaxado. Eu podia adivinhar que mulher seria aquela – mas não me agradava que ela tivesse deixado a própria foto caída no chão. Aquilo era má publicidade.

Eu não podia correr riscos com o copo. Limpei-o e fiz algo que me desagradou. Fiz a mão dele pegar o copo de novo, depois o coloquei de volta na mesinha. Fiz a mesma coisa com a arma. Quando deixei a mão dele cair – dessa vez a mão caiu molemente –, ela balançou para lá e para cá, como o pêndulo de um relógio antigo. Fui até o copo sobre o rádio e limpei-o também. Aquilo faria a polícia pensar que a mulher era bem esperta, um tipo de mulher diferente – se é que há tipos diferentes. Juntei quatro baganas de cigarro com batom mais ou menos da cor que chamam "carmem", uma cor para as loiras. Levei as baganas até o banheiro e entreguei-as à cidade. Limpei alguns acessórios brilhosos do banheiro com uma toalha, fiz o mesmo com a maçaneta da porta da frente e dei o dia por encerrado. Afinal, eu não podia limpar a casa toda.

Parei e fiquei olhando Lancelot Goodwin mais um pouco. O sangue tinha parado de escorrer. A última gota na ponta do queixo não ia cair. Ia ficar pendurada ali, escurecer e ficar brilhosa e permanente, como uma verruga.

Saí de volta pela cozinha e jardim de inverno, limpando mais maçanetas à medida que saía. Passei pelo lado da casa até a frente e dei um passeio rápido para um lado e outro da rua. Com ninguém à vista, arrematei o serviço com um laço de fita ao tocar a campainha da frente mais uma vez e, enquanto fazia isso, apertando bem apertado o botão da campainha, e depois agarrando a maçaneta bem agarrada. Andei até o meu carro, entrei e fui embora. Aquilo tudo levou menos de meia hora. A sensação era de que eu havia lutado todo o tempo da Guerra Civil.

Depois de ter dirigido dois terços do caminho até o centro da cidade, parei no começo da Alesandro Street e me enfiei na cabine telefônica de uma farmácia. Disquei o número do escritório de Howard Melton.

Uma voz jovial respondeu:

– Companhia de cosméticos Doreme. Boa tarde.

– O sr. Melton.

– Vou passar a ligação para a secretária dele – cantarolou a voz da loirinha que ficava a um canto, protegida de maiores perigos.

– Srta. Van de Graaf falando – era uma fala arrastada e bonita, que podia ser charmosa ou arrogante, mudando um quarto de tom num sentido ou noutro. – Quem deseja falar com o sr. Melton, por favor?

– John Dalmas.

– Ah... o sr. Melton sabe quem é o senhor, sr... ah... Dalmas?

– Não comece tudo de novo – disse eu. – Pergunte a ele, mocinha. Posso ficar chique até não poder mais na próxima loja.

Ela respirou fundo, de um modo que quase me furou o tímpano.

Houve uma espera, depois um clique, então a voz encorpada e rude de Melton, uma voz de homem de negócios, disse:

– Sim? Melton falando. Pois não?

– Precisamos nos encontrar, e logo.

– O que foi que você disse? – latiu ele.

– Eu disse o que você ouviu. Aconteceram coisas do tipo que os policiais chamam de desenvolvimento do caso. Você sabem com quem está falando, certo?

– Ah... sim. Sim. Bem, deixe-me ver. Deixe-me dar uma olhada na minha agenda.

– Que se dane a sua agenda – disse eu. – Isto é sério. Eu tenho bom senso suficiente para não interromper o seu trabalho, mas o que eu descobri é muito importante.

– Atlético Club... daqui a dez minutos – disse ele energicamente. – Peça para me chamarem na sala de leitura.

– Vou levar mais que dez minutos para chegar lá – desliguei antes que ele pudesse retrucar.

Na verdade, levei vinte minutos.

O menino de recados no saguão do Atlético Club correu precipitada e elegantemente para dentro de um dos elevadores antigos, tipo gaiola aberta, que eles tinham ali e rapidinho já estava de volta com um gesto afirmativo de cabeça. Ele me levou até o quarto andar e me indicou a sala de leitura.

– Dobrando ali à esquerda.

A sala de leitura não era construída para ter a leitura como função principal. Havia jornais e revistas sobre uma mesa comprida de mogno e livros com capas de couro atrás de portas de vidro nas paredes e um retrato do fundador do clube numa pintura a óleo com iluminação própria. Mas o lugar era feito mais de pequenos nichos e cantos com enormes poltronas reclináveis de encosto alto, e os velhinhos que ocupavam as poltronas dormitavam tranqüilamente, os rostos violáceos devido à idade e à pressão alta.

Eu me esgueirei silenciosamente para a esquerda. Melton estava sentado ali, num dos nichos privados entre estantes de livros, de costas para a sala, e a poltrona, por alta que fosse, não era alta o suficiente para esconder a sua cabeça grande e morena. Havia uma outra poltrona colocada ao seu lado. Afundei-me nela e encarei Melton.

– Mantenha a voz baixa – disse ele. – Este lugar aqui é para sestear depois do almoço. Mas então, o que é? Quando eu contratei você, era para me poupar trabalho, e não para me trazer mais incomodação do que eu já tenho.

– Certo – disse eu e aproximei o meu rosto do dele. Ele cheirava a bebida alcoólica, mas não era um cheiro ruim. – Ela atirou no cara.

As sobrancelhas duras dele ergueram-se um pouco. Os olhos agora tinham um olhar vidrado. Os dentes cerraram-se. Ele respirou devagar, torceu uma das mãozonas sobre o joelho e olhou para ela.

– Continue – disse ele, numa voz do tamanho de uma bolinha de gude.

Girei a cabeça e olhei por cima do encosto da minha poltrona, de um lado e de outro. O velhote mais próximo estava cochilando de leve e soprando a penugem de suas narinas para dentro e para fora a cada inspirar e expirar.

– Fui até a casa de Goodwin. Ninguém atendeu. Tentei a porta dos fundos. Aberta. Entrei. O rádio ligado, mas sem volume. Dois copos com drinques. Um porta-retrato atirado no chão na frente da lareira. Goodwin numa poltrona. Levou um tiro à queima-roupa. Lesão de contato. A arma no chão, perto da mão direita dele. Automática, uma 25... arma de mulher. Ele ali, sentado como se não tivesse se dado conta de nada. Limpei copos, arma, maçanetas, pus as impressões dele onde elas deviam estar e saí.

Melton abriu e fechou a boca. Os dentes rangeram. Ele cerrou os punhos com força. Então me encarou com firmeza, com olhos pretos e duros.

– A foto – disse ele, a voz pastosa.

Tirei-a do meu bolso e mostrei a ele, mas não a entreguei.

– Julia – disse ele. Sua respiração produziu um som estranho, um agudo pungente, e sua mão caiu, frouxa. Devolvi a foto para o meu bolso. – E agora? – perguntou ele.

– Agora, qualquer coisa pode acontecer. Pode ser que alguém tenha me visto por lá, mas não entrando, nem saindo. Tem muita árvore nos fundos. O lugar é todo na sombra. Ela tem uma arma como esta?

A cabeça de Melton caiu para a frente e ele segurou a arma nas mãos. Segurou-a ainda por algum tempo, depois ergueu o braço, me entregou a arma, abriu os dedos das mãos sobre o seu rosto e falou por entre os dedos, dirigindo-se à parede que estava à nossa frente:

– Sim. Mas, que eu soubesse, ela não andava armada. Imagino que ele a descartou, aquele sujo, cretino. – Ele disse aquilo em voz baixa, sem qualquer paixão na voz. – Você é um sujeito e tanto – disse ele. – Agora então é suicídio, não é?

– Não se pode ter certeza. Sem um suspeito, vão lidar com a coisa desse jeito. Vão examinar a mão com parafina para ver se ele disparou arma de fogo. Hoje em dia é rotina. Mas às vezes não funciona, e, sem um suspeito, podem concluir qualquer coisa. Não entendi o lance da foto.

– Eu também não – sussurrou Melton, ainda falando entre os dedos. – Ela deve ter entrado em pânico de repente.

– É. Você está entendendo que eu botei uma corda no meu pescoço, não é? Se me pegam, vão cassar a minha licença. Claro que existe uma chance pequena de ter sido suicídio. Mas ele não me parece o tipo. Você vai ter que entrar no jogo, Melton.

Ele soltou uma risada sombria. Então virou a cabeça, o suficiente para olhar para mim, mantendo as mãos sobre o rosto. O brilho dos seus olhos faiscava por entre os dedos.

– Por que você ajeitou a cena? – perguntou ele em voz baixa.

– E eu sei? Não faço idéia. Quem sabe eu antipatizei com o cara... desde que você me mostrou ele na foto. Não me parece que valesse a pena o que iriam fazer com ela... ou com você.

– Quinhentos dólares... de bônus – disse ele.

Eu me recostei e encarei Melton com um olhar gelado.

– Não estou tentando botar você contra a parede. Sou um cara razoavelmente durão... mas não em situações como esta. Você me contou tudo o que sabe?

Ele não disse nada por um longo minuto. Levantou-se e deu uma olhada em volta, enfiou as mãos nos bolsos, cantarolou alguma coisa e sentou-se de novo.

– Essa é uma abordagem equivocada... de dois ângulos – disse ele. – Eu não estava pensando em chantagem... nem me oferecendo para pagar por uma chantagem. Não é dinheiro suficiente. Estamos passando por tempos difíceis. Você correu um risco extra e eu ofereci uma compensação extra. Suponhamos que Julia não teve nada a ver com isso. Isso pode explicar a foto deixada para trás. Tinha muitas outras mulheres na vida de Goodwin. Mas se essa história vem a público, e eu estou no meio dela, os escritórios locais não vão querer trabalhar comigo. Eu estou num ramo de negócios muito sensível e que não está bem das pernas. Podem ficar contentes de ter uma desculpa para me dispensar.

– Isso é uma outra coisa – disse eu. – Perguntei se você me contou tudo o que sabia.

Ele olhou para o chão.

– Não, omiti um dado. Não achei que fosse importante naquele momento. E, agora, faz a coisa feder. Uns dias atrás, logo depois que me encontrei com Goodwin no centro da cidade, o banco me chamou e disse que um sr. Lancelot Goodwin estava lá para descontar um cheque de mil dólares, nominal a Julia Melton. Respondi que a sra. Melton tinha viajado, mas que eu conhecia bem o sr. Goodwin e não tinha objeções a que ele descontasse o cheque se estava tudo certo com o cheque e o sr. Goodwin comprovasse sua identidade. Eu não podia dizer outra coisa... dadas as circunstâncias. Imagino que o cheque foi descontado, mas eu não sei.

– Pensei que Goodwin tivesse dinheiro.

Melton deu de ombros, num gesto tenso.

– Um chantagista de mulheres, hã? E bobão, ainda por cima, recebendo em cheque. Acho que vou entrar no jogo do seu lado, Melton. Detesto ver esses urubus da imprensa fazendo a festa em cima de uma história longa como essa. Mas, se eles chegarem até você, eu caio fora... claro, se eu conseguir me escapar.

Ele sorriu pela primeira vez.

– Vou lhe dar os quinhentos agora mesmo – disse ele.

– Não, nada disso. Você me contratou para encontrar a sua mulher. Se eu encontrar, pego os quinhentos limpos... fora todos os outros custos.

– Você não vai se arrepender de confiar em mim – disse ele.

– Quero um bilhete seu para esse tal de Haines na sua propriedade no lago da Pequena Corça. Quero entrar no seu chalé. O jeito que eu tenho de examinar o caso é fazer de conta que eu nunca estive em Chevy Chase.

Ele consentiu com um gesto de cabeça e levantou-se. Foi até uma mesa e voltou com um bilhete escrito em papel timbrado do clube.

> Sr. William Haines
> Lago da Pequena Corça
>
> Bill
> Peço o favor de deixar entrar em meu chalé o portador desta, sr. John Dalmas. Peço ainda que o auxilie em tudo o que for necessário para que ele examine a propriedade.
>
> Atenciosamente,
> Howard Melton.

Dobrei o bilhete e guardei-o junto dos outros itens recolhidos naquele dia. Melton pôs a mão sobre o meu ombro.

– Nunca vou me esquecer disto – disse ele. – Você está indo para lá agora mesmo?

– Acho que sim.

– O que você acha que vai encontrar?

– Nada. Mas eu teria que ser muito otário para não começar onde começa a trilha.

– Está certo. Haines é um bom sujeito, mas um pouco ríspido. A mulher dele é uma loira bem bonita, que praticamente manda nele. Boa sorte.

Trocamos um aperto de mão. A mão dele estava suada, úmida como um peixe em conserva.

3 – O homem da perna de pau

Fui de carro até San Bernardino em menos de duas horas e, pela primeira vez na história da cidade, estava quase tão fresquinho quanto em Los Angeles e nem de perto tão úmido. Tomei uma xícara de café, comprei meio litro de uísque de centeio, enchi o tanque de gasolina e peguei a estrada que sobe a serra. O tempo estava nublado o caminho todo até Bubbling Springs. Então de repente ficou seco e ensolarado e uma brisa fresquinha soprava dos cimos das montanhas para as ravinas, e finalmente cheguei à enorme represa, olhei para baixo e vi toda a extensão azul do lago Puma. Enxerguei caiaques e barcos a remo com motores de popa, e havia lanchas criando ondas com espuma na água e causando um estardalhaço desnecessário. Na esteira das lanchas, aos solavancos, via-se um pessoal que pagara dois dólares por uma licença de pesca e estava perdendo o seu tempo tentando pegar dez centavos em peixe.

A estrada seguia em duas direções a partir da represa. Meu itinerário mandava seguir para a praia sul e passava entre blocos e mais blocos empilhados de granito. Pinheiros de três metros de altura quase tocavam o céu azul e sem nuvens. Nos espaços abertos, vicejavam manzanita verde brilhante e o que sobrava das íris selvagens, lupins roxas, búgulas e macegas nativas do deserto. A estrada descia abruptamente até o nível do lago, e então comecei a passar por uma série de acampamentos e uma série de garotas vestindo *shorts* e andando de bicicleta ou de lambreta ou caminhando ao longo da auto-estrada, ou apenas sentadas sob as árvores, as pernas de fora. Vi tanta carne não-abatida que era o bastante para estocar uma fazenda de gado de corte.

Howard Melton havia me dito para dobrar em direção contrária à do lago na velha estrada Redlands, dois quilômetros antes de Cabo Puma. Era uma faixa asfaltada e esburacada que subia para as montanhas ao redor. Os chalés acomodavam-se aqui e ali nas encostas. O asfalto foi acabando e, após rodar um pouco, uma estradinha estreita de terra surgiu à minha direita. Uma placa logo no começo dela dizia: *Estrada particular – Lago da Corça Pequena. Trânsito proibido.* Peguei a estrada e rodei muito devagar, desviando de enormes pedras, passando por uma cascatinha, no meio de pinheiros e carvalhos, no meio do silêncio. Um esquilo estava sentado em um galho, quebrando uma pinha recém-apanhada, e jogava os pedacinhos no ar, que então caíam flutuando, como se fossem confete. Ele me xingou e bateu uma pata com raiva na pinha.

A estradinha estreita descreveu uma curva fechada em volta de um enorme tronco de árvore, e então surgiu um portão alto que atravessava a estrada, com cinco tábuas horizontais e outra placa. Esta dizia: *Propriedade particular – Entrada proibida.*

Desci do carro, abri o portão, entrei e fechei o portão novamente. Desviei de árvores por mais uns duzentos metros. De repente avistei, mais abaixo, um pequeno lago oval, no meio de árvores, pedras e mato, como uma gota de orvalho em uma folha côncava. Em sua extremidade inicial havia um pequeno dique, de concreto amarelado, com um corrimão de corda no topo e uma velha roda de moinho de um lado. Perto dali, um chalé pequeno de madeira nativa, telhado de lascas de troncos de árvores. Tinha duas chaminés de alumínio, e havia fumaça subindo em espiral de uma delas. Em algum lugar, um machado cortava lenha.

Do outro lado do lago, bem distante de onde se chega pela estrada, mas a uma curta distância para quem atravessasse o dique, havia um chalé bastante grande perto da água e dois outros chalés um pouco menores, os três separados entre si por grandes espaços de terreno. Na extremidade final do lago, do outro lado do dique, estava o que parecia ser um pequeno píer e um coreto. Em uma placa de tábua abaulada estava escrito: *Campo Kilkare*. Eu não via sentido algum naquela placa, então fui andando trilha abaixo até o chalé de telhado de casca de árvore e bati na porta.

O som do machado cessou. Uma voz de homem gritou de algum lugar nos fundos da casa. Sentei-me em uma grande pedra e fiquei girando um cigarro apagado entre os dedos. O dono do chalé chegou por um lado da casa, carregando um machado. Era um homem de corpo atarracado, não muito alto, com um queixo escuro, rude, barba por fazer, os olhos castanhos num olhar firme, cabelo grisalho encaracolado. Usava calça jeans azul, e uma camisa azul aberta mostrava um pescoço moreno e musculoso. Quando ele caminhava, parecia dar um leve chute para fora com o pé direito a cada passada. O pé balançava lateralmente ao seu corpo, descrevendo um pequeno arco. Ele veio caminhando devagar e chegou-se até onde eu estava, um cigarro pendurado nos lábios grossos. Falava como uma pessoa da cidade:

– E?

– Sr. Haines?

– Eu mesmo.

– Tenho um bilhete aqui para o senhor. – Tirei o bilhete do bolso e entreguei a ele. Ele jogou o machado para um lado e apertou os olhos para ler o bilhete, depois se virou e entrou no chalé. Voltou usando óculos, lendo o bilhete enquanto caminhava.

– Ah, ok – disse ele. – Do patrão. – Examinou o bilhete mais uma vez. – Sr. John Dalmas, hã? Sou Bill Haines. Prazer. – Trocamos um aperto de mão. A mão dele era como uma armadilha de aço.

– Então você quer dar uma olhada por aí e ver o chalé de Melton, hã? Algum problema? Ele não está pondo à venda, não é? Pelo amor de Deus, não.

Acendi o meu cigarro e atirei o fósforo dentro do lago.

– Ele tem mais do que precisa aqui – disse eu.

– Terra, claro. Mas aqui diz o chalé…

– Ele queria que eu desse uma olhada. É um chalé bem ajeitado, pelo que ele me disse.

Haines apontou:

– Aquele lá, o maior. Paredes de sequóia tratada, belo acabamento e tábuas de pinho com os nós aparentes por dentro. Telhas de madeira com acabamento asfáltico, fundações em pedra, mais avarandados e banheiro completo. Ele tem um reservatório de água de nascente no morro atrás do chalé. Eu diria, sim, que é um chalé bem ajeitado.

Olhei para o chalé, mas olhei mais para Bill Haines. Os olhos dele tinham um brilho faiscante, e ele tinha olheiras, com toda a sua aparência de gasto pelo tempo.

– Você quer ir até lá agora? Eu pego as chaves.

– Eu estou é meio cansado depois dessa viagem toda até aqui. Eu bem que preciso de uma bebida, Haines.

Ele pareceu interessado, mas sacudiu a cabeça:

– Me desculpe, sr. Dalmas, mas eu recém terminei uma garrafa. – Ele passou a língua nos lábios grossos e sorriu.

– Para que serve a roda de moinho?

– Coisa de cinema. De vez em quando rodam um filme aqui. Ali daquele lado tem um outro cenário. Fizeram *Amor entre os pinheiros* com aquele. Os outros cenários já foram desmanchados. Ouvi dizer que o filme foi um fracasso de bilheteria.

– É mesmo? Quer me acompanhar num drinque? – peguei a minha própria garrafa de uísque.

– Nunca ninguém me ouviu recusar um drinque. Espere aí que eu trago os copos.

– A sra. Haines está fora?

Ele me olhou com súbita frieza.

– Está – disse ele, bem devagar. – Por quê?

– Por causa da bebida.

Ele relaxou, mas ainda ficou de olho em mim por uns instantes mais. Então virou-se e caminhou no seu andar de perna dura de volta para o chalé. Retornou com dois copos pequenos, desses usados como embalagem para queijos cremosos e sofisticados. Abri a minha garrafa, servi duas doses de uísque puro e nos sentamos os dois, segurando nossos copos, Haines com a perna direita praticamente esticada na frente dele, o pé um pouco torcido para fora.

– Arranjei isso na França: roubei – disse ele e bebeu. – O velho perna-de-pau Haines. Bom, pelo menos isso me deu uma aposentadoria, e não me atrapalhou com as mulheres. Ao crime! – ele terminou de beber a sua dose.

Pusemos os copos de lado e observamos um gaio subir um pinheiro alto, pulando de galho em galho sem parar para buscar o equilíbrio, como um homem correndo escada acima.

– É friozinho e bonito aqui, mas solitário – disse Haines. – Solitário pra caramba. – Ele me observou com o canto do olho. Tinha algo em mente.

– Tem gente que gosta. – Estendi a mão para os copos e cumpri o meu dever diante de copos vazios.

– Me dá nos nervos. E daí que ando bebendo demais, porque me dá nos nervos. Principalmente de noite.

Eu não disse nada. Ele entornou o segundo drinque de um gole só, rápido e rasteiro. Passei a garrafa para ele em silêncio. Ele bebericou seu terceiro drinque, inclinou a cabeça para um lado e lambeu os beiços.

– Engraçado o que você disse antes... sobre a sra. Haines estar fora.

– Só pensei que talvez fosse melhor levar a garrafa para fora do campo de visão do chalé.

– Certo. É amigo de Melton?

– Eu conheço ele. Mas não somos chegados.

Haines desviou o olhar para o chalé maior.

– Aquela desgraçada daquela vadia! – rosnou ele, o rosto contorcido.

Olhei para ele.

– Eu perdi a Beryl por causa daquela piranha – disse ele, rancor na voz. – Tinha que ter até mesmo caras de uma perna só, como eu. Precisava me embebedar e me fazer esquecer que eu tinha a mulher mais lindinha do mundo.

Esperei, meus nervos à flor da pele.

– Pro inferno com ele também! Deixando aquela vagabunda ficar aqui, sozinha. Eu não tenho que morar neste maldito chalé dele. Posso morar onde eu bem entender. Tenho a minha aposentadoria. Sou veterano de guerra.

– É um lugar bom pra morar – disse eu. – Tome mais um gole.

Ele tomou e me olhou com o seu olhar irado e ressentido.

– É um lugar horrível pra se morar – rosnou. – Quando a mulher de um homem abandona o cara e ele fica sem saber onde ela está... talvez até com outro. – Ele fechou a mão esquerda num punho de aço.

Após um momento, foi abrindo a mão bem aos pouquinhos e serviu-se de meio copo de uísque. A garrafa agora já estava bastante pálida. Ele entornou o seu drinque de uma vez só.

– Não conheço você, e então você e o traseiro de uma mula pra mim são a mesma coisa – grunhiu o homem –, mas, ora bolas, azar! Estou cansado de estar sozinho! Fui um idiota, um otário... mas não, eu sou só humano. Ela é bonita... que nem a Beryl. Mesmo tamanho, mesmo cabelo, o mesmo jeito de andar. Que inferno, elas podiam ser irmãs. Só que completamente diferentes... se é que você entende o que eu quero dizer. – Ele me olhou de viés, agora já mais bêbado que sóbrio.

Eu me fiz simpático à causa dele.

– Eu vou até lá para queimar o lixo – naquela direção ele lançou um olhar mal-humorado, acenando com o braço. – Ela me aparece no avarandado de trás usando um pijama que parece feito de celofane. Com um drinque em cada mão. Sorrindo pra mim, com aqueles olhos de cama. "Tome um drinque, Bill." É. Pois eu tomei um drinque. Tomei dezenove drinques. Imagino que você já sabe o que aconteceu.

– Já aconteceu com uma porção de homens, todos boa gente.

– E ele deixa ela ficar sozinha aqui, aquela filha-da-puta! Enquanto ele se diverte em Los Angeles e a Beryl me abandona... vai fazer duas semanas agora na sexta-feira.

Gelei. Fiquei paralisado de tal forma que podia sentir os meus músculos tensionarem ao longo de todo o meu corpo. Duas semanas na próxima sexta-feira é uma semana na sexta-feira passada. Isso era 12 de agosto, o dia em que aparentemente a sra. Julia Melton viajou para El Paso, o dia em que ela fez uma parada no Hotel Olympia, no sopé das montanhas.

Haines largou o seu copo vazio e buscou alguma coisa no bolso com botão da sua camisa. Ele me passou uma folha de papel amassada nos cantos. Desdobrei o papel com cuidado. Estava escrito a lápis.

Prefiro morrer do que continuar vivendo com você, seu canalha traidor – Beryl. Era isso o que dizia no papel.

– Não foi a primeira vez – disse Haines, com uma risada grosseira. – Mas foi a primeira vez que me apanharam no ato. – Ele riu. Então seu olhar ficou mal-humorado de novo. Devolvi a ele o bilhete, e ele o guardou bem abotoado no bolso. – Por que diabos estou lhe contando isso tudo? – rosnou para mim.

Um gaio xingou um pica-pau enorme, e o pica-pau respondeu: "Cr-ráquir!", como se fosse um papagaio.

– Você está se sentindo sozinho – disse eu. – Precisa tirar isso do peito. Tome mais um drinque. Eu já bebi que chegue. Você não estava aqui naquela tarde... quando ela te abandonou?

Ele assentiu com um gesto de cabeça e sentou-se, segurando a garrafa entre as pernas.

– Nós tivemos uma briga, trocamos uns tabefes, e eu fui de carro até a praia norte, para a casa de um cara que eu conheço. Eu me sentia mais infame que cocô de pulga. Eu tinha que mudar, virar um cara decente, e então me embebedei. Eu fiz isso. Cheguei de volta em casa acho que lá pelas duas da madrugada... pra lá de mamado. Mas eu dirijo bem devagar, por causa deste pedaço sobressalente. Ela tinha ido embora. Só deixou o bilhete.

– Isso fez uma semana na sexta-feira passada, certo? E depois disso você não teve mais notícias dela?

Eu estava querendo muita precisão. Ele me deu um olhar duro, questionador, mas que logo desvaneceu. Ele ergueu a garrafa, bebeu, mal-humorado, e segurou a garrafa contra a luz do sol.

– Rapaz, temos aqui um soldado morto – disse ele. – E *ela* também se foi. – Ele apontou um polegar para o outro lado do lago.

– Pode ser que elas tenham brigado.

– Pode ser que elas tenham ido juntas.

Ele deu uma risada rouca.

– Meu amigo, você não conhece a minha Berylzinha. Quando começa, sai da frente: ela vira bicho.

– Parece que as duas são assim. A sra. Haines estava de carro? Quero dizer, você foi no seu carro até a praia norte naquele dia, não foi?

– Nós temos dois Ford. O meu tem que ter o acelerador e o freio do lado esquerdo, o lado da perna boa. Ela levou o dela.

Eu me levantei, fui até o lago e joguei a bagana do meu cigarro na água. O lago era azul-escuro e parecia ser bem fundo. O nível da água estava alto depois da enchente da primavera, e, em dois pontos, a água lambia o topo do dique e transbordava para o outro lado.

Voltei para a companhia de Haines. Ele estava drenando o finzinho do meu uísque goela abaixo.

– Tenho que comprar mais bebida – disse ele, a voz pastosa. – Te devo meio litro de uísque. Você nem bebeu nada.

– Tem muito mais no lugar de onde eu tirei esse – disse eu. – À hora que você quiser, vou até lá e dou uma olhada no chalé.

– Claro. Vamos dar uma caminhada em volta do lago. Você não ficou chateado de eu ter descarregado em você essa coisa toda... sobre a Beryl?

– Um homem às vezes precisa falar dos seus problemas com alguém – disse eu. – A gente podia atravessar o dique. Você não teria que caminhar tão longe.

– Ora, de jeito nenhum. Eu sou bom andarilho, apesar desta minha aparência estropiada. Faz bem um mês que eu não dou uma caminhada em volta no lago. – Ele se levantou, foi até o chalé e voltou com umas chaves. – Vamos.

Começamos a andar em direção ao pequeno píer de madeira com o coreto que havia na outra ponta do lago. Havia uma trilha junto à margem que serpenteava para cá e para lá entre grandes matacões de granito. A estrada de terra ficava mais para trás e mais para cima. Haines caminhava devagar, chutando o pé direito. Ele estava mal-humorado, bêbado na medida exata para estar vivendo em seu próprio mundo. Mal falava. Chegamos ao pequeno píer, e eu fui até a ponta. Haines veio atrás, o pé batendo pesadamente nas tábuas. Uma vez na ponta do píer, do outro lado do pequeno coreto ao ar livre, nos debruçamos sobre um parapeito verde, escurecido e gasto pela intempérie.

– Pega-se algum peixe por aqui?

– Claro. Truta, linguado. Mas eu não gosto de comer peixe. Acho que tem peixe demais aí.

Eu me debrucei mais para a frente e olhei para baixo, para a água parada e profunda. Havia um redemoinho logo ali embaixo, e uma forma esverdeada movia-se embaixo do píer. Haines debruçou-se também mais para a frente. Seus olhos fixaram as profundezas da água. O píer era uma construção sólida e tinha uma laje dentro d'água – mais larga que o próprio píer – como se o lago fosse antes bem mais raso e essa laje submersa tivesse sido uma rampa para barcos. Um barco pequeno, de fundo chato, balançava no espelho d'água, preso a uma corda bem puída.

Haines pegou o meu braço. Quase dei um grito. Seus dedos enterraram-se nos meus músculos como garras de ferro. Olhei para ele. Ele estava debruçado, o olhar fixo, a expressão de um idiota, o rosto subitamente pálido e suado. Desviei o meu olhar para a água.

Languidamente, num canto da laje submersa, algo que se parecia com braço e mão de gente, com a manga de uma roupa escura, acenava debaixo das tábuas submersas, hesitava, acenava de novo, desaparecia de vista.

Haines endireitou o corpo bem devagar, e seu olhar de repente ficou sóbrio e assustado. Ele me deu as costas sem uma palavra e caminhou de volta pelo píer. Foi até uma pilha de pedras, inclinou-se para a frente e vomitou. Eu podia ouvir sua respiração ofegante. Haines soltou uma das pedras da pilha onde estava se escorando e então aprumou as costas. Ergueu a pedra até a altura do peito. A pedra devia pesar uns quarenta quilos. Ele caminhou firme de volta pelo píer, carregando a pedra, com o defeito na perna e tudo, chegou até o parapeito no fim do píer e ergueu a pedra bem alto acima da cabeça. Ficou por um momento segurando-a naquela posição, os músculos do pescoço avolumando-se acima da gola da camiseta azul. Sua boca emitiu um som vago, tenso. Então o seu corpo como um todo deu um tremendo impulso, e a pedra chocou-se contra a água.

Aquilo espalhou água para cima e para todos os lados, o que nos deu um banho. A pedra caiu reto e direto na água e quebrou o canto do madeirame submerso. As ondas que se formaram dispersaram-se rapidamente em círculos cada vez maiores, e a água começou a borbulhar. Ouviu-se o barulho amortecido das tábuas se quebrando embaixo d'água. As ondas foram se dissipando ao longe, e a água sob o píer começou a clarear sob os nossos olhos. Uma tábua velha e podre de repente saltou acima da superfície do lago e caiu de novo com um tapa, de cheio, na água, e foi-se embora, boiando.

O fundo do lago clareou ainda mais. Alguma coisa ali se moveu. E começou a subir, lentamente, uma coisa comprida, escura e retorcida que vinha rolando enquanto subia para a superfície. Quando aquilo boiou, enxerguei lã, agora enegrecida e encharcada: um blusão de lã, uma calça de lã. Enxerguei sapatos e alguma coisa mais, que estava inflada, inchada, informe acima das bordas dos sapatos. Enxerguei uma onda de cabelos loiros esticando-se na água e ficando imóvel por um segundo.

A coisa então rolou, e um braço subiu e caiu na água, e não dava para reconhecer como humana a mão na extremidade do braço. O rosto então emergiu, também rolando. Um volume de carne branco-acinzentado, inchado, intumescido, amassado, sem traços humanos, sem olhos, sem boca. Uma coisa que um dia tinha sido um rosto. Haines olhou para aquilo. Pedras verdes apareciam abaixo do pescoço que pertencia àquele rosto. A mão direita de Haines agarrou o parapeito, e as juntas de seus dedos ficaram brancas como neve sob a pele morena e calejada.

– Beryl! – A voz dele pareceu chegar aos meus ouvidos vinda de bem longe, do outro lado de uma montanha, atravessando uma densa floresta.

4 – A dama do lago

Uma enorme placa branca na janela, impressa com letras pretas, maiúsculas, grossas, dizia: REELEJA TINCHFIELD DELEGADO. Do lado de dentro da vitrine, um balcão estreito com pilhas de pastas empoeiradas em cima. Na porta envidraçada, estava escrito em tinta preta: *Chefe de Polícia. Chefe dos Bombeiros. Delegado de Cabo Puma. Câmara do Comércio. Entre sem bater.*

Entrei e vi que estava num lugar que não passava de um barraco de tábuas de pinho, uma única sala, com um fogãozinho a lenha num canto, uma escrivaninha de tampo corrediço desarrumada e transbordando de papéis, duas cadeiras de madeira e o balcão. Na parede, um mapa bem grande do distrito, um calendário, um termômetro. Ao lado da escrivaninha, números de telefone tinham sido marcados com capricho na madeira da parede em algarismos bem grandes.

Um homem estava sentado à escrivaninha, recostado bem para trás numa cadeira giratória que era uma antiguidade, com um chapéu Stetson de aba plana jogado para trás na cabeça e uma enorme escarradeira do lado do seu pé direito. Suas mãos, enormes e lisas, sem pêlo algum, estavam confortavelmente entrelaçadas, apoiadas na barriga. Ele usava uma calça marrom com suspensórios, uma camisa marrom que já estava ruça de tanto lavar, abotoada até em cima, apertando-lhe o pescoço gordo, sem gravata. O que eu conseguia ver do cabelo do homem era uma coisa castanho-acinzentada, exceto nas têmporas, que estavam brancas como a neve. No lado esquerdo do peito, uma estrela. Ele estava sentado mais do lado esquerdo do quadril que do direito, porque usava um coldre de couro na cintura e um enorme revólver preto dentro dele e tudo dentro do bolso da calça.

Eu me debrucei sobre o balcão e olhei para o homem. Ele tinha orelhas grandes, olhos verdes, simpáticos, e dava a impressão de que uma criança seria capaz de afanar-lhe a carteira do bolso.

– É o sr. Tinchfield?

– Sou. Precisando, a lei nesta cidade sou eu... nem que seja só em tempos de eleição. Mas tem aí dois sujeitos, todos os dois gente muito boa, que estão concorrendo contra mim, e é bem possível que eles cheguem na frente desta vez – o sr. Tinchfield suspirou.

– O lago da Pequena Corça está sob sua jurisdição?

– O que foi que perguntou, filho?

– O lago da Pequena Corça, lá nas montanhas. É o senhor que cobre aquela área?

– Sou. Acho que sim. Eu sou o delegado interino. Não tinha mais espaço na porta. – Ele lançou um olhar para a porta, com orgulho. – Sou todas aquelas coisas ali. É a propriedade de Melton, hã? Alguma coisa incomodando por lá, filho?

– Tem uma mulher morta no lago.

– Ora, quero ser mico de circo... – Ele descruzou as mãos, coçou a orelha e levantou-se da cadeira, num movimento pesadão. De pé, era um homem grande e poderoso. Ele não era gorducho; na verdade, era bonachão. – Você disse morta? Quem está morta?

– É a mulher de Bill Haines, Beryl. Parece suicídio. Ela está dentro d'água há bastante tempo, senhor delegado. Não é um quadro bonito de se olhar. Segundo ele diz, ela o abandonou faz dez dias. Acho que foi quando ela se matou.

Tinchfield inclinou-se sobre a escarradeira e descarregou ali dentro uma pasta fibrosa e marrom, que caiu no recipiente com o som de um baque suave. Ele lambeu os lábios e os secou com as costas da mão.

– Quem é você, filho?

– Meu nome é John Dalmas. Cheguei aqui vindo de Los Angeles com um bilhete do sr. Melton para Haines... para dar uma olhada na propriedade. Haines e eu, a gente estava dando uma volta a pé no lago e fomos até o píer que o pessoal de cinema construiu ali. Então vimos alguma coisa dentro d'água, embaixo do píer. Haines atirou uma enorme duma pedra, bem pesada, na água, e o corpo veio à tona. Não é um quadro bonito de se olhar, senhor delegado.

– Haines está lá no lago?

– Exato. Eu que desci para a cidade, porque ele está bem abalado, coitado.

– Isso não me surpreende, filho. – Tinchfield abriu uma gaveta da escrivaninha e tirou dali uma garrafa de uísque, garrafa de um litro. Enfiou a garrafa dentro da camisa, depois a abotoou de novo. – Nós vamos buscar o dr. Menzies – disse ele. – E Paul Loomis. – Ele se moveu com toda a calma, passando para o lado de cá do balcão. A situação parecia incomodar Tinchfield menos que uma mosca.

Saímos. Antes de sair, ele pendurou um cartaz com a imagem de um relógio por dentro do vidro, onde se podia ler: *Volto às 18h.* Chaveou a porta e entrou num carro com sirene, duas luzes vermelhas, dois faróis de neblina, placa vermelha e branca, mais uma porção de escritos nas laterais que eu não me preocupei em ler.

– Você espera aqui, filho. Só vou dar um pulinho até ali; vou e volto num pé só.

Manobrou o carro e pegou a rua no sentido que o levaria até o lago e parou em frente a um prédio com vigamento de madeira, na calçada oposta à estação de trem. Entrou no prédio e saiu dali com um homem alto e magro. O carro manobrou, voltou em minha direção e eu entrei no banco de trás. Atravessamos a cidadezinha, desviando de garotas de *shorts* e homens de calção de banho, *shorts*, calça comprida, a maioria sem camisa e bronzeados. Tinchfield insistia na buzina, mas não ligou a sirene. Isso teria dado início a uma procissão de carros atrás dele. Subimos uma ladeira empoeirada e paramos em frente a um chalé. Tinchfield tocou a buzina e gritou. Uma homem de macacão azul abriu a porta.

– Entre aí, Paul.

O homem de macacão aquiesceu com um gesto de cabeça, entrou de novo em casa, com pressa, e voltou com um chapéu sujo de caçador de leões na cabeça. Pegamos a auto-estrada, entramos na estradinha secundária e por ali fomos até o portão na estrada particular. O homem de macacão desceu, abriu o portão e fechou-o depois de deixar passar o nosso carro.

Quando chegamos ao lago, não havia mais fumaça saindo da chaminé do chalé menor. Nós descemos.

O dr. Menzies era um homem ossudo, de rosto amarelado, olhos esbugalhados como os de um inseto e dedos manchados de nicotina. O homem de macacão azul e chapéu de caçador de leões tinha uns trinta anos de idade, era moreno, pele escura, tinha gestos harmônicos e uma aparência de malnutrido.

Fomos até a beira do lago e olhamos na direção do píer. Bill Haines estava sentado no chão do píer, nu em pêlo, o rosto apoiado nas mãos. Havia alguma coisa ao lado dele, no píer.

– Podemos ir até um pouco mais adiante – disse Tinchfield. Voltamos para o carro e continuamos, paramos de novo e descemos todos a pé até o píer.

A coisa que um dia fora uma mulher estava deitada de barriga para baixo no píer, com uma corda debaixo dos braços. As roupas de Bill Haines estavam jogadas no chão. Sua perna artificial, metal e couro brilhando, estava do lado dele. Sem falar uma única palavra, Tinchfield tirou a garrafa de uísque de sua camisa e puxou a rolha e passou-a para Haines.

– Beba com vontade, Bill – disse ele em tom casual. Havia um cheiro nauseante, horroroso no ar. Haines parecia não estar notando, nem Tinchfield, nem Menzies. Loomis buscou um cobertor no carro e jogou-o sobre o corpo, e então ele e eu nos afastamos.

Haines bebeu no gargalo e ergueu o olhar, e seus olhos não tinham vida. Ele prendeu a garrafa entre o joelho nu e o toco da outra perna e começou a falar.

Falou com uma voz sem vida, sem fixar o olhar em ninguém, sem enxergar coisa nenhuma. Falou devagar e contou tudo que havia me contado. Disse que, depois que eu fora embora, buscou a corda, despiu-se, entrou na água e tirou aquela coisa dali. Quando terminou de falar, ele fixou o olhar nas tábuas do píer e ficou imóvel como uma estátua.

Tinchfield colocou um pedaço de tabaco na boca e mascou por um momento. Depois cerrou os dentes bem forte, inclinou-se para a frente e virou o corpo com cuidado, como se tivesse medo de que aquela coisa fosse se desfazer em suas mãos. O sol de fim de dia brilhou no colar de pedras verdes que eu havia notado quando estavam debaixo d'água. Eram pedras de lapidação rústica, não tinham lustro e pareciam ser de pedra-sabão. Elas se uniam umas às outras por um cordão de ouro. Tinchfield endireitou as costas largas e assoou o nariz com força, em um lenço bege.

– O que é que o senhor nos diz, doutor?

Menzies falou com uma voz tensa, aguda, irritadiça.

– O que diabos você quer que eu lhe diga?

– Causa e hora do óbito – disse Tinchfield em voz branda.

– Não seja burro, Jim – disse o médico, de maneira antipática.

– Não dá pra dizer nada, hã?

– Olhando isso aí? Pelo amor de Deus!

Tinchfield suspirou e virou-se para mim.

– Onde é que estava o corpo quando você o avistou?

Eu respondi. Ele escutou, a boca imóvel, os olhos com uma expressão vazia. Depois começou a mascar o seu tabaco de novo.

– Engraçado, ficar num lugar assim. Não tem nenhuma corrente aqui. Se tivesse alguma corrente, seria em direção ao dique.

Bill Haines pôs-se de pé, foi pulando até onde estavam as suas roupas e afivelou a perna no lugar. Vestiu-se devagar, desajeitadamente, puxando e repuxando a camisa sobre a pele molhada. Falou de novo, de novo sem olhar para ninguém.

– Ela mesma fez isso. Só pode. Nadou para debaixo das tábuas ali e respirou água. Talvez tenha ficado presa. Só pode ser. Não tem outro jeito.

– Tem outro jeito, Bill – Tinchfield disse em voz branda, olhando para o céu.

Haines remexeu na camisa e tirou dali suas anotações, papéis cheios de orelhas. Entregou-as a Tinchfield. Por algum consentimento mútuo, todos se afastaram do corpo. Então Tinchfield voltou para pegar sua garrafa de uísque e guardou-a sob a camisa. Juntou-se a nós e leu as anotações mais uma vez, e ainda outra vez, e de novo.

– Eu não tenho nenhuma data aqui. Você diz que isso foi duas semanas atrás?

– Duas semanas atrás, na sexta.

– Ela já tinha deixado você uma vez, não foi?

– É – Haines não estava olhando para ele. – Dois anos atrás. Eu tomei um porre e passei a noite com uma vadia. – Ele riu em gargalhadas.

O delegado leu o bilhete mais uma vez, com calma.

– Teve bilhete daquela vez? – perguntou.

– Entendi – rosnou Haines. – Já entendi. Não precisa me explicar mais explicado.

– O bilhete me parece meio velho – disse Tinchfield com delicadeza.

– Eu estava com ele na minha camisa estes últimos dez dias – gritou Haines. Riu suas gargalhadas de novo.

– O que é que você está achando divertido, Bill?

– Já tentou arrastar uma pessoa debaixo d'água, a dois metros de fundura?

– Nunca fiz isso, Bill.

– Eu nado bastante bem... para um cara com uma perna só. Mas não nado lá essas coisas.

Tinchfield soltou um suspiro.

– Ora, vamos, isso não prova nada, Bill. Uma corda pode ter sido usada. Pode ser que ela tenha sido afundada com uma pedra em cima, talvez duas pedras, cabeça e pés. Depois que ela estava debaixo das tábuas, a corda pode ter sido cortada. Pode ser feito, filho.

– Claro. Eu fiz – disse Haines e rugiu em gargalhadas. – Eu... eu fiz isso com a Beryl. Pode me levar, seu... seu filho-da-puta!

– É o que eu pretendo – disse Tinchfield, a voz branda. – Para investigação. Nenhuma acusação por enquanto, Bill. Você podia ter feito. Não me diga que não. Mas eu não estou dizendo que você fez. Estou só dizendo que podia ter feito.

Haines ficou sóbrio de repente, tão de repente quanto tinha se desesperado.

– Tinha algum seguro de vida? – perguntou Tinchfield, olhando para o céu.

Haines deu um pulo.

– Cinco mil. Isso serve. Isso me condena à forca. Certo. Vamos andando.

Tinchfield virou-se lentamente para Loomis.

– Vá até o chalé, Paul, e pegue uns dois cobertores. Depois é melhor a gente botar algum uísque goela abaixo.

Loomis virou-se, pegou a trilha que margeava o lago e voltou ao chalé de Haines. Nós ficamos ali, parados. Haines olhou para suas mãos morenas e calejadas e cerrou os punhos. Sem uma palavra, ergueu o punho direito e golpeou o próprio rosto com um tremendo soco.

– Seu filho-da-puta! – disse ele, num murmúrio ríspido.

Seu nariz começou a sangrar. Ele ficou ali, frouxo. O sangue desceu até o lábio, escorreu pelo lado da boca até a ponta do queixo. E começou a pingar.

Aquilo me fez lembrar de uma coisa que eu ia quase esquecendo.

5 – A tornozeleira de ouro

Telefonei para Howard Melton em sua casa em Beverly Hills, uma hora depois de escurecer. Liguei da companhia telefônica, que tinha o escritório em um pequeno chalé de toras, a meia quadra da rua principal de Cabo Puma, quase distante o suficiente do barulho da galeria de tiro ao alvo, onde praticavam com calibre 22, do estrépito dos patins no rinque, do barulho das buzinas dos carros e dos queixumes lamuriosos da música caipira do restaurante do Hotel Cabeça de Índio.

Quando completou a ligação, a telefonista me disse para atender no escritório do gerente. Entrei na sala, fechei a porta, sentei a uma escrivaninha pequena e atendi ao telefone.

– Descobriu alguma coisa? – perguntou Melton. A voz estava um pouco pastosa, de quem já havia entornado pelo menos três drinques.

– Nada do que eu esperava. Mas aconteceu uma coisa aqui que você não vai gostar. Quer a notícia nua e crua, ou embrulhada para presente, com enfeite de Natal?

Escutei Melton tossindo. Não ouvi nenhum outro som vindo do lugar de onde ele estava falando.

– Pode mandar, nua e crua – disse ele com voz firme.

– Bill Haines afirma que a sua esposa, Melton, dava em cima dele... e que eles foram às vias de fato. Os dois estavam juntos e beberam além da conta no dia que ela foi embora, de manhã, naquele mesmo dia. Haines depois teve uma briga com a mulher sobre isso, e então ele foi até a praia norte do lago Puma, para tomar um porre de novo. Ficou fora até duas da madrugada. Entenda, Melton, que só estou lhe contando o que ele me disse.

Esperei ao telefone. Finalmente, a voz de Melton fez-se ouvir:

– Estou ouvindo. Continue, Dalmas – era uma voz sem entonação, tão sem vida quanto uma laje de pedra.

– Quando ele voltou para casa, as duas mulheres tinham ido embora. A mulher dele, Beryl, tinha deixado um bilhete dizendo que preferia estar morta do que continuar vivendo com um cretino que andava com outras mulheres. E ele não a viu mais... até hoje.

Melton tossiu de novo. Aquilo fez um barulho que doeu no meu ouvido. Tinha zumbidos e estalidos na linha. Uma telefonista interrompeu a chamada e eu pedi a ela que fosse se pentear. Depois da interrupção, Melton disse:

– Haines contou tudo isso para você, um estranho que ele nunca viu mais gordo?

– Eu trouxe bebida na viagem. Ele gosta de beber, e o homem estava doido pra desabafar com alguém. O álcool quebrou o gelo, baixou as defesas. Tem mais. Eu disse que ele não viu mais a mulher depois do bilhete até hoje. Pois hoje ela saiu de dentro do seu laguinho. E eu vou deixar você adivinhar em que estado a mulher estava.

– Deus do céu! – gritou Melton.

– Ela estava presa embaixo do madeirame submerso debaixo do píer que o pessoal de cinema construiu. O delegado daqui, Jim Tinchfield, não ficou muito feliz, não. Levou Haines. Acho que eles desceram para San Bernardino para falar com a Procuradoria Geral e também para fazer uma autópsia e tudo o mais.

– Tinchfield acha que Haines matou a própria mulher?

– Ele acha que pode ter acontecido. Ele não está dizendo tudo o que pensa. Haines representou muitíssimo bem o homem de coração partido, mas esse Tinchfield não é bobo. E ele pode estar sabendo um monte de coisas sobre Haines que eu não sei.

– Eles revistaram o chalé de Haines?

– Enquanto eu estava lá, não. Talvez depois.

– Entendi – a voz dele parecia cansada, exausta.

– É um belo prato para um promotor de condado, perto de uma data de eleição – disse eu. – Mas pra nós não é um belo prato. Se eu tiver que aparecer em algum inquérito, vou ter que declarar minha profissão, sob juramento. Isso significa dizer o que eu estava fazendo lá no lago, pelo menos até certo ponto. E isso significa trazer o seu nome à baila.

– Pelo jeito – a voz de Melton não tinha entonação – eu já estou envolvido. Se a minha mulher... – Ele deixou a frase inacabada, soltou um palavrão e ficou sem dizer nada por um bom tempo. Barulhos da ligação chegavam ao meu ouvido, e um estalido mais agudo e mais nítido, e trovoadas em algum ponto nas montanhas, perto dos fios de telefone.

Enfim, eu disse:

– Beryl Haines tinha um Ford. Ela não usava o Ford de Bill. O dele era preparado especialmente para a perna esquerda fazer tudo. O carro desapareceu. E o bilhete, no meu entender, não era um bilhete de suicida.

– Quais são os seus planos agora?

– Parece que as circunstâncias estão sempre me desviando do objetivo principal deste serviço. Acho que vou descer até a cidade hoje de noite. Posso ligar para a sua casa?

– A qualquer hora – disse ele. – Vou estar em casa já no fim da tarde e não vou sair de noite. Pode me ligar a qualquer hora. Nunca pensei que Haines fosse esse tipo de sujeito.

– Mas você sabia que a sua mulher tomava as suas bebedeiras, e você deixou ela aqui nas montanhas sozinha.

– Meu Deus – disse ele, como se não tivesse ouvido o que eu falei. – Um homem com uma perna de pau...

– Olha, vamos deixar de lado essa parte da história – rosnei. – Já é nojento que chegue sem isso. Tchau.

Desliguei, voltei para o balcão da telefônica e paguei à moça pela ligação. Então voltei para a rua principal e entrei no meu carro estacionado em frente à lanchonete. A rua era cheia de luminosos em neon, todos de mau gosto, uma rua barulhenta e cintilante. No ar seco de montanha, tem-se a impressão de que todos os sons viajam mais de um quilômetro. Eu conseguia ouvir pessoas que estavam conversando no outro quarteirão. Saí do meu carro, comprei outra garrafa de uísque na lanchonete e então fui de carro para fora da cidade.

De volta na auto-estrada, quando cheguei ao local onde se pegava o caminho para o lago da Pequena Corça, estacionei no acostamento e fiquei ali, pensando. Então subi a estrada montanha acima, em direção ao chalé de Melton.

O portão que atravessava a estrada particular estava agora trancado com um cadeado. Enfiei o meu carro para o lado, em uns arbustos, pulei o portão e andei de mansinho ao longo da estrada até que o brilho do lago, iluminado pelas estrelas, desabrochou de repente aos meus pés. O chalé de Haines estava escuro. Os chalés do outro lado do lago eram sombras difusas contra a encosta da montanha. A velha roda de moinho do lado do dique tinha um aspecto engraçado, ali, assim, sozinha. Escutei: nenhum ruído. As montanhas não têm pássaros noturnos.

Caminhei sem fazer ruído até o chalé do Haines e experimentei a porta: trancada. Dei a volta até os fundos e me deparei com outra porta trancada. Fiz a volta no chalé, caminhando como gato em piso molhado. Forcei a única janela sem tela. Também estava trancada. Parei e escutei de novo. A janela não estava bem ajustada à sua abertura. Madeira é material que resseca, tende a encolher no ar de montanha. Forcei então o meu canivete entre os dois caixilhos que abriam para dentro, como nas janelinhas de cabanas. Nada feito. Eu me encostei na parede, olhei o brilho duro do lago e bebi um gole de uísque. Aquilo me fez pensar. Guardei a garrafa, peguei uma pedra de bom tamanho e quebrei a esquadria da janela, sem quebrar a vidraça. Suspendi o corpo apoiando as mãos no peitoril e pulei para dentro do chalé.

A luz de uma lanterna me atingiu na cara.

Uma voz muito calma disse:

– Eu ficava bem aí onde você está, filho, e fazia uma pausa. Você deve estar bem cansado agora.

A luz da lanterna me grudou contra a parede por um momento, e então um interruptor de luz fez um clique e uma lâmpada se acendeu. A lanterna apagou. Tinchfield estava pacificamente sentado numa poltrona Morris de couro ao lado de uma mesinha coberta por uma toalha ridícula que caía em franjas marrons dos quatro lados. Tinchfield estava usando a mesma roupa daquela tarde, com o acréscimo de um casaco marrom de lã sobre a camisa. Seus maxilares moviam-se em silêncio.

– Aquele cenário de cinema puxou três quilômetros de fios aqui neste fim de mundo – disse ele, num tom de voz de quem está refletindo. – Uma coisa boa pro pessoal daqui. Bom, mas no que é que você está pensando, filho... além de fazer arrombamentos?

Peguei uma cadeira, me sentei e dei uma olhada em volta, examinando o chalé. O quarto era pequeno e quadrado, com uma cama de casal e um tapetinho feito com sobras de tecidos e uns poucos móveis bem modestos. Por uma porta aberta, via-se a beirada de um fogão.

– Eu tive uma idéia – disse eu. – Da posição em que estou agora, parece uma idéia idiota.

Tinchfield concordou com um gesto de cabeça, e seus olhos me estudaram sem rancor.

– Eu escutei o barulho do carro – disse ele. – Sabia que você estava na estrada particular e vindo para cá. Mas você sabe caminhar na surdina muito bem. Não ouvi nem único passo seu. Estou é muito curioso sobre você, filho.

– Por quê?

– Você não está um pouco pesado aí debaixo do braço esquerdo, filho?

Eu sorri.

– Talvez seja melhor eu falar – respondi.

– Bom, você não precisa se incomodar em esconder esse trabuco. Sou um homem tolerante. Imagino que você tem uma justificativa muito da boa para andar por aí carregando um revólver de seis balas, hã?

Levei a mão ao bolso e abri minha carteira de dinheiro sobre o joelho grosso do delegado. Ele a pegou e levou-a com cuidado até a luz, examinando, pelo visor de plástico, a minha carteira de detetive particular com foto. Devolveu-me a carteira.

– Imaginei que você tinha alguma interesse em Bill Haines – disse ele. – Detetive particular, hã? Bom, você tem um corpanzil aí de bom tamanho, e pela sua cara não dá para adivinhar nenhuma história. Eu mesmo estou preocupado com Bill. O que você quer é revistar o chalé?

– Foi essa a idéia.

– Por mim, tudo bem, mas pra dizer a verdade não vai ser necessário. Eu já fiz uma boa vistoria, de cima a baixo. Quem foi que contratou você?

– Howard Melton.

Ele ficou mascando em silêncio por uns instantes.

– E, se eu posso perguntar, para fazer o quê?

– Encontrar a mulher dele. Ela saiu de casa, deixou ele faz umas duas semanas.

Tinchfield tirou o seu chapéu Stetson de aba plana e amarfanhou o cabelo acinzentado. Levantou-se, destrancou e abriu a porta. Sentou-se de novo e olhou para mim em silêncio.

– Ele está bastante aflito em evitar publicidade – disse eu. – Por causa de uma certa escorregadela da mulher dele, que pode fazer ele perder o cargo que ocupa. – Tinchfield estava me encarando sem piscar. A luz amarela havia transformado em bronze um lado de seu rosto. – Não estou me referindo à bebida, nem a Bill Haines – acrescentei.

– Nada disso explica você querendo revistar o chalé de Bill – disse ele com sua voz suave.

– É que eu sou bom em escarafunchar as coisas dos outros.

Ele não se moveu por um longo minuto, durante o qual estava provavelmente decidindo se eu estava de brincadeira ou não, e, se eu estava de brincadeira, se ele se importava ou não.

Enfim, ele disse:

– Isto aqui teria algum interesse para você, filho? – ele tirou um pedaço dobrado de jornal do bolso enviesado de seu casaco e abriu-o sobre a mesa, sob a lâmpada. Fui até lá e olhei. Sobre o jornal, brilhava uma correntinha de ouro com um cadeado. A corrente havia sido cortada com precisão, um trabalho de alicate. O cadeado estava trancado. A correntinha era curta, talvez meio metro de comprimento ou pouco mais, e o cadeado era diminuto, um quase nada mais grosso que a própria corrente. Havia um pouco de pó branco ali, tanto na corrente como no jornal.

– Onde você acha que eu encontrei isto aqui? – perguntou Tinchfield.

Umedeci um dedo, toquei o pó branco e provei.

– Num saco de farinha. Quer dizer, na cozinha. É uma pulseirinha de tornozelo. Tem mulheres que usam uma dessas e nunca tiram. Quem tirou essa aqui não tinha a chave.

Tinchfield olhou para mim com um ar de benevolência. Inclinou-se para trás, deu uns tapinhas no próprio joelho com sua enorme mão e sorriu de modo distante para o teto de tábua de pinho. Eu estava girando um cigarro na mão e me sentei de novo.

Tinchfield dobrou o jornal e guardou-o de volta no bolso.

– Bom, eu acho que isso é tudo... a menos que você queira fazer uma busca no chalé, na minha presença.

– Não – disse eu.

– Parece que você e eu vamos meditar um longe do outro.

– A sra. Haines tinha um carro, foi o que me disse Bill. Um Ford.

– É. Um carro azul de duas portas. Está mais adiante na estrada que desce para a cidade, escondido nuns rochedos.

– Isso não está me parecendo um assassinato planejado.

– Eu não estou pensando que alguma coisa tenha sido planejada, filho. De repente, a idéia ocorreu, e ele matou a mulher. Talvez por estrangulamento, que ele tem as mãos um bocado fortes. E lá está ele... numa enrascada, e ainda precisa se livrar de um corpo. Ele fez a coisa toda do melhor jeito que pôde, e foi por um triz que não fez tudo certo.

– O carro escondido parece mais coisa de suicídio – disse eu. – Um suicídio planejado. Sabe-se de gente que cometeu suicídio de um jeito que fica parecendo assassinato, só para incriminar alguém com quem a pessoa está furiosa. Ela não teria deixado o carro tão longe, pois teria de andar todo o caminho de volta.

Tinchfield disse:

– Bill também não teria deixado o carro tão longe. E para ele dirigir aquele carro seria uma coisa complicada demais, uma vez que ele está acostumado a usar o pé esquerdo.

– Ele me mostrou o bilhete da Beryl antes de a gente descobrir o corpo – disse eu. – E fui eu quem foi até a ponta do píer primeiro.

– Você e eu, a gente podia se dar bem, filho. Bom, isso a gente vê. Bill é um bom sujeito, tem bom coração... só que esses veteranos de guerra recebem muitos privilégios, no meu entender. Tem alguns que estiveram três semanas num acampamento das forças armadas e agem como se tivessem recebido ferimentos de guerra nove vezes. Bill deve ser muito sentimental em relação a essa correntinha que eu achei.

Ele se levantou e foi até a porta aberta. Cuspiu o tabaco mascado na escuridão.

– Estou com 62 anos – disse ele por cima do ombro. – Já vi gente fazendo todo tipo de coisa estranha. Eu diria, assim à primeira vista, que pular dentro de um lago gelado com todas as roupas do corpo e nadar com muito esforço para chegar até debaixo daquele madeirame e então simplesmente morrer ali é uma coisa estranha de se fazer. Por outro lado, já que estou contando para você todos os meus segredos e você não está me contando nada, eu tive que ter umas conversas com Bill algumas vezes, porque ele batia na mulher quando ficava bêbado. Isso é coisa que não vai ficar bem diante de um júri. E, se esta correntinha aqui veio da perna de Beryl Haines, é o que basta pra mandar o sujeito para aquela simpática câmara de gás que eles têm lá mais pro norte. E você e eu, é melhor a gente se mandar pra casa, filho.

Eu me levantei.

– E nada de fumar esse cigarro na auto-estrada – acrescentou ele. – É proibido por lei, aqui por estas bandas.

Guardei o cigarro que nem tinha chegado a acender de volta no meu bolso e saí do chalé. Tinchfield apagou a luz, trancou o chalé e pôs a chave no bolso.

– Onde é que você está ficando, filho?

– Vou descer para San Bernardino, no Olympia.

– Bom lugar, mas eles não têm o mesmo clima que a gente tem aqui nas montanhas. Lá é quente demais.

– Eu gosto de calor – falei.

Caminhamos até a estrada, e Tinchfield foi para a direita.

– O meu carro está mais lá para cima, perto da outra ponta do lago, então vou me despedindo de você, filho. Uma boa noite.

– Boa noite, seu delegado. Eu não acho que ele tenha matado a própria mulher.

Ele já tinha se afastado de mim. Não se virou para falar.

– Bom, isso a gente vai ver – disse ele, em voz baixa.

Andei de volta até o portão, escalei o dito, passei para o outro lado, achei o meu carro e voltei pela estradinha estreita, passando pela cascata. Na auto-estrada, dobrei no sentido oeste, em direção ao dique, e desci até o vale.

No caminho, cheguei à conclusão de que, se os cidadãos daquela área do lago Puma não reelegessem o Tinchfield como delegado, estariam cometendo um enorme erro.

6 – Melton sobe para Ante

Já passava das dez e meia da noite quando cheguei no vale e estacionei em uma das vagas em diagonal na frente do Hotel Olympia em San Bernardino. Tirei minha valise com roupa para um dia do porta-malas do meu carro e mal tinha dado uns quatro passos quando um *boy* do hotel, calça com debruns, camisa branca e gravata-borboleta preta, pegou a valise da minha mão.

O funcionário de plantão era um homem com cabeça em forma de ovo e sem o menor interesse na minha pessoa. Assinei o livro de registros.

O *boy* e eu pegamos o elevador de um metro e vinte por um metro e vinte até o segundo andar e andamos pelos corredores, duas vezes dobrando esquinas. À medida que íamos avançando pelos corredores, ficava cada vez mais quente. O *boy* abriu uma porta para um quarto do tamanho de um quarto de criança, com uma única janela que abria para um poço de luz.

O rapaz, que era alto, magro, amarelado e frio como uma fatia de peito de frango em galantina, movimentava um chiclete para cá e para lá na boca; largou a minha valise em uma cadeira, abriu a janela e ficou parado, me olhando. Os olhos eram da cor de um gole d'água.

– Pode nos trazer um *ginger ale* e dois copos com gelo – disse eu.

– *Nos* trazer?

– Bom, isso se você é um homem que bebe.

– Depois das onze, acho que posso me arriscar.

– Agora são 22h39 – disse eu. – Se eu lhe der dez centavos, você vai dizer "Eu lhe agradeço muitíssimo, senhor"?

Ele sorriu e segurou o chiclete num lugar só.

Então saiu, deixando a porta aberta. Tirei o meu casaco e desafivelei o coldre, que já estava deixando marcas no meu couro. Tirei a gravata, a camisa, a camiseta de baixo e dei uns passos pelo quarto, na corrente de ar que vinha da porta aberta. Aquela brisa cheirava a ferro quente. Entrei no banheiro de lado – era esse tipo de banheiro –, me molhei com bastante água fria e já começava a respirar melhor quando o *boy* alto e lento voltou com uma bandeja. Fechou a porta e eu peguei a minha garrafa. Ele preparou os dois drinques e nós bebemos. A transpiração começava na minha nuca e descia pela espinha, mas assim mesmo eu me sentia melhor. Estava sentado na cama, copo na mão, olhando para o rapaz.

– Quanto tempo você pode ficar?

– Fazendo o quê?

– Refrescando a memória.

– Não tenho prática nisso aí.

– Eu tenho dinheiro para gastar – falei – do jeito que eu quiser. – Tirei a carteira do meu casaco e espalhei algumas notas sobre a cama.

– O senhor me dá licença, mas eu tenho uma pergunta – disse o rapaz. – O senhor é agente da polícia?

– Detetive particular.

– Tô interessado. Essa bebida aqui faz a minha cabeça funcionar.

Dei a ele uma nota de um dólar.

– Tente isso aí na sua cabeça. Tudo bem se eu lhe chamar de Tex?

– O senhor adivinhou o meu apelido – disse o rapaz, usando uma fala arrastada e enfiando a nota bem dobradinha no bolso de relógio da calça.

– Onde é que você estava na sexta-feira dia 12 de agosto, no fim da tarde?

Ele bebericou o drinque e pensou, sacudindo o gelo e bebendo com cuidado para não engolir o chiclete.

– Aqui mesmo. No turno das quatro à meia-noite – respondeu ele, finalmente.

– Uma senhora, esposa do sr. George Atkins, uma loira bonita, magra, baixinha, pediu um quarto e ficou até a hora de pegar o trem noturno para o leste. Ela deixou o carro na garagem do hotel, e eu acho que o carro ainda está aqui. Quero falar com o funcionário que fez o *check-in* dela. Por isso, você ganha mais um dólar – tirei uma nota da minha pilha e deixei-a separada do resto sobre a cama.

– Eu lhe agradeço muitíssimo, senhor – disse o *boy*, sorrindo. Ele terminou o drinque e saiu, fechando a porta com cuidado para não fazer barulho. Terminei o meu drinque e preparei outro. O tempo foi passando. Finalmente, o telefone de parede tocou. Eu me enfiei num espaço estreito entre a porta do banheiro e a cama e atendi.

– Foi o Sonny. Hoje ele largou o serviço às oito. Mas imagino que tem jeito de falar com ele.

– Pode ser logo?

– O senhor quer que ele vá ao seu quarto?

– Isso.

– Meia hora, se ele estiver em casa. Um outro cara fez o *check-out* dela. Um cara que a gente chama de Les. Ele está aqui agora.

– Ok. Manda ele subir.

Terminei o segundo drinque e gostei tanto que preparei um terceiro antes que o gelo derretesse. Estava mexendo o meu drinque quando bateram na porta, que eu então abri para um sujeito que mais parecia um ratinho, muito magro, cabelo cor de cenoura, olhos verdes, com um boca pequena e tensa, como a boca de uma moça.

– Uma bebida?

– Claro – disse ele. Serviu-se de um drinque numa dose grande que entornou de um gole só. Botou um cigarro entre os lábios e riscou um fósforo no mesmo movimento de puxar a cartela do bolso. Soprou a fumaça, espalhou-a com a mão e me encarou num olhar gelado. Notei, bordada logo acima do bolso, em vez de um número, a palavra *Capitão*.

– Obrigado – disse eu. – Isso é tudo.

– Hã? – Sua boca retorceu-se de um modo desagradável.

– Dá o fora.

– Pensei que o senhor queria me ver – rosnou ele.

– Você é o chefe dos *boys* no turno da noite?

– Isso mesmo.

– Eu queria lhe pagar um drinque. Eu queria lhe dar um dólar. Aqui está. Obrigado por ter vindo.

Ele pegou a nota de um dólar e ainda ficou ali, fumaça saindo do nariz, os olhos irados e cruéis. Então se virou, rápido, com um dar de ombros nervoso, e esgueirou-se para fora do quarto sem o mínimo ruído.

Passaram-se dez minutos, então bateram de novo na porta, uma batida bem leve. Quando abri, o rapaz magro estava ali, sorrindo. Afastei-me dele, ele entrou no quarto e veio até o lado da cama. Ainda estava sorrindo:

– Você não foi com a cara do Les, hã?

– Não. Ele ficou satisfeito?

– Imagino que sim. O senhor sabe como são os chefes dos *boys*. Têm que levar a parte deles. Talvez seja melhor o senhor me chamar de Les, sr. Dalmas.

– Então foi você quem fez o *check-out* dela.

– Não se o nome dela era sra. Atkins, então não foi comigo.

Tirei a foto de Julia do meu bolso e mostrei a ele. Ele a examinou com cuidado, por um bom tempo.

– Ela era parecida com essa aqui – disse ele. – Ela me deu cinqüenta centavos, e isso, aqui nesta cidade, a gente não esquece. Ela se registrou como esposa do sr. Howard Melton. Teve bastante conversa por aqui por causa do carro. Acho que a gente não tem muito assunto para conversar.

– Arrã. Depois daqui, ela ia para onde?

– Ela pegou um táxi até a estação de trem. A sua bebida é coisa muito da boa, sr. Dalmas.

– Me desculpe. Pode se servir. – Depois que se serviu, eu disse: – Você se lembra de alguma coisa relacionada com ela? Ela recebeu alguma visita?

– Não, senhor. Mas eu me lembro de uma coisa. Teve um cavalheiro no saguão que falou com ela. Um sujeito alto, bem-apessoado, bonitão mesmo. Me parece que ela ficou contrariada de ver o cara ali.

– Ah... – tirei a outra foto do meu bolso e mostrei. Ele também examinou a segunda foto com todo o cuidado.

– Essa aqui já não se parece tanto com ela. Mas tenho certeza que esse foi o cavalheiro que eu falei para o senhor.

– Ah.

Ele pegou as duas fotos e segurou-as uma ao lado da outra. Parecia estar um pouco confuso.

– Sim, senhor. Este aqui era ele, com certeza – disse o rapaz.

– Você é um sujeito obsequioso – disse eu. – Consegue se lembrar de quase tudo, não é mesmo?

– Não estou entendendo, senhor.

– Tome mais um drinque. Eu lhe devo quatro dólares. Isso dá cinco no total. Não vale tudo isso. Vocês, *boys* de hotel, estão sempre tentando nos enganar de alguma maneira.

Ele se serviu de um drinque bem curto e ficou equilibrando o copo na mão, seu rosto amarelado com a testa franzida.

– Eu faço o melhor que posso – disse ele, de modo tenso. Bebeu o seu drinque, largou o copo em silêncio e andou até a porta. – O senhor pode ficar com o seu dinheiro desgraçado – disse ele. Tirou a nota de um dólar do bolso de relógio e jogou-a no chão. – Quero mais é que se dane – disse ele, de modo suave.

E foi embora.

Peguei as duas fotos, segurei-as uma ao lado da outra e franzi o cenho, observando e observando. Depois de um longo momento, uma sensação gelada percorreu minha espinha. Uma sensação que eu já sentira antes, muito brevemente, mas que eu havia desconsiderado. Agora ela estava de volta para ficar.

Fui até a pequena mesa que havia no quarto, peguei um envelope, pus dentro dele uma nota de cinco dólares, selei o envelope e nele escrevi "Les". Então, me vesti para sair, botei minha garrafa no bolso da calça, peguei a minha valise e saí do quarto.

No saguão do hotel, o ruivo pulou para me ajudar, todo solícito. Les ficou mais atrás, ao lado de um pilar, braços cruzados, calado. Fui até o balcão da recepção e pedi a conta.

– Alguma coisa errada, senhor? – O funcionário parecia estar incomodado.

Paguei a conta, fui até o meu carro, então me virei e voltei até a recepção. Entreguei para o funcionário o envelope com os cinco dólares.

– Entregue isto para o rapaz do Texas, o Les. Ele está fulo da vida comigo, mas vai superar.

Cheguei a Glendale antes das duas da madrugada e procurei por um lugar de onde eu pudesse telefonar. Encontrei um posto de gasolina aberto dia e noite. Peguei moedas de dez e cinco centavos, disquei para a telefonista e consegui o número de Melton em Beverly Hills. A voz dele, quando finalmente atendeu à ligação, não parecia muito sonolenta.

– Desculpe chamar a uma hora destas – disse eu –, mas foi o que você me recomendou. Rastreei a sua esposa até San Bernardino e até a estação de trem de lá.

– Isso a gente já sabia – disse ele, contrariado.

– Bom, sempre vale a pena ter certeza. O chalé de Haines já foi revistado. Não descobriram nada de mais. Se você estava pensando que ele sabia onde a sua esposa...

– Eu não sei o que eu estava pensando – ele me interrompeu abruptamente. – Depois do que você me disse eu pensei que o lugar devia ser vasculhado. Isso é tudo que você tem a relatar?

– Não – hesitei um pouquinho. – Eu tive um pesadelo. Sonhei que tinha uma bolsa de mulher naquela casa da Chester Street hoje de manhã. Estava bem escuro lá, por causa das árvores, e eu esqueci de tirar a bolsa de lá.

– Uma bolsa de que cor? – a voz dele estava tensa, dura como concha de marisco.

– Azul-marinho... talvez fosse preta. A luz era ruim.

– É melhor você voltar lá e pegar – ele gritou.

– Por quê?

– Porque é para isso que eu estou lhe pagando quinhentos dólares... entre outras coisas.

– Existe um limite para o que eu sou obrigado a fazer por quinhentos dólares... mesmo que eu já tivesse o dinheiro comigo.

Ele praguejou.

– Escute aqui, meu camaradinha. Eu devo muito dinheiro a você, mas isso agora é uma decisão sua, e você não pode me deixar na mão.

– Bom, pode ser que haja um rebanho inteiro de tiras na porta de entrada. Mas, por outro lado, o lugar pode estar quieto como uma pulga em bichinho de madame. De um jeito ou de outro, eu não vou gostar. Eu já tive susto suficiente naquela casa.

Melton não respondeu nada, e o silêncio foi marcante. Respirei fundo e entreguei mais uma bomba para ele.

– Além disso, eu acho que você sabe muito bem onde está a sua mulher, Melton. Goodwin encontrou com ela no hotel, em San Bernardino. Não faz muitos dias, ele tinha um cheque dela. Você encontrou com o Goodwin na rua. Indiretamente, ajudou o cara a descontar o cheque. Eu acho que você sabe. Eu acho que você só me contratou para rastrear o caminho que ela fez e apagar todas as pegadas dela de uma maneira profissional.

Mais silêncio do outro lado, marcante. Quando ele recomeçou a falar, foi com a voz sumida, abrandada.

– Você venceu, Dalmas. Sim... era chantagem mesmo, aquele negócio do cheque. Mas eu não sei onde ela está. Isso é certo. E aquela bolsa tem que sumir. O que você acha de 750?

– Melhor. Quando é que eu recebo?

– Hoje de noite, se você aceitar um cheque. Eu não tenho como conseguir mais que oitenta dólares em dinheiro vivo antes de amanhã.

Hesitei mais uma vez. Eu sabia, pela sensação no meu rosto, que estava sorrindo.

– Ok – disse eu, por fim. – Negócio fechado. Pego a bolsa. A não ser que tenha um enxame de policiais rondando o lugar.

– Onde é que você está agora? – ele quase assobiou, de tão aliviado.

– Asuza. Vou levar mais ou menos uma hora para chegar lá – menti.

– Pisa fundo – disse ele. – Você vai ver que sou boa gente para se ter como parceiro. Você também está metido nessa até o pescoço, cara.

– Estou acostumado e me meter em roubadas – disse eu e desliguei.

7 – Um par de otários

Dirigi de volta para o Chevy Chase Boulevard e percorri aquela via até o começo da Chester Street, onde então diminuí as luzes do carro e dobrei a esquina. Subi rápido a curva da rua até a casa nova que ficava em frente à de Goodwin. Nenhum sinal de movimento por ali, nenhum carro na frente, nenhum sinal de tocaia que eu pudesse detectar. Era um risco que eu tinha de correr, igual a um outro risco que eu estava correndo, ainda mais sério.

Segui pela entrada dos carros, estacionei, desci e ergui o portão da garagem, que estava destrancado. Pus o meu carro para dentro, baixei o portão e esgueirei-me até o outro lado da rua, como se estivesse sendo seguido por índios. Aproveitei toda a cobertura das árvores do Goodwin para chegar ao quintal e me escondi atrás da maior de todas as árvores. Sentei-me no chão e me deliciei com um gole do meu uísque de centeio.

O tempo foi passando, com uma lentidão mortal. Eu estava esperando companhia, mas não sabia em que horário chegaria. Chegou mais cedo do que eu imaginava.

Quinze minutos depois, um carro subiu a Chester Street, e eu pude ver o seu brilho fugidio por entre as árvores, do lado da casa. Ele estava rodando com as luzes apagadas. Gostei daquilo. O carro parou em algum ponto próximo de mim, e uma porta fechou-se suavemente. Uma sombra moveu-se em silêncio num dos cantos da casa. Era uma sombra pequena, uns trinta centímetros mais baixa que se fosse a sombra do Melton. De qualquer modo, não teria dado tempo de ele chegar ali àquela hora, vindo de Beverly Hills.

Depois a sombra já estava na porta dos fundos, e a porta abriu-se, e a sombra sumiu por ali, para dentro de uma escuridão ainda maior. A porta fechou-se sem o menor ruído. Eu me pus de pé e atravessei sem barulho a grama molhada e macia. Cheguei em total silêncio no avarandado da casa do sr. Goodwin e dali passei para a cozinha. Fiquei parado, escutando com atenção. Nenhum som, nenhuma luz. Tirei minha arma do coldre que levava debaixo do braço e segurei a coronha com força, o cano para baixo, meu braço ao longo do corpo. Minha respiração estava superficial, respiração torácica em vez de abdominal. Então uma coisa estranha aconteceu. Um feixe de luz apareceu de repente sob a porta de vaivém entre a cozinha e a sala de jantar. A sombra havia acendido as luzes. Uma sombra descuidada! Atravessei a cozinha, empurrei a porta de vaivém e deixei-a aberta. A luz banhava o nicho da mesa de jantar vinda do outro lado da passagem em arco para a sala de estar. Fui para lá, descuidadamente... muito descuidadamente mesmo. Pisei do outro lado da passagem em arco.

Uma voz próxima ao meu cotovelo falou:

– Largue a arma... e continue andando.

Olhei para ela. Era baixinha, bonita ao seu modo, sua arma me tinha na mira e ela sabia segurar uma arma com firmeza.

– Você não é esperto, é? – disse ela.

Abri a mão e deixei cair a minha arma. Dei quatro passos adiante e me virei.

– Não – disse eu.

A mulher não falou mais nada. Afastou-se de mim, andando um pouco em círculo, sem juntar a minha arma do chão. Foi andando em círculo até que ficamos face a face. Olhei para além dela, para a poltrona de canto com o mochinho para os pés. Os sapatos brancos e elegantes ainda estavam repousando sobre o mochinho. O sr. Lance Goodwin ainda estava sentado na poltrona de modo negligente, a mão esquerda sobre o braço largo da poltrona forrada em brocado, e o braço direito apontando para a pequena arma no chão. A última gota de sangue havia coagulado em seu queixo. A gota parecia preta, sólida e permanente. O rosto do homem agora tinha uma aparência de cera.

Olhei de volta para a mulher. Ela estava usando calça comprida azul, muito bem passada, um paletó com abotoamento duplo e um chapeuzinho enviesado na cabeça. O cabelo era comprido, as pontas enroladas para dentro, uma cor de cobre com reflexos azulados nas sombras... tingido. Manchas vermelhas de um *blush* aplicado às pressas apareciam muito em cima nas bochechas. Ela apontava a arma e sorria para mim. Não era o sorriso mais bonito que eu já tinha visto.

Eu disse:

– Boa noite, sra. Melton. A senhora deve ter muitas armas.

– Sente-se na poltrona atrás de você, cruze as mãos na nuca e não se mexa. Isso é importante. Não seja descuidado nesse ponto. – Ela me mostrou os dentes, num sorriso que exibia as gengivas.

Fiz o que ela sugeriu. O sorriso sumiu de seu rosto – um rosto duro, pequeno, muito embora fosse bonito, de uma beleza convencional.

– Agora espere – disse ela. – Isso também é importante. Talvez você saiba como isso é importante.

– Esta sala tem cheiro de morte – disse eu. – Suponho que isso também seja importante.

– É só esperar, espertinho.

– Neste Estado, as mulheres não vão mais para a forca – disse eu. – Mas duas mortes custam mais que uma. Bem mais. Uns quinze anos mais. Pense bem.

Ela não disse nada. Permaneceu firme, apontando a arma. Era uma arma pesada, mas isso parecia não incomodá-la. Seus ouvidos estavam ocupados em escutar algum barulho mais distante. Ela mal me escutava. O tempo foi passando, como sempre acontece, apesar de tudo. Meus braços começaram a doer.

Enfim, ele apareceu. Um outro carro veio na surdina, subindo a rua, até parar, e a porta fechou-se com um ruído mínimo. Silêncio por um momento, e então a porta dos fundos da casa abriu. Os passos dele eram pesados. Ele entrou pela porta de vaivém que estava aberta e chegou na sala iluminada. Ficou em silêncio, olhando à volta, a testa franzida no rosto grande. Olhou o homem morto na poltrona, olhou a mulher com a arma na mão e por último olhou para mim. Ele se abaixou, pegou a minha arma no chão e guardou-a no bolso lateral do casaco. Chegou perto de mim, sem fazer barulho, sem nenhuma expressão no olhar que indicasse estar me reconhecendo. Posicionou-se atrás de mim e apalpou os meus bolsos. Pegou as duas fotos e o telegrama. Afastou-se de mim e aproximou-se da mulher. Baixei os braços e os massageei. Os dois olhavam para mim em silêncio.

Por fim, ele disse, com suavidade na voz:

– Uma piada, hã? Primeiro verifiquei a sua chamada e descobri que foi feita de Glendale, e não de Asuza. Nem sei por que eu fiz isso, mas fiz. Então dei um outro telefonema. O segundo telefonema me assegurou que não tinha ficado nenhuma bolsa aqui nesta sala. E então?

– O que você quer que eu diga?

– Por que a armadilha? A troco de quê, tudo isso? – a voz dele estava pesada, fria, porém mais pensativa que ameaçadora. A mulher permanecia do lado dele, imóvel, empunhando a arma.

– Resolvi correr um risco – disse eu. – Você também fez isso... vindo até aqui. Pensei que não fosse funcionar, o meu plano. A idéia era que você ia ligar logo para ela, para saber da bolsa. Ela ia saber que não tinha bolsa nenhuma. E você então ia saber que eu estava tentando descobrir alguma coisa. E ia ficar aflito para saber o que era. Você também tinha certeza que eu não ia estar trabalhando junto com a polícia, porque eu sabia onde você estava, e você podia ter sido preso lá mesmo, sem problemas maiores. Eu queria tirar esta senhora do esconderijo. Isso é tudo. Claro que eu joguei verde, atirei no escuro. Se não funcionasse, eu ia ter que inventar um jeito melhor.

A mulher emitiu um som de desprezo e disse:

– Eu queria saber por que foi que você contratou esse enxerido para começo de história, Howie.

Ele a ignorou. Mantinha o olhar fixo em mim: olhos negros, duros como pedra. Girei a cabeça e pisquei para ele: uma piscadela dura e rápida. Os lábios de Melton imediatamente ficaram tensos, rígidos. A mulher não viu aquilo. Ela estava muito para o lado.

– Você precisa de um otário, Melton – disse eu. – Que pena.

Ele girou um pouco o corpo, de modo a ficar parcialmente de costas para a mulher. O olhar dele queria devorar o meu rosto. Ele ergueu levemente as sobrancelhas e meio que aquiesceu com um semigesto de cabeça. Ele ainda estava convicto de que eu estava à venda.

Ele fez aquilo com maestria. Colocou um sorriso nos lábios e virou-se para a mulher e disse:

– Que tal a gente sair daqui e conversar sobre isso num lugar mais seguro? – E, enquanto ela estava ouvindo e pensando sobre o pedido dele, a enorme mão de Melton desceu num golpe súbito e certeiro e apanhou o pulso dela. Ela gritou, e a arma caiu. Ela girou para trás, cerrou as mãos para socá-lo e cuspiu nele com toda a força.

– Ora, vamos, vá se sentar e banque a espertinha com você mesma – disse ele num tom seco.

Ele se abaixou, juntou a arma dela e guardou-a no outro bolso lateral do casaco. Então sorriu, um sorriso largo e confiante. Ele tinha se esquecido completamente de uma coisa, e eu quase ri, apesar da situação em que me encontrava. A mulher sentou-se em uma poltrona atrás dele e apoiou a cabeça nas mãos, em uma pose cabisbaixa e meditativa.

– Agora você pode me contar – disse Melton, animado. – Por que eu preciso de um otário, como você diz?

– Eu menti um pouquinho para você, no telefone. Sobre o chalé de Haines. Tem esse tira do interior, um velhinho muito do esperto, que vasculhou o chalé com peneira. E ele encontrou uma pulseirinha de ouro, dessas que as mulheres usam no tornozelo, dentro de um saco de farinha. E a tornozeleira estava cortada a alicate.

A mulher soltou um grito estranho. Melton nem se deu ao trabalho de olhar para ela. Ela agora estava olhando fixamente para mim com toda a intensidade dos seus olhos.

– Pode ser que ele consiga deduzir a coisa toda – disse eu –, mas também pode ser que não. Por um lado, ele não sabe que a sra. Melton se registrou no Hotel Olympia e encontrou-se com Goodwin quando estava lá. Se ele soubesse disso, ele decifrava a coisa num instante. Isto é, se ele tivesse fotografias para mostrar aos *boys* do hotel, como eu fiz. O *boy* que fez o *check-out* da sra. Melton e que se lembrava dela em função de ela ter deixado o carro lá sem deixar instruções sobre o que fazer com ele, se lembrou do Goodwin, lembrou que ele conversou com ela. Disse que ela ficou surpresa. Mas ele não teve tanta certeza sobre a sra. Melton nas fotos. Ele conhecia a sra. Melton.

Melton abriu a boca um pouco, numa careta estranha, e rangeu os dentes. A mulher levantou-se sem fazer barulho, por trás dele, e foi recuando, centímetro por centímetro, até a parte escura da sala. Eu não olhei para ela. Melton pelo jeito não havia notado os movimentos dela.

Eu disse:

– Goodwin a seguiu até a cidade. Ela deve ter vindo de ônibus ou de carro alugado, porque deixou o outro carro em San Bernardino. Ele a seguiu até o esconderijo sem que ela desconfiasse, o que foi muito inteligente da parte dele, uma vez que ela devia estar alerta o tempo todo, e então ele deu o golpe em cima dela. Ela conseguiu embromar Goodwin por algum tempo... não sei como, não sei que história ela inventou... e ele deve tê-la vigiado todos os minutos, porque ela não conseguiu escapar dele. Daí que ela não conseguiu mais embromar Goodwin e entregou para ele o tal cheque. Mas o cheque foi só um paliativo. Ele voltou para buscar mais, e ela deu um jeito nele... permanentemente... ali, naquela poltrona. Você não sabia disso, do contrário não teria deixado eu vir até aqui naquele dia de manhã.

Melton sorriu de modo sinistro.

– Certo, eu não estava sabendo – disse ele. – É para isso que preciso de um otário?

Sacudi a cabeça num gesto negativo.

– Parece que você não está querendo entender – disse eu. – Eu lhe disse que Goodwin conhecia a sra. Melton pessoalmente. Isso não é novidade, é? O que será que Goodwin sabia sobre a sra. Melton para poder chantageá-la? Nada. Ele não estava chantageando a sra. Melton. A sra. Melton está morta. Ela morreu faz onze dias. Mas saiu do lago da Corça Pequena hoje... usando a roupa de Beryl Haines.

É para isso que você precisa de um otário. E você já tem um, aliás dois, feitos sob encomenda.

A mulher na sombra da sala abaixou-se, pegou alguma coisa e correu. Ela ofegou quando correu. Melton virou-se abruptamente, as mãos já se enfiando nos bolsos, mas vacilou uma fração de segundo demais, olhando para a arma que ela tinha recolhido do chão, do lado da mão morta de Goodwin, a arma da qual Melton tinha se esquecido.

– Seu filho-da-puta! – disse ela.

Ele ainda não estava muito assustado. Ensaiou uns movimentos apaziguadores com as mãos vazias.

– Ok, amor, a gente faz a coisa do seu jeito, então – disse ele suavemente. Ele tinha um braço comprido. Podia alcançá-la agora. E ele já tinha feito aquilo antes, igual, quando ela empunhava uma arma. Tentou mais uma vez. Inclinou-se para ela rapidamente e moveu a mão. Eu me apoiei nos pés e mergulhei nas pernas dele. Foi um mergulho comprido, demorado demais.

– Eu dava uma otária perfeita, não é? – disse ela, a voz com um som raspado, e recuou um passo. A arma detonou três vezes.

Ele pulou em cima dela com as balas no corpo, caiu com todo o peso do corpo contra ela e levou-a para o chão. Ela deveria ter pensado naquilo. Os dois caíram juntos, o corpo imenso dele prendendo-a no piso. Ela gemeu, e um braço acenou em minha direção, segurando a arma. Arranquei a arma da mão dela com um safanão. Tateei os bolsos dele, peguei a minha arma e pulei para longe deles. Sentei-me. Minha nuca parecia um pedaço de gelo. Sentei-me, segurei a arma sobre o meu joelho e esperei.

A enorme mão do homem estendeu-se e agarrou-se na pata em forma de garra de um divã e esbranquiçou-se sobre a madeira. Seu corpo arqueou-se e rolou para um lado, a mulher gemeu de novo. O corpo do homem rolou de volta, arqueou-se, e a mão largou o pé do divã. Os dedos afrouxaram-se silenciosamente e ficaram ali, flácidos, na lanugem do carpete. Ouviu-se um estertor engasgado... e silêncio.

Ela precisou lutar para sair de debaixo dele, e pôs-se de pé arfando, feroz como um bicho. Virou-se sem um pio e começou a correr. Eu não me mexi. Simplesmente a deixei ir.

Aproximei-me, debrucei-me sobre aquele enorme homem esparramado no chão e pressionei um dedo contra o lado do seu pescoço. Fiquei ali em silêncio, inclinado, procurando o pulso cardíaco e ouvindo. Endireitei-me lentamente e fiquei escutando mais um tempinho. Nenhuma sirene, nenhum carro, nenhum barulho. Só o silêncio total da sala. Guardei minha arma de volta no coldre debaixo do braço, apaguei a luz, abri a porta da frente e desci a rampa dos carros até a calçada. Nenhum movimento na rua. Um carro grande estava estacionado ao lado de um hidrante, no fim do beco sem saída que havia logo depois da casa de Goodwin. Atravessei a rua até a casa nova, tirei o meu carro da garagem e fechei a garagem novamente, peguei o caminho de volta para o lago Puma mais uma vez.

8 – Reelejam Tinchfield delegado

O chalé ficava em um baixio, na frente de uma plantação de pinheiros. Uma garagem espaçosa, em forma de celeiro, com uma pilha de compridas toras de lenha num lado, estava aberta ao sol da manhã, e o carro de Tinchfield reluzia lá dentro. Havia um passeio que levava até a porta da frente, e tinha fumaça saindo da chaminé.

O próprio Tinchfield abriu a porta. Estava usando um suéter velho, cinza, de gola rolê, e calça cáqui. Tinha a cara recém-barbeada, lisa como bundinha de nenê.

– Bom, vamos entrando, filho – disse ele pacificamente. – Estou vendo que você começa a trabalhar bem cedinho e bem animado. Então ontem de noite você não desceu para a cidade, hã?

Passei por ele, entrei no chalé e me sentei em uma cadeira de balanço antiga, de estilo bostoniano, com uma coberta em crochê sobre o encosto. Balancei-me nela, e a cadeira rangia de um modo aconchegante.

– O café já está terminando de passar – disse Tinchfield com toda cordialidade. – Emma vai pôr um lugar à mesa para você. Você está com uma aparência de quem está pra lá de exausto, filho.

– Eu desci para a cidade – disse eu. – Estou chegando de volta agora. Não era Beryl Haines quem estava no lago ontem.

Tinchfield disse:

– Ora, macacos me mordam.

– O senhor não me parece muito surpreso – rosnei.

– Não tem muita coisa que me surpreenda, filho. Principalmente antes do café-da-manhã.

– Aquela era Julia Melton – disse eu. – Ela foi assassinada... por Howard Melton e Beryl Haines. Vestiram ela com as roupas de Beryl Haines e botaram ela debaixo do madeirame, dois metros debaixo d'água, para que ela ficasse ali tempo suficiente para se parecer com Julia Melton. As duas eram loiras, do mesmo tamanho, mesma aparência física. O próprio Bill disse que as duas eram tão parecidas que pareciam irmãs. Talvez não irmãs gêmeas.

– Elas eram parecidas, sim – disse Tinchfield, me olhando, muito sério. Ergueu a voz: – Emma!

Uma senhora robusta num vestido estampado abriu a porta interna do chalé. Um avental branco e gigantesco estava amarrado naquilo que um dia fora a sua cintura. Um cheiro de café e bacon frito escapou pela porta.

– Emma, este é o detetive Dalmas, de Los Angeles. Põe mais um lugar à mesa, e afasto a mesa da parede um pouco. Ele está cansado e com fome.

A mulher robusta saudou-me com um gesto de cabeça, sorriu e distribuiu os talheres na mesa.

Nós nos sentamos e comemos bacon, ovos e panquecas americanas e tomamos café preto aos montes. Tinchfield comia por quatro, e a esposa comia como um passarinho, e ficava para cá e para lá, como um passarinho, sempre buscando mais comida.

Finalmente terminamos a refeição, e a sra. Tinchfield tirou os pratos e fechou-se na cozinha. Tinchfield cortou um grande pedaço de tabaco em rolo e enfiou-o com cuidado dentro da boca, e eu me sentei de novo na cadeira de balanço.

– Bom, filho – disse ele –, acho que estou pronto para as novidades. Eu estava bem aflito com aquela tal correntinha de ouro escondida no lugar que estava, já que o lago está ali, bem à mão. Mas o meu raciocínio é lento. O que o faz pensar que Melton matou a própria mulher?

– O fato de que Beryl Haines ainda está viva, só que com o cabelo tingido de ruivo.

Contei a ele a minha história, a história toda, em todos os seus sucedidos, sem esconder coisa nenhuma. Ele não falou nada, até eu terminar.

– Bom, filho – disse ele, então –, você fez um trabalho de investigação muito inteligente. Claro, com um pouco de sorte em uma ou duas ocasiões, como todo mundo tem que ter. Mas você não precisava fazer isso tudo, levar a coisa tão a fundo, não é?

– Não precisava, não. Mas Melton me passou a perna, me botou no papel de otário e tratou comigo como se eu fosse um. E eu sou um sujeito teimoso.

– E você acha que o Melton contratou você, afinal, para quê?

– Ele precisava. Era uma parte necessária do plano dele, ter o corpo corretamente identificado no fim, talvez não por algum tempo, talvez não antes de terem enterrado o corpo e encerrado o caso. Mas ele tinha que ter o corpo identificado no fim, para ficar com o dinheiro da esposa. Era isso ou então esperar anos e anos até que os tribunais declarassem a esposa legalmente morta. Com o corpo da mulher corretamente identificado, ele tinha que mostrar que tinha feito de tudo para encontrá-la. Se a esposa era uma cleptomaníaca, como me contou, ele tinha uma boa desculpa para contratar um detetive particular em vez de procurar a polícia. Mas ele tinha que fazer alguma coisa. Também tinha Goodwin, que era uma ameaça. Ele pode ter planejado matar o Goodwin e me incriminar pelo assassinato. Ele com certeza não sabia que Beryl tinha chegado antes, do contrário ele não teria deixado eu ir até a casa de Goodwin.

"Depois disso... e eu fui ingênuo o suficiente para vir até aqui antes de relatar a morte de Goodwin para a polícia de Glendale... ele provavelmente pensou que podia me manejar com dinheiro. O assassinato em si foi muito simples, mas tinha uma faceta que Beryl desconhecia, ou então ela não pensou sobre isso. Eu acho que ela estava apaixonada por ele. Uma mulher sem muitos recursos como ela, com um marido bêbado, tinha tudo para se apaixonar por um sujeito como Melton.

"Melton não tinha como saber que o corpo ia ser encontrado ontem, porque aquilo aconteceu totalmente por acaso. O que ele queria era me manter trabalhando para ele e ficar me alimentando com uma dica ali, outra dica aqui, até que o corpo fosse encontrado. Ele sabia que Haines seria naturalmente suspeito de ter matado a mulher, e o bilhete que ela deixou foi escrito de um jeito que ficasse um pouco diferente de um verdadeiro bilhete de suicídio. Melton sabia que a mulher e Haines estavam ficando íntimos lá na montanha e que andavam brincando juntos.

"Ele e Beryl só esperaram pelo momento certo, quando Haines tinha ido para a praia norte e tomado uma tremenda bebedeira. Beryl deve ter telefonado para Melton de algum lugar. O senhor pode verificar isso. Ele podia chegar aqui, de carro, em três horas, dirigindo em alta velocidade. Julia provavelmente ainda estaria entornando uns drinques. Melton deixou ela inconsciente, vestiu nela as roupas de Beryl e afundou-a no lago. Ele é um homem grande e podia fazer isso sozinho, sem maiores dificuldades. Beryl deve ter ficado vigiando a única estrada que leva até a propriedade. Isso deu tempo para ele esconder a correntinha de tornozelo no chalé do Haines. Então ele voltou a toda para a cidade, e Beryl se vestiu com as roupas de Julia, pegou também o carro e a bagagem dela e foi para o hotel em San Bernardino.

"Lá ela teve o tremendo azar de encontrar Goodwin, que a viu, foi falar com ela, e percebeu que tinha alguma coisa muito errada, talvez pelas roupas, talvez pela bagagem, ou então pode ser que ele tenha escutado o pessoal do hotel chamando ela de sra. Melton. Então ele seguiu Beryl até a cidade, e o senhor já sabe do resto. O fato de Melton ter obrigado ela a deixar esse rastro mostra duas coisas, a meu ver. Uma, que ele pretendia esperar algum tempo antes que o corpo fosse corretamente identificado. Era quase certo que o corpo seria identificado como o de Beryl Haines, por causa do que Bill ia dizer, especialmente porque isso botava Bill numa situação muito ruim.

"A outra coisa é que, quando o corpo fosse identificado como sendo de Julia Melton, então as pistas falsas deixadas por Beryl iam fazer parecer que ela e Bill cometeram o assassinato para ficar com o seguro de vida dela, Beryl. Eu acho que Melton cometeu um erro grave colocando a correntinha onde colocou. Ele devia ter deixado dentro do lago, presa em algum parafuso do madeirame ou coisa parecida, e, mais adiante então, propositadamente por acaso, podia ter pescado a pulseirinha. Pôr a correntinha no chalé de Haines e me perguntar se o chalé tinha sido revistado foi um descuido da parte dele. Mas os sujeitos que planejam assassinatos são sempre assim, descuidados."

Tinchfield transferiu o fumo de mascar para a outra bochecha e foi até a porta para cuspir. Ele ficou ali, de pé, na porta aberta, as enormes mãos cruzadas nas costas.

– Ele não ia poder incriminar Beryl de nenhum jeito – disse ele, falando por cima do ombro. – Só se ela falasse muito, filho. Você já pensou nisso?

– Claro. Uma vez que a polícia estava procurando por ela, quando o caso chegasse aos jornais... quero dizer, o caso real... ele ia ter que dar um sumiço em Beryl também e fazer a coisa parecer suicídio. Eu até acho que podia ter funcionado.

– Você não podia ter deixado aquela assassina fugir, filho. Tem outras coisas que você não devia ter feito, mas isso foi particularmente ruim.

– De quem é este caso? – rosnei eu. – É seu... ou da polícia de Glendale? Vão pegar Beryl, sim senhor. Ela matou dois homens e vai fracassar na próxima jogada que tentar. É sempre assim. E tem provas colaterais a serem desencavadas. Isso é trabalho da polícia, não meu. Pensei que o senhor estivesse se candidatando a uma reeleição, contra dois candidatos mais jovens. Eu não vim até aqui só pelo ar da montanha.

Ele se virou e me olhou enviesado.

– Pensei que você achasse que o velho Tinchfield fosse mole o suficiente para manter você fora da cadeia, filho. – Então ele riu e deu um tapa na perna. – Reelejam Tinchfield delegado. – Ele se vangloriou diante da grande mãe-natureza lá fora. – Pode ter certeza de que vão me reeleger delegado. Não vão ser burros de não votar em mim... depois disso. Vamos dar uma caminhadinha até o escritório e telefonar para o promotor público de Berdoo. – Ele suspirou. – Esperto demais, era esse Melton – disse ele. – Eu gosto de gente mais simples.

– Eu também – falei. – É por isso que estou aqui.

Pegaram Beryl Haines na estrada Califórnia-Oregon, rumo ao sul, para Yreka, num carro alugado. O carro da polícia rodoviária a fez parar para uma inspeção de rotina na fronteira entre os estados, mas ela não sabia que era isso. Mais uma vez, puxou uma arma. Ela ainda estava com a bagagem de Julia Melton e as roupas de Julia Melton e o talão de cheques de Julia Melton, com nove cheques em branco que puderam ser verificados a partir de uma das assinaturas genuínas de Julia Melton. O cheque descontado por Goodwin no fim era só mais uma falsificação.

Tinchfield e o promotor distrital foram interceder a meu favor junto à polícia de Glendale, mas, mesmo assim, eles me fizeram passar por um mau pedaço. De Violetas M'Gee, recebi grandes e suculentas framboesas, e do falecido Howard Melton recebi o que me sobrou dos cinqüenta dólares que ele tinha me dado como adiantamento. Tinchfield venceu a eleição para delegado por uma retumbante margem de votos a mais que os outros candidatos.

NENHUM CRIME NAS MONTANHAS

1

A carta chegou logo antes do meio-dia, entrega especial, um envelope barato com o endereço do remetente F.S. Lacey, Puma Point, Califórnia. Dentro havia um cheque de cem dólares, ao portador, assinado por Frederick S. Lacey e uma folha de papel branco, tamanho ofício, comum, datilografada com uma série de letras sobrepostas ao que já estava escrito. Dizia:

Ao sr. John Evans
Prezado Senhor:

Seu nome me foi indicado por Len Esterwald. O assunto que tenho a tratar com o senhor é urgente e estritamente confidencial. Estou enviando em anexo um adiantamento. Peço-lhe o obséquio de vir a Puma Point nesta próxima quinta-feira, à tarde ou no fim do dia, se for possível, hospedando-se no Hotel Cabeça de Índio. Por favor, mande me chamarem no quarto 2.306.

Atenciosamente,
Fred Lacey.

Fazia uma semana que eu estava sem trabalho; então, com aquilo, ganhei o dia. O banco onde eu podia descontar o cheque ficava a umas seis quadras. Fui até lá e saquei o dinheiro, depois almocei, peguei o meu carro e rumei em direção a Puma Point.

Fazia muito calor no vale, estava ainda mais quente em San Bernardino e continuava calor a mil e quinhentos metros de altitude, 25 quilômetros estrada acima. Eu já havia percorrido mais de sessenta quilômetros do total de oitenta da estrada sinuosa e cheia de curvas quando começou a refrescar, mas frio só ficou realmente quando cheguei à represa e peguei o caminho ao longo da praia sul do lago, depois dos matacões de granito empilhados e dos acampamentos espalhados nas planícies mais abaixo. A tarde tinha terminado quando cheguei em Puma Point, e eu estava vazio como um peixe destripado.

O Hotel Cabeça de Índio era um prédio marrom de esquina, do outro lado da rua de um salão de baile. Fiz o *check-in*, levei minha valise para cima e larguei-a em um quarto tristonho, de aspecto nada convidativo, com um tapete oval no piso, uma cama de casal encostada na parede e nada na parede de tábuas de pinho além de um calendário de uma loja de ferragens, o papel todo ondulado por causa do ar seco da montanha. Lavei o rosto e as mãos e desci para comer alguma coisa.

O restaurante, que também era bar, um salão contíguo ao saguão do hotel, estava cheio, ou melhor, abarrotado de homens com roupas esportivas e hálito de quem está bebendo bastante álcool, e de mulheres de calça comprida ou então de *shorts*, com unhas cor de sangue e com as juntas dos dedos sujas. Um sujeito com sobrancelhas idênticas às de John L. Lewis*, estava passeando por ali, um charuto aparafusado na cara. Um rapaz que era o caixa, magro, de olhos muito claros, em uma camisa de manga curta, estava lutando para ouvir os resultados das corridas de cavalo de Hollywood Park em um radinho de pilha que tinha tanto barulho de estática quanto o purê de batatas tinha água. No canto mais escuro e mais reservado do salão, uma orquestra de câmara de caipiras derrotistas em casacos brancos de *smoking* e camisas de cor lilás tentava se fazer ouvir acima do burburinho do bar.

Engoli uma coisa que se chamava refeição caseira, bebi um conhaque para acomodar a comida no estômago e saí para a rua principal. Ainda era dia, mas os luminosos em neon estavam acesos, e o fim da tarde enchia-se de sons: buzinas de carro, vozes estridentes, pratos batendo uns nos outros, tiros de revólveres calibre 22 na galeria de tiro ao alvo, música de uma *jukebox* e, acima de toda essa barulheira, o som constante, murmurado e duro das lanchas no lago. Em um canto oposto à loja dos correios, uma seta azul e branca dizia *Telefone*. Segui por uma rua poeirenta que, de repente, era silenciosa, fresquinha e cheia de pinheiros. Uma corça bem mansinha, com uma coleira de couro no pescoço, atravessou a rua com toda a calma, bem na minha frente. A loja da telefônica era um chalé de toras, e havia uma cabine telefônica num canto, com um aparelho que operava com moedas. Fechei-me na cabine, usei uma moeda de dez centavos e disquei 2306. Uma voz feminina atendeu.

Eu disse:

– O sr. Fred Lacey está?

– Quem gostaria de falar com ele, por favor?

– Meu nome é Evans.

---

* John L. Lewis (1880-1969) foi um famoso líder dos trabalhadores, presidente (1920-1960) do United Mine Workers of America, o sindicato dos mineiros, e ajudou a organizar outros importantes sindicatos (dos trabalhadores da indústria automobilística, por exemplo); desafiava os líderes empresariais e aconselhou os presidentes do Estados Unidos de sua época. Suas sobrancelhas eram como duas vassouras acima dos olhos: fartas, enormes, de fios compridos e grossos. (N.T.)

– O sr. Lacey não está no momento, sr. Evans. Ele está aguardando o senhor?

Eram duas perguntas em resposta a uma pergunta minha. Não gostei daquilo. Eu disse:

– A senhora é a esposa do sr. Lacey?

– Sim, sou a esposa – achei a voz dela tensa e superagitada, mas algumas vozes são assim o tempo todo.

– O que eu tenho a tratar com o sr. Lacey são assuntos de negócios – disse eu. – A que horas ele volta?

– Eu não sei exatamente que horas. Ainda agora à noitinha, imagino eu. O que foi que o senhor disse...

– Onde fica o seu chalé, sra. Lacey?

– É... é em Ball Sage Point, menos de cinco quilômetros a oeste do vilarejo. O senhor está telefonando do vilarejo? O senhor...

– Volto a telefonar, daqui a uma hora – disse eu e desliguei. Saí da cabine. No outro canto da loja, uma moça morena de calça comprida estava escrevendo em uma espécie de livro de contabilidade, sentada a uma escrivaninha diminuta. Ela ergueu o olhar, sorriu e disse:

– Está gostando desta região de montanhas?

Respondi:

– Muito.

– É bem quieto por aqui – disse ela. – Bem tranqüilo, relaxante.

– É. Conhece alguém chamado Fred Lacey?

– Lacey? Ah, sim, eles recém instalaram um telefone na casa. Compraram o chalé dos Baldwin. Estava vazio já há dois anos, e eles chegaram e compraram. Fica ali no finzinho de Ball Sage Point, um chalé grande num terreno mais alto, com vista para o lago. Tem uma vista linda. O senhor conhece o sr. Lacey?

– Não – disse eu e fui saindo.

A corça domesticada estava na fresta da cerca no fim da calçada. Tentei empurrá-la para fora do caminho. Ela nem se mexeu, então pulei a cerca e caminhei de volta para o Cabeça de Índio e entrei no meu carro.

Havia um posto de gasolina na ponta leste do vilarejo. Parei ali para comprar gasolina e perguntei ao homem em traje de couro que me atendeu onde ficava Ball Sage Point.

– Bom – disse ele –, é fácil. Não é nem um pouco difícil. O senhor não vai ter problema para chegar em Ball Sage Point. O senhor pega por aqui e vai descendo a rua, passa pela igreja, passa pelo acampamento Kincaid e, depois de uns dois quilômetros ou pouco mais, na padaria, o senhor dobra à direita, e então o senhor vai sempre pela estrada que vai até o acampamento Willerton para meninos, e daí é a primeira rua à esquerda depois que passou o acampamento dos meninos. É uma rua de chão batido, não tem calçamento nenhum.

Nem tiram a neve no inverno, mas agora não é inverno. O senhor conhece alguém que mora lá?

– Não. – Dei dinheiro ao homem. Ele foi buscar o troco e voltou.

– Aqui é bem calmo – disse ele. – Relaxante. Qual é mesmo o seu nome?

– Murphy – disse eu.

– Muito prazer – disse ele e estendeu a mão. – Apareça. Estamos sempre abertos. Foi um prazer atender o senhor. Agora, para Ball Sage Point, é só pegar aqui a rua sempre em frente, rua abaixo...

– Certo – disse eu e deixei o homem falando.

Imaginei que ia saber encontrar Ball Sage Point agora, então fiz um retorno e fui na direção oposta. Era bem possível que Fred Lacey não quisesse me receber no chalé dele.

Meio quarteirão depois do hotel, a rua pavimentada descia em direção a uma garagem para barcos, depois seguia novamente para leste ao longo da margem do lago. O nível da água estava baixo. Havia gado pastando um capim de aparência rançosa que estivera debaixo d'água durante a primavera. Uns poucos visitantes pacienciosos estavam pescando linguado ou peixe-lua em barcos com motores de popa. Uns dois quilômetros além dos capinzais, uma estrada de terra levava na direção de um grande promontório coberto de zimbros. Ali perto, na praia, havia um coreto para danças ao ar livre, iluminado. A música estava tocando, embora ainda houvesse uma luminosidade de fim de tarde naquela altitude. O conjunto parecia estar tocando dentro do meu bolso. Eu podia ouvir uma voz feminina, rouca, cantando *The Woodpecker Song*. Continuei dirigindo, a música foi aos poucos desaparecendo, e a estrada ficou ainda mais difícil de trafegar, um caminho cheio de pedras. Um chalé na beira da praia ficou para trás, e depois dele não se via mais nada pela frente, a não ser pinheiros e zimbros e o brilho da água. Estacionei o carro perto da ponta do promontório e fui a pé até uma enorme árvore caída, com mais de três metros de raízes no ar. Sentei-me encostado à árvore, no chão seco e ressequido, e acendi o meu cachimbo. O lugar era tranqüilo, silencioso e longe de tudo. Do outro lado do lago duas lanchas apostavam corrida, mas do meu lado não tinha nada acontecendo, só a água calma, muito lentamente ficando escura no pôr-do-sol da montanha. Fiquei imaginando quem diabos seria Fred Lacey e o que ele queria e por que não ficara em casa ou deixara um recado se o negócio a tratar era tão urgente. Mas também não fiquei muito tempo refletindo sobre isso. O fim do dia estava muito tranqüilo. Fumei o meu cachimbo e contemplei o lago, o céu e um tordo, no galho mais alto e desfolhado de um enorme pinheiro, com certeza esperando que ficasse escuro o suficiente para entoar sua canção de boa-noite.

Depois de meia hora, levantei-me, fiz um buraco no solo macio com o calcanhar, esvaziei o cachimbo, cobri as cinzas com a terra solta e pisei em cima para compactar a terra de novo no lugar. Sem nenhum motivo específico, dei uns passos em direção ao lago, o que me levou até a extremidade da árvore caída. Então eu vi o pé.

Era um pé que calçava um sapato branco de bico largo, que devia ser número quarenta. Contornei as raízes da árvore.

Tinha um outro pé, num outro sapato branco de bico largo. Havia uma calça branca de risca fina com pernas dentro, e havia um torso numa camisa esporte verde-claro, do tipo que fica para fora da calça e tem bolsos como uma jaqueta. Tinha uma gola em V, sem botões, e pelo V podia-se ver um peito cabeludo. Era um homem de meia-idade, meio careca, com um bom bronzeado e um bigode bem fininho, raspado logo acima do lábio superior. Os lábios eram grossos, e a boca, um pouco aberta, como em geral elas ficam, exibia dentes graúdos e fortes. Ele tinha o tipo de rosto que combina com muita comida e pouca preocupação. Os olhos estavam contemplando o céu. E o meu olhar não conseguiu encontrar o olhar dele.

O lado esquerdo da camisa esporte verde estava empapado de sangue, numa mancha do tamanho de um prato raso. No centro da mancha havia algo que bem podia ser um buraco chamuscado. Eu não tinha como ter certeza. A luminosidade do dia dera vez ao lusco-fusco.

Eu me agachei e apalpei fósforos e cigarros nos bolsos da camisa dele e dois montinhos que pareciam chaves e moedas nos bolsos laterais da calça. Virei-o um pouco para ver os bolsos traseiros. Ele ainda estava frouxo e só um pouquinho frio. Uma carteira de couro cru estava socada no bolso direito. Consegui tirá-la dali escorando o meu joelho nas costas dele.

Havia doze dólares na carteira e alguns cartões, mas eu estava interessado no nome em sua carteira de motorista. Acendi um fósforo para ter certeza de ler certo na luz do anoitecer.

O nome na carteira de motorista era Frederick Shield Lacey.

2

Guardei a carteira de volta onde estava, me pus de pé e fiz uma volta completa, observando tudo. Ninguém à vista, na terra ou na água. Naquela pouca luz, ninguém poderia estar vendo o que eu estava fazendo, a não ser que estivesse muito perto.

Dei alguns passos e olhei para o chão, para ver se eu estava deixando pegadas. Não. O chão era metade agulhas dos pinheiros acumuladas ali por anos a fio, e a outra metade era madeira apodrecida, pulverizada.

A arma estava a pouco mais de um metro dali, quase que debaixo da árvore caída. Não toquei nela. Agachei-me e examinei-a. Era uma automática, calibre 22, da marca Colt, coronha de osso. Estava semi-enterrada em uma pequena pilha de madeira podre, marrom, esboroável. Havia formigas muito pretas e muito grandes sobre a pilha, e uma delas estava andando sobre o cano do revólver.

Fiquei de pé e dei mais uma olhadela ao meu redor. Um barco estava boiando longe da praia, fora do meu campo de visão, do outro lado do promontório. Eu podia ouvir um pipocar irregular de motor que ia diminuindo a marcha, mas não tinha como enxergar o barco. Comecei a voltar para o meu carro. Estava quase chegando lá. Uma figura pequena ergueu-se sem fazer ruído detrás de uma macega bem fechada, um arbusto de *manzanita*. A luz do crepúsculo cintilou em um par de óculos e em mais alguma coisa, mais embaixo, um objeto na mão daquela pessoa.

Uma voz disse, sibilante:

– Botando as mãos para cima, por favor.

Era uma boa situação para desembainhar uma arma com rapidez. Achei que a minha arma não conseguiria ser rápida o suficiente. Botei as mãos para cima.

A figura pequena saiu de trás do arbusto de *manzanita*. O objeto que brilhava abaixo dos óculos era um revólver. O revólver era de bom tamanho. E vinha em minha direção.

Um dente de ouro cintilou em uma boca pequena abaixo de um bigode preto.

– Dando meia-volta, por favor – a vozinha simpática disse, num tom apaziguador. – Tá vendo o homem deitado no chão?

– Olhe aqui – disse eu –, eu não sou deste lugar. Eu...

– Dando meio-volta já – disse o homem, num tom gelado.

Dei meia-volta.

A ponta da arma cavou um nicho na minha espinha. A mão do sujeito foi leve e hábil ao me apalpar aqui e ali até repousar sobre a arma que eu carregava debaixo do braço. A voz arrulhou. A mão foi para o meu quadril. Foi-se o peso da minha carteira. Um batedor de carteiras muito bom. Eu quase não senti o toque daquela mão.

– Eu olho a carteira agora. Você, quietinho, quietinho – disse a voz. A arma afastou-se das minhas costas.

O mocinho tinha a sua chance agora: ele se jogaria rapidamente no chão, daria uma cambalhota para trás a partir de uma posição ajoelhada e se poria de pé com a arma na mão, cuspindo fogo. Tudo aconteceria muito rápido. O mocinho dominaria o homenzinho de óculos assim como uma dama idosa e de postura nobre tira a dentadura: com um movimento único e certeiro. Eu, por alguma razão, não me achava assim tão bom.

A carteira voltou para o bolso traseiro da minha calça, e a ponta do revólver voltou a cutucar a minha coluna.

– Então – disse a voz, macia. – Você vir aqui, grande cagada.

– Meu irmão, você está certo – disse eu.

– Não interessa – disse a voz. – Agora vai embora, vai pra casa. Quinhentos dólar. Você não conta nada, e quinhentos dólar chega daqui uma semana.

– Ótimo – disse eu. – Você tem o meu endereço?

– Muito engraçado – a voz arrulhou. – Rá, rá, rá.

Alguma coisa atingiu a parte de trás do meu joelho direito, e a minha perna dobrou de repente, do jeito que as pernas dobram quando são atingidas nesse ponto. Minha cabeça começou a doer no ponto onde ia acontecer uma rachadura devido a uma coronhada, mas ele me enganou. Em vez de coronhada, recebi o velho golpe curto na nuca, e muito bem aplicado, por sinal. Foi golpe dado com a base de uma mão pequena e extremamente dura. Minha cabeça saiu do lugar, foi até o meio do lago, voltou como um bumerangue e bateu no topo da minha coluna vertebral com um estridor nauseante. Por alguma razão, no meio do caminho minha boca se encheu de agulhas dos pinheiros.

Houve um intervalo à meia-noite em um quartinho abafado de janelas fechadas e sem qualquer circulação de ar. Meu peito fez um enorme esforço para desgrudar do chão. Tinham colocado uma tonelada de carvão nas minhas costas. Um daqueles pedaços duros de carvão estava me pressionando no meio das costas. Eu fiz alguns barulhos, mas devem ter sido insignificantes. Ninguém se incomodou com eles. Escutei o som de um motor de barco ficando cada vez mais forte e ouvi os passos macios de alguém caminhando nas agulhas dos pinheiros, produzindo um som seco, deslizante. Depois, uns grunhidos em alto e bom som, e passos afastando-se. Depois, passos voltando e uma voz gutural, com algum tipo de sotaque.

– O que você conseguiu lá, Charlie?

– Ah, nada – disse Charlie, a voz arrulhante. – Fumando cachimbo, não fazendo nada. Visita de verão, rá, rá.

– Ele viu o presunto?

– Não viu – disse Charlie. Eu fiquei me perguntando por que ele teria dito isso.

– Ok, vamos indo.

– Ah, uma pena – disse Charlie. – Uma pena. – O peso saiu das minhas costas, e os pedaços de carvão duro saíram da minha coluna. – Uma pena – disse Charlie uma vez mais. – Mas tem que ser.

Desta vez ele não brincou em serviço. Aplicou-me uma coronhada. Venha até aqui, e eu deixo você sentir com a mão o galo no meu couro cabeludo. Tenho uma porção de galos, aliás.

O tempo passou, eu consegui me erguer aos pouquinhos e fiquei de quatro, gemendo. Botei um pé no chão e me icei para ficar de pé, apoiando-me naquela perna, passei as costas da mão no rosto, pus o outro pé no chão e tratei de sair do buraco onde eu estava.

O brilho da água, agora escura sem o sol, mas prateada pela lua, estava bem à minha frente. À direita, a enorme árvore caída. Aquilo refrescou a minha memória. Fui até lá com muita cautela, massageando a cabeça com as pontas dos dedos, com todo o cuidado. O ponto estava inchado e fofo, mas não estava sangrando. Parei e olhei para trás, procurando o meu chapéu, então lembrei que tinha deixado o chapéu no carro.

Dei a volta na árvore. O luar era intenso, como só acontece nas montanhas ou no deserto. A luminosidade era tanta que quase dava para ler o jornal. Foi fácil verificar que não tinha corpo algum no chão agora e nenhuma arma largada por perto, com as formigas caminhando sobre ela. O chão estava com um aspecto alisado, varrido.

Fiquei parado ali um pouco, escutando com atenção, e tudo que consegui ouvir foi a pulsação do meu sangue dentro do crânio, e tudo que consegui sentir foi dor de cabeça. Então minha mão deu um salto à procura da minha arma, e a arma estava no lugar. E a mão deu outro salto, procurando pela minha carteira, e a carteira estava no lugar. Tirei a carteira do bolso e examinei o meu dinheiro. Parecia estar todo no lugar.

Dei meia-volta e me arrastei de volta para o carro. Minha vontade era voltar para o hotel, beber alguns drinques e me deitar. Depois eu ia querer procurar o Charlie, mas não logo em seguida. Primeiro, eu queria me deitar um pouquinho. Eu era um menino em fase de crescimento, precisava dormir bastante.

Entrei no carro, dei a partida, manobrei no chão macio e voltei para a estrada de terra, de onde chegaria até a auto-estrada. Não passei por nenhum carro no caminho. A música ainda estava tocando no coreto de um lado da estrada, e a cantora de voz rouca agora entoava *I'll never smile again*.

Quando cheguei na auto-estrada, acendi os faróis do carro e voltei ao vilarejo. A polícia local ficava em um barracão de tábuas de pinho, uma única peça, a meio quarteirão do desembarcadouro dos barcos, na mesma rua dos bombeiros, bem em frente. Tinha uma lâmpada acesa lá dentro, que se podia ver por uma porta com um painel de vidro.

Estacionei o carro do outro lado da rua e fiquei sentado ali por um minuto, olhando o barracão. Tinha um homem lá dentro, sentado, sem chapéu, numa cadeira giratória, em frente a uma velha escrivaninha de tampo corrediço. Abri a porta do carro e fui me mexer para sair, mas então parei, fechei a porta de novo, liguei o motor e fui em frente.

Afinal, eu tinha um trabalho a fazer por cem dólares.

3

Dirigi três quilômetros para além do vilarejo, cheguei à padaria e peguei uma estrada recém-asfaltada em direção ao lago. Passei por dois acampamentos e então vi as barracas marrons do acampamento de meninos, com luzes penduradas entre elas e uma bateção de panelas vindo de uma barraca maior, onde eles estavam lavando os pratos. Um pouco mais adiante, a estrada fazia uma curva em volta de uma angra, e uma estrada de terra começava ali, numa interseção. Era uma estrada cheia de sulcos, marcada pelas rodas dos veículos que ali passavam e cheia de pedras semi-enterradas no chão batido, e as árvores mal davam passagem. Passei por dois chalés iluminados, chalés antigos, feitos de madeira de pinho, com o revestimento natural do tronco da árvore aparecendo. Depois disso, a estrada subia morro acima, o lugar ia ficando cada vez mais deserto, e, depois de um tempo, um enorme chalé apareceu, pendurado na beirinha do costão, com vista para o lago a seus pés. O chalé tinha duas chaminés e uma cerca rústica. Havia um avarandado bem comprido para o lado do lago, e uma escada descia até a água. As janelas mostravam luzes acesas. Os faróis do meu carro iluminavam até uma altura que me permitiu ler o nome *Baldwin* pintado em uma placa de madeira pregada a uma árvore. Aquele era o chalé, sim senhor.

A garagem estava aberta e um carro sedã estava estacionado ali dentro. Estacionei um pouco adiante, voltei a pé e entrei na garagem apenas o tempo suficiente para tocar no cano de descarga do carro. Estava frio. Passei por um portão rústico, subi um caminho delineado por pedras até o avarandado. Quando cheguei lá, a porta abriu-se. Uma mulher alta estava ali, emoldurada pela luz de dentro da casa. Um cachorrinho sedoso correu, passando por ela, jogou-se degraus abaixo e veio bater na minha barriga com as patas dianteiras, então foi para o chão e começou a correr em círculos, fazendo ruídos de aprovação.

– Quieta, Brilhosa! – ordenou a mulher. – Quieta! Não é uma cachorrinha engraçadinha? Cachorrinha pequeninha engraçadinha. Ela é metade coiote.

A cadela voltou correndo para dentro de casa. Eu disse:

– A senhora é a esposa do sr. Lacey? Evans. Eu falei com a senhora por telefone, faz uma hora mais ou menos.

– Eu sou a esposa do sr. Lacey, sim – disse ela. – Meu marido ainda não chegou. Eu... ora, entre, por favor. – Sua voz tinha um som distante, como uma voz na neblina.

Ela fechou a porta depois de eu ter entrado e ficou ali, olhando para mim. Depois, muito sutilmente, deu de ombros e sentou-se em uma cadeira de vime. Eu me sentei em outra exatamente igual. A cachorrinha apareceu, como se viesse de lugar nenhum, pulou para o meu colo, passou a língua na ponta do meu nariz e pulou para o chão novamente. Era uma cachorrinha acinzentada, com um focinho bem pronunciado e um rabo longo e peludo.

A sala era comprida, com uma porção de janelas e cortinas que não eram nem um pouco novas. Havia uma enorme lareira, tapetes indianos, dois sofás cobertos por capas desbotadas de cretone, outros móveis de vime, nada muito confortável. Havia alguns pares de chifres na parede, um deles com seis pontas.

– Fred ainda não chegou – disse a sra. Lacey mais uma vez. – Não sei por que ele está atrasado.

Aquiesci com um gesto de cabeça. Ela tinha um rosto pálido, bastante tenso, cabelo escuro e um pouco rebelde. Estava usando um casaco vermelho de abotoamento duplo e botões de latão, calça comprida de flanela cinza, chinelos de pele de porco, sem meias. Usava um colar de âmbar opaco ao redor do pescoço e uma faixa rosa antigo no cabelo. Ela estava na casa dos trinta, o que significava que tinha passado da idade de aprender a se vestir.

– O senhor veio ver o meu marido a negócios?

– Sim. Ele me escreveu pedindo que viesse, me hospedasse no Cabeça de Índio e telefonasse para ele.

– Ah... no Cabeça de Índio – disse ela, como se aquilo significasse alguma coisa. Ela cruzou as pernas, não gostou, descruzou. Inclinou-se para a frente e apoiou o queixo comprido e pontudo na mão. – O senhor atua em que ramo de negócios, sr. Evans?

– Sou detetive particular.

– É... é sobre o dinheiro? – ela perguntou, impulsivamente.

Fiz que sim com um gesto de cabeça. Aquilo me pareceu seguro. Geralmente era sobre dinheiro. De qualquer modo, aquilo era sobre os cem dólares que eu carregava no bolso.

– É claro – disse ela. – Naturalmente. O senhor aceita um drinque?

– Eu gostaria muito.

Ela foi até um pequeno bar de madeira e voltou com dois copos. Bebemos. Examinamos um ao outro por cima das bordas de nossos copos.

– O Cabeça de Índio – disse ela. – Ficamos lá duas noites, logo que chegamos aqui. Enquanto o chalé estava passando por uma faxina. Ele estava vazio há dois anos, quando nós compramos. Fica tudo muito sujo.

– Imagino que sim – disse eu.

– O senhor disse que o meu marido lhe escreveu? – Ela estava agora olhando para dentro do seu copo. – Imagino que ele tenha lhe contado a história.

Ofereci a ela um cigarro. Ela se moveu para apanhá-lo, mas então sacudiu a cabeça em negativa, pousou a mão sobre o joelho e ficou retorcendo-a sobre o joelho. Ela me lançou um olhar de baixo para cima, lento, cauteloso.

– Ele foi um pouco vago – disse eu. – Em alguns pontos.

Ela me encarou com firmeza, e eu a encarei com firmeza. Respirei dentro do meu copo, até que o vidro ficou embaçado.

– Bom, eu acho que não precisamos fazer mistério sobre isso – disse ela. – Embora, na verdade, eu saiba mais sobre a coisa toda do que Fred imagina que eu sei. Ele não sabe, por exemplo, que eu vi a carta.

– A carta que ele me mandou?

– Não. A carta que ele recebeu de Los Angeles com o laudo sobre a nota de dez dólares.

– Como foi que a senhora conseguiu ver a carta? – perguntei.

Ela riu sem muito entusiasmo.

– Fred é todo cheio de segredos. É um erro ter segredos para uma mulher. Eu dei uma olhada na carta enquanto ele estava no banho. Tirei do bolso dele.

Fiz um gesto afirmativo com a cabeça e bebi mais um pouco do meu drinque. Eu disse:

– Arrã.

Eu não estava progredindo em nada com aquela conversa, o que não deixava de ser bom, porque eu não sabia do que estávamos falando.

– Mas como é que a senhora sabia que a carta estava no bolso? – perguntei.

– Ele tinha recém-pegado a carta no correio. Eu estava junto. – Ela riu, desta vez achando um pouco mais divertido. – Eu vi que tinha dinheiro dentro e que vinha de Los Angeles. Eu sabia que ele tinha mandado uma das notas para um amigo de lá, que é especialista nesses assuntos. Então, é claro, eu sabia que a carta era um laudo. E era.

– Parece que Fred não é muito bom em esconder coisas – disse eu. – O que dizia a carta?

Ela corou um pouco.

– Acho que isso eu não devia estar lhe contando. Eu não tenho como saber se o senhor é realmente um detetive nem se o seu nome é mesmo Evans.

– Bem, isto é uma coisa que pode ser resolvida sem violência – disse eu. Levantei-me e mostrei a ela prova de identidade. Quando me sentei de novo, a cachorrinha aproximou-se e farejou as bainhas da minha calça. Inclinei-me para passar-lhe a mão na cabeça e o que consegui foi ficar com a mão cheia de baba.

– A carta dizia que a nota era uma obra de arte. O papel, especialmente, era quase perfeito. Mas que, mediante comparação, havia pequenas diferenças de registro. O que isso quer dizer?

– Quer dizer que a nota que ele mandou não foi fabricada oficialmente pelo governo. Mais alguma coisa de errado?

– Sim. Usando luz negra... seja lá o que for isso... parecia haver pequenas diferenças na composição das tintas. Mas a carta observava que, a olho nu, a nota falsa era praticamente perfeita. Enganaria qualquer caixa de banco.

Fiz um gesto de cabeça, concordando. Ali estava algo que eu não esperava.

– Quem escreveu a carta, sra. Lacey?

– Ele se assinava Bill. Numa folha de papel comum. Não sei quem escreveu. Ah, tinha mais uma coisa. Bill disse que Fred devia entregar aquilo para funcionários federais imediatamente, porque aquele dinheiro era bom o suficiente para causar muito problema se muitas notas entrassem em circulação. Mas é claro que Fred não ia querer fazer isso se não precisasse. Por isso é que ele chamou o senhor.

– Bom, não, claro que não – disse eu. Era um tiro no escuro, mas provavelmente não ia dar em nada. Não com toda a escuridão onde eu estava atirando.

Ela concordou com um gesto de cabeça, como se eu tivesse dito alguma coisa.

– E no que Fred anda envolvido agora, na maioria do tempo? – perguntei.

– *Bridge* e pôquer, como sempre, há anos. Joga *bridge* quase todas as tardes no clube e pôquer de noite, muito seguido. Como o senhor vê, ele não pode estar ligado a dinheiro falso, nem mesmo por ingenuidade. Sempre haveria alguém que não acreditaria na inocência dele. Ele também aposta em cavalos, mas isso é só por diversão. Foi assim que ele ganhou os quinhentos dólares que botou no meu sapato, um presente dele para mim. No Cabeça de Índio.

Eu queria poder sair para o jardim, soltar uns gritos e bater no peito, só para aliviar a pressão. Mas tudo o que eu podia fazer era ficar ali sentado, fazer cara de inteligente e bebericar o meu drinque. Beberiquei até o fim, fiz um barulhinho com os cubos de gelo, e ela buscou outro drinque para mim. Tomei um bom gole, respirei fundo e disse:

– Se a nota era tão boa, como é que ele sabia que era falsa, se é que a senhora me entende?

Os olhos dela arregalaram-se um pouco.

– Ah... entendi. Ele não sabia, é claro. Não aquela nota. Mas tinha cinqüenta notas, todas de dez dólares, todas novinhas em folha. E o dinheiro não estava daquele jeito quando ele colocou no meu sapato.

Fiquei pensando se arrancar os cabelos me ajudaria. Aliás, não pensei, porque minha dor de cabeça era demais. Charlie. Meu velho e bom Charlie! Ok, Charlie, daqui a pouco eu vou chegar com a minha turma.

– Escute – disse eu. – Escute aqui, sra. Lacey. Ele não me contou do sapato. Ele sempre guarda o dinheiro dele dentro de sapatos, ou aquilo foi uma ocasião especial, porque ele tinha ganhado nos cavalos? Alguma superstição?

– Como eu lhe disse, foi um presente-surpresa para mim. Quando eu calçasse o sapato, eu encontraria o presente, lógico!

– Ah – mordi um naco do meu lábio superior. – Mas a senhora não encontrou o dinheiro por acaso?

– Como é que eu ia encontrar o dinheiro, se mandei a camareira levar os sapatos para o sapateiro do vilarejo trocar os saltos? Eu não olhei dentro. Eu não sabia que Fred tinha colocado alguma coisa dentro.

Agora sim, eu conseguia ver alguma luz naquela história. Muito de longe, chegando aos pouquinhos, muito devagar. Era uma luz mínima, a metade da luz de um vagalume.

Eu disse:

– E Fred não ficou sabendo disso. E a camareira levou os sapatos para o sapateiro. E então o que aconteceu?

– Bom, a Gertrude... é o nome da camareira... disse que ela também não notou o dinheiro. Então, quando Fred descobriu e perguntou para ela, ele foi até o sapateiro, e o sapateiro ainda não tinha começado o serviço, e o maço de dinheiro ainda estava enfiado no bico do sapato. Então Fred achou graça, pegou o dinheiro, pôs no bolso e deu ao sapateiro cinco dólares, porque ele era um homem de sorte.

Terminei o meu segundo drinque e me recostei.

– Agora estou entendendo. Então Fred pegou o maço de dinheiro, examinou e viu que não era o mesmo dinheiro. Porque só tinha notas de dez, e antes provavelmente eram notas variadas e velhas, ou pelo menos não eram todas notas novas.

Ela pareceu surpresa que eu precisasse raciocinar em voz alta. Fiquei pensando como ela imaginava a carta que Fred me escreveu. Eu disse:

– Então Fred precisava supor que havia algum motivo para a troca do dinheiro. Pensou em um e mandou uma das notas para um amigo, para ser examinada. E o laudo chegou, dizendo que era uma ótima falsificação, mas a nota era falsa. Para quem ele perguntou sobre isso no hotel?

– Acho que a ninguém mais, só a Gertrude. Ele não queria dar início a nenhuma história. Acho que a única coisa que ele fez foi chamar o senhor.

Tirei uma ponta do meu cigarro e olhei para fora, pelas janelas da frente, abertas para o lago enluarado. Uma lancha com faróis de luz branca intensa deslizava na água, o motor apenas murmurando, do outro lado do lago, até desaparecer do outro lado de um promontório fartamente arborizado.

Dirigi o meu olhar de volta para a sra. Lacey. Continuava sentada, o queixo apoiado na mão magra. Seu olhar parecia distante.

– Eu queria que Fred estivesse em casa.

– Onde é que ele está?

– Eu não sei. Ele saiu com um tal de Frank Luders, que está hospedado no Woodland Club, no fim do lago. Fred me disse que ele tem participação nos lucros do clube. Mas eu telefonei para esse sr. Luders agora há pouco, e ele me disse que Fred só tinha pegado uma carona com ele até o outro lado da cidade e que tinha ficado na agência do Correio. Então estou esperando Fred telefonar, pedindo para ir buscá-lo de carro em algum lugar. Ele saiu faz horas.

– Provavelmente tem jogo de cartas no Woodland Club. Quem sabe ele está lá?

Ela fez um gesto afirmativo de cabeça.

– Mas geralmente ele me telefona para avisar.

Olhei para o chão por um momento e tentei não me sentir um canalha. Então eu levantei.

– Acho que vou voltar para o hotel. Vou estar lá, se por um acaso a senhora quiser me ligar. Acho que encontrei o sr. Lacey em algum lugar. Ele não é um homem forte, na casa dos quarenta, ficando careca, usa um bigodinho?

Ela me levou até a porta.

– É – disse ela. – Esse é o Fred, assim mesmo.

Ela trancou a cachorrinha dentro de casa e ficou do lado de fora, parada, de pé, enquanto eu manobrava o carro e ia embora. Deus do céu, ela parecia tão sozinha!

4

Eu estava deitado na cama, barriga para cima, balançando e girando um cigarro entre os dedos e tentando decidir o que naquela história me tinha feito bancar o engraçadinho, quando bateram à porta. Avisei que podiam entrar, a porta estava aberta. Uma moça de uniforme entrou, trazendo toalhas. Seu cabelo era escuro, acobreado, seu rosto era bonito e seu olhar era esperto, e suas pernas eram compridas. Ela pediu licença e pendurou algumas toalhas no porta-toalhas, depois, enquanto saía, lançou-me um olhar meio de lado, batendo os cílios várias vezes.

Eu disse:

– Oi, Gertrude – só para ver no que dava.

Ela parou, a cabeça acobreada voltou-se para trás, a boca estava pronta para sorrir.

– Como é que sabe o meu nome?

– Eu não sabia. Mas uma das camareiras é Gertrude. Eu queria falar com ela.

Ela se recostou na esquadria da porta, toalhas num braço. Seus olhos estavam indolentes.

– É mesmo?

– Você mora por aqui, ou está aqui só pelo verão? – perguntei.

A boca crispou-se.

– Só posso dizer que não, não moro por aqui. Quem é que ia querer morar com esses doidos das montanhas? Minha resposta é não.

– E você está ganhando bem, neste emprego?

Ela fez um gesto afirmativo de cabeça.

– E não estou precisando de companhia, não senhor – aqui ela usou um tom de voz que parecia estar dizendo que queria ser convencida do contrário.

Olhei para ela por um minuto e disse:

– Me fale sobre o dinheiro que esconderam num sapato.

– Quem é você? – ela perguntou, a voz fria.

– O meu nome é Evans. Sou detetive em Los Angeles – sorri para ela, com cara de quem sabe das coisas.

O rosto da moça contraiu-se um pouco. A mão que segurava as toalhas cerrou-se, e as unhas arranharam o tecido. Ela se desencostou da portalada e sentou-se em uma cadeira encostada à parede. Seus olhos mostravam que estava confusa.

– Um detetive – ela soltou a respiração. – O que foi que aconteceu?

– Você não sabe?

– Tudo o que sei é que a sra. Lacey deixou um dinheiro dentro de um sapato que precisava de salto novo e que eu levei o tal sapato para o sapateiro e ele não roubou o dinheiro. E eu também não. Ela pegou o dinheiro de volta, não foi?

– Você não gosta muito da polícia, não é? Parece que eu já te conheço de algum lugar – disse eu.

O rosto contraiu-se mais ainda, a expressão nele ficou dura.

– Olhe aqui, eu tenho um emprego e estou cumprindo a minha obrigação. Não preciso da ajuda de nenhum tira. Não devo dinheiro pra ninguém, nem um único centavo.

– Claro – disse eu. – Quando você pegou os sapatos no quarto da sra. Lacey, você foi direto para o sapateiro com eles?

Ela fez um gesto de cabeça, rápido e afirmativo.

– Não parou em lugar algum no meio do caminho?

– Por que eu teria parado?

– Eu não estava por perto, não sei.

– Bom, eu não parei no caminho. Só pra dizer ao Weber que estava dando uma saidinha para um dos hóspedes.

– Quem é esse sr. Weber?

– É o assistente da gerência. Ele em geral fica no térreo e anda muito pelo restaurante.

– Um cara alto e pálido que escreve os resultados das corridas de cavalos?

Ela aquiesceu com a cabeça.

– Esse mesmo.

– Entendo – disse eu. Risquei um fósforo e acendi o meu cigarro. Encarei a moça através da fumaça. – Muito obrigado – disse eu.

Ela se levantou e abriu a porta.

– Acho que não me lembro de você – disse ela, olhando para trás, para mim.

– Teve uns poucos de nós que você não conheceu – disse eu.

Ela ruborizou e ficou ali, parada, me olhando.

– Sempre trocam as toalhas assim tão tarde no seu hotel? – perguntei, só para dizer alguma coisa.

– Esperto, você, não é?

– Bom, pelo menos eu tento fazer cara de esperto – disse, com um sorriso de modéstia.

– Não parece – disse ela, com um repentino sotaque.

– Alguém mais pegou aqueles sapatos fora você... depois que tirou os sapatos do quarto?

– Não. Eu já falei: só dei uma paradinha para dizer ao sr. Weber... – ela parou de chofre e pensou por um momento. – Fui buscar para ele um café – disse ela. – Deixei os sapatos em cima do balcão, do lado da caixa registradora. Como é que eu ia saber se alguém mexeu neles? E que diferença faz, se no fim eles receberam o dinheiro de volta, direitinho?

– Bom, estou vendo que você está louca para que eu fique satisfeito com essa história. Agora me fale desse sujeito, o Weber. Faz tempo que ele trabalha aqui?

– Tempo demais – disse ela, de um jeito maldoso. – Nenhuma funcionária gosta de chegar muito perto dele, se é que você me entende. Do que era mesmo que eu estava falando?

– Do sr. Weber.

– Ora, que se dane, o sr. Weber... se é que você me entende.

– Você tem tido muito problema para andar pelo hotel?

Ela ficou ruborizada mais uma vez.

– E agora isto não precisa entrar no seu relatório: dane-se você também.

– Se é que estou te entendendo – disse eu.

Ela abriu a porta, lançou-me um sorriso rápido, ligeiramente irado, e saiu.

Seus passos ecoaram pelo corredor afora. Não a ouvi parando em outros quartos para entregar toalhas. Olhei o meu relógio. Passava das nove e meia.

Alguém se aproximou pelo corredor com passos pesados, entrou no quarto vizinho ao meu e fechou a porta com força. O cara começou a pigarrear, limpar a garganta, fungar com força e também tirou e atirou os sapatos. Um peso caiu sobre as molas do colchão e ficou se revirando na cama. Cinco minutos daquilo e ele levantou de novo. Dois pés enormes e descalços caminharam no piso de tábuas do quarto vizinho, e uma garrafa tilintou ao encontrar-se com um copo. O homem tomou um drinque, deitou-se mais uma vez e quase instantaneamente começou a roncar.

Fora isso, e o barulho de louça do restaurante lá embaixo, mais o barulho do bar, aquilo era o mais perto que se chega de ter o silêncio da natureza num hotel nas montanhas. Ouvia-se o barulho das lanchas no lago, barulho de música aqui e ali, passavam carros na rua buzinando, havia os tiros de armas calibre 22 disparados em uma barraquinha de tiro ao alvo e crianças conversando aos gritos do outro lado da draga principal.

Era tão silencioso que não ouvi minha porta abrir-se. Já estava aberta pela metade quando notei. Um homem entrou sem fazer ruído, encostou a porta, deixando uma fresta, deu mais dois passos para dentro do quarto e ficou ali parado, me olhando. Ele era alto, magro, pálido, quieto, e o seu olhar era simplesmente ameaçador.

– Tudo bem, cara – disse ele. – Pode mostrar.

Eu me virei na cama e sentei. Bocejei.

– Mostrar o quê?

– O distintivo.

– Que distintivo?

– Pode parar com essa história, espertinho. Agora mostre o distintivo que lhe dá o direito de tirar informações dos meus funcionários.

– Ah, isso – disse eu, sorrindo de leve. – Não tenho nenhum distintivo, sr. Weber.

– Ora, mas que beleza – disse o sr. Weber. Ele atravessou o quarto, os braços compridos balançando ao longo do corpo. Quando estava a um metro de mim, inclinou-se um pouco para a frente e fez um movimento brusco. Sua mão espalmada esbofeteou o meu rosto com toda a força. Aquilo sacudiu a minha cabeça e fez a minha nuca sentir agulhadas de dor em todas as direções.

– E por isso – disse eu – você está de castigo e proibido de ir ao cinema hoje de noite.

Seu rosto contorceu-se num arreganhar de dentes, seu punho direito ergueu-se, cerrado. Ele me avisou do soco que ia desferir contra mim com uma boa antecipação. Quase dava tempo de eu sair correndo e comprar uma proteção para cabeça de receptor no beisebol. Levantando da cama, coloquei-me abaixo do soco do sr. Weber e empurrei o cano da minha arma contra o seu abdômen. Ele grunhiu de um modo desagradável. Eu disse:

– Mãos para cima, por favor.

Ele grunhiu de novo, e seus olhos perderam o foco, mas ele não ergueu as mãos. Fui para trás dele e comecei a recuar para o outro lado do quarto. Ele se virou devagar, olhando para mim. Eu disse:

– Só um pouquinho, deixe eu fechar a porta. Depois então a gente examina o caso do dinheiro dentro do sapato, também conhecido como a Pista das Verdinhas Substituídas.

– Vá pro inferno – disse ele.

– Uma resposta rápida – disse eu. – E muito original.

Estendi a mão para trás, procurando a maçaneta da porta, sem desviar o meu olhar do sr. Weber. Uma tábua do piso rangeu atrás de mim. Eu me virei, acrescentando ainda mais força ao enorme, pesado, profissional punho de concreto que aterrissou no lado da minha mandíbula. Girei para longe, perseguindo clarões de relâmpagos, e mergulhei de nariz no espaço. Passaram-se dois mil anos. Então eu parei um planeta com as minhas costas, abri meus olhos atordoados e encarei dois pés.

Os pés estavam espalhados num ângulo bem aberto, e, a partir deles, havia pernas vindo em minha direção. As pernas estavam esparramadas no chão do quarto. Havia ainda a mão, frouxa, e uma arma largada ali no chão, fora do alcance da mão. Mexi um dos pés e fiquei surpreso ao ver que era meu. A mão frouxa sofreu um espasmo e estendeu-se automaticamente para a arma, não conseguiu pegá-la, tentou novamente e agarrou a coronha, bem lisinha. Ergui a arma. Alguém havia amarrado a ela um peso de vinte quilos, mas ergui a arma assim mesmo. Não havia nada no quarto, só silêncio. Levantei os olhos e vi a porta fechada, exatamente à minha frente, do outro lado do quarto. Movimentei-me um pouco e senti dor no corpo todo. Minha cabeça doía. Meu queixo doía. Ergui a arma um pouco mais e então larguei-a de novo. Dane-se. Eu ia ficar fazendo levantamento de peso para quê, afinal? O quarto estava vazio. Todas as visitas tinham ido embora. O lustre pendente do teto queimava com um brilho vazio. Virei um pouco de lado, senti mais dor, dobrei uma perna e pus um joelho debaixo de mim. Levantei bufando, resmungando, peguei a arma mais uma vez e subi o resto do caminho para cima. O gosto na minha boca era de cinzas.

– Ah, que droga – disse eu, em voz alta. – Que droga. Mas tem que ser. Ok, Charlie. Te vejo depois.

Balancei um pouco, ainda grogue como se tivesse bebido por três dias sem parar, fui rodando bem devagar e examinei o quarto com os olhos.

Um homem estava ajoelhado para rezar, a barriga encostada a um lado da cama. Ele usava um terno cinza, e o cabelo era loiro escuro. As pernas estavam abertas, o corpo, inclinado para a frente, debruçado sobre a cama, e os braços, abertos para os lados. A cabeça estava de lado, em cima do braço esquerdo.

Ele dava a impressão de estar bem confortável. O cabo áspero de chifre da faca de caça logo abaixo da omoplata parecia não estar incomodando.

Fui até lá para me abaixar e olhar o rosto dele. Era o rosto do sr. Weber. Pobre sr. Weber! Partindo da faca de caça e descendo pelas costas de seu casaco, estendia-se uma linha escura.

Não era mercúrio-cromo.

Encontrei o meu chapéu em algum lugar e ajeitei-o na cabeça com cuidado, guardei minha arma sob o braço e fui com muito esforço até a porta. Girei a chave, apaguei a luz, saí, chaveei a porta e larguei a chave no meu bolso.

Segui pelo corredor e desci as escadas até o escritório. Um funcionário da noite, velho e com um aspecto para lá de cansado, estava lendo o jornal atrás do balcão. Nem me olhou. Espiei pela passagem em arco para dentro do restaurante. O mesmo grupo barulhento continuava em grandes discussões no bar. O mesmo conjunto sinfônico de caipiras estava lutando pela vida no canto do salão. O cara com charuto e sobrancelhas de John L. Lewis estava tomando conta da caixa registradora. Pelo jeito, os negócios iam muito bem, obrigado. Um casal que era visita de férias de verão estava dançando no meio do salão, segurando copos um sobre o ombro do outro.

5

Saí pela porta do saguão e peguei a rua para a esquerda, para onde o meu carro estava estacionado, mas não havia andado muito quando parei e voltei para o saguão do hotel. Debrucei-me no balcão e perguntei ao funcionário:

– Eu poderia falar com a camareira que se chama Gertrude?

Ele piscou os olhos pensativamente, olhando-me por cima dos óculos.

– Ela sai às nove e meia. Já foi pra casa.

– Onde é que ela mora?

Ele me encarou dessa vez sem piscar.

– Acho que talvez o senhor tenha entendido mal alguma coisa.

– Se entendi alguma coisa mal, não é a mesma coisa que o senhor entendeu.

Ele esfregou a ponta do queixo e vasculhou o meu rosto com o seu olhar.

– Algum problema?

– Sou detetive, de Los Angeles. Trabalho em silêncio, quando as pessoas me deixam trabalhar em silêncio.

– É melhor o senhor falar com o sr. Holmes – disse ele. – O gerente.

– Olhe aqui, companheiro, este vilarejo não é nenhuma cidade grande. Eu não preciso mais que andar por aí e perguntar nos bares e lanchonetes pela Gertrude. Posso inventar um motivo. Posso descobrir. O senhor vai estar me poupando um pouco de tempo e pode até estar poupando alguém de se machucar, e se machucar feio.

Ele deu de ombros.

– Deixe-me ver suas credenciais, sr...

– Evans – mostrei a ele minhas credenciais. Ele ficou olhando para os papéis por um bom tempo ainda, mesmo depois de ter lido a minha documentação. Então, devolveu minha carteira e olhou para as pontas dos dedos.

– Acho que ela está parando nas Cabanas Whitewater – disse ele.

– Qual é o sobrenome dela?

– Smith – disse ele, sorrindo um sorriso débil, velho e muito, muito cansado, o sorriso de um homem que já viu coisa demais neste mundo. – Mas pode ser que seja Schmidt.

Agradeci e voltei para a calçada. Andei meio quarteirão e entrei num barzinho barulhento para tomar um drinque. Uma banda com três músicos tocava uma música bem embalada no fundo do bar, sobre um arremedo de palco. Na frente do palco, uma pista de dança e uns poucos casais de olhares nublados dançando o *shag* com aqueles volteios e pulinhos das danças caipiras, joelhos dobrados e pés apontando para o céu, todos dançando com boca aberta e com expressão nenhuma no rosto.

Bebi um trago de uísque de centeio e perguntei ao *barman* onde ficavam as Cabanas Whitewater. Do lado leste da cidade, disse ele, meio quarteirão para dentro de uma rua que começava numa esquina com um posto de gasolina.

Saí para pegar o meu carro, dirigi pelo vilarejo e encontrei a rua. Um luminoso de neon azul-claro com uma seta mostrava o caminho. As Cabanas Whitewater eram um aglomerado de cabanas bem pequenas na encosta do morro, com uma recepção na frente, na parte mais baixa. Parei na frente da recepção. As pessoas estavam sentadas na rua, em suas varandas mínimas, ouvindo seus rádios de pilha. A noite parecia tranqüila e bem familiar. Havia uma campainha na recepção.

Fiz soar a campainha, e uma moça de calça comprida apareceu e me disse que a srta. Smith e a srta. Hoffman tinham uma cabana um pouco separada das demais porque as moças dormiam até tarde e queriam silêncio. Claro que na temporada alta eles tinham sempre bastante movimento, mas a cabana onde elas ficavam – que se chamava "Cabanaconchego" – era silenciosa e dava para os fundos, bem mais adiante, à esquerda, e não era difícil encontrar. Eu era amigo delas?

Eu disse que era o avô da srta. Smith, agradeci, saí e subi a encosta entre as cabanas aglomeradas até o fim do bosque de pinheiros, nos fundos. Havia uma extensa pilha de toras de madeira ali nos fundos e, de cada lado do terreno desmatado, havia uma cabana pequena. Na frente da cabana à esquerda havia um carro cupê estacionado, com a sinaleira ligada. Uma moça loira e alta estava colocando uma mala no porta-malas. Seu cabelo estava amarrado com um lenço azul, e ela estava vestida com suéter azul e calça azul. Ou pelo menos eram peças escuras o suficiente para serem azuis. A cabana atrás dela estava iluminada, e uma placa pequena pendurada desde o telhado dizia: "Cabanaconchego".

A loira voltou para a cabana, deixando o porta-malas aberto. Uma luz fraca vinha da porta aberta. Subi bem de mansinho os degraus da frente e entrei.

Gertrude estava ocupada, socando coisas numa mala em cima da cama. A loira estava fora de vista, mas eu podia ouvir sua movimentação na cozinha.

Eu nem precisava ser muito silencioso. Gertrude baixou a tampa da mala, fechou-a com um clique, levantou com esforço a mala obviamente pesada e começou a carregá-la para fora dali. Só então me viu. Seu rosto empalideceu, e ela paralisou, sem soltar a mala. A boca abriu-se, e ela falou rapidamente, para trás, por cima do ombro:

– Anna... *Achtung?*

O barulho na cozinha parou. Gertrude e eu ficamos nos encarando.

– Está de saída? – perguntei.

Ela umedeceu os lábios.

– Vai me impedir, tira?

– Acho que não. Está indo embora por quê?

– Não gosto daqui. A altitude não me faz bem para os nervos.

– Decidiu isso assim, meio de repente, não foi?

– Alguma lei contra?

– Acho que não. Você não está com medo do Weber, está?

Ela não respondeu. Estava olhando para um ponto atrás e acima do meu ombro. Era um truque antigo, e eu não dei atenção àquilo. Atrás de mim, a porta do chalé fechou-se. Então, me virei. A loira estava atrás de mim. Com uma arma na mão. Ela me olhava pensativamente, sem nenhuma expressão mais definida no rosto. Era uma mulher grande e parecia ser muito forte.

– O que é isso? – perguntou ela, falando com uma voz pesada, quase masculina.

– Um detetive de Los Angeles – respondeu Gertrude.

– E daí? – disse Anna. – O que ele quer?

– Não sei – disse Gertrude. – Acho que não é um detetive de verdade. Não é arrogante que chegue.

– E daí? – disse Anna. Ela andou para o lado, afastando-se da porta. Manteve a arma apontada para mim. Segurava a arma como se aquilo não a deixasse nervosa, nem um pouco nervosa. – O que é que você quer? – perguntou ela, com sua voz rouca.

– Quase tudo – disse eu. – Por que é que vocês estão tomando este remédio?

– Isso já foi explicado – disse a loira, muito calmamente. – É a altitude. Está deixando a Gertrude doente.

– Vocês duas trabalham no Cabeça de Índio?

A loira disse:

– Isso não importa.

– Mas que inferno – disse Gertrude. – Sim, nós duas estávamos trabalhando no hotel até hoje. Agora estamos indo embora. Alguma objeção?

– Estamos perdendo tempo – disse a loira. – Vê se ele está armado.

Gertrude largou a mala e me apalpou. Encontrou a arma e eu, coração mole, deixei que a pegasse. Ela ficou parada, olhando a minha arma com uma expressão pálida e preocupada. A loira disse:

– Lá fora, largue a arma e ponha a mala no carro. Ligue o motor e espere por mim.

Gertrude pegou a mala de novo e tinha de passar por mim para chegar até a porta da cabana.

– Isso não vai levar você a lugar nenhum – disse eu. – Eles vão telefonar, avisando, e vão bloquear a estrada. Só tem duas estradas saindo daqui, as duas bem fáceis de serem bloqueadas.

A loira ergueu as sobrancelhas finas e claras.

– Por que alguém ia querer nos parar?

– Por que você está apontando uma arma?

– Eu não sabia quem você era – disse a loira. – E ainda agora, você é um desconhecido. Vá, Gertrude.

Gertrude abriu a porta, então olhou de novo para mim e roçou um lábio no outro.

– Uma dica, seu metido: cai fora deste lugar enquanto você ainda pode – disse ela em voz baixa.

– Qual de vocês duas viu a faca de caça?

Elas olharam uma para a outra rapidamente, depois de volta para mim. Gertrude tinha o olhar fixo, mas não parecia ser um olhar culpado.

– Essa eu passo – disse ela. – Não sei do que você está falando.

– Ok – disse eu. – Eu sei que você não a pôs onde estava. Uma última pergunta: quanto tempo você levou para buscar uma xícara de café para o sr. Weber naquela manhã em que levou os sapatos para o sapateiro?

– Você está perdendo tempo, Gertrude – disse a loira, impaciente, ou pelo menos com a mesma impaciência que ela costumava ter para falar qualquer coisa. E ela não parecia ser do tipo impaciente.

Gertrude parecia não estar prestando atenção ao que ela dizia. Seu olhar estava altamente especulativo.

– O tempo suficiente para buscar uma xícara de café para ele.

– Sempre tem café pronto no restaurante.

– Estava reaquecido, no restaurante. Eu fui até a cozinha buscar um café novo. Também peguei umas torradas na torradeira para ele.

– Cinco minutos?

Ela aquiesceu com um gesto de cabeça.

– Por aí.

– Quem mais estava no restaurante, além de Weber?

Ela me encarou com o olhar firme.

– Àquela hora, acho que ninguém. Não tenho certeza. Talvez alguém estivesse tomando o café-da-manhã atrasado.

– Muito obrigado – disse eu. – Ponha a arma no avarandado da frente, com cuidado, bem devagarzinho, e não deixe cair. Você pode tirar as balas, se quiser. Não tenho planos de atirar em ninguém.

Ela esboçou um sorriso fraquinho, abriu a porta com a mão que estava segurando a arma e saiu. Eu a ouvi descendo os degraus e depois ouvi a batida do porta-malas do carro sendo fechado. Ouvi o motor de arranque, depois o carro pegou e ficou ronronando baixinho.

A loira andou em direção à porta, tirou a chave do lado de dentro e enfiou-a de volta na fechadura pelo lado de fora.

– Eu não tenho interesse em atirar em ninguém – disse ela. – Mas atiro, se for preciso. Por favor, não me obrigue a atirar.

Ela fechou a porta e a chave girou na fechadura. Seus passos desceram os degraus do avarandado. A porta do carro bateu, e o barulho do motor ganhou força. Os pneus murmuraram suavemente, descendo pelo caminho entre as cabanas. Então o barulho dos rádios portáteis engoliu os sons do carro.

Fiquei ali, dando uma olhada ao meu redor, e depois andei pelos diferentes cômodos. Não havia nada que estivesse destoando do lugar. Algum lixo na lata de lixo, xícaras que não foram lavadas, uma panelinha com borra de café. Não havia papéis, e ninguém tinha deixado a história de sua vida escrita em um fósforo de papelão.

A porta dos fundos também estava chaveada. Ela dava para o lado contrário ao do acampamento, para o bosque fechado e escuro. Sacudi a porta e me abaixei para dar uma olhada na fechadura. Era uma tranca com ferrolho. Abri uma janela. Uma tela de arame estava pregada na esquadria. Voltei a me concentrar na porta. Corri de encontro a ela, dei de ombro com toda a força. A porta nem se abalou. Minha cabeça é que começou a doer de novo. Apalpei os meus bolsos e fiquei enojado comigo mesmo. Eu não tinha nem mesmo uma chave básica de cinco centavos.

Peguei o abridor de latas numa gaveta da cozinha, soltei um canto da tela de arame da janela e dobrei-o para trás. Então subi na pia, estendi o braço para fora e para baixo, peguei a maçaneta do lado de fora da porta e fui tateando ao redor. A chave estava na fechadura. Girei-a, puxei o meu braço de volta para dentro e saí pela porta. Então entrei de novo e apaguei as luzes. Minha arma estava no avarandado da frente, atrás de um pilar do pequeno parapeito. Enfiei-a no coldre preso às costelas e andei ladeira abaixo até o lugar onde tinha deixado o meu carro.

6

Havia um balcão de madeira que se estendia em direção aos fundos do escritório desde o lado da porta, o fogãozinho de uma boca era um móvel a um canto, e um mapa enorme do distrito e alguns calendários velhos eram o que se via na parede. Sobre o balcão havia pilhas de brochuras empoeiradas, uma caneta enferrujada, um frasco de tinta e o berrante Stetson de alguém, coronha escurecida pelo suor.

Atrás do balcão havia uma velha escrivaninha de tampo corrediço em madeira clara de carvalho, e sentado à escrivaninha havia um homem, com uma escarradeira alta de latão corroído pelo tempo encostada em sua perna. Era um homem pesado, tranqüilo, e estava reclinado para trás na cadeira, as mãos grandes e peludas cruzadas em cima da barriga. Ele usava sapatos do exército, marrons, gastos, com meias brancas, calça marrom surrada e presa por suspensórios, uma camisa cáqui abotoada até o pescoço. O cabelo era marrom-acinzentado, exceto nas têmporas, cuja cor era de neve suja. No lado esquerdo do peito havia uma estrela. Ele sentava apoiando-se mais no lado esquerdo do quadril que no direito, porque havia um coldre de couro marrom no bolso direito de sua calça, e uns trinta centímetros de um revólver 45 no coldre.

Ele tinha orelhas grandes e um olhar simpático e olhava ao seu redor de um modo tão ameaçador quanto um esquilo, mas bem menos nervoso. Debrucei-me no balcão e olhei para ele, e ele me respondeu com um gesto de cabeça e largou bem um quarto de litro de um suco marrom na escarradeira. Acendi um cigarro e olhei à volta, procurando um lugar onde jogar o fósforo.

– Pode largar no chão – disse ele. – No que posso lhe ajudar, filho?

Larguei o fósforo no chão e apontei com o queixo para o mapa na parede.

– Estou atrás de um mapa do distrito. Às vezes as câmaras do comércio têm mapas para distribuir de graça. Mas acho que o senhor não é a câmara do comércio.

– A gente aqui não tem mapas – disse o homem. – Nós tínhamos um monte dois anos atrás, mas acabou. Ouvi falar que Sid Young tinha alguns, na loja de máquinas fotográficas, do lado do correio. Ele é o juiz de paz aqui, tem a loja de máquinas fotográficas e distribui os mapas de graça que é pra mostrar onde pode fumar e onde não pode. A gente teve um incêndio bem feio aqui. Eu tenho um mapa muito bom do distrito na parede. Posso lhe dar direções, pra qualquer lugar que o senhor quiser ir. Nosso negócio é fazer os visitantes de verão sentirem-se em casa.

Ele inspirou devagar e cuspiu outro tanto de suco marrom.

– Qual é o seu nome? – perguntou.

– Evans. O senhor é a palavra da lei por aqui?

– Isso mesmo. Sou o delegado de Puma Point e delegado interino para San Bernardino. Aqui sou eu e Sid Young, toda a força da lei que se tem. Meu nome é Barron. Sou de Los Angeles. Dezoito anos no corpo de bombeiros. Vim pra cá faz já um bom tempo. É bonito e tranqüilo aqui nas montanhas. E você, está aqui a serviço?

Eu não pensei que ele pudesse fazer aquilo de novo tão logo, mas ele fez. Aquela escarradeira estava sendo bombardeada.

– A serviço? – perguntei.

O grandalhão tirou uma das mãos de cima da barriga e enganchou um dedo dentro do colarinho e tentou afrouxá-lo.

– A serviço – disse ele, com calma. – Quer dizer, você tem licença de porte dessa sua arma aí, imagino eu.

– Mas que inferno! Ela aparece tanto assim?

– Depende do que é que um homem está observando – disse ele e pôs os pés no chão. – Talvez seja melhor você e eu esclarecermos umas coisinhas.

Ele se levantou e veio até o balcão, e eu pus a minha carteira ali em cima e abri a dita, para que ele pudesse ver a fotocópia da minha licença por trás da película de celulóide. Tirei a permissão para porte de arma assinada pelo chefe de polícia de Los Angeles e abri-a ao lado da licença de detetive.

Ele examinou os documentos.

– É melhor eu dar uma olhada no número – disse ele.

Tirei a arma do coldre e coloquei-a no balcão, ao lado da mão dele. Ele a pegou e comparou os números.

– Estou vendo que você tem três armas. Não anda com todas ao mesmo tempo, espero. Bela arma, filho. Mas não atira tão bem quanto a minha. – Ele tirou o seu canhão da cintura e colocou-o no balcão. Um Colt Frontier que devia pesar tanto quanto uma mala cheia. Ele a equilibrou na mão, jogou-a para cima, pegou-a no ar, ainda girando, e guardou-a de volta no coldre da cintura. Empurrou de volta para mim o meu 38.

– Está aqui a serviço, sr. Evans?

– Não tenho bem certeza. Recebi um chamado, mas ainda não fiz nenhum contato. Um assunto confidencial.

Ele concordou com um gesto de cabeça. Seus olhos estavam pensativos: mais profundos, mais frios, mais escuros do que antes.

– Estou parando no Cabeça de Índio – disse eu.

– Não pretendo me meter nos seus negócios, filho – disse ele. – Aqui nas montanhas a gente não tem nenhum crime. De vez em quando uma briga, ou um motorista bêbado, no verão. Ou talvez dois jovens cheios de energia em cima de uma moto arrombam um chalé só pra dormir e roubar comida. Mas nenhum crime de verdade. Tem muito pouco encorajamento ao crime aqui nas montanhas. Esse povo aqui é extremamente tranqüilo.

– Sim – disse eu. – E não.

Ele se inclinou um pouco para a frente e me olhou dentro dos olhos.

– Agora mesmo – disse eu – vocês têm um assassinato.

Não se alterou quase nada na fisionomia dele. Ele observou traço por traço do meu rosto. Estendeu a mão para pegar o seu chapéu e ajeitou-o na parte de trás da cabeça.

– O que foi mesmo, filho? – perguntou ele, com toda a calma.

– No promontório a leste do vilarejo, passando o coreto das danças. Um homem baleado, estendido atrás de uma enorme árvore caída. Baleado no coração. Eu estava lá bem uma meia hora, fumando, antes de encontrar o cara.

– É mesmo? – disse ele, a fala arrastada. – No Cabo do Orador, hã? Passando a Taverna do Orador. Nesse lugar?

– Isso mesmo – disse eu.

– Você levou um bocado de tempo antes de vir até aqui pra me contar isso, não foi? – Os olhos dele não eram amigáveis.

– Levei um choque – disse eu. – Daí que levei um tempinho pra me recuperar.

Ele concordou com um gesto de cabeça.

– Você e eu, agora a gente vai até lá de carro. No seu carro.

– Isso não vai adiantar nada – disse eu. – O corpo foi removido. Depois que encontrei o corpo, eu estava voltando para o meu carro quando um matador japonês me aparece por trás de um arbusto e me põe a nocaute. Dois homens carregaram o corpo embora e saíram num barco. Agora não tem nem sinal do corpo no local.

O delegado afastou-se e deu mais uma cusparada em sua escarradeira. Depois deu uma cuspida menor no fogãozinho e esperou, como para ver se ia ferver, mas era verão, e o fogão estava apagado. Ele se virou, limpou a garganta e disse:

– É melhor você ir pra casa e se deitar um pouco, talvez. – Cerrou o punho ao lado do corpo. – Queremos que os nossos visitantes de verão gostem daqui. – Cerrou o outro punho, depois enfiou com força as mãos fechadas nos rasos bolsos laterais da calça.

– Ok – disse eu.

– Nós não temos nenhum matador de aluguel japonês por aqui – disse o delegado com a voz pastosa. – Matadores japoneses estão em falta.

– Posso entender que o senhor não goste desse crime – falei. – Mas que tal um outro? Um homem chamado Weber foi esfaqueado nas costas no Cabeça de Índio faz pouco tempo. No meu quarto. Alguém que eu não vi me pôs a nocaute com um tijolo e, enquanto eu estava inconsciente, esse Weber foi esfaqueado. Ele e eu estávamos conversando. Weber trabalhava no hotel. Na caixa registradora.

– Você disse que isso aconteceu no seu quarto?

– Sim.

– Pelo jeito – disse Barron pensativamente –, você vai acabar sendo uma má influência na cidade.

– Você também não gostou desse outro crime?

Ele sacudiu a cabeça em negativa.

– Nem um pouquinho. Não gosto nem daquele outro. A menos, é claro, que você tenha um corpo que venha junto com o crime.

– Não tenho nenhum corpo aqui comigo – disse eu –, mas posso correr até lá e buscar ele para o senhor.

Ele estendeu a mão e pegou no meu braço com os dedos mais duros que já me tocaram.

– Eu vou achar horroroso se você está bom da cabeça, filho – disse ele. – Mas eu acho que vou junto com você. Está uma noite bonita.

– Claro – disse eu, sem me mexer. – O homem que me chamou para trabalhar para ele chama-se Fred Lacey. Faz pouco tempo que ele comprou um chalé no Ball Sage Point. O chalé dos Baldwin. O homem que eu encontrei morto no Cabo do Orador se chamava Frederick Lacey, pelo que diz a carteira de motorista no bolso dele. Tem muito mais coisas nessa história, mas o senhor não ia querer se incomodar com os detalhes, não é?

– Você e eu – disse o delegado –, a gente agora vai até o hotel, e rápido. Você está de carro?

Eu disse que estava.

– Ótimo – disse o delegado. – A gente não vai usar ele, mas você pode me entregar as chaves.

7

O homem com as sobrancelhas pesadonas, e agora levantadas, e de charuto aparafusado na boca estava encostado na porta fechada do quarto e não falou nada, nem parecia estar com cara de quem quisesse dizer alguma coisa. O delegado Barron estava sentado a cavalo em uma cadeira de espaldar reto e observava o médico, de nome Menzies, que estava examinando o corpo. Eu estava a um canto, que ali era o meu lugar. O médico era um homem de traços angulares, olhos esbugalhados, um rosto amarelado que se amenizava com faces coradas e brilhosas. Seus dedos eram manchados de nicotina, e ele não tinha uma aparência muito asseada.

Soltava fumaça de cigarro no cabelo do morto, virava o homem para cá e para lá em cima da cama e apalpava o corpo aqui e ali. Dava a impressão de que ele estava tentando dar a impressão de que sabia o que estava fazendo. A faca havia sido retirada das costas de Weber. Estava ali, na cama, ao lado do corpo. Era uma faca pequena, de lâmina larga, do tipo que se usa numa bainha de couro que se prende ao cinto da calça. Tinha uma guarda pesada, do tipo que selaria a ferida assim que o golpe fosse desferido, evitando que o sangue chegasse à empunhadura. Havia sangue de sobra na lâmina.

– Sears Sawbuck, especial de caça, número 2.438 – disse o delegado, olhando a faca. – Tem mais de mil dessas em toda a volta do lago. Não é uma faca ruim, mas também não é uma faca boa. O que me diz, doutor?

O médico endireitou o corpo e pegou um lenço do bolso. Deu umas tossidelas secas, curtas e repetidas dentro do lenço, examinou o lenço, sacudiu a cabeça com tristeza e acendeu outro cigarro.

– Sobre o quê? – perguntou ele.

– Causa e hora do óbito.

– Falecido há bem pouco tempo – disse o médico. – Menos de duas horas. Ainda não entrou em *rigor mortis*.

– O senhor diria que a faca o matou?

– Não seja bobo, Jim Barron.

– Já teve casos – disse o delegado – que o homem era envenenado ou coisa parecida e então enfiavam uma faca nele para disfarçar.

– Muito inteligente – disse o médico, com sarcasmo. – Você vê muitos casos assim aqui nas montanhas?

– O único homicídio que peguei aqui nas montanhas – disse o delegado, muito tranqüilo – foi do velho Papai Meacham, lá do outro lado. Tinha uma cabana no Cânion Sheedy. O pessoal não via ele fazia já um tempinho, mas era inverno, e todo mundo imaginou que ele estava em casa, com o seu fogão a diesel aceso, descansando. Depois, quando ele não apareceu mesmo, bateram na porta e viram que a cabana estava chaveada, então imaginaram que ele tinha descido para a cidade, para passar o inverno fora daqui. Então chegou uma nevasca mais forte, e o telhado desmoronou. A gente foi pra lá tentar erguê-lo, que era pra ele não perder tudo que tinha, e, puxa vida, lá estava o Papai Meacham, na cama, com um machado na parte de trás da cabeça. Ele tinha algum ouro que tinha garimpado com bateia no verão... Acho que foi por isso que o mataram. Nunca descobrimos quem foi.

– Você quer tirar ele daqui na minha ambulância? – perguntou o médico, apontando para a cama com o seu cigarro.

O delegado sacudiu a cabeça em negativa.

– Não. Isso aqui é região de pobre, doutor. Acho que ele pode descer a serra de um jeito mais barato.

O médico pôs o chapéu e foi para a porta. O homem das sobrancelhas saiu do caminho. O médico abriu a porta.

– Me avise, se você quiser que eu pague o enterro – disse ele e saiu.

– Isso não é jeito de falar – disse o delegado.

O homem das sobrancelhas disse:

– Vamos terminar logo com isso e tirar ele daqui, que é pra eu voltar pro trabalho. Eu tenho que preparar o cenário de uma filmagem que vai acontecer na segunda-feira, o que quer dizer que eu vou estar ocupado. E agora também tenho que encontrar um outro caixa, o que não é coisa fácil.

– Onde foi que você encontrou Weber? – perguntou o delegado. – Ele tinha inimigos?

– Eu diria que ele tinha pelo menos um inimigo – disse o homem das sobrancelhas. – Contratei ele por indicação do Frank Luders, do Woodland Club. Tudo que eu sei sobre ele é que sabia fazer o seu trabalho e era capaz de fechar um contrato de dez mil dólares sem problemas. Pra mim, tava bom; eu não precisava saber mais que isso.

– Frank Luders – disse o delegado. – Esse é o homem que comprou ações do clube. Não cheguei a conhecer. O que é que ele faz?

– Arrá! – disse o homem das sobrancelhas.

O delegado olhou para ele com toda a calma.

– Bom, não é o único lugar onde oferecem um bom joguinho de pôquer, sr. Holmes.

O sr. Holmes mostrou um olhar sem expressão.

– Bom, eu tenho que voltar pro trabalho – disse ele. – Precisa de alguma ajuda para mover o corpo?

– Não. Não vou mexer no corpo agora. Vou tirá-lo daqui antes de amanhecer. Mas não agora. Isso é tudo por agora, sr. Holmes.

O homem das sobrancelhas olhou para o delegado pensativamente por um instante, depois estendeu a mão para a maçaneta da porta.

Eu disse:

– O senhor tem duas garotas alemãs trabalhando aqui, sr. Holmes. Quem as contratou?

O homem das sobrancelhas arrastou o charuto para fora da boca, olhou o dito, levou-o de volta à boca, acomodou-o bem firme em seu lugar. Disse:

– E isso lhe interessa por quê?

– Os nomes delas são Anna Hoffman e Gertrude Smith, ou talvez Schmidt – disse eu. – Elas estavam parando nas Cabanas Whitewater. Fizeram as malas e desceram para a cidade esta noite. Gertrude é a moça que levou os sapatos da sra. Lacey para o sapateiro.

O homem das sobrancelhas encarou-me com olhar firme.

Eu disse:

– Quando Gertrude estava levando os sapatos, ela os deixou sobre a mesa de Weber por uns minutos. Tinha quinhentos dólares dentro de um dos sapatos. O sr. Lacey botou o dinheiro ali para fazer uma brincadeira, para que a esposa achasse.

– É a primeira vez que ouço falar disso – disse o homem das sobrancelhas. O delegado não disse nada.

– Não era dinheiro roubado – disse eu. – Os Lacey encontraram o dinheiro ainda dentro do sapato, na sapataria.

O homem das sobrancelhas disse:

– Fico contente que isso tenha sido resolvido. – Ele abriu a porta, saiu e fechou a porta. O delegado não disse nada para detê-lo.

Ele foi até o canto do quarto e cuspiu na cesta do lixo. Então tirou do bolso um enorme lenço de cor cáqui e com ele enrolou a faca manchada de sangue e então enfiou-a num lado do cinto da calça. Foi até a cama e ficou olhando para o morto. Endireitou o chapéu na cabeça e dirigiu-se à porta. Abriu a porta e olhou para trás, para mim.

– Esse é um caso um pouco complicado – disse ele. – Mas provavelmente não é tão complicado como você queria. Vamos até a casa de Lacey.

Saí, e ele chaveou a porta e guardou a chave no bolso. Descemos até o térreo, atravessamos o saguão, saímos para a calçada e atravessamos a rua até onde estava um sedã pequeno, marrom-claro, empoeirado e estacionado na frente de um hidrante. Um sujeito miudinho e todo empertigado estava ao volante. Ele parecia subnutrido e um tanto quanto sujo, como a maioria dos nativos do local. O delegado e eu entramos no banco traseiro do carro. O delegado disse:

– Conhece o lugar do Baldwin, quem vai para o outro lado do Ball Sage, Andy?

– Sei.

– É pra lá que a gente vai – disse o delegado. – Estacione um pouco antes de chegar lá. – Ele olhou para o céu. – Lua cheia a noite toda, hoje – disse ele. – E é um luar dos bons, bem bonito mesmo.

8

O chalé no promontório parecia o mesmo de quando eu estivera ali da última vez. As mesmas janelas estavam iluminadas, o mesmo carro estava na garagem dupla aberta, e o mesmo latido selvagem fazia-se ouvir na noite.

– Mas que diabos é isso? – perguntou o delegado à medida que o carro desacelerava. – Parece um coiote.

– É metade coiote – disse eu.

O sujeito empertigado no banco da frente falou por cima do ombro:

– Quer parar bem na frente, Jim?

– Vá um pouquinho mais adiante. Até ali debaixo daqueles pinheiros.

O carro estacionou suavemente na escuridão daquela sombra de um lado da rua. O delegado e eu descemos.

– Fique aqui, Andy. E não deixe ninguém enxergar você – disse o delegado. – Tenho minhas razões.

Voltamos a pé pela rua e entramos pelo portão rústico. Os latidos recomeçaram. A porta da frente abriu-se. O delegado subiu os degraus e tirou o chapéu.

– Sra. Lacey? Sou Jim Barron, delegado de Puma Point. Este aqui é o sr. Evans, de Los Angeles. Acho que a senhora já o conhece. Podemos entrar um pouquinho?

A mulher olhou para mim com o rosto tão mergulhado nas sombras que nenhuma expressão se revelava em sua fisionomia. Ela virou um pouco a cabeça, me olhou e disse, com uma voz sem vida:

– Sim, podem entrar.

Entramos. A mulher fechou a porta. Um homem grande, de cabelo grisalho, sentado numa poltrona, soltou a cachorrinha, que ele estivera segurando no chão, e endireitou-se. Ela atravessou a sala numa corrida só, deu um pulo e jogou-se contra a barriga do delegado, virou no ar e já estava rodando em círculos quando aterrissou no chão da sala.

– Ora, é um cachorrinho bem bonitinho – disse o delegado, enfiando a camisa para dentro da calça.

O homem grisalho sorria de modo simpático. Disse:

– Boa noite – seus dentes brancos e saudáveis brilhavam amistosamente.

A sra. Lacey ainda estava usando o casaco vermelho de abotoamento duplo e a calça cinza. Seu rosto parecia mais velho e mais reservado. Ela olhou para o chão e disse:

– Este é o sr. Frank Luders, do Woodland Club. O sr. Bannon e... – ela parou e ergueu o olhar para um ponto além do meu ombro esquerdo – eu não peguei o nome do outro cavalheiro – disse ela.

– Evans – disse o delegado, sem olhar para mim. – E o meu é Barron, não Bannon. – Ele cumprimentou Luders com um gesto de cabeça. Eu cumprimentei Luders com um gesto de cabeça. Luders sorriu para nós dois. Era um homem grande, troncudo, de aparência poderosa, bem-alimentado e alegre. Não tinha nenhuma preocupação no mundo. O grande Frank Luders, o jovial Frank Luders, amigo de todo mundo. Ele disse:

– Eu conheço Fred Lacey há bastante tempo. Resolvi dar uma chegadinha pra dar um oi. Ele não está, então estou fazendo hora até daqui a pouquinho, quando um amigo vem me pegar de carro.

– Muito prazer, sr. Luders – disse o delegado. – Ouvi falar que o senhor entrou de sócio no clube. Ainda não tinha tido o prazer de encontrar consigo.

A mulher sentou-se bem devagar, na ponta de uma poltrona. Eu me sentei. A cachorrinha, Shiny, pulou para o meu colo, lavou a minha orelha direita, contorceu-se toda de novo e foi para baixo da minha cadeira. Ficou ali, ofegando, língua de fora, batucando no assoalho com sua cauda peluda.

A sala ficou quieta por um momento. Do lado de fora das janelas, no lago, ouvia-se um som ao longe, de leve, pulsante. O delegado ouviu. Ele inclinou a cabeça um pouquinho, mas nada se alterou em seu rosto. Ele disse:

– O sr. Evans me procurou e veio me contar uma história muito estranha. Acho que não tem problema tratar disso aqui, uma vez que o sr. Luders é um amigo da família.

Ele olhou para a sra. Lacey e esperou. Ela ergueu os olhos lentamente, mas não o suficiente para seu olhar encontrar o olhar do delegado. Ela engoliu em seco umas duas vezes, então aquiesceu com um gesto de cabeça. Uma das mãos da sra. Lacey começou a deslizar devagar para frente e para trás no braço de sua poltrona, para frente e para trás, para frente e para trás. Luders sorria.

– Eu gostaria de ter o sr. Lacey presente – disse o delegado. – A senhora acha que ele está por chegar?

A mulher mais uma vez aquiesceu com um gesto de cabeça.

– Eu acho que sim – disse ela, a voz sumida. – Ele saiu no meio da tarde. Não sei onde está. Não acredito que tenha descido para a cidade sem me avisar, de qualquer modo já dava tempo de descer e me dar notícias. Acho que aconteceu algum imprevisto.

– Parece que sim – disse o delegado. – Parece que o sr. Lacey escreveu uma carta para o sr. Evans, pedindo a ele que viesse até aqui com urgência. O sr. Evans é um detetive de Los Angeles.

A mulher mexeu-se, inquieta.

– Detetive? – ela respirava com dificuldade.

Luder disse com voz animada:

– Ora, mas que motivo teria o Fred para fazer uma coisa dessas?

– O motivo era um dinheiro que estava escondido dentro de um sapato – disse o delegado.

Luders ergueu as sobrancelhas e olhou para a sra. Lacey. A sra. Lacey moveu os lábios e conseguiu dizer, com assombrosa rapidez:

– Mas nós recuperamos o dinheiro, sr. Bannon. O Fred estava brincando. Ele ganhou um dinheiro nos cavalos e escondeu num sapato meu. Queria me fazer uma surpresa. Eu mandei o sapato para o conserto com o dinheiro dentro dele, mas o dinheiro estava ainda dentro do sapato quando nós fomos até a sapataria.

– O nome é Barron, não Bannon – disse o delegado. – Então a senhora recuperou o seu dinheiro intacto, sra. Lacey?

– Ora... mas é claro. Claro que primeiro nós pensamos, porque era um hotel, e uma das camareiras levou o sapato... bom, não sei bem o que nós pensamos, mas claro que foi um lugar bobo para se esconder dinheiro... mas recuperamos o dinheiro todinho, até o último centavo.

– E era o mesmo dinheiro? – disse eu, começando a entender o que estava acontecendo e não gostando nem um pouquinho.

Ela não me olhou realmente.

– Ora, mas é claro. Por que não seria?

– Não foi o que me contou o sr. Evans – disse o delegado, com toda a calma, e cruzou as mãos sobre a barriga. – Tinha uma pequena diferença, ao que parece, em como a senhora contou isso ao sr. Evans.

Luders inclinou-se para a frente em sua poltrona, mas o sorriso permaneceu. Eu nem me senti tenso. A mulher fez um gesto vago, e a mão continuava indo e vindo no braço da poltrona.

– Eu... contei... contei o que ao sr. Evans?

O delegado virou a cabeça bem devagar e me deu um olhar duro, direto. Virou a cabeça de volta. Uma das mãos batia de leve na outra, sobre a barriga.

– Pelo que eu entendi, o sr. Evans esteve aqui mais cedo esta noite, e a senhora contou pra ele sobre isso, sra. Lacey. Sobre o dinheiro que foi trocado?

– Trocado? – A voz da mulher tinha um som curiosamente oco. – O sr. Evans contou ao senhor que esteve aqui mais cedo esta noite? Eu... eu nunca vi o sr. Evans antes na minha vida.

Eu nem me incomodei em olhar para ela. Luders era o cara. Olhei para Luders. Aquilo me deu o que uma moeda costuma dar na máquina caça-níqueis. Ele se sacudiu em risadinhas e levou um fósforo recém-aceso ao seu charuto.

O delegado fechou os olhos. Seu rosto tinha uma espécie de expressão triste. A cachorrinha saiu de debaixo da minha cadeira e parou no meio da sala, olhando para Luders. Depois ela foi até um canto e desapareceu por baixo das franjas da capa de um sofá-cama. Pôde-se ouvir a cachorrinha farejando por alguns instantes e, depois, silêncio.

– Trouxa – disse o delegado, falando consigo mesmo. – Na verdade, não estou equipado para lidar com esse tipo de negócio. Não tenho a experiência necessária. Não temos como fazer um servicinho tão rápido assim aqui nas montanhas. Não se tem nenhum crime nas montanhas. Praticamente nenhum. – Ele contorceu o rosto numa expressão esquisita.

Abriu os olhos.

– Quanto dinheiro tinha no sapato, sra. Lacey?

– Quinhentos dólares – a voz dela saiu sussurrada.

– E onde está esse dinheiro, sra. Lacey?

– Acho que está com Fred.

– Pensei que ele ia lhe dar o dinheiro de presente, sra. Lacey.

– Sim, ele ia me dar – disse ela, agora falando mais alto, a voz mais aguda e também mais nítida. – Ele vai me dar. Mas eu não estou precisando desse dinheiro agora. Pelo menos não aqui nas montanhas. Ele com certeza vai me dar um cheque mais adiante.

– A senhora acha que o dinheiro está no bolso dele ou aqui no chalé, sra. Lacey?

Ela sacudiu a cabeça em negativa.

– Provavelmente no bolso dele. Eu não sei. O senhor quer fazer uma busca no chalé?

O delegado deu de ombros.

– Ora, não, acho que não, sra. Lacey. Não ia me ajudar em nada, encontrar o dinheiro. Principalmente se não foi trocado.

Luders disse:

– Exatamente o que o senhor está querendo dizer com "trocado", sr. Barron?

– Trocado por notas falsas – disse o delegado.

Luders riu sem fazer barulho.

– Isso seria engraçado, o senhor não acha? Dinheiro falsificado em Puma Point? Não tem nem oportunidade pra uma coisa dessas aqui nas montanhas, certo?

O delegado aquiesceu com um triste gesto de cabeça.

– Não parece razoável, não é mesmo?

Luders disse:

– E a sua única fonte de informações nessa questão é aqui o sr. Evans... que diz ser um detetive? Detetive particular, sem dúvida.

– Já pensei nisso – disse o delegado.

Luders inclinou-se para a frente mais um pouquinho.

– O senhor ficou sabendo que Fred Lacey chamou o sr. Evans por alguém mais, ou só pelo próprio sr. Evans?

– Ele tinha que saber alguma coisa para vir até aqui, não é? – falou o delegado com uma voz preocupada. – E ele sabia sobre o dinheiro no sapato da sra. Lacey.

– Eu só estava fazendo uma pergunta – disse Luders, muito suave.

O delegado virou-se para mim. Eu já estava usando o meu sorriso congelado. Desde o incidente no hotel, eu não havia procurado pela carta de Lacey. E agora eu sabia que não precisaria mais procurar.

– Você tem uma carta do Lacey? – ele me perguntou com a voz dura.

Ergui minha mão para o bolso interno do meu casaco. Barron baixou e ergueu sua mão direita. Quando ergueu o braço, ele segurava o Colt Frontier.

– Antes, eu fico com essa arma que você tem aí – disse ele, entre dentes. E pôs-se de pé.

Abri o meu casaco e segurei-o aberto. Ele se inclinou para mim e arrancou minha automática do coldre. Olhou para ela por um momento, um olhar azedo, e guardou-a no bolso esquerdo de sua calça. Sentou-se de novo.

– *Agora* você procura a carta – disse ele com facilidade.

Luders observava-me com um leve interesse. A sra. Lacey juntou as mãos, apertou-as com força e olhou para o chão entre seus sapatos.

Tirei tudo que havia no bolso do meu casaco. Duas cartas, uns cartões em branco para anotações, um jogo de limpadores de cachimbo, um lenço extra. Nenhuma das cartas era a carta. Guardei tudo de novo, peguei um cigarro e levei-o aos lábios. Risquei um fósforo e levei a chama até o tabaco. Indiferente.

– Você venceu – disse eu, sorrindo. – Vocês dois venceram.

As faces de Barron ficaram um pouco coradas, muito lentamente, e seus olhos brilharam. Os lábios meio que tremeram quando ele desviou o rosto para o outro lado.

– Por que não – perguntou Luders, com cortesia – verificar se ele é mesmo um detetive?

Barron mal olhou para ele.

– Eu não me preocupo com miudeza – disse ele. – Neste instante, estou investigando um assassinato.

Ele parecia não estar olhando nem para Luders nem para a sra. Lacey. Parecia estar olhando para um canto do teto. A sra. Lacey estremeceu, e suas mãos apertaram-se tanto que as juntas ficaram retesadas, brancas e reluzentes à luz do lustre. Sua boca abriu-se muito vagarosamente, e seus olhos voltaram-se para cima. Um soluço seco esmoreceu em sua garganta.

Luders tirou o charuto da boca e largou-o com cuidado no cinzeiro de latão na mesinha ao seu lado. Parou de sorrir. Sua boca estava inflexível. Ele não falou nada.

O *timing* foi perfeito. Barron deu-lhes todo o tempo do mundo para reagirem e nem um único segundo para se recuperarem. Disse ele, com a mesma voz de quase indiferença:

– Um homem chamado Weber, caixa do Hotel Cabeça de Índio, foi esfaqueado no quarto do Evans. Evans estava lá, mas foi posto a nocaute antes do acontecido, e então ele é um desses caras que ouvimos falar tanto mas em geral não conhecemos: os caras que chegam primeiro no local.

– Eu não – disse eu. – Eles trazem seus assassinatos para casa e largam eles bem aos meus pés.

A cabeça da mulher fez um movimento brusco. Então ela ergueu o olhar e, pela primeira vez, olhou-me direto nos olhos. Havia uma luz estranha em seus olhos, brilhando ao longe, remota e lamentável.

Barron levantou-se, devagar.

– Não estou entendendo – disse ele. – Não estou entendendo nada. Mas acho que não estou errando em levar este sujeito preso. – Ele se virou para mim. – Não corra rápido demais, pelo menos não logo de início. Eu sempre dou uns quarenta metros de vantagem pro sujeito.

Eu não disse nada. Ninguém disse nada.

Barron falou lentamente:

– Preciso pedir que espere aqui até eu voltar, sr. Luders. Se o seu amigo chegar para lhe dar uma carona, mande ele embora. Eu posso lhe dar uma carona de volta para o clube mais tarde. Sem problema.

Luders aquiesceu com um gesto de cabeça. Barron olhou para o relógio que havia sobre o console da lareira. Faltavam quinze minutos para a meia-noite.

– Meio tarde para um velho ranzinza como eu. A senhora acha que o seu marido vai chegar logo?

– Eu... eu espero que sim – disse ela e fez um gesto que não significava nada, a menos que fosse desesperança.

Barron foi até a porta e abriu-a. Fez um gesto com o queixo, apontando para mim. Saí para o avarandado. A cachorrinha meio que saiu de debaixo do sofá e fez um barulho queixoso. Barron olhou para ela.

– É uma cachorrinha bem bonitinha mesmo – disse ele. – Ouvi dizer que ela é metade coiote. E a outra metade, é o quê?

– Nós não sabemos – murmurou a sra. Lacey.

– Até que estou gostando deste caso em que estou trabalhando – disse Barron e saiu para o avarandado depois de mim.

9

Descemos pela rua sem falar e chegamos até o carro. Andy estava recostado num canto, um cigarro meio apagado entre os lábios.

Entramos no carro.

– Desça um pouco pela rua, assim uns duzentos metros – disse Barron. – Faça bastante barulho.

Andy ligou o carro, acelerou, trocou marchas, e o carro deslizou rua abaixo ao luar, fez a curva da estrada e subiu uma ladeira com as sombras de vários troncos de árvores enluaradas.

– Vire o carro lá no topo, desligue o motor e deixe o carro descer de volta, mas não chegue perto – disse Barron. – Fique fora da vista do chalé. Desligue as luzes do carro antes de fazer o retorno.

– Certo – disse Andy.

Ele fez o retorno um pouquinho antes do topo da ladeira, manobrando o carro ao redor de uma árvore. Desligou os faróis e começou a descer a ladeira na banguela, depois desligou o motor. Logo após o fim da ladeira havia uma densa macega de *manzanita*, quase tão alta quanto um pé de pau-ferro. O carro estacionou ali. Andy puxou o freio de mão bem devagar, para amenizar o barulho da lingüeta da catraca.

Barron inclinou-se para a frente no banco de trás.

– A gente vai cruzar a rua e vamos até a beira do lago – disse ele. – Não quero nenhum barulho e não quero ninguém caminhando ao luar.

Andy disse:

– Certo.

Descemos do carro. Caminhamos cautelosamente no chão de terra batida, depois nas agulhas dos pinheiros. Infiltramo-nos pelas árvores, atrás de troncos caídos, até que a água do lago estivesse logo abaixo de onde estávamos. Barron sentou-se no chão, depois se deitou. Andy e eu fizemos o mesmo. Barron aproximou seu rosto ao de Andy.

– Consegue ouvir alguma coisa?

Andy respondeu:

– Oitenta cilindradas, precisando de uma regulagem.

Apurei o ouvido. Podia dizer a mim mesmo que estava escutando, mas eu não tinha certeza. Barron concordou com um gesto de cabeça, na escuridão da noite.

– Fiquem de olho nas luzes do chalé – sussurrou ele.

Nós ficamos de olho. Passaram-se cinco minutos, ou tempo suficiente para dar a impressão de cinco minutos. As luzes no chalé permaneciam inalteradas. Então ouviu-se um barulho distante, quase imaginado, de uma porta se fechando. Ouvimos o som de sapatos nos degraus de madeira.

– Coisa esperta. Deixaram as luzes acesas – disse Barron no ouvido de Andy.

Esperamos mais um minuto. O motor lento explodiu num rugido de som pulsante, um barulho confuso e gaguejado, com uma espécie de engasgamento. O som afundou em um grunhido ronronado e, depois, começou rapidamente a desaparecer. Uma figura escura apareceu na água iluminada pelo luar, curva, com uma linda linha de espuma, e passou pelo promontório e sumiu de nossas vistas.

Barron tirou do bolso um naco de fumo para mascar e mordeu-o. Mascou confortavelmente e cuspiu a mais de metro além de seus pés. Então se levantou e sacudiu as agulhas dos pinheiros de sua roupa. Andy e eu nos levantamos também.

– Um homem que masca tabaco nos dias de hoje só prova que não tem juízo – disse ele. – As coisas não estão acertadas para ele. Quase peguei no sono lá dentro do chalé. – Ele ergueu o Colt que ainda estava segurando na mão esquerda, trocou-o para a outra mão e guardou a arma no coldre da cintura. – E então? – disse ele, olhando para Andy.

– É o barco do Ted Rooney – disse Andy. – Está com duas válvulas emperradas no motor e tem uma rachadura no silenciador. Dá pra ouvir melhor quando ele acelera, como eles fizeram logo antes de ir embora.

Era um bocado de palavras para Andy, mas o delegado gostou.

– Você não pode, quem sabe, estar errado, Andy? Tem muito barco por aí com válvulas emperradas.

Andy respondeu:

– Por que diabos então você pergunta pra mim? – com uma voz irritada.

– Ok, Andy, não precisa ficar sentido.

Andy grunhiu. Atravessamos a rua e entramos de novo no carro. Andy ligou o motor, parou, virou para trás e perguntou:

– Ligo a luz?

Barron fez que sim com a cabeça. Andy acendeu os faróis.

– E agora, para onde?

– Para a casa de Ted Rooney – disse Barron, com toda a calma. – E rápido. É mais de quinze quilômetros até lá.

– Não dá pra fazer em menos de vinte minutos – disse Andy, a voz azeda. – Tenho que atravessar o Cabo do Orador.

O carro pegou a estrada pavimentada do lago e começou a voltar, passando pelo acampamento de rapazes, agora às escuras, e por outros acampamentos, e dobrou à esquerda na auto-estrada. Barron não falou até estarmos fora do vilarejo e na estrada para o Cabo do Orador. O conjunto de músicos continuava tocando com toda a animação no coreto.

– Consegui enganar você? – ele então me perguntou.

– Bastante.

– Fiz alguma coisa de errado?

– Foi perfeito – disse eu –, mas acho que o senhor não conseguiu enganar Luders.

– Aquela mulher estava desconfortável demais – disse Barron. – Esse Luders é bom. Durão, calado, olhos atentos. Mas eu consegui enganar ele um pouquinho, sim. Ele deu umas erradas.

– É, eu acho que ele pisou na bola no mínimo duas vezes. Primeiro, porque estava lá. Segundo, porque nos disse que um amigo ia passar lá e lhe dar uma carona. Para explicar por que ele estava sem carro. Não precisava explicação. Tinha um carro na garagem, mas a gente não sabia de quem era o carro. Outro erro foi deixar o barco com o motor ligado.

– Isso não foi erro – disse Andy, no banco da frente. – Não se você já tentou ligar o motor de um barco depois de frio.

Barron disse:

– Você não põe o carro na garagem se chega na casa de alguém para uma visita. A umidade do ar não é tão alta que vá estragar o seu carro. O barco podia ser o barco de qualquer um. Um casalzinho jovem podia estar no barco, conhecendo-se melhor. Eu não tenho nada contra ele, de qualquer modo. Não que ele saiba. Ele só se esforçou demais tentando me despistar.

Ele cuspiu para fora do carro. Escutei a cusparada atingindo o pára-lama traseiro como se fosse um trapo molhado. O carro cruzou a noite enluarada, fazendo curvas, subindo e descendo morro, atravessando densos bosques de pinheiros e passando por planícies abertas onde repousava o gado.

Eu disse:

– Ele sabia que não estou com a carta que Lacey me escreveu. Porque ele mesmo tirou a carta de mim, do meu quarto no hotel. Foi Luders que me pôs a nocaute e esfaqueou Weber. Ele sabe que Lacey está morto, mesmo que não tenha sido ele quem matou Lacey. É assim que ele está controlando a sra. Lacey. Ela pensa que o marido está vivo e que Luders seqüestrou ele.

– Você está pintando esse Luders como um bandido e tanto – disse Barron, com toda a calma. – Por que Luders ia querer esfaquear Weber?

– Porque foi Weber que começou toda a encrenca. A coisa toda é uma organização. E o objetivo deles é desovar notas muito bem falsificadas de dez dólares, uma porção delas. Você não está prestando um bom serviço à organização quando desova as notas em lotes de quinhentos dólares, em cédulas novinhas em folha, em circunstâncias que deixariam qualquer um com a pulga atrás da orelha, mesmo alguém muito menos cuidadoso que Fred Lacey.

– Você está brincando de especular, filho – disse o delegado, agarrando-se no trinco da porta do carro, já que estávamos fazendo uma curva em alta velocidade –, mas os seus vizinhos não estão de olho em você. Eu tenho que ir com calma e cautela. Estou trabalhando no meu próprio quintal. O lago Puma não me parece um bom lugar para alguém se iniciar no mundo da falsificação de dinheiro.

– Está certo – disse eu.

– Por outro lado, se o Luders é o homem que eu estou procurando, ele pode ser bem difícil de pegar. Tem três estradas que servem de saída do vale, e tem uma meia dúzia de planícies que descem morro abaixo, começando no lado leste do campo de golfe do Woodland Club. Sempre são usadas no verão.

– Mas o senhor, pelo jeito, não está muito preocupado com isso – disse eu.

– Um delegado nas montanhas não tem que se preocupar muito com coisa nenhuma – disse Barron, com toda a calma. – Ninguém espera, em especial gente como o sr. Luders não espera, que ele seja inteligente.

10

O barco estava na água, na ponta de um proiz curto, movendo-se como se movem os barcos, ainda que em águas paradas. Um encerado de lona cobria a maior parte dele e estava amarrado aqui e ali, mas não em todas as pontas que deveriam estar amarradas. Atrás do píer curto e frágil, uma estrada sinuosa cruzava um bosque de zimbros até a auto-estrada. Havia um acampamento de um lado, com um farol branco em miniatura que era a sua marca registrada. Um som de música dançante vinha de uma das tendas, mas a maioria do acampamento já havia se recolhido para dormir.

Chegamos ali caminhando, havendo deixado o carro no acostamento da auto-estrada. Barron tinha uma enorme lanterna na mão e ficava jogando luz para um lado e outro, acendendo e apagando. Quando chegamos na beirinha do lago e no fim do caminho que leva ao píer, ele ligou a lanterna para examinar aquele caminho com todo o cuidado. Havia rastros fresquinhos de pneus.

– O que você acha? – ele me perguntou.

– Parecem rastros de pneu – disse eu.

– O que você acha, Andy? – disse Barron. – Este sujeito aqui é engraçadinho, mas não está me dando nenhuma idéia nova.

Andy abaixou-se e estudou os rastros.

– Pneus novos, e dos grandes – disse ele e andou até o píer. Abaixou-se de novo e apontou. O delegado jogou luz aonde ele estava apontando. – Isto mesmo: fez o retorno aqui – disse Andy. – Mas, e daí? O lugar está cheio de carros novos nesta época. Fosse outubro, o significado era outro. O pessoal que mora aqui compra um pneu de cada vez, e dos baratos. Isso aqui é marca de pneu do tipo que agüenta carga pesada e anda em todo tipo de clima.

– Pode dar uma olhada no barco – disse o delegado.

– O que tem o barco?

– Pode dar uma olhada se foi usado faz pouco tempo – disse Barron.

– Mas que besteira – disse Andy –, a gente sabe que foi usado faz pouco tempo, não é mesmo?

– Sempre supondo que você acertou em cheio – disse Barron, a voz suave.

Andy olhou para ele em silêncio por um instante. Depois soltou uma cusparada no chão e voltou para onde tínhamos deixado o carro. Quando tinha dado uns doze passos, falou por cima do ombro:

– Eu não estava tentando acertar – ele virou a cabeça de novo para a frente e seguiu, abrindo caminho no meio das árvores.

– Meio sensível – disse Barron. – Mas é um bom homem. – Ele desceu pela rampa para barcos e debruçou-se ali, passando a mão ao longo da parte dianteira do lado do barco, embaixo do encerado de lona. Voltou, devagar, e fez um gesto afirmativo de cabeça. – Andy tinha razão. Sempre tem, o desgraçado. De que tipo de pneu você diria que são essas marcas, sr. Evans? Elas lhe dizem alguma coisa?

– Cadillac, V-12 – disse eu. – Um Club Coupé com os bancos em couro vermelho e carregando duas malas atrás. O relógio no painel está doze minutos e meio atrasado.

Ele ficou ali, parado, pensando sobre aquilo. Então fez que sim com um gesto de cabeça. Suspirou.

– Bom, espero que isso lhe dê dinheiro – disse ele e virou-se para ir embora.

Voltamos até o carro. Andy estava no banco da frente, mais uma vez ao volante. Estava com um cigarro aceso. Olhava reto para a frente, através do pára-brisa empoeirado.

– Onde é que Rooney mora hoje em dia? – perguntou Barron.

– Onde sempre morou – disse Andy.

– Ora, mas isso é só um pouquinho mais acima, na estrada Bascomb.

– Eu não disse que não – grunhiu Andy.

– Vamos até lá – disse o delegado, entrando no carro. Eu entrei também.

Andy fez o retorno e rodou quase um quilômetro, então começou a voltar. O delegado disse-lhe abruptamente:

– Espera aí um minuto – desceu do carro e aplicou sua lanterna à superfície da estrada. Voltou para o carro. – Acho que temos alguma coisa. Os rastros lá embaixo perto do píer não querem dizer muita coisa. Mas os mesmos rastros aqui em cima, isso pode significar coisa diferente. Se vão na direção de Bascomb, vai significar muito. Os antigos minérios de ouro naquela área, bom, aquilo ali é sob encomenda pra negócios escusos.

O carro pegou a estrada secundária e subiu devagar para uma garganta nas montanhas. Grandes matacões povoavam a estrada, e a encosta estava pontilhada deles. Brilhavam com seu mais puro branco à luz do luar. O carro rosnou em frente por mais um quilômetro e então Andy desligou o motor.

– Ok, seu escarafunchador, essa é a cabana – disse ele. Barron desceu uma vez mais e deu uma volta por ali com sua lanterna. A cabana estava às escuras. Ele voltou para o carro.

– Eles estiveram por aqui – disse ele. – Trouxeram Ted até em casa. Quando saíram, foram na direção de Bascomb. Você consegue imaginar Ted Rooney metido em algum negócio ilícito, Andy?

– Não, a não ser que tenham pegado ele pra fazer isso – disse Andy.

Saí do carro, e Barron e eu subimos até a cabana. Era uma cabana pequena, rústica, revestida com pinheiro nativo. Tinha um avarandado de madeira, uma chaminé de alumínio presa por arames, e a casinha, bem precária, ficava atrás do chalé, na margem do bosque de pinheiros. Estava escuro. Subimos os degraus do avarandado, e Barron fez-se anunciar, esmurrando a porta. Não aconteceu nada.

Ele tentou a maçaneta. A porta estava trancada. Descemos os degraus do avarandado, demos a volta à casa e fomos até os fundos, examinando as janelas na passagem. Estavam todas fechadas. Barron tentou a porta dos fundos, que ficava no mesmo nível do terreno. Também estava trancada. Ele esmurrou a porta. O eco daqueles murros passeou pelas árvores e soou bem mais acima, na encosta, entre os matacões.

– Foi com eles – disse Barron. – Acho que eles não iam arriscar de deixar ele pra trás. Provavelmente deram uma paradinha aqui só pra ele pegar a sua tralha... parte da sua tralha. É.

Eu disse:

– Acho que não. Tudo que queriam de Rooney era o barco. E o barco pegou o corpo de Fred Lacey na ponta do Cabo do Orador no fim da tarde. O corpo provavelmente recebeu um lastro e foi jogado no lago. Eles esperaram anoitecer pra fazer isso. Rooney estava junto e recebeu pagamento para fazer isso. Hoje eles queriam o barco de novo. Mas então se lembraram que não precisavam carregar Rooney junto. E, se eles estão lá no Vale Bascomb, em algum lugarzinho bem tranqüilo, fazendo ou armazenando dinheiro falsificado, com certeza não iam querer Rooney junto com eles.

– Você está especulando de novo, filho – disse o delegado carinhosamente. – De qualquer jeito, eu não tenho nenhum mandado de busca. Mas posso dar uma olhada nesta casinha de boneca aqui do Rooney, nem que seja só um pouquinho. Esperem por mim.

Ele se afastou em direção à casinha. Eu me afastei um metro e meio e me atirei contra a porta da cabana. A porta estremeceu e rachou em diagonal na metade superior. Atrás de mim, o delegado gritou "Ei", sem muito entusiasmo na voz, sem grandes oposições.

Afastei-me outro metro e meio e me atirei contra a porta mais uma vez. Entrei junto e aterrissei de quatro num piso de linóleo que cheirava a peixe frito. Levantei-me, estendi a mão e girei a chave do interruptor de uma lâmpada suspensa por um fio elétrico. Barron estava logo atrás de mim, emitindo cacarejos de desaprovação.

Havia uma cozinha com um fogão a lenha, algumas prateleiras de tábua, sujas, com louça. O fogão ainda estava morno. Havia panelas sujas sobre as bocas do fogão, e elas fediam. Passei pela cozinha e entrei na sala da frente. Acendi outra lâmpada suspensa por um fio elétrico. Havia uma cama estreita de um lado, arrumada de qualquer jeito, com uma colcha fininha estendida sobre ela. Uma mesa de madeira, umas cadeiras de madeira, um móvel antigo, com rádio embutido, ganchos na parede, um cinzeiro com quatro cachimbos usados dentro, um pilha de revistas de ficção barata a um canto, no chão.

O teto era baixo, para não desperdiçar calor. No canto havia um alçapão que dava para o sótão, e havia uma escada embaixo dele. Uma mala antiga, de lona com manchas d'água, estava aberta sobre um caixote de madeira, e dentro havia algumas peças de roupa.

Barron foi até ali e examinou a mala.

– Parece que o Rooney estava se preparando para se mudar ou então para viajar. De repente esses sujeitos chegam e carregam com ele. Ele não terminou de fazer as malas, mas já colocou o terno e a gravata. Um cara como o Rooney não tem mais que um terno, e só usa o terno quando vai descer pra cidade.

– Ele não está aqui – disse eu. – Mas jantou. O fogão ainda está morno.

O delegado lançou um olhar especulativo para a escada. Foi até ali, subiu por ela e empurrou o alçapão com a cabeça. Ergueu a lanterna acima da cabeça e iluminou ao redor, em toda a volta. Deixou o alçapão fechar-se e desceu a escada.

– É quase certo que ele guardava a mala lá em cima – disse ele. – Vi que tem um baú antigo lá em cima, também. Está pronto pra ir embora?

– Não vi nenhum carro por perto – disse eu. – Ele devia ter um carro.

– Tinha, sim. Um Plymouth velho. Apague a luz.

Ele voltou para a cozinha, olhou à volta e então apagamos as luzes e saímos da casa. Fechei o que sobrava da porta dos fundos. Barron estava examinando as marcas de pneu no saibro, terreno macio, e seguiu-as até um espaço vazio sob um grande carvalho onde duas áreas escurecidas de bom tamanho revelaram o local onde um carro ficou estacionado repetidas vezes, pingando óleo.

Ele voltou balançando a lanterna, depois olhou para a casinha e disse:

– Você pode voltar lá pra onde está o Andy. Eu ainda tenho que dar uma olhada na casinha de boneca.

Eu não disse nada. Fiquei olhando ele pegar o caminho até a latrina, soltar a tranca da porta e abri-la. Vi o facho da lanterna entrar na casinha e iluminar uma dúzia de frestas e também o teto caindo aos pedaços. Voltei, passando ao lado do chalé, e entrei no carro. O delegado demorou bastante tempo. Ele voltou em passos lentos, parou ao lado do carro e arrancou com os dentes mais um tanto do seu naco de fumo. Fez a bola de tabaco rolar na boca, acomodou-a onde queria e então começou a mascar.

– Rooney – disse ele – está na casinha. Levou dois balaços na cabeça. – Ele entrou no carro. – Arma grande. Tá morto de morte matada. A julgar pelas circunstâncias, acho que alguém estava com muita pressa.

11

A estrada subia íngreme por um tempo, acompanhando os meandros de um córrego seco de montanha, cujo leito estava lotadinho de seixos rolados. Depois ela ficava plana por uns quatrocentos metros acima do nível do lago. Atravessamos um ponto de parada para o gado, de carris estreitos e espaçados entre si, que produziam um estrépito sob as rodas do carro. A estrada então começava a descer. Uma planície ampla e ondulante apareceu, com umas poucas cabeças de gado pastando. Uma casa de fazenda, sem uma única luz acesa, delineava-se contra o céu enluarado. Chegamos a uma estrada mais larga, que tinha suas curvas desenhadas em ângulos retos. Andy estacionou o carro, e Barron desceu com sua enorme lanterna de novo e iluminou centímetro por centímetro da superfície da estrada naquele ponto.

– Dobraram pra esquerda – disse ele, endireitando o corpo. – Temos que agradecer que nenhum outro carro passou por aqui desde que estas marcas foram feitas. – Ele voltou para o carro.

– Pra esquerda? Não leva a mina nenhuma – disse Andy. – Pra esquerda a gente vai pra casa dos Worden, e depois disso, de volta pro lago lá embaixo, saindo da represa.

Barron ficou ali, sentado, calado por um momento, e então saiu do carro e usou a lanterna de novo. Emitiu um som surpreso para a direita da interseção em ângulo reto das estradas. Voltou mais uma vez para o carro, desligando a lanterna.

– Vai para a direita também – disse ele. – Mas primeiro vai para a esquerda. Eles voltaram por cima das próprias marcas, mas estiveram em algum lugar para oeste daqui antes de fazer isso. Então a gente vai fazer o mesmo que eles fizeram.

Andy disse:

– Tem certeza que eles foram pra esquerda primeiro e não por último? A esquerda leva pra um acesso que desemboca na auto-estrada.

– Certeza. As marcas pra direita estão por cima das marcas pra esquerda – disse Barron.

Viramos para a esquerda. Os outeiros que pontilhavam o vale estavam cobertos de árvores de pau-ferro, algumas delas semimortas. O pau-ferro cresce até uns cinco ou seis metros de altura e depois morre. Ao morrer, seus galhos se despem de suas folhas e assumem uma cor branco-acinzentada que brilha ao luar.

Rodamos pouco mais de dois quilômetros e então uma estradinha estreita, pouco mais que uma trilha, apresentava-se, levando para o norte. Andy parou o carro. Barron desceu mais uma vez e usou a lanterna. Fez um sinal com o polegar, e Andy virou o carro para o outro lado. O delegado entrou.

– Esses sujeitos não são cuidadosos – disse ele. – Não mesmo. Eu até digo que eles não são nem um pouquinho cuidadosos. Mas, também, nunca passou pela cabeça deles que Andy ia saber dizer de onde era aquele barco só de ouvir o ronco do motor.

A estrada chegou numa dobra de terreno entre as montanhas, e a vegetação ficou tão densa que o carro mal passava sem arranhar a pintura. Depois, a estrada dobrava de volta num ângulo fechado, subia de novo e passava ao redor de um arremedo de morro, e então apareceu uma cabana minúscula, encaixada nos fundos de uma ladeira, cercada de árvores por todos os lados.

De repente, ouviu-se um grito longo, esganiçado, vindo da casa ou de muito próximo dela, que terminou em um latido de cão que está querendo abocanhar. O latido foi sufocado de repente.

Barron começou a dizer:

– Apaga as... – mas Andy já havia apagado os faróis do carro e saído para o acostamento. – Tarde demais, eu acho – disse ele, cáustico. – Devem ter nos visto, se é que tinha alguém vigiando. – Barron desceu do carro. – Parecia muito com um coiote, Andy.

– É.

– Mas perto demais da casa pra ser um coiote, você não acha, Andy?

– Não – disse Andy. – Com as luzes apagadas, um coiote pode vir e chegar na casa, procurando resto de comida enterrado.

– Mas também podia ser aquela cachorrinha – disse Barron.

– Ou uma galinha pondo um ovo quadrado – disse eu. – O que é que nós estamos esperando? E que tal me devolver a minha arma? E a gente está tentando chegar antes dos bandidos, ou a gente só gosta de ir descobrindo as coisas assim, à medida que elas vão acontecendo?

O delegado tirou minha arma do bolso esquerdo da calça e a colocou na minha mão.

– Eu não estou com pressa – disse ele. – Porque Luders também não está com pressa. Ele já podia estar longe daqui, se estivesse com pressa. Eles tavam tudo com pressa pra pegar Rooney, isso sim, porque Rooney sabia coisas sobre eles. Mas Rooney agora não sabe coisa nenhuma sobre eles, porque ele tá morto e a casa dele tá trancada e o carro dele sumiu. Se você não tivesse arrombado a porta dos fundos, ele podia ter ficado lá na casinha ainda mais duas semanas, antes que aparecesse um curioso por lá. As marcas de pneu me parece que são óbvias, mas isso porque a gente sabe de onde eles saíram. Eles não têm nenhum motivo pra pensar que a gente tinha como descobrir isso. Então, sendo assim, a gente ia começar por onde? Não, eu não tô com pressa nenhuma.

Andy se abaixou e, quando se ergueu, tinha um rifle de caça na mão. Ele abriu a porta esquerda do carro e desceu.

– A cachorrinha está lá dentro – disse Barron com toda a calma. – Isso quer dizer que a sra. Lacey também está lá. E deve ter alguém ali pra ficar de olho nela. É, acho que é melhor a gente ir até lá e dar uma olhada, Andy.

– Espero que vocês estejam com medo – disse Andy. – Eu estou.

Começamos a andar no meio das árvores. Era uns duzentos metros até o chalé. A noite estava muito parada, quieta. Mesmo à distância em que estávamos, escutei uma janela abrir. Nós caminhávamos a uns quinze metros uns dos outros. Andy ficou para trás, o tempo suficiente para trancar o carro. Então começou a caminhar seguindo a trajetória de um grande arco imaginário, indo bem para a direita.

Dentro do chalé, nada se mexia enquanto íamos nos aproximando, e nenhuma luz se acendeu. O coiote, ou Shiny, a cachorrinha, o que quer que fosse, não latia mais.

Chegamos bem perto da casa, não mais que vinte metros. Barron e eu estávamos também a vinte metros um do outro. Era um chalé rústico, minúsculo, construído à semelhança da casa de Rooney, só que um pouco maior. Havia uma garagem nos fundos, aberta, mas vazia. O chalé tinha um pequeno avarandado de pedra.

Então ouviu-se o barulho de uma luta breve e ferrenha no chalé, e um latido, de repente sufocado. Barron atirou-se de barriga no chão. Eu fiz o mesmo. Nada aconteceu.

Barron pôs-se de pé bem lentamente e começou a andar em frente, um passo de cada vez, e uma pausa antes de cada novo passo. Eu permaneci onde estava. Barron alcançou a pequena clareira que havia em frente ao chalé e começou a subir os degraus que davam para o avarandado. Parou ali, corpulento, claramente delineado em seu perfil pela luz do luar, o Colt do lado dele, apontado para o chão. Parecia uma ótima maneira de cometer suicídio.

Nada aconteceu. Barron chegou ao topo da escada e continuou andando, agora grudado na parede. Havia uma janela sua esquerda, e a porta estava a sua direita. Ele virou a arma na mão e estendeu o braço a fim de bater na porta com a coronha, mas então rapidamente reverteu a posição da arma e uma vez mais grudou-se à parede.

A cachorrinha gritou do lado de dentro. Uma arma apareceu na mão de alguém, saindo da parte de baixo da janela aberta, e a mão virou para o lado.

Foi um tiro difícil, dada a distância. Eu precisava fazer aquilo. Atirei. O ruído da automática sumiu dentro de um estampido mais seco ainda, de um rifle. A mão caiu, e a arma caiu no chão do avarandado. A mão saiu um pouco mais para fora, e os dedos estremeceram e depois começaram a raspar o peitoril da janela. Então os dedos voltaram para dentro, pela janela, e a cachorrinha uivou. Barron estava na porta, atirando-se contra ela, tentando arrombá-la. E Andy e eu estávamos correndo a toda para o chalé, vindo de diferentes ângulos.

Barron conseguiu abrir a porta, e a luz emoldurou-o de repente, no momento em que alguém do lado de dentro acendeu uma lâmpada e virou-a para cima.

Cheguei no avarandado no instante em que Barron entrava no chalé, e Andy vinha no meu encalço. Entramos na sala.

A esposa do sr. Fred Lacey estava parada no meio da sala, de pé, ao lado de uma mesa com um abajur em cima, segurando a cachorrinha no colo. Um homem de cabelo claro, corpulento, estava estirado de lado, debaixo da janela, respirando pesadamente, a mão tentando inutilmente alcançar a arma que havia caído para o lado de fora da janela.

A sra. Lacey abriu os braços e colocou a cachorrinha no chão. Ela pulou e atingiu o delegado no estômago com seu focinho pequeno e pontudo e, assim, jogou-se para dentro de seu casaco, contra a sua camisa. Depois, ela caiu no chão de novo e correu em círculos, sem latir, perseguindo o rabo com entusiasmo.

A sra. Lacey ficou paralisada, o rosto vazio como a morte. O homem no chão gemia um pouco, em meio a sua respiração pesada. Seus olhos abriam e fechavam muito rapidamente. Os lábios moviam-se e espumavam uma baba cor-de-rosa.

– É uma cachorrinha muito engraçadinha, sra. Lacey – disse Barron, ajeitando a camisa de volta para dentro da calça. – Mas pelo jeito não é uma boa hora de se ter ela por perto... pelo menos não para algumas pessoas.

Ele olhou para o homem loiro no chão. Os olhos do loiro abriram e fixaramse no nada.

– Eu menti para o senhor – disse a sra. Lacey, falando bem rápido. – Eu precisava mentir. A vida do meu marido dependia disso. Luders está com ele. Está com ele em algum lugar aqui por perto. Eu não sei onde, mas ele me falou que não é longe. Ele foi buscar o meu marido, mas deixou este homem aqui para me cuidar. Eu não podia fazer nada, delegado. Estava de mãos atadas. Me desculpe.

– Eu sabia que a senhora estava mentindo, sra. Lacey – disse Barron em voz baixa. Ele olhou para o seu Colt e guardou-o no coldre. – E eu sabia por quê. Mas o seu marido está morto, sra. Lacey. E ele está morto faz tempo. O sr. Evans aqui viu ele. É difícil de acreditar, eu sei, mas é melhor a senhora ficar sabendo logo.

Ela não se mexeu e parecia não estar respirando. Então ela foi muito devagar até uma cadeira, sentou-se e apoiou o rosto nas mãos. Ficou ali sentada, sem moverse, sem emitir o menor som. A cachorrinha choramingou e foi para baixo da cadeira.

O homem no chão começou a levantar a parte de cima do corpo. Ergueu-a muito lentamente, com uma certa rigidez. Seu olhar estava vazio. Barron foi até ele e inclinou-se sobre o homem.

– Se machucou feio, filho?

O homem apertou a mão esquerda contra o peito. O sangue escorreu entre os dedos. Ele ergueu a mão direita bem devagar, até que o braço ficasse esticado, apontando para o canto do teto. Seus lábios estremeceram, retesaram-se e falaram:

– *Heil* Hitler! – disse ele, a voz pastosa.

Caiu para trás e ficou ali, deitado, imóvel. A garganta ainda gargarejou um pouco, mas depois ela também parou, e tudo na sala parou, até mesmo a cachorrinha.

– Este homem deve ser um desses nazistas – disse o delegado. – Vocês ouviram o que ele disse?

– Sim – disse eu.

Virei-me e saí da casa, desci os degraus e desci a encosta, entre as árvores, de volta para o carro. Sentei no estribo, acendi um cigarro e fiquei ali, fumando e raciocinando.

Um pouco depois, todos desceram a encosta, entre as árvores. Barron trazia a cachorrinha no colo. Andy trazia o rifle na mão esquerda. Sua expressão jovem, no rosto de pele espessa, parecia estar em choque.

A sra. Lacey entrou no carro, e Barron alcançou-lhe a cachorrinha. Ele olhou para mim e disse:

– É contra a lei fumar aqui no meio das árvores, filho, a mais de cinqüenta metros da cabana.

Larguei o cigarro e esmaguei-o com o sapato, com força, até que se amalgamasse àquele solo acinzentado e poeirento. Entrei no carro, no banco da frente, ao lado de Andy.

O carro deu a partida, e voltamos para o que eles provavelmente chamavam de estrada principal ali por aquelas paragens. Ninguém falou nada por um longo tempo, então a sra. Lacey disse, em voz baixa:

– Luders mencionou um nome, uma palavra parecida com Sloat. Ele disse esse nome quando estava falando com o homem que o senhor baleou. Chamavam ele de Kurt. E falavam em alemão. Eu entendo alemão, um pouquinho, mas eles falavam rápido demais para mim. Sloat não me parece um nome alemão. Isso quer dizer alguma coisa para o senhor?

– É o nome de uma velha mina perto daqui – disse Barron. – Mina Sloat. Você sabe onde fica, não é, Andy?

– Sim. Acho que eu matei aquele cara, não foi?

– Acho que sim, Andy.

– Nunca matei ninguém antes na minha vida – disse Andy.

– Talvez eu tenha matado ele – falei. – Eu atirei nele.

– Não – disse Andy. – Você não tava na altura certa pra pegar ele no peito. Eu sim.

Barron disse:

– Quantos homens trouxeram a senhora pra cabana, sra. Lacey? Detesto ter que fazer essas perguntas numa hora dessas, mas eu preciso.

A voz apagada respondeu:

– Dois. Luders e o homem que vocês mataram. Foi ele que dirigiu o barco.

– Eles pararam em algum lugar... nesta margem do lago?

– Isso mesmo. Pararam numa cabana pequena perto do lago. Luders estava dirigindo. O outro homem, Kurt, desceu, e nós fomos embora. Um pouco depois, Luders parou, e Kurt nos alcançou, ele estava dirigindo um carro antigo. Levou aquele carro até uma vala atrás de uns chorões e então voltou para o carro e seguiu viagem conosco.

– É toda informação de que precisamos – disse Barron. – Se pegarmos Luders, nosso trabalho está feito. Só que eu não consigo entender o que tudo isso significa.

Eu não disse nada. Fomos até onde a interseção na estrada formava um "T" e a estrada voltava para o lago. Continuamos em frente por mais uns seis ou sete quilômetros.

– Melhor parar aqui, Andy. A gente segue a pé o resto do caminho. Você fica aqui.

– Nada disso. Não fico aqui, não – disse Andy.

– Você fica aqui – disse Barron, a voz subitamente áspera. – Você tem uma senhora para tomar conta e você não precisa matar mais ninguém esta noite. Tudo que eu quero é que você mantenha o cachorro em silêncio.

O carro parou. Barron e eu descemos. A cachorrinha choramingou, e depois disso ficou quieta. Saímos da estrada e atravessamos o campo pelo meio de um arvoredo de pinheiros novos e *manzanita* e pau-ferro. Caminhamos em silêncio, sem conversas. O barulho feito pelos nossos sapatos não poderia ser ouvido por ninguém num raio de dez metros, a não ser que houvesse um índio escutando.

12

Chegamos do outro lado daquela vegetação densa em poucos minutos. Mais adiante, o terreno era plano e era campo aberto. Havia um pouco de névoa no ar, tão leve quanto teia de aranha, umas poucas pilhas de terra inutilizada, um monte de caixas* que se usam no garimpo do ouro, amontoadas umas em cima das outras como a miniatura de uma torre de refrigeração, um valão sem fim que passava por ali, vindo de algum canal. Barron chegou a boca perto do meu ouvido.

– Ninguém cultiva nada aqui há pelo menos dois anos – disse ele. – Não vale a pena. Um dia de trabalho duro para dois homens pode render talvez o equivalente a umas míseras gramas de ouro. Estes campos dessas redondezas foram usados até esgotar o solo, faz sessenta anos. Aquela cabaninha baixa ali é um antigo caminhão de refrigeração. É uma carapaça dura, espessa, praticamente à prova de bala. Não estou vendo nenhum carro, mas pode ser que esteja lá atrás. Ou escondido. Acho que escondido. Pronto pra atacar?

Fiz que sim com um gesto de cabeça. Começamos a atravessar o campo aberto. O luar era quase tão intenso quanto a luz do dia. Eu estava me sentindo ótimo, como um cachimbo de barro que faz as vezes de alvo... numa barraquinha de tiro ao alvo. Barron parecia sentir-se muito à vontade. Segurava o enorme Colt ao lado do corpo, apontando para baixo, o polegar sobre o cão do revólver.

De repente apareceu uma luz do lado do caminhão de refrigeração, e nos atiramos os dois no chão. A luz vinha de uma porta entreaberta, criando um painel amarelado e desenhando a ponta de uma seta, também amarelada, no chão. Vimos um movimento ao luar e ouvimos o barulho de água atingindo o solo. Esperamos um pouco, depois nos levantamos e seguimos em frente.

---

* *Sluice boxes*, onde se coloca grande quantidade de mercúrio líquido, com a finalidade de capturar os grãos de ouro por meio de amalgamação. (N.T.)

Não havia muito sentido naquela coisa de brincar de índio. No fim das contas, eles iam sair por aquela porta, ou não. Se saíssem, nos veriam, estivéssemos nós caminhando, engatinhando ou rastejando, pois o campo era um terreno totalmente desprovido de vegetação, e a lua brilhava em sua máxima intensidade. Nossos sapatos escarvavam um pouco o chão; aquela era uma terra de chão batido que, ao correr do tempo, de tanta gente andar por ali, ficara bem compactada. Conseguimos chegar até um monte de areia e paramos ali ao lado. Eu podia escutar minha própria respiração. Eu não estava ofegante, e Barron também não. Mas fiquei bastante interessado em minha respiração. Era algo que eu tinha como certo na minha vida, há muito tempo, mas naquele momento, eu me via curioso acerca de minha respiração. Eu esperava que ela continuasse comigo por muito e muito tempo, mas não podia ter certeza.

Eu não estava com medo. Afinal, eu era um homem corpulento e levava uma arma na mão. Mas o homem loiro naquela outra cabana também tinha sido um homem corpulento e tivera uma arma na mão. E tivera um muro atrás do qual se esconder. Contudo, eu não estava com medo. Estava só meditando sobre algumas poucas coisas. Achei que Barron estava respirando de modo barulhento, mas concluí que faria mais barulho dizendo a ele que estava respirando de modo barulhento do que o barulho que ele estava fazendo respirando. Era esse tipo de pessoa que eu era, muito cuidadoso com os pequenos detalhes.

Então a porta abriu-se novamente. Dessa vez, não havia nenhuma luz atrás da porta. Um homem baixinho, muito baixinho mesmo, saiu por ali, carregando o que parecia ser uma mala bastante pesada. Carregou-a ao longo do lado do carro, resfolegando. Barron segurou a minha arma num gesto instintivo. Sua respiração agora produzia um assobio baixinho.

O baixinho com a mala pesada, ou fosse o que fosse, chegou até a traseira do carro e virou ali. Então pensei que, embora o monte de areia não parecesse grande coisa, provavelmente era alto o suficiente para que ele não nos enxergasse. E, se o baixinho não estava esperando visita, ele podia perfeitamente não nos ver mesmo. Esperamos até que ele desse meia-volta. Esperamos tempo demais.

Uma voz bastante nítida atrás de nós disse:

– Estou armado com uma metralhadora, sr. Barron. Mãos para cima, por favor. Se vocês se moverem para fazer qualquer outra coisa, eu atiro.

Pus as mão para cima bem rápido. Barron hesitou um pouco. Depois, pôs as mãos para cima. Nós nos viramos bem devagar. Frank Luders estava a pouco mais de um metro de nós, segurando uma metralhadora giratória na altura da cintura. A boca da arma parecia ser do tamanho do túnel da Second Street, em Los Angeles.

Luders disse em voz baixa:

– Prefiro que vocês se virem para o outro lado. Quando Charlie voltar do carro, ele vai acender as luzes da cabana. Então nós vamos entrar.

Nós nos viramos uma vez mais de frente para o carro baixo e comprido. Luders deu um assobio agudo. O baixinho veio de trás do canto do carro, parou por um momento, e então foi até a porta da cabana. Luders gritou:

– Acenda as luzes, Charlie. Temos visita.

O baixinho foi em silêncio até o carro, e riscou um fósforo, e então havia luz ali dentro.

– Agora, cavalheiros, os senhores podem ir andando – disse Luders. – Tomando nota, no entanto, de que a morte caminha logo atrás de vocês, e comportando-se de acordo.

Nós fomos andando.

13

– Pegue as armas deles e veja se eles têm mais armas, Charlie.

Puseram-nos contra uma parede perto de uma mesa comprida, de madeira. De cada lado da mesa, um banco comprido, também de madeira. Sobre a mesa, uma bandeja com uma garrafa de uísque e dois copos, uma lamparina e um lampião a querosene, do tipo antigo, de casa de fazenda, de vidro espesso; estavam ambos acesos, e havia também um pires cheio de fósforos e outro cheio de cinzas e baganas de cigarro. Do outro lado da cabana, longe da mesa, havia um pequeno fogão e duas camas de campanha, uma delas revirada, a outra muito bem arrumada.

O japonesinho aproximou-se de nós, a luz brilhando em seus óculos.

– Ah, têm armas – ronronou ele. – Ah, muito ruim.

Pegou nossas armas e as fez deslizar sobre a mesa, até o outro lado dela, na direção de Luders. As mãos pequenas do homem apalparam-nos com destreza. Barron encolheu-se, e seu rosto ficou vermelho, mas ele não disse nada. Charlie disse:

– Não tem mais armas. Muito prazer, cavalheiros. Noite linda, eu acho. Tão fazendo piquenique na lua cheia?

Barron emitiu um som irritado, um som que saía diretamente de sua garganta. Luders disse:

– Sentem-se, por favor, cavalheiros, e me digam: o que posso fazer pelos senhores?

Nós nos sentamos. Luders sentou-se à nossa frente. As duas armas estavam sobre a mesa, na frente dele, e a metralhadora também estava ali, em cima da mesa. A mão esquerda de Luders segurava-a com firmeza, e os olhos de Luders eram mudos e duros. Seu rosto agora não tinha mais nada de simpático, mas ainda era o rosto de um homem inteligente. Inteligente como todos eles são, sempre.

Barron disse:

– Acho que vou mascar fumo. Raciocino melhor assim. – Pegou o seu naco de fumo para mascar, arrancou-lhe um pedaço com os dentes e guardou-o. Mascou em silêncio e depois cuspiu no chão.

– Acho que vou sujar o chão aqui um pouquinho – disse ele. – Espero que você não se importe com isso.

O japonês havia se sentado na cama arrumada, e seus sapatos não tocavam o chão.

– Não gosto nada – disse ele apressadamente –, cheiro muito ruim.

Barron não olhava para ele. Disse em voz baixa:

– Está pretendendo passar fogo em nós dois aqui e fugir, sr. Luders?

Luders deu de ombros, tirou a mão da metralhadora e recostou-se na parede.

Barron disse:

– Você deixou uma trilha de rastros de bom tamanho por aqui, com exceção de um detalhe: como é que a gente ia saber por onde começar? Você não tinha como saber isso, senão não teria feito as coisas do jeito que fez. Mas você estava preparado e esperando por nós quando a gente chegou aqui. Isso eu não entendo.

Luders disse:

– Isso é porque nós, os alemães, somos fatalistas. Quando tudo está correndo bem, e as coisas são fáceis, como aconteceu esta noite – a não ser por aquele idiota do Weber –, nós ficamos desconfiados. Então eu pensei comigo mesmo: não deixei pistas, nada que pudesse levar vocês a me seguir atravessando o lago ainda em tempo de me pegar. Vocês não tinham barco, e não havia nenhum barco me seguindo. Ia ser impossível me encontrar. Impossível mesmo. Então eu pensei comigo mesmo: eles vão me encontrar, só porque para mim parece que é impossível. Portanto, vou estar esperando por eles.

– Enquanto Charlie arrastava a mala cheia de dinheiro para o carro – disse eu.

– Que dinheiro? – perguntou Luders, e ele parecia não estar olhando nem para mim nem para Barron. Parecia estar olhando para dentro de si mesmo e pensando.

Eu disse:

– Aquelas notas de dez dólares, excelentes por sinal, que você anda trazendo do México, de avião.

Luders lançou-me um olhar de indiferença.

– Meu caro amigo, você não está falando a sério – sugeriu.

– Grande coisa. Seria o que há de mais fácil no mundo. A polícia que patrulha as fronteiras ainda não tem aviões. Eles tinham uns poucos aviões para a guarda costeira um tempo atrás, mas nada acontecia, então os aviões foram retirados desse tipo de serviço. Um avião que voasse a uma grande altitude sobre a fronteira com o México aterrissaria no terreno vizinho ao Woodland Club, onde tem um campo de golfe. Seria o avião do sr. Luders, e o sr. Luders é um dos acionistas do clube, e o endereço do clube é o seu endereço residencial. Por que isso chamaria a atenção de quem quer que fosse? Mas o sr. Luders com certeza não quer meio milhão de dólares em dinheiro falso no chalé onde ele mora, no condomínio do clube de golfe, então ele descobre uma velha mina aqui por perto e guarda o dinheiro nesse caminhão de refrigeração. É quase tão seguro quanto um cofre-forte e não tem a aparência de um cofre-forte.

– Interessante, a sua conversa – disse Luders, com toda a calma. – Continue.

Eu disse:

– O dinheiro é um produto muito bem-feito. Nós recebemos um laudo sobre ele. Isso significa organização... para conseguir as tintas, o papel certo e as chapas. Significa uma organização muito mais completa do que qualquer bando de vigaristas tem a capacidade de administrar. A organização de um governo. A organização do governo nazista.

O japonês baixinho pulou da cama e sibilava, de tão furioso, mas Luders não deixou transparecer qualquer mudança na expressão do rosto.

– Continuo achando interessante a sua conversa – disse ele.

– Pois eu não acho – disse Barron. – Pra mim, o que tá parecendo é que você tá é vestindo uma camisa que daqui a pouco vai virar peneira de tanto chumbo que vai levar.

Continuei:

– Não faz muitos anos, os russos tentaram aplicar o mesmo golpe. Injetar um monte de dinheiro falso aqui para levantar fundos para o seu trabalho de espionagem e, como um ganho paralelo... era o que eles esperavam... prejudicar a nossa moeda corrente. Os nazistas são espertos, não iam tentar uma jogada desse tipo. Tudo que eles querem é o velho e bom dólar americano, para usar em seus negócios na América Central e na América do Sul. Dinheiro em notas bem usadas e bem misturadas. Não se pode entrar num banco e fazer um depósito de cem mil dólares em notas novinhas de dez dólares. O que está incomodando o delegado é que vocês escolheram este lugar aqui, um refúgio para turistas nas montanhas, onde os residentes são pobres.

– Mas isso não incomoda você, com o seu cérebro superior, não é? – Luders arreganhou os dentes com sarcasmo.

– Pra dizer a verdade, também não tá me incomodando tanto assim – disse Barron. – O que me incomoda é que tão matando gente no meu território. E eu não tô acostumado com isso.

Eu disse:

– Vocês escolheram este lugar principalmente porque é um ótimo lugar: é fácil de trazer o dinheiro para cá. Provavelmente é um no meio de centenas de lugares assim no país inteiro, lugares onde a lei não tem lá muito poder e ao mesmo tempo é um lugar que no verão fica cheio de pessoas estranhas indo e vindo o tempo inteiro. São lugares onde os aviões podem aterrissar e ninguém fiscaliza para ver o que eles estão trazendo ou levando embora. Mas essa não é a única razão. Também é um lugar ótimo para desovar parte do dinheiro e, com sorte, uma *boa* parte do dinheiro. Mas vocês não tiveram sorte. O seu comparsa, Weber, fez uma besteira das grandes e fez de vocês uns azarados. Ainda preciso dizer por que este aqui é um bom lugar para espalhar dinheiro falso se você tem gente bastante trabalhando para você?

– Por favor, diga – respondeu Luders, dando uns tapinhas no flanco da metralhadora.

– Porque durante três meses no ano este distrito aqui tem uma população flutuante que pode ser de vinte a cinqüenta mil pessoas, dependendo dos feriados e fins de semana. Isso significa que muito dinheiro vem para cá e muitos negócios são feitos. E não tem banco aqui. O resultado é que os hotéis, os bares e os comerciantes locais têm que descontar cheques o tempo todo. O resultado é que os depósitos que eles enviam para fora da cidade durante a temporada são feitos quase todos em cheques e que o dinheiro em moeda sonante fica aqui, em circulação. Até o fim da temporada, é claro.

– Acho isso tudo muito interessante – disse Luders. – Mas se essa operação estivesse sob o meu controle, eu com certeza não ia passar muito dinheiro adiante aqui nas montanhas. Eu ia passar adiante pouco dinheiro em vários lugares, nunca muito dinheiro em um lugar só. Eu ia testar o dinheiro falso, para ver se era bem recebido ou não. E por uma razão que você já apresentou: porque a maioria do dinheiro ia trocar de mãos rápido. Se descobrissem que era dinheiro falso, ia ser muito difícil rastrear esse dinheiro até a fonte.

– Sim – disse eu. – Isso seria mais inteligente. Você foi generoso e franco, compartilhando essa informação conosco.

– Para você – disse Luders –, é claro que não interessa se eu sou franco ou não.

Barron, num gesto inesperado, inclinou-se para a frente.

– Olha aqui, Luders, nos matar não vai te ajudar em nada. Se você pensar bem, a gente não tem prova nenhuma contra você. É bem provável que foi você quem matou aquele cara, Weber, mas, do jeito que as coisas são aqui nas montanhas, vai ser pra lá de difícil provar isso. Se você anda espalhando dinheiro frio, vão te pegar por isso, claro, mas isso só dá cadeia, você não vai pegar a forca. Agora, é o seguinte: eu tô com as algemas aqui no meu cinto, por um acaso, e a minha proposta é você sair daqui usando elas, você e o seu amigo japonês.

Charlie, o japa, disse:

– Rá, rá, rá. Muito engraçado, um pateta ele, eu acho, sim.

Luders esboçou um sorriso de leve.

– Você já pôs tudo no carro, Charlie?

– Faltando uma mala, já vai – disse Charlie.

– Pois então é bom você levar a mala e ligar o carro, Charlie.

– Escuta aqui, isso não vai dar certo, Luders – disse Barron, com urgência na voz. – Eu tô com um homem ali no bosque, com um rifle de caça. A lua tá iluminando tudo. Você tem um belo dum berrante na mão, mas você não tem muita chance contra um rifle de caça como o que a gente tem, Evans e eu, contra você. Você não vai nunca sair daqui, a menos que a gente vá junto. Ele nos viu vindo pra cá e também viu como foi que a gente veio até aqui. Ele vai nos dar vinte minutos. Depois, ele manda chamar gente pra vir e explodir vocês com dinamite. São as ordens que eu deixei com ele.

Luders disse em voz baixa:

– Este trabalho é muito difícil. Até mesmo nós, alemães, achamos difícil. Eu estou cansado. Cometi um grande erro. Usei um homem que era um bobalhão, que fez uma enorme besteira, e depois ele ainda matou um homem porque tinha feito a besteira e o homem sabia que ele tinha feito a besteira. Mas o erro também foi meu. Não vou ser perdoado. Minha vida não tem mais nenhuma importância. Leve a mala para o carro, Charlie.

Charlie foi rápido para junto de Luders.

– Não gostando disso – disse ele de modo ríspido. – Droga de mala pesada. Homem com rifle atirando. Pros infernos.

Luders sorriu devagar.

– Isso é um monte de asneiras, Charlie. Se eles tivessem alguém com eles, essa pessoa já estaria aqui há muito tempo. Por isso é que estou deixando esses dois conversar. Para ver se eles estão sozinhos. E eles estão sozinhos. Vai, Charlie.

Charlie disse em sua voz sibilante:

– Indo, mas igual não gostando, eu.

Ele foi até o canto e ergueu a mala que estava ali. Mal conseguia carregá-la. Foi indo devagar até a porta, pôs a mala no chão e suspirou. Abriu a porta, só uma fresta, e olhou para fora.

– Dá pra ver ninguém – disse ele. – Pode ser tudo mentira, também.

Luders disse, pensativo:

– Eu devia ter matado o cachorro, e a mulher também. Fui um fraco. O homem de nome Kurt, o que foi feito dele?

– Nunca ouvi falar desse cara – disse eu. – Onde é que ele estava?

Luders olhou fixo para mim.

– Ponham-se de pé, os dois.

Eu me levantei. Um arrepio gelado desceu pelas minhas costas. Barron levantou-se. Seu rosto estava cinza. O cabelo embranquecido dos lados brilhava de suor. Havia suor em todo o seu rosto, mas as mandíbulas continuavam mascando.

Ele disse, com voz suave:

– Quanto é que te pagam por esse trabalho, filho?

Eu falei com a voz pastosa:

– Cem dólares, mas eu já gastei um pouco.

Barron continuou, o mesmo tom de voz:

– Tô casado há quarenta anos. Me pagam oitenta dólares por mês e me dão moradia e lenha para a lareira. Não é o suficiente. Eu devia receber pelo menos cem dólares. – Ele arreganhou os dentes num sorriso torto, largou uma cusparada e olhou para Luders. – Você que vá pros quintos dos infernos, seu nazista cretino – disse ele.

Luders ergueu a metralhadora devagar, e seus lábios recuaram acima dos dentes. Sua respiração produzia um som sibilante. Então, muito lentamente, ele largou a metralhadora e levou a mão até algum bolso dentro de seu casaco. Tirou dali uma Luger e soltou a trava de segurança com o polegar. Trocou a arma para a mão esquerda e ficou nos olhando em silêncio. Muito, muito lentamente, o seu rosto esvaziou-se de toda e qualquer expressão, para transformar-se em uma máscara cinzenta, morta. Ergueu a arma que empunhava e, ao mesmo tempo, ergueu o braço direito, duro, logo acima da altura do ombro. Aquele braço estava rígido como uma haste.

– *Heil*, Hitler! – disse ele em alto e bom som, com nitidez e segurança.

Virou a arma com rapidez, enfiou o cano na boca e atirou.

14

O japonesinho deu um berro e jogou-se porta afora, na corrida. Barron e eu nos lançamos para o tampo da mesa. Pegamos nossas armas. Pingou sangue no dorso da minha mão, e então Luders encolheu-se lentamente contra a parede.

Barron estava quase saindo pela porta. Quando cheguei perto dele, vi que o japonesinho estava correndo desabaladamente encosta abaixo, na direção de um monte de arbustos.

Barron firmou-se nas pernas, pegou o seu Colt e depois abaixou a arma.

– Ele não está longe que chegue – disse ele. – Sempre dou tempo pro sujeito ficar no mínimo uns quarenta metros longe de mim.

Ergueu o imenso Colt de novo, girou o corpo um pouquinho e, à medida que a arma alcançava uma posição de tiro, moveu-se bem devagar, e a cabeça de Barron inclinou-se um pouco para baixo, até que o seu braço e ombro e olho direito ficaram alinhados.

Ele ficou assim, absolutamente rígido por um bom tempo, e então a arma rugiu e deu um coice para trás em sua mão, e uma fina linha de fumaça apareceu de leve ao luar e desapareceu.

O japonês continuou correndo. Barron baixou o seu Colt e observou-o mergulhar em um monte de arbustos.

– Que droga – disse ele. – Errei. – Ele me olhou rápido e olhou para longe de novo. – Mas ele não vai chegar a lugar nenhum. Não tem como. Aquelas perninhas curtas dele não servem pra pular por cima nem mesmo de uma pinha.

– Ele estava armado – disse eu. – Tinha um coldre, debaixo do braço esquerdo.

Barron fez um gesto negativo de cabeça.

– Não. Eu vi que o coldre estava vazio. Imagino que Luders tenha tirado a arma dele. Imagino que Luders queria matar o japonês antes de ir embora.

Faróis de carro apareceram ao longe, chegando empoeirados pela estrada.

– O que fez Luders amolecer?

– Eu só posso pensar que ele ficou com o orgulho ferido – disse Barron, pensativo. – Um grande organizador como ele sendo enrolado por dois caras de nada como nós.

Nós demos a volta pela traseira do caminhão de refrigeração. Um enorme carro cupê, novinho, estava estacionado ali. Barron marchou até o carro e abriu a porta. O carro que vinha pela estrada agora estava perto. Fez uma curva, e os faróis varreram o imenso cupê. Barron ficou olhando para o carro por um momento, depois bateu a porta com raiva e soltou uma cusparada no chão.

– Um Cadillac V-12 – disse ele. – Assentos em couro vermelho e malas no banco de trás. – Ele estendeu o braço para dentro do carro de novo e acionou a luz do painel.

– Que horas são?

– Doze para as duas – disse eu.

– Este relógio aqui não tá doze minutos e meio atrasado – disse Barron, furioso. – Você escorregou feio nessa. – Ele se virou e me encarou, empurrando o chapéu para trás no topo da cabeça. – Que diabos, você viu este carro aqui estacionado na frente do Cabeça de Índio – disse ele.

– Está certo.

– E eu pensando que você era só um cara metido a espertinho.

– Está certo – disse eu.

– Filho, da próxima vez que eu tiver que ser quase baleado, será que você podia planejar pra estar por perto?

O carro que vinha chegando parou a uns poucos metros de nós, pudemos ouvir o ganido queixoso da cachorrinha. Andy gritou de lá:

– Alguém ferido?

Barron e eu andamos até o carro. A porta abriu, e a cachorrinha sedosa pulou para fora e correu para Barron. Ela decolou a pouco mais de metro dele, flutuou em pleno ar, plantou as patas dianteiras com toda a força na barriga de Barron e depois já aterrissava de volta no chão para em seguida ficar correndo em círculos.

Barron disse:

– Luders se matou com um tiro lá dentro. Tem um japonesinho por aí no matagal que vamos ter que recolher. E tem umas três, quatro malas cheias de dinheiro falso que a gente tem que tomar conta.

Ele então lançou um olhar para longe, um homem pesadão, sólido como uma rocha.

– Uma noite assim – disse ele –, e tanta morte.